Taschenbibliothek der Weltliteratur

Michail Scholochow
Don-Erzählungen

Aufbau-Verlag 1986

Aus dem Russischen übersetzt von
Hilde Angarowa, Mimi Barillot, Otto Braun, Harry Burck,
Dora Hofmeister, Monica Huchel, Gottfried Kirchner,
Erich Müller, Lieselotte Remané, Maria Riwkin, Günther
Stein, Else Wilde

Mit einem Nachwort von Alfred Kurella

1. Auflage 1986
Aufbau-Verlag Berlin und Weimar
Der Abdruck der Erzählungen und des Nachworts erfolgte mit Genehmi-
gung des Verlages Volk und Welt, Berlin
Einbandgestaltung Heinz Hellmis
III/9/1 Grafischer Großbetrieb Völkerfreundschaft Dresden
Printed in the German Democratic Republic
Lizenznummer 301. 120/195/86
Bestellnummer 613 394 1
00460

Das Muttermal

Auf dem Tisch lagen Patronenhülsen, die nach abgebranntem Pulver stanken, Hammelknochen, eine Landkarte, eine Liste, beschlagenes Zaumzeug, nach Pferdeschweiß riechend, und ein Ranft Brot. Das lag auf dem Tisch. Auf der roh behauenen Bank, die neben der feuchten Wand schimmelte, saß, den Rücken gegen das Fensterbrett gedrückt, der Schwadronskommandeur Nikolka Koschewoi, einen Bleistift in den frostklammen Fingern und auf alten ausgebreiteten Plakaten vor sich einen Fragebogen, der halb ausgefüllt war.

Karg berichtete das graue Blatt: Koschewoi, Nikolai, Schwadronskommandeur, Ackerbauer, Mitglied des Komsomol.

Hinter die Frage nach dem Alter malte der Bleistift „18 Jahre".

Breitschultrig war Nikolka und gar nicht mehr wie ein junger Bursche anzusehen. Die Augen mit den Krähenfüßen machten ihn alt, und sein Rücken war ein krummer Greisenrücken.

„Ein Bengel zwar, ein Grünschnabel noch", sagten sie scherzend in seiner Schwadron, „aber such erst mal einen, der zwei Banden fast ohne eigene Verluste liquidiert und ein halbes Jahr 'ne Schwadron nicht schlechter als ein alter Kommandeur ins Gefecht führt!"

Nikolka schämte sich seiner achtzehn Jahre. Bei der verhaßten Frage nach dem Alter stockte sein Bleistift jedesmal, und seine Backenknochen flammten auf in verdrießlicher Röte. Nikolkas Vater war ein Kosak, und so war auch er Kosak. Wie an einen Traum erinnerte er sich daran, wie sein Vater ihn, den Fünf- oder Sechsjährigen, das erstemal auf sein Dienstroß gesetzt hatte. „Halt dich an der Mähne fest, Söhnchen!" hatte der Vater gerufen, und totenblaß hatte die

Mutter Nikolka von der Küchentür zugelächelt und den Blick aus weit aufgerissenen Augen hin und her wandern lassen zwischen den kleinen Beinen, die sich an den scharfkantigen Pferderücken preßten, und dem Vater, der die Zügel hielt.

Das lag weit zurück. Nikolkas Vater wurde seit dem deutschen Kriege vermißt, wie vom Erdboden verschluckt war er. Die Mutter war gestorben. Vom Vater ererbt hatte Nikolka die Liebe zu Pferden, Draufgängertum und ein taubeneigroßes Muttermal am linken Bein überm Knöchel. Noch mit fünfzehn Jahren war er zu den Bauern in Tagelohn gegangen, dann hatte er sich einen langen Mantel erbettelt und war einem durch die Staniza ziehenden roten Regiment gegen Wrangel gefolgt.

Eines Sommertages badete Nikolka mit dem Kriegskommissar im Don. Von einer Verwundung saß dem der Kopf schief, und er stotterte. Nikolka auf den krummen, sonnenverbrannten Rücken klopfend, sagte er: „Ein Glücks... Glückspilz bist du! Ja, ein Glückspilz! Ein Muttermal, heißt es, bedeutet Glück."

Nikolka bleckte die schneeweißen Zähne, tauchte unter und schrie prustend aus dem Wasser: „Was schwätzt du da, du Kauz! Von klein auf Waise, das Leben lang in Lohn gestanden und gedarbt, und er faselt von Glück!"

Und er schwamm zu der gelben Sandbank, die der Don umarmt hielt.

Die Kate, darin Nikolka Quartier bezogen hatte, stand am Rande des steil abfallenden Donufers. Vom Fenster aus fiel der Blick auf weite grüne Wiesen und den brünierten Stahl des Stromes. In stürmischen Nächten rollten die Wellen gegen das Steilufer, die Fensterläden ächzten und schluchzten, und Wasser schien Nikolka leise einzudringen durch die Ritzen im Fußboden und die Kate hochzuheben.

Nikolka wollte sich ein anderes Quartier suchen und tat es doch nicht, er blieb darin bis zum Herbst. An einem klaren Frostmorgen trat er auf die Vortreppe hinaus – laut hallten seine eisenbeschlagenen Stiefel durch die spröde Stille – , stieg zum kleinen Kirschgarten hinab und legte sich in das tränennasse, vom Tau graue Gras. Er hörte die Bäuerin im

Stall der Kuh zureden, stille zu stehen, das Kalb in tiefem Baß verlangend muhen und die Milch in den Eimer sprudeln.

Das Hoftor knarrte, der Hund schlug an.

„Ist der Kommandeur zu Hause?" hörte er den Zugführer fragen.

Nikolka stützte sich auf die Ellbogen. „Hier ist er! Was gibt's?"

„Aus der Staniza ist ein Bote gekommen. Er sagt, eine Bande aus der Gegend von Salsk hat den Sowchos Gruschinski besetzt."

„Bring ihn her!"

Der Bote zerrte sein schweißdampfendes Pferd zum Stall hin. Mitten auf dem Hof sank es in die Knie, brach röchelnd zusammen und verendete, die glasig werdenden Augen auf den Kettenhund gerichtet, der an seinem wütenden Gekläff fast erstickte. Es verendete, weil der Brief, den der Bote brachte, drei Kreuze trug und der Bote mit dem Brief vierzig Werst weit ohne Rast im Galopp geritten war.

Der Vorsitzende bat Nikolka, ihm mit seiner Schwadron zu Hilfe zu eilen. Nikolka ging in die Stube und dachte müde beim Säbelumschnallen: Weg müßte ich, zum Lernen, aber statt dessen wieder eine Bande! Peinlich war's ihm gewesen, als der Kriegskommissar gesagt hatte: „Kein Wort schreibst du richtig, ein schöner Schwadronskommandeur!" Aber was konnte er denn dafür, daß er die Schule nicht beendet hatte? Ein komischer Kauz war der! Und nun diese Bande... Wieder Blut, wo er es doch längst satt hatte, dieses Leben. Bis zum Halse stand es ihm.

Er trat auf die Vortreppe hinaus, im Gehen seinen Karabiner ladend, und seine Gedanken gingen ihren Gang wie Pferde auf ausgefahrenen Wegen: In die Stadt müßte ich, zum Lernen...

Als er sich dem Pferdestall näherte, kam er an dem verendeten Tier vorüber; er sah aus den staubigen Nüstern einen dunklen Blutstreifen sickern und wandte sich ab.

Zu seiten des höckrigen Feldweges mit den vom Wind glattgeleckten Radspuren kräuselte sich mausgraues Gras, und die Melde und der Löwenzahn trieben reiche Blüten dazwischen. Hier war das Heu zu den Schobern gefahren

7

worden, die starr in der Steppe lagen wie Bernsteinsplitter. Die Landstraße buckelte sich an den Telegrafenmasten vorüber, die dahinliefen in den Herbstnebel, den fahlen, über Hohlwege und Schluchten hinweg; und an den Masten entlang auf der glänzenden Straße führte der Ataman seine Bande, ein halbes Dutzend Kosaken vom Don und vom Kuban, die unzufrieden waren mit der Sowjetmacht. Drei Tage und drei Nächte zog er sich zurück auf Straßen und wegelosem Gelände, wie ein Wolf sich zurückzieht, der ein Schaf zerrissen hat; ihm dicht auf den Fersen, mit scharfem Blick, folgte Nikolka Koschewoi mit seinen Männern.

Echte Haudegen waren in der Bande, altgediente, kampferprobte Leute, trotzdem war der Ataman besorgt. Er erhob sich in den Steigbügeln, tastete die Steppe mit den Augen ab und zählte die Werst bis zum blauen Saum der Wälder auf der anderen Seite vom Don.

So zogen sie sich nach Wolfsart zurück, im Rücken die Schwadron Nikolka Koschewois, die ihre Spuren zertrat.

Silberhell tönt und wogt an schönen Sommertagen in der Donsteppe das Getreide unter dem tiefblauen klaren Himmel. So ist es vor der Ernte, wenn die Grannen an der prallen Weizenähre dunkel werden wie der Flaum eines Siebzehnjährigen und der Roggen in die Höhe schießt und den Menschen im Wachstum einholt.

Mit Roggen besäen die Bärtigen der Staniza den Lehmboden, die sandigen Hänge und die winzigen Landstückchen zwischen den sumpfigen Wiesen. Er wächst nicht sonderlich gut, die Deßjatine gibt seit alters nicht mehr als dreißig Maß, aber sie säen Roggen, weil sie daraus Hausgebrannten gewinnen, reiner als eine Mädchenträne. Denn seit eh und je ist es so Brauch. Bereits die Väter und Vätersväter haben ihn getrunken, und es hat wohl seinen Grund, wenn im Wappen des Donheeres ein bezechter nackter Kosak auf einem Weinfaß reitet. In schwerem hitzigem Rausch ziehen sie im Herbst durch die Stanizen und Chutors, trunken schwanken ihre rotabgesetzten Papachas über den Zäunen aus Weidengeflecht.

Darum auch war der Ataman keinen Tag nüchtern, darum dösten die Kutscher und Maschinengewehrschützen auf ihren gefederten Kutschen schnapsselig vor sich hin.

Sieben lange Jahre hatte der Ataman die heimatlichen Katen nicht gesehen. Deutsche Gefangenschaft, dann Wrangel, das sonnenheiße Konstantinopel, das Lager hinter Stacheldraht, die türkische Feluke mit pechschwarzem, salzdurchtränktem Segel, das Rispenschilf am Kuban und schließlich die Bande, das war sein Leben, wenn er einen Blick über die Schulter zurückwarf. Sein Herz war hart geworden, wie die Spuren der Spalthufe am Steppenbrunnen in der Sommerglut hart werden. In ihm bohrte ein seltsamer und unbegreiflicher Schmerz, der seine Muskeln lähmte, und der Ataman fühlte, diesen Schmerz würde er nicht betäuben und kein Hausgebrannter die Fieberschauer von ihm nehmen können. Dennoch trank er, blieb er keinen Tag nüchtern, denn süß duftend blüht das Getreide in der Steppe am Don, die ihren gierigen Schwarzerdeschoß in der Sonne weit geöffnet hält. Und gar trefflich verstehen sich die rotbackigen Kosakenfrauen in den Chutors und Stanizen darauf, einen Hausgebrannten zu brauen, der von sprudelndem Quellwasser nicht zu unterscheiden ist.

Im Morgengrauen klirrte der erste Frost. Silbergrau bespritzte er die tatzenförmigen Blätter der Seerosen, und Lukitsch bemerkte in der Frühe am Mühlrad hauchdünne glitzernde Eisstückchen.
Lukitsch fühlte sich krank an diesem Morgen. Von Kreuzstichen geplagt, die Beine vom dumpfen Schmerz schwer wie Gußeisen, schleppte er schlurfend seinen plumpen, gleichsam knochenlosen Körper durch die Mühle. Aus der Hirsekammer huschten Mäuse hervor. Er wandte den tränenfeuchten Blick nach oben, zur Decke, wo von einem Querbalken ein Tauberich sein rasches geschäftiges Gurren versprudelte. Während der Alte durch die Nase, die wie aus Ton geformt schien, den Geruch von Schimmel und feingemahlenem Korn einsog, lauschte er dem beängstigenden Gurgeln des Wassers, das die Grundpfeiler der Mühle umspülte und benagte. Nachdenklich knüllte er den fasrigen Bart.
Der Alte streckte sich hin bei den Bienenstöcken, um ein wenig zu ruhen. Den Bauernpelz quer über sich gebreitet, schlief er mit offenem Munde, und klebriger warmer Speichel rann ihm aus den Mundwinkeln in den Bart. Das Frührot tünchte des Alten Kate rosa, eingehüllt in milchige Ne-

belfetzen lag die Mühle.

Lukitsch wurde wach, als zwei Reiter aus dem Wald kamen.

„Komm her, Alter!" rief ihm der eine zu.

Lukitsch, der sich zwischen den Bienenstöcken hatte davonmachen wollen, warf ihm einen argwöhnischen Blick zu. Viele solche bewaffnete Männer hatte er in den letzten unruhigen Jahren gesehen, die nahmen, ohne zu fragen, das Futter und das Mehl, und allesamt, ohne Unterschied, konnte er sie auf den Tod nicht leiden.

„Ein bißchen schneller, alter Knaster!"

Sacht schlurfte Lukitsch zwischen den Bienenstöcken hin, lautlos die blassen Lippen kauend, und blieb in einigem Abstand mit einem scheelen Blick auf die Gäste stehen.

„Wir sind Rote, Väterchen. Hab keine Angst vor uns", krächzte der Ataman friedfertig. „Wir verfolgen eine Bande und sind hinter den Unseren zurückgeblieben... Hast du gestern vielleicht einen Trupp vorüberziehen sehen?"

„Ja, vorübergezogen sind welche."

„Und wohin sind sie gezogen, Väterchen?"

„Der Teufel weiß es!"

„Ist keiner mehr bei dir in der Mühle?"

„Mitnichten", sagte Lukitsch kurz und kehrte ihm den Rücken.

„Wart, Alter!" Der Ataman sprang aus dem Sattel und schwankte auf seinen krummen Beinen zu ihm hin. „Wir liquidieren die Kommunisten, Alter", sagte er, seinen Schnapshauch ausatmend. „So ist das! Und wer wir sind, ist nicht Sache deines Verstandes!" Er stolperte, wobei ihm der Zügel aus der Hand glitt. „Deine Sache ist's, Korn für siebzig Pferde bereitzustellen und das Maul zu halten! Und etwas schnell, verstanden? Wo ist das Korn?"

„Korn hab ich keins", sagte Lukitsch und sah zur Seite.

„Und was ist in dem Speicher drin?"

„Gerümpel sozusagen, allerlei... Korn hab ich keins!"

„Vorwärts mit dir!"

Am Kragen packte er den alten Lukitsch und stieß ihn mit dem Knie zu dem schiefen Speicher hin, der wie in die Erde gewachsen stand. Er öffnete das Tor. Die Kornkästen lagen voll Hirse und Weizen.

„Und was ist das, du räudiger Hund? Ist das kein Korn?"

„Korn, gewiß, Herr . . . Ein Jahr lang hab ich Körnchen zu Körnchen gesammelt, und den Pferden willst du's als Futter geben."

„Denkst du, unsere Pferde sollen vor Hunger krepieren? Bist wohl für die Roten und sehnst dich nach dem Tod?"

„Sei barmherzig, gütiger Herr! Was hab ich dir getan?" Lukitsch zog die Mütze, sank aufs Knie nieder, faßte die behaarten Hände des Atamans und küßte sie.

„Sag an – stehen die Roten dir nahe?"

„Vergib mir, Barmherziger! Vergib mir mein dummes Geschwätz. Hab Erbarmen, straf mich nicht", jammerte der Alte, indes er die Beine des Atamans umfangen hielt.

„Schwöre bei Gott, daß du nicht zu den Roten hältst. Nein, bekreuzigen brauchst du dich nicht, iß Erde!"

Mit dem zahnlosen Mund sog der Alte aus der hohlen Hand den Sand, den er mit seinen Tränen benetzte, und kaute ihn.

„Nun will ich dir glauben. Hoch mit dir, Alter!"

Und der Ataman lachte, da er sah, daß dem Alten die Beine versagten, und aus den Kornkästen schleppten die hinzugekommenen Reiter den Weizen, schütteten ihn den Pferden vor die Füße und pflasterten den Hof mit goldgelbem Korn.

Ein nebliger Morgen, feuchtkaltes Dämmerlicht.

An dem Posten vorüber zuckelte Lukitsch zum Chutor; er hatte nicht die Straße gewählt, sondern einen Pfad, nur ihm allein bekannt, durch Mulden führend und durch einen dichten Wald, der hellhörig dalag im leichten Vormorgenschlummer.

Er war schon bei der Windmühle, wo er über die Viehtrift die Gasse erreichen wollte, als vor ihm die undeutlichen Umrisse von Reitern anwuchsen.

„Wer da?" schallte es durch die Stille.

„Ich bin's", stammelte Lukitsch zusammenschreckend.

„Wer? Hast du einen Passierschein? Was streichst du hier rum?"

„Der Müller bin ich . . . von der Wassermühle. Und will zum Chutor in eigner Sache."

„In eigner Sache? Los, zum Kommandeur! Lauf vor mir her", rief einer und ritt auf ihn zu.

11

Lukitsch spürte die warmen Pferdelippen im Nacken und setzte sich humpelnd in Trab zum Chutor.

Auf dem Gemeindeplatz, vor einer mit Ziegeln gedeckten Hütte, hielten sie. Der Reiter schwang sich ächzend aus dem Sattel, band sein Pferd am Zaun fest und stieg säbelklirrend die Vortreppe hinauf.

„Folge mir!"

In den Fenstern schimmerte Licht. Sie traten ein.

Vom beißenden Tabakrauch mußte Lukitsch niesen, zog die Mütze und bekreuzigte sich hastig vor der roten Ecke.

„Der Alte ist aufgegriffen worden. In den Chutor wollte er."

Nikolka hob den zerzausten Kopf mit den Daunen und Federn darauf vom Tisch und fragte verschlafen, doch streng: „Zu wem wolltest du?"

Lukitsch trat einen Schritt auf ihn zu, vor Freude hätt' er sich beinah verschluckt.

„Gütiger Gott, die Unsrigen, und ich hab gedacht, das Räuberpack ist's. Aus lauter Angst hab ich nicht gefragt. Der Müller bin ich, der Müller. Als ihr durch den Mitrocha-Wald gezogen und seid zu mir gekommen, hab ich dir . . . Bruderherz, Milch hab ich dir zu trinken gegeben. Hast du's vergessen?"

„Nun, was hast du uns zu sagen?"

„Das hab ich zu sagen, mein Teurer. Gestern vor Tagesanbruch ist selbige Bande angerückt gekommen, und alles Korn hat sie den Pferden vorgeworfen! Mit mir sind sie umgesprungen, daß Gott erbarm. Ihr Anführer hat gesagt: ‚Schwör uns bei deiner Seel' und ließ mich Erde essen."

„Wo sind sie jetzt?"

„Sie sind noch am Platz. Wodka hat's mit, das Gelichter, und schlürft ihn in meiner Stube, und ich bin hierhergemacht, Euer Gnaden das zu vermelden. Könnt's nicht sein, daß Ihr sie dajetzt an den Kragen nehmt?"

„Die Pferde satteln!" Dem alten Lukitsch zulächelnd, erhob sich Nikolka von der Bank, und müde zog er den Mantel am Ärmel hoch.

Es wurde Tag.

Fahl im Gesicht von den schlaflosen Nächten, sprengte Nikolka zum Maschinengewehrwagen. „Sobald wir Attacke

12

reiten, haltet auf die rechte Flanke zu! Wir müssen sie eindrücken."

Er sprengte die Schwadron entlang, die sich entfaltet
hatte.

Hinter einem Hain verdorrter Eichen kamen sie auf die
Straße geritten, in Viererreihen gestaffelt und die Maschinengewehrwagen in der Mitte.

„Drauf!" rief Nikolka, und als er hinter sich das anwach-
sende Getrappel der Hufe hörte, gab er seinem Hengst die
Peitsche.

Wie rasend hämmerte das Maschinengewehr am Waldrand
los, und die auf der Straße schwärmten aus, rasch und sicher wie beim Manöver.

Voller Kletten, lief der Wolf aus dem Windbruch hügelan
und hob lauschend den Kopf. Nahebei trommelten
Schüsse, und vielstimmiges Gebrüll wogte auf und nieder
wie eine lange Welle.

Tack! fiel ein Schuß im Erlengehölz, und weit hinter dem
Hügel und hinter dem Acker raunte eilfertig das Echo:
Tuck!

Dann wieder rasch aufeinander: Tack, tack, tack! Und hinter dem Hügel die Antwort: Tuck, tuck, tuck!

Still stand der Wolf und zog weiter, gemächlichen Wat-
schelgangs, den Hohlweg entlang und verschwand in dem
wuchernden, welken Binsengebäusch.

„Halt! Die Maschinengewehre gehen mit! Rein in den
Wald, in den Wald, Hundsbrut!" brüllte der Ataman, in den
Steigbügeln hoch aufgerichtet.

Aber die MG-Schützen und die Fahrer hatten die Stränge
an den Wagen bereits durchgehauen. Vom pausenlosen Ma-
schinengewehrfeuer aufgerissen, flutete die Kette der Reiter in heilloser Flucht zurück.

Der Ataman wendete sein Pferd, als er einen mit fliegen-
dem Umhang und säbelschwingend heransprengen sah.
Nach dem Feldstecher, der ihm auf der Brust baumelte, und
dem Umhang zu schließen, war es kein einfacher Rotarmist,
und der Ataman zog die Zügel an. Von weitem erkannte er
ein junges, bartloses Gesicht, vor Wut verzerrt und mit zusammengekniffenen Augen. Da fing sein Pferd an zu tän-
zeln und bäumte sich auf, und der Ataman nestelte an der

13

Pistole, die sich am Gurt verhakt hatte. „Du Milchbart, erbärmlicher!" schrie er. „Schwing nur den Säbel, schwing ihn nur, ich will dich ihn schwingen lehren!" Und schoß auf den heranfliegenden schwarzen Umhang. Noch acht Sashen lief das Pferd und brach zusammen. Nikolka warf den Umhang ab und hetzte in langen Sätzen auf den Ataman zu.

Im Wald heulte jemand auf wie ein Tier und verstummte. Die Sonne trat hinter eine Wolke, und auf die Steppe, auf die Straße und auf den Wald, den der Sturm und der Herbst zerzaust hatten, sanken dahingleitende Schatten nieder.

Er ist noch feucht hinter den Ohren, ein Säugling, ein Hitzkopf, und das ist sein Verhängnis! durchfuhr es den Ataman. Er wartete ab, bis der andere den Ladestreifen leergeschossen hatte, gab die Zügel locker und stürzte wie ein Geier auf ihn zu.

Sich aus dem Sattel beugend, ließ er den Säbel niedersausen und fühlte im gleichen Augenblick den Körper des anderen schlaffer werden und zusammensinken. Der Ataman sprang vom Pferd, nahm dem Niedergehauenen den Feldstecher ab und sah auf seine Füße, die noch leicht zuckten. Verstohlen blickte er in die Runde und bückte sich, um dem Toten die Chromlederstiefel abzustreifen, drückte seinen Fuß gegen das knirschende Knie und zog den einen Stiefel mit einem Ruck vom Bein. Der andere saß fest, offenbar hatte sich die Socke darunter zusammengerollt. Heftig fluchend, zerrte er an dem Stiefel und riß ihn schließlich mitsamt der Socke herunter. Am Bein oberhalb des Knöchels sah er ein taubeneigroßes Muttermal. Langsam, wie um den anderen nicht zu wecken, drehte er den kalt werdenden Kopf mit dem Gesicht nach oben. Die Hände voll Blut, das jenem in breitem Rinnsal aus dem Munde strömte, musterte er ihn lange, und erst dann umfing er unbeholfen die eckigen Schultern.

„Söhnchen . . . Nikoluschka . . . Herzenssöhnchen . . . Einziger . . .", sagte er dumpf. Aschfahl im Gesicht, preßte er hervor: „Sprich wenigstens ein Wort! Das kann doch nicht sein! Sprich!"

In die brechenden Augen blickend, fiel er über ihn, hob die blutverklebten Lider und schüttelte den willenlosen, schlaffen Körper. Doch fest hatte sich Nikolka auf die blaue Zungenspitze gebissen, als fürchtete er, etwas unendlich Wich-

14

tiges und Großes zu verraten.

Über den Sohn geworfen, seine erkaltenden Hände an den Lippen, schob sich der Ataman den beschlagenen Stahl der Pistole zwischen die Lippen und drückte ab.

Als am Abend Reiter hinter dem Wäldchen auftauchten und der Wind Stimmen, Pferdeschnauben und Steigbügelklirren herüberwehte, ließ ein Aasgeier widerstrebend ab von dem zottigen Schädel des Atamans und schwang sich zu dem eintönigen grauen Herbsthimmel empor.

1924

Der Hirt

Vom Osten her, von den Salzböden, weiß und rissig, hatte sechzehn Tage lang über die braune, sonnenverbrannte Steppe glühender Wind geweht.

Versengt war die Erde, das Gras kräuselte sich vergilbt, die Brunnen an der Landstraße waren versiegt. Das Korn auf den Feldern, noch vor der Ähre, krümmte sich greisenhaft zu Boden, zum Erbarmen bleich und welk.

In der Mittagsstunde schepperte kupfernes Läuten durch den verschlafenen Flecken.

Heiß war es, still, und man vernahm nichts als schlurfende Schritte im Staub längs der Knüppelzäune und tappende Krückstöcke, daran sich die Alten über Erdhöcker tasteten.

Die Glocke rief zur Versammlung. Es war der Hirt zu bestallen.

Im Zimmer des Exekutivkomitees ein Gesumm von Stimmen, dicker Tabaksqualm. Der Vorsitzende klopfte mit dem Bleistiftstummel auf den Tisch.

„Bürger! Der alte Hirt will nicht mehr hüten. Es verlohne sich nicht, sagt er. Wir als Exekutivkomitee möchten euch an seiner Statt Grigori Frolow vorschlagen. Er gehört zu uns, stammt von hier, aus dem Chutor, ist Waise, Komsomolist. Sein Vater, das wißt ihr selber noch, ist Schuster gewesen. Der Junge ist mit seiner Schwester zu zweien, und zu beißen haben beide nichts. Bürger, ihr versetzt euch, hoff ich, in selbiges Lage und stellt ihn als Hirten ein."

Der alte Nesterow hielt's nicht mehr aus, er wiegte sich auf seinem schiefen Steiß und rutschte hin und her. „Können wir nicht! Die Herde ist zu groß bei uns! Und der Grischka, das wär mir schon 'n Hirt! Die Viecher müssen weitab weiden, weil ringsher kein Futter ist, und für ihn wär die Sache ganz neu. Bis zum Herbst sind wir die halben Kälber los."

Und Müller-Ignat, das durchtriebene Männlein, näselte boshaft mit schleimigem Greisenstimmchen: „Hirtenleut finden wir auch ohne Xekutivkomitee, so was geht keinen an wie uns. Und wenn man schon einen wählen tut, dann sonen, wo alt ist und Verlaß drauf und wo sich die Viecher mit vertragen."

„Stimmt, Großvater, hast recht."

„Wenn ihr 'nen Alten nehmt, Bürger, bei selbigem werdet ihr die Kälber ehestens los. In den Zeiten heutigentags, wo allerorts und -enden derart geräubert wird." Der Vorsitzende sprach so dringlich wie herausfordernd, und aus den hinteren Reihen sprang man ihm auch bei: „'n Alter, das ist nichts! Schließlich sind's keine Kühe, sondern ist's einjähriges Kalbsvolk. Da muß eins laufen können wie 'n Köter. Laß die Herde nur mal streunen, und 's heißt hinterherjagen. Son Tatterich hoppelt dir los, und schon kullern sie ihm raus, die Kaldaunen."

Gelächter rollte durch den Raum, doch Müller-Ignat näselte unangefochten in seiner Ecke: „Was geht's die Kommunisten an? Von wegen! Beten muß man, beten, und sonst nichts." Und der widerborstige Muffelgreis fuhr sich über den kahlen Schädel.

Da verkündete der Vorsitzende mit aller Schärfe: „Bitte mir aus, Bürger, keine Ausfälle hier! Wer solches . . . von soner Art . . . verlautbaren tut, selbiger fliegt raus!"

Im Morgengrauen, als der Rauch in schmutzigen Wattebäuschen aus den Schornsteinen quoll und sich tief über den Gemeindeplatz senkte, hatte Grigori die hundertfünfzigköpfige Herde zusammengeholt und trieb sie durch den Chutor zum unwirtlichen grauen Hang.

Die Steppe war wie gehäufelt von den braunen Hügelchen der Murmeltiere; sie stießen ihren gedehnten Warnpfiff aus, und aus Mulden und Grasbüscheln flatterten die Zwergtrappen auf mit silbern glitzerndem Gefieder.

Die Herde war ruhig. Wie prasselnder Regen klopften die Spalthufe der Kälber auf die verkrustete runzlige Erde.

An der Seite Grigoris ging Dunjatka, seine Schwester und Hilfe. Die Wangen, braungebrannt und sommersprossig, lachten, die Augen, die Lippen lachten. Denn Dunjatka war zum Frühlingsfest gerade erst siebzehn geworden, und mit

17

siebzehn Lenzen ist alles zum Lachen, des Bruders todernstes Gesicht, das Ohrwatscheln der im Gehen wiederkäuenden Kälber, ja selbst ein Ungemach der Art, daß nun schon den zweiten Tag nichts zu beißen da war, kein Krümchen Brot.

Grigori lachte nicht. Grigoris Stirn war unter der abgewetzten Mütze grimmig gefurcht, und die Augen blickten so müde in die Welt, als hätte er auf ihr weit länger als neunzehn Jahre gelebt.

Ruhig schob sich die Herde am Wegrand hin, ein lang auseinandergezogenes scheckiges Wogen.

Grigori hatte die zurückbleibenden Kälber angetrieben und wandte sich nun zu Dunjatka um. „Im Herbst gibt's Korn, Dunjatka. Dann fahren wir in die Stadt. Ich geh zur Arbeiterfakultät. Und dich werd ich wo unterbringen, vielleicht auch zum Lernen. In der Stadt, Dunjatka, gibt's viele Bücher; und das Brot, was man da essen tut, ist nicht verdreckt mit Spelzen wie bei uns."

„Und wo kriegen wir 's Fahrgeld her?"

„Ach, du Dummchen! Man zahlt uns doch in Korn aus, zwanzig Pud – als ob das kein Geld wär! Wir verkaufen 's Pud fürn Silberrubel, auch die Hirse verhökern wir, den getrockneten Kuhmist . . ."

Mitten auf dem Weg blieb Grigori stehen und kritzelte mit der Peitsche Zahlen in den Staub.

„Wie machen wir's mit dem Essen, Grischa? Wir haben keinen Brösel Brot."

„In meinem Sack steckt noch 'n harter Wecken."

„Den essen wir heut – und morgen?"

„Morgen kommen sie vom Chutor raus und bringen Mehl. Der Vorsitzende hat's versprochen."

Die Mittagssonne brannte. Das Hemd aus grobem Leinen klebte Grigori durchnäßt an den Schultern.

Unruhig ging die Herde voran. Bremsen und Fliegen stachen die Kälber; das Brüllen der Tiere vereinte sich in der glühenden Luft mit dem Summen der Insekten.

Die Sonne war noch nicht untergegangen, als die Herde beim Rinderpferch ankam. Nicht weit ab davon stand an einem Teich die Hütte, das Strohdach faulig vom Regen.

Grigori lief, um die Herde zu überholen. Keuchend langte er beim Gatter an und machte die Knüppelpforte auf.

Er zählte die Kälber, während er eines nach dem anderen durch das dunkle viereckige Loch ließ.

Auf dem Hünengrab, das rund wie eine Erbse hinter dem Teich ragte, bauten sie sich aus Lehm eine neue Hütte; die Wände verputzten sie mit Kuhmist, das Dach deckte Grigori mit Steppengras.

Anderntags kam der Vorsitzende rausgeritten. Er brachte ein halbes Pud Maismehl, dazu ein Säckchen Hirse.

Er saß im Schatten und rauchte.

„Bist 'n tüchtiger Kerl, Grigori. Mach hübsch weiter so mit dem Hüten, dann fahren wir zum Herbst in die Kreisstadt mitnander. Vielleicht kriegen wir's auf die eine oder andre Weise fertig, dich von uns aus zum Studieren zu schicken. Bei der Volksbildung dorten hab ich 'n Gevatter, der hilft."

Vor Freude bekam Grigori einen roten Kopf, und als er den Vorsitzenden zum Pferde brachte, hielt er ihm den Steigbügel und drückte ihm mit aller Kraft die Hand. Lange blickte er dem wallenden Staub nach, der unter den Pferdehufen aufquoll.

Ausgedorrt, in rot flirrendem, hektischem Dunst verging die Steppe in der Glut des Mittags. Grigori lag auf dem Rükken und starrte zu den schmelzend blau verhangenen Hügeln hin. Mit einmal war ihm, als lebe die Steppe und trage schwer an der maßlosen Last der Flecken, Dörfer und Städte. Ihm war, als woge der Boden unten mit stockendem Atem, und unter den dicken Schichten Stein schien sich ein fremdes, unbekanntes Leben kraftvoll zu regen.

Und mitten am hellichten Tag wurde ihm unheimlich zumute.

Seine Blicke maßen die unermeßliche Reihe der Hügel, er starrte in die flimmernde Luft, stierte auf die Herde, auf die braune Weide, die kälbergefleckte, und meinte weit weg von der Welt zu sein, abgeschnitten wie eine Scheibe Brot.

Es war der Abend vor Sonntag. Grigori trieb die Herde ein in den Pferch. Dunjatka hatte neben der Hütte Feuer gemacht und kochte den Brei aus Hirse und duftendem Sauerampfer.

Grigori setzte sich ans Feuer, stocherte mit seinem Stock in den glühenden Würfeln des Kuhmistes und sagte: „Dem Grischak sein Kalb ist nicht wohlauf. Man müßt ihm Bescheid sagen."

„Da sollt ich am Ende hin ins Dorf?" fragte Dunjatka, bemüht, die Gleichgültige zu spielen.

„Laß nur. Allein käm ich mit der Herde nicht aus." Und lächelnd fügte Grigori hinzu: „Tust dich wohl grämen nach den Leuten, was?"

„Nu freilich, Grischa, Lieber, tu ich mich grämen danach. Einen Monat sind wir schon in der Steppe, und grad ein Gesicht hat man zu sehn gekriegt. Bis der Sommer rum ist, hat eins ja das Schwätzen ganz verlernt."

„Geduld, Dunjatka! Zum Herbst fahren wir in die Stadt. Werden alle beide was lernen, und hernach, wenn unsereins studiert ist, geht's wieder zurück. Dann wird der Boden wissenschaftlich beackert. Ist ja solch ein Unwissen hier, und das Volk schläft. Nicht einer ist da, der lesen oder schreiben könnt. Bücher sind auch nicht da."

„Solche wie uns nimmt keiner, wo wir auch unwissend sind."

„Doch, uns nehmen sie. Hab's beim Zellensekretär im Buch von Lenin gelesen, wie ich des Winters in der Staniza war. Drin steht, die Macht gehört dem Proletariat. Und vom Lernen ist gesagt: Wo alleweil arm gewesen, die solln studieren!"

Grigori lag auf den Knien. Über seine Wangen spielte der kupferne Abglanz der Flammen.

„Wir müssen was lernen, damit wir die Republik, die unser ist, regieren können. In der Stadt haben Arbeiter die Macht in den Händen. Bei uns, da ist der Vorsitzende von der Staniza Kulak, und in den Chutors — da sind's Reiche."

„Den Fußboden scheuern, die Wäsche waschen tät ich, ums Geld zu kriegen, damit du was lernen kannst."

Die Kuhmistwürfel verglühten schwelend und knisternd. Verschlafen stumm dehnte sich die Steppe.

Durch einen Milizmann, der zur Kreisstadt ritt, hatte Politow, der Zellensekretär, Grigori ausrichten lassen, er möchte in die Staniza kommen.

So machte sich Grigori vor Tau und Tag auf den Weg. Gegen Mittag erblickte er vom Hügel den Kirchturm und die mit Stroh oder Blech gedeckten Häuschen.

Als er auf dem Marktplatz ankam, humpelte er mit wundgelaufenen Füßen.

Der Klub befand sich im Popenhaus. Über neue, nach frischem Heu duftende Matten gelangte Grigori in ein geräumiges Zimmer.

Drinnen war's schummrig, die Läden waren geschlossen. Am Fenster werkte Politow mit dem Hobel und besserte den Rahmen aus.

„Hab schon gehört, Bruderherz, hab schon gehört." Lächelnd gab er Grigori die verschwitzte Hand. „Ist aber nichts zu machen! Hab in der Kreisstadt nachgefragt. Dorten suchten sie Jungens für die Ölmühle. Wie sich rausstellt, haben sie schon 'n Dutzend mehr genommen, als sie brauchen. Halt eben durch bei der Herde! Und im Herbst schicken wir dich studieren."

„Wär doch zumindest eine Arbeit gewesen. Die Kulaken daheim lassen unsereins nur mit Zähneknirschen Hirt sein von wegen Komsomolze und Gottloser und kein Beten nich beim Hüten." Grigori lächelte müde.

Politow fegte mit dem Ärmel die Späne weg und setzte sich aufs Fensterbrett. Die schweißnassen Brauen runzelnd, musterte er Grigori.

„Bist mächtig dürr geworden, Grischa. Wie steht's bei dir mit dem Futter?"

„Ich hab zu essen."

Beide sagten nichts weiter.

„Na schön, komm mit zu mir. Geb dir neue Literatur, aus der Kreisstadt sind Zeitungen und Broschüren da."

Sie gingen die Gasse hinunter, die an den Friedhof stieß. In grauen Aschehaufen badeten Hühner. Ein Brunnenschwengel knarrte. Die lastende Stille dröhnte in den Ohren.

„Bleib da heute! Wir haben Versammlung. Die Jungens fragen so schon ständig: Wo ist Grischa? Was treibt er? Wie geht's ihm? Siehst die Jungens wieder. Ich halte heut 'n Referat über die internationale Lage. Du übernachtest bei mir, morgen gehst du dann wieder los. Gemacht?"

Über Nacht dableiben kann ich nicht. Dunjatka wird mit der Herde allein nicht fertig. Die Versammlung aber mach ich mit; wenn's aus ist, geh ich los."

Im Vorraum bei Politow war es kühl.

Es roch süß darinnen nach gedörrten Äpfeln und auch nach Pferdeschweiß – von den Kummeten und Brustriemen an der Wand.

Eine Bütte mit Kwaß stand im Winkel neben einer schiefen Bettstatt.

„Das wär meine Ecke. In der Stube ist's mir zu stickig."

Politow bückte sich; unter Sackzeug holte er behutsam alte Nummern der „Prawda" und zwei Broschüren hervor.

Die drückte er Grigori in die Hand und knotete einen mit Flicken besäten Sack auf. „Halte mal!"

Grigori hielt den Sack am Rand auseinander, seine Augen aber verschlangen die Druckzeilen.

Politow schaufelte mit beiden Händen Mehl ein, stukte den halbvollen Sack zusammen und lief in die Stube. Mit zwei Stücken Speck kam er wieder. Er wickelte sie in ein welkes Kohlblatt. Es in den Sack steckend, brummte er: „Wenn du dann heimmachst, nimm das mit!"

Grigori fuhr hoch. „Ich nehm nichts!"

„Warum nicht?"

„Darum nicht, weil ich nichts nehm!"

„Was soll das heißen, du Lausekerl?" schrie Politow, ganz weiß im Gesicht, und durchbohrte ihn mit den Augen. „Und das nennt sich Genosse! Vor Hunger krepieren, aber nicht mucksen, was? Zugefaßt! Sonst ist's aus mit der Freundschaft."

„Ich möcht dir nicht 's Letzte nehmen."

„Als letztes bleibt dem Popen die Popenfrau!" sagte Politow schon wieder gemäßigter und sah zu, wie Grigori voller Ingrimm den Sack zuschnürte.

Die Versammlung war erst gegen Morgen zu Ende.

Grigori wanderte in die Steppe. Der Sack Mehl drückte auf der Schulter. Die wundgelaufenen Füße brannten. Doch frohen und leichten Sinns ging er dem aufleuchtenden Frührot entgegen.

Dunjatka war, als der Morgen sich rötete, aus der Hütte gegangen, um trockenen Kuhmist zum Brennen zu sammeln. Da kam Grigori vom Pferch her angestürzt. Dunjatka schwante Unheil. „Ist was geschehn?"

„Dem Grischak sein Kalb ist verreckt. Drei weitere sind auch noch krank worden." Er schöpfte tief Atem und sagte:

„Lauf in den Chutor, Dunjatka. Gib Grischak und den andern Bescheid. Sollen heut noch kommen. Das Vieh wär krank."

Hastig band sich Dunjatka ihr Kopftuch um und eilte, die Sonne im Rücken, die hinter dem Hünengrab aufstieg, den Hang hinab.

Grigori brachte sie auf den Weg. Dann wandte er sich zögernden Schrittes dem Pferch zu.

Die Herde weidete im Tal. Neben dem Knüppelzaun aber waren drei Kälbchen liegengeblieben. Bis Mittag waren alle drei krepiert.

Grigori trieb es zwischen Herde und Pferch hin und her. Noch zwei Tiere waren erkrankt.

Das eine lag beim Teich im feuchten Schlamm. Es wandte Grigori den Kopf zu und brüllte langgezogen, die Augen rausquellend, tränenverglast. Auch über Grigoris Wangen, braun wie Bronze, rannen salzige Tränen.

Bei sinkender Sonne kam Dunjatka mit den Bauern.

Mit dem Krückstock in ein lebloses Kalb stoßend, sagte der alte Artjomytsch: „Ist die Kälberpest. Sone Plage! Jetzt überfällt's die ganze Herde."

Sie zogen die Häute ab und gruben die Kadaver nicht weit vom Teich ein. Ein frischer Hügel wölbte sich darüber aus trockener schwarzer Erde.

Anderntags aber machte sich Dunjatka wieder auf den Weg zum Chutor. Sieben Kälber auf einen Schlag hatten sich gelegt.

In schwarzer Reihe flossen die Tage hin. Der Pferch leerte sich. Leer wurde auch Grigoris Herz. Von hundertfünfzig waren nur noch fünfzig Kälber übriggeblieben. Die Bauern kamen mit Karren, zogen den verreckten Tieren die Haut ab, hoben flache Gruben im Tal aus, verscharrten die roten Kadaver und fuhren wieder davon. Und die Herde wollte nicht mehr in den Pferch. Die Kälber brüllten, den blutigen Tod witternd, der unsichtbar zwischen ihnen umging.

Wenn Grigori morgens, nun gelb im Gesicht, die knarrende Zauntür aufmachte, drängte die Herde zur Weide raus und nahm ihren Weg unabänderlich über die verharschenden Gräber.

Die Luft war voller Aasgeruch, voller Staub, den das verstörte Vieh aufwirbelte, voller Brüllen, langgezogen und hilflos. Und am Himmel glühte die Sonne wie eh, gemächlich über die Steppe gleitend.

Der Chutor schickte Jägersleute. Die feuerten ihre Flinten vorm Knüppelzaun ab, um die heillose Seuche aus dem Pferch zu verscheuchen. Doch die Kälber fielen eines nach dem anderen, und die Herde lichtete sich mehr und mehr.

Grigori entdeckte hie und da aufgewühlte Gräber und fand abgenagte Knochen in der Nähe. Dazu war die Herde scheu geworden und kam des Nachts nicht zur Ruhe.

Aus der Stille der Nacht erhob sich plötzlich ein wildes Heulen, dann stürmte das Vieh durch den Pferch, gegen den Zaun anrennend.

Die Kälber brachen durch und suchten in dichten Haufen bei der Hütte Zuflucht. Schwer schnaubend und im Schlaf wiederkäuend, lagerten sie nahe beim Feuer.

Grigori ahnte nichts Böses, bis ihn eines Nachts das Gebell der Hunde weckte. Den Bauernpelz über die Schultern werfend, stürzte er aus der Hütte. Die Kälber mit ihren taufeuchten Rücken drängten sich dicht an ihn.

Er blieb am Eingang stehen und pfiff den Hunden. Da kam von der Schlangenschlucht heiseres Wolfsheulen aus vielen Kehlen zurück. In den Schlehen am Berghang antwortete noch ein einzelner Baß.

Grigori ging in die Hütte, zündete die Ölfunzel an. „Dunja, hörst du?"

Im Morgengrauen, zusammen mit den Sternen, erstarb das vielstimmige Geheul.

Eines frühen Morgens kamen Müller-Ignat und Michej Nesterow. Grigori war in der Hütte beim Flicken seiner Bastschuhe. Die Graubärte traten ein.

Großvater Ignat nahm die Mütze ab, blinzelte in den Sonnenstrahlen, die schräg auf den Lehmboden im Innern fielen, und hob die Hand, um sich vor dem kleinen Leninbild in der Ecke zu bekreuzigen. Stierte schärfer hin, ließ rasch die Hand sinken und versteckte sie auf dem Rücken. Erbost spuckte er aus. „Also ... Besitzt demnach kein Heiligenbild nich?"

„Nein."

„Und wer tut sich daselbst breitmachen, an frommer Stelle?"

„Lenin."

„Was Wunder da, wenn die Plage über uns kommt! Wo der Herrgott fehlt im Haus, geht 's Unheil ein und aus. Dieserhalb verrecken unsereins die Kälber! O großer Gott, barmherziger!"

„Die Kälber sind verreckt, Großvater, weil man keinen Veterinär geholt hat."

„Sind noch alleweil ohne euren Vettinär ausgekommen. Bist gar zu schlauköpfig bereits. Hättst lieber deine Stirn, deine unreine, öfters solln bekreuzigen. Alsdann wäre kein Vettinär nich vonnöten gewesen."

Michej Nesterow brüllte mit rollenden Augen: „Rausnehmen den Antichrist aus der Ecke, der heiligen! Deine Schuld, Heide, Gotteslästerer du, wenn die Herde ist eingegangen!"

Grigori war bleich geworden. „Zu Haus bei euch, da mögt's kommandieren! Braucht hier 's Maul nicht aufzureißen. Das ist der Führer der Proletarier."

Da geriet Michej Nesterow erst recht in Wut und geiferte, krebsrot im Gesicht: „Bei der Gemeinde bist in Diensten und hast zu machen, was uns paßt. Euch kenn' wir lange . . . Sieh dich vor, du! Mit so wem wird man im Handumdrehen fertig!"

Sie stülpten die Mütze über den Kopf und schoben ohne Gruß ab. Verängstigt sah Dunjatka den Bruder an.

Am übernächsten Tag kam der Schmied Tichon aus dem Chutor sein Kälbchen besuchen.

Er hockte neben der Hütte, rauchte seine selbstgedrehte Zigarette und sagte mit bitterem Lächeln: „Bei uns ist kein Leben mehr. Den alten Vorsitzenden haben sie abgesetzt. Nun kommandiert dem Michej Nesterow sein Eidam. Der macht, wie er's anders nicht weiß. Als wie gestern, da haben sie den Boden aufgeteilt. Ist ein Stück, wo gut war, auf 'nen Hungerleider gefallen, sind sie noch mal drangegangen. Wieder haben wir die Reichen auf dem Buckel. Allen guten Boden haben sie eingesackt. Was für unsereins blieben ist, Grischa, ist Mergel. So schaut's nun bei uns aus."

Bis Mitternacht saß Grigori am Feuer und malte mit Kohle störrische Buchstaben auf die safrangelben Blätter von Maiskolben. Er schrieb von der ungerechten Bodenaufteilung, schrieb, wie man, statt einen Veterinär zu holen, die Viehseuche mit Flintengeknalle bekämpfte. Und als er den beschriebenen Stoß trockener Maisblätter Tichon, dem Schmied, hinreichte, sagte er: „Wenn du in der Kreisstadt bist, erkundige dich, wo sie die Zeitung ‚Die rote Wahrheit‘ drucken. Gib ihnen das. Ich hab deutlich geschrieben, daß du's nur nicht drückst, ansonsten verschmierst die Kohle."

Behutsam faßte der Schmied mit seinen Fingern voll Ruß und Brandnarben die raschelnden Blätter und barg sie unter dem Hemd am Herzen. Beim Abschied sagte er mit seinem bitteren Lächeln: „Ich mach zu Fuß in die Stadt. Vielleicht find ich sie dorten, die Sowjetmacht. Hundertfünfzig Werst, die werd ich in drei Tagen schaffen. In 'ner Woche, wenn ich zurück bin, meld ich mich bei dir."

Herbst ist's geworden, regnerischer trübfeuchter Herbst.
Dunjatka war am Morgen Proviant im Chutor holen gegangen.
Die Kälber weideten am Fuß des Hügels. Grigori im Bauernkittel ging hinterdrein. Versonnen zerdrückte er in der Hand ein welkes Distelköpfchen vom Weg. Vor dem Abenddämmern, dem herbstlich kurzen, tauchten zwei Reiter auf dem Hang auf.
Die schmatzenden Huftritte kamen auf Grigori zu.
In dem einen Reiter erkannte er den Vorsitzenden, Michej Nesterows Eidam, im anderen den Sohn vom Müller-Ignat.
Die Pferde schäumten.
„Tag, Hirt!"
„Guten Tag."
„Zu dir kommen wir."
Im Sattel vorgebeugt, nestelte der Vorsitzende mit klammen Fingern am Mantel und holte ein Zeitungsblatt hervor, das er im Wind entfaltete. „Hast du das geschrieben?"
Vor den Augen Grigoris tanzten die Worte, die er auf die Maisblätter gemalt hatte, über die Bodenaufteilung, über das Fallen des Viehs.
„Na schön, komm!"
„Wohin?"
„Beiseite in die Schlucht! Haben mitnander zu reden."

Die blauangelaufenen Lippen des Vorsitzenden zuckten, die Augen flackerten bleiern und hart.

Grigori lächelte. „Sprich hier!"

„Von meiner aus auch hier, wenn du willst."

Er zog einen Revolver aus der Tasche und kreischte los, während er den erschöpften Gaul am Zügel hochriß: „Willst du noch mal für die Zeitung schreiben, Hundsfott?"

„Warum schimpfst denn?"

„Darum, weil ich wegen deiner vor Gericht soll. Willst so weiter stänkern? Red doch, du Kommunebastard!"

Ohne auf Antwort zu warten, schoß er Grigori auf den verbissen schweigenden Mund.

Grigori stürzte dem hochauf sich bäumenden Pferd vor die Beine. Er röchelte. Die sich krampfenden Finger rissen ein rostiges, feuchtes Grasbüschel aus. Dann wurde er still.

Der Sohn vom Müller-Ignat war aus dem Sattel gesprungen und hatte einen Klumpen schwarze Erde zusammengegrapscht. Den stopfte er in den Mund, daraus Blutbläschen quirlten.

Weit dehnt sich die Steppe, noch von keinem ermessen. Mancher Pfad, manche Fährte durchquert sie. Pechschwarz liegt die Herbstnacht. Und die Spuren der Hufe wischt der Regen für alle Zeit aus.

Rauhreif. Abenddämmerung. Ein Steppenweg.

Einen Ranft Gerstenbrot im Rucksack, einen Stock in der Hand, wandert sich's leicht.

Dunjatka geht am Wegrand entlang. Der Wind fledert im Schoß ihres zerschlissenen Rocks und stößt sie voran.

Ringsumher Steppe, dräuend und unwirtlich. Es dunkelt.

Neben dem Weg erhebt sich der Hügel und die Hütte oben, zottig vom zerzausten Steppengras.

Taumelnd, wie trunken, wankt Dunjatka dahin und fällt aufs Gesicht über ein eingesunkenes Grab.

Es wird Nacht . . .

Dunjatka geht die Landstraße entlang, die ausgefahren und schnurgerade auf die Bahnstation zuläuft.

Leicht wandert sich's. Denn im Rucksack liegt nichts als ein Ranft Gerstenbrot, ein zerlesenes Büchlein, die Seiten durchtränkt vom bitteren Steppenstaub, und des Bruders

Hemd aus grobem Leinen.

Schwillt von Trauer das Herz, brennen Tränen in den Augen, dann zieht sie, abseits von fremden Blicken, das grobe Leinenhemd hervor, das verschwitzte, nicht gewaschene. Tief hinein drückt sie das Gesicht und saugt den vertrauten Geruch ein. Lange liegt sie so, unbeweglich.

Viele Werst hat sie hinter sich. In den Schluchten der Steppe heulen Wölfe, zerfallen mit dem Leben. Dunjatka aber geht am Wegrand entlang, sie geht in die Stadt, wo die Sowjetmacht ist und die Proletarier lernen, damit sie die Republik regieren können in Zukunft.

Wie's in dem Buch steht, von Lenin geschrieben.

1925

28

Der Erfassungskommissar

In der Kreisstadt erschien der Erfassungskommissar des Distrikts. Schnarrte, während es in seinen blaurasierten Mundwinkeln hämisch zuckte: „Nach statistischen Angaben hat der Ihnen anvertraute Kreis an Getreide hundertfünfzigtausend Pud aufzubringen. Nicht umsonst hab ich Sie, Genosse Bodjagin, als tatkräftigen, umsichtigen Mann zum hiesigen Kreiskommissar ernannt. Halten Sie sich ran! Einen Monat haben Sie Zeit. Das Revolutionstribunal kommt dieser Tage her. Armee und Hauptstadt brauchen Brot, der Hunger steht ihnen bis dahin!" Fuhr sich mit der Handschneide über den stoppligen, spitzen Adamsapfel, preßte die Zähne hart aufeinander. „Wer was böswillig versteckt, wird erschossen!" Nickte mit dem kahlgeschorenen eckigen Kopf und fuhr wieder ab.

„Requirierung", summten die Telegrafenstangen, die wie Spatzenhupfer durch den Kreis gingen.
In den Chutors und Stanizen zogen die Kosaken ihre bestickten Leibriemen straff und waren sich der Angelegenheit sofort, ohne langes Hin und Her, schlüssig: „Das Korn für umsonst hergeben? Wird nichts draus."
Im Hof, auf der Straße, wo immer es passend schien, hoben sie des Nachts Gruben aus und verbuddelten darin Dutzende, ja Hunderte Pud erlesenen Weizens. Ein jeder wußte vom Nachbarn, wo und wie er sein Korn versteckt hatte. Aber sie hielten dicht.
Bodjagin war mit seinem Trupp unterwegs. Der Schnee unter den Wagenrädern knirschte, die bereiften Knüppelzäune glitten vorüber. Eine Staniza wie jede andere, doch für Bodjagin war es die Heimatstaniza. Die sechs Jahre hatten ihr nichts anhaben können.

Also war's gewesen: Juliglut, an den Feldrainen gelbflockige Kamille, Getreidemahd, und Ignaschka Bodjagin zählt vierzehn Jahre. Er mäht mit dem Vater und dem Knecht. Der Vater schlägt den Knecht dafür, daß ihm eine Zinke von der Heugabel abgebrochen ist. Da tritt Ignat an den Vater ran und stößt durch die Zähne: „Bist ein Lump, Väterchen."

„Ich?"

„Ja, du."

Mit einem Faustschlag haut der Alte Ignat zu Boden und verdrischt ihn mit dem Riemen, bis das Blut kommt. Als sie abends daheim sind, schneidet er im Garten einen Weichselstecken und schabt ihn glatt. Sich den Bart streichend, drückt er ihn Ignat in die Hand: „Da, mein Söhnchen, zieh in die Welt hinaus, und hast Verstand und Anstand erworben, kehr heim ins Vaterhaus." Und hat gegrinst.

Also war's gewesen! Und nun knirschte der Wagen an den bereiften Zäunen entlang, vorbei an Strohdächern und buntbemalten Fensterläden. Bodjagin sah die Pyramidenpappeln in des Vaters Garten vorübergleiten und den Wetterhahn aus Blech auf dem Dach, der in lautlosem Schrei die Flügel spreizte; er spürte, wie ihm etwas in der Kehle aufquoll und den Atem benahm. Des Abends erkundigte er sich bei dem Bauern, wo er Quartier genommen hatte: „Ist der alte Bodjagin noch am Leben?"

Der Bauer, der Pferdegeschirr flickte, zwirnte mit Teerfingern Roßhaar zu Pechdraht und kniff ein Auge zu. „Reicher und reicher tut er werden. Ein Weibsbild hat er sich zugelegt, alldieweil seine Alte gestorben ist. Der Sohn ist verschollen, somit steigt er, der alte Knasterbart, den Soldatenfrauen nach." Und den Ton wechselnd, fuhr er ernst fort: „Nichts wider den Bauern, ein umsichtiger Kopf. Ist es am Ende ein Bekannter von Euch?"

Am nächsten Morgen nach dem Frühstück erklärte der Vorsitzende des Revolutionstribunals auf der Sitzung: „Gestern in der Gemeindeversammlung ist von zwei Kulaken agitiert worden, die Kosaken sollten kein Getreide abliefern. Bei einer Haussuchung hat man Widerstand geleistet, zwei Rotarmisten sind verprügelt worden. Wir werden Gericht halten zur Abschreckung und fest zupacken."

Als Vorsitzender des Tribunals saß ein ehemaliger Böttcher auf der niedrigen Tribüne des Volkshauses. Als schlüge er einen hellklingenden Eisenreifen über einen Zuber, warf er hin: „Erschießen!"

Zwei wurden zur Tür geführt. Im hinteren erkannte Bodjagin den Vater. Sein roter Bart war nur seitlich mit grauen Fäden durchzogen. Keinen Blick wandte Bodjagin von dem runzligen schwarzgebrannten Hals und ging hinterdrein.

Auf der Treppe sagte er zur Wache: „Ruf mir den daher, den Alten."

Der Alte kam, gebeugt und schweren Schrittes. Als er den Sohn erkannte, blitzte in seinen Augen ein Funke auf, der aber sogleich wieder erlosch. Die struppigen, quittegelben Brauen verbargen seinen Blick. „Bei den Roten bist du, Söhnchen?"

„Ja, Väterchen, bei den Roten."

„So-o . . ." Er schaute beiseite.

Sie schwiegen.

„Sechs Jahre haben wir uns nicht gesehen, Väterchen, und zu sagen hätten wir uns nichts?"

Trotzig und erbost rümpfte der Alte die Nase. „Dabei käm eh nichts raus. Unsere Wege sind auseinandergegangen. Weil ich Erworbenes zusammenhalte, muß ich erschossen werden, weil ich mir nicht in meinem Speicher rumschnüffeln lasse – also bin ich kontra. Aber wer fremde Kornkammern durchstöbert, handelt der nach dem Gesetz? Raubt nur und plündert, ihr habt die Macht!"

Bodjagins Haut über den scharfkantigen Backenknochen wurde aschgrau.

„Die Armen plündern wir nicht, aber wo einer von fremden Schweiß sich bereichert hat, der hat wohl sein gerüttelt Maß verdient. Du stehst an erster Stelle von denen, die die Knechte ausgesogen haben ihr Lebtag lang."

„Ich hab mitgearbeitet Tag und Nacht und bin nicht in der Welt rumgestrolcht wie du!"

„Wer gearbeitet hat, steht zur Macht der Arbeiter und Bauern, aber du hast uns mit dem Knüppel empfangen. Hast die Unsrigen nicht mal zum Zaun rangelassen. Dafür tust anjetzt den letzten Gang."

Des Alten Atem ging stoßweise und rasselnd. Als er antwortete, war seine Stimme brüchig wie der Faden, der sie

bislang miteinander verbunden: „Du bist mir kein Sohn mehr, ich will dir kein Vater mehr sein. Dreimal verflucht sei für solch Wort zum Vater, Verdammter!"
Er spuckte aus und ging schweigend davon. Plötzlich kehrte er sich um und schrie mit unverhohlenem Triumph: „Aber hüte dich, Ignaschka! Wenn wir uns auch nicht wiedersehen, dreimal Verfluchter! Von Chopjor sind Kosaken unterwegs, um eure Macht zu stürzen. Sollt ich mit dem Leben davonkommen, die Mutter Gottes mich in ihren Schutz nehmen, mit diesen meinen Händen reiß ich dir die Seele aus dem Leib!"

Am Abend bog hinter der Staniza eine Gruppe Männer bei der Windmühle zur Lehmgrube ab, wo sonst das krepierte Vieh hingeschafft wurde. Der Führer des Trupps, Teslenko, klopfte die Pfeife aus und sagte kurz: „Näher an die Grube ran!"
Bodjagin starrte auf einen Schlitten, der am Wegrand zwei Kerben in den violetten Schnee geschnitten hatte, und sagte gepreßt: „Sei nicht bös, Väterchen."
Er wartete auf Antwort.
Stille.
„Achtung... Legt an... Feuer!"
Das Pferd an der Mühle riß sich los und jagte zurück, hilflos schlenkerte der Schlitten den ausgefahrenen Weg entlang. Noch eine ganze Weile sah man das bunte Krummholz auf und nieder hüpfen und über dem bläulichen Schleier des flimmernden Schnees blitzen.

„Aufruhr in Chopjor!" summten die Telegrafenstangen, die wie Spatzenhupfer durch den Kreis liefen. „Exekutivkomitees niedergebrannt, Mitarbeiter ermordet oder geflohen..."
Der Erfassungstrupp zog ins Innere des Kreises weiter. Nur Bodjagin und der Vorsitzende des Tribunals, Teslenko, waren noch in der Staniza. Rasch fertigten sie die letzten Getreidefuhren zur Sammelstelle ab. Am Morgen war Sturm aufgekommen. Er trieb Schneegestöber heran und hüllte die Staniza in ein schmutziges Weiß ein. Vor Anbruch der Dunkelheit sprengten etwa zwanzig Reiter auf den Dorfplatz. Sturmgeläut dröhnte durch die schneeverwehte Sta-

niza. Pferdegewieher, Hundewinseln, klirrendes, heiseres Glockengebrüll.

Aufruhr!

Zwei Reiter trieben ihre Pferde mit aller Kraft auf dem eingefallenen kahlen Kurgan bergan. Auf der Brücke, am Fuße des Berges, Pferdegetrappel: Ein Haufen Berittener. Der vorderste, in Offizierspapacha, hieb unerbittlich auf seine langbeinige Vollblutstute ein.

„Jetzt geht's ihnen an den Kragen, den Kommunisten!"

Hinter dem Berg riß Teslenko, der schnauzbärtige Ukrainer, sein Kirgisenroß an den Zügeln. „Zum Teufel, die sollen uns nicht kriegen!"

Das Letzte holten sie aus den Pferden raus. Sie wußten, der zerklüftete Berg war über dreißig Werst lang.

Die Verfolger schwärmten aus. Schon erreichte die Nacht, krummbucklig, im Westen den Rand der Erde. Sie mochten drei Werst weit geritten sein, da bemerkte Bodjagin in einer Senke ein Kind im angewehten Schnee. Er lenkte sein Pferd hin und schrie heiser: „Was, Teufel, sitzt du da?"

Das Kind, ein Junge, sah aus wie mit blauem Wachs überzogen, er schwankte. Bodjagin hob die Peitsche; die Mähne schüttelnd, tänzelte das Pferd bis dicht an das Bürschlein heran. „Willst du erfrieren, du Satansbrut? Was tust du hier?"

Er sprang aus dem Sattel, bückte sich und hörte den Jungen stammeln: „Ich erfriere, Onkel... Die Eltern sind tot... Hab mich durchgebettelt..." Fröstelnd zog er seine zerlumpte Frauenjacke über den Kopf und verstummte.

Bodjagin knöpfte schweigend den Halbpelz auf, hüllte das schmächtige Körperchen ein und bestieg mit Mühe das störrische Pferd.

Sie sprengten los. Der Kleine taute unter dem Halbpelz auf, fest klammerte er sich an Bodjagins Ledergürtel. Die Pferde waren merklich langsamer geworden, schnaubten und wieherten kurz. Das Getrappel hinter ihnen kam immer näher.

Teslenko faßte Bodjagins Pferd bei der Mähne und schrie gegen den schneidenden Wind: „Setz den Dreikäsehoch ab! Hörst du, Teufel? Setz ihn ab, sonst ist's aus mit uns!"

Gott und der Mutter Maria fluchend, schlug er Bodjagin mit der Peitsche auf die blaugefrorenen Hände. „Kriegen sie uns, sind wir hin. Im Fegefeuer schmoren sollst du samt deinem Bengel!"

Die schaumtriefenden Mäuler der Pferde lagen in einer Linie. Von Teslenkos Peitschenhieben bluteten Bodjagin die Hände. Mit dem erstarrten Arm den mageren Körper an sich pressend, schlug er mit der Rechten die Zügel um den Sattelbug und faßte zum Revolver.

„Den Jungen setz ich nicht ab, er erfriert! Gib Frieden, altes Aas, oder willst du 'ne Kugel?"

Die Zügel anziehend, heulte der graubärtige Kleinrusse auf: „Zu spät. Aus ist's!"

Die Finger gehorchten nicht mehr. Zähneknirschend band Bodjagin den Jungen mit dem Gürtel am Sattel fest, prüfte, ob es hielt, lächelte. „Halt dich an der Mähne fest, Struwelkopf!"

Dann schlug er dem Pferd die Säbelscheide in die schweißnassen Flanken, Teslenko schob zwei Finger in die Öffnung unter dem grauen Schnauzbart und stieß einen schrillen Räuberpfiff aus. Lange blickten sie den beiden Pferden nach, die in leichtem Galopp dahinflogen. Dann legten sie sich nebeneinander in den Schnee. Mit trockenen, wohlgezielten Schüssen empfingen sie die Papachas, die hinter dem Hügel auftauchten.

Sie blieben drei Tage lang liegen. Teslenko, in schmutzigen Nesselunterhosen, zeigte dem Himmel seinen Mund, der bis zu den Ohren aufgefetzt und mit gefrorenem blutigem Schaum verkrustet war. Auf Bodjagins bloßer Brust hüpften Steppenhaubenlerchen. Dreist pickten sie ihm in den aufgeschlitzten Bauch und die leeren Augenhöhlen, als wären darin Gerstenähren mit schwärzlichen Grannen.

1925

Schibaloks Sproß

Bist eine gebildete Frauensperson, trägst eine Brille, aber da bleibt dir der Verstand weg. Wo soll ich denn hin mit dem hier?

Von daselbst bis zu unserem Trupp sind's an die vierzig Werst. Die bin ich auf Schusters Rappen getrabt mit dem hier auf dem Arm. Schau dir an, wie mir die Haut von den Sohlen hängt! Wo du die Vorsteherin bist von dem Kinderheim, so nimm auch das Kind auf. Kein Platz, sagst du? Und wo find ich ihm eine Bleibe? Hab genug Plackerei mit ihm gehabt, den bitteren Kelch bis auf den Grund geleert . . .

Freilich ist das mein Sohn, mein Sproß. Ins zweite Jahr geht er schon, aber eine Mutter hat er nicht mehr. Mit seinem Mamachen ist das eine besondere Geschichte gewesen. Nun, ich kann sie erzählen. Vorvorigen Jahres war ich einer Hundertschaft zur besonderen Verwendung zugeteilt. Wir jagten dazumal in den Kosakendörfern am oberen Don die Ignatjewbande. Ich bin, akkurat zu vermelden, MG-Schütze gewesen. Eines Tages brechen wir auf und lassen den Chutor hinter uns. Die Steppe rundum – glatzekahl, und eine Hitze wie im Backofen. Wir haben die Höhe erreicht und fahren bergab auf ein Wäldchen zu, ich vorneweg auf meiner Kutsche mit dem MG. Und schau einer, da liegt auf einer Anhöhe etwas, anzusehen wie 'n Weibsbild. Die Pferde bringe ich in Trab, lenke mein Gespann darauf zu. Wahr und wahrhaftig – ein Weib liegt da, rücklings hingeflätzt, den Rock bis über den Kopf hochgeschlagen. Ich runter vom Bock, betracht sie mir aus der Nähe: Hin ist sie nicht, noch ist Puste drin. Ich steck ihr die Säbelspitze zwischen die Zähne, reiß ihr die Kiefer auseinander und gieß ihr aus der Feldflasche Wasser in den Schlund. Da werden bei dem

Frauenzimmer die Lebensgeister wieder wach. Die Kosaken aus meiner Hundertschaft sind derweilen heran und rücken ihr mit Fragen auf den Leib: „Was bist du für eine, warum hast du dich an der Landstraße vor Augen aller wie eine Metze hingefläzt?"

Sie fängt mordsjämmerlich an zu flennen. Mit Mühe und Not kriegen wir heraus: Eine Bande aus der Gegend von Astrachan hatte sich ihrer erbarmt und sie auf dem Wagen mitfahren lassen. Bis da waren sie gekommen, dann haben ihr die Schinder Gewalt angetan und sie, wie's Brauch ist bei denen, am Wegrand liegenlassen. Ich sag meinen Landsleuten: „Brüder, willigt ihr ein, daß sie auf meiner Kutsche mitfährt, wo sie so schwer gelitten hat unter den Banditen?"

Da grölt die Hundertschaft los: „Rauf mit ihr auf deine Kutsche, Schibalok. Son elendes Luderzeugs von Weibervolk ist mächtig zäh. Laß sie ein wenig zu Kräften kommen, dann werden wir Rat halten."

Kann sich's einer ausdenken? Um Weiberröcke hab ich sonst immer einen weiten Bogen gemacht, hier aber hat mich das Mitleid gepackt, ich nehme sie mit und hab mir die Suppe eingebrockt, die ich auslöffeln sollte. Sie lebte sich rasch ein, so als ob sie zu uns gehört hätte seit eh und je. Den einen wusch sie die Hemden, anderen setzte sie auf die Pluderhosen geschickt einen Flicken, kurzum, die Weiberarbeit hat bei uns in ihrer Hand gelegen. Unserer Hundertschaft deuchte es aber schandbar, ein Weib zu halten. Der Befehlshaber hat geflucht.

„Pack das Hurenweib am Schlafittchen und setz sie an die Luft!"

Mich aber hat sie im höchsten und mächtigsten Grade gejammert. So sagte ich ihr: „Schwirr ab, Darja, im guten, bevor dich eine törichte Kugel freit, dann ist das Gewimmer groß." Ihr sind Tränen in die Augen gekommen, sie heulte: „Ihr mögt mich auf der Stelle erschießen, ihr liebwerten Kosakchen, aber von euch wegmachen tu ich nicht."

Als mir bald darauf mein Kutscher hops ging, hat sie mir eine Nuß zu knacken gegeben: „Mach mich zu deinem Kutscher! Die Pferde werd ich nicht schlechter besorgen als sonstwer." Ich hab ihr das Gespann überlassen.

„Wenn du aber", sag ich ihr, „es nicht fertigkriegst, im Gefecht blitzschnell die MG-Kutsche zu wenden, bleibst du auf der Landstraße liegen und verreckst, ansonst peitsch ich dich zu Tode."

Zu kutschieren hat sie wirklich verstanden, selbst alte Kosaken konnten von ihr lernen. Wenngleich sie dem Weibergeschlecht angehörte, in Pferdesachen hat sie sich nicht schlechter ausgekannt denn ein richtiger Kosak. Im Gefecht tat sie zuweilen den Wagen so jählings rumreißen, daß die Pferde sich bäumten.

Je länger sie blieb, desto besser flutscht's. So kroch sie unter meine Decke. Und wie das so geht, sie wurde schwanger. Kummer genug bringen wir dem Weibervolk!

An die acht Monate sind wir hinter der Bande hergewesen, da ging das Gewieher bei den Kosaken der Hundertschaft los: „Guck dir deinen Kutscher an, Schibalok, wie gut dem die Armeeverpflegung bekommt. Dick und rund ist er geworden, hat auf dem Bock kaum noch Platz."

Eines Tags ist uns an der vordersten Linie die Munition ausgegangen, und mit Nachschub konnten wir nicht rechnen. Die Bande hatte sich an einem Ende des Chutors festgesetzt, wir am anderen. Streng geheim hielten wir's vor den Bewohnern, daß uns die Patronen fehlten. Und hier hat der Verrat eingesetzt. Mitten in der Nacht – ich bin auf Wache – vernehm ich: Die Erde wummert und dröhnt. Wie Lava strömt es rundum und durch den Chutor, offensichtlich wollen sie uns umzingeln. Sie setzen zum Angriff an, sind sicher, daß ihnen keine Gefahr droht, und sind dreist genug, zu uns herüberzugrölen: „Ergebt euch, rote Kosakchen, habt alle eure Patronen verschossen! Ansonst, Brüderchen, schwitzt ihr Blut."

Und wir haben Blut geschwitzt. Sie haben uns so in Trab gebracht, daß jedes Hügelchen zur Probe wurde, wessen Pferd schneller war. In der Früh haben wir uns, gute fünfzehn Werst weit vom Dorf, im Walde gesammelt und Appell abgehalten: Mehr als die Hälfte fehlte. Nur wenige waren entschlüpft, die anderen niedergesäbelt worden. Der Kummer nagte mir am Herzen, ein Elend war's. Obendrein war Darja von ihrem Zustand immer kürzer in die Zügel genommen worden. Vom Galoppieren die ganze Nacht hindurch war sie wie umgeschaffen. Erdfahl hat sie ausgesehen. Und meinen Augen ist nicht entgangen, daß sie nur

noch eine Weile verstreichen ließ, ehe sie sich vom Lagerplatz ins dichte Unterholz im Walde verdrückte. Mir
schwante etwas. Ich bin ihr auf der Spur gefolgt. Sie hat sich
in ein Loch im Schutz des Windbruchs verkrochen, trockenes Laub zusammengescharrt wie eine Wölfin und diese
Liegestatt bezogen. Zuerst hat sie sich auf den Bauch gelegt, dann auf den Rücken gewälzt und gekeucht – die Wehen hatten eingesetzt. Ich hab hinterm Busch gekniet und
durch die Zweige geäugt. Sie preßt, sie schnauft, quietscht
manchmal auf. Tränen rinnen ihr die Backen runter. Die
Haut schillert grün, die Augen quellen aus den Höhlen. Vor
Anstrengung zittert sie am ganzen Körper, wie von Krämp-
fen geschüttelt. Es war keine Sache für die Augen eines Kosaken, hab mich aber nicht losreißen können. Plötzlich ist
mir ein Licht aufgegangen. Allein wird das Weib mit der
Geburt nicht fertig. Draufgehen wird sie. Ich auf und hinge-
rannt und gesehn: Es muß Hilfe geleistet werden. Ich hab
mich über sie gebeugt, die Ärmel hochgekrempelt, vor
Angst ist mir der Schweiß ausgebrochen. Auf Menschen zu
schießen, war ich nie schüchtern gewesen, hier aber hatte
es seine liebe Not. Ich habe für sie gesorgt, und das Wimmern hat aufgehört. Da fing sie an, albern daherzureden:
„Weißt du es auch, Jascha, wer der Bande gesteckt hat, euch
seien die Patronen ausgegangen?" Und sieht mich gar ernst
an.
„Wer?" hab ich gefragt.
„Ich war's."
„Solch Einfall, bist wohl verdreht vom Tollkirschenna-
schen? Das ist nicht der Augenblick, dummes Zeug zu
schwätzen! Halt deinen Rand und lieg ruhig!"
Sie hat wieder angefangen: „Der Sensenmann steht mir zu
Häupten, möchte drum meine Schuld gestehn, Jascha ...
Du ahnst gar nicht, was für eine Schlange du am Busen ge-
nährt hast."
„Gut", sag ich, „gesteh deine Schuld in drei Teufels Namen!"
Sie hat ihrem Herzen Luft gemacht. Beim Erzählen schlug
sie die Erde mit dem Kopf.
„Aus freien Stücken hab ich zu der Bande gehört", sagt sie,
„und mit der ihrem Häuptling Ignatjew gekramt. Vorm Jahr
haben sie mich als Kundschafter in eure Hundertschaft ge-

schickt, um so manches zu erfahren. Zum Schein hab ich so getan, als sei ich geschändet worden. Ich muß sterben, ansonst bring ich noch die ganze Hundertschaft ins Verderben."

Mich durchfuhr's wie ein Stich ins Herz. Ganz von Sinnen, hab ich sie mit den Stiefeln gestoßen und ihr dann den Mund blutig getreten. Sie hat aufs neue Wehen bekommen. Plötzlich hab ich das Kind zwischen ihren Schenkeln herauswachsen sehen. Ganz nackt hat's dann gelegen und gequiekt wie ein Junghase, den der Fuchs in seinen Fängen hält. Darja aber hat geschluchzt und gelacht, ist mir vor die Füße gekrochen und hat meine Knie umschlingen wollen. Ich hab ihr den Rücken gekehrt und mich davongemacht. Bei unsrer Hundertschaft hab ich den Kosaken erzählt, wie sich alles zugetragen hatte.

In der ersten Wut sind sie aufgebraust und haben mich in Stücke hauen wollen. Später sagten sie dann: „Du hast sie gedingt, Schibalok, du mußt ihr auch den Lohn zahlen, mitsamt ihrer Brut. Tust du es nicht, machen wir dich zu Krautschnitzel."

Ich hab mich auf die Knie geworfen. „Brüder", sag ich, „nicht aus Furcht, sondern aus Gewissen wird sie gerichtet werden für all die Brüder und Genossen, die ihren Kopf lassen mußten, weil sie Verrat geübt hat. Habt aber ein Herz im Leibe für das Würmchen! Halb hab ich teil dran, es ist mein Sproß und soll leben! Ihr habt Frauen und Kinder, ich hab niemanden außer ihm." Habe gebetet und die Erde geküßt, sie haben Mitleid mit mir gehabt und gesagt: „Laß gut sein! Möge dein Sproß aufwachsen, soll aus ihm ein gleich verwegener MG-Schütze werden wie du, Schibalok! Das Weib aber muß dran glauben!"

Ich bin zu Darja gelaufen. Sie war wieder zu Kräften gekommen, saß und hielt das Kind in den Armen.

Hab ich ihr gesagt: „Daß du es nicht wagst und gibst dem Kind die Brust. Was zu unseliger Stunde zur Welt kommt, braucht Muttermilch gar nicht erst zu kosten. Mit dir aber, Darja, muß ich abrechnen, denn du bist kontra unsre Sowjetmacht. Stell dich mit dem Rücken zum Abhang!"

„Jascha, aber das Kind? Dein Fleisch und Blut. Wenn ich nicht mehr lebe, stirbt es, weil es keine Milch gehabt hat. Laß es mich stillen so lange wie nötig, dann magst du mich richten, ich bin einverstanden."

„Nein", sag ich, „die Hundertschaft hat mir strenge Order gegeben. Ich darf dich nicht am Leben lassen. Ums Kind mach dir keine Sorgen. Mit Stutenmilch werd ich's großpäppeln, es wird nicht verhungern."

Ich bin zwei Schritt zurückgetreten, hab das Gewehr von der Schulter genommen, sie hat meine Beine umschlungen und mir die Stiefel geküßt . . .

Hernach bin ich zurückgerannt, habe mich nicht umgeblickt; die Hände zitterten, die Beine knickten ein, ich hab das nackige, glitschige Kind kaum im Arm halten können.

Der Tage fünfe drauf sind wir auf dem Rückwege an der Stelle vorbeigekommen. Eine Wolke Raben schwebte über dem Wald am Abhang . . . Meine liebe Not hab ich mit dem Kind gehabt.

„Sieh zu, daß du es loswirst, Schibalok! Was plagst du dich da ab, Schibalok?" sagten bisweilen die Kosaken.

Mein Herz hat aber an dem kleinen Wildfang gehangen. Ich dachte bei mir: Soll er groß werden; beißt der Vater einst ins Gras, schützt der Sohn die Macht der Sowjets. So wird Jakow Schibalok in Erinnerung bleiben, wird nicht wie Unkraut vergehn, sondern Nachkommenschaft hinterlassen. Glaub mir, Bürgerin, du Gute, um ihn ist's zum erstenmal gewesen, daß ich im Leben Tränen vergoß. In unserer Hundertschaft hatte eine Stute gefohlt. Dem Füllen haben wir den Gnadenschuß bewilligt, die Milch sollte der Kleine kriegen. Bisweilen hat er den Schnuller verweigert, hat das andere haben wollen, später hat er sich dran gewöhnt und an dem Schnuller nicht schlechter gesaugt als andere Kinder an der Mutterbrust.

Ein Hemdchen hab ich ihm aus meiner Unterhose genäht. Mittlerweile ist er aus dem Hemd rausgewachsen. Macht nichts, er kommt noch aus . . . Nun knöpf deinen Verstand schon auf: Wo soll ich denn mit ihm hin? Zu klein ist er, sagst du? Er ist ein aufgeweckter Schlingel, langt von selber nach dem Papp. Nimm ihn auf, bewahr ihn vor dem Schlimmsten! Du nimmst ihn? Wirklich? . . . Danke dir, Bürgerin. Ich komm auf einen Sprung wieder her – sobald wir Fomins Bande aufgerieben haben.

Leb wohl, Söhnchen, du, Schibaloks Sproß. Werd hübsch

groß! He du, Racker, was fällt dir denn ein? Zaust deinen Vater am Bart. Hab ich dich nicht bemuttert? Bin ich dir nicht eine gute Amme gewesen, und du willst dich kurz vor Schluß mit mir raufen? Komm, gib das Köpfchen her, kriegst zum Abschied einen Kuß auf den Scheitel . . .

Keine unnützen Sorgen, verehrte Bürgerin, denken Sie nicht, daß er brüllt. Ne-e-in. Er hat von einem Bolschewiken was mitbekommen, er brüllt nicht, er beißt. Warum ein Geheimnis draus machen? Aber keine Träne drischst du aus dem heraus!

1925

Aljoschkas Herz

Zwei Sommer lang leckte die Dürre den Bauernacker kahl bis auf den Grund. Zwei Sommer lang blies ein unerbittlicher Ostwind von der Kirgisensteppe her, er zauste die rotbraunen Getreidebüschel, brannte in den Augen der Bauern, die auf die ausgedörrte Steppe starrten, und trocknete die kargen, ätzenden Tränen. Nach der Dürre kam der Hunger. Für Aljoschka war das ein Riese ohne Augen, der ohne Weg und Steg einherging, mit seinen Händen die Siedlungen, Chutors und Stanizen abtastete und die Menschen würgte; bald konnten seine harten Finger auch Aljoschkas Herz zu Tode pressen.

Aljoschka hatte einen dicken Hängebauch und geschwollene Beine. Wenn er den Finger in die rotblaue Wade drückte, bildete sich erst ein weißes Grübchen, dann schwoll die Haut über dem Grübchen auf, als wär's eine Blase, und die Stelle, die der Finger berührt hatte, war noch lange von erdfarbenem Blut unterlaufen.

Zum Zerreißen straff umspannte ihm die Haut Ohren, Nase, Backenknochen und Kinn – wie vertrocknete Kirschbaumrinde fühlte sie sich an; die Augen waren so tief eingesunken, daß die Höhlen leer schienen. Aljoschka war vierzehn Jahre alt. Brot hatte er seit fünf Monaten nicht zu sehen bekommen. Es war der Hunger, der seinen Leib auftrieb.

In aller Frühe, als die blühenden Erbensträucher längs der Knüppelzäune ihren übersüßen Honigduft ausströmten, die Bienen trunken auf den gelben Blüten schaukelten und der taubespülte Morgen die durchsichtige Stille zum Tönen brachte, schlich Aljoschka, im Winde taumelnd, zum Graben. Ächzend, Stück für Stück, kroch er hinüber zum taunassen Zaun und sank daneben nieder. Der Kopf schwindelte ihm vor Freude, obgleich das Herz beklommen war.

Vor Freude schwindlig war ihm, weil dicht neben seinen bläulichen, ungelenken Beinen der noch warme Kadaver eines Füllens lag.

Nachbars Stute war kurz vorm Fohlen gewesen, als ihr der Gemeindebulle auf der Viehtrift die scharfen Hörner in den Leib stieß. Die Stute fohlte vor der Zeit. Noch warm und dampfend vom Blute lag das junge Tier am Zaun; daneben saß Aljoschka, stützte sich mit seinen schwachen Händen auf den Erdboden und lachte, lachte.

Aljoschka wollte den Kadaver hochheben, doch es ging über seine Kraft. Er kehrte nach Hause zurück, ein Messer holen. Bis er wieder am Zaun war, knäulten sich neben dem Fohlen bereits die Hunde. Sie rauften um das rosige Fleisch und schleiften es über die staubige Erde. Aljoschkas verzerrtem Mund entrang sich ein gedehntes „A-a-a". Stolpernd und mit dem Messer fuchtelnd, ging er auf die Hunde los, sammelte alles, was übriggeblieben war, bis zum letzten dünnen Därmchen auf einen Haufen und schleppte es etappenweise nach Haus.

Abends starb, an fasrigem Fleisch übergessen, Aljoschkas Schwesterchen, das jüngste, schwarzäugige.

Die Mutter lag lange auf dem Lehmboden, das Gesicht nach unten. Als sie aufstand, wandte sie sich mit zuckenden aschgrauen Lippen an Aljoschka: „Nimm sie bei den Füßen." Sie faßten an, Aljoschka bei den Füßen, die Mutter am kraushaarigen Köpfchen, trugen sie hinter den Garten in den Graben und bewarfen sie mit etwas Erde.

Am Tage drauf, als Aljoschka durch die Gasse zottelte, lief ihm der Nachbarjunge über den Weg. Den Finger in der Nase, die Augen abgewandt, sagte er: „Ljoschka, unsere Stute hat ein Fohlen bekommen, und die Hunde haben es aufgefressen!"

Aljoschka lehnte am Torpfosten und schwieg.

„Eure Njura haben die Hunde auch ausgebuddelt und ihr den Bauch ausgefressen."

Aljoschka drehte sich weg und ging schweigend davon, ohne den Jungen anzusehen. Der aber hopste auf einem Bein und schrie ihm nach: „Meine Mama sagt, wer ohne Popen und nicht auf dem Friedhof begraben ist, den prügeln in der Hölle die Teufel! Hörst du, Ljoschka?"

Eine Woche verstrich. Aljoschkas Zahnfleisch eiterte. Wenn er morgens, vom Hunger gepeinigt, harzige Ulmenrinde knabberte, wackelten seine Zähne und tanzten im Munde. Ein Krampf würgte die Kehle. Die Mutter stand schon den dritten Tag nicht auf. Mit tonloser Stimme sagte sie zu Aljoschka: „Lonja . . . geh Wolfsmilch rupfen im Garten . . ."

Aljoschkas Beine waren schwach wie Halme, mißtrauisch betrachtete er sie und legte sich auf den Rücken. Mit schmerzverzerrten Lippen sagte er: „Ich schaff's nicht, Mütterchen. Der Wind reißt mich um."

Am gleichen Tag beobachtete Aljoschkas ältere Schwester Polina, wie die reiche Bäuerin von nebenan, Makartschicha wurde sie genannt, auf ihren Gemüseacker hinterm Flüßchen jäten ging; nicht aus den Augen ließ sie das gelbe, durch die Gärten schimmernde Kopftuch und stieg dann durchs Fenster in die Kate der Nachbarin. Von der Bank aus, die sie an den Ofen rückte, langte sie ins Ofenloch, schlürfte aus dem gußeisernen Topf die Fastensuppe, fischte die Kartoffelstückchen heraus und schlief übersättigt auf der Stelle ein, den Kopf im Ofen, die Beine auf der Bank. Um die Mittagsstunde kehrte die Makartschicha heim, ein robustes, bösartiges Weib. Bei Polinas Anblick kreischte sie auf, dann fuhr sie mit der Linken in das wirre Haar des Mädchens, die Rechte packte das Plätteisen, und wortlos schlug sie zu, auf den Kopf, das Gesicht und die hohltönende, magere Brust.

Von seinem Hof aus gewahrte Aljoschka, wie die Makartschicha, verstohlen Umschau haltend, die Schwester an den Beinen die Treppe hinunterschleifte. Polinas Röckchen hatte sich über den Kopf geschoben, und die Haare fegten den Staub auf dem Hof, und auf der Erde blieb ein Blutpfad zurück.

Durch das Zaungeflecht sah Aljoschka unbeweglich zu, wie die Makartschicha Polina in den alten verfallenen Brunnen warf und hastig mit Erde zuschüttete.

Nachts entströmt dem Garten feuchter Erdgeruch, vermischt mit dem betörenden Duft des Faulbaums und der blühenden Nessel. Längs des morschen Zauns bewachen dicht aneinandergedrängt Klettenstauden den Weg. Nachts trat Aljoschka in den Garten, spähte lange hinüber auf den Hof der Makartschicha, auf die Glimmerscheiben, auf das zottige, mit Mondlichttupfen übersprühte Laub der Gärten und schlich zum Tor des Nachbarhofs. Am Speicher rasselte eine Kette. Der Hund schlug an. „Pst! Serko... Serko..." Die Lippen gespitzt, pfiff Aljoschka einschmeichelnd, und das Bellen verstummte.

Er ging nicht durch die Pforte – über den Knüppelzaun kletterte er und tastete sich auf allen vieren zum Keller hin. Das Kellerloch verdeckten Steppengras und Zweige. Lauschend stand er eine Weile, bevor er nach dem klirrenden Kettchen faßte. Der Keller war unverschlossen. Aljoschka hob den Deckel und stieg gebückt die Leiter hinab.

Der Junge sah nicht, daß die Makartschicha aus der Küche herausgeschossen kam. Das Hemd schürzend, jagte sie zu dem Fuhrwerk mitten im Hof, zog den Deichselbolzen heraus und stürzte zum Kellerloch. Sie ließ den zerwühlten Kopf hineinhängen, aber Aljoschka hatte die matt gewordenen Augen geschlossen und trank, nur auf den eigenen dröhnenden Herzschlag horchend, ohne abzusetzen Milch aus dem Krug.

„Pech und Schwefel in deinen Hals! Was machst du da, du Kröte?"

Der Krug, mit einem Male schwer, entglitt den erstarrten Fingern Aljoschkas und zerbarst am Rande der Leiter.

Wie ein Klumpen fiel die Makartschicha in den Keller.

Ohne Anstrengung hob sie Aljoschka an den Schultern hoch. Schweigend, mit verkniffenen Lippen, trat sie hinaus auf die Gasse, lief geduckt am Zaun entlang zum Flüßchen und warf den erschlafften Körper in den Schlamm am Wasser.

Anderntags war Pfingsten. Im Haus der Makartschicha war der Boden mit Quendel und Walpurgiskraut bestreut. Zeitig hatte sie die Kuh gemolken und zur Herde getrieben, jetzt holte sie ihr geblümtes Sonntagstuch hervor, legte es um die Schultern und ging zu Aljoschkas Mutter. Die Tür zum Vorraum stand weit offen, aus der ungefegten Stube roch es nach Verwesung. Sie trat ein. Aljoschkas Mutter lag auf dem Bett, die Beine angezogen, die Hand zum Schutz gegen das Licht auf den Augen. Vor dem verräucherten

Heiligenbild bekreuzigte sich die Makartschicha inbrünstig.

„Grüß Gott, Anissimowna!"

Keine Antwort. Fliegen saßen wie Flecken auf den eingefallenen Wangen und summten hohl im schief geöffneten
Mund. Die Makartschicha machte einen Schritt auf das Bett
zu. „Bist ja recht bequem, meine Liebe ... Doch ich komme
eigentlich, um zu fragen, ob du mir nicht deine Kate verkaufen willst. Weißt ja, auf mein Mädel wartet schon die
Aussteuer, den Schwiegersohn will ich ins Haus nehmen.
Du schläfst wohl, was?"

Sie berührte die Hand – stechende Kälte durchzuckte sie.
Entsetzt schrie sie auf, stürzte fort von der Toten, zur Tür.
Doch da stand Aljoschka, das Gesicht kreideweiß. Blutver-
schmiert, von Kopf bis Fuß voll Schlamm, klammerte er
sich an den Pfosten.

„Ich lebe noch, Tantchen. Schlag mich nicht tot. Ich tu's nie
wieder!"

Über den flockigen Staubteppich auf den Gassen, über den
Platz bei der verfallenen Kirchhofsmauer schlich um die
Abenddämmerung Aljoschkas Schatten. Neben der Schule,
unter den düsteren Akazien, begegnete er dem Popen. Der
kam aus der Kirche, krumm unter dem Sack voll Piroggen
und Pökelfleisch. Aljoschka krächzte mit verkrampften Lippen: „Um Christi willen ..."

„Helf dir Gott!" Von den Schößen seines Leibrocks behin-
dert, buckelte sich der Pope an Aljoschka vorbei.

Am Flüßchen Backsteinscheunen und Speicher voll Korn.
Auf dem Hof davor ein Haus mit Blechdach: Beschaffungskontor Nr. 32 der Erfassungskommission Dongebiet. Unter
dem Wetterdach einer Scheune zwei Patronenkarren und
die Feldküche. Längs der Speicher Schritte und ungeputzte
Bajonette. Die Wache.

Aljoschka wartete, bis der Posten ihm den Rücken zu-
kehrte, und schlüpfte unter den Speicher. Schon am Morgen hatte er aus einer Ritze einen goldgelben Strahl von
Körnern hervorquellen sehen. Er nahm eine Handvoll und
kaute gierig.

Eine Stimme drang zu ihm: „Wer da?"

„Ich."

46

„Wer bist du?"

„Aljoschka."

„Na, dann kriech mal raus!"

Aljoschka rappelte sich auf und hielt die Hände vors Gesicht, mit zusammengekniffenen Augen den Schlag erwartend. Sie standen lange. Dann brummte eine gutmütige Stimme: „Komm mit, Aljoschka! Bei mir gibt's gebrühten Weizen."

Aljoschkas Blick gewahrte eine trübe Brille auf höckriger Nase und ein Lächeln, das gar nicht böse war. Mehr sah er nicht, denn der Mann mit der Brille wandte sich bereits zum Gehen, langbeinig, wie auf Stelzen. Aljoschka stolperte hinter ihm her, bis zur zweiten Tür rechts im Korridor mit der Aufschrift: „Politkommissar Sinizyn!"

Sie traten ein. Der Bebrillte zündete die Öllampe an, nahm breitbeinig auf einem Schemel Platz und hielt Aljoschka einen Tontopf mit gebrühtem Weizen unter die Nase nebst einer Flasche Sonnenblumenöl. Wortlos sah er zu, wie Aljoschkas Kinnbacken und Kaumuskeln sich bewegten, stand nach einer Weile auf und nahm Aljoschka den Topf wieder aus den Händen. Aljoschkas warzenübersäte Finger krallten sich am Rande fest, und vom Schluchzen geschüttelt, wackelte er mit dem Kopf. „Tut dir wohl leid, alter Knauser!"

„Unsinn, du Dummkopf, überessen wirst du dich und krepieren!"

Am nächsten Tag kam Aljoschka schon im Morgengrauen auf den Hof des Beschaffungskontors. Zähneklappernd saß er auf den brüchigen Stufen und wartete, daß die Tür mit der Aufschrift „Politkommissar Sinizyn" knarren und der Bebrillte auf der Schwelle erscheinen würde.

Als die Sonne hinter den Backsteinscheunen emporstieg, stand der Bebrillte auf. Er trat in den Vorraum und zog die Nase kraus.

„Was stinkt denn hier so? Kommt's von dir, Aljoschka?"

„Hunger hab ich", murmelte Aljoschka und blickte zu den Brillengläsern auf.

„Gleich kochen wir Grütze, aber stinken tust du, Aljoscha Popowitsch."

Schlicht und sachlich erklärte Aljoschka: „Die Makartschicha hat mich beinahe totgeschlagen, und jetzt, wo's heiß ist, haben sich Würmer im Kopf breitgemacht."

Der Bebrillte wurde blaß. „Würmer hast du?"

„Auf dem Kopf! Tun mächtig beißen."

Aljoschka nahm ein blutdurchtränktes Hanfbüschel vom Kopf, und der Bebrillte erblickte eine kreisrunde eitrige Wunde mit weißen Maden, die ihre spitzen Köpfe aus dem Blutwasser hervorstreckten. Aufstöhnend beugte er sich über das Geländer.

Aljoschka faßte sich ein Herz. „Weißt du was?" sagte er. „Kratz sie mir mit einem Stäbchen raus, und in das Loch gieße Petroleum. Würmer krepieren doch von Petroleum, nicht wahr?"

Mit einem angespitzten Stäbchen klaubte der Bebrillte die glitschigen Maden aus der Wunde, während Aljoschka winselnd zappelte.

Seitdem waren die beiden Freunde. Täglich kreuzte Aljoschka im Kontor auf, löffelte Hafergrütze aus dem Napf, schlürfte dazu Öl, aß viel und gierig und spürte jedesmal voll Unruhe zwei Augen neugierig-zärtlich auf sich gerichtet.

Neben der Viehtrift, hinter der grünen Mauer raschelnder Maisstengel, war das Getreide abgeblüht. Die Ähren waren prall von frischem milchigem Korn. An dem Feld vorbei trieb Aljoschka Tag für Tag die Pferde vom Beschaffungskontor zum Weiden in die Steppe. Ohne Koppeln ließ er sie auf die Wermuthalden, in das buschige graue Steppengras, er selbst schlug sich seitwärts ins Kornfeld. Bereitwillig machten ihm die hohen Halme Platz, und Aljoschka legte sich achtsam nieder, um kein Hälmchen zu zertreten. Auf dem Rücken liegend, zerrieb er die Ähren in der Hand und aß bis zur Übelkeit das duftige Korn, in dem die weiße Milch noch nicht hart geworden war.

Wieder hatte Aljoschka die Pferde in die Steppe getrieben. Lauernd umkreiste er das störrische Stutenfohlen. Er wollte ihm die Kletten aus der Mähne ziehen und den Grind abschaben. Die Stute bleckte die schwärzlichen Zähne, schnappte nach ihm und schlug aus. Aljoschka hatte sie dennoch überlistet und gerade beim Schweif gepackt, da hörte er eine Stimme hinter sich: „He, Aljoschka! Genug rumgelungert! Tu mal was Rechtes. Verding dich mir, ja? Wirst bei mir in Kost sein, und fürs Schuhwerk sorg ich obendrein."

Aljoschka ließ den Pferdeschwanz los und blickte sich um. Ein paar Schritte entfernt stand der reiche Iwan Alexejew aus dem Chutor. Wohlwollend sah er ihn an. „Kommst zu mir als Knecht, einverstanden? Essen kriegst du, wie es sich gehört. Daran soll's nicht fehlen. Fette Milch und was sonst noch ist."

Aljoschka besann sich nicht lange, zu froh war er über Arbeit und Brot. „Ich komme, Iwan Alexejew", sagte er geradezu.

„Gut, dann sei zum Abend mit deiner Habe bei mir!" Damit ging Iwan Alexejew davon; sein verschossenes Hemd schimmerte durch den Mais.

Den Nackten zu kleiden reicht ein Gürtel. Aljoschka hatte niemand auf der Welt, niemand und nichts. Haus und Hof hatte die Mutter noch kurz vorm Tode an die Nachbarn fortgegeben: das Haus für neun Handvoll Mehl, den Stall für Hirse, Garten und Weideland waren für einen Krug voll Milch an die Makartschicha gefallen. Alles, was Aljoschka sein eigen nannte, waren Vaters Bauernkittel und Mutters abgetragene Filzstiefel... Kaum war die Herde von der Weide zurück, war Aljoschka schon auf Iwan Alexejews Hof. Neben der Küche hatte die Hausfrau ein großes Leinentuch gebreitet, die Familie ließ sich zum Nachtmahl auf der Erde nieder. Der Duft des gekochten Hammelfleischs stieg Aljoschka verlockend in die Nase. Er schluckte den Speichel runter, trat näher, die Mütze in der Hand knüllend, und dachte: Wenn mich doch die Hausfrau setzen hieße! Aber alles andere als das. Erbost schepperte die Bäuerin mit den Töpfen. „Hast uns noch einen Krippenreiter aufgehalst! Frißt mehr, als er schafft. Weis ihm den Weg, Alexejewitsch. Gott verschon uns! Was braucht's so einen in diesen Zeiten!"

„Halt's Maul, dummes Weib! Hast zwei Löcher in der Nase – schnaub dich aus!" Also sprach der Hausherr und wischte sich den Bart mit dem Ärmel. Dabei blieb's.

Nicht zum erstenmal arbeitete Aljoschka. Anstellig wie der selige Vater, hatte er sich schon mit sieben Jahren als Viehtreiber nützlich gemacht und den Rindern die Schwänze hochgebunden.

In drei Tagen hatte er sich eingelebt. Er fuhr mit der

Schwiegertochter der Bauersleute zur Mühle, häufelte auf dem Schlag das Heu. Zur Nacht richtete er sein Lager unterm Vordach der Scheune. Gleich am ersten Abend war der Bauer gekommen. Rülpsend, mit Zwiebelatem, hatte er gesagt: „Wenn dir Hundsfott einfallen sollte, hier zu rauchen, dreh ich dir eigenhändig den Kopf ab! Laß dir's gesagt sein!"

„Wo werd ich denn, Onkelchen."

„Also, sieh dich vor!"

Fort ging er, Aljoschka aber fand keinen Schlaf, ebensowenig wie in der nächsten Nacht. Von der Feldarbeit brannten ihm Hände und Füße, der Rücken schmerzte, als ginge darin ein Pfahl rum. Am dritten Morgen lief er in aller Frühe zum Beschaffungskontor. Schnaufend und prustend wusch sich der mit der Brille auf dem Treppenvorbau.

„Wo hast du denn gesteckt, Alexej?"

„Hab mich als Knecht verdingt."

„Bei wem?"

„Bei Iwan Alexejew, am Dorfrand."

„Komm heut abend her, mein Freund. Haben noch was zu bereden."

Abends tränkte Aljoschka das Vieh und ging ins Kontor. Der Bebrillte blätterte in Büchern. „Alexej, kannst du lesen und schreiben?"

„Ich hab in der Pfarrschule gelernt. Meinen Namen kann ich schreiben."

„Komm mal mit!"

Sie gingen den Korridor entlang. Auf der letzten Tür stand was mit Kreide geschrieben. Alexej buchstabierte: „Klub des RKJV." Seltsam und unverständlich. Der Bebrillte trat ein. Zaghaft folgte ihm Aljoschka. In dem Zimmerchen sah er Bilder, eine ausgeblichene rote Fahne und ein paar Jungen, die er kannte. Jemand las laut vor. Beim Knarren der Tür flogen die Köpfe hoch, doch gleich neigten sich alle wieder, gespannt lauschend, über den Tisch. Auch Aljoschka lauschte. Er hörte von den Herren, wie sie Arbeiter dingen müßten, und von vielem anderen. Gegen Mitternacht kam er nach Hause. Noch lange wälzte er sich auf seiner zerfetzten Matte. Bis zum Morgenrot blickte ihm der schräge Mond dreist ins Gesicht.

Iwan Alexejew sprach zu Aljoschka: „Schau zu, du Hundsfott, daß die Arbeit fleckt! Merke ich, daß du Maulaffen feilhältst, jag ich dich eins, zwei, drei vom Hof! Dann verreck meinethalb auf der Gasse!"

Aljoschka war bei der Heumahd und beim Dreschen dabei, und das Vieh besorgen tat er auch, dieweil Iwan Alexejew die Hände hinter den ausgefransten Leibgurt steckte und mit feistem Lächeln auf dem Hof umherstolzierte.

Da rief ihn sonntags der Nachbar an: „Na, Iwan Alexejew, läßt's dir gut gehen?"

„Kann nicht klagen."

„Hast wohl gar kein Gewissen mehr?"

„Was soll's?"

„Ist doch nicht recht, was du tust. Wie 'n Gaul schindet sich der Ljoschka bei dir. Wirst den Jungen noch zugrunde richten. Lädst dir eine Sünde auf die Seele!"

„Gib acht auf dein Hab und Gut, Nachbar, auf fremde Höfe brauchst nicht zu glotzen, ansonsten scher dich..." Dem Nachbarn den Rücken zukehrend, entfernte er sich breitbeinig schaukelnd und ohne Hast. Wie er aber um die Ecke hinter der Scheune war, zog er den Bart zwischen die kräftigen gelben Zähne und stieß einen saftigen Fluch aus. Von Stund an hegte er tief im Busen einen dumpfen Haß gegen den Nachbarn.

Er vergalt es nun dem Nachbarn, einem Hungerleider, wo er konnte. Jagte die dürre Kuh des anderen von seinem Stoppelfeld und ließ sie zwei Tage angebunden und hungrig bei sich stehen. Und dem Aljoschka, dem wälzte er noch mehr Arbeit auf und prügelte ihn grausam wegen jeder Nichtigkeit.

Gern hätte Aljoschka dem Bebrillten sein Herz ausgeschüttet, doch er hatte Angst, Iwan Alexejew könnte es erfahren und ihn davonjagen. Also schwieg er. In den Nächten, den kurzen schwülen, wurde das Kissen unterm Vordach naß von Aljoschkas Tränen, abends aber, sowie er das Vieh von der Tränke heimgetrieben hatte, huschte er über die Tenne und am Knüppelzaun entlang in den Klub. Jeden Tag sah er dort den Bebrillten. Der lächelte ihm über die trüben Brillengläser freundschaftlich zu und klopfte ihm auf den Rücken.

Eines Sonntags kam Aljoschka noch bei Tage in den Klub.

In dem kleinen Raum standen dicht gedrängt Männer, jeder mit einem Gewehr. Der Bebrillte trug am Gürtel eine Pistolentasche mit geflochtenem Riemen und dann noch ein blitzendes Ding – wie eine Flasche sah es aus.

Lächelnd trat er auf Aljoschka zu. „Eine Bande ist in unseren Kreis eingedrungen. Wenn sie unsere Staniza überfällt, komm zu uns, den Klub verteidigen!"

Aljoschka drängte es, mehr zu erfahren. Aber so unheimlich viele Leute waren da, daß er sich nicht traute, danach zu fragen.

Anderntags, in der Früh, ölte Aljoschka den Grasmäher. Wie er zur Küche hinüberblickte, trat der Bauer heraus. Knallte die Tür hinter sich zu, und Aljoschka wurde eiskalt ums Herz: Der Bauer hatte die Brauen bitterböse gerunzelt und zerrte an seinem Bart. Aljoschka war sich keiner Schuld bewußt, doch er fürchtete seinen Brotherrn, der so hart im Strafen war. Der Bauer trat auf ihn zu. „Wo treibst dich nächstens rum, verdammter Bengel?"

Aljoschka schwieg. Die Büchse mit dem Öl in seiner Hand zitterte.

„Wo dich rumtreibst, frag ich!"

„Im Klub."

„So-o-o, im Klub? Und kennst du das schon, du Mistkerl?"

Des Bauern Faust war mit gelben Borsten bewachsen und schwer wie ein Zentnergewicht. Von dem Schlag gegen den Nacken knickten Aljoschka die Beine ein; vornüber fiel er auf die Schwadbretter der Maschine, und vor seinen Augen sprühten Funken wie Hirseschrot.

„Wirst sie dir abgewöhnen, die Rumtreiberei. Sonst mach, daß du vom Hof kommst, zu des Teufels Großmutter scher dich und verpest mir nicht länger die Luft!" Während der Bauer die Pferde vor den Mäher spannte, spektakelte er weiter: „Aus Barmherzigkeit hat man ihn genommen, und er, er lungert bei dem Gesindel rum. Hernach kommt die andere Macht und sperrt mich deinethalben ein, du Aas! Gehst du noch mal hin, kannst du was erleben!"

Aljoschka hatte große Zähne mit großen Lücken dazwischen, und sein Herz war ohne Arg, noch nie in seinem Leben war er auf jemand böse gewesen. Die Mutter hatte immer zu ihm gesagt: „Ach, Ljonka, zugrunde gehen wirst du, wenn ich sterbe. Jedes Küken kann dich im Mist verscharren! Nach wem bist du nur geraten? Dein Vater wurde seiner Widerborstigkeit wegen hingemacht. Der ließ sich nichts gefallen. Nach dir aber hackt jetzt schon jeder Spatz, wirst später alleweil der Geschlagene sein."

Aljoschka hatte ein gutes Herz, wie sollte er seinem Herrn gram sein, der ihm den Bissen zum Leben gab?

Aljoschka stand auf, verschnaufte ein wenig, doch der Bauer hob schon wieder die Faust gegen ihn, weil er beim Hinfallen Öl verschüttet hatte.

Recht und schlecht brachte Aljoschka den Tag hinter sich. Am Abend legte er sich auf seine Matte und steckte den Kopf unters Kissen.

Er erwachte vor Morgengrauen. Auf der Gasse klapperten Pferdehufe. Am Tor verstummten sie. Der Ring an der Pforte klirrte. Schritte und Klopfen am Fenster.

„Bauer!" rief halblaut eine Stimme.

Aljoschka lauschte. Eine Tür knarrte. Iwan Alexejew trat auf die Vortreppe. Halblaute Rede und Gegenrede.

„Die Pferde müßten was zu fressen kriegen", drang es an Aljoschkas Ohr.

Aljoschka hob den Kopf. Zwei Männer in Soldatenmänteln gingen über den Hof, gesattelte Pferde am Halfter führend, die sie dann am Haus festbanden. Mit dem einen schritt Iwan Alexejewitsch zur Tenne. Als er an der Scheune vorbeikam, blickte er unters Vordach und fragte leise: „Schläfst du, Aljoschka?"

Aljoschka stellte sich schlafend, schnorchelte gleichmäßig und horchte zugleich mit angehobenem Kopf.

„Der Bengel wohnt bei mir . . . ist nicht zuverlässig . . ."

Kurz darauf knirschte die Tür zur Tenne. Und wieder kam der Bauer vorbei, diesmal mit einem Bündel Heu. Säbelklirrend, sich in den langen Schößen seines Soldatenmantels verheddernd, folgte ihm der Fremde. Aljoschka vernahm gedämpftes Krächzen: „Haben sie Maschinengewehre?"

„Ach woher! Zwei Züge Roter liegen im Hof vorm Kontor. Das ist alles. Ach ja, da wären auch noch der Politkommissar, die Wiegemeister . . ."

„Morgen um Mitternacht kommen wir zu Besuch. Im Staatsforst sind wir. Klappt's mit der Überrumpelung, dann schlachten wir sie allesamt ab."

An der Treppe wieherte ein Pferd. Böse zischte der zweite im Soldatenmantel: „Scht, verfluchtes Biest!"
Dann das Klatschen eines Schlages, das Trappeln tänzelnder Hufe.
Als es zu tagen begann, verließen die beiden Reiter den Hof und ritten im scharfen Trab Richtung Staatsforst davon.

Morgens beim Frühstück aß Aljoschka fast nichts. Mit gesenkten Augen saß er da. Argwöhnisch schielte der Bauer zu ihm hinüber. „Was futterst du nicht?"
„Der Kopf tut mir weh."
Er konnte es kaum erwarten, daß das Frühstück zu Ende ging. Stahl sich zur Tenne, setzte über den Zaun und trabte ins Kontor. Wie ein Sturmwind brach er ins Zimmer des Politkommissars ein, schlug die Tür hinter sich zu und blieb, die Hand gegen das trommelnde Herz gepreßt, an der Schwelle stehen.
„Nanu, was ist, Aljoschka?"
Sich überstürzend, sprudelte Aljoschka hervor, was er von den nächtlichen Gästen und ihrem Gespräch mit den Bauern wußte. Stumm hörte der Bebrillte ihn an, erhob sich, sagte freundlich „bleib hier" und verließ den Raum.
Eine halbe Stunde wohl wartete Aljoschka im Zimmer des Bebrillten. Am Fenster summte grimmig eine Wespe, auf dem Boden spielten die Sonnenstrahlen.
Als er Stimmen auf dem Hof hörte, sah er zum Fenster hinaus. Vor dem Haus stand der Bebrillte mit zwei Rotarmisten, in ihrer Mitte der Bauer Iwan Alexejew. Sein Bart zitterte, die Lippen zuckten. „Man hat mich verleumdet, aus purer Bosheit . . ."
„Das wird sich zeigen!"
So hatte Aljoschka den mit der Brille noch nie gesehen: die Brauen über der Nasenwurzel zusammengeschoben, hinter den Brillengläsern hart glänzende Augen. Er stieß die Tür zur Backsteinscheune auf, trat zurück und sagte streng zu Iwan Alexejew: „Los, da rein!"
Gebückt trat Aljoschkas Herr in die Scheune. Hinter ihm schlug die Tür zu.

„Also, schau her: erst so, dann so, dann ruck-zuck, und die Hülse springt raus. Hier wird der Patronenrahmen einge-führt . . ." Das Gewehrschloß knackte unter der Hand des Bebrillten, lächelnd sah er Aljoschka über die Gläser an.

Wie geronnenes Pech lag abends die Dunkelheit auf der Staniza. Auf dem Platz vor der Kirchmauer hatten die Rotarmisten Stellung bezogen, in Schützenkette, auf der Erde. Neben dem Bebrillten lag Aljoschka. Herb duftete der Riemen seines Gewehrs, der Schaft war feucht vom Abendtau.

Um Mitternacht kläffte am Rande der Staniza beim Friedhof ein Hund, gleich darauf ein zweiter, und plötzlich erklang das Prasseln vieler Hufe. Der Bebrillte erhob sich auf ein Knie, zielte aufs Ende der Straße und rief: „Kompani-ie – Feuer!"

Ta-a-ack! Tack! Tack!

Hinter der Kirchmauer murmelte das aufgescheuchte Echo hastig: ack – ack – ack!

Ruck-zuck hantierte Aljoschka an dem Schloß, ließ die Hülse rausspringen und hörte wieder das heisere: „Kompani-ie – Feuer!"

Am Ende der breiten Straße Flüche, Schüsse, durchdringendes Pferdewiehern. Aljoschka horchte. Über ihm pfiff es dünn und gezogen: Tju – tju!

Gleich darauf schlug knapp einen Arschin über seinem Kopf eine andere Kugel schmatzend an die Mauer. Ziegelspritzer überrieselten ihn. Am Ende der Straße blitzten einzelne Schüsse, wirres Pferdegetrappel klang auf und verhallte in der Ferne. Federnd sprang der Bebrillte auf die Füße und rief: „Mir nach!"

Sie liefen los. Aljoschka hatte im ausgedörrten Mund einen bitteren Geschmack, das Herz wollte ihm fast zerspringen. Am Ende der Straße stolperte der Bebrillte über ein totes Pferd und stürzte. Aljoschka, der an seiner Seite lief, sah, daß vor ihnen zwei Mann über einen Holzzaun setzten. Eine Tür schlug zu. Ein Riegel rasselte.

„Da sind sie! Zwei sind in die Kate gelaufen!" schrie Aljoschka.

Das verletzte Bein nachziehend, holte der Bebrillte Aljoschka ein. Die Rotarmisten umzingelten den Hof. Dicht nebeneinander ließen sie sich an der Friedhofsmauer nieder, hinter feuchten Johannisbeersträuchern im Garten und an die Wand geschmiegt im Graben. Aus den Fenstern der Kate, die mit Kissen abgedeckt waren, wurde geschossen, in den Pausen zwischen den schnalzenden Schüssen hörte man heiseres Fluchen und überschnappende Stimmen, dann wurde alles still.

Der Bebrillte und Aljoschka lagen Schulter an Schulter. Kurz vor Tagesanbruch, als der feuchte Frühnebel dunkel wallend durch den Garten kroch, rief der Bebrillte, ohne den Kopf zu heben: „He, ihr da, ergebt euch! Sonst pfeffern wir euch eine Granate rein!"

Zwei Schüsse waren die Antwort. Der Bebrillte schwenkte den Arm: „Auf die Fenster – Feuer!"

Eine trockene, scharfe Salve. Noch eine und noch eine. Die beiden hinter den dicken Lehmziegelwänden schossen in großen Abständen, mal aus dem einen, mal aus dem anderen Fenster.

„Aljoschka, du bist kleiner als ich, kriech im Graben bis zur Scheune, wirf die Granate gegen die Tür. Anders kommen wir ihnen nicht so bald bei. Hier, den Ring mußt du herausziehen und gleich werfen, sonst zerreißt's dich selber!"

Der Bebrillte löste das flaschenförmige Ding vom Gürtel. Gab es Aljoschka. Bäuchlings schlängelte sich Aljoschka über den feuchten Boden. Oben, am Grabenrand, mähten Kugeln das Gras und bespritzten ihn mit kaltem Tau. Da – die Scheune. Er riß den Ring heraus, zielte auf die Tür – doch die Tür knirschte, zitterte und flog auf. Zwei Männer traten auf die Schwelle, der eine mit einem Mädchen von vier Jahren im Arm, hell schimmerte das Leinenhemdchen in der Frühdämmerung; der andere, die zerfetzten Kosakenhosen blutüberströmt, hielt sich mit schief herabhängendem Kopf krampfhaft am Türpfosten fest.

„Nicht schießen! Wir ergeben uns! Ihr tötet das Kind!"

Eine Frau sah Aljoschka hervorstürzen, sich schützend vor das Kind stellen und schreiend die Hände ringen. Er warf einen Blick zurück: Der Bebrillte hatte sich auf die Knie erhoben, weiß wie Kreide im Gesicht, und spähte nach allen Seiten.

Aljoschka begriff, was er tun mußte. Große Zähne hatte er mit großen Lücken dazwischen, und wer solche Zähne hat, hat ein weiches Herz. So hatte es die Mutter gesagt. Auf die blitzende Granate, das flaschenförmige Ding, legte er sich mit dem Leib, barg das Gesicht in den Händen.

Doch der Bebrillte sprang auf Aljoschka zu, stieß ihn mit dem Fuß beiseite, griff verzerrten Mundes im gleichen Augenblick nach der Granate und schleuderte sie zur Seite. In der nächsten Sekunde schoß über dem Garten eine Feuersäule empor. Aljoschka vernahm einen Donnerschlag, das Aufstöhnen des Bebrillten. Dann versengte ihm etwas die Brust, das nach Schwefel stank, und auf seine Augen legte sich ein dichter Schleier aus spitzen Nadeln.

Als Aljoschka zur Besinnung kam, sah er über sich das übernächtige grünliche Gesicht des Bebrillten.

Aljoschka wollte den Kopf heben, doch brennend stach es in der Brust, er stöhnte und lachte in einem Atemzug. „Ich lebe ... bin nicht gestorben."

„Und stirbst auch nicht, Ljonka! Darfst jetzt gar nicht sterben. Da, sieh her!"

In der Hand des Bebrillten lag ein Büchlein mit einer Nummer drauf. Er führte es an Aljoschkas Augen und las: „Mitglied des Russischen Kommunistischen Jugendverbandes Alexej Popow ... Verstehst du, Aljoschka? Einen halben Zoll vom Herzen traf dich der Granatsplitter. Aber wir haben dich kuriert, und dein Herz soll noch lange schlagen, zum Wohle der Arbeiter-und-Bauern-Macht."

Der Bebrillte drückte Aljoschka die Hand, und unter den trüben, beschlagenen Brillengläsern sah Aljoschka etwas, was er noch nie gesehen: zwei kleine silbrige Tränen und ein schiefes, bebendes Lächeln.

1925

Der Feldhüter

Ein stilles Lachen unter den dichten Brauen und die Lippen von verhaltenem Schmunzeln gekräuselt, kehrte der Vater gut gelaunt vom Ataman der Staniza heim. So wie an diesem Tag hatte der vierzehnjährige Mitja ihn lange nicht gesehen. Seit seiner Heimkehr aus dem Krieg war der Vater barsch und mürrisch gewesen, locker hatte ihm die Hand gesessen, und oft hatte er nachdenklich dagestanden und sich den rostroten Bart gezwirbelt. Nun aber – als luge die liebe Sonne durch die Wolken – hatte er Mitja, der zufällig daherkam, auf der Treppe übermütig einen Schups gegeben und gelacht. „Na, du Galgenstrick! Lauf in den Garten und ruf die Mutter zum Mittagbrot!"
Das Mittagbrot nahm die Familie gemeinsam ein. Der Vater saß unter den Heiligenbildern, die Mutter auf dem Bankende nahe am Ofen und Mitja neben Fjodor, dem älteren Bruder. Nachdem sie die magere Fastensuppe geschlürft hatten, kräuselten sich des Vaters bläuliche Lippen abermals zu einem Lächeln, und in zwei Hälften teilte sich sein borstiger Bart. „Ich kann der Familie von Herzen gratulieren, ich bin heute zum Vorsitzenden des Feldgerichts unserer Staniza ernannt worden." Er verstummte, dann fuhr er fort: „Schließlich hab ich die Litzen im deutschen Krieg nicht geschenkt bekommen, und die Obrigkeit hat nicht vergessen, daß ich für hervorragende Tapferkeit zum Offizier befördert worden bin." Jäh schoß ihm das Blut ins Gesicht, er funkelte Fjodor an. „Was schlägst die Augen nieder, du Lump? Freust dich nicht über des Vaters Freude? He? Nimm dich in acht, Fedka! Denkst, ich seh's nicht, wie du bei den Mushiks rumlungerst? Deinethalben bin ich schamrot geworden vor dem Ataman, du Schuft. ‚Anissim Petrowitsch', hat er gesagt, ‚wahrlich, Sie halten die Kosa-

kenehre hoch, aber Ihr Sohn Fjodor hält's mit den Bolschewiken. Der Junge ist zwanzig Jahre alt, schade, 's wird ein
böses Ende nehmen mit ihm.' Sprich, Hundesohn, gehst du
zu den Mushiks?"

„Ja."

Mitja erbebte das Herz. Bestimmt würde es für Fjodor Prügel setzen. Aber der Vater beugte sich nur über den Tisch
und brüllte mit geballten Fäusten: „Weißt du, daß wir deine
Kumpane morgen verhaften, du roter Hund? Weißt du, daß
der Schneider Jegorka und der Schmied Gromow morgen
erschossen werden?"

Abermals hörte Mitja den bleich gewordenen Bruder fest
antworten: „Nein, ich hab's nicht gewußt, aber nun weiß
ich's."

Bevor sich die Mutter schützend vor Fjodor stellen und bevor Mitja einen Schrei ausstoßen konnte, hatte der Vater
den schweren Kupferbecher gegen den Sohn geschleudert.
Der angeschlagene Henkel traf Fjodor mit der scharfen
Kante überm Auge, in dünnem Strahl spritzte das Blut hervor. Schweigend bedeckte Fjodor mit der Hand das blutüberströmte Auge. Die Mutter umfaßte aufstöhnend seinen
Kopf, während der Vater polternd die Bank umstieß und,
die Tür zuknallend, auf den Hof stapfte.

Bis zum Abend kam die Mutter nicht zur Ruhe. Den gebün-
delten Dörrfisch aus der Truhe und Zwieback packte sie in
eine Tasche und setzte sich dann mit Fjodors Wäsche ans
Fenster, sie zu flicken. Im Vorübergehen sah Mitja, wie die
Mutter, den Kopf auf dem Wäschehaufen, regungslos da-
saß, nur ihre Schultern unter der zerschlissenen Kattun-
bluse zuckten krampfhaft.

Im Dunkeln kam der Vater aus der Vorsteherei und warf
sich, wie er stand und ging, ohne zu Abend gegessen zu
haben, aufs Bett. Da schlich Fjodor auf Zehenspitzen
durch die Stube zum Abstellraum, nahm den Sattel samt
dem Zaumzeug und ging auf den Hof. „Mitja, komm mal
her!"

Mitja, der die Kälber in den Stall trieb, warf die Peitsche hin
und trat zum Bruder. Dunkel ahnte er, daß Fjodor über den
Don zu den Bolschewiken wollte, dorthin, von wo jeden
Morgen dumpfer Kanonendonner herüberwogte, der in
Wellen über der Staniza zusammenschlug.

„Ist der Pferdestall zu, Mitja?" fragte Fjodor, den Blick zur Seite gewandt.

„Der ist zu. Aber warum fragst du?"

„Ich muß rein." Fjodor verstummte und pfiff durch die Zähne. Flüsternd sagte er dann: „Vater hat die Stallschlüssel unterm Kopfkissen, am Kopfende. Hol sie, ich will weg."

„Wohin willst du?"

„Zur Roten Garde. Du bist noch zu klein, um zu verstehen, auf wessen Seite das Recht ist ... Nun, ich will weg, um für Grund und Boden, für das arme Volk zu kämpfen, dafür, daß alle gleich sind und es keine Reichen und Armen gibt."

Fjodor ließ Mitjas Kopf los und fragte streng: „Holst du die Schlüssel?" Mitja nickte, ohne zu zögern, drehte sich um und ging stracks ins Haus.

In der Stube herrschte Halbdunkel. Eintönig surrten an der Decke die Fliegen. Auf der Schwelle zog Mitja die Schuhe aus, hob die Tür, damit sie nicht quietschte, beim Öffnen etwas an und tappte mit bloßen Füßen zum Bett.

Der Vater lag auf dem Rücken, mit dem Kopf zum Fenster, die eine Hand in der Tasche, die andere hing vom Bett herab, der gelbgerauchte Nagel des Mittelfingers berührte den Fußboden. Mit verhaltenem Atem trat Mitja ans Bett, blieb stehen und lauschte dem glucksenden Schnarchen des Vaters. Stille, tiefe, reglose Stille. In dem rostroten Bart des Vaters hingen Brotkrümel und Splitter von Eierschalen, aus dem offenen Mund roch es nach gemeinem Sprit, und auf dem Grunde der Kehle röchelte hochwürgend ein verstockter Husten.

Mitja streckte die Hand nach dem Kissen aus, sein Herz schlug wie rasend: puck-puck-puck! Und zu Kopf strömte ihm das Blut und dröhnte ihm in den Ohren wie gellendes Festtagsgeläut. Zuerst schob er nur einen Finger unter das speckige Kissen, dann den zweiten. Er fühlte den glatten Lederriemen und das kalte Schlüsselbund. Sacht zog er daran, doch da packte ihn der Vater mit der Hand am Kragen. „Was schleichst du rum, du Lump? Wart, beim Ohr nehm ich dich, dann setzt's was!"

„Vater! Die Schlüssel such ich vom Pferdestall, Vater. Ich wollt dich nicht wecken ..."

Der Vater schielte ihn aus verquollenen gelben Augen an.

„Was willst du mit den Schlüsseln?"

„Die Pferde sind unruhig."

„Sag's doch gleich." Er warf das Schlüsselbund auf den Boden, kehrte ächzend das Gesicht zur Wand, und gleich darauf ertönte wieder sein Schnarchen.

In fliegender Hast jagte Mitja auf den Hof zu Fjodor, der stand unter dem Vordach der Scheune an die Mauer gepreßt. Mitja drückte ihm die Schlüssel in die Hand und fragte: „Welches nimmst du?"

„Den Hengst."

Seufzend folgte Mitja dem Bruder und sagte gedämpft: „Fedja, der Vater prügelt mich tot!"

Fjodor schwieg. Schweigend führte er das Pferd aus dem Stall und angelte geraume Weile mit dem Fuß nach dem störrischen Steigbügel. Am Tor beugte er sich aus dem Sattel und flüsterte: „Halt aus, Mitja! Nicht mehr lange brauchst zu leiden; und sag dem Vater, sag Anissim Petrowitsch: Wenn er dir oder der Mutter auch nur ein Haar krümmt, will ich schreckliche Abrechnung mit ihm halten."

Dann ritt er zum Tor hinaus und trieb den Hengst auf einen weiten Weg, während Mitja sich am Zaun hinkauerte, um dem Bruder nachzuschauen; doch ein salzgesponnener Schleier trübte seinen Blick, und in der Kehle fühlte er ein Würgen.

Der Vater erfüllte die Stube mit röchelndem Schnarchen. Früher als sonst stand Mitja auf, legte dem Braunen das Halfter um und ritt zum Don runter, denn ordentlich getränkt und gebadet wollte das Pferd werden, bevors aufs Feld ging.

Raschelnd rieselte die trockene Kreide von den Hufen des Braunen, als der Junge das abschüssige Ufer hinab zum Wasser ritt. Er halfterte den Braunen ab, und fröstelnd im feuchten Frühnebel zog er sich aus. Weit, weit über dem Wasser hörte er Donner aufseufzen, verklingen und den Widerhall den Don entlangrollen. Mit dem Kopf untertauchend in das prickelnde morgenkühle Wasser, lächelte er und dachte an Fjodor, der nun bereits bei den Bolschewiken war und Dienst tat bei der Roten Garde.

Seine Gedanken wanderten zurück nach Haus, zum Vater, und wie ein Funken im Winde erlosch seine stille Freude.

Zusammengesunken ritt Mitja heim, und seine Augen waren trübe. Kurz vorm Hoftor durchzuckte es ihn: Das Roß wenden und ab zu den Bolschewiken . . . denn bei ihnen war das Recht, hatte Fjodor gesagt . . . Mit ihm müßte er zusammen sein! Heute würde ihm der Vater das Fell gerben . . . ihm roten Saft aus der Nase keltern . . .

An der Treppe nahm er dem Pferd das Halfter ab und ging langsam ins Haus.

Krächzte der Vater aus der Stube: „Warum hast du den Hengst nicht zum Baden mitgenommen?"

Mitja warf einen Blick zur Mutter am Herd und fühlte sein Blut zum Herzen strömen. „Der Hengst ist nicht im Stall!"

„Wo ist er denn?"

„Weiß ich's?"

„Und wo ist Fjodor?"

„Hab ihn nicht gesehen."

Aufstampfend zog sich der Vater in der Stube die Stiefel an und ging durch die Küche in den Abstellraum, seine vom Schlaf verquollenen Augen funkelten. „Wo ist der Sattel?" schrie er dröhnend aus dem Vorraum.

Dicht neben die Mutter stellte sich Mitja und faßte, wie er es früher als Kind getan, nach ihrer Hand. Einen Lederriemen knetend, kam der Vater in die Küche. „Wem hast du die Schlüssel gegeben?"

Die Mutter trat schützend vor Mitja. „Laß ihn in Ruh, Anissim Petrowitsch. Prügle ihn nicht, um Christi willen! Barmt dich der Sohn nicht?"

„Laß mich, alte Hexe! Was hab ich dir gesagt?" Er schob die Mutter beiseite, hieb Mitja zu Boden und stieß ihm den Fuß in den Bauch, auf den Kopf, immer wieder, unbarmherzig, so lange, bis das dumpfe Stöhnen und Schreien, das aus Mitjas Kehle kam, verstummte.

Immer näher rückte der Geschützdonner. Wenn des Morgens die Pferde auf die Weide getrieben wurden, saß Mitja lange auf der Viehtrift neben der alten Mühle. Auf dem Dach klapperte und knirschte das Blech im Winde, langgezogen knarrten die Flügel. Und alle diese zagen Laute übertönend, dröhnte es in tiefem Baß hinter dem Hügel: Wu – u – um, wu – u – um.

Das in dichten Wellen heranrollende Gedröhn brach sich hinter der Staniza an den Steilhängen, die blaue Frühdämmerung umhüllte. Alle Morgen fuhren Wagenkolonnen voll Granaten, Patronen und Stacheldraht über den Don, zurück brachten sie verwundete, verlauste Kosaken, die auf dem Platz der Vorsteherei abgeladen wurden. Emsig pickten neugierige Hühner in Zigarettenstummeln, blutigen Binden, blutgetränkten Wattebäuschen und lauschten aufmerksam dem Stöhnen und Weinen der Verwundeten, ihren heiseren Mutterflüchen.

Mitja vermied es, dem Vater unter die Augen zu kommen.

Hatte er sein Frühstück verzehrt, ging er mit den Angeln zum Don hinunter, setzte sich ans Ufer und sah zur Brücke hinüber, auf der Reiterei zog, Maschinengewehrwagen rumpelten und Infanterie den reifweißen Staub fegte. In der Dämmerung kehrte er heim.

Eines Abends wurde ein Haufen gefangener Rotarmisten in die Staniza getrieben. Barfuß und in zerrissenen Mänteln kamen sie. Die Kosakenfrauen stürzten auf die Straße, spuckten ihnen in die fahlen, staubbedeckten Gesichter und stießen, vom dröhnenden Gelächter der Wachsoldaten begleitet, deftige Flüche aus. Mitja folgte ihnen, den beißenden Staub schluckend, der unter den Füßen der Gefangenen aufwallte; sein Herz, vom Kummer zusammengepreßt, zuckte und bebte. Jedem blickte er in die blauumränderten Augen, jedem blickte er in das bartlose Gesicht, darauf gefaßt, in einem dieser Graumäntel den Bruder zu erkennen.

Auf dem Platz neben der Gemeindescheune, wo früher das Korn der Staniza gespeichert wurde, ließ man die Gefangenen halten. Mitja sah den Vater auf die Treppe der Vorsteherei treten. Mit der Linken die Säbelquaste zupfend, brüllte er die Gefangenen an: „Mützen ab!"

Nur langsam nahmen die Rotarmisten die Mützen ab. Sie standen da, die zerzausten Köpfe gesenkt, hie und da flüsterten welche miteinander. Und abermals die bekannte drohende Stimme: „Antreten! Los, lebhaft, rotes Pack!"

Schurrend suchten die nackten Sohlen ihren Platz. Bis zur Vortreppe hin zog sich die graue Front müder gequälter Gesichter.

„Abzählen!"

Heisere Stimmen, die eingedrillte Blickwendung. Mitja würgte es in der Kehle, Mitgefühl war in ihm mit denen da, den Fremden. Mitgefühl, das brennenden Schmerz und Übelkeit erregte, und zum erstenmal in seinem Leben haßte er den Vater, dieses selbstgefällige Grinsen und den borstigen rostroten Bart.

„In die Scheune – im Gleichschritt marsch!"

Hintereinander verschwanden sie in dem schwarzen Schlund des Tores. Dem kleinsten, der hintanschwankte, hieb Mitjas Vater mit der Säbelscheide eins über den Schädel mit dem blutigen Lappenverband; der Kleine strauchelte, taumelte noch fünf Schritte weiter und schlug mit dem Gesicht auf den harten, festgetretenen Boden. Auf dem Platz Gewieher, Stimmengetöse, vor Lachen verkniffene Augen, grinsende, am Speichel schluckende Weibermäuler und Mitja, der gequält aufbrüllte und, die klamm gewordenen Hände vorm Gesicht, durch die Menge drängte und die Straße hinabrannte.

Die Mutter stand am Herd und schmeckte das Mittagessen ab. Mitja trat neben sie. Den Blick zur Seite gewandt, sagte er: „Mama, back Wecken. Ich möcht sie denen in der Scheune bringen ... den Gefangenen."

Feucht schimmerten die Augen der Mutter. „Recht so, Söhnchen; kann's nicht sein, daß auch unser Fedja Hunger leidet? Gefangene haben auch Mütter, und wohl nicht trocken wird ihnen nachts das Kissen unterm Kopf."

„Aber wenn's der Vater erfährt?"

„Da sei Gott vor! Am Abend bringst du sie hin. Gibst sie den Kosaken, die Wache stehen, und sagst, sie sollen sie ihnen zustecken ..."

Wie zum Trotz bewegte sich die Sonne langsam; gleichmütig und ungerührt von Mitjas Ungeduld kroch sie über die Staniza dahin. Kaum erwarten konnte Mitja, daß es dunkel wurde, da huschte er über den Gemeindeplatz und schlüpfte wie eine Eidechse durch den Stacheldrahtverhau zum Scheunentor hin; mit der einen Hand hielt er das Päckchen unterm Hemd fest gegen die Brust gepreßt.

„Halt! Wer da? Ich schieße!"

„Ich bin's. Wecken bring ich für die Gefangenen."

„Wer? Troll dich, bevor du den Kolben zu kosten kriegst! Was spukst da rum in der Nacht? Reicht der Tag nicht aus, Speise zu bringen?"

„Sieh, Prochorytsch, ist das nicht der Junge des Vorsitzenden?"

„Bist du der Sohn von Anissim Petrowitsch?"

„Hat er dich mit den Wecken hergeschickt? Dein Vater?"

„N – nein. Ich komme von selbst."

Die beiden Kosaken traten an Mitja ran. Der ältere, ein graubärtiger, faßte ihn beim Ohr. „Du Grünschnabel, wer hat dich gelehrt, Gefangene zu füttern? Will's in deinen Schädel nicht rein, daß sie arge Feinde von uns sind? Wenn ich's nun deinem Vater vermelde? Eine ordentliche Abreibung blüht dir dann!"

„Laß gut sein, Prochorytsch! Ist dir's ums Backwerk zu tun? Ohnehin kannst du nicht mit zwei Mäulern fressen, nimm die Wecken, wir stecken sie ihnen zu!"

„Aber wenn Anissim Petrowitsch davon erfährt? Klug reden hast du, allein bist du, aber ich hab Familie. Für solche Geschichten wird unsereins an die Front abgeschoben und kriegt obendrein die Knute zu kosten."

„Zum Teufel mit dir, alter Jammerbart. He, Jungchen, wo willst du hin? Gib das Zeug her, ich steck's ihnen zu."

Mitja reichte dem jungen Kosaken das Päckchen; der beugte sich vor und flüsterte ihm zu: „Alle Mittwoch und Freitag steh ich Posten. Da kannst du kommen."

Alle Mittwoch- und Freitagabend schlich Mitja über den Gemeindeplatz, kroch vorsichtig durch den Stacheldraht, reichte dem Posten sein Bündel und eilte geduckt an den Flechtzäunen entlang nach Hause zurück.

Jeden Abend, wenn sich die Nacht goldgestirnt über die Staniza breitete, trieb man eine Gruppe gefangener Rotgardisten aus der Scheune durch die Steppe zu den von milchigen Nebeln verhangenen Schluchten. Nacht für Nacht trug der Wind das Echo knatternder Salven und einzelner Gewehrschüsse zur Staniza herüber. Waren es mehr als zwanzig, die rausgetrieben wurden, so fuhr knarrend und quietschend der Maschinengewehrwagen hinterdrein. Auf dem breiten Kutschbock dösten die beiden Schützen, hell glomm die Zigarette des Kutschers, träge schlenkerte er die Leine. Die Pferde gingen widerwillig und ungleich.

Am Maschinengewehr, das ohne Überzug, nackt, dastand, glänzte matt der klaffende Schlund, es sah aus, als gähne er schlaftrunken. Eine halbe Stunde später hämmerte in der Schlucht sein stoßweises trockenes Tacken.

Wild hieb der Kutscher auf die schaumbedeckten, schnaubenden Pferde ein, so daß die beiden Schützen auf dem Kutschbock auf und nieder hüpften, und zurück ging's in rasendem Trab zur Vorsteherei, die mit drei hellen Fenstern den verschlafenen Ort anstarrte.

Eines Mittwochabends sagte der Vater zu Mitja: „Du lungerst mir zuviel rum. Geh heut nacht mit dem Braunen auf die Weide, aber paß auf, daß er nicht ins Korn läuft! Rührt er mir das Korn von jemand an, kriegst du die Jacke vollgehauen!"

Mitja halfterte den Braunen an und flüsterte der Mutter verstohlen zu: „Bring du ihnen das Brot, Mama. Und gib es dem Posten."

Mit den anderen Jungen der Staniza ritt er auf die Weide, die hinter dem Land des Atamans lag. Vor Sonnenaufgang kehrte er zurück. Er öffnete das Tor, streifte dem Braunen das Halfter ab, klopfte ihm den Bauch, den das Grünfutter blähte, und ging ins Haus. Er betrat die Küche: Blut auf dem Fußboden, an den Wänden. In der Ofenecke blutigweißliche Spritzer. In der Stube Röcheln, Stöhnen ... Mitja trat über die Schwelle, auf dem Boden lag die Mutter, blutüberströmt, das Gesicht dick verquollen, die Haare in bluterstarrten Zapfen in der Stirn. Als sie Mitja erblickte, stöhnte sie auf und fing an zu zittern, brachte aber kein Wort hervor. In ihrem geschwollenen Mund flatterte die blaue Zunge, wild und irr lachten die Augen. Roter, blasiger Schaum troff ihr aus dem verzerrten Mund. „Mi ... mi ... tja ..." Dumpfes, krächzendes Gelächter.

Mitja fiel auf die Knie. Er küßte der Mutter die Hände, die Augen, die voll schwarzem Blut waren, umfaßte ihren Kopf, und an seinen Fingern waren Blut und weiße, klumpige Gehirnmasse. Neben der Mutter auf dem Boden lag die Pistole des Vaters, der Griff war voll Blut.

Später konnte er sich nicht mehr erinnern, wie er ins Freie gekommen war. Neben dem Flechtzaun brach er zusammen. Vom Nachbarhof rief eine Stimme: „Lauf, Bursche, lauf weit weg, lauf! Dein Vater hat rausgekriegt, daß die

Mutter den Gefangenen Brot gebracht hat! Zu Tode hat er sie geprügelt und hat dir das gleiche angedroht!"

Ein Monat war vergangen, seit Mitja Feldhüter war. Er wohnte hoch oben in einer Berghütte, von wo er auf das milchweiße Band des Dons, die Staniza, die sich an den Fuß des Berges schmiegte, und auf den Friedhof mit seinen graubraunen Grabflecken hinabsehen konnte. Bei seiner Bestallung hatten die Kosaken aufgemuckt. „Anissims Sohn, den wollen wir nicht! Sein Bruder ist bei den Roten, und seine Mutter, die Hündin, hat die Gefangenen gefüttert. An eine Espe mit ihm, aber unser Feldhüter soll er nicht sein!"
„Keinen Lohn verlangt er, ihr Herren Ältesten. Im Namen Christi, hat er gesagt, will er die Melonenfelder hüten! In euren Gnaden steht's, ihm ein Stück Brot zu geben oder ihn verrecken zu lassen."
„Kein Brot! Soll er verrecken!"
Aber die Stimme des Atamans hatte Gewicht. Sie nahmen ihn zum Feldhüter. Warum hätte die Gemeinde einen solchen Hüter auch nicht nehmen sollen? Kein Entgelt verlangte er und wollte den lieben langen Sommer um Christi willen die Melonenfelder hüten. Nur zum Nutzen war's der Gemeinde.
Die gelben Zucker- und die gesprenkelten, gestreiften Wassermelonen wurden rund in der Sonne und reiften. Bedrückt schritt Mitja durch die Felder und scheuchte mit Rufen und einer Schnarre die Krähen auf. Alle Tage in der Früh kroch er aus der Hütte, legte sich neben sie ins welke Steppengras und lauschte dem Dröhnen der Geschütze. Lange blickte er mit tränenfeuchten Augen hinüber auf die andere Seite des Dons.
Zwischen den Melonenfeldern und abschüssigen Kreidehängen schlängelte sich ein höckeriger Weg den Berg hinan. Auf ihm fuhren des Sommers die Kosaken mit Heu zur Staniza, auf ihm wurden die gefangenen Roten in die Schluchten zur Erschießung getrieben. Oft wurde Mitja nachts durch heisere Schreie und Schüsse geweckt; nach den Schüssen heulten unten hinter den Wiesen und den dichten Hainen der Weiden die Hunde, und auf dem Weg hallten Schritte und ratterte mitunter ein MG-Wagen. Ziga-

retten sah man aufglimmen und hörte gedämpftes Sprechen. Einmal ging Mitja bis zu der Stelle, wo die in Win-
dungen dahinlaufenden Schluchten sich kreuzten. Vor einer aufragenden Felswand entdeckte er geronnenes Blut
und etwas tiefer auf einem steinigen Grund eine vom Wasser ausgehöhlte flache Grube, daraus mit runzliger, trockener Sohle ein Fuß ragte. Der Steppenwind, der in den
Schluchten streunte, trieb Aasgeruch auf. Diese Stelle mied
Mitja fortan.
Eines Tages kamen sie früher als sonst den Weg herauf. Zu
seiten die Wachkosaken und in der Mitte die Rotgardisten,
die Mäntel lose über die Schulter geworfen. Die Sonne
tauchte so langsam in den blendendweißen Don, als wolle
sie noch sehen, was bei Tageslicht nicht geschehen sollte.
Über den Wiesen sank eine schwarze Wolke Krähen auf die
Weidenwipfel herab. Leise knüpfte die Stille ihr Spinnge-
webe zwischen den Melonenfeldern. Bis zur Wegbiegung
folgte ihnen Mitja in seiner Hütte mit den Augen, da hörte
er einen Schrei und einen Schuß und noch einen und noch
einen . . .
Im Nu war er aus der Hütte und den Berg hinan. Er sah die
Rotarmisten den Weg zu den Schluchten hinabbrennen und
die Kosaken im Knien hinter ihnen herschießen; zwei
folgten ihnen säbelschwingend.
Schüsse zerrissen die starre Stille.
Tack-tack, tack-tack . . . Ta-ta-tack!
Da stolperte einer, fiel auf die Hände, sprang auf und lief
weiter. Der vorderste Verfolger rückte ihm näher, immer
näher . . .
Da, da . . . blinkend kreiste der Säbel, sauste nieder auf seinen Schädel . . . hieb auf den Liegenden ein . . .
Mitja wurde schwarz vor den Augen, heiß und trocken
wurde sein Mund.

Um Mitternacht hielten drei Reiter vor der Hütte. „He,
Feldhüter! Komm mal raus!"
Mitja ging hinaus.
„Hast du heut abend drei in Soldatenmänteln gesehen?"
„Ich hab niemand gesehen."
„Sei auf der Hut! Lügst du, kommt's dir teuer zu stehen!"
„Ich hab niemand gesehen . . . niemand."

„Na gut! Dann wollen wir durch die Schlucht reiten, hin zum Filinowsker Wald, um ihn durchzukämmen; dort werden sie stecken, die Hundsfötter."

„Los, Bogatschow!"

Kein Auge machte Mitja bis zum Morgen zu. Im Osten polterte Donner, den Himmel zerklüfteten bleierne Wolken. Grelle Blitze blendeten die Augen. Regen fiel.

Es war kurz vorm Morgengrauen, als Mitja neben der Hütte ein Rascheln und Stöhnen hörte.

Regungslos lauschte er. Lähmendes Entsetzen befiel ihn. Wieder das Rascheln und tiefes Aufstöhnen.

„Wer ist da?"

„Ein friedfertiger Mensch. Komm und hilf in Gottes Namen!"

Mit zitternden Knien ging Mitja hinaus und sah hinter der Hütte eine Gestalt rücklings auf der Erde liegen. „Wer bist du?"

„Verrat mich nicht. Nimm mich rein zu dir. Ich bin ihnen gestern kurz vor der Erschießung davongelaufen. Die Kosaken suchen mich. Ich hab eine Kugel im Bein."

Mitja wollte etwas sagen, aber ein krampfhaftes Würgen saß ihm in der Kehle. Er sank auf die Knie, kroch auf allen vieren zu dem andren ran und umklammerte die Beine in den Wickelgamaschen. „Fedja, Brüderchen! Mein Lieber."

Bündelweise riß er verdorrte Sonnenblumenstengel aus, trug sie in die hintere Ecke der Hütte, bettete Fjodor darauf und deckte ihn mit Steppengras und Sonnenblumen zu. Dann ging er aufs Feld.

Bis zum Mittag trieb er die frechen Krähen aus den grünen krausen Furchen, aber viel lieber hätte er in der Hütte gesessen, dem Bruder in die vertrauten Augen gesehen und seinen Erzählungen gelauscht von Freud und Leid. Sie hatten es fest vereinbart: Sobald es dämmerte, wollten sie Fjodor einen festen Verband anlegen und dann auf heimlichen Waldpfaden einen großen Bogen zum Don schlagen und auf die andere Seite schwimmen, hinüber zu jenen, bei denen das Recht war, die gegen die Kosaken kämpften, für Grund und Boden, für das arme Volk. Vom frühen Morgen bis zum Mittag waren Kosaken zu Pferd den Weg heraufgekommen, zweimal hatten welche bei Mitja in der Hütte Wasser getrunken. Gegen Abend sah Mitja acht über die mattglänzende Bergblesse herabreiten. Unten ließen sie ihre vor Erschöpfung strauchelnden Pferde im Schritt gehen. Mitja setzte sich vor die Hütte und begleitete die vornübergeneigten Gestalten mit dem Blick. Ohne den Kopf zu wenden, sagte er leise zu Fjodor: „Bleib liegen, Fedja, und rühr dich nicht! Einer kommt zur Hütte geritten."

Dumpf fragte Fjodor unterm Grashaufen. „Warten die anderen auf ihn, oder reiten sie weiter?"

„Sie sind wieder in Trab gefallen und verschwinden hinterm Berg! Still, lieg ruhig."

In den Steigbügeln hoch aufgerichtet, sprengte der Kosak, die Peitsche schwingend, heran. Sein Pferd war schweißnaß.

Blaß werdend, flüsterte Mitja: „Fedja ... der da herkommt, ist der Vater!"

Schweißperlen hingen ihm im rostroten Bart, sein sonnverbranntes Gesicht war blaurot angelaufen. Neben der Hütte zügelte er das Pferd, stieg ab und trat dicht an Mitja heran. „Wo ist Fjodor?"

Seine blutunterlaufenen Augen bohrten sich in Mitjas bleiches Gesicht. Die blaue Kosakenuniform roch nach Schweiß und Naphthalin. „Ist er heut nacht bei dir gewesen?"

„Nein."

„Und was ist das für Blut hier?"

Der Vater bückte sich, und der purpurrote Nacken überm Kragen schob sich zu dicken Fettwülsten zusammen. „Los, in die Hütte!"

Sie traten ein, der Vater voran, dann Mitja mit aschgrauem Gesicht.

„Hör, du Natterngezücht. Hast du den Fjodor bei dir versteckt, werd ich euch beiden den Garaus machen!"

„Er ist nicht hier, gewiß nicht."

„Was liegt da für Gras in der Ecke?"

„Ich schlaf drauf."

„Mal sehen!" Der Vater ging in die Ecke, hockte sich nieder und stocherte langsam das raschelnde dürre Gras und die Sonnenblumenstengel auseinander.

Mitja stand hinter ihm. Vor seinen Augen flimmerte der auf dem Rücken straffsitzende blaue Uniformrock.

Und da krächzte der Vater heiser: „Aha-a-a-a ... Und das?"

Zwischen den braunen Stengeln ragte der nackte Fuß Fjodors hervor. Die Rechte des Vaters langte zur Pistolentasche an der Seite.

Schwankend tat Mitja einen Sprung, ergriff fest die Axt an der Wand, stöhnte, von einer plötzlich hochsteigenden Übelkeit befallen, auf und hieb dem Vater mit aller Kraft die Axt auf den Nacken.

Nachdem sie den erkalteten Körper mit Gras bedeckt hatten, gingen sie los. Sie gingen, sie stolperten, sie krochen durch Schluchten, durchs Bruchholz, durch dichtes Schlehengestrüpp. Acht Werst weit hinter der Staniza, wo der Don vor einem grauen Berg einen schroffen Knick macht, stiegen sie die Böschung hinab. Sie schwammen auf eine Landzunge zu; rasch trieb sie das über Nacht abgekühlte Wasser stromabwärts. Ächzend klammerte sich Fjodor fest an Mitjas Schultern an.

Sie erreichten die Landzunge. Lange lagen sie in dem feuchten, körnigen Sand.

„Hoch, Fjodor, 's wird Zeit. Dies Stück ist nicht mehr so schlimm."

Wieder stiegen sie ins Wasser. Abermals beleckte ihnen der Don Gesicht und Hals. Die ausgeruhten Arme teilten das Wasser mit kräftigen Stößen.

Fester Grund unter den Füßen. In der Finsternis erstarrtes Walddickicht. Sie schritten rasch aus. Es dämmerte, in der Nähe donnerte ein Geschütz. Im Osten zog das Frühlicht einen zartroten Saum.

1925

Sturm über der Steppe

Von weit her zieht durch die Steppe am Don die alte Hetmanstraße zum Meer, linker Hand begleitet von Flachland und Schwemmwiesen wie von fahlgrünem Nebel, durch den hie und da ein See aufblitzt, der keinen Namen hat. Rechts mürrische, breitstirnige Berge. In der Ferne, hinter dem im Dunst vergehenden Band des Heerweges und der Kette niedriger Hügel, erkennt man kleine Fließe, verstreute Kosakendörfer und Weiler und das graue, zottelige Grasmeer der Steppe.

Der Herbst ist in diesem Jahr zeitig dran. Seine ätzenden Frühfröste spritzend, nimmt er der Steppe ihr Kleid.
Als der Vater eines Morgens in der Walkstube die Wolle verlas, sagte er zu Pjotr: „Na, Söhnchen, jetzt hätten wir Arbeit, daß es gern knapper sein dürfte. Der Frost ist da. Die Kosakenfrauen kämmen die Wolle, da heißt's für unsereinen, die Krempel gedreht. Raus aus den Ärmeln, sonst wird der Rücken naß."
Der Vater hob den Kopf, lächelte. Seine hellen, verblichenen Augen wurden schmal, und in die graustoppeligen Wangen schoben sich schwarze, krumme Furchen.
Pjotr saß auf dem Tisch und schnitzte an einem Leisten. Er blickte den Vater an, sah das Lächeln auf seinem müden Gesicht erlöschen und schwieg.
Stickig war's in der Walkstube, zum Übelwerden. Von der abgeschrägten Decke tropfte es gleichmäßig. Brummer krochen träge über die fliegenbeschmutzte Glimmerscheibe des Fensterchens. In blassen Regenbogenfarben spielten dahinter der bereifte Knüppelzaun, die Weidenbäume und der Brunnenschwengel, mit stumpfem Grünspan überzogen. Pjotr hatte nur kurz hinausgesehen, dann richtete sich

sein Blick wieder auf den nackten, gebückten Rücken des Vaters. Die Lippen bewegend, zählte er die Vorsprünge am Rückgrat und sah lange zu, wie die Schulterblätter sich regten und die welke Haut sich zu wulstigen Falten zusammenschob.

Mit raschem, geübtem Griff klaubten die gichtigen Finger des Vaters Disteln, Hacheln und Halme aus der Wolle. Im Takt der arbeitenden Hände nickten der zottige Kopf und an der Wand sein Schatten. Der gedämpften Schafwolle entstieg ein widerwärtig süßer und beißender Gestank. Schweiß lief in kleinen Perlen über Pjotrs Gesicht, die nassen Haare fielen ihm in die Augen. Er wischte mit der Hand über die Stirn und schmiß die Leisten aufs Fensterbrett. „Wie wär's, Vater, mit Mittagmachen? Sieh mal, wie hoch die Sonne schon steht. Fast im Zenit."

„Mittag? Wart's ab. Schau dir das Distelzeug an, das in der Wolle steckt. Ich plag mich hier schon über 'ne Stunde."

Doch Pjotr war schon vom Tisch gesprungen und guckte in den Ofen. Der Feuerschein züngelte über sein verschwitztes Gesicht. „Ich nehm die Suppe raus, Vater. Hab mächtig Kohldampf. Möcht was zwischen die Zähne kriegen."

„Gut, nimm sie raus, die Arbeit kann warten."

Sie setzten sich an den Tisch, wie sie waren, ohne erst das Hemd überzuziehen, und löffelten ohne Hast die mit Sonnenblumenöl angemachte Kohlsuppe.

Pjotr schielte zum Vater hin und sagte kauend: „Bist du aber mager geworden, Vater. Als ob eine Krankheit an dir zehrt. Nicht du ißt dein Brot, nein, dein Brot frißt dich."

Über die malmenden Backenknochen des Vaters glitt ein Lächeln. „Du komischer Kauz, du! So was will sich mit dem Vater messen. Ich komm zu Mariä Schutz und Fürbitte ins siebenundfünfzigste, und du bist kaum über siebzehn. Das Alter zehrt an mir, keine Krankheit." Er seufzte. „Die selige Mutter sollte dich sehen können."

Da waren sie still und hörten dem baßtiefen Brummen der Herbstfliegen zu. Auf dem Hof schlug wütend der Hund an. Schritte polterten am Fenster vorbei. Dann sprang die Tür auf, schlug an die Bütte mit der eingeweichten Wolle, und in die Hütte kam, mit dem Hintern voran, Sidor, der Schmied, ohne die Mütze abzunehmen. Er spie auf den Boden. „'n verdammter Rüde, wo ihr habt! Hat's alleweil auf

73

die Partie oberhalb der Beine abgesehen, das Biest. Schnappt nach nichts anderem."

„Er weiß eben, du kommst die Filzstiefel abholen, und die sind noch nicht fertig. Deshalb will er dich nicht reinlassen."

„Ich bin gar nicht wegen der Filzstiefel da."

„Na, wenn's nicht deshalb ist, dann hock dich hin auf das Fäßchen hier und sei willkommen."

„Alle Jubeljahr mal kommt einer zu dir, und da soll er im Nassen Platz nehmen. Werd bloß nicht so ein Heimtücker wie dein Alter, Petrucha!"

In seinen Schnauzbart kollernd, hockte sich der Schmied neben die Tür. Lange drehten seine steifen Finger an einer Zigarette. Schmatzend rauchte er sie an, dann brummte er: „Weißt du's noch nicht, Großvater Foma?"

Der Vater stopfte gerade Wolle in den Sack, er schüttelte den Kopf, griente, gewahrte dann aber, daß die Augen Sidors vor Freude funkelten, und wurde neugierig. „Was gibt's?"

Das Gesicht des Schmiedes schwamm hinterm Rauchschleier. Wie beim Hasen huschten die Augen aufgeregt und vergnügt unter den flachshellen Brauen hin und her. „Die Roten gehen ran. Sind am Ufer drüben nicht mehr weit vom Don. In der Staniza wird schon von Rückzug gemunkelt. Heute früh bei Sonnenaufgang hab ich in meiner Schmiede geschafft, da hör ich auf einmal Reiter durch die Gassen sprengen. Ich steck den Kopf raus und seh sie auf mich zukommen. ‚Ist der Schmied da?' fragten sie. ‚Hier ist er', sag ich. ‚Im Handumdrehen wird die Stute beschlagen, machst du's schlecht, kriegst du die Knute, daß du nicht mehr aufstehst.' Kohlschwarz von oben bis unten, komm ich also raus, wie sich das gehört. Steht ein Oberst da, ich seh's an den Achselstücken, und neben ihm sein Adjutant. ‚Mit Verlaub, Euer Hochwohlgeboren, auf mein Handwerk versteh ich mich', sage ich, beschlag denen ihre Stute, schwing den Hammer und spitz derweil die Ohren. Und da ging mir denn auf, ihre Sache steht oberfaul." Sidor spuckte den Zigarettenstummel aus und zertrat ihn. „Also macht's gut! Sobald ich Zeit hab, komm ich wieder schwatzen."

Die Tür schlug zu. Der Dampf wallte an den schwitzenden

Wänden der Walkstube entlang. Eine Weile blieb der Alte still, dann wischte er die Hände ab und trat zu Pjotr. „Siehst du, Petrucha, nun hat das Warten ein End. Die Kosakenherrschaft wird bei uns nicht mehr lange dauern."

„Der Sidor redet bloß so daher, fürcht ich, Vater. Wie oft hieß es schon bei ihm, sie kommen, sie kommen, dabei war nichts zu hören und zu sehen."

„Laß nur, gut Ding will Weile haben. Hören und Sehen wird den Kosaken vergehen, wenn's soweit ist." Er hob die sehnige Faust, blasse Röte glomm auf den Backen, die nur Haut und Knochen waren. „Von Kindesbeinen an arbeiten wir für die Reichen, Junge. Die Hände anderer haben denen die Häuser gebaut, und ihr Brot ist mit dem Schweiß anderer getränkt. Nun heißt's, fort mit euch!" Der Vater brach in trockenes Husten aus. Wortlos winkte er ab und stand dann lange in der Ecke bei der Bütte, die Hand vor die Brust gepreßt. Schließlich fuhr er mit der Schürze über den Mund, wischte den rötlichen Speichel ab und sagte: „Zwei Wege kann einer nicht gehen, Junge. Uns ist nur einer gegeben, und den geh ohne Schwanken bis zum Tod. Wir sind als Walker zur Welt gekommen, und so müssen wir denn auch zu unserer Arbeitermacht stehen."

Wieder begann die Krempel in des Alten Händen zu surren und sang in tiefen, langgezogenen Tönen. Staub verhüllte das Fenster wie Spinnwebfetzen. Für einen Augenblick schaute die Sonne herein, aber sie machte sich bald davon, abwärts, dem Abend zu.

Tags darauf kam in die Walkstube ein Offizier in Begleitung eines Schreibers von der Vorsteherei. Der Fähnrich war jung und aufgeschwemmt. Er klopfte mit der Reitpeitsche an die blanken Stiefelschäfte und fragte: „Bist du Foma Kremnjow?"

„Der bin ich."

„Auf Befehl des Dorfatamanen und des Zeugmeisters muß ich deinen Vorrat an fertigen Filzstiefeln beschlagnahmen. Wo hast du sie?"

„Euer Hochwohlgeboren! Ein Jahr lang haben wir dran gearbeitet, mein Sohn und ich. Wir verhungern, wenn Sie uns die Filzstiefel nehmen."

„Geht mich nichts an. Die Kosaken an der Front haben

nichts an den Füßen. Ich frage noch mal: Wo sind die Filz-stiefel?"

„Herr Fähnrich! Nicht nur mit Schweiß – mit Blut sind sie getränkt. Unser Brot sind sie!"

Über die pickligen Backen des Fähnrichs kroch ein giftiges Lächeln wie eine eklige Schnecke. Die Goldzähne unter dem Schnurrbärtchen blitzten. „Du sollst ja Bolschewik sein, hört man. Was regst du dich auf? Deine Roten kommen, die wer-den dir den Krempel bezahlen!" Sporenklirrend trat er in die Ecke, die Zigarette im Mund, und schleuderte mit dem Griff seiner Reitpeitsche ein Stück Sackleinen weg. „Aha, die Filz-stiefel! Alles geht mit! Schustrow, schaff das Zeug auf den Hof! Der Wagen wird gleich dasein."

Aber da standen Vater und Sohn auf einmal wie eine Mauer vor den in der Ecke aufgestapelten Filzstiefeln.

Das Gesicht des Fähnrichs schwoll vor glutroter Wut. Auf seinen zuckenden Lippen schäumte Speichel, doch er hielt an sich und sagte nur heiser: „Morgen reden wir anders mit-einander, alter Hund! Warte nur, wenn wir dich erst vorm Standgericht haben!"

Mit einem kräftigen Puff stieß er den alten Walker weg und schob die glatten, durchgetrockneten Filzstiefel mit den Fü-ßen zur Schwelle hin. Der Schreiber nahm sie bündelweis auf und warf sie aus der weitgeöffneten Tür.

Rasselnd kam ein Kutschwagen gefahren und hielt vorm Tor. Der Berg Filzstiefel in der Ecke schwand zusehends. Der Alte schwieg. Doch als der Schreiber in einem auch nach seinen abgetragenen Filzstiefeln auf dem Ofen griff, da ging er auf ihn zu und preßte ihn mit unerwartet hartem Griff gegen den Ofen. Der Schreiber, ein stumpf dreinblik-kender, pockennarbiger Kerl, riß sich los – sein zerschlisse-nes Hemd platzte am Kragen auf – und hieb dem Alten die Faust ins Gesicht. Pjotr schrie auf und stürzte zum Vater. Doch auf halben Wege traf ihn der Pistolenknauf des Fäh-richs hart an der Schläfe, und er sank mit vorgestreckten Ar-men zu Boden.

Die Augen herausquellend und blutunterlaufen vor Jäh-zorn, sprang der Fähnrich mit einem Satz zu dem alten Walker und schlug ihm schallend ins Gesicht. „Mach ihn mit dem Säbel nieder, Schustrow! Auf meine Verantwor-tung. Hau zu, sag ich, gottverflucht noch mal!"

Der Schreiber hatte noch immer die Filzstiefel in der Linken, während seine Rechte nach dem Säbel langte. Der Alte war in die Knie gesunken, sein Kopf hing herab, die Schulterblätter auf dem ausgemergelten bräunlichen Rücken arbeiteten. Der Schreiber sah den grauhaarigen, bis auf die Erde gesunkenen Schädel, sah die alte welke Haut über den kantigen Rippen – da wich er leise zurück und ging mit einem unsicheren Blick auf den Offizier hinaus.

Heiser fluchend, schlug der Fähnrich auf den Alten mit der Reitpeitsche ein. Die Hiebe klatschten auf den gekrümmten Rücken nieder, tiefrote Striemen schwollen auf, die Haut zerplatzte, in dünnen Rinnsalen sickerte Blut. Ohne einen Laut duckte sich der blutüberströmte Schädel des Walkers immer tiefer hinab zum Lehmboden . . .

Als Petka zu sich kam und sich taumelnd aufrappelte, war die Walkstube leer. Die Tür stand sperrangelweit offen, und der kalte Wind trieb einen Haufen fahler Pappelblätter und Staub herein. An der Schwelle leckte die Hündin des Nachbarn geschäftig eine Lache geronnenen schwarzen Blutes auf.

Durch die Staniza führt die Landstraße. Auf dem Kirchplatz laufen die Wege von den Chutors, den taurischen Siedlungen und den abgelegenen Steppengehöften zu einem Knoten zusammen.

Kosakenregimenter, Troß und Strafkompanien ziehen durch die Staniza zur Nordfront. Auf dem Platz ist immer viel Volk. Die schaumbedeckten Kurierpferde nagen an den verwitterten Zaunpfählen der Vorsteherei. In den Pferdeställen des Dorfes hat das 2. Donkorps seine Versorgungs- und Munitionslager eingerichtet. Die Posten verfüttern schlecht gewordene Konserven an die feisten Schweine. Der ganze Platz riecht nach Lorbeerblatt und Lazarett. Hier liegt auch das Gefängnis: In aller Eile eingesetzte rostige Gitter vor den Fenstern, am Tor ein Posten, eine umgekippte Feldküche, ein Schilderhaus mit Fernsprecher.

Und durch den Ort bis in die entlegenen engen Gassen treibt der Herbstwind an den Knüppelzäunen entlang das rostige Gold der Ahornblätter und zaust an den Schilfzotteln der Scheunendächer.

Petka erscheint vor dem Gefängnis. Der Posten vorm Tor hält ihn an: „He, Junge. Komm nicht zu nah! Halt, sag ich! Zu wem willst du?"

„Den Vater möcht ich sprechen. Foma Kremnjow heißt er."

„Ja, so einen haben wir hier. Wart mal, ich geh den Chef fragen."

Der Posten geht ins Schilderhaus. Er rollt eine angeschnittene Melone unter der Bank vor, säbelt gemächlich eine Scheibe raus und ißt mit Knirschen und Schmatzen. Die braunen Kerne spuckt er Petka vor die Füße.

Petka sieht in das bronzefarbene, breitknochige Gesicht und wartet, daß der Posten mit dem Essen fertig wird. Der nimmt die Schale und schmeißt sie, weit ausholend, auf ein vorüberwackelndes Schwein. Lange und gedankenvoll schaut er ihm nach, schließlich nimmt er gähnend den Telefonhörer ab. „Hier ist der Junge von Kremnjow. Er will ihn besuchen. Darf ich ihn durchlassen, Euer Wohlgeboren?"

Petka hört einen heiseren Baß aus dem Hörer bellen, die Worte sind nicht zu verstehen.

„Warte hier, du wirst durchsucht."

Eine Minute später kommen zwei Kosaken aus dem Tor. „Wer will zu Kremnjow, du? Hände hoch!" Sie wühlen in Petkas Taschen, befühlen die zerrissene Mütze, das Jackenfutter. „So, und jetzt die Hose runter! Nun ziert er sich noch, das Luder. Bist wohl ein kleines Mädchen, wie?"

Das Gatter fällt hinter Petka ins Schloß, dann quietscht der Riegel. An vergitterten Fenstern vorbei geht es in die Kommandantur. Aus jeder Ritze starren ihn Augen an.

Der lange Gang stinkt nach menschlichen Exkrementen und nach Schimmel. Die Steinwände blühen von wassergrüner Flechte und Schimmelpilz. Trüb leuchten die Ölfunzeln. Vor der letzten Tür im Gang macht der Posten halt, schiebt den Riegel zurück, stößt die Tür mit dem Fuß auf. „Los, rein!"

Die Arme vorgestreckt, mit den Füßen sich über den schadhaften Boden tastend, tappt Petka zur Wand. Durch ein winziges Fensterchen oben, dicht unter der Decke, sickert das blaue Licht des Herbsttages herein.

„Petka, bist du's?"

Stoßweis und keuchend kommt die Stimme des Vaters, wie

78

bei einem, der lange krank gewesen ist. Petka läuft auf die Stimme zu. Unterm bloßen Fuß spürt er eine Filzmatte, er kauert sich hin und umfaßt wortlos den verbundenen Kopf des Vaters. Der Posten lehnt an der Tür, spielt mit dem Säbelriemen und grölt ein freches Lied. Gruselig huscht das Echo unter der gewölbten Decke.

Petkas Vater gibt ein ersticktes, meckerndes Lachen von sich, das Mut vortäuschen soll. Und Petka sieht von unten durch das winzige runde Fensterauge die trüben, grauen Wolkenballen in der Welt draußen und zwei Züge von ehernstimmigen Kranichen, die unter den Wolken den Himmel durchschneiden.

„Zweimal haben sie mich zum Verhör geholt. Der Untersuchungsrichter hat mit den Füßen auf mir rumgetrampelt, ich sollte unterschreiben, was ich nie ausgesagt hab. Nein, Petka, aus Foma Kremnjow bekommen sie kein Wort raus, und wenn sie sich auf den Kopf stellen. Totschlagen können sie mich, dafür fassen sie ihren Sold, aber von dem Weg, der mir vorgezeichnet ist von Geburt an, kriegt mich keiner ab."

Petka vernimmt das vertraute heisere Lachen des Vaters, und von aufquellender Freude erfaßt, starrt er in das erdfarbene, von Schlägen geschwollene, entstellte Gesicht. „Und was wird weiter? Wirst du lange hierbleiben, Vater?"

„Ich denke nicht, heut oder morgen komm ich raus. Am liebsten würden sie mich ja erschießen, die Schweinehunde, aber sie haben Angst. Das zugereiste Volk fängt mit Streik an, und so was können sie auf den Tod nicht leiden."

„Wirst du ganz freigelassen?"

„Nein. Damit die Sache nach was aussieht, bestimmen sie ein Ältestengericht aus der Staniza. Vor der ganzen Gemeinde soll ich gerichtet werden. Da werden wir ja sehen, auf welcher Seite das Recht ist. Noch ist nicht aller Tage Abend."

Der Posten an der Tür schnippt mit den Fingern und ruft, mit dem Fuß aufstampfend: „He, du Spaßvogel, schmeiß ihn raus, deinen Sohn! Für heute ist der Spaß zu Ende!"

Gegen Abend kam ein Nachbarjunge in die Walkstube gelaufen. „Pjotr!"

„Was ist?"

„Flink, lauf zum Platz! Vor der Vorsteherei schlagen die Kosaken deinen Vater tot."

Pjotr jagte los, barhäuptig, wie er war. Wie gehetzt rannte er die krumme Gasse hinauf, die sich am Fluß hinwand. Vor ihm flirrte das rosa Kattunhemd des Nachbarjungen an den Weidenzäunen entlang. Der von der Sonne strohgelb gebleichte Haarschopf flatterte im Winde. In jeden Hof schrie der Junge mit sich überschlagendem dünnem Stimmchen: „Zum Platz! Zum Platz! Die Kosaken schlagen den Walker Foma tot."

Aus Türen und Toren stürzten Kinder heraus, und das Trappeln ihrer nackten Füße erfüllte die Gasse.

Doch als Pjotr auf den Platz kam, war vor der Vorsteherei niemand mehr. Die Straßen und Gassen ringsum hatten die sich zerstreuenden Leute bereits aufgesogen.

Vor dem Pfarrhaus stand die dicke Popenfrau. Die Hand schirmend über die Augen gelegt, sah sie dem daherjagenden Petja entgegen. Sie trug über dem Kattunkleid ein Schultertuch, auf ihren dünnen bösen Lippen lag ein erstauntes Lächeln. Zu Petja hinüberblickend, stand sie da, schabte sich mit dem Fuß die wie Sülze wabbelnde fette Wade und drehte sich zum Haus um. „Fekluscha, wo wird denn der Walker geschlagen?"

„Beim Kreuz, Mütterchen! Ich hab's mit eigenen Augen gesehen, wie sie ihn geschlagen haben." Auf der Treppe patschten Tritte. Mit den Armen rudernd, kam die schiefsteißige Köchin angehumpelt und sprudelte mit schriller Stimme hervor: „Ich guck, und da seh ich doch, sie bringen ihn aus dem Kerker zum Platz. Die Kosaken johlen und schreien, aber ihn ficht's nicht an! Geht ruhig dahin, der alte Hund, und feixt sich eins. Dabei hat er ein Gesicht, grün und blau, daß man Angst kriegt. Wie sie ihn also bei der Vorsteherei haben, geht's los, und wie! Patsch! Patsch! hör ich's nur. Er hat ganz jämmerlich gebrüllt. Ja, da haben sie ihm den Garaus gemacht. Mit Stangen und Äxten sind sie drauf auf ihn, die meisten sogar nur mit Füßen."

Die Stufen der Vorsteherei herab stieg mit schwänzelndem Hintern der Dorfschreiber.

„Ach, Iwan Arsenjewitsch, auf ein Minütchen nur."

Der Schreiber zupfte an seiner weiten Reithose und ging trippelnd und mit seinen blitzblanken Stiefeln liebäugelnd auf die Popenfrau zu. Etwa acht Schritte vor ihr bog er seinen krummen Rücken gerade und legte lässig zwei Finger an den Mützenschirm, wie es der Oberst in der Kommandantur zu tun pflegte. „Wünsche einen guten Tag, Anna Sergejewna."

„Guten Tag, Iwan Arsenjewitsch. Es heißt, bei Ihnen ist jemand umgebracht worden."

Der Schreiber schob geringschätzig die Unterlippe vor. „Die Kosaken haben den Walker Foma totgeschlagen – wegen Zugehörigkeit zum Kommunismus."

Die Popenfrau hob schauernd die vollen Schultern und sagte seufzend: „Ach, wie schrecklich! Haben Sie etwa auch teilgehabt an dieser Untat?"

„Hm . . . ja . . . Als sie losgeschlagen haben, sehen Sie, und der Kerl auf der Erde lag und schrie: ‚Schlagt mich tot, aber von der Sowjetmacht laß ich nicht', da freilich hab auch ich ihm mit dem Stiefel eins versetzt, aber ich hab's gleich bereut, daß ich mitgemacht hab. Nichts als Ärgernis hatt' ich davon – die Hosen und die Stiefel sind ganz voll Blut gewesen."

„Ich hätt nie gedacht, daß Sie ein so gewalttätiger Mensch sind." Die Popenfrau zwinkerte dem feschen Schreiber lächelnd zu, während Petja, von einem buntscheckigen Haufen Dorfjungen umgeben, im blutgetränkten Sand vor der Vorsteherei hockte und eine formlose blutige Masse anstarrte.

Kraniche zogen übers Dorf und streuten ihre Lockrufe über die herbstkalte Erde. Stundenlang stand Petja in der Walkstube am Fenster und blickte hinaus.

Gegen Mittag kam Sidor, der Schmied, sah ein Weilchen zu, wie Petja Maiskörner zwischen zwei Ziegelsteinen zerrieb, seufzte und sagte: „Ach, Junge, viel Elend mußt du schmecken. Aber wart nur, laß den Mut nicht sinken, bald sind die Unsren da, dann wird das Leben leichter. Komm morgen zu mir ran und hol dir zwei Maß Mehl."

Aber das Leben wurde nicht leichter. Als Petja am nächsten Tag vor Sonnenuntergang über den Dorfplatz ging, kamen zwei Kosaken aus dem Gefängnistor geritten. Zwischen ihnen lief Sidor in knielangem Leinenhemd. Das Hemd war vom Kragen bis zum Bauch aufgerissen, und aus dem Riß sah das krause, borstige Brusthaar hervor. Als sie neben Petja waren, wandte der Schmied ihm den Kopf zu und kam aus dem Tritt. „Zum Verschroten bringen sie mich. Leb wohl, Petjenka, mein Täubchen", rief er.

Er winkte mit der Hand ab, Tränen liefen über seine Bakken.

Die Zeit dehnte sich endlos wie in einem bösen Alptraum. Petja war voller Läuse. Die gelben Wangen mit verfilztem Flaum bedeckt, sah er älter aus als siebzehn Jahre.

Träge schlichen die grauen, trüben Tage dahin. Doch jeder Tag, der mit der Sonne hinterm Dorfrand verglomm, brachte die Roten näher. Bange Unruhe senkte sich in die Kosakenherzen, füllte sie zum Bersten.

Als die Frauen eines Morgens das Vieh zur Weide trieben, hörten sie hinter dem Stschegolsker Feld Kanonenschüsse. Hin und her sprang der dumpfe Hall zwischen den im grünen Morgendunst schlummernden Höfen, schlug gegen die Lehmwände der Walkstube und ließ das Glimmerfensterchen wie im Schüttelfrost erzittern.

Petja kletterte vom Ofen, warf rasch den Rock über und lief in den Hof. Neben dem runzligen alten Weidenbaum legte er sich auf den mit dünnem Eis überkrusteten Boden und hörte die Erde unter den Einschlägen der Kanonenkugeln greisenhaft ächzen, krächzen und stöhnen. Hinter dem dichten Pappelhain tackten hastig Maschinengewehre, ihr Tacken vermischte sich mit dem Kreischen der Dohlen.

Auch am nächsten Tag eilte Petja ganz früh auf den Hof raus. Das Ohr an die sengend kalte Erde gelegt, an der es festzufrieren schien, lauschte er. Verschlafen dröhnten die Geschütze, während die Maschinengewehre fröhlich und unternehmungslustig in der frostklaren Luft steppten: „Tack-tack-tack-tack."

Erst seltener, dann häufiger trat minutenlange Stille ein, doch dann wieder, kaum hörbar: „Tack-tack-tack-tack."

Petja zog sich den Mantel unter die frierenden Knie, als plötzlich hinter dem Zaun eine heisere Stimme krächzte: „Lauschst der Musik, Bürschchen? Eine hübsche Musik, he?"

Erschrocken sprang Petja auf die Füße. Helle Greisenaugen unter zottigen Brauen funkelten ihn an, aus einem gelben

Bart stahl sich ein schlaues Lächeln.

An der Stimme erkannte Petja Alexander den Vierten, das war der Spitzname des Alten. Bemüht, das Beben in seiner Stimme zu unterdrücken, sagte er ärgerlich: „Mach, daß du weiterkommst, Väterchen. Das hier geht dich nichts an."

„So, dich geht's was an, und mich geht's nichts an?"

„Laß mich in Frieden, Väterchen, sonst nehm ich Steine und vertreib dich. Dann jammerst du ach und weh."

„Du gehst arg ins Zeug, Jungchen. Nur ruhig Blut, mein ich. Für solchen Respekt vor einem alten Mann möcht ich dich den Stock kosten lassen."

„Ich tu dir nichts, tu du mir auch nichts."

„So eine Rotznase, eine grüne, wenn man's recht nimmt. Und plustert sich auf wie ein Gottweißwer."

Der Alte stützte sich mit den Händen auf zwei Zaunpfähle und schwang seinen hageren, sehnigen Körper leicht herüber. Die zerrissene Hose hochziehend, trat er zu Petja und ließ sich neben ihm nieder. „Sind die Maschinengewehre zu hören?"

„Der eine hört sie, der andere nicht."

„Ich werd sie schon hören."

Petja warf einen aufmerksamen Blick zu dem Alten hinüber, der sich bäuchlings auf der Erde hingestreckt hatte, und sagte unsicher: „Hinter dem Weidenbaum ist's noch besser zu hören."

„Dann horchen wir mal hinter dem Weidenbaum."

Der Alte kroch auf allen vieren zur Weide, krallte seine knorrigen Hände in die bloßliegenden Wurzelknorren und verhielt sich wohl zwei Minuten mäuschenstill. „Sieh mal an!" sagte er schließlich und setzte sich auf. Er wischte sich den Rauhreif von den Knien und kehrte das Gesicht Petja zu. „Hör mal, Bürschchen, ich kann alles sehen, bis auf den Grund der Erde kann ich sehen. Und was in dir vorgeht, das tut sich mir auch offenbaren. Die Musik hier können wir noch lange hören, aber ich und mein Sohn, wir haben was vor. Meinen Jaschka kennst du doch? Den die Kosaken für seinen Bolschewismus verprügelt haben!"

„Ja!"

„Wir wollen also den Roten entgegengehn und nicht dasitzen und warten, bis sie kommen." Er beugte sich herab, sein Bart kitzelte Petja im Ohr, und sein säuerlicher Atem wehte ihm ins Gesicht. „Du tust mir leid, Bürschchen. Von Herzen leid! Komm mit uns weg von hier, spucken wir auf die ganze Donkosakenherrlichkeit. Einverstanden?"

„Spinnst du auch nicht, Väterchen?"

„Bist noch viel zu grün, um so was zu mir zu sagen. Ordentlich durchwalken sollte man dich für solche Reden. Die Spinnen spinnen, ich aber spreche die Wahrheit. Doch wozu mit dir streiten? Wenn du Lust hast, bleib hier."

Er stapfte los, seine gestreiften Hosen flimmerten durch den Knüppelzaun.

Petja lief ihm nach und faßte ihn am Ärmel. „So wart doch, Väterchen."

„Warten gibt's nicht. Wenn du mitwillst, bist du willkommen. Und wenn nicht, ist's auch keine Schande. Fällt das Weib vom Karren, haben's die Pferde leichter."

„Ich komm mit, Väterchen. Wann wollt ihr los?"

„Das bereden wir hernach. Komm heute abend zu uns auf die Tenne, da werden wir sehen."

Alexander der Vierte war von jeher ein aufsässiger Kerl gewesen. So wüst er im Rausch war, nüchtern war er der vortrefflichste Mensch. Seinen Nachnamen wußte niemand in der Staniza. Als er vor langer Zeit aus Iwanowo-Wosnessensk, wo eine Kosakenhundertschaft in Garnison lag, vom Militär zurückkam, hatte er auf einer Gemeindeversammlung im Suff erklärt: „Ihr habt euch mit eurem Zaren Alexander dem Dritten. Ich bin kein Zar, aber ich will Alexander der Vierte heißen, wenn ich nicht auf euren Zaren huste."

Es waren ihm damals durch Ältestenspruch die Kosakenrechte aberkannt und sein Landanteil entzogen worden. Obendrein hatte er auf dem Gemeindeplatz wegen Mißbrauchs des Herrschertitels fünfzig Keulenhiebe bekommen. Ansonsten sollte die Sache in Stillschweigen begraben sein. Nach beendeter Exekution verbeugte sich Alexander der Vierte vor seinen Dorfgenossen. Sich den letzten Hosenknopf zumachend, sagte er: „Ergebensten Dank, meine Herren Ältesten, bildet euch bloß nicht ein, ich hätt nun Respekt vor euch."

Wutentbrannt stieß der Ataman seinen Atamanenstab auf

den Boden. „Wenn du keinen Respekt hast, kriegst du noch eine Zugabe."

Nach dieser Zugabe hielt Alexander der Vierte den Mund. Er wurde nach Hause getragen. Aber den Namen Alexander der Vierte behielt er bis an sein Lebensende.

Petja kam am frühen Abend zu ihm. Die Kate war leer. Im Vorraum knabberte eine schmutzigbraune Ziege an Kohlstrünken. Petja ging über den Hof. Da hörte er aus dem Schuppen den Alten krächzen: „Komm her, Junge."

Petja ging hin und sagte guten Abend. Aber der Alte sah nicht auf. Vornübergebeugt kniete er und schlug Kerben in einen Stein für den Dreschflegel. Unter den Hammerschlägen spritzten graue Splitter und grüne Funken auf. Jakow, der Sohn des Alten, stand gebückt bei der Kornschwinge und hämmerte ein loses Blech fest.

Warum sich die, wo's zum Winter geht, die Arbeit machen, dachte Petja. Da tat der Alte noch einen letzten Hammerschlag und sagte, ohne Petja anzusehen: „Wir wollen die Wirtschaft in guter Ordnung zurücklassen. Meine Alte ist so ein rechter Querkopf. Stimmt was nicht, gleich schreit sie zetermordio. Meinethalben hätt's liegenbleiben können, wie's war, aber wenn man an die Schimpferei hernach denkt . . . Hauen ab, die Kerls, heißt's dann, und lassen alles drunter und drüber zurück."

Die Augen des Alten lachten. Er stand auf, tätschelte Petja den Nacken und sagte zu Jakow: „Mach Schluß, Jascha. Wir haben mit dem Walker seinem Jungen manches zu bereden."

Jakow schnalzte den Rest der Nägel, mit denen er das Blech festgehämmert hatte, von den Lippen in die Hand und trat zu Petja, den Mund zu einem breiten Lächeln verzogen. „Grüß dich, Roter."

„Guten Tag, Jakow Alexandrowitsch."

„Du willst also mit?"

„Ich hab dem Großvater heut morgen gesagt, ich geh mit."

„Mit dem Gehen ist noch nichts getan. So einer einfältig ist, kann er sich nachts still davonstehlen – ade Staniza! Aber wir sollten dem lieben Heimatort ein kleines Andenken hinterlassen! Wo es uns soviel Liebwertes beschert hat! Den Vater haben sie geprügelt, mich, als ich nicht an die Front wollte, halbtotgepeitscht, ganz zu schweigen von deinem Vater." Und Jakow beugte sich dicht zu Petja vor. Die buschigen Brauen gerunzelt, brummte er ihm ins Ohr. „Daß sie, die Lumpen, bei uns in den Pferdeställen Artillerie-munition eingelagert haben, weißt du doch? Du hast doch gesehen, wie sie Granaten und all das andere Zeug herge-bracht haben?"

„Ja."

„Und wenn wir nun, sagen wir, ein Streichholz drunterhal-ten – was meinst du dazu?"

Der Alte stieß Petja mit dem Ellbogen in die Seite und ki-cherte: „Uh, wie schaurig!"

„Der Vater kriegt's Gruseln, schaurig sagt er, ich aber sehe es anders. Die Roten sind beim Stschegolsker Feld, stimmt's?"

„Gestern haben sie den Krutenski-Chutor genommen", er-widerte Petja.

„Na siehst du. Und wenn hier das Depot in die Luft fliegt, dann sind die Kosaken Proviant und Munition los und zie-hen sich Hals über Kopf zum Donez zurück. So ist das."

Der Alte strich sich den Bart und sagte: „Morgen in der Früh, eh's hell wird, sei wieder dahier und wart auf uns. Bring alles Nötige für die Reise mit. Um Wegzehr brauchst du dich nicht zu kümmern. Wir nehmen reichlich mit."

Als Petja schon an der Pforte war, rief ihm der Alte nach: „Nicht übern Hof! Auf der Straße sind Leute. Spring übern Zaun und renn durch die Steppe. Vorsicht ist besser."

So stieg Petja denn übern Zaun, setzte über den Bach, der stellenweise mit einer dünnen Eisschicht bedeckt war, und ging an den düsteren, bereiften Heuschobern hinter dem Dorf entlang zu seiner Kate.

In der Nacht kam Ostwind auf und brachte großflockigen nassen Schnee. In jeder Gasse, in jedem Gehöft nistete Dunkelheit. In des Vaters Mantel gehüllt, trat Petja aus der Kate, blieb ein Weilchen am Zaun stehen, dem Knarren der Weiden lauschend, die der Wind unten am Fluß tief zur Erde bog, und ging langsam die Straße hinab zum Hof Alexanders des Vierten.

Aus dem Dunkeln kam vom Schuppen her eine Stimme: „Bist du's, Petruscha?"

„Ja, ich."

„Komm her, aber geh weiter links; da stehen die Eggen."
Petja fand den Alten und Jakow im Schuppen wirtschaftend. Es war soweit. Der Alte bekreuzigte sich, tat einen tiefen Schnaufer und ging zum Tor.
Vor der Kirche hüstelte er heiser und flüsterte: „Petruscha, mein Täubchen, du bist fixer als wir und fällst nicht so auf. Schleich übern Platz zum Depot. Du weißt doch, wo an der Mauer Patronenkisten stehen."
„Ja."
„Hier hast du Feuerstein und Stahl, und das hier ist Hanf, den ich in Petroleum getaucht hab. Kriech rüber und deck dich gut mit dem Mantel ab, wenn du Feuer schlägst. Sobald der Hanf brennt, steckst du ihn zwischen die Kisten und kommst zurück. So, und jetzt geh, wir warten hier auf dich. Hab keine Angst."
Der Alte und Jakow kauerten sich an der Kirchenmauer nieder, und Petja kroch auf dem Bauch durch den flaumigen Schnee zum Depot. Seinen alten Mantel durchbohrte der Wind. In brennenden Wellen lief ihm die Kälte über den Rücken und stach in den Füßen. Vom eiskalten Erdboden wurden seine Hände klamm. Petja tastete sich am Schuppen entlang. Etwa fünfzehn Schritte vor ihm bewegte sich wie ein glimmendes Stückchen Kohle die Zigarette des Postens. Unter den Dachsparren heulte der Wind, klapperte ein loses Brett. Aus der Richtung, wo die Zigarette glühte, trug der Wind gedämpfte Stimmen herüber.
Petja hockte sich hin, zog den Mantel über den Kopf. Der Stahl tanzte in seinen Händen, der Zunder rutschte ihm immer wieder aus den klammen Fingern.
Ganz leise rieb der Stahl am Rand des Feuersteins, aber Petja meinte, es müsse weit in der Runde zu hören sein, und die Angst schnürte ihm wie eine klebrige Natter die Kehle zu. Der Zunder war in den Händen feucht geworden und wollte nicht brennen. Noch ein Schlag, noch einer, ein purpurnes Fünkchen schwelte auf. Im nächsten Augenblick flackerte das Hanfbündel hell und frech. Mit zitternder Hand steckte es Petja unter die Kisten, und sogleich spürte er den Geruch von schwelendem Holz. Er sprang auf, schon hörte er Füße herantraben und dumpfe, im Dunkeln gedämpfte Stimmen rufen: „Feuer! Feuer! Seht ihr nicht den Schein?"

Petja fing sich und stürzte in das lauernde Dunkel. Ihm nach dröhnten Schüsse. Zwei Kugeln pfiffen über seinen Kopf, eine dritte durchfurchte rechts von ihm die Nacht. Nun war er fast an der Kirchenmauer. Hinter ihm schrie es gellend: „Feu-er! Feu-er! Es brennt!"
Schüsse krachten.
Nur bis zur Ecke! fuhr es durch Petjas Kopf. Er nahm alle Kraft zusammen und lief, so schnell die Füße ihn trugen. Stechend dröhnte es ihm in den Ohren. Nur bis zur Ecke!
Ein heißer Schmerz durchzuckte sein Bein. Humpelnd lief er noch ein paar Schritte weiter. Unterhalb des Knies rann etwas Nasses, Warmes das Bein hinab. Er stürzte. Rappelte sich auf und kroch auf allen vieren, im Mantel verheddert, ruckweise vorwärts.
Lang war dem Alten und Jakow das Warten geworden. Hinter der Mauer zerrte der Wind am Glockenstrick, brachte den Klöppel der kleinen Glocken zum Schwingen und entlockte ihnen einen leisen Mißton. Schließlich wurden in der Dunkelheit hinter den Lagerbaracken, die zu buckligen Hügeln erstarrt lagen, mitten auf dem Platz dumpfe, vom Wind zerrissene Stimmen laut. Dann leckte eine gelbrote Flammenzunge in die Finsternis, ein Schuß krachte, dann noch einer, ein dritter . . . Ein Rascheln an der Mauer, keuchender Atem, eine gepreßte Stimme: „Väterchen, hilf mir . . . Mein Bein."
Der Alte und sein Sohn packten Petja, hoben ihn auf und tauchten mit ihrer Last ins Dunkel einer Gasse. Sie rannten, stolperten, fielen, rannten weiter. Zwei Straßen lagen schon hinter ihnen, als vom Turm Sturmläuten losbrach und sich, die Stille durchpeitschend, über das schlafende Dorf ergoß.
Heiser keuchte der Alte neben Petja, in wilder Hast liefen die Beine, sein fliegender Bart kitzelte Petjas Gesicht.
„Vater, in die Gärten, in die Gärten!"
Sie sprangen über einen Graben, schöpften Luft.
Da war es, als berste unterm Dorf die Erde. Höher als der Glockenturm schoß eine riesige scharlachrote Feuersäule empor, von Qualmschwaden umwallt. Eine Detonation jagte die andere. Dann wurde es still. Im ganzen Dorf begannen plötzlich die Hunde zu heulen, das Sturmgeläut,

das verstummt war, brach mit neuer Gewalt los. Über den Höfen hing Weibergeschrei in der Luft. Und auf dem Platz leckte ein loderndes gelbes Flammenmeer, verschlang die einstürzenden Wände des Depots. Schon streckte es die langen Arme nach dem Pfarrhof aus.

Jakow hockte sich hinter einen kahlen Dornbusch und sagte leise: „Fliehen ist jetzt unmöglich. Wir kommen nicht mehr fort. Im Ort ist's so hell, daß man eine Nadel findet. Seht doch, wie die Flammen lodern! Und dann will auch Petjas Bein nachgesehen werden."

„Wir müssen hier bis zum Morgengrauen warten. Dann werden sich die Leute beruhigt haben, und wir schlagen uns zum Wald durch, zum Forst."

„Bist ein alter Mann, Vater, aber Verstand hast du wie 'n kleines Kind. Ist's denn denkbar, in der Staniza zu bleiben, wo uns jetzt alle suchen? Auch zu Hause schnappt man uns. Keiner im Dorf ist so verdächtig wie wir."

„Stimmt, Jascha. Recht hast du."

„Können wir nicht den Tag über im Schuppen auf unserem Hof abwarten?" fragte Petja mit schmerzverzogenem Gesicht.

„Das läßt sich hören. Habt ihr Gerümpel dort liegen?"

„Einen Haufen trockenen Pferdemist zum Heizen."

„Dann los. Aber mit aller Vorsicht. Wo willst du denn hin, Vater, mitten durch die Staniza? Lieber hintenrum, da ist's sicherer."

Bis zum Morgen hatten Jakow und Petja unter den Mistwürfeln ein tiefes Loch in die Erde gegraben. Zum Schutz gegen die Kälte legten sie es unten und an den Seiten mit trockenem Lattich aus und dichteten es oben mit dürrer Akkerwinde und mit Melonenranken ab, die gleichfalls zum Heizen bestimmt waren.

Jakow riß ein Stück von seinem Hemd ab und verband Petjas durchschossenes Bein. Bis zum Abend saßen sie zu dritt in ihrem Versteck. Am Morgen waren Leute auf den Hof gekommen. Man hatte gedämpfte Stimmen und ein Schloß klirren gehört, dann hatte ganz in der Nähe jemand gesagt: „Der Walkersjunge ist sicher draußen zur Arbeit. Laß das Schloß hängen, sag ich! Wozu brauchst du das Ding? Der Walker hat ja doch bloß Läuse und stinkende Wolle in seiner Bude, da ist nichts zu holen."

Dann verloren sich die Schritte hinter dem Schuppen.

In der Nacht setzte unvermittelt starke Kälte ein. Schon am Abend hatte man gehört, wie auf der Straße die noch vom Herbst her mit Feuchtigkeit gesättigte Erde barst. Über den Himmel jagten flockige Wolken, und ein schiefer Mond zog geschäftig seine Bahn. Aus tiefblauen Lichtungen blinzelten lockende Sterne. Durchs schadhafte Dach schaute die Nacht in den Schuppen.

Es war warm in dem Loch unter den Würfeln Mist. Der alte Alexander schlief mit dem Kinn auf den hochgezogenen Knien und schnarchte; manchmal bewegte er die Beine. Petja und Jakow unterhielten sich leise.

„Vater, wach doch auf! Wann wirst du endlich aufwachen? Wir müssen fort!"

„Wa-as? Wir müssen fort? Na schön."

Vorsichtig räumten sie die Würfel Mist über ihrem Versteck beiseite. Dann öffneten sie die Tür einen Spalt breit. Auf dem Hof und in der Gasse war keine Menschenseele zu erblicken.

Nun lag das letzte Gehöft des Dorfes hinter ihnen. Sie schlichen durch die Gärten in die Steppe. Bis zur Schlucht krochen sie gut zweihundert Meter durch Schnee. Hinter ihnen spähte die Staniza mit den gelben Tupfen ihrer erleuchteten Fenster unverwandt in die Steppe hinaus. Leise und behutsam wie auf der Pirsch bewegten sie sich durch die Schlucht auf den Wald zu. Unter ihren Füßen knirschten Eis und Schnee. Hie und da hatte der Wind den Schnee auf der Felsensohle der Schlucht zusammengeweht, blau zogen verschlungene Hasenfährten darüber hin. Ein seitlicher Einschnitt führte von der Schlucht zum Wald.

Sie kletterten die Böschung hinauf, hielten Ausschau und gingen beruhigt dem Wald zu.

„Nach Stschegolsk ist es zu gefährlich. Wir wissen nicht Bescheid. Hier muß irgendwo die Front sein, wir können den Weißen in die Arme laufen."

Jakow zog den Kopf ein und mühte sich lange, zwischen den aufgeknöpften Mantelhälften Feuer zu schlagen. Glühende Tropfen sprühten, mit trockenem Geräusch rieb Stahl an Feuerstein. Schließlich entzündete sich der mit Sonnenblumenstaub bestreute Zunder und begann, mit üblem Geruch zu qualmen. Jakow nahm zwei tiefe Züge, dann erst antwortete er dem Vater. „Ich denke, wir gehen zum Förster Danila. Den kennen wir doch gut. Er kann uns sagen, wie wir durch die Stellungen kommen. Dort kriegen wir auch unseren Petja ein bißchen warm, sonst erfriert er uns noch gänzlich."

„Ich frier gar nicht so schlimm."

„Halt die Klappe, Kleiner, rede nicht. Dein Mantel ist mehr für Sonnenhitze gebaut als für Kälte."

„Los, Jascha, wir müssen weiter. Schau, wie hoch das Siebengestirn schon steht, bald ist Mitternacht", sagte der Alte.

Etwa fünfzig Schritte vor dem Försterhaus hielten sie an. Das Fenster war erleuchtet, aus dem Schornstein stieg träger Rauch. Die Mondsichel hing gefährlich schief überm Wald.

„Scheint alles in Ordnung. Vorwärts!"

Unterm Schuppen bellte ein Hund los. Die vereisten Stufen der Vortreppe knarrten. Sie klopften. „Ist der Förster da?"

Ein Bart preßte sich von innen ans Fenster. „Ja. Und wen führt der Herrgott her?"

„Wir sind's. Brave Leute, Danila Lubitsch. Um Christi willen laß uns rein, wir wollen uns aufwärmen."

Im Vorraum quietschte eine Tür, dann wurde mit Krachen ein Riegel zurückgeschoben. Auf der Schwelle stand der Förster, die Rechte schützend über die Augen gelegt. In der Linken hielt er, auf dem Rücken versteckt, ein Gewehr. „Nein so was, Großvater Alexander, bist du's?"

„Na gewiß doch. Behältst du uns über Nacht hier?"

„Mal sehen . . . Na schön, kommt rein. Werden schon alle Platz haben!"

Das Stübchen war stark geheizt. Neben dem Ofen lagen drei auf Pferdedecken, die Sättel unterm Kopf. Die Gewehre lehnten in der Ecke. Jakow wich zur Tür zurück. „Wen hast du da, Förster?"

Von einer Pferdedecke antwortete es: „Du hast wohl vergessen, wie Kosaken aussehen? Wir lauern hier auf euch schon seit gestern abend. Haben uns gedacht, den Staatlichen Forst und Danilas Haus werdet ihr nicht umgehen können. Na, legt ab, werte Gäste! Jetzt wird geschlafen, und morgen früh geht's ohne Umsteigen auf die Zarenschaukel. Der Strick weint schon nach euch!" Sie standen auf, holten die Gewehre. „Bind den Brandstiftern die Hände, Semjon."

Zwei lagen auf ihren Decken, der dritte saß mit hängendem Kopf am Tisch, das Gewehr zwischen den Beinen.

Der Förster warf eine Matte auf den Boden.

„Leg dich drauf, Großvater Alexander. So hast du's weicher für deine Knochen."

„Paß du auf, du Mensch voll Mitleid, daß du dich nicht selber auf die Matte bettest. Hör, Förster, weg mit der Matte! Die haben das Depot angesteckt. Wer so was tut, kann getrost draußen beim Hund in der Kälte kampieren."

Gegen Morgen sagte der Alte: „Laß mich raus, Söhnchen, ich muß mal."

„Piß ruhig in die Hosen, Alter, oder in die Filzstiefel. Morgen, wenn du hängst, trocknet das schon!"

Winterlich kränkliches Frühlicht streifte die Fensterscheiben. Die Kosaken standen auf, wuschen sich und setzten sich an den Tisch zum Frühstück. Unbemerkt flüsterte Jakow dem Vater und Petja zu: „Meinen Strick hab ich über Nacht dünn gescheuert. Sowie wir in der Staniza sind, spritzen wir auseinander. Rein in die Gärten und auf den Berg zur Höhle, wo wir immer Steine gebrochen haben! Da sollen sie zusehen, wie sie uns kriegen."

Als sie abgeführt wurden, hinkte Petja stark auf dem verwundeten Bein, es schmerzte so sehr, daß er mit den Zähnen knirschte.

Nun lag die Staniza vor ihnen. Wie ein Weib, das sich in Fieberglut wälzt, hatte es die grauen Zotteln seiner Gärten um sich geworfen. Als sie in die erste Gasse einbogen, riß Jascha mit verzerrtem, blutleerem Mund den Strick durch. Im Zickzack rannte er durch den Schnee zu den Gärten. Der Alte und Petja liefen ebenfalls los, jeder in eine andere Richtung. Hinter ihnen brüllte es: „Halt, stehenbleiben! Verfluchtes Pack!"

Schüsse und Pferdetrappeln. Petja sprang über einen Graben und blickte zurück: Der alte Alexander lag auf dem Boden, ein Kopfschuß hatte ihn niedergestreckt, seine Beine zuckten in der Luft.

Der Berg mit seiner schneeumgürteten Kuppe lief ihnen entgegen. Wie leere Augenhöhlen blickten die schwarzen Löcher, aus denen die Kosaken ihre Steine geholt hatten. Jakow sprang als erster in eins hinein, Petja folgte ihm. Sie krochen durch feuchte, dunkle Gänge, das spitze Gestein zerfetzte ihre Kleider und riß ihnen die Haut blutig. Jakow stieß Petja mit dem Stiefel ins Gesicht. Als der unterirdische Gang sich gabelte, krochen sie nach links. An Petjas Händen klebte kalter Lehm, von oben tropfte es ihm in den Kragen.
Sie kamen an ein Erdloch, kletterten hinab und kauerten sich nebeneinander.
„O Gott! Den Vater hat's erwischt", flüsterte Jakow.
„Beim Graben war's."
Ihre Stimmen waren gepreßt, wie fremd. Die Finsternis drückte ihnen auf den Lidern.
„Jetzt hungern sie uns aus, Petja, wie den Iltis im Bau. Aber vielleicht, wer weiß. Hierher wagen sie sich nicht, da haben sie Angst. Die Löcher und Gänge haben wir schon vorm deutschen Krieg gebuddelt, der Vater und ich. Ich kenne mich hier aus. Komm, weiter geht's."
Sie krochen weiter. Wenn sie an eine Wand stießen, machten sie kehrt und suchten einen andern Weg.

Zwei Tage lang war die zähklebrige Finsternis um sie.
Die Stille klang ihnen in den Ohren. Selten fiel ein Wort. Meist schliefen sie, aber auch im Schlaf war ihr Ohr hellwach. Über sich hörten sie Wasser in der Erde gurgeln. Sie wachten auf und schliefen wieder ein.
Schließlich tappten sie sich, wie blinde junge Hunde gegen die Wände stoßend, zum Ausgang vor. Sie irrten lange umher, bis ihnen jählings grelles, schmerzendes Licht entgegenschlug.
Am Eingang der Felsenhöhle fanden sie Aschenhäufchen, Zigarettenstummel und die Spuren von unzähligen Stiefeln. Aber als ihr Blick weiterging, sahen sie auf der Straße zur Staniza in langem Zug Kavallerie reiten, auf Pferden mit gestutztem Schweif, und dahinter die grauen Haufen der Infanterie. Himbeerrote Fahnen flatterten im Winde. Herüber drangen Stimmengewirr, Lachen, Befehlsrufe, das Knirschen der Schlittenkufen.

Mit einem Satz waren sie draußen. Rannten los, stolperten, fielen hin.

Jakow winkte mit den Armen und schrie mit hoher schriller Stimme: „Brüder! Rote! Genossen!"

Die Reiterei ballte sich zu einer Traube brauner Pferdeleiber. Von hinten drängte verdreckte Infanterie ran.

Schluchzend und zitternd küßte Jakow die Steigbügel und die beschlagenen Stiefel der Rotarmisten. Petja wurde von starken Armen gepackt, auf einen Schlitten in duftendes Steppenheu gebettet und mit Soldatenmänteln zugedeckt.

Leise schaukelte der Schlitten. Die Mäntel rochen vertraut nach saurem Schweiß; so hatte Vaters Hemd gerochen.

„Lebst du, Freund? Willst du 'nen Zwieback?"

Eine Hand schob Petja weichgekauten Zwieback in den starren Mund und rieb mit rauhwollnen Fäustlingen seine erfrorenen Finger. Petja wollte etwas sagen, aber sein Mund war voll Roggenbrei, und in der Kehle würgten ihn Tränen.

Da nahm er die harte dunkle Hand und preßte sie fest an seine Brust.

Das Haus, groß und mit Blech gedeckt, hatte zur Straße sechs lustige Fenster mit blaugestrichenen Läden. Früher hatte der Ataman hier gewohnt, nun war es der Klub der Jugendzelle. Man schrieb das Jahr 1920. Es war ein feucht-kalter, mürrischer September; dunkle Nacht lag über den Gärten und Gassen.

Im Klub war Versammlung. Tabakqualm, Stimmengewirr. Den Vorsitz führte Petja Kremnjow, der Sekretär der Komsomolzelle. Neben ihm saß Grigori Raskow, ein Mitglied des Zellenbüros. Man besprach eine wichtige Frage: die Bestellung des Feldabschnitts, den die Abteilung für Landwirtschaft der Zelle zugewiesen hatte.

Eine halbe Stunde später hieß es im Protokoll:

„Gehört: Bericht des Genossen Raskow über die Feldvermessung im Krutenski-Revier.

Beschlossen: Die Genossen Raskow und Kremnjow werden beauftragt, das Feld schnellstens zu besichtigen und zu vermessen."

Man löschte die Lampe. Stiefel polterten eilig über die Vortreppe. Petja stand noch ein Weilchen an der Ecke und blickte Raskows weißem Hemd nach, das durch die milchige Dunkelheit davonschwankte. Seine Stimme hallte durch die Stille der Staniza: „Grischa, schlag dir das Fuhrwerk aus dem Kopf. Die Leute pflügen doch schon. Wir gehen zu Fuß."

Bleichsüchtiges Frührot. Auf dem festgestampften Weg war kürzlich die Herde getrottet. Die Spitzen des Wermutkrauts hingen voll Staub. Über den Hügel zogen Pflüge mit Ochsengespannen. Der Wind wirbelte die Rufe der Treiber und das Sausen und Knallen der Peitschen herüber.
Petja und Grigori gingen schweigend. Als die Sonne im Mittag stand, waren sie beim Revier. Versteckt in einer kleinen Steppenschlucht lag das Dutzend taurischer Gehöfte. Am Deich schlug eine Frau, die Röcke geschürzt, mit dem Bleuel Wäsche. Auf der andern Seite standen, bis zum Bauch im Wasser, scheckige Kühe. Die Ohren hochgestellt, glotzten sie die beiden Burschen an. Mit einemmal warf die Leitkuh erschrocken den Schwanz hoch und trabte zum Deich hin. Die andern folgten ihr. Laut knallte der graubärtige Hirt mit der Peitsche, und der Hütejunge flitzte mit schwarzen Fußsohlen hinterdrein, um sie zurückzuholen. Von der Tenne, wo die Dreschmaschine tuckerte, rief eine helle Mädchenstimme: „Garpischa, schau nur, die Roten sind angekommen!"
Bis zum Abend suchten sie den Reviervorsteher. Sie aßen bei ihm duftende Melonen, ihr Feld wollten sie sich anderntags ansehen. Das Nachtlager hatte ihnen die Bäuerin im Vorraum bereitet. Grischa war sogleich eingeschlafen, Petja hingegen wälzte sich noch lange rum, fing unterm Schaffell Flöhe und überlegte, was für ein Feld der schlaue Vorsteher ihnen wohl zuschieben würde.
Um Mitternacht knirschte der Türriegel. Der Bauer warf von der Türschwelle aus einen Blick nach dem Sternenhimmel und ging in den Stall, um das Pferdefutter einzurühren. Der Brunnenschwengel knarrte, in der Steppe wieherte klagend ein Fohlen. Stimmen ertönten auf dem Hof. Petja wachte auf.
Grigori knirschte im Schlaf mit den Zähnen und warf sich auf die andere Seite. „Das Sterben ist keine Kleinigkeit,

Bruder", kam es gepreßt, aber deutlich von seinen Lippen.

Den Vorraum betrat polternd der Vorsteher. „He, Jungens!"

„Was ist los?"

„Weiß der Teufel, was los ist! Eben ist ein Bauer vom Weshinsker Chutor zurückgekommen, der sagt, die Machno-Leute sind im Anmarsch. Macht euch auf die Socken, Jungens, aber schnell."

Petja brummte schlaftrunken: „Und das Feld? Miß morgen erst den Acker ab, dann gehen wir. Sollen wir umsonst hergestiefelt sein?"

Kurz vor Tag hatte Petja einen Traum. Er war auf einer Versammlung im Kreiskomitee, jemand ging dröhnend übers Dach, und bei jedem Schritt bogen sich die Deckenbalken.

Als er aufwachte, hörte er Geschützdonner. Angst durchschauerte sein Herz. Rasch kleideten sie sich an und gingen hinaus, mit dem Meßstab die kläffenden Hunde abwehrend.

„Wieviel Werst sind's bis Weshinski?" fragte Grigori. Nachdenklich pflückte er die purpurnen Blütenblätter von einer Hundsnelke.

„An die dreißig, denk ich."

„Dann schaffen wir's."

Sie gingen durch Melonenfelder und stiegen eine Anhöhe hinan. Petjas Patronentasche fiel zu Boden. Als er sich umdrehte, um sie aufzuheben, bekam er einen Heidenschreck: Vom Berg hinterm Chutor kamen sie in geordneten Reihen zu Tal geritten. Der vorderste Reiter hielt eine schwarze Fahne, die wie der Flügel eines angeschossenen Vogels flatterte.

„Verflucht!"

„Barmherziger Gott", murmelte Grigori mit bebenden Lippen, sein Gesicht war fahlgrau.

Der Vorsteher ließ den Meßstock fallen und griff mechanisch in die Tasche nach dem Tabaksbeutel. Petja hetzte die Böschung hinab; Grigori folgte ihm.

Wie langsam die Beine sich bewegten, wie Schildkrötenbeine. Doch das Herz hämmerte zum Zerspringen, der Mund war heiß und trocken. Drunten in der Schlucht, wo

96

ein Bach plätscherte, war die Luft feucht, und es roch nach
Schlamm. Die Füße sanken ein. Petja streifte im Lauf die
Stiefel ab und packte das Gewehr fester. Grigoris Gesicht
war grün, der Mund verzerrt, sein Atem ging pfeifend. Er
fiel hin und warf das Gewehr weit von sich.
„Wirf deins auch weg, Petja. Wenn sie uns kriegen, schla-
gen sie uns tot."
Petjas Gesicht verzog sich vor Wut. „Bist du verrückt ge-
worden? Los, nimm das Gewehr auf, feiges Aas!"
Grigori zog das Gewehr widerwillig am Riemen zu sich ran.
Mit schweren, feindseligen Blicken durchbohrten sie einan-
der.
Wieder liefen sie. Mitten in der Schlucht stürzte Grigori
rücklings nieder und blieb liegen. Zähneknirschend packte
Petja den schmächtigen Körper des Freundes und zog ihn
an den Schultern weiter. Die Schlucht gabelte sich, der
Bergeinschnitt zur Rechten, mit grauem Wermutkraut be-
wachsen und mit Pferdeknochen bedeckt, stieß an ein Feld.
Dort stand ein Leiterwagen, neben dem ein Bauer zwei
Pferde vor einen Pflug spannte.
„Die Pferde her! Wir müssen zur Staniza. Die Machno-
Leute sind hinter uns her!"
Petja faßte ans Kummet, aber der Bauer fiel ihm in den
Arm.
„Ich geb sie nicht. Die Stute ist trächtig. Wie willst du sie
reiten?"
Der Bauer war kräftig, seine knotigen Finger klebten an
Petjas Gewehrlauf, als wären sie mit ihm verwachsen.
Gleich reißt er mir das Gewehr aus der Hand und knallt
mich übern Haufen, fuhr es Petja durch den Kopf.
Alles sah er: die stechenden, mordlüsternen Augen, die röt-
lichen Bartstoppeln, den zuckenden Mund – blitzschnell
riß er das Gewehr an sich. Der Verschluß knackte: „Zu-
rück!"
Der andere bückte sich nach dem Beil, das neben dem Wagen lag. Von würgender Übelkeit befallen, hieb Petja den
Gewehrkolben auf den breiten Bauernnacken. Wie Spin-
nenbeine bewegten sich die Beine in den faltigen Schaft-
stiefeln in der Luft.
Grigori durchschnitt rasch das Geschirr und sprang auf die
Stute. Unter Petja tänzelte der taurische Grauschimmel. Sie

galoppierten über den Acker zur Straße. Gleichmäßig klapperten die Hufe. Petja blickte zurück – über der Schlucht trieb der Wind Staub auf. Die Verfolger waren ausgeschwärmt und ritten im Galopp.

Fünf Werst waren sie dahingejagt, immer näher rückten die Verfolger. Schon konnte man erkennen, wie unter den Hufen des vordersten Pferdes die Erde hochstob und der schwarze Filzmantel des Reiters im Winde flatterte.

Grigoris Stute wurde langsamer, sie keuchte und wieherte kurz und heiser. „Die Stute fohlt! Petja, ich bin verloren!" schrie Grischa durch den schneidenden Wind.

Als der Weg um einen Kurgan bog, sprang Grischa mitten im Galopp ab. Die Stute sank sogleich nieder. Petja ließ sein Pferd automatisch weiterlaufen, besann sich aber, wendete jäh und kehrte zurück.

„Was willst du tun?" rief Grigori mit weinerlicher Stimme. Petja hatte mit raschem Griff den Ladestreifen eingeschoben und sprang vom Pferd. Kniend legte er an und schoß auf den heranjagenden schwarzen Filzmantel. Die leere Patronenhülse ausstoßend, sagte er lächelnd: „Das Sterben ist keine Kleinigkeit, Bruder."

Er schoß noch einmal. Hoch bäumte sich das Pferd, und der schwarze Filzmantel glitt zu Boden. Das Tier raste, in eine Staubwolke gehüllt, querfeldein, seinen Reiter am Steigbügel nachschleifend.

Petja sah ihm mit ausdruckslosem Blick nach, spreizte die Beine und ließ sich mitten auf dem Weg nieder. Irre lächelnd, zerrieb Grigori das Samenköpfchen einer Quendelblüte zwischen den schweißfeuchten Händen.

„Aus ist's", sagte Petja ernst und legte sich mit dem Gesicht nach unten auf die Erde.

Auf dem Hof des Exekutivkomitees wurden in vernähten Säcken die Akten vergraben. Vor der Tür reparierte der Vorsitzende, Jakow der Vierte, ein altes, verrostetes Maschinengewehr. Man erwartete die Milizionäre zurück, die seit dem frühen Morgen einen Erkundungsritt durchführten. Gegen Mittag rief Jakow den daherkommenden Komsomolzen Antoschka Gratschow zu sich ran und sagte: „Hol dir ein Pferd aus dem Stall, nimm das beste, das da ist, und reite zum Krutenski-Revier. Wenn du unsere Milizionäre triffst, sag, sie sollen schleunigst zurückkehren. Hast du ein Gewehr?"

Antoschka lief, daß die bloßen Fußsohlen blinkten, und rief zurück: „Ja. Und einundzwanzig Patronen hab ich dazu."

„Dann los, beeil dich!"

Fünf Minuten später brauste Antoschka wie der Sturmwind zum Hoftor hinaus. Seine grauen Mäuseaugen blitzten den Vorsitzenden an. Staub hüllte ihn ein.

Eine Weile stand Jakow auf der Vortreppe und sah dem auf und nieder gleitenden Pferdehals und Antoschkas unbedecktem Krauskopf nach. Dann trat er in den mit Spinnweben übersäten Flur. Sämtliche Leute des Exekutivkomitees und der Komsomolzelle waren versammelt. Er streifte sie mit müdem Blick und sagte: „Den Antoschka hab ich losgeschickt, den Trupp zurückzuholen." Er hielt inne. Nachdenklich mit den Fingern trommelnd, setzte er hinzu: „Aber die Jungen im Revier? Ob sie Machno entwischt sind?"

Ruhelos wanderten sie durch die leeren, hallenden Räume und lasen wohl zum hundertstenmal die Vierzeiler Demjan Bednys auf den verblichenen Plakaten. Zwei Stunden später jagten die Milizionäre in den Hof. Ohne die Pferde anzubinden, stürmten sie ins Haus. Der erste, staubig und schmutzig, rief: „Wo ist der Vorsitzende?"

„Da kommt er. Habt ihr sie gesehen? Sind's viele? Werden wir uns auf dem Glockenturm halten können?"

Der Milizionär schwang hoffnungslos die Reitpeitsche. „Wir sind auf die Spitzenschwadron gestoßen. Ein Wunder, daß wir mit heiler Haut davongekommen sind. An die zehntausend werden's sein. Wie ein schwarzer Heuschreckenzug rücken sie an."

Mit gerunzelten Brauen fragte der Vorsitzende: „Habt ihr Antoschka gesehen?"

„Einen haben wir gesehen. Er ritt hinter dem Krutenski-Hohlweg durch die Steppe. Bestimmt haben ihn die Machno-Leute gefaßt."

Sie standen auf einem Haufen beisammen und flüsterten. Der Vorsitzende zupfte an seinem Bart und preßte zwischen dem Gestrüpp hervor: „Die Jungen, die den Acker vermessen sollten, sind kaum noch am Leben. Antoschka ist gleichfalls hin. Verbergen wir uns im Schilf. Gegen Machno können wir nicht an."

Der Getreideagent öffnete den Mund, er wollte etwas sagen, doch in diesem Augenblick drang durch die Tür der Alarmruf: „Los, Genossen! Vom Hügel her kommt Kavallerie!"

Im Nu waren alle verschwunden, wie vom Wind weggeweht. Die Staniza erstarb. Zu klappten die Fensterladen. Stille sickerte aus den Höfen, im Wegerich vor dem Zaun des Exekutivkomitees gackerte aufgeregt ein Huhn.

Der Wind blähte das Hemd auf dem Rücken Antoschkas zu einer prallen Luftblase. Es war anstrengend, ohne Sattel zu reiten. Das Pferd lief in ungleichmäßigem Trab. Antoschka zog die Zügel straff, aus dem Hohlweg führte der Weg bergan. Plötzlich erblickte er eine Werst weit vor sich etwa hundert Reiter mit zwei Maschinengewehrwagen. Machno-Leute! Er riß am Zügel, über den Rücken rannen ihm kalte Schauer. Wie zum Trotz bewegte sich das Pferd träge und wollte nicht in Galopp fallen.

Man hatte ihn johlend bemerkt. Schüsse knatterten. Der Wind peitschte ihm ins Gesicht, seine Augen waren blind von Tränen, in den Ohren brauste es. Er hatte Angst, den Kopf zu wenden. Erst als er an den vordersten Häusern der Staniza vorüber war, blickte er sich um. In vollem Ritt sprang er vom Pferd und lief gebückt zur Kirchenmauer. Wenn ich über den Platz renne, knallen sie mich nieder, dachte er. Rein in den Garten und auf den Glockenturm rauf.

Seine Linke umklammerte das Gewehr, mit der Rechten stieß er die Mauerpforte auf. Die bloßen Füße raschelten im welken Laub. Da war die Wendeltreppe. Weihrauch und Modergeruch, Taubenmist.

Im Glockengestühl warf er sich flach hin und horchte. Stille. Ein Hahn krähte, sonst kein Laut.

Er legte das Gewehr neben sich, nahm die Patronentasche ab und wischte sich den klebrigen Schweiß von der Stirn. Hinter seiner Stirn sprangen die Gedanken: Sie bringen mich um . . . Ich schieße sie nieder . . . Petja Kremnjow sagt, Machno ist ein Söldling der Bourgeoisie.

Eine Woche zuvor hatten sie hinterm Fluß aus hundert Schritt Entfernung auf einen Leiterwagen geschossen. Er,

Antoschka, hatte die meisten Treffer gehabt. In der Kehle würgte ihn ein schmerzhaftes Kitzeln, aber das Herz schlug ruhiger.

Vorsichtig Umschau haltend, kamen sechs Berittene auf den Platz. Sie saßen ab; die Pferde banden sie am Zaun vor der Schule fest.

Wiederum begann Antoschkas Herz heftig zu klopfen. Er biß die Zähne aufeinander, bezwang das Frösteln und schob mit zitternden Fingern den Patronenrahmen ein.

Ein weiterer Reiter sprengte auf den Platz, wurde von dem sich wie rasend drehenden Pferd einige Male herumgekreist und jagte, das Tier heftig peitschend, wieder davon. An der nachlässig-verwegenen Haltung hatte Antoschka einen Kosaken erkannt. Er blickte der graugrünen Litewka nach, die über der Pferdekruppe auf und nieder wippte, und seufzte.

MGs knatterten, Getrappel zahlloser Hufe, eine Batterie rollte vorüber. Wie ein Aas von Würmern wimmelte die Staniza von Soldaten. In den Straßen stauten sich Munitions- und Maschinengewehrwagen.

Mit kalten, fremden Fingern berührte Antoschka das Schloß. Ihn fröstelte. Über ihm im Gestühl gurrte eine Taube.

Ich wart noch ein bißchen.

Drunten bei der Kirchenmauer hielten die Machno-Leute Rast. Sie lagen in Haufen zwischen den Pferden und sahen in ihren verschiedenfarbigen Pluderhosen und grellen Schärpen aus wie bunte Kieselsteine in einem Bach. Stimmengewirr, dröhnendes Lachen. Und die Straße entlang rollten unentwegt in zwei Reihen nebeneinander die MG-Wagen.

Entschlossen nahm Antoschka die graue Papacha eines MG-Schützen aufs Korn. Dumpf krachte der Schuß, der MG-Schütze ließ den Kopf auf die Knie sinken. Noch ein Schuß! Einem Kutscher glitten die Zügel aus der Hand, und er rutschte vom Bock zwischen die Räder. Antoschka schoß und schoß.

Die Pferde am Zaun zerrten an den Stricken und schlugen wiehernd aus. Auf der Straße wälzte sich ein angeschossenes Beipferd zuckend im Geschirr. Vor der Schule lag ein MG-Wagen, der in voller Fahrt umgeschlagen war, das MG in weißem Tarnbezug hatte seinen Rüssel hilflos in den Sand gebohrt. Rossewiehern, Schreien, Kommandorufe, Krachen der Schüsse stiegen in einer Wolke zum Glockenturm auf.

Rasselnd und dröhnend jagte die Batterie über den Platz zurück. Antoschka war entdeckt worden. Eine Kugel brannte einen schmatzenden Kuß neben ihm auf das Balkengebinde. Der Platz unten wurde leer. Auf der Treppe vor der Schule handhabe ein Machno-Matrose sicher das Maschinengewehr. Die Kugeln schossen winselnd gegen die alte Bronzeglocke. Ein Querschläger traf Antoschka in die Hand. Er kroch tiefer in den Turm hinein, schmiegte sich ans Mauerwerk und schoß weiter. Der Matrose warf die Arme hoch, beschrieb einen Kreis und fiel mit der Brust auf die morschen schiefen Stufen.

Am Friedhof hinter der Staniza wurde eine breittatzige Dreizöllige abgeprotzt. Ihr stählerner Schlund richtete sich gähnend auf das baufällige Kirchlein. Brausendes Getöse erfüllte die Staniza.

Die Kugel traf den Turm unterhalb der Kuppel. Sie überschüttete Antoschka mit Steinen und Staub und spritzte zornige Töne in die Glocke.

Petja lag still auf der Erde. Erregend empfand er den würzigen Duft des Quendels und das ungleichmäßige Getrappel der Pferdehufe.

Eine schreckliche Übelkeit würgte ihn. Er bewegte den Kopf, hob ihn an und erblickte neben Grigoris Leinenhemd ein schaumbedecktes Pferdemaul, einen blauen Kosakenrock und geschlitzte Kalmückenaugen in einem sonnenverbrannten Gesicht. Eine halbe Werst weiter kreisten die andern um das Pferd, das seinen Reiter in zerfetztem Filzmantel hinter sich herschleifte.

Als Grigori plötzlich wie ein Kind losschluchzte und mit erstickter Stimme etwas herauspreßte, fühlte Petja sein Herz wie rasend pochen. Mit starrem Blick sah er, wie der Kalmücke sich in den Steigbügeln hob, mit dem Oberkörper seitlich vorschnellte und der blinkende Stahl durch die Luft sauste. Grigori fiel schwerfällig auf die Fersen, preßte beide Hände an den gespaltenen Schädel und sank röchelnd zusammen. In seiner Kehle gurgelte das Blut und brach wie ein Sturzbach aus seinem Munde.

Grigoris zuckende Beine und die dunkelrote Narbe auf der schuppigen Backe des Kalmücken waren das letzte, was Petja wahrnahm. Dann erlosch sein Bewußtsein, die scharfen Dornen eines Hufeisens hatten seine Brust durchbohrt, ein rauhfaseriger Fangstrick schnürte seinen Hals zusammen. Alles versank hinter flimmernden Funken und sengenden Dünsten.

Wieder zu sich kommend, stöhnte Petja laut auf vor rasendem Schmerz in den Augen. Er faßte sich ins Gesicht und spürte mit Entsetzen, wie es unter dem Lid hervor dick und klebrig auf die Backe troff. Das eine Auge war ausgelaufen, das andere bis auf einen schmalen Ritz zugequollen und tränte.

Mit Mühe konnte Petja Pferdeschnauzen und Menschengesichter unterscheiden. Jemand beugte sich zu ihm herab und sagte: „Hoch, Bursche! Sonst machen wir mit dir ein Ende. Du sollst in den Stab zum Verhör. Nun, hoch mit dir, sag ich, oder willst du nicht? Was schert's mich, dann kommst du ohne Verhör an die Wand."

Petja richtete sich auf. Ringsum ein schillerndes Meer von Köpfen. Lärm, Pferdewiehern. Der Kosak in der hohen grauen Papacha ging voran. Schwankend stolperte Petja hinterdrein.

Sein Hals brannte noch vom Fangstrick, blutverkrustete Wunden bedeckten sein Gesicht, in seinem Körper bohrte der Schmerz, als sei er grausam geschlagen worden.

Unterwegs äugte Petja umher. Überall waren die Plätze, die Straßen, die winkligen Gassen voller Menschen, Pferde und MG-Wagen.

Der Stab lag im Haus des Popen. Aus den weit offenen Fenstern kam das Greisenschmatzen einer Gitarre. In der Küche klirrte Geschirr. Man sah die Popenfrau am Herd wirtschaften; sie hatte liebe Gäste, die wollte sie gut bewirten.

Petjas Begleiter setzte sich auf die Vortreppe und zündete sich eine Zigarette an. Er brummte: „Vor die Treppe stell dich hin, die im Stab haben noch zu tun."

Petja lehnte sich an das knarrende Geländer. Sein Mund war trocken, die geschwollene Zunge klebte am Gaumen. Mühsam bewegte er sie: „Trinken ... möcht ich ..."

„Im Stab kriegst du zu trinken."

Auf die Treppe trat ein pockennarbiger Matrose, um den blauen Uniformrock eine feuerrote Schärpe, deren Fransen ihm bis an die Knie herabhingen, auf dem Kopf die Matrosenmütze mit dem Streifen der Schwarzmeerflotte und eine mit Bändern geschmückte Harmonika in den Händen. Er ließ seine grünen Augen gelangweilt über Petja gleiten, zog träge den Balg:

> „Junger Kommunist, laß die Hände davon weg!
> Heirat ist wie Vogelleim.
> Kommt Väterchen Machno um die Eck,
> klebst du fest an Weib und Heim."

Er hatte eine versoffene, doch klangvolle Stimme. Mit geschlossenen Augen wiederholte er:

> „Kommt Väterchen Machno um die Eck,
> klebst du fest an Weib und Heim."

Petjas Begleitsoldat tat einen letzten Zug an der Zigarette und sagte, ohne den Kopf zu wenden: „Los, Einauge, gehn wir."

Petja stieg die Stufen hinan. Im Flur hing eine entrollte schwarze Fahne. Von der weißen Aufschrift „Stab der 2. Gruppe" und „Es lebe die freie Ukraine" waren im Faltenwurf nur einzelne Buchstaben zu sehen.

Im Schlafzimmer des Popen klapperte eine Schreibmaschine. Durch die offene Tür kamen Stimmen. Petja wartete im halbdunklen Flur. Der dumpfe, sägende Schmerz in den Augen lähmte seinen Verstand und seinen Willen. Die aus der Zelle und aus dem Exekutivkomitee sind von den Machno-Leuten niedergemetzelt worden, dachte er. Und nun zwinkerte der Tod auch ihm, Petja, aus der säuerlich nach Weihrauch riechenden Popenstube zu. Doch ließ der Gedanke daran seine Seele kalt. Petja atmete ruhig, mit gesenkten Lidern, nur seine verkrusteten Wangen zuckten.

Aus dem Schlafzimmer drangen Stimmen. In das Klappern der Schreibmaschine mischten sich gurrendes Frauenlachen und Gläserklang.

Eilig trippelte die Popenfrau an Petja vorbei, hinter ihr erschien, sporenklirrend und das Schnurrbärtchen zwirbelnd, ein Machno-Offizier mit enggeschnalltem Gurt. Die Popenfrau trug eine Karaffe; ihre Äuglein leuchteten wie eine Mandelblüte. „Der Likör ist sechs Jahre alt. Für eine besondere Gelegenheit hab ich ihn aufbewahrt. Ach, wenn Sie wüßten, wie schrecklich das Leben unter diesen Barbaren war. Ständig diese Drangsalierungen. Die Zelle wollte mir schon das Klavier wegnehmen, denken Sie nur, unser Klavier! Oh . . ."

Ihr lüstern hin und her huschender Blick fiel auf Petja. Sie erkannte ihn und wandte sich voll Abscheu zu dem Offizier. „Das ist der Vorsitzende der Komsomolzelle", flüsterte sie ihm zu. „Ein fanatischer Kommunist . . . ihn sollte man . . ." Ihre Röcke raschelten so laut, daß Petja die weiteren Worte nicht verstand.

Kurz darauf wurde er ins Zimmer gerufen. „Nach nebenan, aber fix, in drei Teufels Namen."

Am Tisch saß einer mit blondem Bart und in hoher hellgrauer Persianermütze. „Du bist Komsomolze?"

„Ja."

„Hast du auf unsere Leute geschossen?"

„Ja."

Der Machno-Offizier kaute sinnend an seinem Schnurrbart. Über Petja hinwegblickend, fragte er: „Wenn du dafür erschossen wirst, tut's dir leid, wie?"

Petja wischte mit der Hand das Blut von den Lippen und sagte fest: „Ihr könnt nicht alle erschießen."

Der Offizier auf dem Stuhl drehte sich jäh um und rief: „Dolbyschew, schick den Burschen mit dem zweiten Zug spazieren."

Petja wurde abgeführt. Vor der Tür band ihm der Begleitsoldat die Hände mit einem dünnen Lederriemen zusammen. Beim Festziehen des Knotens fragte er: „Tut's weh?"

„Laß mich in Ruhe", sagte Petja und trat auf die Pforte zu.

Der Begleitsoldat klappte die Zauntür zu und nahm das Gewehr von der Schulter. „Warte, da kommt der Zugführer."

Petja blieb stehen. Ganz schrecklich juckte das Kinn, aber

mit den gebundenen Händen konnte er sich nicht kratzen.

Da trat der kleine klumpfüßige Zugführer zu ihnen ran. Seine hohen englischen Ledergamaschen verbreiteten Teergeruch. Er fragte den Soldaten:

„Bringst du ihn zu mir?"

„Ja, zur schnellen Erledigung befohlen."

Der Zugführer blickte Petja mit schläfrigen Augen an.

„Verschrobenes Volk", sagte er. „Macht mit solch einem Bürschchen soviel Federlesens. Plagt sich ab und quält ihn dazu." Die rötlichen Brauen runzelnd, warf er Petja noch einen mürrischen Blick zu, stieß einen deftigen Fluch aus und schrie: „An den Schuppen, Kerl! Los! Mit der Visage gegen die Wand."

Auf die Vortreppe trat der blondbärtige Stabsoffizier. Sich über das geschnitzte Geländer beugend, rief er: „Zugführer, hörst du? Schieß nicht, der Bursche soll noch mal herkommen."

Petja ging die Stufen wieder hinauf und lehnte sich an die Tür.

Der Blondbärtige trat dicht an ihn ran. Er versuchte, ihm in den schmalen, blutverharschten Schlitz des Auges zu sehen und sagte: „Du bist ein kräftiger Bursche. Ich begnadige dich und nehme dich in Väterchen Machnos Heer auf. Willst du uns treu dienen?"

„Ja", antwortete Petja und schloß das Auge.

„Und nicht davonlaufen?"

„Wenn ich Essen und Klamotten krieg, lauf ich nicht davon."

Der Blondbärtige zog lachend die Nase kraus. „Das würde dir auch schwerlich gelingen. Dafür werd ich schon sorgen." Und sich an Petjas Begleitung wendend, sagte er: „Dolbyschew, nimm den Burschen in deine Hundertschaft und gib ihm an Zeug, was nötig ist. Setz ihn auf deinen MG-Wagen. Aber halt die Augen offen. Ein Gewehr kriegt er vorläufig nicht."

Er klopfte Petja auf die Schulter und ging wiegenden Schrittes ins Haus.

Am nächsten Tag um die Mittagszeit zogen sie weiter. Petja schaukelte neben dem schnurrbärtigen Dolbyschew auf dem Bock, trübe Gedanken im Kopf wälzend.

Nach dem Regen bildete der Straßenkot Höcker und Rillen. Der Wagen holperte und schwankte. Telegrafenstangen stelzten vorüber, endlos schlängelte sich die Straße dahin.

Am Rande der Straße lärmende Chutors und Siedlungen. Finstere Bauernblicke, gellendes Weibergekreisch.

Die zweite Gruppe zog rechts vom Gros der Truppen auf Millerowo zu.

Am Abend langte Dolbyschew einen breitgedrückten Brotlaib und eine Melone unterm Bock hervor. Kauend nickte er Petja zu: „Iß, Bruder, bist jetzt einer unseres Glaubens!"

Gierig aß Petja eine honigsüße Melonenscheibe und einen Kanten Brot, der nach Pferdeschweiß roch.

Dolbyschew säbelte mit dem Dolch noch ein Stück Brot ab und reichte es Petja. „So recht vertrau ich dir nicht, Bursche. Ich denk immer, du willst uns davonlaufen. Man sollte dir den Schädel einhauen, da hätt man seine Ruh!"

„Nein, Onkelchen, da sorgst du dich unnütz. Warum sollt ich euch davonlaufen? Es könnt doch sein, ihr kämpft für das Recht."

„Freilich, für das Recht. Wofür denn sonst!"

Petja zupfte an seinem Verband überm Auge und wandte ein: „Wenn ihr fürs Recht seid, warum tut ihr dem Volk soviel Leid an?"

„Leid tun wir ihm an?"

„Ja, Leid. Auf Schritt und Tritt. Eben in dem Chutor, da hast du dem Bauern die letzte Gerste weggeholt zum Pferdefüttern. Und er kann seinen Kindern nichts mehr zu essen geben."

Dolbyschew drehte sich eine Machorkazigarette und zündete sie an. „Auf Väterchen Machnos Befehl hab ich's getan."

„Und wenn er nun befiehlt, alle Bauern aufzuhängen?"

„Aha, da willst du hinaus!" Dolbyschew ließ ein Fähnlein Machorkarauch hochsteigen und schwieg.

Doch am Abend, als sie rasteten, rief der Hundertschaftsführer, der blatternarbige Matrose Kirjucha mit der Harmonika, Petja zu sich ran. Mit der Pistole spielend, sagte er: „Wenn du Hundsfott elender noch mal den Mund von wegen Politik auftust, dann laß ich die Deichsel von eurem

Wagen hochstellen, und wir hängen dich dran, du Saukerl, mit den Füßen nach oben. Verstanden?"

„Ja", sagte Petja.

„Und nun wend in den Wind und merk dir, du triefendes Einauge: Noch ein Verschulden, und du kriegst das andere Auge rausgehauen und wirst aufgehängt."

Petja begriff, daß er vorsichtiger agitieren mußte. Zwei Tage gab er sich Mühe, sein Ungeschick wiedergutzumachen. Er befragte Dolbyschew nach Väterchen Machno und wollte wissen, wo er überall gewesen sei, doch Dolbyschew schwieg hartnäckig, Petja mit argwöhnischen, finsteren Blikken musternd. Nur selten preßte er ein knappes Wort zwischen den Zähnen hervor. Doch Petjas Dienstfertigkeit und Ehrerbietung vor ihm, Dolbyschew (der nicht irgendwoher, sondern direkt aus Gulai-Polje stammte und gewissermaßen ein lieber Nachbar von Nester Machno war), machten ihn schließlich zugänglicher und für ein Gespräch mit Petja aufgeschlossener. Zwei Tage später gab er Petja einen Karabiner und achtzig Patronen.

An jenem Tag bezog die Hundertschaft ihr Nachtlager bei Koschary. Dolbyschew spannte die Pferde aus. Er drückte Petja einen Eimer in die Hand und sagte: „Reit zu den Weiden dort, Junge. Da ist ein Teich. Hol uns Wasser zum Grützekochen!"

Kaum imstande, das klopfende Herz im Zaum zu halten, schwang Petja sich aufs Pferd und trabte zum Teich.

Ich reit hin, und dann heidi übern Berg! durchzuckte es ihn.

Am Teich bog er um das schmale halbverfallene Wehr, entledigte sich unauffällig des Eimers, hieb dem Tier die Absätze in die Weichen und sprengte hügelan. Hinter ihm krachte ein Schuß, wie zur Warnung pfiff die Kugel über ihn hinweg. Mit trübem Blick maß Petja die Entfernung bis zum Lagerplatz, es mochte etwas mehr als eine halbe Werst sein.

Wenn ich den Berg raufreite, schießen sie mich ab, dachte er. Widerstrebend wendete er sein Pferd und ritt zurück.

Dolbyschew hängte eben den Kessel mit den Kartoffeln an die Deichsel. Petja anblickend, sagte er: „Wenn du Zicken machst, kriegst du 'ne Kugel. Merk dir das."

Lautes Getöse riß Petja bei Tagesanbruch aus dem Schlaf. Er fuhr hoch und schlug die Pferdedecke zurück, mit der er sich zur Nacht zugedeckt hatte. In den blauen Herbstmorgen stiegen langgezogene Schreie.

„Onkelchen, was ist los?"

Dolbyschew stand hochaufgerichtet im Wagen und schwenkte seine zottige Pelzmütze. Rot vor Anstrengung brüllte er: „Es lebe Väterchen Machno! Hur-ra-a-a-a!"

Petja setzte sich auf und sah eine Kutsche mit vier Rappen davor auf der Straße heranjagen. Von den Pferden flogen weiße Schaumflocken, ringsherum Reiter und in der Kutsche Machno, der bei Tschernyschewskaja verwundet worden war, eine Krücke unter der Achsel, den Mund verzogen, vielleicht vor Schmerz, vielleicht vor Freude. Hinten vom Wagen wehte ein Teppich fast bis zur Erde nieder; in zottigen Flechten hing der Straßenkot in den Rädern.

Die Kutsche raste vorbei, wenig später waren nur noch dichte Staubballen auf der Straße zu sehen, und der Lärm ebbte ab und erlosch.

Drei Tage waren vergangen. Die zweite Gruppe näherte sich einer Eisenbahnlinie. Kein einziges Mal stieß man auf den Feind. Die an Zahl schwachen Truppen der Roten zogen sich zum Don zurück. Petja hatte derweilen die ganze Hundertschaft kennengelernt. Mehr als sechzig von den hundertfünfzig waren von den Roten übergelaufen, die andern waren bunt zusammengewürfeltes Volk.

Eines Abends kamen sie am Lagerfeuer zusammen. Sie sangen und tanzten zur Harmonika einen feurigen Trepak. Spröde splitterte die gefrorene Erde unter den stampfenden Füßen.

Dolbyschew hockte nieder und führte einen Rundtanz vor, mit den Händen im Takt an die staubigen Stiefelschäfte schlagend und schnaufend wie ein heißgehetztes Roß.

Nach dem Tanz legten sie sich auf ihren Mänteln und Halbpelzen ums Feuer. Der MG-Schütze Manshulo rauchte an einem brennenden Holzscheit eine Zigarette an und sagte nachdenklich: „Es gehen so allerlei Gerüchte um. Das Väterchen, sagt man, will mit uns über Schachty zur rumänischen Grenze. Es heißt, davor will er uns stehenlassen und selbst rüber ins Rumänische machen."

„Geschwätz", brummte Dolbyschew.

Manshulo fuhr böse hoch. Unflätig fluchend, wies er mit dem Finger auf Dolbyschew und schrie: „Der Eselsbart! Für einen Rubel zwanzig macht er 'n Katzbuckel. Du Schweinsrüssel meinst wohl, er bietet dir einen Platz in seinem Wagen an?"

„Das Heer läßt er nicht im Stich", erwiderte Dolbyschew heftig.

„Rindvieh! Hurenbrut! Du denkst wohl, der rumänische Zar läßt zwanzigtausend Mann rein!" brüllte wutbleich der MG-Schütze.

Die anderen stimmten ihm bei.

„Recht hat er."

„Hast ins Schwarze getroffen, Manshulo!"

„Wir sind so lange gut, wie's fürs Väterchen und das Frauenvolk, das er mitführt, das Blut hergeben heißt."

„Ho-ho-ho, ha-ha-ha, gib's ihm, Bruderherz!" ertönte es rund ums Feuer.

Dolbyschew stand auf und stapfte zum Wagen des Hundertschaftsführers. Gepfeife und Gejohle begleiteten ihn. Einer warf ihm ein brennendes Scheit nach. „Jetzt geht er's anzeigen. Soll er nur. Im nächsten Gefecht kriegt er eine in den Schädel gebrannt."

Gleich darauf sah Petja den Hundertschaftsführer Kirjucha auf sie zukommen. Rasch rückte er ein Stück vom Feuer ab.

„Na, Burschen, wen gelüstet's hier nach dem Strick, he? Wer hat Lust, an der Telegrafenstange zu baumeln? Raus mit der Sprache!"

Manshulo stand auf. Er trat dicht an den Zugführer ran und atmete ihm heiß und abgerissen ins Gesicht. „Überspann den Bogen nicht, Kirjucha. Sonst bricht er, und du kriegst die Splitter in die Hand. Halt deine dreckige Zunge im Zaum."

„Los, komm mit in den Stab!"

Kirjucha packte ihn beim Ärmel. Ringsum erhob sich ein dumpfes Murren, man sprang auf, und alsbald war der Hundertschaftsführer von einer Mauer zottiger Pelzmützen umgeben.

„Laß ihn in Ruh!"

„Die Seele reißen wir dir aus dem Leib!"

„Samt dem Stab schnallen wir dich an die Räder!"
Man versetzte ihm Püffe, dann erklang eine schallende
Ohrfeige. Der blaue Uniformrock des Hundertschaftsführers sprang am Hals auf. Gewehrschlösser knackten. Kirjucha versuchte, sich loszureißen, in der Luft hing ein röchelnder Schrei: „Hilfe, Verra . . ."
Manshulo verschloß ihm den Mund mit der Hand und flüsterte: „Hau ab! Aber schweig! Sonst gibt's 'ne Kugel in den Rücken!" Manshulo schob den Hundertschaftsführer vor sich her durch die Menge, brachte ihn zum nächsten Wagen und kehrte zum Feuer zurück.
Wiederum dröhnte das Lachen, wimmerte die Harmonika, stampften die Absätze der Tänzer auf dem Boden. Dolbyschew wurde neben dem MG-Wagen auf die Erde geworfen, mit einer Schärpe geknebelt und mit Gewehrkolben und Füßen lange traktiert.
Tags darauf sprengte eine Ordonnanz aus dem Gruppenstab herbei und reichte dem Hundertschaftsführer einen schmutzigen Zettel. Darauf stand mit Tintenstift hingeworfen: „Ich befehle der Hundertschaft, den Sowchos einzunehmen."

Der Sowchos lag am Fuße eines Hügels hinter einer sich hinschlängelnden Steinmauer. Man sah Backsteinbauten und den hohen Schornstein einer Ziegelei.
Die Hundertschaft ließ die MG-Wagen auf der Straße stehen und rückte querfeldein gegen den Sowchos vor.
Voran ritt Kirjucha, den Kopf mit einem flauschigen Frauenwolltuch umwickelt. Sein Rappen stolperte. In einem fort blickte er sich nach der dünnen Kette der Männer um, die schweigend hinter ihm herstapften.
Petja ging als siebenter an der linken Seite. Er ahnte, daß sich an diesem Tage etwas Großes, Entscheidendes ereignen würde. Und diese Ahnung erfüllte ihn mit wachsender Freude.
Nachdem man sich dem Sowchos bis auf einen Flintenschuß genähert hatte, sprang der Hundertschaftsführer vom Pferd und kommandierte: „Hinlegen!"
Sie schwärmten in einer Steppensenke aus und warfen sich zu Boden. Eine dünne Salve schlug gegen die Steinmauer. Vom Dach des Sowchos antwortete heiser und hastig ein

Maschinengewehr. Leute liefen über den Hof. Die Kugeln schlugen hinter der Kette in die Erde und wirbelten kleine Sandfontänen hoch.

Dreimal ging die Hundertschaft zum Angriff vor, und dreimal wurde sie zur Senke zurückgeworfen. Als Petja zum drittenmal zurücklief, sah er Dolbyschew neben einem Zieselloch liegen. Er lag auf dem Rücken. Als Petja sich über ihn beugte, entdeckte er unterhalb der Pelzmütze auf der Stirn ein kleines Loch. Die Kugel mußte von den eignen Leuten stammen. Sie war aus nächster Nähe abgefeuert und knapp überm Auge in den Kopf gegangen.

Zum viertenmal riß Kirjucha den krummen kaukasischen Säbel aus der Scheide, überflog mit stumpfem Blick die Hundertschaft und keuchte: „Vorwärts, Jungens. Mir nach!"

Aber keiner rührte sich, ein dumpfes Murmeln erhob sich. Manshulo, der MG-Schütze, riß das Gewehrschloß raus und schrie: „Was, noch mal zur Schlachtbank? Nein, wir wollen nicht mehr!"

Petja fühlte seine Finger kalt werden, klebriger Schweiß bedeckte seinen Körper. Mit flackernder Stimme rief er: „Brüder! Wofür vergießt ihr Blut? Wofür geht ihr in den Tod und tötet Leute von eurem Schlag?"

Die Stimmen verstummten. Petja fühlte den Gewehrriemen in seinen Händen schweißfeucht werden.

„Brüder, werft die Waffen weg! Habt ihr nicht alle Familie? Tut's euch nicht leid um Frau und Kind? Denkt daran, was aus ihnen wird, wenn ihr fallt!"

Der Hundertschaftsführer griff nach der Pistolentasche. Aber Petja war schneller als er. Er riß das Gewehr hoch und schoß, fast ohne zu zielen, auf den offenen blauen Uniformrock. Kirjucha drehte sich wie ein Kreisel um die eigne Achse und sank zusammen, die Hände vor die Brust gepreßt.

Petja wurde umringt. Von hinten traf ihn ein Kolbenschlag. Man stieß ihn zu Boden. Da beugte sich der MG-Schütze Manshulo vor und breitete schützend die Hände über ihn aus. Mit drohender Stimme brüllte er: „Halt! Bringt ihn nicht um. Laßt ihn erst zu Ende sprechen, dann befördern wir ihn ins Jenseits." Er zog Petja hoch und schüttelte ihn. „So red!"

Vor Petjas Auge verschwamm die Erde und der aufgewühlte zerrissene Himmel. Er nahm allen Willen zusammen und sprach: „Schlagt mich tot, dann ist's aus mit
mir."

Von hinten schrie einer: „Lauter, wir verstehen nichts."

Da wischte sich Petja das Blut von der Schläfe und sagte mit
lauter Stimme: „Überlegt mit Verstand. Bis zur rumänischen Grenze nimmt Machno euch mit, dann überläßt er
euch eurem Schicksal. Jetzt braucht er euch noch! Wer ein
Knecht sein will, der geht mit ihm nach Rumänien, die andern macht die Rote Armee nieder. Strecken wir aber jetzt
die Waffen, dann tut uns keiner was."

In der Senke war es feucht. Schweigen. Schwerer Atem, als
reiche die Luft nicht aus. Der Wind breitete die Wolken
tief über die Erde hin. Schweigen. Schweigen.

Der MG-Schütze rieb sich die Stirn und fragte leise: „Soldaten, wie ist's?"

Gesenkte Köpfe. Unweit zerriß der Hundertschaftsführer
Kirjucha das Hemd über der durchschossenen Brust, ein
letztesmal zuckten seine Beine, dann wurde er still. Nur ein
Zittern lief noch durch seinen Körper.

„Wer sich ergibt – nach rechts treten, wer nicht – nach
links!" erschallte Petjas Stimme.

Der MG-Schütze schwenkte resigniert die Hand und tat ein
paar Schritte nach rechts. Hastig stürzte ihm ein dichter
Haufe nach. Etwa acht Mann blieben stehen. Unschlüssig
standen sie da und traten dann zögernd zu den andern.
Fünf Minuten später zogen sie geschlossen zum Sowchos.
An der Spitze Petja und der MG-Schütze Manshulo. Petja
trug an einem rostigen Bajonett ein zerfetztes Unterhemd,
die weiße Fahne.

Aus dem Tor des Sowchos kamen Männer. Die Gewehre im
Anschlag, die Blicke mißtrauisch.

Dreihundert Schritt vor dem Sowchos machte die Hundertschaft halt. Petja und Manshulo gingen allein und ohne Gewehre weiter. Von der anderen Seite kamen ihnen zwei
Leute aus dem Sowchos entgegen. Auf halbem Wege trafen
sie sich. Das Gespräch war kurz. Der eine Bärtige aus dem
Sowchos schlang seinen Arm um Petja und drückte ihn fest
an sich. Manshulo strich sich den Schnurrbart glatt und
tauschte mit dem anderen nach altem Brauch drei Küsse.

Beipflichtendes Gemurmel ertönte auf beiden Seiten. Die Hundertschaft warf die Gewehre auf einen Haufen und zog einzeln, zu zweit und in kleinen Gruppen durch das offene Tor des Sowchos.

Aus der Kreisstadt kam ein Bevollmächtigter der Tscheka. Er fragte Petja nach diesem und jenem, schrieb sich die Aussagen in sein Taschenbuch, drückte Petja beide Hände und ritt wieder davon.

Die Machno-Leute traten teils dem roten Kavallerieregiment bei, das Machnos Verfolgung aufgenommen hatte, teils meldeten sie sich beim Kriegskommissariat der nächsten Stadt. Petja blieb im Sowchos.

Nach all dem Erlebten tat es wohl, still auf dem Feldbett zu liegen. Der schneidende Schmerz in der leeren Augenhöhle schien nachzulassen. Es war, als sei er nie am Fangseil geschleift und halbtot geprügelt worden. Die Gedanken mieden die Erlebnisse der jüngsten Zeit, Petja wollte sich nicht daran erinnern. Doch als er im Sowchosklub in einen gesprungenen Spiegel sah und sein erdfahles, entstelltes Gesicht erblickte, da verzerrte sich sein Mund vor Bitternis, und es würgte ihn in der Kehle.

An einem Dienstagabend kam der Sekretär der Sowchoszelle in Petjas Zimmer, setzte sich zu ihm auf den Bettrand und schlug die langen, in Jägerstiefeln steckenden Beine unter. Sich räuspernd, sagte er: „Komm in einer Stunde in den Klub zur Versammlung."

„Gut, ich komme."

Er blieb noch ein Weilchen sitzen und ging wieder. Eine Stunde später betrat Petja den Klubraum. Es sprachen der Sowchosvorsitzende, der Agronom, der Ziegeleidirektor und der Veterinär. Petja hörte nüchterne Zahlen, sah ein Leben gleichmäßig wie ein Uhrwerk ablaufen.

Ein Protokoll. Eine Resolution. Viele Wünsche.

Beim Punkt „Sonstiges" bat der Zellensekretär ums Wort.

„Genossen, in unserem Sowchos ist der Komsomolze Pjotr Kremnjow. Ihr wißt, daß der Sowchos nur dank seinem Eingreifen noch steht. Die Zelle schlägt vor, Pjotr Kremnjow bis zu seiner Genesung in die Stadt zu schicken und ihm dann in unserer Ziegelei eine frei gewordene Stelle zu geben. Wir stimmen ab. Wer ist dafür? Stimmenthaltungen?

Einstimmig angenommen."

Doch Petja war aufgestanden. Von der leeren Augenhöhle rann ihm eine rasche trübe Träne über die Wange. Seine Lippen zitterten. So stand er, ließ den Blick von einem zum andern gehen und sagte mit schwerer Zunge: „Ich dank euch. Aber ich kann nicht hierbleiben. Gern tät ich bei euch arbeiten. Aber die Sache ist die ... ja, die Sache ist, bei euch geht alles wie am Schnürchen, aber in unserer Staniza, wo ich herkomm, da hapert's noch. Nur mit Müh und Not haben wir in die Sache ein bißchen Schwung gekriegt und eine Zelle gegründet. Viele werden nicht mehr dasein. Die Machno-Leute haben sie umgebracht. Ich will in unsere Staniza, da fehlt's an Leuten."

Schweigen. Alle waren einverstanden. Still war es im Klub.

Fast der ganze Sowchos begleitete ihn. Als Petja Abschied nahm und den Berg hinanstieg, dämmerte es. Auf die Straße, auf den stummen Zug der Telegrafenstangen rieselte die Dunkelheit nieder.

Die alte Hetmanstraße kroch über mürrische breitstirnige Berge, immer den Don entlang. Schweigend schritt Petja aus.

Sein Tritt tönte hell durch die zähe Finsternis, die öde, stille Nacht. Unter seinen Sohlen knirschte Rauhreif. Die Eindrücke der Pferdehufe waren mit einer dünnen Eisschicht überzogen. Klirrend splitterte das Eis, und hoch quoll glucksend dunkles, kaltes Wasser!

Hinter einem Kurgan, einem Wächter der Straße, rollte dunkelrot vor Anstrengung der Mond hervor. Krumme Schatten huschten geisterhaft über die Steppe. Wie Silber glänzte die Straße, und bläulich leuchtete das Eis des Flusses.

Schweigend ging Petja, mit offenem Munde gierig die Luft schluckend. Der welke Wermut am Straßenrand roch nach bitterem Schweiß.

Die Straße wand sich endlos dahin, doch Petja schritt festen Schrittes der heraufziehenden Nacht entgegen. Von der blauen Himmelsdecke blinkte mit blaßgrünem Licht ein fünfzackiger Stern.

1925

Der Bankert

Mischka träumte:

Der Großvater schneidet im Garten eine lange Weichsel-
gerte, kommt auf ihn zu, wippt mit der Gerte und sagt grimmig: „Her mit dir, Michailo Fomitsch! Der Teil an dir, wo die
Beine rauswachsen, will wieder mal gestreichelt sein."

„Warum, Großvater?" fragt Mischka.

„Darum! Ich werd dir helfen, Eier aus dem Hühnerstall sti-
bitzen und Karussell dafür fahren!"

„Ich bin doch dies Jahr noch gar nicht Karussellfahren gewesen!" brüllt Mischka außer sich.

Aber der Großvater streicht achtunggebietend seinen Bart
und stampft mit dem Fuß auf. „Hingelegt, Stromer! Runter
mit den Hosen!"

Mischka stieß einen Schrei aus und wachte auf. Das Herz
klopfte ihm, als hätte er wirklich die Gerte zu schmecken
bekommen. Einen Spalt breit öffnete er das linke Auge –
hellichter Tag war's in der Stube. Vorm Fenster flirrte die
Morgensonne. Mischka hob den Kopf. Im Vorraum wurden
Stimmen laut. Mama kreischte, plapperte unentwegt und
lachte, bis ihr der Atem ausging, Großvater hüstelte, und
eine fremde Stimme machte „Bu-bu-bu".

Mischka rieb sich die Augen. Die Tür flog auf und schlug
zu. Großvater kam reingestürzt; die Brie tanzte ihm auf der
Nase, so hoppelte er. Mischka dachte schon, der Pope sei
da mit den Chorsängern – wenn der zu Ostern kam, war
der Großvater immer so aufgeregt –, da schob sich, die kreischende Mama am Halse, ein fremder riesiger Soldat mit
schwarzem Militärmantel und bebänderter schirmloser
Mütze herein. Mitten in der Stube schüttelte er Mama ab
und krakeelte los: „Na, wo steckt er denn, mein Nach-
fahr?"

Mischka kriegte Angst und kroch unters Deckbett.

„Minjuschka, schläfst du denn, Jungchen?" schrie Mama. „Dein Vater ist zurück aus dem Krieg!"

Ehe Mischka sich's versah, hatte ihn der Soldat beim Wikkel, warf ihn hoch bis an die Decke, drückte ihn an die Brust und piekte ihn abscheulich in Lippen, Backen und Augen mit seinem roten Schnauzbart. Der Bart war, wer weiß warum, naß und salzig. Mischka mühte sich freizukommen – aber das sollte einem mal gelingen!

„Wie groß der Bursche geworden ist, ein rechter Bolschewik! Bald wird er seinen Vater eingeholt haben! Hoho!" bullerte der Soldat und gebärdete sich wie toll. Er rollte Mischka zwischen seinen Pranken rum und schleuderte ihn bis ans Deckengebälk. Mischka ließ es sich gefallen, solange es ging. Schließlich runzelte er die Brauen wie der Großvater, machte ein finsteres Gesicht und packte den Vater am Schnauzbart. „Laß los, Papa!"

„Ich will aber nicht!"

„Laß mich los! Du gehst mit mir um wie mit 'nem Knirps. So klein bin ich nicht mehr."

Der Vater nahm Mischka aufs Knie und erkundigte sich lächelnd: „Wie alt ist denn der Tausendsassa?"

„Bald acht", brummte Mischka trotzig.

„Weißt du noch, mein Junge, wie ich dir vorvoriges Jahr Schiffchen gebastelt hab? Und wie wir sie auf dem Teich haben schwimmen lassen?"

„Ja!" rief Mischka und legte verschämt die Arme dem Vater um den Hals.

Nun wurde es erst richtig lustig.

Der Vater setzte ihn sich auf die Schultern, hielt ihn an den Beinen fest und trabte mit ihm in der Stube umher, immer im Kreis; als er dann gar noch ausschlug und wieherte, blieb Mischka vor Begeisterung geradezu der Atem weg. Die Mutter zog ihn am Ärmel.

„Geh auf den Hof spielen! Du sollst gehn, hörst du? Ach, so ein Bandit!" schimpfte sie und bat den Vater: „Laß ihn runter, Foma Akimytsch! Bitte, laß ihn runter! Unsereins kommt nicht mal dazu, dich anzuschauen, unsren Helden. Haben uns doch zwei Jahre nicht gesehen, zwei Jahre, und du schmust nur mit ihm!"

Der Vater stellte Mischka auf den Boden und sagte: „Lauf,

117

spiel mit den Kindern! Wenn du hernach reinkommst, kriegst du, was ich dir mitgebracht habe!"

Mischka zog die Tür nicht ganz zu, um im Vorraum hören zu können, worüber in der Stube gesprochen wurde. Doch da fiel ihm ein, daß noch kein Kind von der Ankunft des Vaters wisse – und quer übern Hof, mitten durchs Gemüseland, die Kartoffelfurchen niedertretend, flitzte er zum Teich.

Er badete, so übel das Wasser auch stank, wälzte sich im Sand, tauchte noch ein letztes Mal und fuhr, auf einem Bein hüpfend, in die Hosen. Schon wollte er sich auf den Heimweg machen, da kam Vitka, der Popensohn.

„Warte doch, Mischka! Wir baden, und dann gehen wir zu mir nach Hause spielen. Du darfst doch zu mir, meine Mama hat's dir erlaubt."

Mischka hielt mit der Linken die Hose fest, zog den einen Hosenträger straff und brummte: „Mit dir spiel ich nicht. Du stinkst zu sehr aus den Ohren."

Vitka kniff tückisch das linke Auge zusammen und sagte, während er sich sein Trikothemdchen über die knochigen Schultern zog: „Das kommt von den Drüsen. Und du, du bist dafür 'n Bauernstoffel, und deine Mutter hat dich am Gartenzaun verloren."

„Hast du's vielleicht gesehen?"

„Gesehn nicht, aber gehört, wie's unsre Köchin meiner Mama erzählt hat."

Mischka scharrte mit dem Fuß Sand zusammen und maß Vitka von oben bis unten. „Deine Mama schwindelt! Aber mein Paps, der hat im Krieg gekämpft, und deiner is 'n Blutsauger und frißt andern ihren Kuchen!"

„Bankert!" rief der Popensohn mit gekrümmten Lippen.

Mischka langte nach einem vom Wasser glattgeschliffenen Stein. Da verschluckte Vitka seine Tränen und lächelte, so freundlich er konnte. „Nicht raufen, Mischka! Sei mir nicht böse! Wenn du meinen Dolch, den aus Eisen, haben willst, schenk ich ihn dir."

Freude leuchtete aus Mischkas Augen; er warf den Stein fort, doch da erinnerte er sich wieder an den Vater, und er sagte stolz: „Mir hat mein Papa aus dem Krieg was mitgebracht, viel was Besseres, als du hast."

„Schwindelst du nicht?" fragte Vitka ungläubig.

118

„Schwindelst selber! Wenn ich sage, er hat was mitgebracht, hat er was mitgebracht! Ein richtiges Gewehr."

„Herrgott nein, bist du aber reich!" Vitka verzog vor Neid das Gesicht.

„Und dann hat er eine Mütze, und daran baumeln Bänder, und Buchstaben aus Gold stehen drauf, genau wie bei dir im Buch."

Vitka überlegte lange, womit er Mischka übertrumpfen könne, zog die Stirn kraus und kratzte sich den blassen Bauch. „Mein Vater wird dafür Erzbischof, und deiner war Hirt. Bäh!"

Mischka hatte das Rumstehen satt. Er kehrte sich ab und machte sich auf den Weg zum Garten. Das Popensöhnchen rief ihm nach: „Mischka, Mischka, ich will dir was sagen!"

„Dann sag's!"

„Komm her!"

Mischka machte kehrt und schielte mißtrauisch rüber zu ihm. „Na, sag schon!"

Das Popensöhnchen hopste auf seinen dünnen, krummen Beinchen im Sand umher und rief mit schadenfrohem Grinsen: „Dein Vater ist doch 'n Kommunistenkerl, und wenn du gestorben bist und deine Seele fliegt rauf in den Himmel, sagt der liebe Gott zu dir: ‚Weil dein Vater Kommunist war, mach, daß du in die Hölle kommst!' Und dort, in der Hölle, wird dich der Teufel auf 'ner Pfanne braten!"

„Und dich, dich brät er vielleicht nicht, was?"

„Mein Vater ist doch Seelsorger – bist du aber dämlich, weißt auch gar nichts!"

Mischka fühlte sich auf einmal nicht mehr wohl in seiner Haut. Er machte kehrt und trottete still nach Hause.

Vorm Knüppelzaun des Gemüsegartens blieb er stehen und rief dem Popensohn mit drohend erhobener Faust zu: „Ich frag Großvater. Wenn du geschwindelt hast, komm lieber nicht mehr an unserm Hof vorbei!"

Er kletterte über den Zaun und lief zum Haus. Vor Augen stand ihm immerzu eine Pfanne, und auf der Pfanne schmorte er, Mischka, in saurem Rahm; er schwitzte, und der saure Rahm ringsum schäumte und bekam Bläschen . . .

Gänsehaut lief Mischka übern Rücken. Schnell den Großvater fragen.

Ausgerechnet mußte ein Schwein in der Pforte steckengeblieben sein. Der Kopf war drüben, selber war es hüben, stemmte sich mit den Beinen gegen die Erde, kringelte den Schwanz und quietschte zum Erbarmen. Mischka eilte hilfsbereit hinzu, doch kaum versuchte er, das Türchen zu öffnen, begann das Schwein zu röcheln. Da schwang er sich auf den Rücken des Tiers; das blähte sich auf, riß die Pforte aus den Angeln und galoppierte grunzend über den Hof zur Tenne. Mischka drückte ihm die Fersen in den Leib und jagte dahin, daß ihm das Haar im Winde flatterte. Vor der Tenne sprang er ab und sah sich um – auf der Vortreppe stand der Alte und winkte ihn heran. „Komm mal her, mein Täubchen!"

Mischka ahnte nicht, weshalb ihn der Großvater rief, erinnerte sich aber an die Teufelsbratpfanne und trabte zu ihm hin. „Sag, Großvater, gibt's im Himmel Teufel?"

„Paß nur auf, gleich wirst du sie spüren! Ich spuck dir auf gewisse Stellen und besorg dann das Trockenprügeln! Ach, du Strolch verdammter, was reitest du auf dem Schwein rum?"

Der Großvater packte Mischka beim Schopf und rief der Mutter im Haus zu: „Komm mal raus, staunen wirst du über deinen Goldjungen."

Die Mutter kam herausgestürzt. „Was ist denn schon wieder?"

„Was wieder ist? Wie ich so gucke, sehe ich ihn doch auf dem Schwein durch den Hof galoppieren, daß der Staub nur so wirbelt."

„Jemine! Auf der trächtigen Sau?"

Ehe Mischka nur den Mund zu seiner Rechtfertigung aufbekam, hatte der Alte schon seinen Leibriemen abgeschnallt. Mit der Linken die rutschenden Hosen hochzerrend, klemmte er mit der Rechten Mischkas Kopf zwischen die Knie. Und auf den Jungen eindreschend, wiederholte er streng: „Wirst du noch mal auf dem Schwein reiten? Wirst du noch mal?"

Mischka war drauf und dran, ein mächtiges Gebrüll anzustimmen, als der Großvater sagte: „Ach, du Schweinehund, du, dein Vater tut dir wohl gar nicht leid! Müde ist er von der Reise, hat sich ein bißchen hingelegt, und du, du brüllst?" So mußte er sich's verkneifen. Er versuchte nur

120

noch mit dem Bein nach dem Großvater auszuschlagen, aber er langte nicht so weit. Die Mutter bemächtigte sich seiner und schupste ihn ins Haus. „Da bleibst du, verfluchter Bengel! Knöpf ich dich mir vor, kriegst du noch was ganz andres ab als vom Großvater!"

Der Großvater saß in der Küche auf der Bank und warf von Zeit zu Zeit einen Blick auf Mischka, der ihm den Rücken zudrehte.

Schließlich kehrte Mischka sich um, verschmierte mit der Faust eine letzte Träne auf der Backe und sagte, mit dem Hintern gegen die Tür drückend: „Großvater, das merk ich mir!"

„Was, du Strolch willst dem Großvater drohen?"

Mischka sah den Alten den Riemen wieder abschnallen und stieß vorsorglich die Tür auf.

„Also, du drohst mir?" fragte der Großvater noch einmal.

Mischka hatte sich ganz hinter die Tür gedrückt. Durch die Ritze schielend, beobachtete er scharf jede Bewegung des Großvaters und erklärte schließlich: „Wart's ab, Großvater, wart's ab! Laß dir erst alle Zähne ausgefallen sein – ich kau nicht für dich! Brauchst mich erst gar nicht drum bitten!"

Der Großvater ging auf die Vortreppe. Zwischen den zottigen grünen Hanfstengeln im Garten tauchte Mischkas Kopf auf und unter, schimmerten seine blauen Hosen. Lange drohte ihm der Alte mit dem Krückstock, doch in seinem Bart verbarg sich ein Lächeln.

Für den Vater war er Minka, für die Mutter Minjuschka, für den Großvater, wenn der ihm gut war, Stromer und sonst, wenn dem Alten die Brauen grau und struppig über die Augen hingen: „He, Michailo Fomitsch, herkommen! Ich zieh dir die Ohren lang!"

Für alle anderen, für die Lästermäuler aus der Nachbarschaft, für die Kinder, für die ganze Staniza war Mischka der Bankert.

Seine Mutter war ledig gewesen, als sie ihn gebar, und obwohl sie einen Monat darauf den Hirten Foma heiratete, von dem sie das Kind hatte, sollte der Name „Bankert" für alleizeit an Mischka haftenbleiben wie ein Brandmal.

Mischka war ein schmächtiges Bürschchen. Im Frühling hatte sein Haar die Farbe blühender Sonnenblumen, unter der Junisonne aber blich es aus und bekam fuchsige Strähnen; die Wangen waren mit Sommersprossen gesprenkelt wie Sperlingseier, und die Nase schuppte sich vom Sonnenbrand und Teichwasser, in dem er immer planschte. Nur eines war an dem krummbeinigen Mischka schön – die Augen. Blau und pfiffig blitzten sie aus schmalen Schlitzen in die Welt und glichen Eissplittern auf dem Fluß, die nicht tauen wollten.

Dieser Augen halber und seiner Quecksilbrigkeit wegen liebte der Vater Mischka. Er hatte ihm aus dem Krieg einen uralten, mit der Zeit steinhart gewordenen Wjasmaer Lebkuchen mitgebracht, außerdem ein Paar noch gar nicht abgetragene Stiefelchen. Die Stiefel wickelte Mutter in ein Handtuch und versteckte sie in der Truhe, den Lebkuchen aber klopfte Mischka mit dem Hammer noch am selben Abend auf der Schwelle in Stücke und verspeiste ihn bis zur letzten Krume.

Anderntags war Mischka mit der Sonne aufgewacht. Hatte aus dem Eisenpott eine Handvoll abgestandenes Wasser geschöpft und auf den Backen den gestrigen Schmutz verrieben. Jetzt lief er, um trocken zu werden, auf den Hof.

Mutter hantierte bei der Kuh, Großvater saß auf der Böschung am Haus. „Kriech unter die Scheune, Stromer!" rief er Mischka zu. „Die Henne hat dort gegackert, hat gewiß ein Ei gelegt."

Mischka ließ sich vom Großvater nie zweimal bitten. Auf allen vieren kroch er unter die Scheune – auf der anderen Seite wieder hervor, und weg war er! Durch den Gemüsegarten sauste er zum Teich, sich immer wieder umdrehend: Sah ihn der Großvater auch nicht? Und tapste in die Brennesseln hinein, die vor dem Zaun wuchsen und ihm die Füße verbrannten. Der Großvater saß indessen da, wartete und krächzte, kroch schließlich selber unter die Scheune, krabbelte, im muffigen Dunkel blinzelnd, ans andere Ende, beschmierte sich mit Hühnermist und stieß sich den Kopf schmerzhaft an den Querbalken. „Ach, Mischka, bist fürwahr 'n Dummkopf! Suchst und suchst und findest nichts! Wo du aber auch suchst! Hier, schau, neben dem Steinchen, hier muß das Ei liegen. Wo steckst du denn, Stromer?"

Keine Antwort. Sich ein festgepapptes Klümpchen Mist von der Hose kratzend, kroch der Großvater unter der

Scheune hervor. Blinzelnd spähte er lange zum Teich hin-
über, erkannte Mischka und drohte ihm mit der Faust . . .
Am Teich umringten die Kinder Mischka und fragten: „Ist
dein Vater im Krieg gewesen?"
„Ja."
„Und was hat er dort gemacht?"
„Was wohl! Gekämpft!"
„Schwindel! Läuse hat er geknackt und die Knochen neben
der Feldküche abgelutscht."
Die Kinder lachten, stupsten ihn mit dem Finger, umtanz-
ten ihn. Tränen der Kränkung traten Mischka in die Augen.
Den Rest gab ihm Vitka, der Popensohn. „Dein Vater ist
doch Kommunist?"
„Weiß ich nicht."
„Aber ich weiß. Er hat seine Seele dem Teufel verkauft.
Vati hat's heut morgen gesagt. Und weiter hat er gesagt,
bald hängt man alle Kommunisten auf."
Die Kinder waren still geworden. In Mischka krampfte sich
alles zusammen. Seinen Paps aufhängen? Warum? Er biß
die Zähne aufeinander und stieß hervor: „Mein Paps hat ein
großes, großes Gewehr, und mit dem Gewehr schießt er alle
Bourgeois tot!"
Vitka stellte ein Bein vor. „Soll er mal versuchen!" sagte er
triumphierend. „Mein Vater gibt ihm den Segen nicht, und
ohne Segen wird nichts draus!"
Proschka, der Krämersohn, blähte die Nasenflügel, stieß
Mischka vor die Brust und schrie: „Tu dich mal nicht so
dicke mit deinem Paps! Wie die Revolution losgegangen ist,
hat er meinem Vater alle Waren weggenommen, und mein
Vater hat gesagt: Fomka der Hirt soll sich nur vorsehn;
wenn's wieder anders kommt, ist er zuerst dran!"
Und Nataschka, Proschkas Schwester, stampfte mit dem
Fuß auf. „Steht nicht da, Jungs! Verhaut ihn!"
„Verhaut die Kommunistenbrut!"
„Bankert!"
„Gib ihm eins, Proschka!"
Proschka holte mit einer Gerte aus und schlug Mischka auf
die Schulter, und Vitka, der Popensohn, stellte ihm ein
Bein; Mischka plumpste der Länge nach in den Sand.
Johlend stürzten sich die Kinder über ihn. Nataschka
quietschte und zerkratzte ihm mit den Nägeln den Nacken.

Jemand stieß ihn mit dem Fuß in den Leib.

Mischka schüttelte Proschka ab, sprang auf und jagte, wie ein Hase Haken schlagend, nach Hause. Man pfiff, warf Steine hinter ihm her, aber niemand lief ihm nach.

Erst als er im zottigen grünen Hanfdickicht untergetaucht war, holte er Atem. Ließ sich auf die feuchte, duftende Erde nieder, wischte das Blut vom zerkratzten Nacken und begann zu weinen; von oben, durch die Blätter hindurch, blickte die Sonne Mischka in die Augen, trocknete ihm die Tränen von den Wangen und küßte ihm mütterlich zärtlich den fuchsigen struppigen Schopf.

So lange, bis die Augen trocken waren, saß Mischka da, dann stand er auf und stahl sich auf den Hof.

Unter dem Vordach teerte der Vater die Räder des Wagens. Die Mütze war in den Nacken geschoben, die Bänder baumelten, und das blaue Hemd zeigte auf der Brust weiße Streifen. Mischka trat von der Seite hinzu und pflanzte sich neben dem Wagen auf. Lange schwieg er. Dann faßte er sich ein Herz, berührte die Hand des Vaters und fragte flüsternd: „Papa, was hast du im Krieg gemacht?"

Der Vater lächelte hinter dem roten Schnauzbart und sagte: „Gekämpft hab ich, Jungchen."

„Aber die Kinder tratschen, du hast dorten nur Läuse geknackt."

Wieder schnürten ihm Tränen die Kehle zu. Doch der Vater lachte und nahm ihn auf den Arm. „Laß sie tratschen, Jungchen, sie lügen! Dampfer bin ich gefahren, auf einem großen Dampfer, der übers Meer schwimmt; und dann bin ich kämpfen gegangen."

„Gegen wen hast du gekämpft?"

„Gegen die Reichen, Jungchen! Weil du noch zu klein bist, mußte ich für dich mit in den Krieg ziehn. Darüber gibt's sogar ein Liedchen."

Der Vater lächelte und begann, den Blick auf Mischka gerichtet und mit den Füßen den Takt klopfend, leise zu singen.

„Michail, Michalja, Michaljatka mein
 bleib du hier – in den Krieg schick dein Väterlein!
 Ist schon alt, dein Papa, ist zu sterben bereit,
 du aber bist jung, hast noch nicht mal gefreit . . ."

Mischka hatte die Kränkung vergessen, die ihm die Kinder angetan, und lachte – auf den Lippen des Vaters sträubten sich die roten Schnurrbartborsten, als wären's Bastfasern, aus denen Mama Badequasten band; die Lippen unter dem Schnurrbart wabbelten komisch, und der Mund stand offen wie ein rundes schwarzes Loch.

„Stör jetzt nicht, Minka", sagte der Vater. „Laß mich den Wagen richten. Wenn du am Abend im Bett bist, erzähle ich dir alles über den Krieg."

Der Tag dehnte sich wie ein langer einsamer Steppenweg. Die Sonne sank, die Herde zog durch die Staniza, der Staub setzte sich, und am dunkelnden Himmel blinkte verschämt das erste Sternchen.

Mischka verging vor Ungeduld, dieweil die Mutter wie zum Trotz endlos bei der Kuh hockte, endlos die Milch seihte, noch in den Keller hinunterstieg und dort eine geschlagene Stunde trödelte. Mischka strich um sie herum. „Gibt's bald Abendbrot?"

„Wirst's schon abwarten können, du Quälgeist! Tut akkurat, als wär er am Verhungern."

Dennoch folgte Mischka ihr auf Schritt und Tritt. Die Mutter ging in den Keller – er hinterher; die Mutter ging in die Küche – er hinterher. Wie ein Blutegel hatte er sich an ihr festgesaugt.

„Ma-a-a! Laß uns doch schon essen!"

„Willst du endlich Ruhe geben! Die reine Krätze, wie du an einem klebst! Wenn der Hunger dich so gepackt hat, nimm dir doch was und stopf's dir rein!"

Mischka ließ und ließ nicht locker. Selbst die Maulschelle, die er sich holte, half nicht.

Bei Tisch schlang er dann, so schnell er konnte, die Suppe herunter und hastete Hals über Kopf in die Stube. Die Hose flog weit hinter die Truhe, er selber sprang mit einem Satz ins Bett, schlüpfte unter Mutters bunte Flickendecke und wartete still auf den Vater, der ihm vom Krieg erzählen wollte.

Vor den Heiligenbildern kniete leise betend der Großvater. Mischka hob den Kopf: Großvater beugte mühselig den Rücken, stützte sich mit den Fingern der linken Hand auf die Bretterdiele und schlug mit der Stirn auf den Boden auf: Bums! Mischka seinerseits bumste mit dem Ellbogen gegen die Wand.

Wieder brummelte der Großvater, brummelte und bumste auf den Boden auf. Und Mischka bumste wieder gegen die Wand. Da wurde der Alte böse und drehte sich zu Mischka um. „Ich werd dir helfen, Verruchter dù, Gott verzeih mir! Bumse du noch einmal, dann verbums ich dich!"

Es hätte bestimmt Prügel gegeben, wenn der Vater nicht gekommen wäre. „Warum hast du dich hierhergelegt, Minka?" fragte er.

„Ich schlafe bei Mama."

Der Vater setzte sich aufs Bett und drehte sich schweigend den Schnauzbart. Nach kurzem Nachdenken sagte er: „Und ich hab dir dein Lager beim Großvater gerichtet."

„Ich schlaf nicht beim Großvater!"

„Warum nicht?"

„Sein Bart stinkt so nach Tabak."

Der Vater drehte sich wieder den Schnauzbart und seufzte. „Nein, Jungchen, du schlaf mal lieber beim Großvater."

Mischka zog sich die Decke über den Kopf, schielte mit einem Auge darunter hervor und sagte gekränkt: „Gestern hast du dich schon auf meinen Platz gelegt und heute wieder. Leg du dich zum Großvater!" Er setzte sich auf, umschlang des Vaters Hals und flüsterte: „Leg du dich zum Großvater – Ma wird sowieso nicht bei dir schlafen! Von deinem Bart kommt auch ein Gestank!"

„Na gut, ich leg mich zum Großvater. Aber vom Krieg erzähle ich dir nicht."

Der Vater stand auf und ging in die Küche.

„Papa!"

„Was ist?"

„Leg dich schon hierher!" sagte Mischka mit einem Seufzer und erhob sich. „Aber du erzählst mir doch vom Krieg, ja?"

„Ja."

Der Großvater drückte sich an die Wand, Mischka ließ er vorn liegen. Nach einer Weile kam der Vater. Er rückte die Bank ans Bett, nahm Platz und steckte sich eine stinkende Zigarette an. „Tja, siehst du, das war so ... Weißt du noch, hinter unserer Scheune hatte doch der Krämer sein Feld?"

Mischka erinnerte sich, daß er einst durch duftenden hohen

Weizen gelaufen war. Er war über die Steineinfriedung der Tenne geklettert und mitten im Getreide gewesen. Bis zum Kopf war er in den Halmen vergraben, und die schweren schwarzgrannigen Ähren kitzelten ihm das Gesicht. Es roch nach Staub, nach Kamille und Steppenwind. Mama sagte immer: „Geh nicht so weit rein, Minjuschka, du verläufst dich!"

Der Vater war verstummt. Dann sagte er, während er ihm übers Haar strich: „Weißt du noch, wie wir einmal hinausgefahren sind hinter den Sandhügel, wo wir unsern Acker hatten?"

Und wieder erinnerte sich Mischka: Hinter dem Sandhügel hatte sich ein schmaler, krummer Ackerstreifen am Wege hingezogen. Mischka kam mit dem Vater hin, doch der Streifen war abgefressen – nichts war mehr da als ein paar schmutzige, in die Erde gestampfte Ährenhäufchen und leere, im Winde sich wiegende Halme. Mischka erinnerte sich, daß der Vater, so groß und stark er war, das Gesicht ganz schrecklich verzogen hatte und daß Träne um Träne über seine staubigen Backen geronnen war. Auch Mischka weinte damals, als er den Vater so sah. Auf dem Rückweg hatte der Vater einen Melonenbauer gefragt: „Sag mal, Fedot, wer ist über meinem Korn gewesen?" Der Melonenbauer hatte ausgespuckt, dicht vor seine Füße, und geantwortet: „Der Krämer hat Vieh zum Markt getrieben, er hat's auf deinen Acker gelassen."

Der Vater rückte die Bank noch näher und begann zu erzählen.

„Der Krämer und die andern Reichen hatten allen Boden an sich gebracht, und die Armen hatten nichts, worauf sie hätten säen können. So ist's überall gewesen, nicht nur in unsrer Staniza. Arg Schindluder haben sie damals mit uns getrieben. Das Leben wurde so schwer, daß ich mich als Hirt verdingen ging, und dann hat man mich zum Militär geholt. Beim Militär gab's nichts zu lachen, für nichts und wieder nichts haben dir die Offiziere eine runtergehauen ... Und dann sind mit einemmal die Bolschewiki aufgetaucht. Bei denen heißt der Älteste Lenin. Wenn man den so sieht, ist nichts Besonderes an ihm, aber einen Verstand hat der, einen toll gescheiten, wenn er auch von unserem Blut ist, vom Blut der armen Bauern. Die Bolschewiki also, die haben uns so eingeheizt, daß wir Mund und Nase aufsperrten. ‚Was steht ihr da und guckt in die Luft, Bauersleut und Arbeitervolk?‘ haben sie gesagt. ‚Greift einen Reisigbesen, 'nen struppigen, und macht den Herren samt der Obrigkeit Beine! Alles gehört euch!‘ Mit solchen Sprüchen haben sie uns zugesetzt. Wir überlegten hin und her und sagten uns: Recht haben sie! So haben wir den Herren Land und Güter genommen, aber die Herren ekelte so 'n erbärmliches Leben, sie haben sich gesperrt und Krieg gegen uns Bauersleut und Arbeitervolk gemacht. Verstehst du, mein Junge?

Besagter Lenin nun, was der Älteste bei den Bolschewiki ist, hat das Volk umgewendet wie der Landmann seinen Acker. Er hat die Soldaten und Arbeiter zusammengebracht, und dann ist den Herren das Fell gegerbt worden, daß die Haare flogen! Die Soldaten und Arbeiter haben sich den Namen Rote Garde gegeben. Siehst du, ich bin auch in der Roten Garde gewesen. Wir haben in einem riesengroßen Haus gewohnt, das nannte sich Smolny. Dort sind Korridore, endlos lang, Jungchen, und Stuben gibt's so viele, daß du dich glatt verläufst.

Einmal hab ich nachts am Eingang Wache gehalten. Kalt war's, und ich hatte nur meinen Soldatenmantel an. Der Wind ging mir durch und durch. Da sind zwei Männer aus dem Haus gekommen. Als sie an mir vorübergingen, hab ich in dem einen Lenin erkannt. Er ist auf mich zugetreten und hat freundlich gefragt: ‚Ist Ihnen nicht kalt, Genosse?‘

‚Nein, Genosse Lenin‘, hab ich zur Antwort gegeben, ‚keine Feinde werden uns unterkriegen, geschweige denn die Kälte. Wir haben die Macht nicht in unsere Hände genommen, um sie den Bourgeois wieder abzugeben!‘

Da hat er gelacht und mir fest die Hand gedrückt. Und dann ist er still zum Tor gegangen.“

Der Vater verstummte, holte den Tabaksbeutel aus der Tasche, knisterte mit dem Papier und steckte sich eine Zigarette an. Als das Streichholz aufflammte, sah Mischka auf dem borstigen roten Schnurrbart eine Träne, hell und glitzernd wie die Tautropfen, die morgens an den Spitzen der Brennesselblätter hängen.

„Ja, so war er. Um alle hat er sich gesorgt. Für jeden Soldaten hat er sich das Herz zermartert. Hernach hab ich ihn oft gesehen. Er ging an mir vorbei, lächelte schon von weitem und fragte: ‚Die Bourgeois werden uns also nicht unterkriegen?‘

‚Dazu ist denen ihre Nase nicht fein genug, Genosse Lenin!‘ gab ich zurück.

Es ist so gekommen, wie er's gesagt hat, Jungchen. Den Boden und die Fabriken haben wir uns genommen, und den Reichen, den Leuteschindern, haben wir einen Tritt versetzt. Wenn du groß bist, vergiß nicht, daß dein Vater Matrose war und vier Jahre für die Kommune gekämpft hat, ohne sein Blut zu sparen! Bis dahin bin ich schon längst tot, auch Lenin wird tot sein, aber unsere Sache lebt allezeit. Wenn du groß bist, willst du da auch für die Sowjetmacht kämpfen, wie dein Vater gekämpft hat?"

„Ja!" schrie Mischka, sprang auf, um sich dem Vater an den Hals zu werfen; er vergaß ganz, daß der Großvater neben ihm lag, und trat ihm mit dem Fuß in den Bauch.

Der Großvater ächzte und streckte die Hand aus, um Mischka beim Schopf zu packen. Aber der Vater hatte Mischka schon hochgehoben und trug ihn auf dem Arm in die Stube. Auf seinem Arm schlief Mischka ein. Zuerst dachte er lange an den merkwürdigen Mann Lenin, an die Bolschewiki, den Krieg, die Dampfer. Zuerst hörte er im Halbschlaf gedämpfte Stimmen, spürte den Geruch von Schweiß und Machorka – dann fielen ihm die Augen fest zu, so fest, als presse ihm jemand die Lider zusammen.

Als er noch nicht einmal richtig schlief, erschaute er schon eine Stadt.

Die Straßen sind breit, in der weithin ausgeschütteten Asche baden Hühner – in der Staniza gibt's die schon in Menge, aber in der Stadt sind's noch viel mehr. Die Häuser sehen genau so aus, wie der Vater gesagt hat: eine riesengroße Kate, frisch gedeckt mit Schilf, auf ihrem Schornstein noch eine Kate, auf deren Schornstein wieder eine, und der Schornstein der alleroberersten ragt bis in den Himmel.

Mischka geht durch die Straße und blickt mit gerecktem Hals in die Luft, da steht plötzlich, wie aus dem Erdboden gewachsen, ein riesengroßer Mann im roten Hemd vor ihm.

„Was strolchst du rum, Mischka, ohne was zu tun?" fragt der Mann ihn gar nicht böse.

„Großvater hat mich weggelassen zum Spielen", antwortet Mischka.

„Weißt du überhaupt, wer ich bin?"

„Nein, das weiß ich nicht."

„Ich bin Genosse Lenin."

Vor Schreck wanken Mischka die Knie. Er will Reißaus nehmen, aber der Mann im roten Hemd faßt ihn am Ärmel und sagt: „Du hast nicht für 'n lumpigen Heller Gewissen, Mischka! Du weißt doch, ich kämpfe fürs arme Volk. Warum gehst du nicht zu meiner Armee?"

„Großvater läßt mich doch nicht!" rechtfertigte sich Mischka.

„Mach, was du willst", sagt Genosse Lenin, „aber ohne dich komm ich nicht zurecht! Ich brauch dich in meiner Armee, Schluß und Feierabend!"

Mischka faßt nach seiner Hand und sagt aufs entschlossenste: „Gut, ich frage niemand, ich geh zu deiner Armee und kämpfe fürs arme Volk. Hilf mir dann aber, wenn Großvater mich deswegen mit der Gerte verhaun will!"

„Ganz bestimmt helf ich dir!" sagt Genosse Lenin. Damit geht er weiter die Straße hinunter, Mischka aber spürt, wie ihm vor Freude der Atem stockt. Er bekommt keine Luft, will schreien, aber die Zunge ist wie vertrocknet ...

Mischka zuckte im Bett zusammen, stieß den Großvater mit den Beinen und erwachte.

Der Großvater prustete im Schlaf und schmatzte. Durch das Fensterchen schimmerte der Himmel, der sich hinterm Teich zart lichtete, und von Osten segelten Wolken herauf, zu blutrosigem Schaum geballt.

Seither erzählte ihm der Vater jeden Abend vom Krieg, von Lenin und von den Gegenden, durch die er gekommen war.

Eines Samstagabends brachte der Wächter vom Exekutivkomitee einen stämmigen Mann im Soldatenmantel in den Hof, mit einem Stiefelschaft unterm Arm. Der Wächter rief den Großvater raus und sagte: „Da hätt ich euch einen Genossen Sowjetbeamten zum Quartieren gebracht. Er ist aus der Stadt und will bei euch übernachten. Gebt ihm auch was zu essen, Großvater."

„Ja, wir sind gewiß nicht dagegen, stimmt", sagte der Groß-

vater, „aber habt Ihr auch Mandate, Herr Genosse?"
Mischka staunte, wie gebildet der Großvater war. Den Finger im Mund, blieb er stehen, um zuzuhören.
„Habe ich, Großvater, habe ich!" Der Mann mit dem Stiefelschaft lächelte und ging in die Stube.
Großvater folgte ihm, und Mischka folgte dem Großvater.
„In was für Angelegenheiten kommt Ihr denn?" erkundigte sich der Großvater unterwegs.
„Ein Sowjet soll gewählt werden, der Vorsitzende und die Mitglieder."
Nach einer Weile kam der Vater von der Tenne. Er begrüßte den Fremden und bat Mama, das Abendbrot zu richten. Nach dem Essen setzten sich der Vater und der Fremde auf die Bank, der Fremde öffnete den Stiefelschaft, holte einen Packen Papiere heraus und zeigte dem Vater eines nach dem andern.
Mischka, von Neugier geplagt, strich um sie herum und machte einen langen Hals. Da nahm der Vater eines der Papiere und zeigte es ihm. „Sieh, Minka, das ist Lenin!"
Mischka riß dem Vater das Bild aus der Hand. Sog sich mit den Augen daran fest und sperrte den Mund auf, so perplex war er. Auf dem Bild stand in ganzer Figur ein Mann, klein von Wuchs, nicht einmal in rotem Hemd, sondern im Jakkett. Die eine Hand hielt er in der Hosentasche, die andere wies nach vorn. Mischka starrte ihn an, seine Augen erspähten im Nu jede Einzelheit; fest und unvergeßlich, für ewig und allezeit prägten sich seinem Gedächtnis die geschwungenen Brauen ein, das heimliche Lächeln im Blick und in den Mundwinkeln – jeden Gesichtszug merkte er sich.
Der Fremde nahm ihm das Bild aus der Hand, ließ das Schloß am Lederschaft zuschnappen und rüstete sich zur Nachtruhe. Entkleidet lag er schon unter seinem Mantel im Bett und schlief halb, da knarrte die Tür. Er hob den Kopf.
„Wer ist da?"
Über den Fußboden tapsten nackte Sohlen.
„Wer ist da?" fragte er wieder und sah plötzlich Mischka an seinem Lager.
„Was willst du, Junge?"
Mischka stand einen Augenblick stumm da, dann überwand er sich und sagte flüsternd: „Onkelchen, weiß du was? Gib

mir doch – gib mir Lenin!"

Der Fremde schwieg, streckte den Kopf über die Bettkante und musterte ihn.

Mischka sank der Mut. Bestimmt war's dem Onkel leid, und er gab ihn nicht her. Mühsam gegen das Zittern seiner Stimme ankämpfend, flüsterte er hastig und keuchend: „Gib ihn mir für ganz, und ich – ich schenke dir auch eine schöne Blechbüchse, und dann kannst du noch meine ganzen Steinchen kriegen, alle, die ich habe, und", Mischka schwenkte resigniert die Hand, „und die Stiefel, die Papa mir mitgebracht hat, die geb ich dir auch."

„Wozu brauchst du denn Lenin?" fragte der Fremde lächelnd.

Er gibt ihn mir nicht! war der einzige Gedanke, den Mischka hatte. Er ließ den Kopf sinken, um seine Tränen zu verbergen, und sagte dumpf: „Dazu – weil ich ihn brauche!"

Der Fremde lachte, holte den Stiefelschaft unter dem Kissen hervor und gab Mischka das Bild. Mischka steckte es unters Hemd, preßte es mit aller Kraft an die Brust, ans Herz, und lief aus der Stube. Der Großvater wurde wach und fragte: „Was gehst du rum, du Nachtschwärmer? Hab ich dir gesagt, du sollst zur Nacht keine Milch trinken, oder hab ich nicht? Das hast du nun davon! Mach in den Müllkübel; ich weiß auch was Beßres, als mit dir rauszurennen!"

Mischka legte sich still hin, hielt das Bild mit beiden Händen fest, wagte nicht, sich umzudrehen, um es nicht zu zerdrücken.

Und so schlief er ein.

In aller Frühe wachte er auf. Mama hatte eben erst die Kuh gemolken und zur Herde getrieben. Als sie Mischka sah, schlug sie die Hände zusammen. „Ei, was läßt denn dem Schelm so früh keine Ruh?"

Mischka hielt die Hand fest auf dem Bild unter seinem Hemd, flitzte an der Mutter vorbei zur Tenne und schlüpfte unter die Scheune.

Rings um die Scheune wuchs Huflattich; Brennesseln reckten sich als eine grüne undurchdringliche Wand. Mischka fegte mit der Hand eine Stelle von Staub und Hühnermist rein, pflückte ein vergilbtes Huflattichblatt, wickelte das

Bild darein und legte ein Steinchen drauf, damit der Wind es nicht wegwehe.

Es regnete von morgens bis abends. Der Himmel hatte sich mit einer grauen Decke verhängt, Pfützen schäumten im Hof, auf der Straße liefen Bächlein um die Wette.

Mischka mußte zu Hause hocken. Es dämmerte schon, als sich Papa und der Großvater ins Exekutivkomitee zur Versammlung aufmachten. Mischka stülpte sich Großvaters Mütze über und ging hinterdrein. Das Exekutivkomitee hatte seinen Sitz im Wächterhäuschen der Kirche. Keuchend erklomm Mischka das Treppchen mit den krummen, schmutzigen Stufen und schob sich in den Raum. Unter der Zimmerdecke wallte Tabakrauch, viel Volk hatte sich versammelt. An einem Tisch vorm Fenster saß der Fremde; er sprach zu den Kosaken.

Mischka schlängelte sich nach hinten durch und nahm auf einer Bank Platz.

„Genossen, wer dafür ist, daß Foma Korschunow Vorsitzender wird, den bitte ich ums Handzeichen!"

Prochor Lyssenkow, des Krämers Schwiegersohn, der vor Mischka saß, schrie: „Bürger! Ich bitte, setzt den Kandidaten ab. Er ist unlauter in seinem Lebenswandel! Das ist schon zutage gekommen, als er noch bei unserer Herde war."

Da stand der Schuster Fedot vom Fensterbrett auf und sagte, mit den Armen fuchtelnd: „Genossen! Den Reichen tut Foma der Hirt als Vorsitzender nicht passen, weil er dem Proletariat anhängen tut und für die Sowjetmacht ist . . ."

Die reichen Kosaken, die in einem Haufen dichtgedrängt neben der Tür standen, begannen zu pfeifen und mit den Füßen zu trampeln. Im Exekutivkomitee brach ein wahrer Tumult los.

„Wir brauchen keinen Hirten nicht!"

„Soll er sich doch bei der Gemeinde fürs Vieh verdingen, wenn er vom Heer entlassen ist."

„Zum Teufel mit Foma Korschunow!"

Mischka blickte in das blasse Gesicht des Vaters, der neben einer Bank stand, und wurde selber blaß, so ängstigte er sich um ihn.

„Ruhe, Genossen! Wer krakeelt, fliegt raus!" brüllte der

Fremde und schlug mit der Faust auf den Tisch.

„Einer der Unseren wird gewählt, ein Kosak!"

„Den brauchen wir nicht!"

„Wir wollen aber . . . Da soll doch der Deibel dreinschlagen!" schrien die Kosaken, am lautesten Prochor, des Krämers Schwiegersohn.

Ein gedrungener rotbärtiger Kosak, einen Ring im Ohr, in zerschlissener, mit Flicken übersäter Jacke, stieg auf die Bank. „Brüder! Da seht, wo's lang gehen soll! Mit Gewalt wolln die Reichen ihren Mann zum Vorsitzenden machen! Und hernach fängt alles wieder an . . ."

Durch das Grölen und Stöhnen hindurch hörte Mischka nur einzelne Worte von dem, was der Kosak mit dem Ohrring hervorstieß: „Grund und Boden . . . Neuaufteilung . . . Den Armen Mergel zustecken . . . Die Schwarzerde sich selber in die Tasche."

„Prochor soll Vorsitzender werden!" toste es neben der Tür. „Pro-o-chor! . . . Hohoho! Hahaha!"

Mit Mühe und Not trat wieder Ruhe ein. Der Fremde runzelte die Stirn und schrie lange geifernd.

Sicherlich schimpft er, dachte Mischka.

Der Fremde fragte laut: „Wer ist für Foma Korschunow?"

Über den Bänken erhoben sich viele Arme. Mischka hob auch die Hand. Jemand sprang von Bank zu Bank und zählte laut: „dreiundsechzig . . . vierundsechzig", zeigte, ohne Mischka anzusehen, auf dessen erhobene Hand und sagte: „fünfundsechzig!"

Der Fremde kritzelte etwas auf einen Zettel und rief: „Wer für Prochor Lyssenkow ist, den bitte ich ums Handzeichen!"

Siebenundzwanzig reiche Kosaken, dazu Müller Jegor, hoben einmütig die Hände. Mischka blickte um sich und hob auch die Hand. Der Mann, der die Stimmen zählte, kam heran, maß ihn von oben bis unten und packte ihn am Ohr, so derb, daß es schmerzte. „Ach, du Kanaille du! Verschwinde, ehe du Senge von mir kriegst! Stimmt hier auch noch ab!"

Ringsum lachten alle, der Mann zerrte Mischka zum Ausgang, puffte ihn in den Rücken.

Mischka fiel ein, was Paps immer sagte, wenn er mit dem Großvater stritt. Und während er die glitschigen, schmutzigen Stufen runterrutschte, schrie er: „Du hast nicht das Recht dazu!"

„Ich werd dir zeigen, ob ich das Recht hab!"

Die Kränkung tat weh wie alle Kränkungen.

Als Mischka nach Hause kam, heulte er noch ein bißchen und beklagte sich bei der Mutter. Die aber sagte böse: „Was läufst du auch alleweil hin, wo du nichts verloren hast! Steckst deine Nase aber auch in alles! Man hat schon sein Kreuz mit dir!"

Am anderen Morgen, als man noch beim Frühstück saß, erklang von fernher gedämpfte Musik. Der Vater legte den Löffel hin, wischte sich den Schnauzbart und sagte: „Das ist doch eine Militärkapelle."

Wie fortgeblasen war Mischka, von der Bank verschwunden. Die Haustür klappte, und draußen vorm Fenster ging's tapptapptapp.

Auch der Vater und der Großvater traten auf den Hof, Mama lehnte sich weit zum Fenster hinaus.

Wie wallende grüne Wogen zogen vom Ende der Straße Reihen von Rotarmisten heran, die Musik vorneweg. Riesige Trompeten schmetterten. Eine Pauke wummerte, und die ganze Staniza dröhnte und hallte.

Mischkas Augen huschten hin und her. Unschlüssig trat er von einem Fuß auf den anderen, gab sich schließlich einen Ruck und lief zur Musik. Freudig beklommen ward ihm ums Herz, fast wollte es ihm zerspringen. Er äugte den Rotarmisten in die vergnügten staubgrauen Gesichter, besah sich die Musikanten, die protzig die Backen aufbliesen, und mit einemmal stand sein Entschluß fest: Ich gehe mit!

Ihm fiel der Traum ein, und weiß der Himmel, woher er den Mut nahm, sich an die Feldtasche eines Flügelmannes zu klammern. „Geht ihr kämpfen?"

„Was denn sonst? Klar gehn wir kämpfen!"

„Für wen kämpft ihr?"

„Für die Sowjetmacht, Dummerjan! Na, komm her, in die Mitte!"

Er schob Mischka mitten hinein in die Reihen, jemand schnippte ihm lachend mit dem Finger in den zotteligen Haarwirbel, ein anderer holte im Gehen ein schmutziges Stück Zucker hervor und steckte es ihm in den Mund. Auf

135

dem Platz kommandierte eine Stimme vorn: „Abteilung ha-alt!"

Die Rotarmisten blieben stehen, schwärmten über den Platz aus und ließen sich Mann an Mann im Schatten des Schulzauns nieder. Ein glattrasierter langer Kerl, an der Seite einen Säbel, trat auf Mischka zu und fragte, die Lippen zu einem Lächeln gekräuselt: „Wo kommst du denn her?"

Mischka setzte eine gewichtige Miene auf und zerrte die rutschenden Hosen hoch. „Ich geh mit kämpfen!"

„Genosse Kombat, nimm ihn doch als Stellvertreter!" schrie ein Rotarmist.

Ringsum schallendes Gelächter. Mischka blinzelte verstört, doch der Mann mit dem komischen Namen „Kombat" runzelte die Brauen und knurrte: „Was gibt's da zu wiehern, ihr Narren! Klar nehm ich ihn, allerdings unter einer Bedingung..." Der Bataillonskommandeur wandte sich an Mischka. „Du hast doch nur einen Riemen an den Hosenträgern. Wie das aussieht, blamierst du uns nur! Schau uns an! Ich habe zwei, alle von uns haben zwei. Lauf nach Hause, laß dir von Muttern den andern annähen, wir warten derweil auf dich..." Kehrte sich zum Zaun und rief zwinkernd: „Geh, Terestschenko, hol dem neuen Rotarmisten Gewehr und Mantel!"

Einer der am Zaun liegenden Rotarmisten erhob sich, legte die Hand an den Mützenschirm, sagte: „Zu Befehl!" und entfernte sich schnell am Zaun entlang.

„Na, nun lauf aber! Die Mutter soll dir nur schleunigst den anderen Träger annähen!"

Mischka maß den Bataillonskommandeur mit strengem Blick. „Wehe, wenn du mich beschwindelst!"

„I bewahre! Wo gibt's denn so was?"

Vom Platz bis nach Hause war's weit. Ganz außer Atem langte Mischka vorm Tor an, machte sich schon im Laufen die Hosen los und stürmte ins Haus, daß die bloßen Fersen flirrten.

„Ma!... Die Hosen... Näh mir den Träger an!"

Im Hause herrschte Stille. Über dem Ofen summte ein schwarzer Schwarm Fliegen. Mischka durchstöberte den Hof, die Tenne, den Gemüsegarten – niemand war da, weder Vater noch Mutter noch Großvater. Er hastete zurück in die Stube. Da fiel sein Blick auf einen Sack. Mit dem Messer schnitt er einen langen Streifen ab. Zum Annähen nahm er sich nicht die Zeit, zudem hätte er's auch nicht zustande gebracht. In fliegender Eile knotete er den Streifen mit dem Hosenbund zusammen, angelte ihn sich über die Schulter, band ihn noch einmal vorn fest, und schon huschte er unter die Scheune.

Er schob den Stein weg, warf schnell einen Blick auf die Hand von Lenin, die auf ihn, Mischka, wies, und flüsterte: „Siehst du? Nun bin ich zu deiner Armee gegangen!"

Behutsam wickelte er das Bild wieder in das Blatt, steckte es unters Hemd und war im Nu draußen auf der Straße. Mit der einen Hand preßte er das Bild an die Brust, mit der anderen zerrte er die Hose hoch. Im Vorbeilaufen rief er vom Zaun aus der Nachbarin zu: „Anissimowna!"

„Was willst du?"

„Sag meinen Leuten, sie sollen ohne mich essen!"

„Wohin hast du's denn so eilig, Galgenstrick?"

Mischka schwenkte die Hand. „Ich geh zur Armee!"

Er kam auf den Platz und blieb wie festgewurzelt stehen. Der Platz war leer. Am Zaun lagen Zigarettenstummel, Konservenbüchsen, weggeworfene zerfetzte Fußlappen; und ganz vom Ende der Staniza schallte gedämpft Musik, hallten, immer leiser und ferner, Schritte auf festgestampftem Weg.

Tränen stürzten ihm aus den Augen, er heulte auf und jagte, was er konnte, hinterher. Und er hätte sie eingeholt, bestimmt hätte er sie eingeholt, hätte vorm Hof des Gerbers nicht ein langschwänziger gelber Köter quer über der Straße gelegen und die Zähne gefletscht. Bis Mischka einen anderen Weg eingeschlagen hatte, waren Musik und Schritte verhallt.

Zwei Tage darauf marschierte ein vierzig Mann starker Trupp in die Staniza ein. Die Soldaten trugen graue Filzstiefel und schmierige Arbeitskittel. Paps kam aus dem Exekutivkomitee zum Essen heim und sagte zum Großvater: „Vater, halt das Korn in der Scheune bereit. Die Erfassungskolonne ist gekommen. Die Getreideablieferung beginnt."

Die Soldaten gingen von Hof zu Hof, sie tasteten mit den Bajonetten in den Scheuern die Erde ab, förderten vergrabenes Korn zutage und brachten es mit Wagen zum Sammelspeicher.

Sie kamen auch zum Vorsitzenden. Der Oberste von ihnen fragte, während er an seiner Pfeife zog: „Hast du Korn verbuddelt, Großvater? Gesteh!"

Der Großvater strich sich das Bärtchen und sagte stolz: „Mein Sohn ist immerhin Kommunist!"

Sie gingen in die Scheune. Der Soldat mit der Pfeife schätzte mit einem einzigen Blick den Kornkasten ab und lächelte. „Bring hin, was hier im Kasten ist, Großvater. Alles andere behalte, damit ihr was zum Beißen und als Saatgut habt."

Der Großvater spannte den alten Sawraska ein. Mit Ächzen und Krächzen schüttete er acht Säcke voll, schwenkte resigniert die Hand und leitete den Wagen zum Sammelspeicher. Mama, der das Korn leid tat, vergoß noch ein paar Tränen. Mischka aber ging, nachdem er dem Großvater beim Korneinsacken geholfen hatte, zu Vitka, dem Popensohn, spielen.

Sie hatten sich eben in der Küche niedergelassen und mit ihren ausgeschnittenen Papierpferden auf dem Fußboden breitgemacht, als dieselben Soldaten von vorhin hereinkamen. Der Pope trippelte ihnen entgegen, verhedderte sich in seinem Leibrock, so aufgeregt war er, und bat sie ins Zimmer. Doch der Soldat mit der Pfeife sagte streng: „Gehen wir in den Speicher! Wo bewahren Sie Ihr Korn?"

Aus der Stube kam, völlig zerzaust, die Popenfrau gestürzt und lächelte füchsisch. „Denken Sie nur, meine Herren, wir besitzen nicht ein Körnchen! Mein Mann ist noch nicht durchs Kirchspiel gefahren."

„Haben Sie einen Vorratskeller unterm Fußboden?"

„Nein, so was haben wir nicht. Wir lagerten früher das Korn in der Scheune."

Da entsann sich Mischka, daß er mit Vitka zusammen einmal von der Küche aus in einen großen Keller geklettert war. Er drehte sich mit dem Gesicht zur Popenfrau und sagte: „Vitka und ich sind doch mal von der Küche aus in einen Keller geklettert. Hattest du wohl vergessen?"

Die Popenfrau lachte erbleichend. „Ach, Kindchen, du irrst dich! Vitka, geht doch lieber in den Garten spielen!"

Der Soldat mit der Pfeife kniff ein Auge ein und lächelte

Mischka zu. „Wie kommt man denn dahin, junger Mann?"

Die Popenfrau knackte mit den Fingern. „Wollen Sie wirklich einem dummen Jungen Glauben schenken? Ich versichere Ihnen, meine Herren, wir haben keinen Keller!"

Der Pope schwenkte die Schöße seines Leibrocks und fragte: „Möchten die Genossen nicht etwas zu sich nehmen? Gehen wir doch ins Zimmer!"

Als die Popenfrau an Mischka vorüberging, kniff sie ihn derb in den Arm, dabei grinste sie aber freundlich. „Kinderchen, geht doch in den Garten, ihr stört hier nur!"

Die Soldaten zwinkerten einander zu, gingen durch die Küche und klopften mit den Gewehrkolben den Boden ab. Rückten den Tisch von der Wand weg und rafften das Sackleinen darunter zusammen. Der Soldat mit der Pfeife hob ein Dielenbrett hoch und blickte in einen Kellerraum hinab. Vorwurfsvoll wiegte er den Kopf. „Schämen Sie sich nicht? Erklären, nicht ein Körnchen sei da; derweil ist die Vorratskammer bis oben voll Weizen!"

Die Popenfrau sah Mischka mit Augen an, daß ihm angst und bange wurde und er nur einen Wunsch hatte: möglichst schnell nach Hause zu kommen. Er stand auf und ging hinaus. Die Popenfrau folgte ihm hastig in den Vorraum, verkrallte sich in seinen Haaren und schleifte ihn über den Boden.

Mischka hatte Mühe, sich loszureißen, und rannte spornstreichs nach Hause. In Tränen aufgelöst, erzählte er der Mutter, was geschehen war. Die Mutter griff sich nur an den Kopf. „Was soll ich bloß mit dir machen? Geh mir aus den Augen, sonst setzt's Hiebe!"

Wenn Mischka sich gekränkt fühlte, kroch er jetzt jedesmal unter die Scheune, entfernte das Steinchen und wickelte das Huflattichblatt ab. Das Bild mit seinen Tränen nässend, erzählte er Lenin von seinem Kummer und beklagte sich bei ihm über seine Peiniger.

Eine Woche war vergangen. Mischka blies Trübsal. Er hatte niemand zum Spielen. Die Nachbarskinder spielten nicht mit ihm. Zu dem Schimpfnamen „Bankert" war ein neuer hinzugekommen, den man den Erwachsenen abgelauscht hatte. Hinter Mischka schrie man her: „He, Kommunebrut! Dreh dich um, Kommunefrühgeburt!"

Einmal kehrte Mischka gegen Abend vom Teich heim. Er war noch nicht im Haus, als er den Vater mit schroffer Stimme reden hörte, während die Mutter jammerte, als klage sie um einen Toten. Mischka schlüpfte durch die Tür und sah den Vater mit seinem zusammengerollten Soldatenmantel überm Rücken sich die Stiefel anziehen.

„Wohin gehst du, Papa?"

Der Vater lachte und sagte: „Beruhige Mutter, Jungchen! Sie reißt mir die Seele aus dem Leib mit ihrem Gejammer. Ich zieh in den Krieg, und sie läßt mich nicht!"

„Ich geh mit, Papa!"

Der Vater schnallte das Koppel um und setzte sich die Mütze mit den Bändern auf. „Bist, meiner Seel, 'n ulkiger Kerl! Wir können doch nicht zu gleicher Zeit gehn! Wart's ab, sobald ich zurück bin, gehst du. Das Korn wird reif, wer soll's denn einbringen? Mutter hat im Haus zu tun, Großvater ist alt . . ."

Beim Abschied verbiß sich Mischka die Tränen, er lächelte sogar. Mama hing wie zu Anbeginn dem Vater am Halse — er konnte sich ihrer kaum erwehren, und Großvater krähte nur, während er den Sohn küßte, und flüsterte ihm ins Ohr: „Fomuschka, Söhnchen! Am Ende gehst du doch nicht? Vielleicht kommen sie ohne dich aus? Wenn's das Unglück will, bringt man dich um, dann sind wir verloren!"

„Laß, Vater. Das taugt nicht. Wer sollte denn unsere Macht verteidigen, wenn sich jeder bei seinem Weib unterm Rock verkriechen wollte?"

„Na, dann geh, so deine Sache gerecht ist."

Der Großvater kehrte sich ab und wischte sich heimlich eine Träne aus dem Auge.

Sie gaben dem Vater daß Geleit. Im Hof des Exekutivkomitees drängten sich etwa zwanzig Männer mit Gewehren. Der Vater nahm auch ein Gewehr, küßte Mischka zum letztenmal und marschierte mit den anderen zur Staniza hinaus.

Zurück ging Mischka an der Hand des Großvaters. Mama schleppte sich wankend hinter ihnen her. Selten nur drang durch die Staniza Hundegebell, selten nur blinkte irgendwo ein Licht. Der Ort hatte sich in nächtliches Dunkel gehüllt wie eine Greisin in ihr schwarzes Tuch. Feiner Regen sprühte herab. Jenseits des Dorfes tollte der Blitz über der

Steppe, von dort hallten, dumpf zerplatzend, Donner-
schläge.
Sie erreichten das Haus.
Mischka, der den ganzen Weg über geschwiegen hatte,
fragte den Großvater: „Sag, gegen wen ist Papa kämpfen ge-
gangen?"
„Laß mich in Ruhe!"
„Großvater!"
„Was?"
„Gegen wen wird Papa kämpfen?"
Der Großvater schob den Riegel am Tor vor und erwiderte:
„Schlimme Menschen sind unweit von unsrer Staniza aufge-
taucht. Das Volk nennt sie Banditen, aber ich meine, Räu-
ber sind's und weiter nichts. Gegen die will dein Vater
kämpfen."
„Sind es viele, Großvater?"
„Man sagt, an die zweihundert. Na, mach, daß du ins Bett
kommst, Stromer. Hast dich lange genug rumgetrieben!"
Nachts weckten Mischka Stimmen aus dem Schlaf. Er
wurde wach, tastete neben sich das Bett ab – der Großvater
war nicht da.
„Großvater, wo bist du?"
„Sei still, Stromer! Schlafe!"
Mischka stand auf und tappte im Dunkeln zum Fenster.
Der Großvater saß, nur in Unterhosen, auf der Bank, neigte
den Kopf zum offenen Fenster hinaus und lauschte. Auch
Mischka lauschte und hörte es in der lautlosen Stille hinter
der Staniza deutlich knallen. Schuß auf Schuß, und dann
krachten gleichmäßige Salven.
Krach! Bum! Peng! Peng!
Als würden Nägel eingeschlagen.
Mischka fürchtete sich; er schmiegte sich an den Großvater,
fragte: „Ist das Papa, der schießt?"
Großvater schwieg, aber Mama fing wieder zu weinen und
zu jammern an.
Bis zum Morgengrauen knallten Schüsse hinter der Staniza,
dann verstummte alles. Mischka hatte sich auf der Bank zu-
sammengerollt und war in einen schweren, unruhigen
Schlaf gesunken. Als der Himmel sich lichtete, sprengte ein
Trupp Reiter durch die Straße zum Exekutivkomitee. Der
Großvater weckte Mischka und lief in den Hof.

Vom Hof des Exekutivkomitees stieg eine schwarze Rauchsäule empor, das Feuer sprang auf die Gebäude über. Durch die Straßen jagten Reiter. Einer kam zum Hof geritten und rief dem Großvater zu: „Hast du ein Pferd, Alter?"

„Ja."

„Spann's ein und fahr vors Dorf! Draußen im Gestrüpp liegen eure Kommunisten! Lad sie auf und bring sie her, mögen die Angehörigen sie verscharren!"

Der Großvater spannte hastig Sawraska ein, nahm die Zügel in die zitternden Hände und fuhr im Trab zum Hof hinaus.

Durch die Staniza schallte Geschrei; die Banditen waren abgesessen, schleppten das Heu aus den Scheunen, schlachteten die Schafe ab. Einer sprang vorm Hof der Anissimowna vom Pferd und lief ins Haus. Mischka hörte die Anissimowna gellend heulen, während der Bandit säbelklirrend wieder herausgelaufen kam und sich auf die Vortreppe setzte. Er zog sich die Stiefel aus, riß den geblümten Sonntagsschal der Anissimowna mitten durch, warf seine schmutzigen Fußlappen weg und wickelte sich die Füße mit den beiden Schalhälften.

Mischka ging in die Stube, legte sich aufs Bett, vergrub den Kopf ins Kissen und stand erst auf, als das Hoftor knarrte. Er lief auf die Treppe hinaus und sah, wie der Großvater, den Bart von Tränen naß, das Pferd in den Hof führte. Die Arme weit gespreizt, lag hinten auf dem Wagen ein barfüßiger Mann; der wackelnde Kopf stieß von einem Holm an den anderen; auf den Brettern floß dickes schwarzes Blut.

Mischka taumelte an den Wagen ran, blickte in das von Säbelhieben zerhackte Gesicht: Die Zähne waren gefletscht, die Wange, abgesäbelt mitsamt Knochen, baumelte herab; auf dem raushängenden blutigen Auge saß eine dicke grüne Fliege.

Von einem leisen Zittern befallen, aber noch ahnungslos, ließ Mischka den Blick weitergleiten und fuhr, als hätte ihm jemand von hinten einen Schlag gegen die Beine versetzt, zusammen – er hatte ein blutgetränktes, auf der Brust blauweißgestreiftes Matrosenhemd entdeckt. Die Augen weit aufgerissen, blickte er noch einmal in das starre schwarze Gesicht und sprang auf den Wagen.

„Papa, steh auf! Papa, lieber Papa!" Mischka fiel vom Wagen, wollte weglaufen, aber die Beine knickten ihm ein; auf allen vieren kroch er zur Treppe und stieß den Kopf in den Sand.

Die Augen des Großvaters sind tief eingefallen, sein Kopf wackelt, und die Lippen murmeln tonlos.
Lange streicht er Mischka schweigend übers Haar, dann flüstert er mit einem Blick auf die Mutter, die steif ausgestreckt auf dem Bett liegt: „Komm auf den Hof, Enkelchen!"
Er nimmt Mischka bei der Hand und führt ihn zur Treppe. Als Mischka an der Stubentür vorübergeht, kneift er die Augen zusammen und erschauert. Auf dem Tisch in der Stube liegt der Vater, stumm und fremd. Das Blut hat man abgewaschen, aber Mischka sieht immer noch das verglaste blutige Auge des Vaters und die dicke grüne Fliege darauf.
Der Großvater braucht lange, ehe er das Brunnenseil losbekommt, geht in den Pferdestall, führt Sawraska heraus, wischt ihm Gott weiß warum mit dem Ärmel den Schaum von den Lippen, legt ihm den Zaum an. Und horcht auf: Durch die Staniza dröhnen Geschrei und Gelächter. Zwei Reiter sprengen am Hof vorbei, im Dunkeln glimmen Zigaretten, und jemand sagt: „Jetzt haben wir's ihnen besorgt mit der Getreideablieferung! Im Jenseits werden die noch dran denken, wie man unsereinem Korn abnimmt!"
Das Hufgetrappel verhallt, der Großvater beugt sich zu Mischka hinunter und flüstert ihm ins Ohr: „Ich bin zu alt. Ich komm nicht mehr rauf aufs Pferd. Ich setz dich drauf, Enkelchen, und du reitest mit Gottes Hilfe zum Chutor Pronin. Den Weg zeig ich dir. Dort muß die Kolonne sein, die mit Musik durch unsre Staniza gezogen ist. Sag ihnen, sie sollen herkommen. Eine Bande sei hier am Werk. Hast du verstanden?"
Mischka nickte stumm. Der Großvater setzt ihn aufs Pferd. Damit er nicht runterfällt, bindet er ihm die Beine mit einem Strick am Sattel fest, dann führt er Sawraska an der Scheune, am Teich, an der Wache der Banditen vorbei in die Steppe.
„Dort, in dem Berg da, liegt eine Schlucht, durch die reite

hindurch, ohne abzuschwenken. Kommst so geradewegs zum Chutor. Nun zieh los, Liebling!" Der Großvater küßt Mischka und versetzt Sawraska einen sachten Schlag.

Die Nacht ist hell, eine Vollmondnacht. Sawraska läuft im Trab, schnaubt und fällt immer wieder in Schritt, da er auf dem Rücken eine zu leichte Last spürt. Mischka treibt ihn mit den Zügeln an, klatscht ihm mit der Hand auf den Hals und wippt auf und ab.

Wachteln pfeifen munter in der grünen Flut des reifenden Korns. Unten in der Schlucht rieselt ein Quell, der Wind weht Kühle herauf. Mischka, ganz allein in der Steppe, bekommt Angst. Er umschlingt den warmen Hals von Sawraska und schmiegt sich dicht an: ein Bündelchen, klein und verfroren.

Die Schlucht windet sich bergan, abwärts und wieder bergan. Mischka scheut sich zurückzuschauen, er flüstert vor sich hin, bemüht, an nichts zu denken. Die Stille ist in seinen Ohren erstarrt, die Augen hält er geschlossen.

Sawraska schüttelt die Mähne, schnaubt und greift schneller aus. Einen Spalt breit öffnet Mischka die Augen – unten, am Fuße des Berges, schimmern gelblichweiße Lichter. Der Wind trägt Hundegebell herauf.

Vor Freude wird es Mischka warm in der Brust. Er stößt Sawraska mit den Füßen und schreit: „Hü, hü!"

Das Hundegebell kommt näher, auf einem Hügel zeigen sich die verschwommenen Umrisse einer Windmühle.

„Wer da?" ruft jemand von der Mühle her.

Mischka treibt schweigend Sawraska an. Aus dem verschlafenen Vorwerk dringen Hahnenschreie.

„Halt! Wer da? . . . Ich schieße!"

Mischka zieht erschrocken die Zügel an, aber Sawraska, der die Nähe von Pferden wittert, gehorcht den Zügeln nicht, wiehert und jagt los.

„Ha-a-alt!"

Neben der Windmühle fallen Schüsse. Mischkas Aufschrei wird übertönt von Hufgeklapper. Sawraska beginnt zu röcheln, bäumt sich hoch und fällt schwer auf die rechte Seite. Sekundenlang hat Mischka furchtbare, unerträgliche Schmerzen im Bein, ein Schrei erstirbt auf seinen Lippen. Sawraska wälzt sich immer schwerer über das Bein.

Das Hufgetrappel naht. Zwei Männer sprengen heran,

springen säbelklirrend aus dem Sattel, beugen sich über Mischka.

„Heilige Mutter Gottes! Das ist doch das Jungchen!"

„Hat's ihn erwischt?"

Jemand steckt Mischka die Hand unter das Hemd, Tabaksgeruch weht ihm ins Gesicht. Eine erfreute Stimme sagt: „Er lebt! Ob der Gaul ihm das Bein abgequetscht hat?"

Bevor Mischka die Sinne schwinden, flüstert er noch: „In der Staniza ist eine Bande! Hat Papa umgebracht ... das Exekutivkomitee niedergebrannt. Großvater hat befohlen, ihr sollt schnell kommen!"

Vor Mischkas sich trübendem Blick flimmern bunte Kreise ... Der Vater geht vorbei, zwirbelt den roten Schnauzbart, lacht, und auf seinem Auge sitzt eine dicke grüne Fliege. Der Großvater kommt daher, vorwurfsvoll den Kopf schüttelnd, dann die Mutter und dann ein kleiner hochstirniger Mann, die eine Hand vorgestreckt. Und die Hand weist auf ihn, Mischka.

„Genosse Lenin!" ruft Mischka mit erlöschender Stimme, sucht krampfhaft den Kopf zu heben – und lächelt, die Arme weit ausgebreitet.

1925

Der Strudel

Bei Sonnenuntergang kehrte Ignat aus der Staniza zurück.

Die schräge Schneewehe stieß er mit dem Tor um, führte das bereifte Pferd in den Hof und lief, ohne auszuspannen, die Vortreppe hinauf. Als im Flur die gefrorenen Dielenbretter knarrten und der Reisigbesen raschelnd über Filzstiefel fuhr, klopfte Pachomytsch, der auf dem Ofen einen Axtstiel schnitzte, die Späne von den Knien und sagte zu seinem jüngsten Sohn, dem Grigori: „Geh, spann die Stute aus, gestreut hab ich schon im Stall."

Die Tür ging weit auf, herein kam Ignat, grüßte und nestelte mit froststarren Fingern lange an seiner Kapuze. Das Gesicht verziehend, riß er sich die tauenden Eiszapfen vom Schnurrbart und sagte lächelnd, ohne seine Freude zu verbergen: „Hab da gehört – Rotgardisten rücken auf den Bezirk vor."

Pachomytsch ließ die Beine vom Ofen hängen und fragte mit verhaltener Neugier: „Kommen sie mit Krieg oder bloß so?"

„Geschwätzt wird allerlei. Aber Unruhe ist jetzt in der Staniza, von Menschen wimmelt's, die Vorsteherei ist gerammelt voll."

„Und vom Grund und Boden hast du kein Wort gehört?"

„Es wird erzählt, die Bolschewiken nehmen das Gutsherrnland unter den Pflug."

„So-o-o", meinte Pachomytsch sich räuspernd und sprang vom Ofen wie ein Junger.

Die Alte klapperte am Herd mit den Löffeln. Während sie die Kohlsuppe in die Schüssel goß, sagte sie: „Ruft Grischka zum Abendbrot."

Draußen dämmerte es. Leichter Schnee fiel, und blau dunkelte die Nacht. Pachomytsch legte den Löffel hin, wischte sich mit dem Handtuch den Bart und fragte: „Hast du über die Dampfmühle was erfahren? Wann wird sie in Betrieb genommen?"

„Sie mahlt schon. Wir können bringen."

„Na, dann mach, daß du mit dem Essen fertig wirst, und komm mit in die Scheune. Wir müssen Korn worfeln. Wenn morgen gutes Wetter ist, fahre ich gleich früh zum Mahlen. Wie ist denn der Weg? Sehr ausgefahren?"

„Nicht zur Ruh kommt die Straße, Tag und Nacht geht's da hin und her. Aber mit dem Ausweichen ist's schlecht. Zu seiten der Fahrbahn reicht der Schnee bis über den Gürtel."

Grigori ging mit bis vors Tor.

Pachomytsch zog die Fäustlinge an und ließ sich vorn im Schlitten nieder. „Sieh nach der Kuh, Grischa. Ihr Euter ist hart, sie kann jeden Augenblick kalben."

„Schon gut, Vater, fahr nur!"

Knirschend schnitten die Schlittenkufen in die tauende Schneekruste. Pachomytsch schwenkte die Roßhaarzügel. Die Stellen, wo Asche gestreut war, umfuhr er. Hin und wieder kam nackter Boden, an dem die Laufschienen geradezu klebenblieben. Das Geschirr war in Ordnung, die Pferde waren gut genährt, und doch stieg Pachomytsch immer wieder ächzend vom Schlitten – viel zuviel Sack waren geladen.

Oben auf dem Berg ließ er die geschwitzten Pferde verschnaufen, dann ging's im gemächlichen Trab weiter. Das Tauwetter hatte den Schnee mancherorts zerfressen und den Weg wunderlich zerfurcht. Vorfrühlingswärme. Schneeschmelze. Mittagszeit.

Pachomytsch bog zum Wald ein. Ihm entgegen kam eine Troika. Berge von Schnee hatte der Wind am Wald zusammengeweht. Schmal war der Weg, der sich durch die klafterhohen Schneewehen hindurchgenagt hatte, an ein Ausweichen nicht zu denken.

„Sieh einer an! Sone Geschichte! Brrr!"

Pachomytsch brachte die Pferde zum Stehen, kletterte runter und nahm die Mütze ab. Den verschwitzten grauen Kopf beleckte der Wind. Abgenommen hatte Pachomytsch die schäbige Mütze, weil er in der entgegenkommenden Troika das Gefährt des Obersten Boris Alexandrowitsch Tschernojarow erkannt hatte. Und vom Obersten hatte er schon acht Jahre hintereinander Land in Pacht.

Näher kam die Troika. Leise klingelten die Schellen. Von den Beipferden spritzten Schaumfetzen, und das Mittelpferd schaukelte schwerfällig hin und her. Der Kutscher, halb aufgerichtet, winkte mit der Peitsche. „Mach Platz, du graue Krähe! Was versperrst du den Weg?"

Herangekommen, zügelte er die Pferde. Sich in die Schöße seines Halbpelzes verheddernd, lief Pachomytsch mit bloßem Kopf zum Gefährt und verbeugte sich tief.

Aus dem Schlitten, dem mit Bärenfell ausgeschlagenen, glotzten zwei stumpfe Augen. Die faltigen Lippen, blaugeschabt, verzerrten sich. „Warum gehst du Flegel nicht aus dem Weg? Hast wohl bolschewistische Fr-reiheit gewittert? Gleichber-rechtigung?"

„Euer Hochwohlgeboren! Um Christi willen, fahrt um mich rum. Ihr fahrt leer, ich habe geladen. Fahr ich beiseite, komme ich nicht mehr raus."

„Deinetwegen sollen wohl die Vollblüter im Schnee erstikken? Ach, du Schuft du! Ich will dich lehren, wie man einem Offizier Achtung zollt und aus dem Weg geht!" Er schob den Teppich von den Knien und warf den Lederhandschuh auf den Sitz. „Ar-rtjom, gib mir die Knute!"

Oberst Tschernojarow sprang vom Schlitten, holte aus und hieb Pachomytsch die Knute zwischen die Augen.

Der Alte wankte, schlug ächzend die Hände vors Gesicht, zwischen den Fingern kam Blut.

„Da hast du, du Lump, da!" Er zerrte Pachomytsch am grauen Bart, krächzte, Speichel spritzend: „Ich werde euch den R-rotgardistengeist schon austr-reiben! Du sollst an den Ober-rsten Tscher-rnojarow denken, du imper-rtinenter Klotz, du sollst an mich denken!"

Über der tauenden Schneedecke verschimmerte das blaue Krummholz. Kaum noch zu vernehmen war das Schellengeflüster. Neben der Straße strampelten im Schnee Pachomytschs Pferde und zerfetzten die Stränge; umgekippt war der Schlitten, hilflos und ergeben lag er da mit zerbrochener Deichsel, und starren Auges sah Pachomytsch der Troika nach. So lange sah er dem Schlitten nach, bis die

Rückenlehne, gebogen wie ein Schwanenhals, im Tal verschwand.

Sein Leben lang wird Pachomytsch den Obersten Tschernojarow nicht vergessen.

Vom Brunnen kam Pachomytschs Alte mit den Eimern.
In den schamlos nackten Weiden spektakelten die Krähen. Auf einem Hügel hinter den Gehöften, zwischen den Flügeln einer rotkappigen Windmühle, sank die Sonne aufs Nachtlager. Unermüdlich gluckste in den Abflußgräben das Wasser und rüttelte an den Flechtzäunen. Und der Himmel glich welkenden Kirschblüten.
Sie näherte sich dem Gehöft, vor dem Tor hielt eine Kalesche: Postpferde mit festgedrehtem, hochgebundenem Schwanz. Zwischen ihren kotbespritzten klammen Beinen scharrten Hühner im dampfenden Mist. Aus der Kalesche stieg, die Schöße seines Offiziersmantels raffend, ein langaufgeschossener, schmalschultriger Junge mit Lammfellpapacha. Sein verfrorenes Gesicht wandte sich der Alten zu.
„Mischenka! Söhnchen! So eine Überraschung!"
Sie setzte das Tragholz mit den Eimern ab, umschlang seinen Hals, ihre vertrockneten Lippen reichten nicht bis zu seinem Mund, und an ihn gepreßt, küßte sie die blanken Knöpfe und das graue Tuch.
Nach Kuhmist roch die zerrissene Bluse der Mutter. Ein wenig rückte er ab, lächelte, und als spritze er ihr siedendes Wasser ins Gesicht, sagte er: „Peinlich, Mutter, auf der Straße ... Zeigen Sie ihm, wohin die Pferde kommen, und tragen Sie meinen Koffer ins Zimmer! Fahr auf den Hof, hörst du, Kutscher?"

Er war Fähnrich. Die Schulterstücke nagelneu. Ausrasierter Scheitel im schütteren Haar. Fleisch von seinem Fleische, aber Pachomytsch genierte sich wie vor einem Fremden.
„Kommst du für lange, Söhnchen?"
Michail saß am Fenster, trommelte mit gepflegten weißen Fingern auf den Tisch. „Ich bin aus Nowotscherkassk vom Hetman mit einem Sonderauftrag herkommandiert. Ich bleibe voraussichtlich ... Mama! Wischen Sie die Milch vom Tisch, was ist das für eine Schlamperei! Ich bleibe an

die zwei Monate hier."

Ignat kam vom Hof herein, seine schmutzigen Stiefel hinterließen Spuren. „Grüß dich, Bruder! Willkommen."

„Guten Tag."

Ignat streckte den Arm aus, den andern zu umfassen, doch sie verfehlten einander, und ihre Finger vereinigten sich nur zu einem kühlen, geradezu feindseligen Händedruck.

Gezwungen lächelnd, sagte Ignat: „Du trägst noch die Schulterstücke, Bruder, und bei uns hat man sie schon längst zum Teufel gefeuert."

Michail runzelte die Brauen. „Ich hab die Kosakenehre nicht verkauft."

Peinliches Schweigen.

„Wie geht es euch?" Michail bückte sich, um die Schaftstiefel auszuziehen.

Mit einem Satz war Pachomytsch beim Sohn. „Laß, ich zieh sie dir aus, Mischa, du machst dir die Hände schmutzig." Er ließ sich aufs Knie nieder, zog vorsichtig einen Stiefel herunter und antwortete: „Du weißt ja, ein Tag vergeht wie der andere. Und was gibt's Neues bei euch in der Stadt?"

„Wir mobilisieren die Kosaken, das Rotgardistengesocks muß eins aufs Haupt kriegen."

Den Blick in den Lehmfußboden bohrend, fragte Ignat: „Und warum muß es eins aufs Haupt kriegen?"

Michail lächelte schief. „Das weißt du nicht? Die Bolschewiken schaffen den Kosakenstand ab und wollen Kommune machen. Alles soll der Gemeinde gehören, der Boden, die Weiber auch . . ."

„Weibergetratsch, was du da erzählst! Die Bolschewiken vertreten unsere Linie."

„Wessen Linie?"

„Sie nehmen den Pans das Land und geben es dem Volk, dahin geht die Linie."

„Wie denn, Ignat, du hältst es mit den Bolschewiken?"

„Und du mit wem?"

Michail blieb die Antwort schuldig. Er saß, zum tränenden Fenster gekehrt, und malte lächelnd blasse Muster auf die Scheibe.

Hinter der Mulde, hinter den Wipfeln junger Eichen erhob sich breitspurig über der Hetmanstraße ein Hünengrab.

Auf dem Hügel stand, von den Jahrhunderten abgenagt, ein roh gehauener Steingötze, auf sein grünbemoostes Haupt stieg morgens die Sonne, kletterte höher und beleckte, wie eine Hündin ihre Jungen, durch den Schleier aus Staub und Dunst die Steppe, die Gärten, die Ziegeldächer der Häuser mit ihrer klebrigen heißen Zunge.

Im Morgengrauen kam Pachomytsch mit dem Pflug die Straße entlang. Greisenhaft unbeholfen schritt er vier Deßjatinen ab, knallte mit der Peitsche über den buntscheckigen Ochsen und begann die Schwarzerde aufzubrechen.

Grischa drückte die Pfluggriffe runter, knietief wendete er die Erde, Pachomytsch aber humpelte in der fettglänzenden Furche, schwenkte die Peitsche und freute sich über den Sohn. Noch keine neunzehn ist der Bursche, aber bei der Arbeit tut's ihm kein ausgewachsener Kosak gleich.

Drei Ackerlängen pflügten sie und legten eine Pause ein. Die Sonne ging auf. Zu den Pflügern herab glotzte vom Hügel blinden Auges der erdverwurzelte Steingötze, im Purpur der Sonnenstrahlen wie von Flammen umlodert. Auf der Straße wirbelte der Wind den mehligen Staub zu wogender Säule hoch. Grischa sah schärfer hin – ein Reiter sprengte heran.

„Vater, das ist doch unser Michail, der da kommt?"

„Es scheint so."

Michail kam heran, ließ das schaumbedeckte Pferd am Wagen, rannte stolpernd über den Acker zu den Pflügern. Ganz außer Atem langte er bei ihnen an, schnaufend wie ein abgejagter Gaul. „Wessen Land pflügt ihr?"

„Unsres."

„Gehört das Land nicht dem Obersten Tschernojarow?"

Pachomytsch schneuzte sich, und während er mit dem Saum seines Leinenhemdes die Nase abwischte, sagte er langsam und mit Nachdruck: „Früher war's seins, und jetzt, mein Sohn, ist's unsres, des Volkes."

Erblassend rief Michail: „Vater, ich weiß, wessen Werk das ist! In eine üble Sache verwickeln dich Grischa und Ignat! Dich aber wird man zur Verantwortung ziehen, wenn du fremdes Eigentum nimmst."

Pachomytsch duckte eigensinnig den Kopf. „Jetzt ist's unser Land! Solche Gesetze gibt es nicht, daß man tausend und mehr Deßjatinen haben darf. Schluß! Gleichberechtigung..."

„Du hast kein Recht, fremdes Land zu pflügen!"

„Und ihm ist nicht das Recht gegeben, über die Steppe zu verfügen. Wir säen auf Salzboden, derweil er die Schwarzerde an sich gebracht hat und das Land drei Jahre lang unbestellt läßt. Wo gibt es solches Recht?"

„Laß das Pflügen, Vater, sonst befehle ich dem Ataman, dich zu verhaften!"

Jäh fuhr Pachomytsch herum und schrie, rot im Gesicht, mit krampfhaft ruckendem Kopf: „Für mein sauer Verdientes hab ich dich lernen lassen, dich erzogen! Schuft du, elender!"

Grünlich-bleich preßte Michail zähneknirschend hervor: „Ich werde dir, du alter..." Und mit geballten Fäusten ging er auf den Vater zu; doch als er sah, daß Grischa, einen eisernen Jochstift in der Hand, über den Acker gewetzt kam, schritt er mit hochgezogenen Schultern ins Dorf zurück, ohne sich noch einmal umzublicken.

Eine Kate aus Lehmziegeln besaß Pachomytsch. Wie Pferderippen spreizte sich um das Vorgärtchen ein Staketenzaun. Vater und Sohn kehrten vom Feld zurück. Ignat trat auf sie zu. Er hatte Weidenruten in den Hofzaun geflochten, und seinen Händen entströmte der würzige Geruch von altem vermodertem Laub.

„Grigori, wir sind zur Vorstecherei bestellt. Auf dem Dorfplatz sollen wir uns sammeln."

„Wozu?"

„Mobilmachung, sagen sie. Rotgardisten haben das Dorf Kalinow besetzt."

Hinter dem Zaun der Dreschtenne zog die Dämmerung herauf. Die Abendröte verglomm. Auf einem Haufen bräunlicher Spreu lag wie vergessen ein Sonnenstrahl; da blies von Osten her ein Windstoß in die Spreu, und der Strahl erlosch.

Grischa striegelte das Pferd und schüttete ihm Körner vor. Auf der windschiefen Vortreppe spielte Ignat, der früh verwitwete, mit seinem sechsjährigen Söhnchen. Im Vorübergehen blickte ihm Grischa in die vor Lachen schmalen Au-

gen und flüsterte: „In der Nacht müssen wir nach Kalinow
reiten, sonst mobilisieren sie uns hier!"

Zur Mutter, die das Stierkälbchen aus dem Flur jagte, sagte
er: „Leg Ignat und mir Unterzeug zurecht, Mama, und pack
uns Zwieback ein."

„Wo treibt euch denn der Satan hin?"

„Nach Fragnichtwo."

Bis in die späte Nacht hinein dröhnte der Gemeindeplatz
vom Stimmengewirr. Im Finstern kam Pachomytsch von
dort heim. An der Tür zur Scheune, wo Grischa schlief,
blieb er stehen, stand eine Weile und kauerte sich, von
Schwäche übermannt, auf die Steinschwelle. Widerwärtige
Übelkeit war in ihm, das Herz, stoßweise schlagend, flatterte, die Ohren brausten. Pachomytsch spuckte dem Mond
in das matte Gesicht, das sich in einer gefrorenen Pfütze
spiegelte; schmerzlich fühlte er, daß das geordnete, ge-
wohnte Leben dahinging, unwiderruflich entschwand und
kaum jemals wiederkommen würde.

Bei den Gärten nahe am Don kläfften die Hunde, auf der
Wiese schlug eine Wachtel. Die Nacht breitete ihre Schwin-
gen über die Steppe und hüllte die Gehöfte in milchigen
Dunst. Pachomytsch stöhnte auf und knarrte mit der Tür.
„Schläfst du, Grischa?"

Aus der Scheune wehte Stille und der Duft von lagerndem
Korn. Er tastete sich ins Innere und bekam den Schafpelz
zu fassen. „Grischa, schläfst du?"

„Nein."

Der Alte setzte sich auf den Rand des Pelzes. Grischa
spürte, daß des Vaters Hände unaufhörlich zitterten.
Dumpf sagte Pachomytsch: „Ich reite auch mit euch. Will
den Bolschewiken dienen."

„Was fällt dir ein, Vater? Und was wird zu Hause? Auch bist
du schon zu alt . . ."

„Was tut's, daß ich alt bin. Ich mach mich beim Troß nützlich, und wenn das nicht geht, kann ich auch noch im Sattel
sitzen. Und um das Hauswesen mag sich von mir aus Michail kümmern. Fremd sind wir ihm, und die Erde ist ihm
fremd. Mag er hier leben, Gott ist sein Richter, wir aber gehen, die Erde, unsere Ernährerin, zu erkämpfen!"

Vielstimmig krähten die ersten Hähne. Über dem Don, hinter den Zacken des Waldes, loderte die Morgenröte. Zag-

haft und behutsam wichen die zerfließenden Schatten.

Drei Pferde führte Pachomytsch heraus, tränkte sie, strich sorgfältig die Schweißdecken glatt und legte die Sättel auf. Laut schluchzte Pachomytschs Alte und mit ihr das Tennentor, schmatzend tappten die Pferdehufe über die Salzsteppe.

„Wir müssen den Feldweg nehmen, Vater. Auf der Straße könnte uns wer begegnen!" sagte Ignat halblaut.

Der Himmel wurde fahl. Kalter Tau bedeckte die Gräser. Vom Don her, vom rieselnden zitronengelben Sand schritt der Morgen.

Der feldgraue Rock des Obersten Tschernojarow ist mit kleinen Sternen von Tintenstift bespritzt. Blau geädert sind die fleischigen Wangen. Die vornehm schnarrende Baritonstimme bricht sich an den mit Spinnweben überzogenen Wänden des Gemeindesaales. Die rosigfeisten, gepflegten Finger gestikulieren beherrscht und wohlerzogen.

Und rundherum stehen sie im Kreis, dicht gedrängt und schweißnaß. Heiß entströmen ihnen Machorkagestank und der Geruch gesäuerten Weizenbrotes. Rotdeckelige Pelzmützen, Bärte in allen Schattierungen. Gierig atmen die aufgerissenen Münder, während zwischen den von einer schlimmen Krankheit zerfressenen Lippen der Bariton blasiert hervorschnarrt: „Teu-re Kosaken! Ihr wart von alter-rs her die Stütze des Väterchen Zaren und der Heimat. Jetzt, in dieser gr-roßen verwor-renen Zeit, blickt auf euch ganz R-rußland. R-rettet es, das von den Bolschewiken entweihte! R-rettet euer Hab und Gut, eure Fr-rauen und Töchter! Als Muster der Er-rfüllung seiner Bür-rgerpflicht möge euch der Fähnr-rich eur-res Chutors dienen, Michail Kr-ramskow. Er hat uns als erster davon unter-richtet, daß sein Vater und seine zwei Br-rüder zu den Bolschewiken übergegangen sind. Und er als wahrer Sohn des stillen Don ist der erste, der sich zu seiner Ver-rteidigung stellt!"

Die Kosaken unseres Chutors Pjotr Pachomytsch Kramskow und seine Söhne, Ignat und Grigori Kramskow, werden als auf die Seite des Feindes übergelaufen des Kosakenstandes für verlustig erklärt, desgleichen aller Landanteile und Zuteilungen; bei Gefangennahme sind sie dem Kriegsgericht der Staniza Wjoschenskaja zu übergeben.

Neben einem vorjährigen Heuschober hatte die Abteilung haltgemacht, um die Pferde zu füttern.

Ein Maschinengewehr ratterte hinter den Tennen des Chutors.

Der Kommissar, dem die Backen durchschossen waren, galoppierte auf schweißglänzendem Hengst an den MG-Wagen heran, nuschelte abgerissen: „Schlimme Sache! Wie's aussieht, verdreschen die uns!" Hieb dem Hengst die Karbatsche zwischen die Ohren und zischelte, schwarze Blutfetzen herauswürgend, dem Kommandeur ins Ohr: „Wenn wir uns nicht zum Don durchschlagen, ist's aus mit uns. Die Kosaken machen uns nieder, trampeln uns zu Brei. Ruf die Leute zur Attacke!"

Der Kommandeur, ehemals Maschinist in einer Eisengießerei, genauso schwerfällig wie die ersten Drehungen eines Schwungrades, hob den rasierten Kopf, ohne die Pfeife aus dem Mund zu nehmen.

„Aufgesessen!"

Der Kommissar ritt einige Meter vor, fragte, sich umwendend: „Was denkst du, machen sie uns fertig?" Und galoppierte davon, ohne eine Antwort abzuwarten.

Die Kugeln wirbelten den mehligen Staub unter den Pferdehufen auf, zischten, sich ins Heu bohrend; eine riß vom Wagen einen harzigen Span und machte sich im Flug an den Maschinengewehrschützen heran. Dem fiel der teerbeschmierte Fußlappen aus der Hand; wie ein Vogel den Kopf einziehend, hockte er nieder, in Abwehr erstarrt, und starb so – ein Bein im Schaftstiefel, das andere bloß.

Vom Bahnkörper trug der Wind den langgezogenen Pfiff einer Lokomotive herüber. In die Steppe, auf den Heuschober, zwischen die wimmelnden Menschen richtete sich vom Plattenwagen der kurznasige offene Schlund, ein Feuerstoß, und der Panzerzug „Kornilow Nr. 8" setzte sich rasselnd wieder in Bewegung. Das Geschoß war rechts vom Schober eingeschlagen. Knisternd hatte sich ein Schwalch teerigen Rauchs und verhedderter Melonenranken von der vorjährigen Ernte hochgedreht.

Noch lange kreischten unter dem immensen Gewicht die rostigen Schienen, ächzten knarrend die Schwellen, und neben dem Schober in der Steppe versuchte noch lange Pachomytschs trächtige Stute, sich auf die vom Schrapnell zerschmetterten Beine zu stellen. Röchelnd warf sie den Kopf zurück, an den Füßen blitzten die abgenutzten Hufeisen. Der Sandboden trank gierig das Blut und den rosigen Schaum.

Brennender Schmerz durchbohrte Pachomytschs Herz. „Die Zuchtstute", flüsterte er. „Ach, hätte ich das gewußt, ich hätte sie nicht mitgenommen!"

„Red kein dummes Zeug, Vater!" schrie ihm Ignat im Vorbeireiten zu. „Lauf, setz dich auf den Wagen, wir gehen vor!"

Gleichgültig blickte ihm der Alte nach.

Maschinengewehrknattern, als risse ein Leinentuch in Fetzen. Auf den Patronenkisten lag Pachomytsch, spuckte ekelhaft bitter aus. Über der Erde, frühlingshaft matt von Regen, Sonne und Steppenwind, der nach Quendel und Wermut roch, flirrte die Luft, schwebten der süße Geruch der rostfarbenen Ackerkrume und der ätzende Modergestank des am Stiel verwesten Unkrauts vom vorigen Jahr.

Der blaue, schartige Waldsaum am Horizont erschauerte, und aus dem golddurchwirkten Staubschleier über der Steppe begleitete eine Lerche mit ihren perlenden Trillern die Maschinengewehre.

Grischa ritt heran, Patronen holen. „Gräm dich nicht, Vater. Eine Stute läßt sich ersetzen!"

Grischas graubraune Lippen waren vor Hitze geplatzt, die Lider von den schlaflosen Nächten geschwollen.

Zwei Kästen nahm er unter den Arm und sprengte schwitzend und lächelnd davon.

Gegen Abend erreichten sie den Don. Noch vor Dunkelwerden setzte aus einem kleinen Tal Batteriefeuer ein, auf der Anhöhe strichen Kosakenpatrouillen umher. Nachts huschte das freche gelbe Auge eines Scheinwerfers über das Schlehdorngestrüpp, spähte nach den Pflöcken der Pferde und den Zelten der Leute. Minutenlang umfaßte es sie wie mit Krallen, seinen Todesschein über sie gießend, und erlosch.

Im Morgengrauen kam es in dichten Wogen vom Hügel herab, Kette auf Kette. Aus dem zotteligen Schlehdorngebüsch drangen Salven, gut und bedächtig gezielt. Gegen Mittag klopfte der Kommandeur die Pfeife an seiner geflickten Schuhsohle aus, überflog alle mit gleichmütig-ernstem Blick. „Wir sind gegen sie zu schwach, Genossen. Schwimmt über den Fluß, zehn Kilometer weiter ist das Dorf Gromow. Dort sind die Unseren", sagte er müde.

Sein Pferd absattelnd, rief Grischa dem Vater zu: „Und du?"

„Dummheit!" entgegnete Pachomytsch streng, sein Unterkiefer begann zu zucken. „Schwimm, Grischa! Zäum den Gaul ab. Ich bin doch schon alt."

„Leb wohl, Vater!"

„Mit Gott, Söhnchen!"

„Los, Kahler! Na, willst du wohl, Teufel, hast am Ende Angst!"

Bis zum Gürtel... Bis zur Brust... Und dann waren nur noch Grischas Kopf mit den zusammengezogenen Brauen und die gespitzten Ohren des Pferdes über dem blaugrauen Wasser.

Mit plattgedrückten Fingern trieb Pachomytsch den Ladestreifen hinein, nahm die sprungweise anstürmenden Gestalten aufs Korn, dann warf er die letzte rauchende Hülse aus und hob die behaarten Hände: „Wir sind verloren, Ignat!"

Auf Gewehrlänge schoß Ignat seinem Pferd ins Maul, setzte sich mit gespreizten Beinen hin, spuckte auf die nassen, von den Wellen geküßten Uferkiesel und riß den Kragen seines khakifarbenen Hemdes bis zum Gürtel auf.

Beim Frühstück zwirbelte er selbstgefällig das pomadisierte semmelblonde Schnurrbärtchen.

„Zum Oberleutnant bin ich jetzt befördert, Mamachen, weil

ich den Bolschewismus mit der Wurzel ausrotte. Bei mir wird nicht lange gefackelt. Der geringste Anlaß und gleich an die Wand!"

Sie seufzte. „Und wie wird's mit den Unseren, Mischa? Falls sie kommen ..."

„Als Offizier und treuer Sohn des stillen Don, Mamachen, kann ich auf verwandtschaftliche Beziehungen keine Rücksicht nehmen. Und wenn's der eigene Vater, der eigene Bruder ist, ganz gleich, ich übergeb sie dem Gericht."

„Söhnchen! Mischenka! Und ich? Was soll ich machen? Hab euch alle an der gleichen Brust genährt, alle barmt ihr mich gleich."

„Ohne jedes Erbarmen!" Mit strengen Augen blickte er auf Ignats Söhnchen. „Und dieses Hundejunge nehmt weg vom Tisch, sonst drehe ich dem Kommunebalg den Kopf ab. Da, sieh an, äugt wie ein junger Wolf. Wenn er groß ist, das kleine Scheusal, wird er auch ein Bolschewik wie der Vater!"

Im Gemüsegarten am Don roch es nach Hochwasser und schwellenden Pappelknospen. Die Wellenkämme wiegten Wildgänse, leckten und sogen am Flechtzaun um den Garten.

Pachomytschs Alte steckte Kartoffeln. Schwerfällig bewegte sie sich zwischen den Pflanzlöchern. Beim Bücken schoß ihr das Blut in den Kopf, ihr schwindelte vor Übelkeit. Verschnaufend blieb sie stehen, setzte sich. Stumm betrachtete sie die schwarzen Adern, die sich auf den Händen zu sonderbaren Knoten verknäulten.

Vor dem Flechtzaun spielte Ignats Söhnchen im Sand.

„Großmutter!"

„Ja, mein Enkelchen?"

„Guck mal, Großmutter, was das Wasser angebracht hat."

„Was hat's denn gebracht, mein Liebling?"

Die Alte stand auf, stieß bedächtig den Spaten in die Erde, knarrte mit der Pforte. Auf der Sandbank, mit den Beinen dem Erdboden zugewandt, lag ein vom Wasser glänzender Pferdekadaver; der Bauch war schräg geplatzt. Ein Windstoß trug Verwesungsgeruch herüber.

Sie trat ans Ufer.

Den Pferdehals hielten unlösbar die toten Arme eines Mannes umklammert, fest war um die Linke der Zaumriemen gewunden, der Kopf war zurückgeworfen, und die Haare hingen in die Augen. Starren Auges sah sie hin – die von Fischen zernagten Lippen lachten, der Tote bleckte grinsend die Zähne – und brach zusammen.

Die grauen Zotteln schüttelnd, kroch sie auf allen vieren ins Wasser, umfaßte den schwarzen Kopf und brüllte: „Grischa, Söhnchen!"

AUSZUG AUS DEM BEFEHL NR. 186

Für seine aufopferungsvolle und unermüdliche Arbeit zur Ausrottung des Bolschewismus im Bereich des Oberen Dongebiets wird der Oberleutnant Michail Kramskow zum Unterrittmeister befördert und als Vorsitzender des Kriegsgerichtes X eingesetzt.

> Der Befehlshaber der Nordfront
> Generalmajor M. Iwanow
> (Unterschrift unleserlich)
> Adjutant

Der Weg kohlschwarz. Berittene Begleitsoldaten und zwei Mann. Die Fußsohlen voll eiternder Wunden. Nur im Unterzeug, das steif war von Blut. Durch die Chutors, die von Menschen umsäumten Straßen entlang, unter kreuzweisen Hieben. Am nächsten Tag abends – ihr Heimatdorf. Der Don und die blauende Kette der Kreideberge, zusammengedrängt wie eine Schafherde. Pachomytsch bückte sich, riß ein Büschel grünen Weizens aus und brachte mühsam über die Lippen: „Erkennst du ihn, Ignat? Unser Acker. Mit Grischa haben wir ihn gepflügt."

Im Rücken das Pfeifen einer gedrehten Peitsche. „Schnauze halten!"

Schweigend, die Köpfe geduckt, ging's durch das Dorf. Die Beine wurden bleischwer. Vorbei am Staketenzaun, vorbei an der Kate aus Lehmziegeln. Pachomytsch spähte in den Hof, den von Unkraut struppigen, und rieb sich die Brust an der Stelle, wo ihn das storre Herz wie ein Pfahl peinigte.

„Vater! Da ist die Mutter auf der Tenne."

„Sie sieht uns nicht!"

159

Hinten: „Schweig, Lumpenpack!"

Der Dorfplatz, bewachsen mit krausem Löwenzahn. Die Vorsteherei. Eine Ansammlung vor der Treppe.

„Grüß dich, Pachomytsch! Bist wohl Land erobern gegangen?"

„Auf dem Friedhof hat er sich schon ein Stück erobert."

„Wird dem alten Hund eine Lehre sein!"

Pachomytsch hob den Finger, an dem der Nagel sich wölbte wie der Panzer der Schildkröte, und preßte keuchend hervor: „Wartet nur ab. Ihr könnt uns umbringen, unser Hab und Gut kann zum Teufel gehen, aber euch, euch ist ein Denkzettel gewiß. Das Recht ist nicht bei euch!"

Von der Seite schob sich an Pachomytsch sein Nachbar Anissim Mekejew ran, holte aus und schlug schweigend, die Zähne im roten Bart gefletscht, Pachomytsch auf den Kopf.

„Schlagt sie!" kam der Ruf von hinten.

Stumm, mit tierischem Schnaufen schloß sich die Menschenwoge, wallte über von rotdeckeligen Kosakenmützen, drängte sich zusammen in blinder Wut. Zwischen dem Gestampfe klatschten Schläge saftig und schmatzend. Doch wie ein Habicht stürzte sich da Mikischara von der Treppe, wie ein Keil zwängte er sich in die wogende Menge. Mit zerfetztem Hemd riß er sich los, weiß, mit verzerrtem Mund schrie er: „Brüder! Frontsoldaten! Laßt keinen Mord zu!" Den Säbel zog er aus der Scheide, schwang fächerförmig über dem Kopf den blitzenden Stahl. „An der Front findet ihr keinen von dieser Bande, aber hier dürfen sie morden!"

„Schlagt den Mikischara! Hat sich den Bolschewiken verkauft!"

Wie eine Mauer standen Mikischara und seine acht Frontkameraden, die auf Urlaub waren, sie trennten Pachomytsch und Ignat von der Menge.

Da hielten die Alten inne, sprachen erregt miteinander und verließen in kleinen Gruppen den Platz. Es dunkelte.

„Gern wür-rde ich von Ihnen, Unter-rittmeister-r, Ihr endgültiges Ur-rteil hören. Selbstver-rständlich sind wir verpflichtet, sie zu ver-rhaften, aber es sind immerhin Ihr Vater und Ihr Br-ruder. Vielleicht unterziehen Sie sich der

Mühe, Fürbitte für sie einzulegen beim amtsführ-renden Hetman?"

„In Treu und Redlichkeit, Euer Hochwohlgeboren, habe ich dem Zaren und dem großen Donkosakenheer gedient und werde es weiter tun."

Mit tragischer Geste der andere: „Sie haben eine edle Seele und ein mutiges Herz, Unter-rittmeister. Lassen Sie sich nach r-russischem Br-rauch küssen für Ihre Selbstaufopfe-rung im Dienst des Thr-rons und des Volkes!"

Ein dreifacher Schmatz und Pause.

„Wie meinen Sie, lieber Unter-rittmeister, werden wir durch die Er-rschießung nicht Empörung unter den ärm-sten Schichten der Kosakenschaft hervor-rufen?"

Lange schwieg Unterrittmeister Michail Kramskow, dann sagte er leise, ohne den Kopf zu heben: „Es gibt zuverläs-sige Kerls im Begleitkommando. Mit denen kann man sie ins Nowotscherkassker Gefängnis überführen. Die Kerls sind verschwiegen. Arrestanten versuchen doch bisweilen zu fliehen . . ."

„Ich verstehe, Unter-rittmeister! Sie können mit dem Rang eines R-rittmeisters r-rechnen. R-reichen Sie mir die Hand, daß ich sie Ihnen dr-rücke!"

Der Schuppen für die Kriegsgefangenen ist mit Stachel-draht umgeben wie ein Spinnennest mit Fäden. Drüben Ignat und Pachomytsch mit kupferroten und geschwollenen Gesichtern; auf der Straßenseite Ignats Söhnchen in des Va-ters Mütze und Pachomytschs Alte, die Hände untätig, wie versteint, am Draht. Sie blinzelt mit den blutroten Lidern, verzieht den Mund, doch keine Tränen kommen, die Trä-nen hat sie alle ausgeweint.

Pachomytsch kann nur mit Mühe die zerbissene Zunge be-wegen. „Laß von Lukitsch den Weizen mähen, bezahlst ihn, gibst das einjährige Kalb." Er muffelt mit den Lippen, hu-stet trocken. „Gräm dich nicht um uns, Alte! Haben unser Leben gelebt. Alle kommen wir dahin. Laß nachher eine Seelenmesse lesen. Wenn's soweit ist, schreib nicht: der Rotgardist Pjotr, sondern einfach: die gefallenen Krieger Pjotr, Ignat, Grigori. Sonst nimmt's dir der Pope nicht ab . . . Na, dann leb wohl, Alte! Bleib gesund und achte auf den Enkel. Verzeih, wenn ich dich mal gekränkt habe."

Ignat hat das Söhnchen auf den Arm genommen; der Posten wendet sich ab und tut, als sehe er nichts.

Mit fliegenden Fingern bastelt Ignat dem Söhnchen eine Mühle aus Schilf.

„Papa, warum hast du Blut am Kopf?"

„Hab mich gestoßen, mein Söhnchen."

„Und warum hat dich der Onkel mit dem Gewehr geschubst, als du aus dem Schuppen rausgekommen bist?"

„Du Dummerchen! Er hat mich mutwillig geschubst, aus Spaß . . ."

Schweigen. Die Halme sirren unter Ignats Fingernägeln.

„Gehen wir nach Hause, Papa! Du machst mir die Mühle zu Hause."

„Geh du mit der Großmutter, mein Söhnchen!" Ignats Lippen haben sich verzogen, zucken kläglich. „Ich komme später . . ."

Ignat geht im Hof auf und ab wie ein Wolf an der Kette, den vom Gewehrkolben zerschlagenen Fuß nachschleifend, und drückt den kleinen schmächtigen Körper an die Brust, drückt und drückt ihn.

„Papa, wovon hast du nasse Augen?"

Ignat schweigt.

Das Dämmerlicht ist erloschen. Von der Wiese, aus dem Sumpfgestrüpp, dem Erlengebüsch und dem Röhricht ziehen silbergraue Nebelsträhnen in die Gärten. Unter ihrem Naß beugt sich das Gras zur kühl und feucht gewordenen Erde.

Aus dem Schuppen tritt ein Trupp. Der Offizier, hochaufgeschossen und schlank, in einer Karakulmütze, mit den Schulterstücken des Unterrittmeisters, sagt halblaut – sein Atem riecht nach Schnaps: „Führt sie nicht weit! Hinter den Chutor, ins Buschholz!"

In der lauernden Stille hallende Schritte und das Klirren der Gewehrschlösser.

Sternenlos, unheimlich sinkt die Nacht herab. Jenseits des Dons verblaßt die violette Steppe. In einer vom Frühlingswasser ausgespülten Mulde hinter üppig stehender Weizensaat, im Windbruch auf dem Hügel, im berauschenden Duft modernden Laubs, wirft eine Wölfin des Nachts Junge. Stöhnend, wie eine Frau in den Wehen, beißt sie in den von Blut gesättigten Sand. Als sie das erste nasse, struppige

Wolfsjunge ableckt, schallen vom nahen dichten Buschholz herauf zwei bellende Gewehrschüsse und ein menschlicher Schrei.

Argwöhnisch lauscht die Wölfin. Und zur Antwort auf den kurzen stöhnenden Schrei heult sie heiser und langgezogen.

1925

Der Familienvater

Zwischen den zartgrünen Ruten des Weidendickichts am Rande der Staniza versickert die Sonne. Ich gehe zum Don, zur Überfahrt. Der feuchte Sand unter meinen Füßen riecht modrig nach faulendem aufgeweichtem Holz. Wie eine Hasenfährte schlängelt sich der Pfad durch die Weiden. Übergroß und blutrot taucht die Sonne in den Friedhof der Staniza, und hinter mir steigt zwischen den Weiden blaue Dämmerung auf.

Der Fährkahn ist am Pfahl festgemacht, das lilarote Wasser platscht gegen die Planken, und leicht bewegt von den Wellen, knirschen die Ruder in den Dollen. Wasser ausschöpfend, scharrt der Fährmann mit einer Kelle an den bemoosten Bodenbrettern entlang. Er hebt ein wenig den Kopf, blickt mich aus schrägen gelben Augen an und murmelt mürrisch: „Willst du rüber? Gleich wird gefahren. Bind nur immer vom Pfahl los."

„Schaffen wir's zu zweit?"

„Muß eben gehen, bald ist's Nacht. Fragt sich, ob noch einer daherkommt."

Während er seine weiten Pluderhosen hochzieht, mustert er mich wieder und fragt: „Bist kein Hiesiger, seh ich; nicht aus unserer Gegend bist du. Woher kommst du?"

„Von den Soldaten, 's geht heim."

Der Fährmann zieht die Mütze. Sein Silberhaar ist schwarz durchwirkt wie kaukasischer Schmuck. Er streicht es sich aus der Stirn, entblößt grinsend seine Zahnstummel und kneift ein Auge zu. „Bist du heimlich davongegangen oder erlaubtermaßen?"

„Entlassen bin ich, wie mein ganzer Jahrgang."

„Da hast du Ruhe nun."

Wir setzen uns ans Ruder. In der leichten Strömung des

164

Dons gleiten wir auf das junge Gestrüpp am anderen Ufer zu. Das Wasser reibt plätschernd gegen die rauhe Außenwand des Prahms. Die violetten Fußsohlen des Fährmannes kleben am glitschigen Stemmholz. An seinen blaugeäderten Waden springen die Muskelknoten auf und nieder. Seine Hände sind hager, knochig, die Fingergelenke voll Gicht. Hochgewachsen und schmalschultrig, rudert er ungleich und schief; trotzdem durchschneidet sein Ruder gefügig die Wellenkämme und rührt das Wasser tief auf. Ich höre ihn ruhig und gleichmäßig atmen. Sein wollenes Strickhemd riecht stark nach Schweiß, Tabak und fadem Flußwasser. Er läßt das Ruder sinken und wendet mir sein Gesicht zu. „Es sieht aus, als werden wir zum Wald getrieben, das wär ein böser Scherz, Bursche!"

In der Mitte des Flusses wird die Strömung reißend. Der Kahn bekommt einen Stoß, schwenkt unaufhaltsam das Heck herum und schießt stracks auf den Wald zu. Nach keiner halben Stunde werden wir zwischen die Weiden gerammt, die das Wasser umflutet. Ein Ruder bricht. In der Dolle schlenkert unnütz das splittrige Stück des Schafts. Das Wasser quillt glucksend durch ein Loch im Boden. Wir richten uns zur Nacht auf einem Baum ein. Der Fährmann setzt sich neben mir rittlings auf einen Ast. An seiner Tonpfeife saugend, lauscht er dem Flügelschlag der Wildgänse, die über unseren Köpfen die zähe Finsternis durchschneiden, und sagt: „Heim gehst also, ins Elternhaus. Mütterchen wartet: Der Sohn und Ernährer kehrt zurück, ihrem Alter zur Freude! Aber dich läßt's wohl kalt, kalt bis ins Herz, daß sich deine Mutter am hellen Tag nach dir verzehrt und des Nachts ihre Muttertränen weint. So seid ihr alle, ihr Söhne. Solange ihr nicht eure eigene Brut habt, verschließt sich eure Seele dem elterlichen Leid. Doch wieviel Leid müssen Vater und Mutter tragen! Das Weib hat den Fisch ausgenommen und dabei die Galle zerdrückt; du löffelst die Suppe, und die Suppe ist bitter. So ist mein Leben. Bitternis nur löffle ich. Eines Tages aber reißt dir die Geduld, und du schreist: Leben, Leben, vermagst du's noch ärger zu treiben?

Du bist kein Hiesiger, ein Fremder bist du – höre und erwäg mit Verstand, in welcher Schlinge ich mit dem Schädel steck!

Eine Tochter hab ich, die Natascha, dieses Jahr wird sie siebzehn, jawohl, und sie spricht: ‚Zuwider ist's mir, mit Ihnen, Väterchen, an einem Tisch zu essen. Blicke ich auf Ihre Hände, fällt mir's ein: Diese Hände haben meine Brüder umgebracht, und Ekel packt meine Seele.'

Woher soll sie denn auch, die junge Hundsbrut, verstehen, für wen das alles geschehen ist. Wohl doch für sie, meine Kinder.

Geheiratet hab ich jung, und das Weib war fruchtbar, acht Füllen warf sie, doch beim neunten war's aus mit ihr. Gebären tat's, und am fünften Tage danach ward sie vom Fieber in den Sarg gelegt. Ich saß allein wie die Schnepfe im Sumpf, und von den Kinderchen nahm Gott nicht eines, soviel ich ihn auch darum bat. Der Älteste, der Iwan, der war mir ähnlich, dunkel und schön von Angesicht. Ein wackerer Kosak und allweil gewissenhaft. Einen anderen Sohn hatt ich, vier Jahre jünger als Iwan, der Mutter nachgeartet; niedrig von Wuchs, gedrungen, das Haar blond, beinahe gelb wie Wachs, doch die Augen braun. Er war meinem Herzen der nächste, mir der liebste. Danila hat er geheißen. Die anderen sieben Mäuler, Jungen und Mädchen, waren klein. Iwan hab ich eine aus meinem Chutor zum Weib gegeben, und bald gebar sie ihm ein Kindchen. Als ich auch für Danila ein Weib suchen wollt, ist die schlimme Zeit angebrochen. Und die Leute in unserer Staniza sind aufgestanden gegen die Sowjetmacht. Eines Tags kommt der Iwan zu mir. ‚Lassen Sie uns miteinander zu den Roten gehen, Väterchen', sagt er, ‚im Namen des Herrn bitte ich Sie! Der ihre Seite soll man stützen, denn ihre Macht ist die ganz gerechte!'

Danila hat sich das gleiche in den Kopf gesetzt. Lange haben sie auf mich eingeredet, doch ich hab ihnen gesagt: ‚Ich heiß euch nicht dableiben, geht. Doch ich, ich geh nicht. Außer euch hab ich in der Hütte noch sieben, und jedes Maul will seinen Bissen!'

So sind sie dann aus unserem Chutor verschwunden, und unsere Staniza rüstete sich zum Kampf. Mich hat man am Schopf genommen, und ab sollt's gehen an die Front.

Sag ich auf der Gemeindeversammlung: ‚Ihr Herren Ältesten! Euch ist bekannt, ich bin Familienvater. Sieben Kinderchen hab ich. Wie, wenn man mich töten wird, wer wird dann nach meiner Familie sehen?'

Ich rede hin und her. Nichts da! Ohne sich drum zu kümmern, nehmen sie mich – und ab.

Die Front ist nicht weit von unserem Chutor verlaufen. Und da, zum Osterfest, hat es sich begeben, daß sie neun Gefangene in unseren Chutor trieben. Und darunter ist Daniluschka gewesen, meine Herzensfreude. Sie schleppten ihn über den Gemeindeplatz zum Hundertschaftsführer. Lärmend kommen die Kosaken auf die Gasse gestürzt. ‚Schlagt sie tot, die Hunde! Wenn sie vom Verhör kommen, dann drauf mit aller Kraft.'

Ich steh inmitten der Menge, mir zittern die Knie, ich laß mir's aber nicht anmerken, wie mich der Sohn barmt, mein Daniluschka. Ich kehr die Augen ab, da seh ich – die Kosaken flüstern und weisen mit dem Kopf auf mich.

Kommt Wachtmeister Arkaschka zu mir ran und fragt: ‚Wie ist's, Mikischara, wirst du der Kommune eins überhaun?" ‚Ja, eins überhaun dem Gesindel!'

‚Nun, da hast du ein Bajonett und stell dich da an die Treppe!' Er reicht mir das Bajonett und grinst. ‚Paß nur gut auf, Mikischara. Gib acht, sonst wird's dir schlecht ergehen!'

Ich hab mich also vor der Tür postiert. Allerheiligste Mutter Gottes, denk ich, muß ich wirklich den Sohn umbringen?

Beim Hundertschaftsführer drinnen hör ich Geschrei. Dann haben sie die Gefangenen rausgeschleppt, zuvorderst meinen Danila. Ich gucke ihn an, und mir wird kalt in der Seele. Sein Kopf ist geschwollen und dick wie ein Eimer, gleichsam abgezogen ist die Haut, 'n Klumpen geronnenes Blut. Mit den Wollhandschuhen hat er sich den Schädel schützen wollen, sie sind voll Blut und kleben im Haar. So haben sie ihn unterwegs zugerichtet.

Er kommt die Treppe runter, wankt. Erblickt mich, streckt die Hände vor. Will lächeln, doch die Augen in den dunklen Höhlen schwimmen in Blut.

Da ist's mir klargeworden: Erschlag ich ihn nicht, werden mich die Leute aus meinem Chutor umbringen, und die Kinder sind arme Waisen.

Er bleibt neben mir stehen. ‚Väterchen', spricht er, ‚liebes Väterchen, leb wohl.' Tränen spülen ihm das Blut von den Wangen, und ich, ich nehme mich mit aller Gewalt zusammen, stehe ganz steif, hebe die Hand . . . Die Faust krampft sich ums Bajonett. Und stoße zu mit dem Ende, das aufs Gewehr gesteckt wird. Und treffe ihn überm Ohr. ‚Oi!‘ schreit er, schlägt die Hände vors Gesicht und fällt die Stufen runter.

Die Kosaken wiehern. ‚Bis aufs Blut schlag ihn, Mikischara! Willst deinen Danila wohl schonen? Hau zu, oder du wirst selber zur Ader gelassen!‘

Auf die Treppe tritt der Hundertschaftsführer. Er flucht, doch seine Augen, die lachen. Als sie mit dem Bajonett auf die Gefangenen losstechen, trüben sich mir die Sinne. Ich springe die Stufen hinab, davonlaufen will ich. Mit einem Blick zur Seite seh ich noch, wie sie meinen Daniluschka auf der Erde vorhaben. Der Wachtmeister stößt ihm das Bajonett in den Rachen, und er, er . . .“

Im Wasser unten knacken die Planken des Prahms. Man hört das Wasser eingurgeln. Die Weide zittert und ächzt. Mikischara angelt mit dem Fuß nach dem hochstehenden Heck; aus seiner Pfeife stieben helle Funken.

„Der Kahn läuft voll. Morgen werden wir bis Mittag auf der Weide hocken müssen. Eine böse Geschichte!“

Lange schweigt er, dann fährt er dumpf und mit gesenkter Stimme fort: „Dieser Sache halber bin ich zum Unteroffizier befördert worden. Seitdem ist viel Wasser den Don hinuntergeflossen, des Nachts aber hör ich's bis heut stöhnen und röcheln. Dazumal, als ich davonlief, hab ich Daniluschka röcheln hören. Das ist das Gewissen, es wird mich noch umbringen.

Bis zum Frühjahr haben wir die Front gegen die Roten gehalten. Dann stieß General Sekretjow zu uns, und wir haben die Roten bis hinter den Don getrieben, ins Saratowsche hinein. Bin ich auch Familienvater, aber bei den Soldaten haben sie keine Rücksicht drauf genommen, wo meine Söhne bei den Bolschewiken waren. Wir sind bis Balaschow vorgedrungen. Von Iwan, meinem Ältesten – weit und breit nichts. Wie die Kosaken rausbekommen haben – hol sie die Pest –, war Iwan weg von den Roten und stand bei der sechsunddreißigsten Kosakenbatterie. Die Leute aus meinem Chutor haben gedroht: ‚Wenn wir den Wanka erwischen, die Seele holen wir ihm stückweis aus dem Leib!‘

168

Wir haben ein Dorf gestürmt; dort sind wir auf die sechsunddreißigste gestoßen. Sie haben meinen Iwan aufgestöbert, ihm die Hände gebunden und ihn zu unserer Hundertschaft geschleppt. Arg verdroschen haben ihn alsdann die Kosaken, und ich hab den Befehl bekommen: ‚Schaff ihn zum Stab.‘

Der Stab lag vom Dorf zwölf Werst weit. Der Hundertschaftsführer übergibt mir den Befehl, in die Augen aber blickt er mir nicht. ‚Da hast du den Befehl, Mikischara‘, sagt er, ‚bring deinen Sohn zum Stab, bei dir ist er gut aufgehoben. Dem Vater läuft er nicht davon!‘

Und da hat der Herr meinen Verstand erleuchtet. Weshalb bin ich ihm zur Begleitung mitgegeben, denk ich. Sie meinen, ich laß den Sohn laufen. Hernach ergreifen sie ihn wieder und bringen uns beide um.

Ich geh zur Kate, wo Iwan gefangensitzt, und sag zum Wachposten: ‚Übergebt den Arrestanten, ich will ihn zum Stab schaffen.‘

‚Nimm ihn nur‘, sagen sie, ‚wir heulen ihm nicht nach!‘

Iwan hängt sich den Mantel um, die Mütze dreht er in den Händen, dreht sie und haut sie auf die Bank. Wir verlassen das Dorf bergwärts. Er schweigt, und ich schweige. Zuweilen blick ich mich um, ob uns keiner folge. Wir haben den halben Weg hinter uns, sind an der Kapelle vorbei, und hinter uns ist niemand. Da wendet sich Iwan zu mir und sagt, daß es mir das Herz rührt: ‚Väterchen, gewiß bringen sie mich um beim Stab. Du führst mich in den Tod! Drückt dich dein Gewissen denn nicht?‘

‚Doch, Wanja‘, sag ich, ‚'s drückt!‘

‚Dauert's dich nicht?‘

‚Sehr, Söhnchen, mir ist weh ums Herz.‘

‚So 's dich dauert, laß mich laufen. Allzu kurz nur hab ich gelebt auf der weiten Welt!‘

Er fällt vor mir auf die Knie und beugt die Stirn dreimal bis zur Erde. Drauf sag ich ihm: ‚Dort drüben beim Korn, Söhnchen, da lauf. Ich aber werd zum Schein zwei Schüsse auf dich abgeben.‘

Und siehst du, als er klein war, da hast du kein herzliches Wort aus ihm rausbekommen. Nun aber, da ist er mir zu Füßen gefallen und hat mir die Hände abgeküßt.

Wir gehen die zwei Werst. Er schweigt, und ich schweige.

Wir kommen zum Korn, er bleibt stehen.

‚Väterchen, laß uns Abschied nehmen! Sollt ich den Krieg überleben, werd ich dir's vergelten. Nimmermehr bekommst du ein grobes Wort von mir zu hören.'

Er umarmt mich, und mir bricht schier das Herz. ‚Lauf, Söhnchen', sag ich.

Er läuft zum Korn. Blickt sich in einem fort um und winkt mit der Hand. Zwanzig Sashen laß ich ihn laufen, dann nehm ich's Gewehr ab, geh aufs Knie nieder, damit die Hand nicht zittre, und schieße – ihm ins Kreuz..."

Mikischara zieht umständlich seinen Tabaksbeutel hervor, umständlich schlägt er Feuer. Schmatzend saugt er an seiner Pfeife. Rot glimmt der Zunder in seiner Hand, seine Kinnladen bewegen sich, und die schrägen Augen mit den schweren Lidern blicken ungerührt und ohne Reue.

„Ja, so ist's gewesen. Er hat einen Sprung in die Luft gemacht, ist wie im Fieber noch acht Sashen gelaufen, hat sich an den Leib gefaßt und sich umgewandt zu mir. ‚Väterchen, warum?' Und er ist niedergesunken, und seine Beine haben gezuckt.

Ich laufe zu ihm hin, beuge mich über ihn. Er verdreht die Augen, und auf seinen Lippen schäumt Blut. Tot, denk ich. Da jedoch richtet er sich auf, tastet nach meiner Hand und spricht: ‚Väterchen, Weib und Kind hab ich...'

Sein Kopf rutscht zur Seite, wieder sinkt er hin. Die Hand drückt er auf die Wunde, doch umsonst. Das Blut quillt durch die Finger. Er stöhnt, wälzt sich auf den Rücken, blickt mich ernst an, aber die Zunge ist ihm schwer geworden. Er will sprechen. ‚Väterchen... Väterchen', sagt er. Mir treten die Tränen in die Augen.

‚Wanuschka', sag ich, ‚empfange du für mich die Märtyrerkrone. Hast Weib und Kind, gewiß, doch ich hab in der Hütte deren sieben. Hätt ich dich laufen lassen, die Kosaken hätten mich hingemacht, und die Kinder müßten betteln gehen.'

Da lag er still und ist gestorben, und meine Hand hat er in seiner gehalten. Ich hab ihm Mantel und Stiefel abgenommen, ihm einen Lappen übers Gesicht gedeckt und bin zurück ins Dorf...

So, guter Mann, nun halt Gericht über uns! Der Kinder wegen ist mir viel Leid widerfahren, das Haar ist mir darüber

ergraut. Ich arbeite, damit sie zu essen haben. Tag und Nacht find ich keine Ruh. Und sie ... Hör nur, die Natascha, meine Tochter. ‚Zuwider ist's mir', sagt sie, ‚mit Ihnen, Väterchen, an einem Tisch zu essen.'
Wie soll ich das ertragen?"
Der Fährmann Mikischara läßt den Kopf sinken. Dann sieht er mich mit schwerem, stierem Blick an. Hinter ihm kräuselt sich trübes rötliches Frühlicht. Vom rechten Ufer, wo im dunklen Laub schlanker Pappeln Enten schnattern, kommt heiser und verschlafen der Ruf: „Teufel! Mikischara! Fähre!"

1925

Der Vorsitzende des Revolutionären Kriegsrats einer Republik

Die Republik ist bei uns nicht sonderlich groß: alles in allem so hundert Gehöfte, von der nächsten Staniza, die Moorschlucht entlang, reichlich vierzig Werst ab.

Zur Republik befördert worden ist sie solchermaßen: Im Vorfrühling war ich von der Armee des Genossen Budjonny heimgekehrt zu unseren Katen, allwo mich die Bürgerschaft zum Vorsitzenden unserer Gemeinde erwählte, weil ich zwei Orden besessen für vorbildliche Tapferkeit gegen Wrangel; der Genosse Budjonny hat die Orden eigenhändig an meine Brust gesteckt und mir mit großer Achtung die Hand geschüttelt.

Ich bin in dieses Amt eingetreten, und unser Kosakenchutor hätte in Frieden gelebt, aber da tauchte über Nacht in unserer Gegend eine Bande auf, und die Hundsfötter hatten vor, uns in Untergang und Verderben zu stürzen. Bei Überfällen holten sie sich das einemal die Pferde und ließen ihre ausgemergelten Klepper zurück, das anderemal besorgten sie sich die Fourage.

Ein gar zu fieses Volk hauste rund um unseren Chutor, es hatte viel für die Banditen übrig und empfing sie sogar mit Salz und Brot. Ich sah mir dieses Treiben an, dann rief ich die Mitglieder unserer Gemeinde zusammen und sprach: „Habt ihr mich neulich zum Vorsitzenden bestellt?"

„Ja, wir."

„So, dann muß ich im Namen der Proletarierschaft an euch das Ersuchen richten: Bewahrt unsre Autonomie und brecht den Verkehr mit den Nachbardörfern ab, sintemal die alle kontra sind und uns ansonsten das Gewissen plagen tät, wollten wir den gleichen Pfad betreten. Und unser Chutor heißt von heute an nicht mehr Chutor, sondern Republik; und ich, den ihr gewählt habt, ernenne mich zum Vorsitzenden des Revolutionären Kriegsrates der Republik und verhänge über unseren Umkreis den Belagerungszustand."

Die, wo wenig Bewußtsein vorzuweisen hatten, schwiegen sich aus; die jungen Kosaken aber, welche in der Rotarmee gedient, haben gesprochen und gerufen: „Hals- und Beinbruch! Brauchst nicht abstimmen!"

Nun fing ich denn an mit meiner Rede: „Genossen, leiht unsrer Macht der Sowjets eine Hand, laßt uns zur Schlacht schreiten gegen die Bande und kämpfen bis zum letzten Blutstropfen, dieweil sie eine Hydra ist und das Luderzeug vom Sozialismus das Gemeinigliche annagt!"

Die Graubärte hinter den Leuten machten Sperenzien. Da habe ich sie mittels kräftiger Flüche veragitiert, und so stimmten mir alle zu, daß uns die Sowjetmacht wie eine leibliche Mutter ist und wir uns samt und sonders ohne Widerrede an ihrem Rockschoß festhalten müssen.

Einhellig wurde eine Schrift aufgesetzt an das Exekutivkomitee der Staniza, damit man uns mit Gewehren und Munition versorge; abgeordnet, zur Staniza zu fahren, wurden ich und der Sekretär Nikon.

In der Früh, es dämmerte grad, spannte ich meine Stute an, und wir fuhren los. Zehn Werst Wegs hatten wir zurückgelegt und ratterten die Schlucht runter, da sehen meine Augen eine vom Windstoß hochgewirbelte Wolke Staub; hinter ihr kommen fünf Berittene auf uns zu. Das Herz stockt mir im Innern. Mir schwant's: Jene da, die heransprengen, sind nichts anderes als verruchte Feinde aus derselbigen Bande.

Keine Initiative ist mir und dem Sekretär gekommen, sie konnte nirgends herkommen, denn die Steppe rundum hatte sich schandbar hingefläzt, keinen Büschel hattest du, keinen Abhang, keine Delle; also halten wir sie mitten auf dem Weg an, unsere Stute. Waffen haben wir nicht bei uns, sind harmlos wie die Wickelkinder, und nur ein Blödian möchte den Versuch machen, vor Berittenen zu flitzen.

Der Sekretär von mir, in seinem Schreck vor dieser heimtückischen Feindsbrut, kriegt die Buxen voll. Ich seh ihm an, daß er äugelt, wie er vom Wagen springen und sich dünnemachen könnt. Wohin aber, das ahnt er mitnichten. Da sag ich ihm: „Du, Nikon, halt die Ohren steif und rühr dich nicht vom Fleck! Der Vorsitzende des Revolutionären Kriegsrates bin ich, und du bist mir als Sekretär beigegeben, so müssen wir einmütig in Reih und Glied dem Tod ins Auge dreinschaun." Derweil es aber mit seinem Bewußtsein haperte, springt er runter vom Wagen und läuft fort in die Steppe was das Zeug hält. Er jagt so geschwind dahin, daß ihn, scheint's, kein Windhund einholt. Die Berittenen aber, zumal ihnen die Flucht eines Bürgers verdächtig vorkommt, setzen ihm nach und stellen ihn kurz vor einem Hünengrab.

Ich steig wie ein Nobelmann vom Wagen, alle unpassenden Papiere und Dokumente schlinge ich runter und äuge, was nun weiter wird. Ihre Unterhaltung mit ihm, seh ich, ist nur sehr knapp. Sie rücken ihm zu Leibe und gehn dran, ihn mit Säbelhieben kreuz und quer zu metzeln. Er stürzt zu Boden, sie begrapschen seine Taschen, murksen eine Weile mit ihm rum, sitzen wieder auf und sprengen zu mir ran.

Ich sah, nun wird's ernst, es wär höchste Zeit, sich seitab in die Büsche zu schlagen, doch da ist nichts zu machen. Ich harre also am Ort aus, und sie kommen an im Galopp. Vorneweg einer namens Fomin, der ihr Ataman. Sein Bart, kupferrot, verzaust, die Visage voll Staub, leibhaftig ein geifernder Unmensch stiert mich an.

„Du bist doch Bogatyrjow, vom Kriegsrat der Vorsitzende?"

„Das bin ich."

„Hat man dir nicht bestellt, schmeiß den Vorsitz hin?"

„Davon hab ich gehört."

„Und warum hast du ihn nicht hingeschmissen?"

Solch hinterhältige Fragen stellt er mir also und tut dabei so, als koch er gar nicht vor Wut.

Da setze ich zu einem tollkühnen Husarenstückchen an, allzumal mir aufgeht, daß in solcher Kumpanei mein Kopf nicht fest auf den Schultern sitzt.

„Dessenthalben", verantworte ich mich vor ihm, „indem ich bei der Sowjetmacht sicher auf der ihrer Plattform steh, alle Programme bis aufs I-Tüpfelchen befolge und Sie mich von der ihrer Plattform unter keinen Umständen runterschubsen können!"

Er beschimpft mich mit unzüchtigen Redensarten und zieht mir voll Eiferns mit 'ner geflochtenen Knute eins über den Schädel. Wie ein Scheit springt mir aus der Stirn ein brennender Striemen vom Kaliber einer überreifen Gurke, welche die Weiber für Samenzwecke am Stengel lassen.

Ich betast und befinger die Beule und sag: „Es ist mitnichten schön von Ihnen, wie Sie wüten auf Grund des fehlenden Bewußtseins, ich selber hingegen hab dem Bürgerkrieg das Genick gebrochen und ohn Erbarmen Wrangel und dergleichen aufgerieben und hab von der Sowjetmacht zwei Orden, und Sie sind für mich leere Nichtigkeit und direktermaßen nicht zu sehn."

Dreimal setzt er da an und will mich von seinem Gaul zertrampeln lassen, auch mit der Knute drischt er auf mich ein. Ich bin aber nicht zu erschüttern in meinen Grundsätzlichkeiten, ebensowenig wie unsre Proletariermacht, nur das eine Knie schlägt mir der Gaul mit seinem Huf zuschanden, und in meinen Ohren ist ob solchem Scharmützel übles Gedröhn.

„Lauf vor mir her!"

Sie treiben mich zum Hünengrab. Da liegt mein Nikon hingestreckt, über und über mit Blut besudelt. Einer der Bande steigt ab und dreht ihn um, mit dem Bauch nach oben.

„Guck her!" sagt er. „Auch dir kostet's das Fell wie deinem Sekretär, wenn du dich von der Sowjetmacht nicht lossagen tust."

Die Buxen und Unterhosen hatten sie bei Nikon gänzlich runtergezogen, und die sexuelle Frage war mit Säbeln niederträchtig zerhaun. Beim Anblick solcher Verschandelung sträuben sich mir die Haare, ich kehr mich ab. Aber Fomin verzieht höhnisch die Fresse. „Dreh den Flunsch nicht weg! Dich werden wir akkurat so herrichten wie den, und euer Chutor, der kommunistisch verstockte, wird an allen vier Ecken lichterloh brennen."

Derartige Wörter kann ich nicht schlucken, so geb ich ihm zurück: „Der Kuckuck im Gesträuch mag mir nachtrauern, aber was unseren Chutor angeht, so steht er nicht vereinzelt da, außer ihm gibt es in Rußland mehr denn tausend."

Ich hol meinen Tabaksbeutel vor. Auch Feuer schlag ich mit Stahl und Stein und rauch an. Fomin packt die Zügel, lenkt seinen Gaul zu mir her und spricht: „Bruderherz, gib uns was zu rauchen! Du hast Tabak, wir aber leiden die zweite Woche die bitterste Not, schmoken Pferdemist. Davor werden wir dich auch nicht zurichten; wir haun dich nieder, wie es zum aufrechten Kampf gehört; deine Familie kriegt Nachricht, damit sie dich auflesen und bestatten kann. Spute dich, denn die Zeit kennt kein Zögern!"

Ich halte den Beutel in der Hand, und die Brust brennt mir vor Zorn. Meinen Tabak, im eigenen Garten gezogen, Gewächs der Sowjeterde, liebliches Aroma des Dons, diesen Tabak sollen Erzlumpen und Parasiten rauchen? Ich schau sie an, sie haben Bange vor dem Ärgsten: Daß ich den Tabak in den Wind streu.

Vom Sattel langt Fomin mit der Hand nach dem Beutel, und sie befällt ein Zittern.

Aber geschafft hab ich's doch, ich schüttle den Tabak aus und sage: „Ihr könnt mich erschlagen, so wie ihr wollt, den Tod empfange ich immerhin von einem Kosakensäbel. Ihr aber, meine Liebwerten, werdet mit euren Füßen in der Luft zappeln, hoch oben unterm Schwengel vom Ziehbrunnen, die einzige Art . . ."

Kaltblütig fangen sie mit dem Metzeln an, und ich schlage auf die staubige Erde hin. Fomin drückt seinen Nagantrevolver zweimal auf mich ab und schießt mir durch die Brust und durchs Bein, da aber hör ich deutlich von der Landstraße: fft, fft. Kugeln pfeifen um uns, rascheln im Steppengras. Meine Mordgesellen ducken sich und nehmen Reißaus, Hals über Kopf. Ich seh die Stanizen-Miliz, hohe Staubwolken wirbelt sie vor sich her auf der Landstraße. In der Rage spring ich hoch, lauf einige Dutzend Schritt, das Blut benimmt mir das Licht, und die Erde kullert unter meinen Füßen weg.

Mir deucht, ich hab damals losgebrüllt: „Brüder, Genossen, zu Hilfe, laßt mich doch hier nicht im Stich!"

Dann ist in meinen Augen die Welt erloschen.

Zwei Monate lag ich wie ein Klotz danieder, die Zunge war stocksteif, das Gedächtnis futsch.

Als ich wieder zu Verstand kam, hab ich nach meinem linken Bein gegriffen, es ist aber nicht mehr dran gewesen, abgesägt hatte man's, des Wundbrands wegen . . .

Ich war wieder daheim, vom Kreiskrankenhaus entlassen, humpelte an der Holzkrücke nah der Böschung vor der Kate. Da ritt in unsern Hof der Kriegskommissar herein, und ohne Gruß fing er an, mich zu verhören: „Warum hast du dich zum Vorsitzenden des Revolutionären Kriegsrats ernannt und den Chutor zu einer Republik erhoben? Du weißt, wir erkennen nur eine Republik an. Was ist der wahre Grund, daß du die Autonomie eingeführt hast?"

Drauf hab ich ihm Rede und Antwort gestanden: „Genosse, möchte bitten, hier nicht die Ernstlichkeit vorzukehren. Die Sache mit der Republik kann ich Ihnen erklären: Sie ist ins Leben gerufen worden als Behelf wider die Banditen; jetzt aber, in friedlichen Zeitläuften, nennt sie sich wieder Toptschanskaja. Behalten Sie aber im Aug, falls sich wiederum die weiße Hydra oder anderes Lumpengesindel einen Überfall auf unsere Sowjetmacht rausnehmen sollte, so werden wir aus jedem Chutor eine Feste und Republik machen. Alt und jung lassen wir zu Pferd steigen, und selbst ich, der ein Bein verloren hat, werde unwiderruflich als erster in den blutigen Kampf ziehen."

Nichts konnte er mir anhaben, und nachdem er mir kräftig die Hand geschüttelt, wendete er sein Roß und ließ es die eigene Hufspur zurücktraben.

1925

Der unrechte Weg

Noch vor kurzem war Njurka ein schwerfälliger Taps gewesen; die großen Zehen nach innen, die langen Arme linkisch schlenkernd, latschte sie einher. Traf sie einen Fremden, hatte sie sich zur Seite gedrückt, und die schwarzen Augen unter dem Kopftuch waren schüchtern und verlegen ausgewichen. Nun aber sah Wasska ein stattliches vollbusiges Mädchen daherschlendern, das unbefangen, ja ein wenig spöttisch dreinblickte und für Wasska geradezu nach warmem Frühlingswind roch.

Im ersten Moment senkte er die Lider, dann schaute er ihr bis zur Wegbiegung nach, ehe er sein Pferd wieder in Trab setzte. Noch als er es an der Tränke abzäumte, lächelte er über die Begegnung. Noch immer hatte er Njurka vor Augen, wie fest und anmutig sie das Tragjoch gehalten mit den grünen, im Takt ihrer Schritte schaukelnden Eimern. Von da an suchte er sie zu treffen, ging oft vorsätzlich die abgelegene Straße am Fluß entlang, wo ihres Vaters Hof lag. Und erspähte er sie dann hinterm Knüppelzaun oder am Fenster, wurde ihm vor Freude heiß ums Herz; er zog die Zügel an und ließ sein Pferd langsamer gehen.

An einem Freitag ritt er zur Wiese, um nach dem Heu zu sehen. Es hatte geregnet, das Heu dampfte und duftete süß nach Fäulnis. Neben dem Heuhaufen von Awdej erblickte er Njurka. Sie eilte vorwärts, den Rock gerafft, in der Hand eine lange Gerte. Er ritt zu ihr. „Grüß dich, schönes Mädchen!"

„Grüß dich, so du nicht Spott treibst."

Wasska sprang ab und warf dem Pferd die Zügel über. „Suchst du was, Njurka?"

„Uns fehlt ein Kalb. Hast du's irgendwo gesehen?"

„Die Herde ist längst im Dorf. Auf euer Kalb hab ich nicht

geachtet." Er zog den Tabaksbeutel hervor und drehte sich eine Zigarette. Mit der Zunge leckte er am Papierrand entlang. „Wie hast du das angestellt, Mädchen? Mit einemmal bist du 'ne richtige junge Frau geworden. Eben noch, da hast du im Sand gespielt, und nun – schau einer an!"

Njurka kniff lächelnd die Augen zusammen. Sie antwortete: „So geht's uns allen, Wassili Timofejewitsch. Sieh dich an. Im Hemdchen bist du eben noch rumgelaufen und hast Stare gefangen, jetzt stößt du mit dem Kopf an die Katendecke."

„Möchtest wohl noch keinen Mann haben?" Wasska riß ein Streichholz an, der Rauch des eigengebauten Tabaks hüllte ihn ein.

Njurka seufzte scherzhaft und rang kummervoll die Hände. „Die Freier fehlen!"

„Und ich, ich bin wohl ein übler Freier?" Wasska wollte lächeln, doch das Lächeln fiel schief und verzerrt aus. Er mußte daran denken, wie er sich im Spiegel sah: von den Blattern zerpflügte Backen, das Haar – ein krauser Räuberschopf – tief in die Stirn fallend.

„Etwas pockennarbig bist du ja im Gesicht. Aber sonst kein übler Bursche."

„Das Gesicht ist kein Humpen zum Wassertrinken!" warf Wasska, rot werdend, ein.

Njurka ließ die Gerte in der Hand wippen. Leise lächelnd, sagte sie: „Schön! Handle nach Anstand und Sitte! Schick deinen Freiwerber, so ich dir gefalle!"

Sie machte kehrt und ging ins Dorf. Noch lange blieb Wasska beim Heuhaufen sitzen. Zwischen den Fingern ein fettes Liebstöcklblatt zerreibend, dachte er: Lacht sie mich etwa aus, das Luder?

Vom Waldfluß stieg ein frisches, prickelndes Lüftchen auf. Nebelschwaden krochen über die gemähte Wiese, tasteten mit grauen weichen Fühlern von Stoppel zu Stoppel und mummelten die dampfenden Heuhaufen wie Weiber in dicke Tücher ein. Einer blühenden Heckenrose glich der Himmel hinter den drei Pappeln, wohin die Sonne zur Nacht gegangen war, und die Wolkenflöckchen hoch droben muteten wie verwelkte Blüten an.

Wassili hatte Mutter und Schwester. Fest und nicht unansehnlich war ihre Kate am Rand der Staniza, der Hof nicht eben groß. Pferd und Kuh waren all ihr Viehbestand. Wassilis Vater war arm gewesen.

Eines Sonntags sagte die Mutter zu Wassili, als sie sich ihr buntgemustertes Tuch umlegte: „Söhnchen, ich hab nichts dagegen. Die Njurka ist ein tüchtiges Mädchen, und dumm ist sie auch nicht. Nur leben wir in Armut, ihr Vater wird sie dir nicht zum Weib geben. Du kennst Ossip mit seinem Dickkopf!"

Wasska zog sich die Stiefel an. Er schwieg, nur das Blut stieg ihm in die Wangen, vielleicht von der Anstrengung – die Stiefel waren sehr eng –, vielleicht auch aus sonstigen Gründen. Die Mutter rieb sich die trockenen bleichen Lippen mit dem Saum des Kopftuchs und sagte: „Ich geh zu Ossip hin, Wassili. Doch Schimpf und Schande kommen über uns, weist er die Brautwerberin ab. Zum Gespött der Staniza werden wir . . ." Sie brach ab. Ohne Wassili anzublicken, flüsterte sie dann: „Ich geh also."

„Geh, Mütterchen!" Wassili erhob sich und lächelte müde.

Sich mit dem Ärmel die heiße, vom Schweiß klebende Stirn wischend, sagte sie: „Ossip Maximowitsch, die Ware habt Ihr, und wir haben den Käufer. Darum komm ich. Was meint Ihr dazu?"

Ossip saß auf der Bank und zwirbelte seinen Bart. Dann blies er die Backen auf und sprach: „Schau einer, was für eine Sache, Timofejewna! Im Grunde wär ich gar nicht dagegen. Der Wassili ist ein Bursche – wie geschaffen für unsere Wirtschaft. Doch wir wollen unser Mädchen noch nicht verheiraten. Sie ist zu jung für den Ehestand. Schnell geht's mit dem Kindergebären!"

„Dann verzeiht die Störung!"

Mit verkniffenen Lippen stand die Mutter Wassilis von der Truhe auf und verneigte sich.

„Laß es gut sein. Warum die Eile, Timofejewna? Möchtet Ihr nicht Mittagbrot mit uns essen?"

„Nein, verzeiht. Ich muß eilig heim. Lebt wohl, Ossip Maximowitsch!"

„Mit Gott – macht, daß Ihr rauskommt!" brummte der Hausherr, ohne sich zu erheben, der Alten nach, als sie die Tür hinter sich zugeschlagen hatte.

Vom Hof kam Njurkas Mutter herein. Sie schüttete Sonnenblumenkerne auf die Pfanne und fragte: „Was hat die Timofejewna gewollt?"

„Freiwerben ist sie gekommen für ihren Pockennarbigen. Die stinkende Laus tut's den besseren Leuten nach. Soll sich den Knüppel nach der eigenen Kraft brechen! Eine schöne Freiwerberin das!" Er winkte mit der Hand ab. „Ein Kreuz ist's!"

Das Getreide ist eingefahren. Voller Erwartung liegen hinter den Zäunen die Tennen, fuchsrot und mit Haufen ungedroschenen Sommerkorns. Sie lauern auf den Bauern zum Dreschen, auf den Druschmeister, der sich neben der Dreschmaschine heiser schreit: „Los! Los! Lo-o-os!"

Trüb und diesig kriecht der Herbst aufs Feld. Wie mit Schwären bedeckt, liegt die Steppe im Frühnebel. Die Sonne schimmert schüchtern durch die Wolken, matt und elendig anzusehen. Doch wo der Wald nicht von der Glut des Sommers versengt ist, rauscht er selbstbewußt mit noch frühlingshaft grünem Laub.

Im schlüpfrigen Nebel gehen pausenlos Schauer nieder. Wider Erwarten ziehen schon die Wildgänse von Ost nach West. Die feuchten zimtbraunen Heuschober hocken eng beieinander wie sieche Bettler.

Das Brachland sinkt in den Todesschlaf des Vorherbstes. Auf den Wiesen steht das Gras in leuchtendem Grün. Doch das Leuchten ist trügerisch wie die Röte auf der Wange des Schwindsüchtigen.

In Wasska jedoch blüht das Glück wie ein wuchernder Distelstock. Er sieht Njurka alle Tage. Bald haben sie ein Stelldichein am Flüßchen, bald treffen sie sich des Abends zum Tanz im Dorf. Närrisch vor Glück ist der Bursche, magert ab, und die Arbeit geht ihm nicht von der Hand.

Es war an einem dunstigen Herbsttag vor Dunkelwerden. Ausgelassen jauchzte die Harmonika. Eben noch hatte sie gewinselt und gewimmert wie ein herrenloser Hund, nun erstickte sie rein im Gelächter.

Auf den Hof zu Wasska kam Grischka, der Sekretär der Komsomolzelle.

Als er Wasska erblickte, winkte er ihm mit der Hand zu, und seine Backen teilte ein Lächeln.

„Was gibt's da zu grinsen? Hast du 'n Hufeisen gefunden, he?" fragte Wasska aufgebracht.

„Dummes Zeug . . . ein Hufeisen, pah!" Tief aufseufzend, stieß er aus: „Unser Jahrgang rückt ein. In drei Tagen geht's ab."

Wasska stand da wie mit einem Knüppel vor den Kopf geschlagen. Sein erster Gedanke war: Und was wird aus Njurka? Er rieb sich mit der Hand die Stirn und fragte dumpf: „Was grinst du denn?"

Grischka zog die Brauen bis zum Haar hoch. „Wie denn, du Kauz, 's geht zur Armee, in die weite Welt hinaus! Hier karrst du Mist – macht dir das Spaß? Aber dort, Bruderherz, bei der Armee kannst du was lernen."

Wasska wandte sich jäh um und ging zur Tenne, mit hängendem Kopf, ohne sich noch einmal umzublicken.

Tief in der Nacht stand er hinter Ossips Zaun beim Schlupfloch und wartete auf Njurka. Sie kam spät. Schaudernd zog sie den Mantel des Vaters dicht um sich. Die Nacht war feucht.

Wasska suchte Njurkas Augen. Er konnte sie nicht sehen. Als hätte sie keine, starrten die Höhlen schwarz und leer.

„Ich muß einrücken, Njura."

„Hab schon gehört."

„Wie steht's nun mit dir? Wartest du auf mich? Nimmst keinen anderen?"

Da lachte Njurka lautlos vor sich hin. Ihr Lachen klang so unheimlich fremd wie ihre Stimme: „Damals hab ich dir gesagt, ich hör nicht auf Vater und Mutter, dein will ich sein. Und ich wär's auch geworden. Jetzt aber – nimmermehr! Zwei Jahre zu warten, das ist kein kleiner Spaß. Und am Ende nimmst du eine aus der Stadt, und ich bleib sitzen als alte Jungfer. Hältst du mich für eine dumme Gans? Frag bei den andern nach, vielleicht ist eine darunter, die wartet."

Fortwährend schluckend und den Kopf vorstoßend, redete Wasska lange auf sie ein. Flehte, gelobte, beschwor. Doch Njurka zerbrach einen trockenen Zweig in den Händen und warf Wasska zur Antwort nur das eine hartherzige Wort hin: „Nein!"

Schließlich geriet er in Wut und schrie keuchend: „Schön, du Aas! Wirst du nicht mein, soll dich auch kein anderer ha-

182

ben! Nimmst du trotzdem einen, erreicht dich mein Arm."

„Bei den Soldaten kriegen sie euch die Arme schon gestutzt", spottete Njurka. „Du reichst nicht her."

„Bestimmt reich ich her."

Ohne Abschied sprang Wasska über den Zaun und ging davon, das welke Laub in den Schmutz stampfend.

Zeitig am anderen Morgen steckte er in die Tasche seines Halbpelzes einen Kanten Brot, füllte heimlich ein Säckchen Mehl ab und machte sich auf den Weg zum Förster.

Nach der schlaflosen Nacht sank ihm der Kopf schwer von einer Schulter auf die andere. Die geschwollenen Augen tränten, und im Körper saß ihm süße Mattigkeit. Achtsam die Pfützen umgehend, wandte er sich zur Vortreppe. Der Förster schöpfte Wasser aus dem Brunnen.

„Willst du zu mir, Wassili?"

„Ja, Semjon Michailytsch. Möchte noch ein letztesmal vorm Militär auf Jagd gehen."

Die rechte Schulter angehoben, kam der Förster mit dem vollen Eimer zu ihm und fragte mit gerunzelter Stirn: „Am Sonntag hast du wohl nichts heimgebracht?"

„Einen ganzen jämmerlichen Hasen!"

Sie traten ins Haus. Der Förster stellte den Eimer auf der Bank ab und holte aus der Stube eine alte Schrotflinte. Wasska starrte mit finsterem Blick in einen Winkel und sagte: „Ein Gewehr brauch ich. In der Neuen Schlucht hat sich ein Fuchs gezeigt."

„Ein Gewehr kannst du haben. Nur Patronen hab ich keine."

„Die hab ich."

„Dann nimm! Und auf dem Rückweg schau bei mir rein und trumpf auf mit der Beute! Nur schieß mir nicht Flaum und Federn!" rief der Förster ihm lachend nach.

Vier Werst weit fort von der Staniza, wo sich mitten im Wald eine Schlucht, vom Frühjahrswasser ausgewaschen, in steilen Stufen senkt, hatte sich Wasska unter einem entwurzelten Baum eine kleine Höhle in den fetten roten Lehm gewühlt, nicht tiefer, als daß ein einzelner Wolf darin Platz hätte. Hier hauste er schon den vierten Tag.

183

Tagsüber war die Kälte auf der Sohle der Waldschlucht mild und voll betörend herzhaften Duftes: es roch nach faulem Eichenlaub. Und des Nachts, wenn die Schlucht unter den gleitenden schrägen Strahlen des abnehmenden Mondes ins Bodenlose sank, rauschte es über dem Kopf, knackte es im Astwerk, durchdrangen das Dunkel unheimliche Laute: als schleiche etwas am ausgezahnten Rand der Schlucht entlang und spähe in die Tiefe. Nach Mitternacht heulten hinwieder junge Wölfe.

Zuweilen verließ Wasska bei Tage die Schlucht. Träge die Füße schleifend, wanderte er durch die stachligen Schlehendickichte, die kahlen Haselnußbüsche und die trockenen Bäche, deren Bett voll gelber Blätter lag. Und wenn zwischen dem schütteren Laubbehang der Bäume das blaugrüne Wasser des Flusses aufblinkte und drüben die weißen Würfel der Dorfkaten auftauchten, begann sein Herz in der Brust dumpf zu schmerzen. Lange lag er auf der Böschung des Flusses im Gebüsch verborgen und schaute nach den Frauen der Staniza aus, die an den Fluß Wasser holen kamen. Am zweiten Tag erblickte er seine Mutter. Er wollte sie anrufen, doch da rollte hinter der Wegbiegung ein Wagen hervor, und der Kosak, der die Peitsche schwang, sah zum Fluß herüber.

Schon in der ersten Nacht, als er, auf dem knisternden Reisighaufen liegend, seine Lage bedachte, hatte er begriffen, daß er nicht auf dem rechten Weg war, daß er ihn aber wie einer von dem Raubgesindel, das sich im Wald verbarg, zum bitteren Ende werde gehen müssen. Ebenso hatte er eingesehen, daß er nun alle gegen sich hatte, nicht nur Njurka, sondern auch seine Altersgenossen, die unter den jauchzenden Klängen der Harmonika zur Armee einrückten. Sie dienten und verteidigten im Notfall die Sowjets, während er, Wasska, niemand zu verteidigen hatte.

In einen Windbruch wird man ihn hetzen wie einen Wolf auf der Hatz. Abschießen werden ihn die Leute seiner eigenen Staniza wie einen tollen Hund, ihn, den Hirtensohn, der Fleisch vom Fleische der Armbauernmacht war.

Als im Osten wieder ein violetter Strich aufglomm, machte sich Wasska ohne Gewehr zur Staniza auf. Schneller und schneller wurde sein Schritt.

Ich geh hin und stell mich. Sollen sie mich einstecken und

mich aburteilen! Ich werde wieder unter Menschen sein. Leute aus meiner Staniza, da läßt's sich ertragen. Brennend bohrte der Gedanke in seinem Kopf. Er war bis an den Fluß gelaufen. Da hielt er inne. Hinter den Knüppelzäunen rauchten die Kamine der Häuser. Das Vieh brüllte. Angst jagte ihm kalte Schauer über den Rücken und kroch ihm bis an die Fersen hinab. Drei Jahre sind mir sicher! Nein, ich geh nicht hin!

Jäh kehrte er um und stürmte in den Wald zurück, Haken schlagend und die Spur verwischend wie ein alter Fuchs, hinter dem die Hunde her sind.

Am sechsten Tag ging ihm das Mehl und das Brot aus, das er von daheim mitgenommen. Er wartete die Nacht ab, schulterte das Gewehr, und leise, jedes Knacken im Unterholz vermeidend, schlich er an den Fluß. Er stieg zur Furt hinab. Im feuchten groben Sand liefen Wagenspuren. Wasska watete durch die Furt und erreichte über Hinterhöfe die Tenne Ossips. Zwischen den kahlen Zweigen der Apfelbäume sah er durchs Fenster das Herdfeuer flammen.

Wasska blieb stehen. Es drängte ihn, mit Njurka zu sprechen und ihr sein Elend vorzuwerfen. Ist sie doch schuld, daß er, zum Deserteur geworden, sich im Wald verstecken muß wie ein Wolf.

Er sprang über den Zaun, durchquerte den Garten, lief die Stufen hinauf, drückte auf die Klinke – die Tür war unverschlossen. Als er in den Vorraum trat, umfing ihn schwindelnde Wärme.

Njurkas Mutter war beim Teigkneten. Als die Tür knarrte, drehte sie sich um und ließ vor Schreck die Mehlschaufel fallen. Ossip, der am Tisch saß, räusperte sich. Njurka stieß einen schrillen Schrei aus und stürzte in die Stube nebenan.

„Geht's euch gut?" fragte Wasska heiser.

„Dem . . . Her-rn . . . sei . . . Da-nk . . .", stammelte Ossip.

Ohne die Mütze zu ziehen, ging Wasska ins Nebenzimmer. Njurka saß auf der Truhe. Die Knie zitterten ihr.

„Freust du dich gar nicht, Njurka? Warum schweigst du?" Er nahm neben ihr auf der Truhe Platz und setzte das Gewehr ab.

„Was gibt's da zum Freuen?" flüsterte Njurka verstört.

Plötzlich rang sie die Hände und fing zu sprechen an, Tränen in den Augen: „Geh fort von hier, um Himmels willen! Die Miliz aus der Kreisstadt ist da. Sie suchen nach Branntweinbrennern. Sie finden dich. Geh, Wasska! Aus Mitleid mit mir!"

„Hast du Mitleid mit mir gehabt? He?"

Gleich nachdem die Tür hinter Wasska ins Schloß gefallen war, hatte Ossip seiner Frau zugezwinkert, zur Stube hinschielend, aus der das tränenerstickte Flüstern Njurkas zu hören war, und gekrächzt: „Lauf zu Semjon! Bei ihm liegt die Miliz! Hol sie her!"
Njurkas Mutter öffnete lautlos die Haustür und huschte wie ein schwarzer Schatten über den Hof.

Wasska schluckte schwer an seinem Speichel und bettelte: „Gib mir ein Stückchen Pirogge, Njurka. Ich hab zwei Tage nichts gegessen."
Njurka erhob sich. Doch da wurde die Tür zur Küche aufgestoßen. Auf der Schwelle stand Njurkas Mutter mit einer Lampe in der Hand, das Kopftuch auf die Seite gerutscht, das Haar verschwitzt und strähnig in der Stirn. Sie kreischte: „Greift ihn, Genossen von der Miliz! Da ist der Lump!"
Der Milizmann, der über ihre Schulter blickte, tat einen Schritt vor. Da aber hatte Wasska sein Gewehr fest gefaßt und mit dem Kolben die Lampe zertrümmert. Mit einem Satz war er am Fenster und stieß mit einem Fußtritt den Rahmen heraus. Er sprang in den Garten und prallte schwer auf den Boden.
Schneidende Kälte umfing sein Gesicht. Aus der Kate kam Geschrei, Lärm – die Haustür schlug zu.
Leicht schwang sich Wasska über den Zaun, warf das Gewehr über und sprang in langen Sätzen zur Tenne, hinter sich tappende Füße, Rufe.
„Halt, Wasska! Halt, oder ich schieße!"
An der Stimme erkannte Wasska den Milizmann Proschin. Im Laufen riß er das Gewehr von der Schulter, drehte sich jäh um und schoß, ohne zu zielen. Hinter ihm bellte hell ein Revolver. Als er sich auf den Zaun der Tenne schwang, spürte er brennende Schmerzen in der linken Schulter, als schlüge jemand mit glühenden Scheiten auf ihn ein. Er ver-

186

biß den Schmerz und riß das Gewehrschloß zurück. Die ausgeworfene Hülse klickte auf die Erde. Er schob eine neue Patrone ein, zielte auf die Gestalt, die sich zuvorderst zwischen den dunklen Obstbäumen sehen ließ, und drückte ab.

Er hörte Proschin mit erstickter Stimme aufschreien: „Du Aas ... In den Bauch ... Oi! O oi! Tut das weh!"

Er stürzte durch die Furt, ohne das kalte Wasser zu spüren. Hinter ihm her kam in großen Sprüngen der andere Milizmann.

Wasska sah sich um und erblickte die schwarzen Rockschöße, die hin und her schlugen, und die Pistole in der Hand. Dicht neben ihm pfiffen Kugeln.

Von der Uferböschung sandte Wasska dem zurückgehenden Milizmann noch eine Kugel nach. Dann knöpfte er sich das Hemd auf und drückte die Lippen auf die Wunde. Lange sog er das warme, salzige Blut aus. Knirschend kaute er ein Klümpchen Lehm, legte es auf die Wunde und preßte die Zähne zusammen, als ihm ein Schrei in der Kehle hochstieg.

Bevor es am nächsten Tag dämmerte, ging er an den Fluß und legte sich ins Gebüsch. Die Schulter war rotviolett angeschwollen. Die Schmerzen hatten nachgelassen. Das Hemd klebte an der Wunde. Sie tat nur weh, wenn er den linken Arm bewegte. Er lag lange und spuckte fortwährend den Speichel aus, der sich im Munde sammelte. Der Schädel war hohl wie nach einem Rausch. Vor Hunger war ihm übel, er kaute die Rinde, die er von den Zweigen abzog, spuckte aus und blickte auf die grünen Schleimbatzen.

Von der Staniza kamen die Frauen an den Fluß, ließen ihre Eimer vollaufen und gingen schwankend wieder davon.

Es wurde dunkel, da kam noch eine aus der Quergasse und strebte dem Ufer zu. Wasska stemmte sich auf dem Ellbogen hoch, da schmerzte seine Schulter so, daß er aufstöhnte. Grimmig umklammerte die Hand den eisigen Gewehrlauf.

Es war Njurkas Mutter, die zum Fluß kam. Das Wolltuch war bis zu den Augen herabgezogen. Sie war sichtlich in Hast.

Wasska legte mit zitternden Händen die Sicherung um. Er rieb sich die Augen und starrte gespannt hin. Freilich ist sie's!

Solche hellgelbe Jacke, wie sie Njurkas Mutter besaß, trug sonst niemand in der Staniza.

Wie der Jäger das Wild, visierte Wasska den Kopf im Wolltuch. Da hast du's, Aas, weil du mich angezeigt hast ...

Der Schuß krachte. Das Weib ließ den Eimer fahren und lief lautlos zu den Gehöften zurück.

„Zum Teufel! Gefehlt!"

Und die gelbe Jacke sprang aufs neue vors Visier. Der zweite Schuß. Gleichsam zaudernd, sank Njurkas Mutter in den Sand und rollte sich zusammen.

Langsam schob sich Wasska, das Gewehr gefällt, durch die Furt und trat zu der Liegenden. Er beugte sich über sie, heiß schlug ihm eine Wolke Frauenschweiß ins Gesicht. Die Jacke war zurückgeschlagen, der Kragen von der Bluse abgerissen. Durch die aufgeplatzte Naht zwängte sich starr die rosafarbene Warze auf der weißen Brust. Und etwas tiefer saß ein roter Fleck Blut, der auf der Bluse aufging wie eine Steppentulpe.

Wasska schaute unter das in die Stirn geschobene Tuch, und ihm gerade ins Auge blickten die brechenden Augen Njurkas. In der Jacke der Mutter war sie zum Wasserholen an den Fluß gegangen.

Als Wasska dies begriff, brach er aufschreiend zusammen neben dem reglosen kleinen Körper, der verkrümmt am Boden lag, und heulte und jaulte wie ein Hund. Aus der Staniza liefen Kosaken mit Knüppeln herbei, und neben dem ersten rannte aufgeregt ein zottiger Köter. Winselnd umsprang er seinen Herrn und leckte ihm den Bart.

1925

Die Frau und die zwei Männer

Im Hügelpanorama bilden die Wälder von Katschalowka, Atamanskoje und Rogoshewo hinter einem dünnen Lattenzaun von Telegrafenmasten krumme Laubbuckel. Ein mit Schlehdorn bewachsener wasserloser Ausläufer schiebt seinen Hang bis zur Siedlung Katschalowka hinunter, und deren kleine Katen kriechen dicht an die Bauten des Artels heran.

Der Vorsitzende des Artels, Arseni Kljuwkin, stand, leicht vorgebeugt, mit gespreizten Beinen bei einem Murmeltierbau. Der Wind zerrte sein ungegürteltes Hemd. Auf der Stirn perlte der Schweiß und rann zu Tropfen über der Nasenwurzel zusammen. Mit dem alten Artjom neben ihm beobachtete er, die schwielenharte Hand über den Augen, einen Traktor, der das schwarzerdige Brachland hinter den stinkenden Kotbergen der Murmeltierbaue in blanken Furchen umlegte. Zehn Deßjatinen hatte der Traktor seit dem Morgen gepflügt. Er fuhr heute zum erstenmal. Vor Freude bekam Arseni eine trockene Kehle. Mit den Augen folgte er dem krummen Rücken des Traktors bis hin zum Feldrain, fuhr sich mit der Zunge über die ausgedorrten Lippen und sagte: „Sieh nur, Vater Artjom! Was für 'ne Maschine!"

Der Alte aber stolperte durch die Furchen, ächzend und schnaufend. In der knotigen braunen Faust knetete er einen Klumpen fetten Humus und zerrieb ihn auf der Handfläche. Sich zu Arseni umkehrend, haute er die Mütze auf die Erde, in die sich die Pflugschar gebissen, und rief mit Jammerstimme: „In der Seele tut's mir weh! Fünfzig Jahre bin ich mit dem Ochsen gegangen und der Ochse mit mir. Des Tags nur gepflügt, des Nachts ihn gefüttert. Von Schlafen keine Rede. Im Winter ist dann dein Leib wie ausgehöhlt. – Wie soll man so was mit ansehen?" Er deutete mit dem Peitschenstiel zum Traktor rüber, schwenkte verbittert die Hand, drückte sich die Mütze auf die Stirn und trottete mit gesenktem Blick davon.

Hinter dem Kurgan sank die Sonne der Nacht zu. Frühjahrsdämmerung fiel schnell über die Steppe. Der Fahrer kletterte vom Traktor und wischte sich mit dem Ärmel den weißlichgrauen Staub von den Backen. „Wird Zeit zum Abendbrot. Geh nach Haus, Arseni Andrejewitsch! Die Weiber werden die Kühe gemolken haben, bring mir kuhwarme Milch!"

Arseni stapfte über niedrige Wintersaat in Richtung seiner Kate. Langsam stieg er aus der Senke hügelan. Da hörte er einen Wagen knarren und eine weinerliche Weiberstimme unentwegt rufen: „Los, ihr Elenden! Ich werd's euch zeigen, ihr Teufelsbiester! Paßt auf!"

In der lehmigen Erde am Wegesrand, die feucht war vom Abendtau, standen vor einen Wagen gespannt zwei Ochsen. Ihre schweißnassen Rücken dampften. Die junge Bäuerin daneben stampfte mit dem Fuß und schwang wütend die Peitsche.

Arseni trat hinzu. „Wie steht's ums Befinden, Bäuerin?"

„Gut steht's, Arseni Andrejewitsch. Der Herr sei bedankt."

Arseni quoll vor heißer Freude das Herz über, seine Knie zitterten. „Bist du's wirklich, Anna?"

„Freilich! Ich placke mich mit den Ochsen ab. Sie wollen nicht. Ein wahres Elend!"

„Von wo kommst du denn daher?"

„Von der Mühle. Mit Korn. Die Fuhre ist zu schwer für die Ochsen."

Arseni streifte sich ohne Umstände das Wams von den Schultern, warf es der Bäuerin zu und lachte. „Ich helf dir, halt nur das Entgelt bereit." Er suchte ihren Blick zu fangen.

Die Bäuerin wendete sich ab, sie fingerte an ihrem Kopftuch. „Hilf im Namen Gottes! Er wird's dir vergelten."

Arseni zählte sechsundzwanzig Jahre, und Kraft besaß er! Sechs Sack Getreide trug er die Anhöhe hinauf. Schweißnaß kehrte er in die Senke zurück und setzte sich schnaufend auf den Wagenrand. „Na, nichts gehört von deinem Mann?"

„Vom Schwarzen Meer sind Kosaken heimgekommen, von Wrangel. Die haben gesagt, er sei gefallen in der Türkei."

„Wie willst du fortan leben ohne Mann?"

„Genauso wie bislang ... Ich fahr nun, bin sowieso schon zu spät dran. Dank für die Hilfe, Arseni Andrejewitsch."

„Aus dem Dank schneiderst du dir keinen Pelz!"

Das Lächeln erstarb auf seinen Lippen. Er schwieg. Dann beugte er sich vor, umfaßte mit der linken Hand fest den Kopf im weißen Tuch und preßte seine Lippen auf die ihren, die bebten und kalt blieben; ihre von Schwielen harte Hand aber klatschte auf seine Backe. Vor Scham und Schmerz wurde er flammendrot. Anna entriß sich seinem Griff, und ihr verrutschtes Kopftuch zurechtrückend, schrie sie schrill und fast schluchzend: „Hast keine Scham im Leibe, Taugenichts?"

„Weshalb heulst du denn?" fragte Arseni mit gesenkter Stimme.

„Weil ich eine Verheiratete bin! Und du mir Schande antust! Such dir eine andere dafür."

Sie riß am Zügel der Ochsen und schrie ihm über den Weg zu – und in ihrer Stimme waren Tränen: „Alle seid ihr auf dasselbe aus, ihr Schweinehunde! Los, ihr Teufelsbiester!"

Die Obstgärten liegen im Brautschmuck, in betäubendem milchigrosa Blust. Am Teich von Katschalowka mit dem vorjährigen Schilf und dem zusammengeschwemmten Astwerk, rostfarben und glitschig, steht die Nacht trunken und schwül – Chor der Frösche, Liebesgeflüster der Gänse, Nebelbrauen über dem Wasser.

Die Tage waren licht, und Arseni, der Vorsitzende des Artels, hatte seine helle Freude daran gehabt, daß das Land nicht mehr brachlag (der Traktor war gekommen) – doch plötzlich hatte ihn Trübsal befallen, und das Leben war ihm leid geworden ... Drei Tage war es her seit der Begegnung mit Anna. Er war vorm ersten Hahnenschrei aufgestanden und an der Mühle vorbei zur Viehtrift gegangen. Dort hatte er sich neben den knarrenden Flügeln hingelegt. Mochte das Weibervolk anderntags klatschen, mochten die Burschen des Artels ihm boshaft zublinzeln und ins Gesicht lachen – er wollte die Frau sehen, wollte ihr sagen, ihm läge seit jenen Tagen, damals im Herbst zur Dreschzeit, da sie beide auf dem Schober die braune Gerste mit der Forke geschichtet hatten, weder die Arbeit noch die strahlend weite Welt mehr am Herzen.

In der Ferne gewahrte er schon das helle Kopftuch.

„Sei gegrüßt, Anna Sergejewna!"

„Sei gegrüßt, Arseni Andrejewitsch!"

„Einige Worte nur."

Sie blieb halb abgewandt stehen und knüllte erbost ihre Schürze. „Schämen solltest du dich! Auf der Viehtrift – was könnten das schon für Worte sein? Schimpf und Schande für Frauensleute!"

„Laß mich dir sagen . . ."

„Dazu ist nicht die Zeit: Die Kuh geht in den Mais."

„Wart doch! Ich wollte dir nur sagen, komm, sobald es dunkel ist, zu den Erlen, ich möcht mit dir reden."

Sie ging weiter, den Kopf zur Schulter geneigt, ohne sich umzublicken.

Bei den Erlen mit ihren dicht verschlungenen Kronen wuchern Brombeeren, bei den Erlen balzen nachts die Wachteln, und der Tau stickt seine krausen Muster ins Gras.

Er wartete bis zur Dunkelheit; und als auf dem Hügel der Lehmboden unter verstohlenen Schritten knirschte und abbröckelte, wurden seine Finger kalt, wurde seine Stirn klebrig-feucht.

„Hab ich dich neulich gekränkt? Vergiß es! Sei nicht böse, Anna!"

„So was bin ich gewohnt ohne Mann."

„Nun, ich möchte dir sagen . . . Du bist Witwe, und sein Vater braucht dich nicht. Magst du meine Frau werden? Du sollst es nicht schlecht haben. Nun sag mir einer an – da heult sie los! Ein Elend ist das mit euch Weibervolk! Weil du Bedenken hast deines Mannes wegen, er könnte noch wiederkommen, Zwang werd ich dir nicht antun. Du könntest zu ihm zurück, wenn du wolltest."

Sie setzte sich neben ihn auf die taufeuchte Erde. Den Kopf tief gesenkt, saß sie und malte mit einem trockenen Distelstiel geheimnisvolle Zeichen auf den Boden.

Arseni legte zaghaft den Arm um sie, er fürchtete, sie werde sich losreißen, schreien, ihn ohrfeigen, wie kürzlich auf dem Felde, doch als er ihr in die Augen blickte, sah er im dunklen Schatten des Kopftuches die Spur der ungetrockneten Tränen und ein Lächeln.

„Ach, Anna, spuck auf alles! Gehen wir aufs Standesamt, und hernach kommst ins Artel zu uns. Arbeiten werden wir, daß es eine Lust ist. Wie lange willst du elend sein?"

Dürre. Auf den Wiesen sirren die Sensen und schrecken den Kuckuck. Es ist keine Mahd im Sinne des Wortes – die guten Leute schneiden das Gras unter der Wurzel. Hinter dem Awdjuschker Hohlweg zieht der Traktor des Artels zwei Mähmaschinen. Staub. Sonnenglut. Auf der Steppe liegen Wellen von Heu.

Die Sonne stand im Mittag. Arseni hatte die Heugabel hingeworfen, er schüttelte den beißenden Staub aus dem Hemd, ging zum Feldstein, sich zu waschen, da kam ihm Annuschka, seine Frau, entgegen. Eine Werst weit hätte er sie erkannt an ihrem schnellen, wiegenden Gang. Sie brachte den Schnittern das Mittagbrot. Sie trat heran. Ihre Wangen waren von der Sonne rotgeküßt.

„Hat dich der Weg müde gemacht, Annuschka? Es sind dreizehn Werst vom Dorf her."

„Nicht sehr. Wäre keine Sonne, ließe sich's ganz bequem gehen."

Sie saßen nebeneinander im Schatten des Heuschobers, Arseni streichelte mit seiner Hand, die von der Heugabel hart war, die ihre, und das Lächeln in seinen Augen machte sie froh.

Am Abend erwartete sie ihn auf der Vortreppe, sie hielt sich am Geländer fest, als fürchte sie zu fallen. Mit Mühe brachte sie über die blassen Lippen: „Arsjuscha! Mein Mann ... Alexander hat aus der Türkei einen Brief geschrieben ... Er kommt heim."

Des einen Glück ist des anderen Unglück.

Den Katschalowkern hat die Sonne das Korn auf den Feldern verbrannt, braun geworden ist es in der Glut. Von einer Ähre zur anderen verflöge eine Mädchenstimme, so weit stehen sie auseinander. Es sind nicht einmal Ähren an den Halmen, es sind trockene Hülsen, übergroß und hohl, die leer im Winde klirren. Doch in den Wäldern von Katschalowka und Atamanskoje liegt neben dem Artel, auf der anderen Seite des Weges, wo bis zum Herbst die Winde mit dem Holztäfelchen „Musterfeld!" höhnisch gespielt haben, ein Keil Ackerland, da steht der Kubanweizen dem stattlichsten Gaul bis an den Sattel.

Die Geschicke sind verschieden. Jastschurow, der reichste Bauer in Katschalowka (zwölf Paar Ochsen und Hengste mit Stuten und Füllen, eine Dampfdreschmaschine und gierig huschende Äuglein), hatte breit geschmunzelt, als im Frühling der Regen auf Katschalowka niederbrauste, aber die Felder des Artels nur mit dem Flügel streifte. Mit kräftigem gelbem Zahn die Spitzen seines strohgelben Schnurrbartes kauend, hatte er gesagt: „Der Herr, er sieht die Wahrheit wohl. Welche ihm zu Gefallen leben und das christliche Gebot achten, solchen sendet er seinen Regen; wahrlich, so ist es. Aber schaut sie nur an, die Artelkommune, ihr betröpfelt er den Acker nur! Allzu naseweis sind sie bei der Sache! Ohne Gott, heißt es, sollst du nichts wagen."

Und er redete noch so manches. Und wenn er den Weg oberhalb des Waldes von Katschalowka entlangfuhr, zügelte er seinen Schecken, zeigte mit der Peitsche auf das Täfelchen, das am Baumstamm im Winde tanzte, und lachte, daß sich seine gelben Hauer entblößten und sein Leib schüttelte. „Muster? Pah! Im Herbst werdet ihr euer Muster sehen!"

Der Traktor pflügt das Ackerland knietief; die Katschalowker kratzen die Erde nach Altväterart. Sie erhalten von der Deßjatine acht Maß Getreide, das Artel vierzig. Um ihren Neid zu verbergen, lachen die Katschalowker: „Den Verwaisten ist Gottes Hilfe nahe."

So ergab es sich, daß an einem Feiertag im September die Katschalowker nach einer Gemeindesitzung auf dem Hof des Artels erschienen. Sie sahen die Speicher mit Getreide zum Bersten voll, vollführten einen Heidenlärm, tasteten mit den Blicken lange den Traktor ab und ließen prüfend die Finger darübergleiten, ächzten. Kurz vor ihrem Aufbruch aber führte Vater Artjom, ein Bauer, dessen Wort bei den Beratungen Gewicht hatte, Arseni zur Seite und stieß ihm seinen braungerauchten Bart ins Ohr. Er brummelte: „Eine Bitte hätten wir an dich, Arseni Andrejewitsch. Sei barmherzig, kiliktivier uns allesamt. Zwanzig Familien sind wir, die Armen im Dorf."

Erfreut verbeugte sich Arseni vor dem Alten. „Willkommen heiße ich euch bei uns."

Arbeit gab's im Artel vollauf.

Das Jahr ist zu trocken gewesen. In den Gehöften und Stanizen der Umgebung herrscht Mangel an Brot. Auf der Straße ziehen die Bettler in Scharen. Sie kommen auch nach Katschalowka herein. Vor den buntbemalten Fensterläden wimmeln Stimmen: „Im Namen Christi . . ."

Ein Fenster voller Fliegendreck tut sich auf, ein bärtiger Kopf blinzelt auf die sonnenheiße Straße und knurrt: „Geht im guten, Bettlervolk, ansonsten hetz ich die Hunde auf euch! Zum Kiliktiv geht, die sollen für euch aufkommen! Sie haben diese Macht errichtet, sie müssen euch auch Speis und Trank geben."

Tag für Tag kamen sie einzeln und in Gruppen ans frisch gehobelte harzige Brettertor des Artels gezogen.

„Wohin soll ich mit euch? Nirgends ist Platz! Das Brot reicht nicht für alle!"

Doch die Weiber des Artels umsummten Arseni wie ein aufgescheuchter Bienenschwarm, und gewöhnlich endete es damit, daß Arseni und die Männer achselzuckend auf die Tenne an die Dreschmaschine gingen, während die Weiber die Gäste in den langen Schuppen geleiteten, der zur Unterkunft hergerichtet war. Und bis zum Abend klang das Geklapper von Töpfen und Tellern aus der geräumigen Küche durch die Fenster auf den Hof.

Zuweilen kam schnaufend Vater Artjom zur Tenne gelaufen, spie kummervoll aus und krächzte: „Eine Not hat's mit dem Weibervolk! Sieh mal zu, Arseni, wie du mit ihnen zurechtkommst. Einen Haufen Greise haben sie mir angeschleppt, haben mir den Schlüssel zur Vorratskammer abgenommen! Ein Mahl wird zubereitet und Hirse dazu verbraucht für acht Mäuler und mehr!"

„Eine wahre Plage, Väterchen!" Arseni lachte.

Die Zahl der Artelbauern hat sich verdoppelt. Auch die Kinderzahl ist gestiegen. Ein Teil der Leute beendet den Ausdrusch und pflügt das Brachland, der andere baut eine Schule.

Von frühmorgens bis spät in die Nacht ist auf dem Hof des Artels ein Gewimmel wie in einem Ameisenhaufen. Vor

195

Arbeit hat Anna ihren Kummer vergessen. Zeit heilt Wunden. Anna hat aufgehört, an die Rückkehr ihres ersten Mannes zu denken und daran, was dann werden solle. Der Sommer geht hin wie ein kurzes Wetterleuchten. Gedrückt schleicht der Herbst an die Schwelle des Artels. Am Morgen traben wie eine ins Freie gelassene Herde Füllen die Kinder zur Schule.

Und da, an einem frostigen, versponnenen Herbsttag, stieg in aller Frühe, die Hunde mit einer Haselnußgerte abwehrend, Alexander, der Mann Annas, die Treppe rauf. Seine Absätze polterten hart auf den Stufen, er öffnete die Tür, und ohne Gruß trat er über die Schwelle, hochgewachsen, schwarz, mit durchgescheuertem Mantel. „Ich komm dich holen, Anna", sagte er einfach und knapp. „Mach dich fertig!"

Anna lief von der Truhe zum Bett, griff mit steifen Fingern bald nach dem einen, bald nach dem andern. Sie zog das Winterkopftuch vom Haken und ließ sich schwer auf dem Schemel nieder, von Arseni zu ihrem Mann blickend; dann sagte sie, mit Mühe die Lippen bewegend: „Ich komme nicht mit!"

„Du kommst nicht mit? Wir werden sehen."

Alexander grinste schief, zuckte die Schultern und ging. Leise und fest machte er die Tür hinter sich zu.

Langsam und trübe ging der Herbst hin. Immer häufiger wurde Anna von Schwäche befallen. Vor Schwäche und Grübeln wich die Farbe aus ihrem Gesicht. Eines Samstagabends hatte sie mit den Weibern die Kühe gemolken. Sie trieb die Kälber in den Stall, und da eines fehlte, ging sie an der Mühle vorbei, die im Nebel schlummerte, über die Viehtrift in die Steppe, es suchen. Auf dem verlassenen alten Friedhof zwischen den bemoosten Kreuzen und den moderndern, eingesunkenen Gräbern weidete es, das scheckige Kälbchen des Artels. Durch die tiefe Dämmerung trieb sie es heim. Sie kam bis zum Dorfteich, da mußte sie sich setzen. Die Hände gegen die Brust pressend, fühlte sie unter ihrem hämmernden Herzen ein leichtes Pochen und Regen. Sie erhob sich schwerfällig, um die Mundwinkel ein müdes und zugleich erwartungsvolles Lächeln.

Der Garten entblätterte. Der Wind beugte die Kronen der Pappeln und fegte ihr das rote Laub unter dem Fuß weg. Sie

wollte zur Laube gehen, als sie jemand hinter dem Schlehdorn hervortreten und sich breit auf den Weg stellen sah.
„Anna, du?"
An der Stimme erkannte sie Alexander. Geduckt trat er
heran, die Arme ausbreitend. „Du hast also die sechs Jahre
vergessen, die wir miteinander gelebt haben? Dir, dem
Weib eines Soldaten, ist Ehre und Gewissen ausgetrieben?
Pfui, du Schlumpe!"
Anna dachte, er werde sie hinwerfen und mit den benagel-
ten Soldatenstiefeln nach ihr treten wie in den Zeiten, da
sie miteinander gelebt hatten; doch da fiel Alexander auf
die Knie, in den nassen, nach Moder stinkenden Kot,
streckte die Arme nach ihr aus und sagte dumpf: „Annuschka, erbarm dich. Hab ich dich nicht liebgehabt? Hab
ich nicht für dich wie für ein Kind gesorgt? Erinnerst du
dich nicht, die leibliche Mutter hab ich mit Widerreden gekränkt, als sie dich schalt. Und du hast unsere Liebe vergessen? Unterwegs aus der Fremde hab ich nur den einen Gedanken gehabt, dich wiederzusehen. Und du . . . Oh!"
Schwerfällig erhob er sich, richtete sich zu seiner ganzen
Größe auf und ging den Weg zwischen den Schlehdornhek-
ken hinunter. An der Biegung wandte er sich um und schrie
heiser: „Doch sei sicher: Kehrst du nicht zurück, verläßt du
deinen Galan nicht, erfährst du Schlimmes von mir."
Anna stand noch lange reglos. Im Herzen züngelte wie eine
Schlange das Mitleid mit dem Mann, der sechs Jahre lang
mit ihr unter einem Dach gelebt hatte.
Seitdem hatte sie keine Ruhe mehr. Immer öfter versank sie
ins Grübeln, aber wenn sie an die Vergangenheit dachte,
wollte sie sich nicht an die Tage des Streits erinnern, da ihr
Mann sie schmerzhaft geschlagen. Sie dachte nur an das,
was licht gewesen und Freude gemacht, so daß ihre Seele
sich voll Wärme dem Vergangenen und Alexander zu-
neigte, während die Gestalt Arsenis im Nebel zerfloß und
entschwand.
Arseni kannte seine frühere Anna nicht wieder, sie verschloß sich vor ihm, ging stumm durch die Zimmer, mit fal-
lenden Schultern und vorgeschobenem Bauch. Sie mied die
Frauen, und immer häufiger begegnete Arseni ihrem Blick,
der sich voll Haß und Bitterkeit auf ihn richtete.

Um Mitternacht gingen in der Steppe am Awdjuschker Hohlweg drei Heuschober des Artels in Flammen auf. Beim ersten Hahnenschrei kam in Unterhosen der Schuster Nitrocha aus dem Seitenflügel zu Arseni gelaufen und schlug vor dem eisgeblümten Fenster Lärm: „Steh auf! Das Heu brennt! Man hat Feuer gelegt!"

Im Hemd stürzte Arseni auf die Treppe, spähte durch die Äste der Kirschbäume nach der Steppe und stieß einen derben Fluch durch die Zähne. Hinter dem Hügel, über den bläulichen Schneelaken, stieg, vom Winde bewegt, eine purpurne Säule zum Mond auf.

Vater Artjom führte die Stute aus dem Stall, halfterte sie auf, warf sich mit dem Bauch auf ihren knochigen Rücken, schwang ächzend das eine Bein hinüber, und im Trab ging's zur Brandstätte. Bei der Treppe rief er Arseni zu: „Der Haß ist schuld. Mein grauer Schecke, das Vieh – alles wird vor Hunger krepieren. Bind nur schon den Pferden die Schwänze hoch und treib sie zum Schinder!"

Beim Morgengrauen kam Arseni an die Brandstätte. Rings um den Haufen qualmender Asche dampfte die freie Erde, vertrauensselig blickten grüne Halme hervor.

Arseni hockte sich nieder und spähte umher. Auf dem nassen Boden lief die Spur eisenbeschlagener englischer Stiefel im Schneematsch, wie schwarze Pocken wirkten die Eindrücke der Nagelköpfe. Arseni zündete sich eine Zigarette an, und seine Augen folgten den Stapfen, die sich über die Steppe in Schleifen hinzogen. Er ging einige Schritte auf Katschalowka zu. Die Spuren vereinigten sich zu einer. Beim Ausgleiten hatte der Fuß das Eis über den Pfützen zerkratzt – und wie der Fährte eines Tieres ging Arseni der menschlichen Fußspur nach, sicher, schweigend. Hinter dem letzten Schober vor dem Zaun Alexanders verlor sich die Spur. Arseni seufzte, warf die Flinte des Vaters von einer Schulter auf die andere und bog in die Straße zum Artel ein.

Die Hebamme klatschte den feuchten Kinderkörper mit der Hand, dann wusch sie sich die Hände im Zuber und rief über den trennenden Vorhang: „Hör, Arseni, das Weib hat der Kommune einen Jungen geboren! Ihn zur heiligen Taufe schicken willst du wohl nicht, he?"

Arseni zog schweigend den Kattunvorhang beiseite; unter der blutbefleckten Decke hervor blickte ihn Anna haßfunkelnd an, sie schluchzte und schluckte an ihren Tränen.

„Fort, Verhaßter! Ich mag dich nicht mehr vor Augen haben." Sie kehrte sich zur Wand, sie weinte.

Das Leben war glatt gegangen wie ein gewalzter Weg. Doch nun quoll ein salziger Kloß in Arsenis Kehle, und der Gram packte sein Herz mit Wolfszähnen.

Zwei Tage danach war Arseni in die Scheune den Rest der Hirse dreschen gegangen. Bis zum Abend hatte man sich mit dem Motor herumgeplagt; als er endlich ansprang, dämmerte es, hinter den schwarzen Umrissen der Pappeln dunkelte die Nacht.

„Arseni Andrejewitsch, komm auf einen Augenblick."

Er ging hinaus. Neben der Bretterwand stand Anna, in ein Tuch gehüllt.

„Was willst du, Annuschka?"

Ihre Stimme klang fremd und heiser, er erkannte die Stimme seiner Frau nicht: „Im Namen Christi und des Herrgotts fleh ich. Laß mich zu meinem Mann! Er ruft mich zu sich. Ich nehm dich mit dem Kind, sagt er. Und du, Arseni Andrejewitsch, verarg's mir nicht. Halte mich nicht! Ich gehe sowieso, ich bin dir nicht mehr gut!"

„Zuerst zieh das Kind auf, dann geh. Zwang tu ich dir keinen an. Aber den Sohn laß ich dir nicht. Ich hab vier Jahre für die Sowjetmacht gekämpft, ich bin mit Narben bedeckt, und dein Mann – ein Kadett ist er, von Wrangel ist er gekommen. Mein Söhnchen wächst auf und wird bei ihm Knecht sein. Ich leide das nicht!"

Anna trat dicht an ihn heran, ihr Atem strich heiß über sein Gesicht. „Du gibst das Kind nicht her?"

„Nein!"

„Du gibst es nicht?"

Zorn überquoll die Seele Arsenis. Zum erstenmal, seit er mit Anna zusammenlebte, ballte er die Faust. Ums Haar hätte er sie ihr zwischen die vor Haß brennenden Augen geschlagen, doch hielt er an sich und sagte dumpf: „Hüte dich, Anna!"

Des Abends nach dem Essen gab Anna dem Kind die Brust, und nachdem sie sich das Tuch umgeschlagen hatte, ging sie auf den Hof hinaus. Lange kehrte sie nicht zurück. Arseni saß auf der Bank, über das Kummet gebeugt, das er flickte. Als er die Tür knarren hörte, hob er nicht den Kopf, er erkannte Anna am Schritt. Sie ging zur Wiege, wechselte die Windeln und legte sich schweigend schlafen. Auch Arseni ging zu Bett. Er konnte nicht einschlafen, wälzte sich herum, horchte auf das abgerissene Atmen des Weibes, lauschte dem Schlagen des eigenen Herzens. Gegen Mitternacht schlief er ein. Wie ein Alp überfiel ihn der Schlaf. Er hörte es nicht, wie Anna nach dem ersten Hahnenschrei katzenweich von der Bettstatt glitt, sich im Dunkeln ankleidete, das Kind in ein Tuch hüllte und hinausging – die Tür knarrte nicht.

Den zweiten Monat war Anna bei Alexander. Zuerst war es eine ängstliche Freude für sie gewesen, und nur zuweilen kamen ihr heimlich Tränen des Bedauerns: Im Artel war es so freundlich gewesen, und nun das böse Knurren des alten Vaters: „Ein liederliches Frauenzimmer hat er heimgeholt. Nach Kommune hat unsere Hütte bislang noch nicht gestunken. Eine Freischluckerin mit einem Wechselbalg lädt er sich auf den Hals. Davonjagen tät ich sie!"
Alexander hatte in den ersten Tagen schöne Worte gehabt, danach gingen die Tage für Anna in harter Fron dahin. Ihr Mann spannte sie in die Wirtschaft ein und saß selbst immer öfter bei Luschka, der Schnapsbrennerin, am Dorfrand. Von dort kam er besoffen heim und bekotzte Fußboden und Wände. Bis zum grauenden Morgen lümmelte er sich auf der Bank, die Papacha hinten auf dem Schädel, stieß rülpsend nach Fusel auf und zwirbelte selbstgefällig seinen Schnurrbart.
„Was kannst du uns schon für 'ne Frau sein, Anna", knurrte er, „so ungebildet, wie du bist. Wir haben die Welt gesehen, im Ausland sind wir gewesen und kennen Anstand und Sitte. Kann so eine wie du eine Frau für uns sein?... Pardon! Vom General die Tochter hätt ich haben können, die ist fein gewesen. Oftmals, wenn wir bei den Offi ... Aber was soll man da noch reden. Nichts verstehst du davon! Das rote Pack, wär es im Ausland gewesen – da gibt's Menschen!"
Er schlief auf der Bank ein. Wenn er in der Frühe erwachte, krächzte er: „Frau! Zieh mir die Stiefel von den Füßen! Nie-

derträchtiges Aas, dankbar solltest du sein, weil ich dich und deinen jungen Köter füttere. Was plärrst du? Willst du die Knute? Paß nur auf, ich habe eine lockere Hand!"

Eines bewölkten, trüben Februartages klopfte der Gemeindebote ans Fenster von Alexanders Kate. „Ist einer daheim?"

„Ja, komm nur rein."

Er trat ein, legte seine Krücke, die von Hunden zerbissen war, auf die Truhe, zog ein Blatt voller Fettflecke aus dem Rock und strich es sorgfältig auf dem Tisch glatt. „Alsbald müßt ihr dahin zur Versammlung. Und unterzeichnen müßt ihr mir das, hier, mit eurem Zunamen. Bei euereinem geht's nicht anders."

Anna trat zum Tisch, sie unterschrieb die Aufforderung mit ihrem Zunamen. Ihr Mann hob erstaunt die Brauen. „Wo hat man dir das Schreiben beigebracht?"

„Im Artel."

Alexander schwieg, er schloß die Tür hinter dem Dorfschreiber und sagte böse: „Ich geh mir das Geschwätz der Sowjetischen anhören, und du besorgst das Vieh, Anna. Aber rühr mir nicht das Gerstenstroh an, sonst hau ich dir die Visage schief. Ist mir auch so 'ne Angewohnheit! Der Winter dauert noch zwei Monate, und der halbe Schober ist schon abgetragen."

Ächzend knöpfte er seinen Halbpelz zu, und aus dem Blick, den er ihr unter den zottigen schwarzen Brauen zuwarf, sprach blanker Geiz.

Anna drückte sich am Ofen rum, dann trat sie von der Seite auf ihren Mann zu. „Senja, könnte auch ich – zur Versammlung?"

„Wo-o-hin?"

„Zur Versammlung."

„Was willst du da?"

„Zuhören möcht ich!"

Tiefes Rot stieg Alexander in die Wangen, seine Lippen zitterten, und seine rechte Hand langte zur Wand und tastete nach der Knute über der Bettstatt.

„Was, du herrenlose Hündin? Du willst deinem Mann vor dem ganzen Dorf Schande machen? Wann schlägst du dir endlich diese Kommuneunsitten aus dem Kopf?" Er knirschte mit den Zähnen und trat, die Fäuste geballt, dicht an Anna heran. „Du, gib acht! Daß ich dich nicht verprügle! Keinen Mucks mehr!"

„Senjuschka. Alle Frauen gehen doch zur Versammlung!"

„Schweig, Luder! Diese Mode führst du bei mir nicht ein. Zur Versammlung rennt, wer ohne Mann ist und den Rocksaum rasch mal hochhebt. Ha, was die sich denkt! Zur Versammlung!"

Der Schmerz stach Anna wie mit tausend Nadeln. Ihr Gesicht war bleich geworden. Mit zitternder brüchiger Stimme sagte sie: „Und ein Mensch bin ich in deinen Augen nicht?"

„Die Stute ist kein Pferd, das Weib kein Mensch!"

„Aber im Artel . . ."

„Du und dein Bastard fressen mein Brot, nicht das vom Artel! Mir liegst du auf dem Hals, mir hast du auch zu gehorchen!" schrie Alexander.

Annas Wangen entfärbten sich noch mehr, und das Blut strömte ihr zum Herzen und pochte heiß in ihren Adern. Durch die aufeinandergepreßten Zähne stieß sie hervor: „Du selbst hast mich zum Kommen überredet, Liebe hast du mir versprochen, wo sind nun deine Versprechungen?"

„Da sind sie!" krächzte Alexander, und mit voller Wucht stieß er ihr die Faust vor die Brust.

Anna schrie auf, wankte, suchte seinen Arm zu fassen, doch der Mann fluchte heiser, riß sie an den Haaren hintüber und trat sie mit dem Fuß heftig in den Leib. Anna stürzte schwer zu Boden und rang mit offenem Munde nach Luft, von brennender Atemnot gewürgt. Den dumpfen Schmerz der Schläge ertrug sie mit Gleichmut, und wie durch einen feinen Nebelschleier sah sie über sich rot und verzerrt das Gesicht des Mannes.

„Da, da hast du! Du willst nicht mehr? Aha, du Aas. Wirst noch ein anderes Lied singen! Da hast du! Hast du . . ."

Mit jedem Schlag, der den zusammengekrümmten Körper der Frau traf, flammte die Wut in Alexander höher auf, er schlug mit Bedacht, stieß den Fuß in Leib, Brust und Gesicht, das die Hände schützend bedeckten. Er schlug und schlug, bis das Hemd schweißnaß und die Beine müde waren, dann stülpte er sich die Papacha auf den Kopf, spie aus und ging auf den Hof, die Tür hart zuschlagend. Auf der Straße vor dem Tor blieb er stehen, besann sich anders und schritt über den zerfallenen Zaun des Nachbargartens zum Haus der Schnapsbrennerin Luschka.

Anna lag bis zum Abend am Boden. Bei Dämmerung kam der Schwiegervater in die Stube, stieß sie mit der Stiefelspitze an, knurrte: „Na, auf mit dir! Ich kenne dich, du Heuchlerin. Berührt sie der Mann mit dem Finger, liegt sie schon da! Lauf nur, dich beim Sowjet beklagen. Auf mit dir, hörst du! Wer soll für dich das Vieh besorgen? Soll ich vielleicht einen Knecht dingen?" Er schlurfte über den Lehmboden in die Küche. „Für vier fressen, aber nicht arbeiten. Ach, kein Gewissen haben die Leute! Man spuckt ihr ins Gesicht, und sie meint, Tau sei gefallen!"

Er zog sich an und ging das Vieh füttern.

In der Wiege regte es sich, das Kind schrie. Anna öffnete die Augen und erhob sich auf die Knie. Aus ihrem geschwollenen Mund rann Schleim und Blut. Kaum die Lippen bewegend, sagte sie: „Du, mein armer Kleiner . . ."

Hinter Katschalowka, wo das Hügelland bereits kahle Stellen von der Schneeschmelze trägt, trifft der Abend die Nacht. Über den harschigen Schnee zieht das Licht die Hasen ins Dorf. In Katschalowka leuchten die Fenster hier und da in gelblichem Schein. Der Wind treibt den scharfen Geruch von verheiztem Kuhmist durch die Straßen.

Alexander kam zum Abendbrot heim. Er fiel aufs Bett, rief heiser: „Anna! Die Stiefel!" und schlief ein. Er schnarchte, klebriger Speichel rann aus seinem Munde aufs Kissen.

Anna wartete, bis der Großvater auf dem Ofen still geworden war, nahm das Kind und lief auf den Hof. Sie blieb stehen und lauschte auf den raschen Schlag ihres Herzens. Über Katschalowka senkte sich die Nacht. Von den Dächern tröpfelte es, der Dung dampfte in Haufen. Der Schnee unter den Füßen war naß und patschig. Anna hielt das Kind an die Brust gedrückt und stolperte durch eine Quergasse zum Teich, der in schmutzigblauem Eis dalag. Am Rande des Teiches raschelte das Schilf im Winde und nickte Anna mit zottigen Schöpfen hochmütig zu.

Sie trat zum Loch. Das dunkle Wasser war mit hauchdünnem Eis überzogen, neben dem Loch lagen das aufge-

hauene Eis und gefrorener Kuhmist, zu einem Haufen zu-
sammengefegt.

Fester preßte Anna das Kind an die Brust und blickte in
den finster gähnenden Rachen des Wassers. Sie kniete nieder, doch da drang aus Windeln und Decke gedämpft das
Weinen des Kindes. Scham überflutete in heißer Welle Annas Gesicht. Sie sprang auf und lief, ohne sich umzu-
schauen, ins Artel. Da war's, das roh gezimmerte, über Winter gelb gewordene Tor, das vertraute Heulen des Dynamos
aus der Scheune.

Schwankend stieg sie die Vortreppe hinauf, die Tür zum
Gang knarrte, der Schlag ihres Herzens übertönte das Dröhnen ihrer Schritte.

Die dritte Tür links. Sie klopfte. Stille. Sie klopfte stärker,
Jemand kam zur Tür. Öffnete sie. Anna schaute mit trüben
Augen auf und blickte in das gelb gewordene hagere Ge-
sicht Arsenis. Erschöpft sank sie gegen den Türpfosten.

Arseni trug sie zum Bett, wickelte den Säugling aus den
Hüllen und legte ihn in die Wiege, die zwei Monate ver-
waist gestanden. Er lief in die Küche nach Milch, küßte
dem Sohn die weißen Füßchen und das tränennasse Gesicht Annas und sagte: „Deshalb bin ich nicht zu dir gekommen. Ich wußte, du kehrst ins Artel zurück, schon bald zurück."

1925

Der Todfeind

Hinter dem scharfgezogenen Strich des Horizonts war die laue orangegelbe Sonne noch nicht verschwunden, als der im satten Blau des Abendhimmels golden schimmernde Mond schon unaufhaltsam im Osten emporstieg und der frischgefallene Schnee sich dämmerig grau verfärbte.

In allmählich zerfließenden Schwaden hob sich Rauch aus den Schornsteinen, Krähen schrien knarrend und dringlich, der Ort roch nach verbranntem Unkraut, nach Asche. Aus der Steppe zog die Nacht herauf, sie erstickte die Farben. Und kaum war die Sonne untergegangen, da hing überm Brunnenschwengel ein blitzendes Sternchen, ein Sternchen so schüchtern und verlegen wie eine Jungfer bei der ersten Brautschau.

Nachdem Jefim zu Abend gegessen hatte, trat er auf den Hof hinaus. Fenster hüllte er sich in den abgetragenen Militärmantel, schlug den Kragen hoch und ging, in der kalten Luft fröstelnd, rasch die Straße hinunter. Kurz vor dem baufälligen Schulhaus bog er in eine Nebengasse und betrat das letzte Gehöft. Er öffnete die Tür zum Vorraum und horchte – drinnen wurde laut gesprochen und gelacht. Kaum aber hatte er die Stubentür aufgestoßen, da verstummte das Gespräch. Um den Ofen wölkte Tabakrauch, mitten im Raum stand ein Kalb und ließ einen dünnen Strahl auf den Lehmboden rinnen. Als die Tür knarrte, drehte es unwillig den Kopf mit den langen Ohren und stieß ein kurzes abgerissenes Blöken aus.

„Na, geht's euch gut?"

„Gott sei gedankt!" antworteten zwei Stimmen durcheinander.

Jefim trat vorsichtig über die Pfütze hinweg, die unter dem Kalb auseinanderfloß, und setzte sich auf die Bank. Dem

Ofen zugewandt, an dem die Bauern beisammen hockten und rauchten, fragte er: „Fängt die Versammlung nicht bald an?"

„Sobald genug dasein werden, noch sind wir zuwenig", antwortete der Hausherr, gab dem breitbeinig dastehenden Kalb einen Klaps und streute Sand auf den nassen Fußboden.

Am Ofen drückte Ignat Borstschow seine Selbstgedrehte aus, spuckte grünlichen Schleim durch die Zähne, stand auf und setzte sich zu Jefim. „Ja, Jefim, du sollst Vorsitzender werden! Wir haben's hier schon beredet", sagte er mit spöttischem Lächeln und strich sich den Bart.

„Ich wart lieber noch."

„Wieso?"

„Ich fürchte, wir vertragen uns nicht."

„Wird schon gehen. Du bist der richtige Mann, bist in der Roten Armee gewesen, kommst aus der Kleinbauernschicht."

„Ihr seid doch auf einen von euch aus."

„Was heißt ‚euch'?"

„Na einer, der zu euch hält. Daß er den Geldsäcken, wie du einer bist, nach dem Mund spricht und nach eurer Pfeife tanzt."

Ignat hüstelte, seine Augen unter der Papacha funkelten, als er den am Ofen Hockenden zublinzelte. „Stimmt so ungefähr. Solche wie dich wollen wir nicht geschenkt! Wer stänkert gegen die Gemeinde? Jefim! Wer bleibt den Leuten quer in der Kehle stecken wie eine Gräte? Jefim! Wer macht sich bei den Kleinbauern lieb Kind? Wieder Jefim!"

„Bei den Kulaken mach ich mich nicht lieb Kind!"

„Wir bitten auch gar nicht darum!"

Jetzt nahm der am Ofen sitzende Wlas Timofejewitsch das Wort. Nachdem er eine dichte Rauchwolke ausgestoßen hatte, sagte er beherrscht: „Kulaken gibt's bei uns im Ort nicht, wohl aber Bettelpack. Doch dir, Jefim, haben wir ein wählbares Amt zugedacht. Darfst vom Frühjahr ab das Vieh hüten oder aber auf dem Melonenfeld arbeiten."

Ignat fuchtelte mit seinem Fausthandschuh und verschluckte sich vor Lachen, am Ofen stimmte man ein und lachte lange und laut. Als man sich endlich beruhigt hatte, wischte Ignat seinen vollgesabberten Bart ab, klopfte dem erblaßten Jefim auf die Schulter und sagte: „Ja, so ist die Sache, Jefim. Wir sind Kulaken, sind Schinder und Raffer, aber wenn das Frühjahr einzieht, dann kommen all deine Kleinbauern, das ganze Proletariat, mit der Mütze in der Hand angekrochen und katzbuckeln vor mir. ‚Ignat Michalytsch, pflüg doch die Deßjatine von mir mit! Ignat Michalytsch, leih mir um Christi willen bis zur neuen Ernte ein Maß Hirse.‘ Warum kommt ihr denn? Siehst du, so ist die Sache, man tut so einem Schweinehund den Gefallen, und er, statt dankbar zu sein, hastenichtgesehn zeigt dich an: Saatfläche sollst du der Steuer verheimlicht haben. Aber für was soll ich deinen Staat bezahlen? Wenn er nichts im Beutel hat, mag er meinethalben von Haus zu Haus betteln gehen, vielleicht schmeißt ihm einer was aus dem Fenster!"

„Hast du nicht voriges Frühjahr der Dunka Worobjowa ein Maß Hirse gegeben?" fragte Jefim mit verkrampftem Mund.

„Freilich."

„Und hat sie's dir nicht überreichlich abgearbeitet?"

„Das geht dich nichts an!" schnitt ihm Ignat barsch das Wort ab.

„Den ganzen Sommer durch mußte sie sich auf deinen Wiesen abbuckeln. Obendrein haben ihre Mädels deine Gärten gejätet!" rief Jefim.

„Und wer hat die Bauernschaft wegen falscher Angaben über die Anbaufläche denunziert?" brüllte Wlas vom Ofen.

„Wenn ihr wieder falsche Angaben macht, zeige ich euch wieder an!"

„Wir werden dir das Maul schon stopfen! Dann ist's aus mit dem Kläffen!"

„Denke dran, Jefim, wer sich gegen die Gemeinde stellt, ist Gottes Widersacher!"

„Ihr Kleinbauern seid nur ein Ärmel, der ganze Mantel sind wir!"

Jefim drehte sich mit zitternden Fingern eine Zigarette, sah die andern von unten herauf an und lachte spöttisch: „Nein, meine Herren Graubärte, eure Tage sind um, eure Blütezeit vorbei! Wir haben die Sowjetmacht errichtet, und wir lassen dem Kleinbauern nicht die Kehle zudrücken! Es soll nicht wieder so kommen wie voriges Jahr. Da habt ihr's gedeichselt, daß die schwarze Erde an euch fiel, und uns habt ihr den Sand zugeschustert. Aber diesmal wird nichts draus. Bei der Sowjetmacht sind wir keine Stiefkinder!"

Ignat, dunkelrot, schrecklich anzusehen mit seiner verunstalteten Stirn und dem wutverzerrten Gesicht, hob den Arm. "Sieh dich vor, Jefim, daß du nicht stolperst! Stell dich uns nicht in den Weg! So wie wir bisher gelebt haben, so werden wir auch weiterhin leben. Geh besser zur Seite!"

"Nein!"

"Wenn du nicht gehst, räumen wir dich aus dem Weg! Mit der Wurzel reißen wir dich aus wie ein böses Unkraut! Du bist für uns nicht Freund und nicht Dorfgenosse, du bist unser Todfeind, ein tollwütiger Hund bist du!"

Die Tür ging auf, und mit einer dichten Wolke Dampf drängten sich ein Dutzend Menschen herein. Die Frauen bekreuzigten sich vor den Ikonen und drückten sich beiseite, die Kosaken nahmen ihre Papachas ab, hüstelten und zupften sich die Eiszapfen aus dem Schnurrbart. Eine halbe Stunde später waren Küche und Stube gestopft voll, der Vorsitzende der Wahlkommission erhob sich am Tisch und sagte in gleichmütigem Ton: "Die öffentliche Versammlung der Einwohner von Podgornoje ist eröffnet. Ich bitte, das Präsidium zur Leitung der ordentlichen Versammlung zu wählen."

Als man um Mitternacht vor Tabaksqualm nicht mehr atmen konnte, die erlöschende Lampe blakte und die Weiber sich die Seele aus dem Leibe husteten, rief der Sekretär der Versammlung, die verschwommenen Augen auf ein Blatt Papier geheftet: "Ich verlese die Namen der gewählten Mitglieder des Sowjets! Laut Stimmenmehrheit sind gewählt worden: als erster Prochor Rwatschow und als zweiter Jefim Osjorow."

Jefim gab der Stute Heu und ging zur Vortreppe. Als er den Fuß auf die frostknarrende Stufe setzte, krähte im Stall der Hahn los. Am schwarzen Himmelszelt tanzten gelbe Sterntüpfelchen, das Siebengestirn funkelte genau über Jefims Kopf. Mitternacht, dachte Jefim, die Hand auf der Klinke. Im Vorraum schlurfte jemand mit Filzstiefeln zur Tür. "Wer ist da?"

„Ich, Mascha. Schnell, mach auf!"

Jefim drückte die Tür fest hinter sich zu und zündete ein Streichholz an. Der in einem Schüsselchen mit Hammelfett schwimmende Docht knisterte qualmend. Während Jefim den Mantel auszog, beugte er sich über die am Bett hängende Wiege; seine Brauen glätteten sich, um den Mund legte sich eine weiche Falte, die frostblauen Lippen flüsterten zärtliche Worte. Da lag in Lumpen und Lappen, nacktgestrampelt bis zum Bauch und die molligen Ärmchen von sich gestreckt, sein vom Schlafen rosiger sechs Monate alter Erstgeborener, neben sich auf dem Kopfkissen den Lutschbeutel, prall gefüllt mit zermanschtem Brot.

Vorsichtig schob er die Hand unter den warmen kleinen Rücken und rief seiner Frau leise zu: „Gib ihm eine frische Unterlage, das Luderchen hat sich naß gemacht." Und während sie eine Windel vom Ofen holte, sagte er halblaut: „Mascha, sie haben mich zum Sekretär gewählt."

„Und Ignat und die andern?"

„Haben sich auf die Hinterbeine gestellt. Aber die Kleinbauern waren wie ein Mann für mich."

„Sieh dich vor, Jefimuschka, daß es nicht schlimm für dich ausgeht."

„Schlimm ausgehen wird's nicht für mich, sondern für sie. Alles werden sie jetzt tun, um mich beiseite zu schieben. Vorsitzender ist doch dem Ignat sein Eidam geworden."

Als habe jemand am Wahltag eine Furche durch den Ort gezogen, waren die Menschen nun in zwei feindliche Lager getrennt. Auf der einen Seite Jefim und die Kleinbauern, auf der andern Ignat mit seinem Schwiegersohn, dem Vorsitzenden, Wlas, der Mühlenbesitzer, fünf Dorfreiche und ein Teil der Mittelbauern.

„Sie treten uns in den Dreck", brüllte Ignat wütend auf der Straße. „Ich weiß, was Jefim im Schilde führt. Er will alle gleichmachen. Habt ihr gehört, was er bei Fedka, dem Schuster, für Geschichten erzählt? Gemeinsam gepflügt werden soll bei uns, der Boden gemeinsam bearbeitet, und einen Traktor will er auch kaufen. Nein, nein, du bring's erst mal zu vier Paar Ochsen, dann kannst du's mit mir aufnehmen, nicht aber jetzt, wo du weiter nichts hast als Läuse in den Hosen. Und was denen ihr Traktor angeht, auf den pfeif ich. Unsere Väter sind auch ohne so 'n Ding fertig geworden!"

Eines Sonntags gegen Abend traf man sich beim Gehöft Ignats. Man sprach von der im Frühjahr bevorstehenden Neuaufteilung des Bodens. Ignat, der seinen sonntäglichen Schwips hatte, schüttelte den Kopf, rülpste nach Selbstgebranntem und redete auf Iwan Donskow ein: „Nein, Wanja, betrachten wir die Sache mal als Nachbarn. Wozu braucht ihr beispielsweise das Land am Perenosny-Teich? Wahr und wahrhaftig! Solch fetter Boden, der will doch richtig gepflügt und bearbeitet sein! Was richtest du schon aus mit deinem einen Paar Ochsen! Für die Sowjets bist du Mittelbauer, das heißt, du stehst zwischen Jefimka und mir. Nun überleg dir mal, ist's für dich vorteilhafter, wenn du's mit ihm hältst oder mit mir? Also im guten, als Nachbar. Was wollt ihr mit dem Land am Perenosny?"

Iwan steckte die Daumen hinter seinen ausgeblichenen Gurt und fragte geradezu und schroff: „Worauf willst du hinaus?"

„Um das Land geht's. Ja. Sag doch selber, das ist dort fetter Boden . . ."

„Du meinst also, wir sollen auf weißem Ton säen?"

„Ach, nun fängst du wieder damit an. Wieso denn auf Ton? Man kann euch ja entgegenkommen . . ."

„Der Boden am Perenosny ist fett. Paß nur auf, Onkel Ignat, daß dir der fette Bissen nicht im Halse steckenbleibt!" Iwan kehrte ihm schroff den Rücken und ging.

Unter den Zurückbleibenden herrschte lange Zeit betretenes Schweigen.

Am anderen Ende des Ortes aber, beim Schuster Fedka, fuchtelte am selben Abend Jefim, verschwitzt und hochrot im Gesicht, wild mit den Händen und schüttelte seine Mähne.

„Hier hilft kein Geschreibe, hier helfen nur Taten! Wie die Fliegen vermehren sich diese Dorfkorrespondenten. Wahr oder nicht wahr, alles kommt rein in die Zeitung. Schlecht werden kann einem, was man da zuweilen liest. Aber fragt mal jeden von ihnen, was er eigentlich getan hat! Statt zu flennen und dem Staat unter die Schürze zu kriechen wie 'n kleines Kind bei der Mutter, täten sie sich besser zusammen und setzten dem Kulaken die Faust unter die Nase.

Oder? Hol's der Teufel! Die Kleinbauern können doch nicht ewig an der Sowjetmacht zitzeln, 's wird Zeit, auf eigenen Füßen zu stehen. Darauf kommt's an, ohne fremde Hilfe. Jetzt, wo ich Mitglied des Sowjets bin, wollen wir mal sehen, wer wen unterkriegt."

Schwerfällig häufte die Nacht Dunkelheit über die Steppe, über Gassen und Gärten. Der Wind jagte mit Räuberpfiffen durch die Straßen, rüttelte an den frosterstarrten kahlen Bäumen, lugte frech unter die vorspringenden Dächer der Häuser, zerwühlte den schlafenden Sperlingen das aufgeplusterte Gefieder und ließ sie von Juniwärme träumen, von reifen, im Morgentau blanken Kirschen, von Würmern im Mist und anderen Leckerbissen, die uns Menschen niemals in Winternächten im Traum erscheinen.
Am Schulzaun glommen die Pünktchen von Selbstgedrehten. Zuweilen riß der Wind Asche und Funken mit sich, trug sie fürsorglich in die Höhe, bis sie erloschen, und von neuem vibrierten über dem sattvioletten Schnee Dunkel und Stille, Stille und Dunkel.
Einer im offenen Halbpelz lehnte am Zaun und rauchte schweigend. Ein anderer stand daneben, den Kopf zwischen die Schultern gezogen.
Geraume Zeit wurde das Schweigen von keinem gebrochen. Das Gespräch, das dann in Gang kam, wurde in gedämpftem Ton geführt.
„Na, wie ist's?"
„Er macht Sperenzien. Bei meinem Schwiegervater steht ein Mädel in Arbeit, und da wühlt er. ‚Habt ihr einen Vertrag mit ihr geschlossen?‘ fragt er. ‚Weiß ich nicht‘, geb ich zur Antwort. ‚Aber der Vorsitzende sollte das wissen‘, sagt er drauf. ‚So was wird nicht gutgeheißen.‘"
„Räumen wir ihn aus dem Weg?"
„Werden's wohl müssen."
„Und wenn's rauskommt?"
„Wir müssen die Spuren verwischen."
„Also wann?"
„Komm zu mir, und wir besprechen's."
„Hol's der Teufel, unheimlich ist's doch. Einen Menschen umbringen, das ist dir nicht gekaut und ausgespuckt."
„Sei nicht komisch, anders geht's nicht. Begreif doch, den

211

ganzen Chutor bringt er auf den Hund. Gibst du die Anbaufläche richtig an, dann zieht dir doch die Steuer das Fell
über die Ohren. Und dieses ewige Lamentieren um den Boden. Der allein hetzt doch die Kleinbauern gegen uns auf.
Ohne ihn hätten wir das Bettelvolk soo in der Hand!" Die
zur Faust geballten Finger knackten. Der Wind trug einen
wüsten Fluch davon. „Kommst du also?"
„Ich weiß noch nicht, vielleicht . . . Gut, ich komme!"

Jefim wollte nach dem Frühstück grade zum Exekutivkomi-
tee gehen, als er Ignat durchs Fenster erblickte.
„Ignat kommt, was kann das bedeuten?"
„Er kommt nicht allein, der Müller-Wlas ist mit dabei",
sagte seine Frau.
Die beiden traten ins Haus, nahmen die Mütze ab und be-
kreuzigten sich inbrünstig.
„Schönen guten Tag!"
„Seid gegrüßt", antwortete Jefim.
„Ein Wetterchen ist das, Jefim Mikolaitsch! So ein schöner
Tag heute, frischer Spurschnee, da müßte man auf die Ha-
senjagd gehen."
„Was hindert dich daran?" fragte Jefim, der sich nicht erklä-
ren konnte, was die seltsamen Gäste zu ihm geführt haben
mochte.
„Das ist nichts mehr für mich", sagte Ignat, während er sich
setzte. „Das ist was für junge Leute, für dich. Kommst mal
zu mir, holst dir die Hunde, und dann raus in die Steppe.
Kürzlich hat meine Meute ganz allein an den Gärten einen
Fuchs gegriffen."
Wlas schlug seinen Pelz auseinander, setzte sich aufs Bett,
schaukelte die Wiege und räusperte sich. „Wir sind zu dir
gekommen, Jefim . . . Wir haben was mit dir zu bereden."
„Sprich!"
„Wie wir gehört haben, willst du aus dem Chutor in die Staniza ziehen. Stimmt das?"
„Nirgends will ich hinziehen. Wer hat euch das erzählt?"
fragte Jefim verwundert.
„Die Leute reden's", antwortete Wlas ausweichend. „Deswegen sind wir gekommen. Wozu solltest du in die Staniza
ziehen, wenn du hier nahebei Häuschen und Hof kaufen
kannst, und noch dazu spottbillig."

„Wo denn?"

„In Kalinowka. Es wird für wenig Geld verkauft. Im Fall du hinziehen willst, könnten wir dir mit Geld unter die Arme greifen, du zahlst dann ab. Und beim Umzug helfen wir dir auch."

Jefim lächelte. „Ihr möchtet mich wohl gern loswerden?"

„Was fällt dir ein!" Ignat winkte ab.

„Ich will euch mal was sagen." Jefim trat dicht an Ignat heran. „Ich gehe nicht fort, nirgendshin, schlagt euch das aus dem Sinn! Ich weiß, was ihr wollt! Mich kauft ihr aber nicht, weder mit Geld noch mit Versprechungen!" Schwer atmend, dunkelrot bis zum Haaransatz, blaffte er Ignat in das verschlagene bärtige Gesicht, als wenn er ihn anspuckte: „Raus aus meinem Haus, alter Hund! Und du auch, Müller. Raus, ihr Aasbande! Und ein bißchen fix, sonst mach ich euch Beine, daß euch die Kaldaunen rauskullern."

Im Flur stellte Ignat umständlich den Kragen seines Pelzes auf, und mit dem Rücken zu Jefim sagte er langsam und betont: „Du wirst noch daran denken, Jefim! Du willst nicht im guten gehen? Schön. Dann wird man dich eben mit den Füßen voran aus dem Haus tragen!"

Jefim konnte sich nicht mehr beherrschen, er packte Ignat am Kragen, schüttelte ihn wütend und warf ihn die Vortreppe hinab. Beim Sturz verwickelte sich Ignat in die Schöße seines Pelzes und klatschte schwer auf die Erde. Wendig wie ein Junger sprang er aber wieder auf, wischte sich das Blut von den aufgeschlagenen Lippen und stürzte sich auf Jefim. Wlas hielt ihn mit ausgebreiteten Armen zurück. „Laß, Ignat, jetzt nicht. Das kommt schon noch."

Geduckt glotzte Ignat lange mit finsterem Blick Jefim an, bewegte die Lippen, wandte sich dann ab und ging wortlos davon. Wlas folgte ihm. Während er ihm den Schnee vom Pelz klopfte, blickte er sich immer wieder nach dem auf der Vortreppe stehenden Jefim um.

Vor Weihnachten kam Dunka, Ignats Arbeiterin, tränenüberströmt zu Jefim.

„Was hast du, Dunjacha? Wer hat dir was getan?" fragte Jefim, steckte die Mistgabel in den Strohhaufen und verließ eilig die Tenne. „Wer hat dir was getan?" fragte er nochmals, während er zu ihr trat.

Das Gesicht des Mädchens war verschwollen, naß von Tränen. Sie schneuzte sich in die Schürze, wischte die Tränen mit einem Zipfel des Kopftuches ab und klagte mit heiserer Stimme: „Jefim, erbarm dich einer unseligen Waise! Ach Gott, mein Gott. Was soll ich nun anfangen?"

„Heul nicht! Erzähl vernünftig!" fuhr Jefim sie an.

„Der Herr hat mich vom Hof gejagt. ,Mach, daß du fortkommst', sagte er, ,ich brauch dich nicht mehr!' Wo soll ich jetzt hin? Am Philippstag sind's zwei Jahre gewesen, daß ich bei ihm bin. Ich hab ihn angefleht, wenigstens einen Rubel soll er mir geben für all die Zeit. ,Nein', sagt er, ,nicht 'ne Kopeke kriegst du! Würde mich selber danach bücken', sagt er, ,aber es liegt ja nicht auf der Straße, das Geld.'"

„Komm mit ins Haus!" sagte Jefim kurz.

Nachdem er ohne Eile seinen Mantel ausgezogen und an den Nagel gehängt hatte, setzte er sich an den Tisch und ließ das schluchzende Mädchen gegenüber Platz nehmen.

„Hast du bei ihm auf Vertrag gearbeitet?"

„Ich weiß nicht. Seit dem Hungerjahr bin ich bei ihm gewesen."

„Und einen Vertrag, irgendein Papier, hast du nicht unterschrieben?"

„Nein. Ich kann doch nicht schreiben und lesen, grad meinen Namen krieg ich mit Müh und Not gekritzelt."

Nach kurzem Schweigen nahm Jefim einen Viertelbogen Packpapier vom Regal und malte in krakeliger Schrift, aber deutlich:

„An das Volksgericht des 8. Abschnitts.

Anzeige . . ."

Seit dem Frühjahr des vorigen Jahres, als Jefim die Kulaken, die ihr Getreide vor der Steuer verheimlichten, angezeigt hatte, hegte Ignat, früher der erste Mann am Ort, eine Wut auf Jefim. Offen äußerte er seine Gefühle in keiner Weise, aber hintenherum, insgeheim, schadete er ihm. Bei der Heuernte brachte er Jefim um einen Teil seines Ertrags. In der Nacht, als Jefim im Chutor war, fuhr Ignat mit zwei Wagen hinaus und schaffte fast die Hälfte des Heus fort. Jefim

schwieg, obgleich er festgestellt hatte, daß von seinem Wie-
senabschnitt Radspuren zu Ignats Tenne führten.

Zwei Wochen später stießen Ignats Windhunde am steilen
Hohlweg auf eine Wolfshöhle. Die Wölfin war unterwegs,
aber zwei struppige hilflose Wolfsjunge holte Ignat aus dem
Bau und steckte sie in einen Sack. Den Sack band er an den
Sattelriemen, stieg aufs Pferd und ritt eilends nach
Hause.

Das Pferd legte ängstlich die Ohren an und streckte sich
schnaubend, als wenn es zum Sprung ansetzte. Die Windhunde umsprangen die Beine des Gauls, witterten, die
krummnasigen Schnauzen in die Luft gehoben, und winsel-
ten leise. Ignat wiegte sich im Sattel, streichelte dem Pferd
den Hals und schmunzelte in seinen Bart.

Die kurze Sommerdämmerung war bereits der Nacht gewi-
chen, als Ignat vom Berg herab in den Ort einritt. Unter den
Hufen des Pferdes blitzte auffliegender Schotter, im Sack
am Riemen bewegten sich ohne Laut die jungen Wölfe.

Noch bevor Ignat das Gehöft Jefims erreicht hatte, hielt er
an und sprang aus dem knarrenden Sattel. Das Wolfsjunge,
das ihm im losgebundenen Sack als erstes unter die Finger
kam, zog er heraus, tastete unter dem warmen Fell nach der
dünnen Kehle und drückte sie, das Gesicht verziehend,
zwischen Daumen und Zeigefinger zusammen. Ein kurzes
Knirschen. Das Wolfsjunge flog mit gebrochenem Halswir-
bel über Jefims Hofzaun und fiel unhörbar in dichtes Gestrüpp. Gleich darauf fiel das andere zwei Schritte weiter zu
Boden.

Ignat wischte sich angewidert die Hand ab, sprang in den
Sattel und knallte mit der Peitsche. Das Pferd jagte schnaubend durch die Gasse, hinter ihm die schmalen Windhunde.

In der Nacht aber kam die Wölfin von der Höhe hinab zum
Chutor und stand lange als schwarzer Schatten neben der
Windmühle. Der Wind wehte aus Süd, er trug ihr feindli-
che Gerüche und fremdartige Laute zu.

Den Kopf am Boden, ins Gras geduckt, kroch sie in die
Gasse, blieb neben Jefims Hof stehen und beschnupperte
die Spuren. Aus dem Stand sprang sie über den zwei Arschin hohen Zaun und schlängelte sich durch das Kletten-
gestrüpp.

Jefim wurde durch das Brüllen des Viehs wach. Er zündete die Laterne an und lief in den Hof. Der Stall war offen, er hielt das flackernde gelbe Licht hinein: Das eine Schaf stand gegen die Raufe gedrängt, zwischen den gespreizten Beinen dampfte das blaue Geschling der herausgefetzten Därme; das andere lag mitten im Stall, aus der durchgebissenen Kehle kam bereits kein Blut mehr.

Am Morgen fand Jefim zufällig unter den Kletten die toten Wolfsjungen. Da wußte er sofort, wessen Hände Werk das Ganze war. Er nahm die Wolfsjungen auf die Schaufel, trug sie in die Steppe und warf sie ein Stück vom Wege ins Gras. Doch die Wölfin suchte noch einmal Jefims Hof heim. Sie wühlte sich lautlos durchs Schilfdach in den Stall, biß der Kuh den Hals durch und verschwand wieder.

Jefim fuhr die enthäutete Kuh zur Lehmgrube, wohin man gewöhnlich das krepierte Vieh schaffte, und ging geradewegs zu Ignat. Der schlug unterm Vordach der Scheune die Halbhölzer für einen neuen Karren zurecht. Als er Jefim erblickte, stellte er die Axt hin und setzte sich erwartungsvoll lächelnd auf die Deichsel des Wagens, der unter dem Vordach stand. „Komm in den Schatten, Jefim!"

Der nahm beherrscht neben ihm Platz. „Schöne Hunde hast du, Väterchen Ignat."

„Ja, Bruderherz, meine Hündchen sind was wert. He, Räuber! Laß ab! Hierher!"

Der Rüde sprang die Vortreppe herab und kam breitbrüstig und langbeinig, mit hochgebogenem wedelndem Schwanz auf seinen Herrn zugelaufen.

„Für Räuber hab ich den Iljiner Kosaken eine Kuh mit Kalb gezahlt." In den Mundwinkeln lächelnd, fuhr er fort: „Ein schönes Tier. Und geht auf den Wolf."

Jefim tastete mit der Hand nach der Axt, kraulte den Hund hinter den Ohren und fragte: „Eine Kuh, sagst du?"

„Mit Kalb. Aber ist das ein Preis? Er ist viel mehr wert."

Jefim schwang kurz die Axt hoch und spaltete dem Hund den Schädel. Blut und Stückchen heißen Gehirns überspritzten Ignat.

Blaurot im Gesicht, warf Jefim die Axt auf die Erde und stieß halblaut hervor: „Hast du gesehen?"

Ignat schnaufte und sah mit stierem Blick auf die angezogenen Beine des Tieres. „Bist du besessen, he?" krächzte er.

„Besessen, ja!" flüsterte Jefim, leise zitternd. „Dir hätt ich den Schädel einschlagen müssen, du Saukerl, und nicht dem Hund. Wer hat die toten Wolfsjungen in meinen Hof geworfen? Du bist's gewesen! Du hast acht Kühe im Stall. Verlierst du eine, ist's wenig Verlust. Aber mir hat die Wölfin die letzte genommen, das Kind ist ohne Milch!"
Jefim ging schweren Schrittes zum Tor. An der Pforte holte ihn Ignat ein. „Für den Hund zahl ich dir's heim!" schrie er, Jefim in den Weg tretend.
Der ging dicht an ihn ran, fauchte ihm seinen Atem in den struppigen Bart. „Du, Ignat, laß mich in Ruh. Ich gehör nicht zu deinem Hofgesinde und nehm von dir kein Unrecht hin. Böses vergelt ich mit Bösem. Vorbei ist die Zeit, da wir vor dir katzbuckelten. Mach Platz!"
Ignat gab den Weg frei. Die Pforte zuschlagend, drohte er dem davongehenden Jefim mit der Faust, deftige Mutterflüche auf den Lippen.

Nach dem Vorfall mit dem Hund ließ Ignat davon ab, Jefim zu behelligen. Begegnete er ihm, so verbeugte er sich und sah fort. Das ging so lange, bis Ignat gerichtlich zu einer Sühnestrafe von sechzig Rubel, zu zahlen an die Arbeiterin Dunka, verurteilt wurde. Von da an hatte Jefim das Gefühl, ihm drohe Gefahr von Ignats Gehöft. Es schien etwas im Gange. In Ignats Fuchsaugen trat ein hämisches Grinsen, sobald sie ihn, Jefim, ansahen. Nicht ohne Grund hatte der Vorsitzende des Exekutivkomitees so hinterhältig gefragt: „Hast du gehört, Jefim, der Schwiegervater ist zu sechzig Rubel Sühnestrafe verurteilt worden?"
„Ja."
„Wer konnte der dummen Gans, der Dunka, wohl beigebracht haben, so vorzugehen?"
Jefim lächelte und sah dem Vorsitzenden offen in die Augen. „Die Not! Dein Schwiegervater hat sie vom Hof gejagt. Kein Stück Brot Wegzehrung hat er ihr mitgegeben, wo Dunka zwei Jahre bei ihm in Arbeit gestanden hat."
„Haben wir sie nicht gefüttert all die Zeit?"
„Und sich abrackern lassen von früh bis spät!"
„In der Bauernwirtschaft zählt die Arbeit nicht nach Stunden. Das weiß jeder!"

„Du möchtest gern erfahren, seh ich, wer's dem Gericht angezeigt hat?"

„Und ob! Wer könnt's wohl gewesen sein?"

„Ich!" antwortete Jefim und merkte dem Gesicht des Vorsitzenden an, daß er nicht überrascht war.

Am Abend nahm Jefim vom Exekutivkomitee eine wichtige Anordnung mit nach Hause. Ich schreib sie nach dem Abendbrot ab, dachte er auf dem Heimweg.

Er aß zu Abend, schloß die Fensterläden vor den Hoffenstern und setzte sich zum Schreiben an den Tisch. Zufällig fiel sein Blick auf die kahlen Fenster.

„Warum hast du keinen Kattun für Vorhänge gekauft, Mascha?"

Seine Frau am Spinnrad lächelte schuldbewußt: „Hab ich getan. Zwei Meter. Doch sieh mal, derhalben ich doch kein Wickelzeug hab und das Kind in Lumpen liegt, hab ich zwei Windeln draus genäht."

„Na, schon gut. Doch morgen geh's kaufen. Das ist ein bißchen ungemütlich. Wer den Laden draußen aufmacht, kann alleweil reinsehen."

Auf der Straße trieb der Wind wirbelnden Schnee vor sich her. Den Himmel bedeckte schweres, unförmiges Gewölk. Am Dorfrand, wo aus der grasigen Steppe breitstirnig ein Hügel aufwuchs, kläfften Hunde. Kummervoll ächzten am Flüßchen die Weiden. Sie sangen dem Wind ihre Klage über Kälte und Unwetter. Und das Knarren ihrer verbogenen Äste und das Heulen des Windes verschmolzen zu einem tiefstimmigen harmonischen Tosen.

Jefim tauchte die Feder in das selbstgeschnitzte Tintenfaß mit Galläpfelsaft und blickte hin und wieder zum Fenster auf. Das stumme schwarze Viereck kündete heimliche Gefahr. Jefim erschauerte. Als zwei Stunden später der Laden knarrte und etwas aufging, nahm er es nicht wahr. Doch als er dann zufällig zum Fenster hinsah, packte ihn kaltes Entsetzen. Aus dem schmalen Lichtspalt hinter den Eisblumen blickten ihn verkniffen und schwer unheimlich bekannte graue Augen an. Keine Sekunde danach erschien hinter der Scheibe das schwarze Mündungsloch eines Gewehrlaufes und richtete sich wie tastend auf seinen Kopf. Jefim saß mit dem Rücken an die Wand gelehnt, reglos, bleich. Es war kein Doppelfenster, deutlich hörte er den Hahn knacken.

Die Brauen über den grauen Augen zuckten erstaunt. Der Schuß war ausgeblieben. Das schwarze Mündungsloch hinter der Scheibe verschwand, hell klirrte das Gewehrschloß, doch Jefim, zu sich gekommen, blies die Lampe aus und duckte sich. Da peitschte hinter dem Fenster der Schuß, Glas splitterte, die Kugel schlug schnalzend in die Wand. Kalkstückchen spritzten Jefim über den Kopf. Durch die gesplitterte Scheibe pfiff der Wind und bestäubte die Fensterbank mit feinem Pulverschnee. Das Kind in der Wiege schrie durchdringend, der Fensterladen klappte zu. Jefim glitt lautlos vom Stuhl und kroch auf allen vieren zum Fenster.

„Jefimuschka! Liebster! O Herrgott! Jefimuschka!" schluchzte vom Bett die Frau. Doch Jefim, die Zähne aufeinandergepreßt, gab keine Antwort, ihn schüttelte es am ganzen Körper. Er kniete hin und blickte durch das gesplitterte Fenster auf die Straße, wo eine verschneite Gestalt davonhastete. Die Hand auf die Fensterbank gestützt, richtete sich Jefim zu voller Größe auf und warf sich gleich wieder zu Boden. Durch den halboffenen Fensterladen schob sich ein Gewehrlauf, ein Schuß krachte. Ätzender Pulverdampf erfüllte die Kate.

In der Früh trat Jefim hohlwangig und gelb auf die Vortreppe. Hell am Himmel stand die Sonne, die Schornsteine rauchten, an der Tränke am Flüßchen brüllte das Vieh. Auf der Straße verliefen frische Schlittenspuren. Das unbefleckte Weiß des Neuschnees blendete das Auge. Alles war so vertraut, heimisch, alltäglich, daß die vergangene Nacht wie ein böser Traum anmutete. Auf der Böschung vorm Fenster fand er im Schnee zwei leere Patronenhülsen und eine Patrone mit einer schwarzen Kerbe im Zündstift. Lange drehte er die verrostete Patrone in den Händen hin und her. Wär's kein Versager gewesen, wär der Patronenrahmen nicht feucht gewesen – aus wär's mit dir, Jefim, dachte er.

Der Vorsitzende saß bereits im Komitee. Als die Tür knarrte, warf er Jefim einen flüchtigen Blick zu und beugte sich wieder über die Zeitung.

„He, Rwatschow!" rief Jefim.

„Ja?" fragte dieser, ohne den Kopf zu heben.

„Sieh nur ruhig her, Rwatschow!"

Widerstrebend hob der Vorsitzende den Kopf, und seine

weit auseinanderstehenden grauen Augen unter den hochgeschwungenen Brauen blickten Jefim gerade ins Gesicht.

„Hast du Lump heut nacht auf mich geschossen?" fragte Jefim heiser.

Der Vorsitzende wurde tiefrot und lächelte gezwungen. „Was faselst du da? Hast du den Verstand verloren?"

Aber die letzte Nacht war Jefim noch gegenwärtig: der lastend schwere starre Blick hinter dem Fenster, das dunkle Mündungsloch, der Aufschrei seiner Frau. Müde mit der Hand abwinkend, setzte er sich auf die Bank und lächelte.

„Pech hast du gehabt. Die Patronen waren feucht. Wo hältst du sie versteckt? In der Erde, wie?"

Der Vorsitzende hatte sich gefangen und entgegnete kalt: „Ich weiß nicht, wovon du sprichst. Hast wohl zuviel getrunken!"

Zu Mittag wußte es jedermann im Ort, daß man letzte Nacht auf Jefim geschossen hatte. Vor seiner Hütte standen die Neugierigen zu Haufen. Iwan Donskow ließ Jefim aus dem Komitee zu sich rufen und fragte ihn: „Hast du's der Miliz angezeigt?"

„Damit hat's noch Weile."

„Nein, Bruderherz, nur nicht so zaghaft. Abmurksen lassen wir dich nicht. Zu Ignat halten anjetzten nur noch fünf Mann, und wir haben sie durchschaut. Den Kulaken kriecht keiner mehr auf den Leim, keiner steht mehr zu ihnen!"

Am Abend war die Jugend des Ortes beim Schuster Fedka zusammengekommen, und wie stets flogen die Worte, begleitet vom klopfenden Schusterhammer, hitzig hin und her. Neben Jefim hatte sein Altersgenosse Wasska Obnisow Platz genommen. Er hielt Jefim bei der Schulter und flüsterte ihm heiß ins Ohr: „Denk daran, Jefim, macht man dich hin, sind zwanzig neue Jefims da. Verstehst du? Ich weiß, was ich sage! So, wie's in der Mär steht von den Rekken. Einer fällt und zwei erheben sich statt seiner. Nur sind's bei uns nicht zwei, sondern zwanzig!"

In der Früh begab sich Jefim zur Staniza, sprach im Exekutivkomitee vor, in der Kreditgenossenschaft und verweilte längere Zeit bei der Miliz, wo er auf den Revierleiter wartete. Als er mit allem fertig war, dämmerte es bereits.

Heimwärts ging er auf dem zugefrorenen Fluß. Das Eis war

220

spiegelglatt. Der Abend sank. Prickelnd stach der Frost Jefim in die Wangen. Im Westen lag unfreundlich die blaue Nacht. Hinter der Flußbiegung tauchte der Chutor mit den dunklen Reihen seiner Katen auf. Jefim schritt schneller aus. Als er sich umblickte, sah er etwa zweihundert Schritt hinter sich drei Gestalten.

Mit einem Blick maß Jefim die Entfernung bis zum Chutor. Sein Schritt wurde noch schneller, doch als er sich wieder umblickte, schienen ihm die drei nicht zurückgeblieben, sondern näher gekommen zu sein.

Von Unruhe befallen, begann Jefim zu rennen. Er rannte wie bei den Soldaten, die Arme angewinkelt und dicht am Körper, die Luft durch die Nase einatmend. Gerade wollte er die Uferböschung hinan, als ihm einfiel, daß dort hoher Schnee lag, und er lief weiter den Fluß hinauf.

Da geschah es, daß er einen Schritt zu kurz tat, ausglitt, das Gleichgewicht verlor und hinschlug. Als er wieder hochgekommen war und zurückschaute, waren die anderen dicht heran. Der vorderste lief federnd leicht, beim Lauf einen Pfahl schwingend.

Vor Schrecken wäre Jefim beinahe ein Hilfeschrei entfahren, doch bis zum Chutor war's noch über eine Werst: den Schrei hätte keiner gehört. Jefim biß die Zähne zusammen und stürzte schweigend los, bemüht, die verlorene Zeit wieder einzuholen. Der Abstand zwischen ihm und dem vordersten der drei verringerte sich nicht mehr. Doch da fing sein Ohr plötzlich einen neuen Laut auf: der Pfahl glitt dumpf klirrend übers Eis. Ein Stoß warf Jefim nieder. Er sprang auf und lief weiter. Ebenso war er seinerzeit bei Zarizyn gelaufen, als sie die Weißen vor sich her jagten, das gleiche brennende Würgen war damals in seiner Brust hochgequollen.

Und wieder warf ihn, von starker Hand vorgetrieben, der Pfahl aufs Eis. Jefim stand nicht mehr auf. Ein furchtbarer Schlag von hinten über den Kopf hatte ihn zur Seite sinken lassen. Noch einmal raffte er sich in eiserner Willensanspannung auf, erhob sich schwankend auf allen vieren und blieb, auf den Rücken gewälzt, liegen.

Wie heiß das Eis ist, durchfuhr es ihn. Zur Seite sehend, erblickte er am Ufer gebrochenes Schilfrohr. War nicht auch er gebrochen wie dieses Rohr? Da flammten durch sein schwindendes Bewußtsein die Worte: Denk daran, Jefim, macht man dich hin, sind zwanzig neue Jefims da! So, wie's in der Mär steht von den Recken.

Weit fort rauschte dumpf das Schilf. Jefim fühlte nicht mehr, wie ihm der Pfahl tief in den Mund gestoßen wurde, wie seine Zähne rausbrachen, das Zahnfleisch in Fetzen hing, fühlte nicht mehr, wie ihm die Mistgabel in die Brust drang und die Zinken sich bogen, als sie auf die Wirbelsäule trafen.

Die drei eilten rauchend aufs Dorf zu, dem einen auf dem Fuße folgten Windhunde. Eine Bö jagte daher und trieb Jefim Schnee ins Gesicht, der nicht mehr taute. Zwei Tränen waren auf den erkalteten Wangen festgefroren, Tränen eines unsäglichen Schmerzes und des Entsetzens.

1926

Das Fohlen

Am hellichten Tage, neben einem Misthaufen voll smaragdgrüner Fliegen, kroch es aus dem Mutterleib, den Kopf voran, mit vorgestreckten Vorderbeinen, und erblickte über sich das zarte, zergehende graublaue Sprengwölkchen eines Schrapnells. In dem dröhnenden Geheul warf es das nasse Körperchen unter den Bauch der Mutter; Grauen war seine erste Empfindung hier auf Erden. Ein stinkender Kartätschenhagel ging prasselnd auf das Ziegeldach des Pferdestalls nieder und besprenkelte den Boden, so daß Trofims fuchsrote Stute, die Mutter des Fohlens, aufsprang. Kurz wiehernd, drückte sie ihre schwitzende Flanke jedoch sogleich wieder gegen den schützenden Haufen auf dem Boden.

In der darauffolgenden drückenden Stille war das Summen der Fliegen noch deutlicher zu hören; der Hahn im Schatten der Klettenbüsche, zu ängstlich, im Geschützfeuer auf den Zaun zu flattern, schlug ein paarmal mit den Flügeln und krähte unbekümmert los, wenn auch recht leise. Aus der Hütte drang das qualvolle Stöhnen eines verwundeten MG-Schützen. Ab und zu schrie er auf mit rauher, heiserer Stimme, und zwischendurch fluchte er zum Steinerweichen. Im seidigen purpurroten Mohn des Vorgartens summten die Bienen. Auf der Wiese hinter der Staniza feuerte ein Maschinengewehr seinen Patronengurt leer, und derweilen es lustig knatterte in der Pause vor dem zweiten Kanonenschuß, leckte die Fuchsstute liebevoll ihren Erstgeborenen trocken, und dieser, an das pralle Euter der Mutter geschmiegt, empfand zum erstenmal die Freude des Daseins und die süße Wonne mütterlicher Liebkosung.

Nachdem hinter dem Pferde das zweite Geschoß explodiert war, trat Trofim aus der Hütte, schlug die Tür hinter sich zu und lenkte seinen Schritt zum Pferdestall. Er beschattete die Augen mit der Hand, und als er das Fohlen sah, das zuckend vor Anstrengung am Euter seiner Fuchsstute saugte, faßte er verlegen in die Tasche und ertastete mit zitternden Fingern den Tabaksbeutel. Den Papierrand mit der Zunge beleckend, fand er die Sprache wieder. „So-o-o. Hast also gefohlt. Und gerade den rechten Zeitpunkt getroffen. Nichts dagegen." Aus den letzten Worten klang bitterer Vorwurf.

Die Flanken des Tieres waren schorfig von getrocknetem Schweiß; trockener Mist und Grashalme klebten daran. Erbärmlich dürr und blutleer sah die Stute aus, aber aus ihren Augen sprach bei aller Erschöpfung stolze Freude, und ihre samtene Oberlippe verzog sich zu einem Lächeln. Jedenfalls schien es Trofim so. Als sie im Stall stand und schnaubend den Futtersack hin und her schüttelte, lehnte er sich an den Türpfosten und fragte schroff, mit einem scheelen, feindseligen Blick auf das Fohlen: „Hast dich also rumgetrieben?"

Da er keine Antwort bekam, fing er von neuem an: „Wenn's noch der Hengst vom Ignat gewesen wär, aber weiß der Teufel, wer der Vater ist. Wohin nun mit dem Fohlen?"

In der dunklen Stille des Pferdestalls raschelte das Korn, durch den Türspalt drang ein schräger Sonnenstrahl und malte einen goldenen Fleck. Das Licht fiel auf Trofims rechte Wange, sein Schnurrbart und seine Bartstoppeln schimmerten rötlich, die Falten um seinen Mund waren nun tiefe dunkle Furchen. Wie ein Schaukelpferd stand das Fohlen auf seinen dünnen, flaumigen Beinchen.

„Soll's ne Kugel kriegen?" Trofims vom Tabak grüner Daumen wies auf das Fohlen. Die Stute verdrehte die blutunterlaufenen Augäpfel, zuckte mit den Wimpern und schielte ihren Herrn spöttisch an.

In der Stube des Schwadronskommandeurs fand am Abend folgendes Gespräch statt: „Da merke ich, meine Stute, die schont sich, sie will nicht laufen, im Trab nicht, im Galopp schon gar nicht, die Luft bleibt ihr weg. Ich seh sie mir an, und was seh ich? Trächtig ist sie. Hat sich immer so in acht genommen! Ein kleiner Hengst, braun ist er! So ist's", erzählte Trofim.

Der Schwadronskommandeur preßte den Messingbecher mit Tee in der Faust wie den Degengriff vor der Attacke und blickte mit schläfrigen Augen in die Lampe. Um die gelbe Flamme, die wie ein Glühwürmchen leuchtete, kreisten flockige Motten, sie kamen zum Fenster herein und verbrannten am Lampenglas, eine nach der anderen.

„. . . egal. Ob braun oder schwarz – 's einerlei. Es ist zu erschießen. Ein Fohlen! Sind wir Zigeuner, he? Was murmelst du da? Ja, ich sag Zigeuner. Und wenn der Kommandierende kommt, was dann? Das Regiment tritt vor ihm an in Reih und Glied und vorneweg dein Fohlen – läßt sein Strählchen los und hebt den Schwanz. Schmach und Schande über die ganze Rote Armee. Unverständlich, Trofim, wie du das hast dulden können! Stecken mitten im Bürgerkrieg, und da, bitte, so eine Zuchtlosigkeit. Zum Schämen ist's. Strengster Befehl an die Pferdewärter: Die Hengste gesondert halten!"

Am Morgen trat Trofim mit dem Karabiner aus der Hütte. Die Sonne war noch nicht aufgegangen. Auf dem Gras lag rosiger Tau. Neben der Feldküche wirtschafteten die Köche. Oben auf der Vortreppe saß der Schwadronskommandeur in seinem schweißzerfressenen Unterhemd. Die Finger, seit langem an die prickelnde Kühle des Pistolenlaufes gewöhnt, versuchten sich ungelenk in etwas längst Vergessenem, was an daheim erinnerte – sie flochten einen Schöpflöffel für Pastetchen. Trofim, der gerade vorbeiging, fragte interessiert: „Sie flechten einen Schöpflöffel?"

Der Schwadronskommandeur wand eine dünne Rute zu einem Griff und murmelte durch die Zähne: „Das Weibsbild, die Wirtin, bittet und bettelt, flicht mir doch einen Löffel! Früher hab ich's meisterhaft verstanden, aber heute, nein, 's will nicht mehr."

„Doch, 's will noch!" lobte Trofim.

Der Schwadronskommandeur klopfte sich die Rutenspäne von den Knien und fragte: „Gehst du das Fohlen liquidieren?"

Schweigend, mit der Hand abwinkend, ging Trofim in den Pferdestall. Mit vorgebeugtem Kopf wartete der Schwadronskommandeur auf den Schuß. Es verging eine Minute, eine weitere – kein Schuß. Trofim kam hinter der Ecke des Pferdestalles hervor, er schien verlegen.

225

„Was ist los?"

„Sicherlich ist der Schlagbolzen kaputt. Der Zündstift schlägt nicht durch."

„Ach was, gib ihn mal her, den Karabiner!"

Zögernd reichte ihn Trofim dem Vorgesetzten. Der Schwadronskommandeur öffnete das Schloß und kniff die Augen zusammen. „Da sind ja gar keine Patronen drin!"

„Nicht möglich!" ereiferte sich Trofim.

„Ich sag's dir, 's sind keine drin."

„Nun ja, freilich, ich hab sie weggeschmissen... hinterm Pferdestall!"

Der Schwadronskommandeur legte den Karabiner hin und drehte lange den neuen Schöpflöffel zwischen den Fingern. Die frischen Weidenruten dufteten honigsüß nach klebrigen Blüten und nach Erde, nach Arbeit rochen sie, die man schon längst vergessen hatte in der Hitze des Bürgerkrieges.

„Hol's der Teufel! Soll's bei seiner Mutter bleiben. Einstweilen, dann wollen wir weitersehen. Ist der Krieg zu Ende, kann's, nun ja, zum Pflügen genommen werden. Aber der Schlagbolzen an deinem Karabiner ist in Ordnung."

Einen Monat später kam Trofims Schwadron bei der Staniza Ust-Choperskaja mit einer Kosakenhundertschaft ins Gefecht. Das Scharmützel begann kurz vor der Dämmerung. Als man angriff, war's bereits dunkel. Auf halbem Wege blieb Trofim hoffnungslos hinter seinem Zug zurück. Weder die Peitsche noch der Zaum, der der Stute das Maul blutig riß, konnte sie zum Galopp bewegen. Sie warf den Kopf hoch, wieherte heiser und rührte sich nicht eher vom Fleck, als bis das Fohlen mit flauschig wehendem Schwanze sie eingeholt hatte. Trofim sprang aus dem Sattel, stieß den Säbel in die Scheide und riß mit wutverzerrtem Gesicht den Karabiner von der Schulter. Die rechte Flanke der Schwadron kam bereits mit den Weißen ins Handgemenge. Neben dem Steilhang wogte ein Menschenhaufe wie vom Wind hin und her getrieben. Man hackte schweigend drauflos. Dumpf dröhnte die Erde unter den Pferdehufen.

Ein Blick dorthin, und Trofim nahm kurzentschlossen den Kopf des Fohlens vors Visier. Ob nun seine Hand in der Aufregung gezittert hatte oder ob der Schuß aus einem anderen Grunde fehlgegangen war, jedenfalls schlug das Fohlen nach dem Knall wild mit den Beinen aus, wieherte dünn, lief, mit den Hufen graue Staubwölkchen hochwirbelnd, einmal in die Runde und stand dann in einiger Entfernung abermals ruhig da. Nicht etwa eine einfache Patrone hatte Trofim auf das fuchsrote Teufelchen abgeschossen, sondern eine panzerbrechende mit rötlicher Kupferspitze. Nachdem er sich davon überzeugt hatte, daß der Sprößling der Fuchsstute durch das panzerbrechende Geschoß, das er zufällig aus der Patronentasche herausgegriffen hatte, weder getötet worden war noch Schaden erlitten hatte, sprang er mit einem Satz auf die Stute und ritt wüst fluchend in leichtem Trab hin zum Hang, wo bärtige Altgläubige, knallrot im Gesicht, seinen Schwadronskommandeur und drei Rotarmisten arg in der Zange hatten.

Die Nacht verbrachte die Schwadron in der Nähe einer kleinen Schlucht. Man rauchte wenig. Gesattelt standen die Pferde da. Von einer zurückkehrenden Patrouille hörte man, daß der Gegner an der Überfahrt starke Kräfte zusammengezogen hatte.

Trofim lag ausgestreckt, die nackten Füße in den Regenmantel gewickelt, und ließ im Halbschlaf die Ereignisse des vergangenen Tages an sich vorüberziehen. Er sah den Schwadronskommandeur den Hang hinuntergaloppieren; einen Altgläubigen mit zernarbtem Gesicht, der auf den Politkommissar einhieb; einen kleinen Kosaken voller Hiebwunden; einen mit schwarzem Blut beschmierten Sattel; das Fohlen ...

Vor Tagesanbruch kam der Schwadronskommandeur zu Trofim und setzte sich im Dunkel zu ihm. „Schläfst du, Trofim?"

„Ich döse."

Den Blick auf die verblassenden Sterne gerichtet, sagte der Schwadronskommandeur: „Gib dem Fohlen 'ne Kugel. Von ihm kommt nur Panik in der Schlacht. Schon wenn ich's sehe, fängt mir die Hand an zu zittern, und aus ist's mit dem Säbeln. Und alles darum, weil es so an die Heimat erinnert, und das ist im Krieg nicht gut. Ein Herz aus Stein wird weich wie 'n Waschlappen. Übrigens ist er nicht getreten worden in der Attacke, der Streuner, ist immer zwischen den Beinen durchgewischt." Er schwieg und lächelte verträumt, aber Trofim sah dieses Lächeln nicht. „Weißt du, Trofim, sein Schwanz, na, ich sag dir, wie es ihn auf den Rücken legt und damit rumschlägt. Ein Schwanz ist das wie bei einem Fuchs. Prachtvoll!"

Trofim antwortete nicht. Er zog den Mantel übern Kopf, und fröstelnd in der taufeuchten Luft, schlief er ungewöhnlich schnell ein.

Gegenüber dem alten Kloster bog der Don um einen Berg. Übermütig dahinwirbelnd, die Oberfläche gekräuselt und voller verspielter Schnörkel, ließ er seine grünen Wellenkämme Sturm laufen gegen die Kreideblöcke, die seit dem Bergsturz im Frühjahr verstreut im Fluß lagen.

Hätten die Kosaken nicht das Flußknie des Dons besetzt, wo der Fluß breiter und die Strömung schwächer war, und hätten sie nicht von dort aus das Bergvorland beschossen, so wär's dem Kommandeur niemals eingefallen, die Schwadron beim Kloster schwimmend übersetzen zu lassen.

Mittags begann der Übergang. Das Fährboot nahm einen Maschinengewehrwagen mit Leuten und drei Pferden an Bord. Das linke Beipferd, das noch nie soviel Wasser gesehen hatte, erschrak, als sich das Boot mitten auf dem Fluß plötzlich gegen die Strömung kehrte und seitwärts neigte. Am Ufer, am Fuße des Berges, wo die Schwadron die Pferde absattelte, war deutlich zu hören, wie das Beipferd unruhig schnaubte und mit den Hufen auf die Bodenbretter stampfte.

„Es wird das Boot noch umwerfen!" knurrte Trofim stirnrunzelnd. Als er nach dem schweißnassen Rücken seiner Stute faßte, blieb seine Hand plötzlich in der Luft hängen: Vom Boot her kam ein wildes Schnaufen, das Beipferd wich zur Deichsel des MG-Wagens zurück und bäumte sich hoch auf.

„Schieß!" brüllte der Schwadronskommandeur, die Peitsche zusammenbiegend, hinüber.

Trofim sah, wie sich der Richtschütze an den Hals des Beipferdes hängte und ihm die Pistole ins Ohr drückte. Der Schuß klang wie das Schnarren einer Rassel, das Mittelpferd und das rechte Beipferd drängten sich dichter aneinander. Aus Angst zu kentern, schoben die Maschinengewehrschützen das erschossene Pferd an den hinteren Teil des MG-

Wagens. Seine Vorderbeine knickten langsam ein, der Kopf fiel herab.

Zehn Minuten später sprengte der Schwadronskommandeur von der Landzunge herbei und lenkte seinen Falben als erster in den Fluß. Nach ihm platschte dröhnend die Schwadron ins Wasser. Hundertachtzig halbnackte Reiter, ebenso viele verschiedenfarbige Pferde. In drei Booten wurden die Sättel hinübergebracht. Eins von ihnen steuerte Trofim, seine Stute hatte er dem Zugführer Netschepurenko übergeben. Als die Boote in der Mitte vom Don waren, sah Trofim, wie die vorderen Pferde knietief in den Fluß gingen, unlustig Wasser schlürften und von den Reitern mit halblauten Rufen angetrieben wurden. Wenig später war das Wasser zwanzig Sashen weit vom Ufer schwarz von dichtgedrängten Pferdeköpfen; vielstimmiges Schnauben ertönte. Die Rotarmisten neben den Pferden hielten sich an den Mähnen fest, Kleidung und Patronentaschen hatten sie an die Karabiner gehängt.

Trofim warf das Ruder ins Boot, richtete sich zu voller Größe auf und suchte, die Augen in der Sonne zusammenkneifend, mit gierigen Blicken im Haufen der schwimmenden Pferde den fuchsroten Kopf seiner Stute. Die Schwadron glich einem Zug wilder Gänse, der durch die Schüsse von Jägern am Himmel zerstreut worden ist: Vorneweg schwamm mit hochragendem glänzendem Rücken der Falbe des Schwadronskommandeurs, dicht an seinem Schwanze schimmerten silbern die weißfleckigen Ohren des Pferdes, das dem Politkommissar gehört hatte, dahinter kam ein dunkler Haufe, und ganz hinten, immer weiter zurückbleibend, war der Schopf des Zugführers Netschepurenko zu erkennen; links von ihm standen die spitzen Ohren von Trofims Stute. Trofim strengte die Augen an und konnte schließlich auch das Fohlen entdecken. Es schwamm stoßweise, bald weit aus dem Wasser herausschießend, bald so tief untertauchend, daß kaum die Nasenspitze zu sehen war. Und in diesem Augenblick trug der Wind, der über den Don dahinstrich, ein hauchdünnes, klagendes Wiehern an Trofims Ohr: „I-i-i-ho-ho-ho! ..."

Der Schrei über dem Wasser tönte hell und scharf wie die Schneide eines Säbels. Er schnitt Trofim ins Herz, und etwas Seltsames ging in ihm vor: Fünf Jahre, seit Anfang des deutschen Krieges, stand er schon im Felde und hatte dem Tod oft genug ins Angesicht gesehen und sich nichts daraus gemacht; jetzt aber wurde er blaß unter seinen rötlichen Bartstoppeln, ja aschfahl. Er faßte das Ruder und lenkte das Boot gegen die Strömung dorthin, wo ein Strudel das erschöpfte Fohlen gepackt hatte und herumwirbelte. Etwa zehn Sashen weiter mühte sich Netschepurenko vergeblich ab, die heiser wiehernde, auf den Strudel zuhaltende Stute zur Umkehr zu bewegen. Trofims Freund Stjoschka Jefremow, der im Boot auf einem Haufen Sättel saß, rief ihm streng zu: „Laß den Unsinn! Halt aufs Ufer zu! Sieh, die Kosaken! Da sind sie!"

„Ich muß es erschießen!" stieß Trofim hervor und faßte nach dem Karabinerriemen.

Immer weiter wurde das Fohlen von der Strömung abgetrieben. Ein kleiner Strudel kreiste es herum und überspülte es mit grünen Wellenkämmen. Trofim riß krampfhaft am Ruder, ruckartig bewegte sich das Boot vorwärts. Aus einer Mulde am rechten Ufer sprangen weiße Kosaken hervor. Mit tiefem Baß hämmerte ein schweres Maxim-Maschinengewehr los. Schmatzend und zwitschernd schlugen die Kugeln ins Wasser. Ein weißer Offizier in zerrissenem Leinenhemd rief etwas und fuchtelte mit der Pistole.

Immer seltener wieherte das Fohlen, immer leiser und dünner wurde sein kurzer, herzzerreißender Schrei. Und dieser Schrei war bis zum kalten Entsetzen dem Schrei eines Kindes ähnlich. Netschepurenko hatte die Stute losgelassen und schwamm behende zum linken Ufer. Trofim riß den Karabiner von der Schulter, zielte unterhalb des Kopfes, der von einem Wasserwirbel herabgezogen wurde, und schoß, dann zog er die Stiefel von den Füßen und stürzte sich mit einem dumpfen Laut ins Wasser.

Auf dem rechten Ufer hatte der Offizier im Leinenhemd gekrächzt: „Nicht schießen!"

Nach fünf Minuten war Trofim beim Fohlen, faßte es mit der linken Hand unter den kalt gewordenen Bauch und wandte sich, Wasser schluckend und krampfhaft rülpsend, dem linken Ufer zu. Vom rechten kam kein einziger Schuß.

Der Himmel, der Wald, der Sand – alles hellgrün, geisterhaft. Eine letzte ungeheure Anstrengung – und Trofim

230

hatte Grund unter den Füßen. Mühevoll zog er den schlüpfrigen Körper des Fohlens ans Ufer. Grünes Wasser brach er aus und krallte stöhnend die Hände in den Sand.

Im Walde hörte man die Stimmen der übergesetzten Schwadron, weit hinter der Landzunge hallte Geschützfeuer. Die Fuchsstute neben Trofim schüttelte sich und beleckte das Fohlen. Unter ihrem herabhängenden Schwanz floß in den Sand ein schillernder Strahl.

Schwankend kam Trofim auf die Beine, machte zwei Schritte im Sande, plötzlich einen in die Luft und fiel zur Seite. Wie ein heißer Stich durchdrang es seine Brust; noch im Fallen hörte er den Schuß. Ein einzelner Schuß in den Rücken, vom rechten Ufer. Auf dem rechten Ufer öffnete der weiße Offizier im zerrissenen Leinenhemd gleichmütig den Karabinerverschluß und ließ die rauchende Patronenhülse rausspringen; im Sande, zwei Schritte weg vom Fohlen, krümmte sich Trofim, und seine harten, blau gewordenen Lippen, die seit fünf Jahren keinen Kindermund mehr geküßt hatten, lächelten und schäumten Blut.

1926

Der Wurmfraß

Jakow Alexejewitsch war ein Mann von altem Schlag: grobknochig, leicht vornübergeneigt, mit einem Bart wie ein neuer Besen aus Hirsestroh – geradezu kränkend ähnlich dem Kulaken, wie ihn witzlose Zeichner in Witzblättern darstellten. Nur in einem unterschied er sich äußerlich vom Kulaken: in der Kleidung. Zum richtigen Kulaken gehörten von Rechts wegen Weste und knarrende Stiefel. Jakow Alexejewitsch aber pflegte im Sommer ein ungegürtetes Leinenhemd zu tragen und barfuß zu gehen. Drei Jahre zuvor war er in den Listen des Sowjets noch als regelrechter Kulak geführt worden; danach hatte er seinen Knecht entlassen, das überflüssige Paar Ochsen verkauft, zwei Paar Ochsen und eine Stute behalten und war auf den Listen des Sowjets in die nächste Spalte – zu den Mittelbauern – aufgerückt.

Aber in seiner Haltung hatte sich trotz alledem nichts geändert; er stolzierte weiter breitbeinig einher, reckte immer noch den Kopf wie ein Gockelhahn und sprach auf den Versammlungen genauso bedächtig, heiser und selbstbewußt wie früher.

Obgleich er den Viehbestand verkleinert hatte, betrieb er seine Wirtschaft nach wie vor mit Schwung und Eifer. Im Frühjahr besäte er zwanzig Deßjatinen mit Weizen. Für Getreide, das er von der vorjährigen Ernte übrig hatte, kaufte er einen Saatpflug, zwei eiserne Eggen und eine Kornschwinge. Es ist eine bekannte Tatsache: Wer im Frühjahr sein Letztes verramscht, der tut's weil er nichts mehr zu beißen hat.

In der ganzen Staniza hätte man einen zweiten Bauern wie Jakow Alexejewitsch suchen können. Er war ein umsichtiger Kosak, ein listiger Kopf. Trotzdem fraß auch bei ihm zu

Hause der Wurm: Stjopka, sein Jüngster, trat in den Komso-mol ein. Ohne um Erlaubnis zu bitten, ohne um Rat zu fra-gen, war er spornstreichs hingegangen und eingetreten. Wäre dieses Unglück einem alten Tölpel zugestoßen, hätte es in der Familie Zank und Streit gegeben. Aber Jakow Alexejewitsch hielt es zunächst anders. Warum den Bur-schen mit dem Knotenstock belehren? Soll er allein ans Ufer finden. Tagaus, tagein spottete der Alte über die neue Macht und ihre Gesetze, mit gallebitterem Hohn durchsetzte er seine Reden, stichelte gleich einer Herbst-fliege. Er glaubte, Stjopka die Augen zu öffnen. Und sie gingen Stjopka auch auf: der Bursche bekreuzigte sich nicht mehr; er saß jetzt wortlos bei Tisch und starrte den Vater befremdet an.

Eines Tages betete die Familie wie üblich vorm Essen. Über den Bart hin, ihn zerraufend, schlug Jakow Alexejewitsch seine Kreuze, mit weitausholender Bewegung, als schwinge er auf der Wiese die Sense; Stjopkas Mutter klappte beim Verneigen zusammen wie ein Zollstock; einträchtig schwenkte die Familie die Arme. Auf dem Tisch dampfte die Kohlsuppe; wie Hopfen duftete das frische Brot.

Stjopka stand an der Tür, die Hände auf dem Rücken, und trat von einem Fuß auf den anderen.

„Bist du ein Mensch?" fragte Jakow Alexejewitsch nach dem Gebet.

„Das solltest du am besten wissen."

„Na, dann bekreuzige dir auch 's Maul, wenn du dich mit anderen Leuten an den Tisch setzen willst. Nur das unter-scheidet dich vom Ochsen. Denn was macht der Ochse? Er frißt die Krippe leer, dreht ihr den Rücken und scheißt rein."

Stjopka wollte zur Tür hinaus, besann sich aber. Er machte kehrt, bekreuzigte sich im Gehen und schob sich an den Tisch.

Binnen wenigen Tagen verlor Jakow Alexejewitschs Ge-sicht seine Farbe. Mit gefurchter Stirn stapfte er über den Hof. Den Hausgenossen entging nicht, daß der Alte über etwas nachgrübelte – nicht ohne Grund wälzte er sich des Nachts im Bett und schlief erst gegen Morgen ein.

Die Mutter flüsterte Stjopka zu: „Ich weiß nicht, Stjo-puschka, was unser Alexejewitsch im Sinn hat. Entweder will er dir selbst an den Kragen oder er sucht einen Dummen dafür."

Stjopka war sich nicht minder klar, daß der Vater etwas gegen ihn im Schilde führte, und er zerbrach sich insgeheim den Kopf, wohin er sich wenden könne, falls der Alte ihm die Tür wiese.

Jakow Alexejewitsch hatte in der Tat über so manches nachzudenken: Wäre Stjopka statt zwanzig erst fünfzehn Jahre alt gewesen, hätte der Alte ein bequemes Mittel gehabt, mit ihm fertig zu werden. Schließlich ist's keine schwere Sache, die neuen ledernen Zügel aus der Kammer zu holen und sie sich stramm um die Hand zu schlingen. Doch bei zwanzigjährigen Burschen wäre jeder Zügel zu dünn. Solche Schafsköpfe brächte man eher mit der Deichsel zur Räson. Versuch's aber bei den jetzigen Zeitläuften, wo sie einem wegen der Deichsel so zusetzen können, daß man Blut und Wasser schwitzt. Der Alte hatte also allen Grund, nachts zu stöhnen und im Finstern die Stirn zu runzeln.

Eines Abends schnitzte Maxim, Stjopkas älterer Bruder, ein starker, kraftstrotzender Kosak, an einem Löffel. Nebenhin fragte er Stjopka: „Wills du mir mal sagen, Brüderchen, zu welcher Pest du diesen Komsomol nötig hast?"

„Laß mich in Ruh!" knurrte Stjopka.

„Nein, sag mal", beharrte Maxim. „Ich bin neunundzwanzig Jahre, hab mehr vom Leben gesehn als du und finde das alles reinweg blödsinnig. Paßt vielleicht zum Arbeiter – der macht seine acht Stunden ab und rennt dann in den Klub, in den Komsomol. Doch uns Bauern steht das nicht an. Treib du dich mal sommers während der arbeitsreichen Zeit nächtelang rum – was kannst du da tagsüber schaffen? Sag offen: Bist du am Ende eingetreten, um dir 'nen Posten zu holen?" erkundigte sich Maxim tückisch.

Stjopka war erblaßt und antwortete nicht. Seine Lippen zuckten gekränkt.

„So 'ne alberne Macht! Für uns Kosaken sogar schädlich! Nur dem Kommunisten geht's gut dabei, unsereiner sieht in den Rauch. Lange hält sich diese Macht nicht. Und wenn sich eure Komsomolzen auch am Nacken des Bauern festsaugen – ist die Zeit reif, holt sie der Teufel!"

Auf Maxims verschwitzter Stirn pendelte eine feuchte Strähne. Zornig fetzte das Messer, das das Holzstück bearbeitete, die Späne ab. Stjopka blätterte angelegentlich in einem Buch und schnaufte finster. Er wollte sich in keinen Streit einlassen, denn Jakow Alexejewitsch hatte Maxims Worten mit schweigender Billigung gelauscht und wartete offensichtlich auf Stjopkas Erwiderung.

„Na, und wenn's, Gott behüt, mal zum Umsturz kommt? Was willst du dann machen?" Maxim grinste, daß sein Raubtiergebiß blitzte.

„Bevor du das erlebst, sind dir die Zähne ausgefallen!"

„Schau, Stjopka! Du bist doch kein kleines Kind mehr. Das Spiel geht Zug um Zug. Hast du daneben gehauen, bist du dran mit dem Einstecken. Wenn ein Krieg kommt oder dergleichen, bin ich der erste, der dich verdrischt. Solch jungen Hund wie dich umzubringen, lohnt nicht, aber mit der Peitsche setzt's was, bis es schmerzt."

„Und das muß es!" bekräftigte Jakow Alexejewitsch.

„Beim heiligen Kreuz, ich werd dich verdreschen!" grölte Maxim, und seine Nasenflügel zitterten. „Ich entsinne mich noch, wie unsere Hundertschaft während des deutschen Krieges in eine Fabrik bei Moskau geschickt worden ist. Da haben die Arbeiter rebelliert. Gegen Abend sind wir hingekommen und durchs Tor geritten. Vorm Kontor wimmelte es von Menschen. ‚Brüder! Kosaken!' schrien sie. ‚Einreihen!' Aber der Kommandeur der Hundertschaft, Major Bokow, befahl: ‚Mit der Knute auf die Hundesöhne!'" Maxim konnte sich vor Lachen kaum halten. Blutrot im Gesicht, wieherte er lange und dröhnend. „Ich hatte eine weißgegerbte Knute mit einer eingenähten Kugel am Ende. Ich presche los und brülle den Streikenden zu: ‚Vorwärts, erhebe dich, Arbeitervolk! Jetzt haun dir die Kosaken den Buckel voll!' Zuvorderst steht 'n Alter mit 'ner Schirmmütze, grauhaarig und schmächtig. Ich zieh ihm mit der Knute eins über. Er purzelt dem Pferd unter die Hufe. Ja, was da alles gewesen ist!" sagte Maxim gedehnt, und seine Augen waren schmale Schlitze. „Wieviel Weibsvolk die Pferde zertrampelt haben – an die zwanzig Stücker. Unsere Jungens, fuchsteufelswild, griffen schon zum Säbel . . ."

„Und du?" fragte Stjopka heiser.

„Etwelche haben auch von mir einen Denkzettel verpaßt gekriegt!"

Stjopka preßte den Rücken mit aller Kraft gegen den Ofen.

„Schade, daß sie so 'n Vieh nicht verhaun haben", stieß er hervor.

„Wer ist ‚so 'n Vieh'?"

„Du!"

„Wer ist das Vieh?" wiederholte Maxim. Er hatte den halbfertigen Löffel zu Boden geschleudert und sprang auf. Stjopkas Handflächen wurden feucht vor warmem Schweiß. Er ballte die Fäuste, daß die Nägel ins Fleisch drangen.

„Das Vieh bist du – der Kain!" sagte er fest.

Maxim streckte den Arm aus, packte Stjopka vorne beim Hemd, riß ihn mit einem Ruck vom Ofen los und zerrte ihn zum Bett. Sein Haß schlug dem Jungen siedend heiß entgegen. Stjopka wand sich hin und her, daß der Hemdkragen in Maxims Hand blieb, und schwang die Faust. Doch ein wuchtiger Backenstreich warf ihn aufs Bett. Mit der einen Hand würgte ihn Maxim an der Kehle, mit der anderen schlug er ihm links und rechts auf die Backen. Stjopka hörte über sich den Bruder schnaufen, sah in das kalte, abgefeimte Grinsen auf seinen Lippen. Bei jedem Schlag stockte ihm der Atem, dröhnte es in den Ohren, schossen Tränen aus den Augen. Der Wutschrei über die hemmungslos fließenden Tränen, über Maxims Grinsen blieb ihm in der zusammengedrückten Kehle stecken. Von den zerschlagenen Lippen tropfte Blut. Er rollte die heraustretenden Augen und spuckte dem Bruder das Blut ins Gesicht, doch der Bruder wandte den Kopf ab, so daß der ausrasierte, sehnige Nacken zu sehen war, und schlug weiter mit rauher Hand auf Stjopkas geschwollene Backen ein.

Jakow Alexejewitsch wartete eine Zeitlang ab und trennte sie dann. Immer noch grinsend, hob Maxim den halbfertigen Löffel auf und setzte sich ans Fenster. Stjopka wischte sich die blutigen Lippen mit dem Ärmel ab, stülpte die Mütze auf und ging hinaus. Leise drückte er die Tür hinter sich zu.

„Recht ist ihm geschehen. Man darf ihn nicht über die Stränge hauen lassen. Sonst vergreift er sich eines schönen Tages an dem eigenen Vater!" erklärte Maxim hastig.

Nachdenklich knetete Jakow Alexejewitsch seinen Bart. Hin und wieder sah er hinüber zum tränennassen Gesicht der alten Mutter und runzelte die Stirn.

Am nächsten Morgen war es Maxim, der das Schweigen brach. „Gehst du nun in den Sowjet, dich beklagen?" fragte er Stjopka.

„Ja."

„Ist das verwandtschaftlich gehandelt?"

Stjopka blickte in das fahl gewordene Gesicht von Maxims Frau, sah die Mutter an, die sich die Augen an der Schürze wischte, und antwortete nicht. Im stillen beschloß er, die Beleidigung schweigend zu schlucken.

Von diesem Tage an lag drückende Stille über dem Haus. Die Frauen sprachen nur flüsternd. Jakow Alexejewitsch schwieg, finster wie ein Novembermorgen. Maxim griente schuldbewußt. „Man darf nicht alles so genau nehmen, Brüderchen", redete er auf Stjopka ein. „So was kommt in jeder Familie vor. Und alles nur wegen deines Komsomol! Schick ihn doch zu des Teufels Großmutter! Wir haben so lange ohne ihn gelebt und werden weiterhin ohne ihn auskommen! Was brauchst du dich da anzuschmieren? Die Nachbarn setzen schon dem Vater zu: ‚Wie ist denn euer Stjopka unter die Komsomolisten geraten?' Der Alte muß sich ja schämen. Und wenn du heiraten willst – welches Mädel wird dich ehelichen ohne kirchliche Trauung? Oder willst du 'ne Schlampe nehmen?"

Stjopka schwieg sich aus, ging auf den Hof. Abends lief er zum Marktplatz, in den Klub. Beim blechernen Gedudel des Popenharmoniums versank er in Trübsal.

Ungestüm rückte der Frühling in die Staniza ein. Erste Sommersprossen prangten auf den Mädchenwangen, erste Knospen an den Weiden. Jählings war der Schnee verschwunden und das Frühlingströpfeln auf der Straße verklungen. In Sommerwärme dampfte die in blauem Dunst verschwimmende Steppe. In ihren Schluchten, in Mulden und an Hängen lag noch Schnee und besudelte die Erde durch sein unfrisches verwittertes Weiß. Doch auf den Hügeln, den zerfledderten Anhöhen hüpften schon Schafe, schritten Kühe gemessenen Schrittes. Und die grünen Grasspitzen, die durch die vergilbten Rasenbüschel vom Vorjahr drangen, dufteten zart und berauschend.

Schon Mitte März fuhren sie pflügen. Jakow Alexejewitsch hatte es eiliger als die anderen. Von der Fastenwoche an hatte er bereits den Ochsen Mais vorgeschüttet und sie tüchtig rausgefüttert.

Noch hatte die Sonne nicht den fetten Geruch der Frühjahrsnässe aus der Erde gezogen, als Jakow Alexejewitsch schon seine Söhne hieß, sich bereit zu halten. Und eines Donnerstags, als der Morgen graute, waren sie in die Steppe gefahren. Stjopka trieb die Ochsen an. Maxim ging hinterm Pflug. Zwei Tage lang kampierten sie in der Steppe – acht Werst weit von daheim. Nachts fror es, das Gras überzog sich mit Reif, die in klirrendes Eis gepanzerte Erde begann erst gegen Mittag zu tauen, und kaum hatten sie beiden Paar Ochsen zwei, drei Furchen gezogen, so blieben sie mit keuchenden Flanken stehen, die schweißnassen Rücken voll Schaum und in Wolken von Dampf. Maxim schabte sich den Lehm von den Stiefeln, schielte zum Vater hinüber und krächzte erkältet: „Du bist zwar von jeher so gewesen, Vater, aber nennst du das pflügen? Schinderei ist's und kein Arbeiten! Glattweg tot hetzen wir's Vieh. Schau dich um: Pflügt noch ein Mensch außer uns?"

Jakow Alexejewitsch kratzte mit einem Stock die Pflugschar ab. „Früh' Vögelchen sich schon den Schnabel abputzt", brummte er, „wenn's späte das Aug' sich ausreibt erst verdutzt. So lehren uns die Alten. Merk dir das, Junge."

„Was hat das Vögelchen damit zu tun!" erwiderte Maxim heftig. „Dieses dreimal verfluchte Biest sät, mäht und pflügt nicht bei so 'nem Wetter. Du aber, Vater ... ach, was soll's ..." Räusperte sich rauh und brach ab.

„Na, jetzt hätten wir uns ausgeruht, weiter mit Gott, mein Söhnchen!"

„Was heißt weiter! Linksum kehrt und marsch nach Hause!"

„Los, Stepan!"

Stjopka zog den beiden Ochsen vorn gleichzeitig eins mit der Peitsche über. Der Pflug, der im Boden feststeckte, knirschte, zitterte krampfhaft und kroch weiter, eine dünne Lehmschicht umwälzend.

Seitdem Stjopka Komsomolze war, hatte sich die Familie von ihm zurückgezogen. Man wich ihm aus, mied ihn, als habe er eine ansteckende Krankheit. Jakow Alexejewitsch sagte unverblümt: „Jetzt ist's aus mit der früheren Eintracht, Stepan. Du bist für uns wie 'n Fremder. Du betest nicht zu Gott, kehrst dich nicht an die Fasten, und wenn der Pope mit der Fürsprache kommt, gehst du nicht ran, das Kreuz küssen und den Segen empfangen. Soll das recht sein? Und was die Wirtschaft anlangt – in deiner Gegenwart traut sich keiner ein Wort zuviel zu sagen. Hat sich der Wurmfraß mal eingenistet, ist der Baum zum Sterben verdammt und wird zu Mulm, wenn man ihn nicht rechtzeitig heilt. Will man ihn aber heilen, muß man mit größter Strenge vorgehen, den erkrankten Ast abhauen, erbarmungslos. So steht's sogar in der Heiligen Schrift."

„Ich weiß nicht, wohin mich von Hause wenden", antwortete Stjopka. „Ich geh dieses Jahr zum Heeresdienst, dann habt ihr die Hände frei."

„Wir jagen dich nicht aus dem Haus, aber du mußt deine Einstellung ändern! Auf den Versammlungen hast du nichts verloren. Bist noch nicht trocken hinter den Ohren, trotzdem willst du dort mittun und das Maul aufreißen. Deinetwegen lachen mir die Leute ins Gesicht, du Dreckskerl!"

Sooft der Alte mit Stjopka sprach, wurde er hochrot. Er vermochte seine Erregung kaum zu unterdrücken. Der Junge blickte dem Vater in die kalten Augen, auf die bestialisch verzerrten Mundwinkel, und immer mußte er an die Vorwürfe der anderen Komsomolzen denken: Bring deinen Vater zur Vernunft, Stjopka. Er richtet die Kleinbauern ja zugrunde, wenn er im Frühjahr die landwirtschaftlichen Geräte zu Spottpreisen aufkauft. Es ist eine Schande!

Wenn Stjopka an diese Worte dachte, stieg ihm tatsächlich vor brennender Scham das Blut ins Gesicht. Er merkte, daß alle frühere Kindesliebe, daß jedes Mitgefühl für diesen erbarmungslosen Schinder, für diesen Menschen, der sich sein Vater nannte, aus seinem Herzen geschwunden war.

Eine dicke steinerne Scheidewand hatte die Familie zwischen sich und Stjopka errichtet. Über diese Mauer konnte man nicht klettern, an ihr prallte alles Pochen ab.

Mehr und mehr wuchs die Entfremdung. Aus anfänglichen kleinen Bosheiten wurde Gehässigkeit. Wenn Stjopka beim Mittagessen zufällig die Augen hob, begegnete er Maxims eisigem Blick; sah er zum Vater hinüber, gewahrte er, wie es unter seinen wabbligen Augenlidern bösartig auffunkelte und ihm der Löffel in der Hand zu zittern begann. Selbst die Mutter schaute allmählich gleichgültig an Stjopka vorbei, als sei er nicht da. Der Bissen blieb dem Burschen im Halse stecken, Tränen brannten ihm in den Augen, ein dumpfes Schluchzen wogte in ihm hoch. Er riß sich zusammen, schlang das Essen in sich rein und verließ das Haus.

Nachts hatte Stjopka immer wieder denselben Traum: Er sollte in der Steppe an einem sandigen Hang begraben werden. Ringsum standen fremde Leute. Der Hang war von trockenem Rispengras und spitzblättrigem Bärlapp überwuchert. Deutlich wie im Wachen erkannte Stjopka jedes Zweiglein, jedes Blatt.

Dann warfen sie seinen, Stjopkas, toten Leib in die Grube und schaufelten Lehm darauf. Ein schwerer kalter Klumpen fiel ihm auf die Brust, ein zweiter, ein dritter . . . Stjopka erwachte, zähneklappernd und mit einem Druck auf dem Herzen. Noch lange atmete er tief in hastigen Zügen, als ringe er nach Luft.

Die Feldarbeiten waren fürs erste beendet. Die Steppe wurde menschenleer. Nur in den Gärten schimmerten die bunten Kopftücher der Frauen. Liebevoll von der Dämmerung umschlungen, lag abends die Staniza träumend an der ausgetrockneten Brust der Erde, die Gärten hinter den letzten Häusern wie grüne Zöpfe zurückgeworfen. Lange wanderten Harmonikaklänge über das Dorf hinaus – bis dort, wo die Steppe wie abgehackt zu Ende war und das schwellende Blau des Himmels begann. Die Heumahd rückte heran. Das Gras stand den Menschen bis zum Gürtel. Auf den spitzen Köpfchen der Quecke vertrockneten die Grannen, die Blättchen vergilbten und kräuselten sich, der Rübsam füllte sich mit Saft, in den Hohlwegen wucherte der wilde Sauerampfer.

Jakow Alexejewitsch hatte seine eigene Wiese früher als die anderen gemäht. Nachts spannte er die Ochsen ein und fuhr mit Maxim vom Lager auf den Feldern los – über den Grenzrain auf die Wiesen des Gemeindeangers. Die Sterne erloschen, aschgrau färbte sich der Himmel, die Wachtel ließ ihren Weckruf ertönen. Stjopka, der unter dem Karren schlief, erwachte und hörte die Mähmaschine, die das gestohlene Gras schnitt, durch den Morgendunst rattern.

Für zwei Winter fuhr Jakow Alexejewitsch Heu ein. Als

tüchtiger Landwirt wußte er, man würde im nächsten Frühjahr, wenn bei den spannunfähigen Bauern das Vieh vor Hunger am Krepieren war, für eine Fuhre Heu sein gutes Geld bekommen. War kein Geld vorhanden, so trieb man sich eben ein einjähriges Kalb vom fremden Hof auf den eigenen. Deshalb türmte Jakow Alexejewitsch seinen Heuschober drei Sensen hoch auf. Böse Zungen behaupteten, daß er sich nachts auch an privatem Heubesitz vergriff, doch wer nicht erwischt wird, ist kein Dieb, und es ist leicht, jemandem Schlechtes nachzureden.

Eines Sonnabends kam Prochor Tokin vor Tagesanbruch auf den Hof. Stand lange unschlüssig an der Tür, drehte die verschlissene grüne Budjonnymütze in den Händen und lächelte traurig und demütig. Er will den Vater um die Ochsen bitten, dachte Stjopka. Durch Prochors zerfetzte Sackleinenhosen schimmerte der hagere Körper, die nackten Füße waren blutverkrustet, und tief in den Höhlen schwelten trübe wie Kohlen unter der Asche die leichtgeschlitzten schwarzen Augen. Ihr flehender Blick war böse vor Hunger.

„Jakow Alexejewitsch, um Christi willen, hilf mir! Ich werd abarbeiten."

„Was hast du denn für Kummer?" fragte der Bauer, ohne sich vom Bett zu erheben.

„Ich brauch die Ochsen für einen Tag, das Heu reinzuholen. Morgen ist Sonntag, aber ich möcht einfahren. Sonst wird das Heu gestohlen."

„Ich geb die Ochsen nicht her!"

„Um Christi willen!"

„Bettle nicht erst lange, Prochor, ich kann nicht. Das Vieh ist abgetrieben."

„Hab ein Einsehen, Jakow Alexejewitsch. Du weißt doch selbst, wie einem Familienvater zumute ist. Womit soll ich die Kuh durch den Winter bringen? Hab mich abgeschunden, nicht nur gemäht hab ich, hab jeden Grashalm einzeln abgerupft."

„Gib ihm doch die Ochsen, Vater!" mischte sich Stjopka ein.

Prochor warf ihm einen dankbaren Blick zu und starrte, nervös blinzelnd, auf Jakow Alexejewitsch. Da merkte Stjopka, daß Prochor die Knie zitterten und er, um dieses unüberwindliche Zittern zu verbergen, von einem Fuß auf den anderen trat wie ein Pferd, das an den Wagen geschirrt wird. Speiübel wurde ihm, und sich verfärbend, bläffte er: „Gib ihm die Ochsen! Was läßt du ihn zappeln!"

Jakow Alexejewitsch zog die Brauen zusammen. „Du hast mir nichts zu befehlen. Aber wenn du ihn so magst, dann fahre du doch am Sonntag raus und bring ihm das Heu ein. Fremden Händen vertrau ich meine Ochsen nicht an!"

„Ich fahre auch!"

„Na, dann los!"

„Vielen Dank, Jakow Alexejewitsch!" Prochor knickte vor Verbeugungen zusammen.

„Mit dem Dank ist's nicht getan. Zum Dreschen kommst du eine Woche her und arbeitest."

„Ich komme."

„Dann sieh zu, daß es geschieht."

Als am Sonntag der Morgen graute, klapperten die Gemeindeboten die Hütten und Katen ab. Jakow Alexejewitsch empfing den Mann von seinem Abschnitt an der Treppe.

„Was läufst du denn in aller Herrgottsfrüh hier schon rum?"

„Sobald es hell ist, sollst du in die Schule zur Versammlung kommen." Der Mann knüpfte den Tabaksbeutel auf und nuschelte, während er einen Fetzen Zeitungspapier anfeuchtete: „Der von der Statistik ist da, um die Aussaaten aufzuschreiben . . . für die Steuer. So ist das. Na, leb wohl!"

Während er zur Pforte ging, riß er ein Streichholz an. Seine weißgegerbten Stiefel polterten davon. Jakow Alexejewitsch knetete nachdenklich den Bart. Er wendete sich an Maxim, der gerade die Ochsen von der Tränke reingetrieben hatte, und rief: „Wart's ab! Gib Prochor noch nicht die Ochsen! Heut morgen ist Versammlung wegen der Steuern. Der Kerl von der Statistik ist da. Ich wird Stjopka mitnehmen. Er ist Komsomolist, vielleicht kriegt er Rabatt. Wie denn, sich im Klub rumtreiben und umsonst die Schuhe von seinem Vater ablatschen?"

Maxim ließ die Ochsen stehen und kam zum Vater. „Paß bloß auf und mach nicht mit grauen Haaren Dummheiten. Gib statt zwanzig Deßjatinen sechs oder sieben an."

„Mich brauchst du nicht erst zu belehren", erwiderte Jakow Alexejewitsch und grinste.

242

Beim Frühstück sagte Jakow Alexejewitsch ungewöhnlich freundlich zu Stjopka: „Du fährst erst zur Nacht mit Prochor ins Heu. Zieh dir gleich die Sonntagshosen an und komm mit zur Versammlung."

Stjopka schwieg. Ohne lange zu fragen, ging er nach dem Frühstück mit dem Vater mit. In der Schule stand das Volk wie Ähren auf einer Deßjatine im fetten Jahr. Doch auch Jakow Alexejewitsch kam an die Reihe. Der Mann von der Statistik, grün durch den Tabakqualm anzusehen, strich sich den roten Bart. „Wieviel Deßjatinen Aussaat?" fragte er.

Jakow Alexejewitsch schwieg und kniff nachdenklich ein Auge zusammen. „Gerste zwei Deßjatinen", er bog einen Finger an der linken Hand ein, „eine Deßjatine Hirse", der zweite gespreizte Finger knickte um, „vier Deßjatinen Weizen."

Jakow Alexejewitsch fügte den dritten Finger hinzu und hob die Augen zur Decke, als rechne er im stillen. In der Menge kicherte jemand; ein anderer hustete kräftig, um das Lachen zu verbeißen.

„Sieben Deßjatinen?" fragte der Mann von der Statistik und klopfte nervös mit dem Bleistift.

„Sieben!" erwiderte Jakow Alexejewitsch fest.

Stjopka bahnte sich mit den Ellbogen den Weg zum Tisch.

„Genosse!" Seine heiser-spröde Stimme kam abgerissen. „Genosse von der Statistik, hier liegt ein Fehler vor. Der Vater hat vergessen ..."

„Wieso vergessen?" rief Jakow Alexejewitsch erblassend.

„Er hat noch einen Landstreifen Weizen vergessen. Es sind insgesamt zwanzig Deßjatinen angesäte Fläche."

Durch die Menge ging ein dumpfes Raunen und Zischen. Aus den hinteren Reihen riefen mehrere Stimmen gleichzeitig: „Stimmt! Richtig! Jakow schwindelt. Er hat dreimal sieben!"

„Wollen Sie uns irreführen, Bürger?" Der Mann von der Statistik verzog gelassen das Gesicht.

„Wer soll das aus dem Kopf wissen ... der Böse hat mir den Sinn verwirrt ... ganz recht ... zwanzig ... Stimmt genau ... Ach, du mein lieber Gott ... Nun sag mir um Himmels willen einer, wie ich das vergessen konnte!"

Jakow Alexejewitschs Lippen zuckten verstört, auf den blau

gewordenen Wangen sprangen die Muskeln. Verlegene Stille lag über dem Raum. Der Vorsitzende flüsterte dem Mann von der Statistik etwas ins Ohr. Dieser strich die Zahl „7" mit Rotstift aus und schrieb dick „20" darüber.

Stjopka holte Prochor, und sie hasteten durch die Gärten zum Hof. „Beeil dich, Freund! Wenn der Vater von der Versammlung heimkommt, rückt er die Ochsen um die Welt nicht raus!"

Hurtig rollten sie die Wagen unter dem Vordach hervor und spannten die Ochsen an.

„Haben sie die Aussaat aufgeschrieben?" schrie Maxim von der Treppe.

„Ja."

„Na, hast du Rabatt gekriegt?"

Stjopka antwortete nicht, weil er die Frage gar nicht verstand. Sie fuhren aus dem Tor. Vom Marktplatz kam Jakow Alexejewitsch fast im Laufschritt durch eine Seitengasse heruntergetrabt.

„Hü!" Die Peitsche trieb die Ochsen zur Eile. Die beiden Wagen mit den herabbaumelnden Leitern rollten leise ratternd in die Steppe.

Am Tor winkte Jakow Alexejewitsch außer Atem mit der Mütze. „Zurückkommen!" Seinen heiseren Schrei trug der Wind in Fetzen heran.

„Sieh dich nicht um!" rief Stjopka Prochor zu und schwang die Peitsche. Die Wagen tauchten in der Schlucht unter, während aus der Staniza, von Jakow Alexejewitschs stattlichem Haus, immer noch der langgezogene Ruf schallte: „Umkehren! Du Hundesohn!"

Es dunkelte, als sie bei Prochors Heuschober anlangten. Während die angespannten Ochsen die verbliebenen Büschel auf dem Wiesenstück rupften, luden sie die Heufuder auf. Sie hatten beschlossen, in der Steppe zu übernachten und vor Tagesanbruch nach Hause zu fahren.

Als Prochor das zweite Fuder festgetrampelt hatte, rollte er sich obenauf zusammen, zog die Beine an und war sofort eingeschlafen. Stjopka legte sich auf die Erde und warf sich zum Schutz gegen den Tau die Joppe über. So lag er, schaute in den sternbestickten Himmel, schaute auf die dunklen Gestalten der Ochsen, die das stehengebliebene

Gras rupften. Die schwüle Dunkelheit schärfte den Duft der Kräuter, durchdringend sirrten die Grillen, am Hang klagte ein Käuzchen.

Unversehens war Stjopka eingeschlafen.

Prochor erwachte als erster. Wie ein Sack rollte er vom Fuder, richtete sich am Boden sitzend auf und hielt Ausschau nach den Ochsen. Die dichte violette Finsternis hing ihm vor den Augen. Über dem Hohlweg strudelte Nebel. Die Deichsel des Großen Wagens neigte sich nach Westen.

Nach zehn Schritten stieß Prochor auf den schlafenden Stjopka. Er tastete über die Joppe. Die vom eiskalten Tau durchnäßte Wolle kühlte ihm wohltuend die heiße Hand.

„Stepan, steh auf! Die Ochsen sind weg!"

Sie suchten die verlorenen Ochsen bis zum Abend. Im Umkreis von zehn Werst durchstreiften sie die Steppe, kletterten in alle Mulden, zertrampelten das ungemähte blühende Gras in Hohlwegen und Schluchten – die Ochsen waren wie vom Erdboden verschlungen. Gegen Abend trafen sie bei den verwaisten Fudern wieder zusammen. Prochor, hohlwangig und staubgeschwärzt, fragte als erster: „Was nun?" Seine Stimme klang dumpf. Die schrägen, unruhigen Augen zwinkerten weinerlich.

„Ich weiß nicht", erwiderte Stjopka mit bleierner Gleichgültigkeit.

Jakow Alexejewitsch blickte nach der Sonne, nieste und rief nach Maxim. „Sie müssen in der Schlucht abgestürzt sein. Abend wird's, und sie sind immer noch nicht da. Wenn der verdammte Bengel zurück ist, wird ihm der Kopf zurechtgesetzt, aber gehörig. Für die Saatfläche muß er seinen Lohn kriegen. Die rechte Hilfe hat er seinem Vater erwiesen. Eine Schlangenbrut hab ich am Busen genährt." Der Alte war blutrot geworden. „Spann die Stute an!" schrie er zornig. „Wir fahren ihnen entgegen!"

Von weitem erblickte Maxim Stjopka und Prochor, die regungslos neben den Fudern saßen.

„Vater! Sieh nur ... mir scheint – die Ochsen sind weg!" flüsterte er mit versagender Stimme.

Jakow Alexejewitsch legte die Hand über die Augen und spähte lange umher. Als er alles überblickt hatte, peitschte er auf die Stute ein. Der Wagen holperte über das unebene

Brachland. Maxim schwenkte schnalzend die Zügel.

„Wo sind die Ochsen?" Jakow Alexejewitsch überschrie das Rattern der Räder.

Der Wagen hielt an der ersten Fuhre. Maxim sprang schon im Fahren ab, verknackte sich den Fuß und schleppte sich mit verzerrtem Gesicht zu Stjopka. „Wo sind die Ochsen?"

„Abhanden gekommen . . ."

Schrecklich anzusehen in seiner tierischen Wut, wandte sich Maxim nach dem herbeieilenden Vater um und schrie wie besessen: „Die Ochsen sind abhanden gekommen, Vater! Dein Sohn, der . . . Wir sind zugrunde gerichtet! An den Bettelstab gebracht!"

Noch im Laufen schlug Jakow den bleich gewordenen Stjopka zu Boden. „Ich bring dich um! Reiß dir die Gurgel raus! Gestehe, elender Wicht, daß du die Ochsen verkauft hast. Die Händler haben hier wohl auf euch gewartet. Deshalb hast du dich so drum gerissen, ins Heu zu fahren! Rede!"

„Vater! Vater!"

Daneben wälzte sich Prochor auf der Erde. Maxim trampelte ihm mit den Stiefeln auf den Bauch, die Brust, den Kopf. Prochor hatte das Gesicht mit den Händen bedeckt und stöhnte dumpf. Maxim riß eine Heugabel aus dem Fuder, stellte Prochor auf die Füße und sagte knapp und leise: „Gestehe: Habt ihr beide die Ochsen verkauft? War das eine abgekartete Sache?"

„Brüderchen! Lad dir die Sünde nicht aufs Gewissen!" Prochor hob die Hände. Dickes bläulichschwarzes Blut quoll ihm aus dem zerschlagenen Mund aufs Hemd.

„Du willst es nicht sagen?" krächzte Maxim flüsternd.

Prochor brach in krampfhaftes Weinen aus. Sein Kopf zuckte. Leicht wie in einen Heuhaufen drangen ihm die Zinken der Heugabel unterhalb der linken Brustwarze in den Leib. Das Blut kam erst nach geraumer Weile.

Stjopka bog sich unter dem Vater hoch, haschte mit den Lippen nach seiner Hand, küßte die geschwollenen Adern und die rötlichen Borsten darauf.

„Unter das Herz . . . auch ihn", keuchte Jakow Alexejewitsch und nagelte Stjopka auf die nasse, betaute Erde.

Beim Heimfahren wurde es Nacht. Jakow Alexejewitsch lag während der Fahrt mit dem Gesicht nach unten. Bei jedem Schlag bumste sein Kopf dumpf auf die Bodenbretter des Wagens. Maxim ließ die Zügel fallen und wischte sich unsichtbaren Staub von der Hose. Vor dem ersten Gehöft stieß er hastig hervor: „Als wir ankamen, haben sie tot dagelegen, damit du's weißt. Müssen wohl wegen der Ochsen ermordet worden sein. Und die Ochsen sind mitgenommen worden . . ."

Jakow Alexejewitsch antwortete nicht. Am Tor wurden sie von Aksinja, Maxims Frau, erwartet. Sie kratzte sich den dicken Hängebauch unter dem hausgewebten Rock (sie war schwanger) und sagte mit trägem Bedauern: „Ihr habt die Stute umsonst abgehetzt. Die Ochsen sind von selbst heimgekommen, die verdammten Biester. Was, ist Stjopka noch draußen geblieben und sucht?"

Ohne eine Antwort abzuwarten, schlug sie das Kreuz über den gähnend aufgerissenen Mund und schlurfte schwerfällig ins Haus.

1926

Flimmernde Steppe

Wir lagen unter einem Schlehen auf einem sonnverbrannten Hügel am Don. Wir, das waren der Großvater und ich. Neben einer schuppigen Wolkenzeile kreiste ein brauner Geier. Das von Vogelkot buntgefärbte Laubdach der Schlehe kühlte wenig. Siedend sang uns die Hitze in den Ohren; ein Blick hinunter auf die gekräuselten Wasser des Dons oder die runzligen Melonenschalen zu unseren Füßen ließ mir den Speichel im Munde zusammenlaufen, doch war ich zu träge, auszuspucken. Drunten im Wiesengrund, um den versiegenden Brunnen, drängten sich in dichten Haufen die Schafe. Matt ließen sie das Hinterteil hängen, wackelten mit den schmutzigen Fettschwänzen und niesten gar heftig in dem dichten Staub. Am Deich sog ein großes dickes Lamm am Euter eines schmutziggelben Mutterschafes. Die Beine fest gegen den Boden gestemmt, stieß es den Kopf zuweilen in das Euter, stöhnend krümmte sich die Mutter, und ich fand, ihre Augen hatten einen leidenden Ausdruck.

Großvater Sachar neben mir hatte sein wolliges Strickhemd ausgezogen und suchte mit blinzelnden kurzsichtigen Augen die Falten und Nähte ab. Er war bald siebzig Jahre alt. Auf seinem Rücken bildeten die Falten und Runzeln ein sonderbares Geflecht, scharfkantig traten die Schulterblätter hervor, aber blau und jung leuchteten seine Augen, flink und scharf war der Blick unter den grauen Brauen.

Die gefangene Laus vermochte er zwischen den zittrigen schrumpligen Fingern kaum festzuhalten, er hatte sie behutsam und liebevoll aus dem Hemd genommen, setzte sie nun weitab von sich auf die Erde, schlug ein Kreuz und brummelte: „Kriech, Kreatur! Willst doch noch leben, wie?

Freilich willst du. Sieh, geschlemmt hat sie wie eine Gnädige."

Ächzend streifte er sich das Hemd über. Den Kopf zurück-
gebeugt, trank er das lauwarme Wasser aus der Holzbuttel.
Bei jedem Schluck kroch ihm der Adamsapfel in die Höhe,
zog sich das schlaffe Fleisch unterm Kinn glatt, und in den
Bart rannen ihm glitzernde Wassertropfen. Rötlich schimmerte die Sonne in seinen gesenkten safrangelben Lidern.

Während er die Buttel absetzte, sah er mich von der Seite
an. Er fing meinen Blick auf, muffelte mit den Lippen und
sah in die Steppe hinaus. Jenseits des Wiesengrundes flimmerte die heiße Luft, und der Wind, der über die versengte
Erde strich, roch würzig nach Quendelhonig. Schließlich
legte der Großvater den Hirtenstab beiseite und wies mit
seinem gelbgerauchten Finger in die Ferne.

„Siehst du dort hinterm Hohlweg die Pappeln? Das ist Topolewka, Besitztum der Tomilins. Daneben liegt das Dorf
Topolewka. Bauern, dazumal Leibeigene, leben darin. Bis
zu seinem Tode hat der Vater den gnädigen Herrn kut-
schiert. Eine Rotznase noch bin ich gewesen, da hat er mir
erzählt, wie der Pan Jewgraf Tomilin ihn bei einem andren
Herrn gegen einen zahmen Storch eingetauscht hat. Als der
Vater gestorben ist, bin ich dann an seiner Statt Kutscher
geworden. Der gnädige Herr war damals ein guter Sechzi-
ger, von stattlicher Figur und vollblütig. In jungen Jahren
hat er bei der Zarengarde gedient, dann ist er weg vom Militär und zum Don gekommen, um hier den Rest seiner Tage
zu verbringen. Sein Erbland haben die Kosaken bebaut,
und die Obrigkeit hat ihm dreitausend Deßjatinen im Sara-
towschen zugeteilt. Die hat er dort an Mushiks verpachtet
und ist selbst nach Topolewka gezogen.

Ein Wunderling war er. Rumgelaufen ist er in einem Kosakenrock aus feinstem Tuch und mit einem Dolch im Gurt.
Ist er ausgefahren und wollt zu Besuch zu jemandem, hat er
hinter Topolewka angefangen rumzukommandieren: ‚Fahr
zu, du Tölpel!‘

Hab ich den Pferden die Peitsche gegeben, und wir sind da-
hingebraust, daß der Wind die Tränen nicht trocknen
konnte. So ist's über die Mulden gegangen, deren die Frühjahrswasser viele in die Wege waschen. Die Vorderräder

hörst du nicht, aber die Hinterräder, die krachen ganz fürchterlich!

Hat der Wagen so eine halbe Werst gefressen, brüllt der Pan: ‚Umkehren!' Ich wende, und im gestreckten Galopp geht's über die Mulden. Sind wir dreimal über solch ein verfluchtes Loch geratscht, ist eine Wagenfeder gebrochen oder ein Rad abgefallen, dann hat sich der Herr geräuspert, ist ausgestiegen, ist auf Schusters Rappen wieder heimwärts getrabt und ich, die Pferde am Zügel, hinterdrein. Manchmal hat er sich auch einen anderen Spaß gemacht: Waren wir vom Hof runter, stieg er zu mir auf den Bock, riß mir die Peitsche aus der Hand und sagte: ‚Nimm du das Deichselpferd!' Und ich schlug auf das Deichselpferd ein, was das Zeug hielt, daß das Krummholz stillstand, und er auf das Beipferd. Dreispännig sind wir gefahren, mit Donrennern vom besten Gestüt, wie Schlangen hielten sie den Kopf zur Seite und fraßen die Erde. Und der Herr traktierte das eine, daß dem der Schaum von den Flanken flog. Und dann riß er den Dolch heraus, beugte sich vor, und ratsch waren die Stränge abgeschnitten wie das Haar vom Rasiermesser. Das Pferd stürzte kopfüber und blieb zwei Sashen weiter liegen. Blut brach ihm aus den Nüstern, aus war's mit ihm! Nicht besser erging's dem anderen. Das Deichselpferd sprengte unterdes unentwegt weiter, bis es am ganzen Körper flog. Und dem Herrn ist darob gar nicht leid geworden, fröhlicher geworden ist er bei dem Spaß, und das Blut hat seine Backen rot gefärbt.

All sein Leben ist er nicht dort hingekommen, wohin er wollte. Mal hat er die Räder, mal die Pferde zuschanden gemacht und ist dann einfach heimwärts gezogen. Ein fröhlicher Mann war er. Dahin ist die alte Zeit. Möge der Herr uns richten.

Einst hat der Pan meiner Ehehälfte nachgestellt, die Stubenmädchen gewesen ist im Hause. Stürzt sie eines Tags, die Bluse zerrissen, in die Gesindestube und flennt wie'n Schloßhund. Ich gucke: ganz zerbissen ist ihre Brust, die Haut hängt in Fetzen. Einmal hat der Herr mich losgeschickt, den Feldscher holen. Draußen war es schon finster. Ich wußte, daß kein Feldscher gebraucht würde, und mir ging ein Licht auf. Also wartete ich in der Steppe die Nacht ab und kehrte über die Tenne zurück, die Pferde ließ ich im

Garten stehen, nahm nur die Peitsche mit und schlich mich auf leisen Sohlen ins Gesindehaus in meine Kammer. Die Tür knarrt, ich stecke absichtlich kein Zündholz an und lausche auf das Rumoren im Bett. Der Herr richtet sich auf, und ich wichs ihm eins mit der Peitsche über den Schädel, die Peitsche aber, die hatte eine Bleikugel am Ende. Ich höre ihn zum Fenster stolpern und haue ihm im Dunkeln noch eins über. Zum Fenster hinausgesprungen ist er. Ich habe der Frau noch ein bißchen die Leviten gelesen und mich schlafen gelegt. Fünf Tage danach wollten wir in die Staniza fahren. Ich stehe und knöpfe die Kutschdecke an, da nimmt der Herr meine Peitsche. Beäugt das Ende. Lange dreht er sie in der Hand und befühlt die Bleikugel.

,Du Hundsbrut, warum hast du Blei in die Peitsche eingenäht?' fragt er.

,Sie selbst haben geruht, es zu befehlen', antworte ich ihm. Darauf sagt er gar nichts mehr, aber den ganzen Weg bis zur ersten Mulde hat er durch die Zähne gepfiffen. Ich gucke mich nach ihm um, so wie von ungefähr – und seh, die Haare hängen ihm in die Stirn, und die Mütze hat er tief ins Gesicht gezogen.

Wohl zwei Jahre später ist's gewesen, da hat ihm die Paralyse den Garaus gemacht. Nach Ust-Medwediza ist er geschafft worden. Doktoren wurden herbeigerufen, und er ist aschfahl im Gesicht dagelegen. Bündelweis hat er die Hundertrubelscheine aus der Tasche gezogen, sie auf den Boden gehauen und in einem fort gekrächzt: ,Heilt mich, ihr Hundsfötter! Nehmt alles hin dafür!'

Gott hab ihn selig, er ist trotz all seinem Geld gestorben. Ein Sohn ist dagewesen, ein Offizier. Als der klein war, da hat er die jungen Hunde genommen, ihnen das Fell vom lebendigen Leibe abgezogen und sie dann wieder laufen lassen. Er war ganz dem Vater nachgeartet. Wuchs heran und hat die dummen Streiche gelassen. Groß ist er gewesen und schlank und hat dunkle Ringe gehabt untern Augen wie 'n Weib und auf der Nase eine goldene Brille getragen an einer Schnur. Im deutschen Krieg ist er Gefangenenaufseher gewesen in Sibirien, aber nach dem Umschwung ist er wieder hergeschneit in unsere Gegend. Derzeitig sind meine Enkel schon erwachsen gewesen, die Kinder von meinem seligen Sohn. Semjon, der älteste, war verheiratet und Ani-

kej noch ledig. Ich hab bei ihnen gelebt und die Fäden meines Lebens zu Ende geknüpft zu einem Knoten... Im
Frühjahr ist der neue Umschwung gekommen, und die Bauern haben den jungen Herrn vom Gut gejagt. Selbigen Tags
hat Semjon die Bauern auf einer Versammlung beredet, den
herrschaftlichen Boden und alle Habe zu teilen. So ist's
auch gekommen. Die herrschaftliche Habe ist in die
Bauernkaten gewandert, das Land in Parzellen geschnitten
worden, und man fing schon an zu pflügen. Eine Woche
darauf, mag sein noch eher, heißt's plötzlich, der Herr rückt
an mit Kosaken und will das Dorf dem Erdboden gleichmachen. Zwei Gemeindefuhrwerke wurden losgeschickt zur
Bahnstation, Waffen zu holen. In der Karwoche sind sie mit
den Waffen angekommen, und vor Topolewka wurden
Schützengräben ausgehoben. Fast bis zum herrschaftlichen
Teich runter haben sie sich hingezogen. Sieh dort die Stellen, wo die Quendel steht, hinter der Schlucht, da haben
die Topolewker im Graben gehockt, unter ihnen meine Enkel Semjon und Anikej. Von früh an sind die Frauen hingegangen mit Essen. Als die Sonne im Mittag steht, erscheint
Reiterei auf dem Hügel. Sie schwärmt aus, blau blitzen die
Säbel. Vom Fenster aus seh ich den an der Spitze auf weißem Roß den Säbel schwingen und die Reiter wie Erbsen
von der Höhe herunterkullern. An der Gangart hab ich den
weißen Renner des Herrn erkannt und am Roß den Reiter.
Zweimal haben die Unsren sie zurückgeworfen, aber 's drit-
temal sind die Kosaken mit einer List gekommen; von hinten haben sie sich rangepirscht und draufgedroschen. Das
Abendbrot erlosch, als die Schlacht zu Ende war. Ich tret
aus der Kate und seh, wie Reiter einen Haufen Volk zum
Gut hintreiben. Spornstreichs bin ich an meinem Hirtenstab dort hingelaufen. Im Hof stehen die Topolewker Bauern zu einem Haufen gedrängt, nicht schlechter als die
Schafe da. Ringsum Kosaken. Ich geh ran zu ihnen und
frag: ,Sagt mir bloß, liebe Leute, wo sind meine Enkel?'
Beide höre ich aus der Mitte antworten. Wir haben grad ein
paar Worte miteinander gewechselt, da seh ich den Herrn
auf die Freitreppe treten. Er hat mich augenblicklich entdeckt und poltert los: ,Du, Großvater Sachar?'
,Sehr recht, Euer Hochwohlgeboren!'
,Was stehst du da rum?'

Geh ich zur Vortreppe hin und falle vor ihm auf die Knie. ‚Gekommen bin ich, meine Enkel aus der Not zu erretten. Hab Erbarmen, Herr! Eurem Väterchen, Gott hab ihn selig, hab ich all mein Leben in Eifer und Treue gedient, Herr, Erbarmen hab mit dem Alter!‘

Sagt er drauf: ‚Hör, Vater Sachar, wohl acht ich die Verdienste, die du um mein Väterchen Rechtens wegen erworben hast, aber deine Enkel freigeben kann ich nicht. Verstockte Aufwiegler sind’s. Trag dein Schicksal, Alter.‘

Hab ich seine Beine umklammert und bin auf der Freitreppe hin und her gerutscht. ‚Erbarm dich, Herr! Allergnädigster, denke daran, wie treu dir der alte Sachar gedient hat, stoß mich nicht ins Elend. Der Semjon hat doch einen Säugling in seiner Hütte!‘

Er hat sich eine wohlriechende Zigarette angesteckt, den Rauch hochgeblasen und gesagt: ‚Geh und sag diesen Lumpen, sie sollen zu mir aufs Zimmer kommen. Bitten sie um Gnade, nun gut, sollen sie dem Andenken meines Vaters zuliebe nur ausgepeitscht und in meiner Abteilung eingeschrieben werden. Dann können sie ihr schändliches Vergehen durch Diensteifer wieder wettmachen.‘

Ich im Trab zurück auf den Hof, setze den Enkeln die Sache auseinander und zerre sie am Ärmel. ‚Lauft hin, ihr Trotzköpfe, und bleibt auf den Knien liegen, bis er euch vergeben hat!‘

Semjon hat nicht einmal den Kopf gehoben. Dagehockt hat er mit untergeschlagenen Beinen und hat mit einem Zweig in der Erde rumgestochert. Anikej hat mich angesehen, ganz lange, und auf einmal hat er mich angefahren: ‚Geh nur hin zu deinem Herrn‘, hat er gesagt, ‚und richt ihm aus: Der alte Sachar ist sein Lebtag auf Knien rumgekrochen und sein Sohn auch, die Enkel aber haben’s satt. Das sag ihm!‘

‚Du willst nicht hin, du Hundsbrut?‘

‚Nein!‘

‚Leben und Sterben sind für dich eins, Elender. Aber den Semjon stürzt du ins Unglück. Weib und Kind hat er, wer soll sie füttern?‘

Semjon zucken die Hände, seh ich. Er wühlt in der Erde und sucht, was darin nicht zu finden ist. Er schweigt. Wie ein Stier schweigt er.

‚Großväterchen, quäl uns nicht, geh‘, bittet Anikej.

‚Daß dir's Maul verdorre – ich geh nicht! Semjons Anissja tut sich was an, so ihm was zustößt!'

Der Zweig in Semjons Hand knackt und zerbricht. Ich warte. Zurück kommt Schweigen.

‚Sjomuschka, Herzenskind, besinn dich! Geh zum Herrn!'

‚Wir haben uns besonnen! Nichts wird daraus! Geh nur selbst hin und kriech vor ihm!' zischt Anikej.

Darauf ich: ‚Vorwerfen tust du mir's, daß ich vor dem Herrn auf den Knien gelegen hab? Ein alter Mann bin ich, der statt der Mutterbrust die Knute des Pans gesogen hat. Ich schäme mich auch nicht, vor meinen Enkeln niederzuknien.'

Niedergekniet bin ich da, hab mich bis tief zur Erde verbeugt und sie angefleht. Die Bauern kehrten sich ab, als wollten sie's nicht sehen.

‚Geh mir aus den Augen, Großvater . . . sonst bring ich dich um!' hat Anikej losgebrüllt, Schaum vorm Mund und mit den Augen rollend wie ein Wolf in der Schlinge.

Bin ich abgezogen und wieder hin zum Herrn. Ich habe seine Beine so fest umklammert, daß er mich nicht hat zurückstoßen können. Meine Finger wurden starr. Kein Wort hab ich rausgebracht. Er fragt: ‚Wo sind denn deine Enkel?'

‚Sie haben Angst, Herr.'

‚Aha, Angst haben sie.' Mehr sagt er nicht. Genau auf den Mund hat er mich mit dem Stiefel getroffen und ist raus aus dem Zimmer gegangen."

Großvater Sachar atmete schnell und keuchend. Blaß war sein Gesicht und zusammengeschrumpft. Mit unsäglicher Anstrengung unterdrückte er ein Greisenschluchzen, rieb sich mit der Hand die trocken gewordenen Lippen und kehrte sich ab. Zur Rechten von uns, hinterm Brunnen, stieß ein Geier mit hochgespreizten Flügeln auf die Wiese herab und hob eine weißbrüstige Zwergtrappe von der Erde. Wie Schneeflocken rieselten die Federn nieder, grell leuchteten sie im Grase. Großvater schneuzte sich, wischte die Finger am Saum seines Strickhemdes ab und fuhr fort in seiner Erzählung: „Ich bin hinter ihm auf die Freitreppe hinausgetreten und seh Semjons Anissja mit dem Kind angerannt kommen. Wie dieser Geier da auf die Trappe stürzt sie sich auf ihren Mann und liegt ganz starr in seinen Armen. Hat der Herr den Wachtmeister rangerufen und zu Semjon und Anikej hingedeutet. Der Wachtmeister und sechs Kosaken binden sie, und ab geht's mit ihnen in Richtung Koppel. Ich hinterdrein. Anissja hat das Kind mitten auf dem Hof liegengelassen und hängt dem Pan am Rock. Semjon läuft den andern hurtig voraus, am Pferdestall setzt er sich hin.

‚Was soll das heißen?‘ fragt der Herr.

‚Mich drückt der Stiefel, 's will nicht mehr gehen‘, sagt er und lächelt. Zieht die Schuhe aus und reicht sie mir hin.

‚Trag du sie, Großväterchen, und wohl bekomm's. Zweifach genäht, ganz prächtige Stiefel sind's.‘

Ich hab die Stiefel genommen, und 's ist weitergegangen. Bei der Koppel werden die beiden an den Zaun gestellt, und die Kosaken laden die Gewehre. Der Herr steht daneben und verschneidet sich die Fingernägel mit solch einem winzigen Scherchen, und seine Hand ist ganz weiß gewesen. Sag ich zu ihm: ‚Herr, erlaubt, daß sie sich die Kleidung ausziehen. 's sind schöne Sachen, die kämen unsrer Armut wohl zustatten, und uns ständen sie noch recht gut zu Gesicht.‘

‚Sollen sie sie ausziehen!‘

Anikej reißt sich die Pumphose runter, krempelt die linke Seite nach außen und hängt sie an einen Zaunpfahl. Und schon hat er den Tabaksbeutel aus der Tasche gezerrt und fängt an zu rauchen. Steht da, ein Bein vorgesetzt, bläst blaue Kringel in die Luft und spuckt übern Zaun. Semjon hat sich splitternackt ausgezogen und sogar die Leinenunterhosen abgelegt, die Mütze hat er vergessen abzunehmen. Gar nicht mehr richtig dagewesen ist er. Mich hat es heiß und kalt überlaufen, und ich habe mich an den Kopf gefaßt. Weiß der liebe Gott, der Schweiß ist kalt wie Quellwasser gewesen . . .

Und so seh ich sie nebeneinander stehen – Semjon, die Brust mit dichtem Kraushaar bewachsen, nackt und die Mütze auf dem Kopf, Anissja mit ihrem Weiberverstand sieht den Mann nackt und mit der Mütze auf dem Kopf dastehen, ist zu ihm hingestürzt und hat sich hochgerankt an ihm wie der Hopfen an der Eiche. Semjon hat sie zurückgestoßen. ‚Weg mit dir, dumme Gans! Nimm deinen Verstand zusammen, vor den Leuten bist du! Närrisches Weib! Siehst du nicht, daß ich nackend bin! Man schämt sich für dich!'

Hat sie sich die Haare gerauft und in einem fort gejammert: ‚Erschießt uns beide!'

Der Herr schiebt die kleine Schere in die Hülle und fragt: ‚Wollt ihr beide zusammen erschossen werden?'

‚Schieß, Verruchter!' So sie zu dem Herrn!

‚Bindet sie an ihren Mann!' befiehlt er.

Da hat Anissja es mit der Angst zu tun bekommen, aber es hat kein Zurück mehr gegeben. Die Kosaken haben gelacht und sie mit einem Zügel an Semjon festgebunden. Ist sie hingesunken, die Dumme, und hat den Mann mit runtergezogen. Der Pan tritt ran an sie und fragt durch die Zähne: ‚Möchtest du nicht für das Kind um Gnade bitten?'

‚Ich bitt drum', stöhnt Semjon.

‚Na, dann bitt deinen Herrgott. Mich zu bitten, ist's zu spät!'

Auf der Erde liegend, wurden sie erschossen. Anikej hat geschwankt, ohne sogleich zu stürzen, ist in die Knie gesunken und auf einmal hintübergefallen, so daß er mit dem Gesicht nach oben dagelegen ist. Ist der Herr an ihn rangetreten und hat ihn höchst freundschaftlich gefragt: ‚Willst du leben bleiben, so bitt um Gnade! Magst mit fünfzig Rutenstreichen davonkommen, und dann ab mit dir an die Front.'

Den Speichel hat Anikej im Mund zusammengezogen, aber um dem Herrn ins Gesicht zu spucken, dazu ist er zu schwach gewesen, und am Bart ist er ihm runtergelaufen. Ganz weiß ist Anikej vor Wut geworden, aber was hat er machen können. Steckten doch drei Kugeln in ihm.

‚Schafft ihn auf den Weg!' befiehlt der Herr.

Die Kosaken haben ihn gepackt und über den Zaun quer auf den Weg geworfen. Herangezogen kommt da nämlich mit zwei Kanonen ein halbes Hundert Kosaken, die aus Topolewka zur Staniza reiten. Wie ein Gockel ist der Herr auf den Zaun gestiegen und hat gekräht: ‚Im Tra-a-ab über ihn weg, Kosaken!'

Mir sind die Haare zu Berge gekrochen. Ich halt Semjons Sachen und seine Stiefel, aber mich halten wollen die Beine nicht, sie sacken mir weg ... Die Pferde, die sind von einem göttlichen Funken beseelt, keins hat Anikej getreten, alle sind über ihn hinweggestiegen. Ich bin am Zaun hingesunken und konnt die Augen nicht zumachen. Trocken ist mein Mund. Da sind die Räder der Kanone heran und Anikejs Beine, sie knacken wie Roggenzwieback zwischen den Zähnen und werden breitgequetscht wie dünne Halme.

Der Schmerz wird ihn töten, denk ich, aber er hat keinen Schrei ausgestoßen und nicht einmal gestöhnt. Er hat dagelegen, den Kopf fest auf den Boden gepreßt, und sich eine Handvoll Erde vom Wege in den Mund gestopft. Erde kauend und ohne mit der Wimper zu zucken, sieht er den Herrn an, und seine Augen sind klar gewesen, hell wie der liebe Himmel.

Zweiunddreißig Mann hat der Herr an diesem Tage erschossen. Allein Anikej ist dank seinem Stolz am Leben geblieben."

Einen langen, gierigen Schluck nahm Großvater Sachar aus der Holzbuttel, wischte sich die blassen Lippen, und sichtlich ungern erzählte er weiter: „Über diese Geschichte ist Gras gewachsen. Aber die Schützengräben sind noch da, worin unsere Bauern das Land erkämpft haben, überwuchert von allerlei Unkraut ... Anikej hat man die Beine abgenommen, auf den Händen läuft er herum und zieht den Rumpf auf dem Boden hinter sich her. Äußerlich ist alles zum besten bestellt, alle Tage steht er mit Semjons Söhnchen in der Tür, und sie messen sich. Der Junge hat ihn an Größe bald eingeholt. Wenn winters das Vieh zur Tränke an den Fluß getrieben wird, sitzt er am Weg und fuchtelt mit den Händen, so daß die Ochsen vor Schreck aufs Eis laufen und auf dem Glatten 'nen Narrentanz aufführen, und er lacht sich eins ... Einmal allerdings hab ich was bemerkt. Im Frühjahr war's, da hat der Kommunetraktor den Acker hinter dem Kosakenlande gepflügt. Nicht locker hat Anikej gelassen, bis er mitgenommen worden ist. Ich habe nahebei die Schafe gehütet und gucke, da kriecht Anikej über den frisch gepflügten Acker. Was er da wohl machen will, denke ich. Anikej blickt sich um. Als er in der Nähe keinen sieht, beugt er sich mit dem Gesicht tief nieder, umarmt eine Erdscholle, die der Pflug umgebrochen hat, drückt sie an sich, streicht mit den Händen zärtlich darüber und küßt sie ... Fünfundzwanzig Jahre ist er alt, und niemals mehr kann er den Acker pflügen. Schwer ist ihm ums Herz . . ."

In blaue, dunstige Dämmerung sank die flimmernde Steppe, ein letztes Mal an diesem Tage kamen die Bienen nach dem Blütenstaub des welkenden Quendels. Fahlweißes Reihergras wiegte stolz und hochmütig seine Federbuschrispen. Ins Tal nach Topolewka zog die Schafherde. An seinem Hirtenstab ging Großvater Sachar schweigend hinterdrein. Über das kunstvoll bestickte Staublaken auf dem Weg liefen zwei Spuren, die eine von einem Wolf, breitpfotig, mit Zwischenräumen, und die andere, die den Weg schräg gekerbt hatte, vom Topolewker Traktor.

Wo der Feldweg in die vom Wegerich überwucherte alte Hetmanstraße führte, trennten sich die Spuren. Die vom Wolf bog seitwärts ab in die Schlucht, darin Unkraut und Schlehen ein grünes undurchsichtiges Dickicht bildeten, und auf die Straße lief gleichmäßig und wuchtig die andre, die nach verbranntem Petroleum roch.

1926

Die Knechte

Am Fuße des steil abfallenden braunen Berges schlängelt sich ein Flüßchen hin. Zwischen den dichtgewachsenen Weiden zu beiden Seiten stehen die kleinen Häuser der Siedlung Danilowka, umgeben von alten, bemoosten Flechtzäunen und geduckt, wie um sich dem zudringlichen Blick der zu Fuß und zu Wagen Daherkommenden zu entziehen.

Zu Danilowka gehören gut hundert Höfe. Die Höfe der wohlhabenden Bauern liegen behäbig und in großen Abständen an der breiten Straße am Fluß. Geht ein Fremder sie entlang, sieht er sogleich, hier wohnen tüchtige Landwirte. Die Häuser sind mit Blech- oder Ziegelschindeln gedeckt, mit Schnitzwerk ist das Gesims reich verziert, und die blaugestrichenen Fensterläden knarren so behaglich im Winde, als würden sie vom satten, gesicherten Leben der Hausherren erzählen. Aus Bohlen sind die Tore vor den Höfen gezimmert, und neu sind die Flechtzäune. Dahinter liegen Speicher, und wohlgenährte Hunde klirren mit den Ketten und knurren wütend, wenn ein Fremder vorübergeht.

Die andere Straße, dicht am Abhang, krumm und schmal, läuft zwischen breitkronigen Weiden dahin, es sieht aus, als fließe sie unter einem grünen Dach. Darüberhin treibt der Wind Staub und Lämmerwolken von Asche, die neben den Zäunen aufgeschüttet ist. Hier stehen keine Häuser, nur Katen. Nackte Not blickt aus jedem Fenster und aus den Höfen mit den dünnen, wackligen Staketenzäunen darum.

Fünf Jahre zuvor hat ein Brand die Bauten der zweiten Straße weggeleckt. Für die verkohlten Holzhäuser haben die Bauern Lehmhütten hingesetzt. Sie haben sie schlecht und recht gebaut, doch seit dieser Zeit ist das Elend bei ihnen ein ständiger Gast, tiefer als tief hat es seine Wurzeln geschlagen.

Dem Brand war sämtliches landwirtschaftliches Gerät zum Opfer gefallen. Trotzdem hatten die Bauern im Jahr darauf das Land aufs neue bestellt. Doch eine Mißernte hatte alle ihre Hoffnungen zerstört, ihre Rücken gekrümmt und ihren Glauben daran erschüttert, wieder zu Kräften zu kommen und der Not zu entrinnen. Da zogen die Brandgeschädigten los, ins Elend der Fremde. Bettelnd streiften sie durchs Land zum Kuban hinunter auf der Suche nach leichterem Brot, doch die Heimaterde rief sie unwiderstehlich zurück. Sie kehrten heim nach Danilowka und klopften, die Mütze in der Hand, an die Tür der wohlhabenden Bauern: „Nimm mich zum Knecht, Herr. Für ein Stück Brot laß mich dir dienen."

Kurz nach Tagesanbruch kam der Knecht des Popen Alexander zu Naum Boizow. Naum spannte gerade das vom Nachbarn entliehene Pferd vor den Wagen und hatte die Schritte des Hinzutretenden nicht gehört. In seine Gedanken vertieft, fuhr er zusammen, als er plötzlich laut gegrüßt wurde: „Guten Morgen, Väterchen Naum!"

Naum sah sich um, zog den Kummetriemen an und tippte mit der freien Linken an die Mütze: „Guten Morgen! Was ist dein Begehr?"

Höchst zufrieden, dem Hof des Popen den Rücken gewandt zu haben, nahm der Knecht auf einer alten, schadhaften Egge Platz, zog den Hemdsärmel über die Hand und wischte sich den Schweiß von der Stirn. „Wir haben ein Anliegen an dich", begann er gemächlich. Offenbar wollte er zu einer langen, umständlichen Rede ansetzen.

„Was für eins?" Naum knüpfte einen zerrissenen Zügel zusammen.

„Siehst du, folgendermaßen ist's. Ich hab meinem Popen schon längst gesagt: ,Wenn Sie Ihren Hengst verschneiden lassen wollen, Väterchen, so . . .'"

„Schwatz nicht lange rum!" schnitt ihm Naum das Wort ab.

„Muß der Hengst verschnitten werden, he? So sag's gradheraus, die Zeit ist knapp, ich muß aufs Feld."

„Na ja, der Hengst." Der Knecht nickte mißmutig.

„Sag deinem Popen, ich komme sofort."

Unlustig stand der Knecht auf, strich einen frischen Hobelspan von der Hose und sah an sich hinunter. „'s heißt von dir", sagte er gleichgültig, „du wärst ein guter Kurschmied. Das stimmt wohl, aber im Umgang mit Menschen bist du unfreundlich. Ein Gespräch, so recht erfrischend fürs Herz, läßt sich nicht führen mit dir. Grob bist du und wortkarg!"

„Na, Bruder, verzeih nur, so hat die Mutter mich geboren."

„Ich, ja, ich . . . Freilich ist's kränkend, allein mit ganz anderswem könnt ich reden."

Naum saß ein Lächeln in den Augenwinkeln. „Ja, red nur mit dem", meinte er und ging langsam in die Hütte. Schwer und gerade setzte er seine breiten nackten Füße.

Der Knecht hob den frischen Hobelspan von der Erde auf, den der Wind herbeigeweht hatte, rollte ihn zu einem Röhrchen zusammen, seufzte und ging los, die Straße hinunter, watschelnd und wie ein Weib mit dem Hinterteil wackelnd. Er ging wie vom Wind dahingetrieben.

Naum betrat die Hütte, nahm ein aufgerolltes Zugseil vom Nagel. Während er den Knoten löste, wandte er sein Gesicht zum Herd hin und sah lächelnd seine Frau an, die Grütze kochte. „Ich hab dir doch gesagt, daß es allzeit weitergeht! Der Pope Alexander möcht seinen Hengst verschnitten haben, hat seinen Knecht geschickt. Wenigstens ein halbes Pud Mehl nehm ich ihm dafür ab."

„Den Knecht hat er geschickt?" fragte die Frau erfreut.

„Er ist grad wieder weg."

„Da können wir endlich Brot essen! Und ich hab mich gesorgt: Du fährst zum Pflügen und hast nichts zu beißen mit!"

Naum lächelte, daß sein roter Knebelbart zur Seite wippte und die geschwärzten, kräftigen Zähne blitzten. Das Lächeln machte ihn jünger und sein hartes Gesicht freundlich. „Also auf, Fjodor, du hilfst mir dabei", sagte er zu seinem Sohn. „Die Stute laß nur angespannt stehen."

Fjodor, ein sechzehnjähriger Bursche, seinem Vater in Gesicht und breitschultriger Gestalt verblüffend ähnlich, schlang eifrig einen neuen Riemen um das zerschlissene Hemd und folgte dem Vater, die bloßen Füße ebenso fest aufsetzend, gleichfalls weit vornübergebeugt und die für sein Alter kräftigen Arme schlenkernd.

Der Pope Alexander empfing sie vor seinem Hof, die hageren, knochigen Wangen blutverkrustet, ein sauberes Handtuch um die Stirn gewickelt. Die schrägen Augen huschten unter dem Verband wie graue Mäuschen hin und her.
„Er läßt einen nicht ran", sagte er, nachdem sie sich begrüßt hatten. „Eine wütende Bestie ist's!" Seine Stimme war tief und voll und schien dem kleinen schmächtigen Körper gar nicht angemessen. „Als ich ihn halftern wollte, biß er um sich wie 'n Hund! Die Haut hat er mir in Stücken von der Stirn gefetzt, wahrhaftigen Gottes!"
Fjodor, hochrot im Gesicht, blies die Backen auf, bemüht, ein Lachen zu unterdrücken, der Vater warf ihm einen strengen Blick zu und trat zur Hoftür. „Wo steht er?"
„Im Pferdestall."
„Haben Sie noch einen Strick, Väterchen?"
„Tu's mit Verstand", meinte der Pope zögernd.
„Wir werden's schon schaffen. Haben ganz andere kleingekriegt", erwiderte Naum etwas prahlerisch und wand das eine Ende des Stricks geschickt zur Schlinge.
Fjodor, der Pope und der Knecht blieben am Hoftor stehen. Naum schlang den Strick um die linke Hand und nahm den kurzen Eichenknüppel in die rechte.
„Paß auf, Onkel Naum, daß er dir keine versetzt!" spottete der Knecht.
Ohne zu antworten, schob Naum den Riegel zurück, blickte blinzelnd in den dunklen Pferdestall und trat über die Schwelle.
Wohl zwei Minuten lang hörte man es im Stall rumoren. Klopfenden Herzens wartete Fjodor auf den Ruf: Schnell! Kommt und haltet ihn! Da, plötzlich ein Krachen, Wiehern, ein dumpfer Schlag, ein Aufschrei, Stöhnen. Hufe klapperten über die Bretter, die Tür sprang auf wie vom Sturm losgerissen, und aus dem Dunkel des Stalls stürmte mit feurig zurückgeworfenem Kopf der Hengst. In zwei Sprüngen war er um den Misthaufen rum, blieb mit fliegenden, schweißnassen Flanken einen Augenblick stehen, hob den Schwanz, setzte über den Zaun und jagte, weißen Staub hochwirbelnd, die Straße entlang.

262

Aus dem Stall wankte Naum. Er hielt die Hände am Mund, an der Linken baumelte der zerrissene Strick. Etwa zwanzig schnelle trunkene Schritte machte er noch, dann stieß er mit der Brust gegen den Zaun und sank zusammen, sich die Knie in den Leib bohrend. Fjodor schrie auf, ließ den Strick fallen und lief zu ihm hin. „Vater! Was ist?"

Naum röchelte zum Erbarmen; jedes Wort rauspressend, flüsterte er: „In die Brust . . . Der Knochen . . . gebrochen . . . Aus ist's! . . . In die Brust, unterhalb vom Herz!" Mit pfeifendem Atem, die trüben Augen vor maßlosem Schmerz überquellend, schluckte und würgte er an dem hochgurgelnden Blut.

Sie hoben ihn auf und schleppten ihn unters Vordach. Wo sie gegangen waren, lag die Blutspur wie ein roter Saum. Naum warf sich stöhnend hin und her und zerfetzte sein Hemd. Bei jedem Röcheln fiel die eingedrückte Brust tief ein, und ein Zittern überlief sie.

Nach einiger Zeit schien es ihm besser zu gehen. Der Blutstrom, der aus seinem Munde gebrochen, war versiegt. Von seinen Lippen schäumte hellroter Speichel. Der entsetzte Pope holte eine Flasche Hausgebrannten und zwang Naum, drei Glas davon zu trinken. „Ich werde dir's bezahlen", flüsterte er, „alles bezahlen. Aber jetzt geh. Dein Sohn bringt dich heim. Wenn's bös ausgeht, will ich nicht der Schuldige sein! Geh, Naum, um Christi willen, geh! Stirb im Kreise deiner Familie. Bitte, geh! Ich will nicht verantwortlich sein für die Sache."

„Wenn ich sterbe . . . gib . . . meiner Frau . . . das Geld", würgte Naum mit Mühe hervor.

„Sei beruhigt. Ich richte dir das heilige Abendmahl und bringe die geweihten Gaben mit. Fjodor, hilf dem Vater aufstehen!"

Vom Popen gestützt, hob Naum die Beine von der Bank auf den Boden. „Oh! Ich kann nicht!" sagte er dumpf. Und dann mit gellem Schrei: „Ooooch! Der Tod! Ich steeerbe!"

Das Gesicht zu einer schrecklichen Fratze verzerrt, schluchzte Fjodor auf. Der Knecht neben ihm bohrte mit dem Fuß im Sand und grinste blöde.

Weitoffenen Mundes nach Luft ringend, stand Naum auf. Er stützte sich mit seinem ganzen Gewicht auf Fjodors

Schulter. „Nach Hause", sagte er kurz. „Väterchen befiehlt's."

Wankend und stolpernd, ging er ein Stück Wegs. Die Lippen hielt er fest zusammengepreßt, kein Schmerzenslaut kam über sie. Doch die Brauen in seinem tränennassen Gesicht zuckten. Etwa vierzig Sashen vorm Haus riß er sich aufschreiend von Fjodor los und trat einen Schritt zum Zaun. Fjodor fing ihn auf. Des Vaters Körper in seinen Armen wurde immer schwerer und rutschte weg. Fjodor hatte nicht die Kraft, ihn zu halten. Der Kopf hing seitwärts auf der Schulter, und starre, todesstrenge Augen blickten ihn zwischen halboffenen Lidern an.

Leute liefen herbei. Jemand berührte Naums Hände, ein anderer sagte halb ängstlich, halb erstaunt: „Mein Gott, er ist tot."

Am dritten oder vierten Tag nach der Beerdigung des Vaters fragte die Mutter Fjodor: „Nun, Fedja, wie sollen wir beide jetzt leben?"

Auch Fjodor wußte nicht, wie es ohne den Vater weitergehen sollte.

Zu Lebzeiten des Vaters war ihre Existenz einigermaßen gesichert gewesen, ruhig zogen die Tage dahin wie eine schwerbeladene Fuhre. Zuweilen war es ihnen nicht leicht gefallen, sich durchzuschlängeln, aber Naum hatte es immer geschafft, die Familie selbst in Hungerjahren vor dem Schlimmsten zu bewahren. Im übrigen hatte man auskömmlich gelebt, zwar nicht in Wohlstand wie die Bauern von der ersten Straße, doch auch nicht in Not wie Naums Nachbarn in der zweiten Straße. Nun aber, ohne Hausherrn, wußte Fjodor ebensowenig Rat wie die Mutter. Recht und schlecht pflügten sie das Feld, der Nachbar Prochor säte Weizen darauf, doch die Saat ging schlecht auf, die Ähren standen weit auseinander.

„Mach dich auf, Söhnchen, und dien bei guten Leuten als Knecht, ich werd betteln gehen", sagte die Mutter. „Vielleicht haben wir in ein, zwei Jahren das Geld für ein Pferd beisammen und können von der eigenen Wirtschaft leben. Was meinst du?"

„Da gibt's nichts zu überlegen", versetzte Fjodor finster. „Man mag es drehen und wenden, wie man will – wir müssen zu fremden Leuten."

Am Abend stand Fjodor vor dem Haus Sachars, des reichsten Bauern in der Nachbarsiedlung Chrenowka, und knüllte die speckige Mütze des Vaters in den Händen. Mit Mühe die in der Kehle festgefrorenen Worte herauspressend, sagte er: „Ich will gewissenhaft schaffen. Arbeit scheue ich nicht. Den Lohn könnt Ihr festsetzen."

Sachar Denissowitsch, ein schmächtiger, von innerer Krankheit gebeugter Bauer, saß auf der Treppe und sah Fjodor mit seinen wässerigen, verschwommenen Augen prüfend an. „Ich brauche einen Knecht – das stimmt. Aber du bist noch recht jung, Bürschchen, du hast keine Bauernkraft in dir. Wie ein Bauer wirst du nicht arbeiten. Was hast du dir denn als Lohn gedacht?"

„Ich will mit dem zufrieden sein, was Ihr mir gebt."

„Na, sag schon!"

Fjodor schwitzte. Er schüttelte die Mütze und hob verwirrt die Augen. „Berechnet den Lohn, daß es weder Euch noch mir zum Schaden ist."

„So soll ein halber Rubel im Monat dein Lohn sein. Für Speis und Trank sorg ich, für Kleidung und Schuhwerk du. Nun?" Er blickte Fjodor fragend an. „Einverstanden?"

Fjodor kniff die Augen zusammen und rechnete, flink bewegten sich die Finger seiner freien Hand. Ein halber Rubel im Monat machte einen Rubel in zwei Monaten. Und sechs Rubel im Jahr. Ihm fiel ein, daß die elendste Schindmähre auf dem Markt achtzig Rubel kostete, und entsetzt sagte er sich, daß er für dieses Geld dreizehn Jahre lang würde arbeiten müssen.

„Was verziehst du da den Flunsch? Sag, ob du einverstanden bist oder nicht!" krächzte Sachar Denissowitsch und schnitt eine Grimasse, da es ihm in der Brust stach.

„Aber, Onkelchen, das ist ja beinahe umsonst!"

„Umsonst? Und Speis und Trank rechnest du nicht? Denkst du, das kostet nichts?" Sachar Denissowitsch wurde von einem Hustenanfall geschüttelt und winkte ab.

Fjodor hatte die Worte der Mutter nicht vergessen. Auf wenigstens einem Rubel im Monat zu bestehen, beschloß er, während Sachar Denissowitsch, die Augen vom Husten verschleiert, dachte: Diesen Trottel da läßt du auf keinen Fall wieder weg. Das ist ein Schatz! Ein gesunder Kerl! Wird wie ein Ochs schuften. Der ist so stark, daß er dem Teufel die Hörner abbricht. Ein Knecht, der was auf sich hält, tut's im Sommer nicht unter fünf Rubel. Diesen aber kann ich für 'nen einzgen kriegen . . .

„Na, was ist dein äußerster Preis?"

„Wenigstens ein Rubel im Monat."

„Ein Rubel? Unverschämt! Bist du bei Sinnen, Junge? Nein, Bürschchen, das ist zuviel."

Fjodor wandte sich zum Gehen, doch Sachar Denissowitsch hüpfte wie ein Spatz von den Stufen runter und packte ihn am Ärmel: „Halt! Warte, du Hitzkopf! Warum willst du weg?"

„Wir sind nicht eins geworden, darum."

„Also, sei's drum! Einen Rubel im Monat. Du plünderst mich aus. Doch abgemacht, du sollst deinen Willen haben. Nur denk daran – das Wort wiegt mehr als Geld! Gewissenhaft arbeiten mußt du!"

„Arbeiten will ich und fürs Vieh sorgen, als wenn's mein eigen wär", beteuerte Fjodor erfreut.

„Dann mach dich auf nach Danilowka und hol dein Gelumpe her. Morgen in aller Früh geht's ins Heu. Und Schluß!"

Neben dem Schuppen krähte der Hahn. Bevor er den Morgen verkündete, hatte er mit den Flügeln geschlagen. Jeden Schlag hatte Fjodor, der unterm Vordach schlief, deutlich gehört. Er lag schon lange wach und hatte unterm Rock hervor den Himmel hinter dem gezahnten Rad des Schuppendaches hell werden sehen. Zartrot zogen Wolken von Osten herauf, und an den Schwadenbrettern der Mähmaschine neben dem Schuppen glitzerten dicke Tautropfen.

Gleich darauf kam Sachar Denissowitsch in Unterhosen auf die Treppe gelaufen. Er zog das Hemd hoch und kratzte sich den geschwollenen gelben Bauch.

„Fedka!" rief er laut.

Fjodor warf den Rock ab und trat unter dem Vordach hervor.

„Treibe die Ochsen zur Tränke, aber fix! Und spann den Schecken vor die Mähmaschine."

Flink öffnete Fjodor die Stalltür, wischte sich die vom Tau nassen Hände an der Hose ab und rief den Ochsen zu:

266

„Los! Raus aus dem Stall!"

Widerwillig kamen die Ochsen auf den Hof. Der vordere stieß mit den Hörnern das Tor auf und zog die Straße hinunter zum Fluß. Die anderen trotteten hinterdrein.

Vom Fluß zurückgekehrt, sah Fjodor seinen Herrn am Wagen stehen und die Radschrauben losdrehen. Er trat hinzu, half die Räder abnehmen und schmieren. Sachar Denissowitsch schielte prüfend auf Fjodors rasche, überlegte Bewegungen und schneuzte sich.

Als sie sich auf den Weg machten, war es Tag geworden. Auf den Hügeln längs der Straße hörte man die schmutziggrauen Murmeltiere aufgeregt pfeifen, lockend trillerten Zwergtrappen auf ihren Balzplätzen in der Wintersaat; hinter einem Berg tauchte die Sonne hervor und überflutete die Steppe mit wärmendem Licht. Einer Schlucht entstiegen dicke milchige Nebelschwaden.

Die Räder der Mähmaschine knarrten, dahinter holperte der Wagen, fröhlich gluckste das Wasser in der großen Holztonne am Hintergestell. Sachar Denissowitsch, von der Sonne gewärmt, war einem erbaulichen Gespräch nicht abgeneigt. „Sei nur immer recht folgsam, Fedka, dann sollst du's auch gut bei mir haben. Du bist ein Bursche, gesund und kräftig, paß auf, du wirst arbeiten wie 'n richtiger Knecht."

„Gesagt hab ich, daß ich arbeite wie für meinen eigenen Hof."

„Schon gut, Junge. Begreif nur, daß ich dir wohlwill und du mein Knecht bist. Füg dich deinem Herrn und Wohltäter ohne Widerspruch. Sozusagen vom Hungertode hab ich dich errettet. Denk stets daran, daß ich gütig zu dir war."

Gesenkten Hauptes dachte Fjodor über die Güte seines Herrn nach und fragte sich im stillen: Inwiefern war er eigentlich gütig gewesen?

Die Arbeit beim Mähen machte Fjodor allein. Der Bauer saß auf seinem bequemen Sitz vorn auf der Mähmaschine und trieb die Ochsen mit der Peitsche an, während Fjodor mit einem kurzen Rechen keuchend die schweren grünen Grasschwaden von der Roste stieß. Kaum hatte er einen Haufen unten, da hatte ihm das Schwadenbrett mit hartem eintönigem Rattern bereits neue Grasschwaden vor die Füße geschoben. Hin und wieder blieben die Ochsen zum

Verschnaufen stehen. Dann reckte sich der Bauer, streckte sich an einem Heuhaufen aus, zog das Hemd hoch, strich über seinen aufgeschwemmten gelben Bauch und blickte stumpfen Auges in die dahinziehenden weißen Wolkenfetzen. Beim erstenmal schüttelte sich Fjodor den stachligen Grannenstaub aus dem Hemd und wollte ebenfalls neben der Mähmaschine Platz nehmen. Verwundert musterte ihn Sachar Denissowitsch vom Kopf bis zu den Füßen.

„Was machst du da?" sagte er bedächtig. „Mir sollst du nicht nachtun, Junge! Ich bin dein Wohltäter und Herr, merk's dir wohl. Für mich taugt die Arbeit nicht, weil ich an einer inneren Krankheit leide. Du aber nimm den Rechen und häufe das Gras. Dort hinterm Hohlweg ist's schon trocken."

Fjodor folgte mit dem Blick der Richtung, in die der behaarte Finger des Bauern wies, stand auf, nahm die Gabel und machte sich ans Häufen. Behaglich schnarchte der Bauer im Schatten des Heuhaufens. Nach einer halben Stunde wurde er wach, weil ihm ein Grashüpfer unters Hemd gekrochen war. Fluchend zerquetschte er das Tier, legte die Hand über die verquollenen Augen und blickte zu Fjodor hin. „Fedka!"

Fjodor kam herbei.

„Wieviel Haufen hast du fertig?"

„Neun."

„Bloß neun? Na gut, kriech rauf auf die Mähmaschine."

Die Ochsen ruckten an, im Gehen wiederkäuend; die Mähmaschine erzitterte, zu rattern begann das Schwadenbrett und warf das Gras auf die Lattenroste. Der geizige Sachar Denissowitsch hatte die Schneidemesser so tief eingestellt, daß sie das Gras eben über der Wurzel faßten, und jedesmal, wenn sie die dicken Grasnaben durchschnitten, rasselten sie. Alles lief wie geschmiert. Doch als sich an einer Kehre die Messertrommel mit ihren Zähnen in einem Maulwurfshaufen festbiß, blieb die Mähmaschine zitternd vor Anstrengung stehen. Fjodor sprang vom Sitz, um nachzusehen, ob die Schneiden beschädigt seien, aber alles war gut abgegangen.

Sie mähten bis kurz vorm Dunkelwerden. Dann schleppte Fjodor trockenen Ochsenmist zum Rastplatz, kehrte Gras und Unkraut vom Vorjahr zusammen und machte Feuer. Ein karges Maß Hirse schüttete der Bauer aus seinem Beutel zum Grützekochen in den Topf und ließ den Jungen drei Kartoffeln schälen.

Nach dem Mittagbrot war er bester Stimmung gewesen und hatte Fjodor sogar auf die Schulter geklopft, aber nun verdarb Fjodor die Sache, weil er zusätzlich ein Stück Speck in die Grütze schnitt. Sachar Denissowitsch verzog mißmutig das Gesicht, schimpfte endlos darüber, nahm mürrisch das Abendbrot ein und legte sich ächzend und vor sich hin brummend ins Gras.

Oft dachte Fjodor an die Ermahnung des Bauern, seine Güte nicht zu vergessen. Die dritte Woche war er bei ihm, aber von Güte hatte er wenig gemerkt. Eines nur wußte er genau – Sachar Denissowitsch war ein Leuteschinder. Er preßte einem Knecht die letzten Säfte aus. Von früh bis spät plackte sich Fjodor auf dem Hof ab. Doch der Bauer gab keine Ruhe, schnitt Grimassen, machte ein unzufriedenes Gesicht.

Am ersten Sonntag wollte Fjodor nach Danilowka gehen und die Mutter besuchen, aber am Sonnabend brummte Sachar Denissowitsch: „Morgen früh gehst du zum Jäten in die Kartoffeln. Die Frauen sagen, das Feld steht voll Unkraut." Und fügte hinzu: „Denk ja nicht, daß du auf der faulen Haut liegen und mein Brot umsonst fressen kannst, weil Feiertag ist. Erntezeit ist's, und ein Tag ernährt ein Jahr. Den Winter über wirst du noch genug rumschmarotzen."

Fjodor schwieg. Die bohrende Angst, die Stelle zu verlieren, machte ihn demütig und gefügig. Am Sonntag in der Früh nahm er sein Brot und die Hacke und ging zum Jäten. Am Mittag hatte er vom vielen Hacken einen benommenen Kopf, und in der Kehle saß ihm Übelkeit. Mit Mühe bog er den Rücken gerade, setzte sich auf einen Hügel, um sein Brot zu essen, und spuckte aus: Vor ihm lagen wie glänzender grüner Samt noch etwa achtzig Saschen ungejätetes Feld.

Gepeinigt von einem qualvollen Ziehen in den Beinen, konnte er sich am Abend kaum fortbewegen. Mühsam schleppte er sich zum Hof. Der Bauer empfing ihn vorm Haus. „Bist du fertig mit Jäten?" fragte er, ohne von der Böschung aufzustehen.

„Bis auf eine Parzelle."

„Ach, fauler Strick du! Hast wohl geschlafen, he?" brummte der Bauer ärgerlich.

„Geschlafen hab ich nicht", versetzte Fjodor finster, „nicht zu denken ist's, alles an einem Tag zu jäten."

„Geh! Schwätz nicht! Wenn du weiter so faul bist, kriegst du nichts zu fressen! Schmarotzer du!" schrie der Bauer dem davongehenden Fjodor nach.

Freudlos und in bedrückendem Gleichmaß gingen die Tage und Wochen dahin. Fjodor war von früh bis spät in die Nacht auf den Beinen. Sonntags fand der Bauer immer neue Verrichtungen, um die Zeit auszufüllen und seinen Knecht in Atem zu halten.

Zwei Monate waren vergangen. Fjodors Hand war vom Schweiß keinen Tag trocken geworden, doch harrte er aus des Glaubens, der Bauer würde ihm am Ende des zweiten Monats seinen Lohn auszahlen. Der aber traf keinerlei Anstalten.

Da trat Fjodor eines Abends zu Sachar Denissowitsch, der auf der Treppe saß. „Um meinen Lohn möcht ich bitten", sagte er. „Ich will ihn der Mutter schicken."

Der andere schwenkte entsetzt die Arme. „Wo soll ich da jetzt das Geld hernehmen? Bist du närrisch geworden, Bursche? Wenn wir das Korn gedroschen und die Abgaben entrichtet haben, dann, mag sein, gibt's Geld. Bis dahin heißt's die Hände regen!"

„Meine Schuh sind so zerlöchert, daß sie auseinanderfallen." Fjodor hob den Fuß mit dem zerflederten Schuh; aus der Spitze sahen die wunden Zehen hervor.

Grinsend blickte Sachar Denissowitsch auf seine Füße und wandte sich ab. „Warm ist's, da kannst du auch barfuß gehen."

„Schlecht geht sich's barfuß über stachlige Stoppelfelder."

„Ach, was für ein zartes Knäblein du bist! Fließt dir etwa Herrenblut in den Adern? Ist dein Vater ein Pan gewesen?"

Schweigend drehte sich Fjodor um und kehrte, die Röte der Demütigung auf den Backen und vom dröhnenden Lachen des Bauern begleitet, in seinen Schuppen zurück.

In den zwei Monaten hatte er die Mutter kein einziges Mal gesehen. Er war nicht dazu gekommen, nach Danilowka zu gehen – der Bauer hatte ihn nicht weggelassen. Zudem wußte er auch nicht, ob die Mutter daheim war oder am Bettelstab Chutors und Stanizen durchzog.

Unversehens war man mit der Ernte fertig. Zu Sachar Denissowitsch auf den Hof kam die Dampfdreschmaschine der Gemeinde, und auch die Tagelöhner stellten sich ein. Der Bauer ging ihnen tüchtig ums Maul, um sie zu schnellem Drusch zu bewegen. „Tut nur schnell, Kinderchen, um Christi willen. Haltet euch ran, solange das Wetter gut ist. Wenn Regen kommt, was Gott verhüte, ist das Korn verdorben."

Einer der Tagelöhner, ein Bursche in hinten geraffter Soldatenbluse, blickte dem Bauern unverfroren ins aufgedunsene Gesicht. Sich auf den Hacken wiegend, äffte er ihn nach: „Tut nur schnell, um Christi willen! Ha, dies Bettellied kennen wir. Reich lieber einen Eimer Hausgebrannten her, dann flutscht die Arbeit. Du weißt doch, ein trockener Löffel scheuert den Mund wund."

„Mit größter Freude tu ich's! Ich hab schon selbst an einen Schluck für euch gedacht."

„Gedacht hat er! Wenn du noch lange denken willst, packen wir auf und ziehen zu deinem Nachbarn auf die Tenne. Er drängelt schon lange."

Sachar Denissowitsch rannte in den Chutor und kam eine halbe Stunde später schwankend zurück mit einem Eimer Hausgebranntem, der mit einem schmutzigen Frauenunterrock zugedeckt war. Bis Mitternacht hockten sie zwischen den hochgetürmten Weizenschobern auf der Tenne und tranken. Betrunken warf sich der Maschinist, ein älterer, ölbeschmierter Ukrainer, mit einem dahergelaufenen Weibsstück in einen Schober und schlief mit ihr, die Tagelöhner grölten grobe Lieder und fluchten. Etwas abseits saß Fjodor und blickte zu dem trunkenen Sachar Denissowitsch hinüber; der hatte den Burschen in der Soldatenbluse umschlungen, schluchzte vor sich hin, triefenden Speichel vorm Mund, und kreischte mit näselnder Weiberstimme: „Ich hab sozusagen ein Kapital in euch gesteckt, einen Eimer Wodka. Der kostet Geld. Und arbeiten willst du nicht?"

Der Bursche hob den Kopf. „Ich spuck auf dein Kapital!" brüllte er. „Wenn ich nicht will, dann arbeit ich nicht!"

„Und meine Unkosten?"

„Ich spuck drauf!"

„Herzensbrüder!" Sachar Denissowitsch wandte sich an die Männer, die im dunklen Halbkreis um den Eimer saßen. „Herzensbrüder! Mein Lebtag kann ich das nicht verwinden. Vielleicht muß ich sterben davon."

„Ich spuck drauf!" schrie der Bursche in der Soldatenbluse.

„Ein kranker Mann bin ich", stöhnte Sachar Denissowitsch tränenüberströmt. „Hier sitzt die Krankheit!" Er schlug sich mit der Faust auf den feisten Bauch.

Der Bursche in der Soldatenbluse spuckte dem Bauern verächtlich auf den Hemdschoß und erhob sich schwankend. Er ging geradewegs auf den am Flechtzaun sitzenden Fjodor zu, die Füße setzend wie ein Pferd, das sich an Korn überfressen hat.

Zwei Schritte vor ihm stellte er sich spreizbeinig hin und schob den Strohhut mit einer Kopfbewegung in den Nakken. „Wer bist du?" fragte er mit der schweren Zunge des Betrunkenen.

„Der Großvater Kakadu!" versetzte Fjodor finster.

„Narr! Ich frage, wer du bist."

„Ein Knecht."

„Wirst du satt dabei?"

„Ja."

„Ach, Schmarotzer! Saugst dich voll wie 'ne Parasitenlaus am Blut deines Bauern? Oder? He?"

„Warum bindest du an mit mir? Ich tue dir doch auch nichts. Scher dich weg!"

„Weg? Nein! Her komm ich. Und setz mich hin!" Wie ein Sack plumpste der Bursche neben Fjodor nieder und blies ihm seinen Atem ins Gesicht, der nach Branntwein und Zwiebeln roch.

„Frol Kutscherenko heiß ich und bin Einschütter bei der Dreschmaschine. Jawohl. Und du?"

„Ich bin aus Danilowka. Der Sohn vom Naum Boizow."

„So-o-o. Wieviel Lohn steckst du ein?"

„Einen Rubel im Monat."

„Im Monat?" Frol pfiff durch die Zähne und rülpste. „Ich krieg einen Rubel pro Tag. Das ist was, he?"

Fjodor strömte das Blut zum Herzen. „Am Tag?" fragte er atemlos.

„Was denkst du sonst? Einen Rubel und Essen dazu. Du bist aus dem Geschlecht der Dummköpfe, mein Freundchen! Wer arbeitet einen Monat für 'nen Rubel! Hör, laß deinen Exploitator sitzen und komm zu uns. Da gibt's Geld!"

Fjodor stand auf und ging unter das Schuppenvordach, wo er seit dem Frühjahr schlief. Zwei Bretter, mit altem Stroh bedeckt, waren sein Bett. Er zog den Rock über die Beine, schob die Hände unter den Kopf und lag so lange da, regungslos, und überlegte.

Durch das löchrige Dach blinkten die Sterne wie das Licht eines heiligen Lämpchens, und zärtlich leise sang im Schilf ein Wasserhuhn, schlaftrunken raschelten die Spatzen unter dem Dach.

Die Nacht, mondlos, aber hell, ging zu Ende. Von der Tenne herüber tönten Lachsalven und die weinerliche Stimme des Bauern. Seufzend wälzte sich Fjodor auf seinem Lager, ohne ein Auge zuzutun. Erst beim Morgengrauen schlief er ein.

In der Früh erwartete er den Bauern in der Küche. Ungewaschen, mit aufgedunsenem Gesicht und böse kam Sachar Denissowitsch aus der Stube. „Lotterbube, Hundesohn!" fuhr er Fjodor an. „Ich werde dich's lehren! Beim Fressen ein Berg, bei der Arbeit ein Zwerg. Hab ich dir nicht gesagt, daß das Korn vom Außenschober zur Maschine gebracht werden soll?"

„Ich mache Schluß bei Euch. Meinen Lohn will ich haben für zwei Monate."

„Wa-a-as?" Sachar Denissowitsch tat einen klafterhohen Sprung und schüttelte sich wie von Sinnen. „Weg willst du? Versprechungen haben sie dir gemacht? Schuft! Bastard! Weißt du auch, daß ich dich dafür ins Gefängnis stecken kann? Zur Erntezeit willst du weglaufen? He? Ins Loch kommst du für solche Dreistigkeit! Geh! Mit Gott! Aber von mir kriegst du keinen Groschen! Und deine Lumpen geb ich dir auch nicht raus!" Er verschluckte sich an einem Schwall deftiger Flüche, hustete so heftig, daß seine Krebsaugen rausquollen, und fuhr sich knetend mit beiden Händen über den wabbelnden Bauch. „So dankst du mir meine

Güte. Hast du vergessen, daß ich dir wohlwill und aus der Not geholfen habe? Wie ein Vater war ich zu dir, du Aas, und jetzt . . ."

Sachar Denissowitsch blickte Fjodor mit zusammengekniffenen Augen an. Er wußte, daß der Ausfall dieses Burschen ein gewaltiger Schaden für seine Wirtschaft wäre. Nicht nur, daß er mit ihm einen Knecht verlor, der wie ein Ochse schaffte und mit einem Stück Brot zufrieden war, er müßte auch für viel Geld einen anderen nehmen, ihm Schuhwerk und Kleidung geben – und wenn es ein gewitzter Schlaukopf war, mußte er einen schriftlichen Vertrag mit ihm machen und darin hunderterlei Verpflichtungen übernehmen. Tat er das nicht, so würde er wohl oder übel sich selbst ins verfluchte Joch spannen müssen – wo es doch viel angenehmer war, in der Sonne ein Schläfchen zu tun und in süßem Müßiggang Fett anzusetzen.

Als Sachar Denissowitsch sah, daß er Fjodor eingeschüchtert hatte, begann er ihm ins Gewissen zu reden. „Schämst du dich nicht? Kannst du mir noch offen in die Augen sehen? Ich hab dir Speis und Trank gegeben, und du . . . Ach, Fjodor, Fjodor, so tut kein Christenmensch. Du bist doch kein Komsomolist. Bei solchen Christusverkäufern und Aufrührern ist so was Sitte! Nur die bringen derlei fertig!"

Sachar Denissowitsch schüttelte vorwurfsvoll den Kopf und schielte zu Fjodor hinüber. Der stand gesenkten Hauptes und drehte die Mütze in den Händen. Eines begriff er: All seine Pläne, die er in der Nacht gemacht hatte – wie er so schnell wie möglich das Geld für das Pferd verdienen könne –, waren zerstoben wie Spreu im Winde. Eine schwere Last hatte sich auf ihn gewälzt, von der er nie mehr loskommen würde.

Schweigend wandte er sich um und ging auf die Tenne. Wie ein Brand wogte dort die Arbeit: Herbeigeschleppt wurde das Korn von den abliegenden Schobern, die Maschine schnaufte, brüllend stopfte Frol, der Einschütter, Haufen des duftenden schweren Korns in den unersättlichen Rachen der Dreschmaschine, kreischende Frauen harkten das Stroh zusammen, und in gelbroten, schwankenden Säulen wallte goldener Staub empor.

Fjodor ging an diesem Tage wie ein Nachtwandler umher. Nichts wollte ihm von der Hand gehen.

„He, du Gaffers Stiefsohn, wo lenkst du hin? Wohin? Wohin?" brüllte der Bauer mit gerunzelter Stirn.

Fjodor fuhr zusammen, riß die Ochsen an der Leine und sah mit leerem Blick auf das Stroh, das zwischen den Hinterrädern des Wagens hing.

In aller Eile wurde auf der Tenne zu Mittag gegessen, und alsbald ratterte die Maschine weiter – etwas widerwillig zuerst, dann fröhlicher und fordernder. Geschäftig umkreiste sie der ölglänzende Maschinist, unentwegt stopfte der Einschütter Arme voll Korn darein. Die Tagelöhner, vom Hin und Her wie benommen, niesten und krächzten vom ätzenden Staub; waren sie abgelöst, tranken sie wie die Hunde gierig Wasser aus Eimern und warfen sich auf den nächsten Strohhaufen, um zu verschnaufen. Es war Abend, als Fjodor auf den Hof gerufen wurde.

„Eine Bettlerin fragt nach dir, sie wartet vorm Tor", rief ihm die Bäuerin im Vorübergehen zu.

Fjodor lief zum Tor und wischte sich dabei über das verschwitzte, schmutzige Gesicht. Am Zaun stand die Mutter.

Vor Mitleid erbebte Fjodors Herz und krampfte sich brennendheiß zusammen. In den beiden Monaten war die Mutter um zehn Jahre gealtert. Graues Haar unter dem eingerissenen gelben Kopftuch, die Mundwinkel vom Kummer herabgezogen, die unstet flackernden, vergrämten Augen tränenfeucht, über der Schulter eine dünne, geflickte Tasche und in der Hand einen langen, von Hundezähnen gekerbten Stock, so stand sie da.

Langsam kam sie auf Fjodor zu und sank ihm an die Schulter. Ein kurzes, trockenes, von Husten unterbrochenes Schluchzen. „So sehen wir uns wieder, Söhnchen."

Der Stock war ihr hinderlich. Sie legte ihn hin und wischte sich die Augen mit dem Ärmel. Lächelnd wollte sie auf den Bettelsack weisen, doch ihre Lippen verzerrten sich; Träne auf Träne rann ihr über das zerfurchte Gesicht und auf die schmutzigen Zipfel des Kopftuches.

Scham, Mitleid und Liebe zur Mutter trieben Fjodor einen Klumpen in die Kehle, kein Wort konnte er hervorbringen. Krampfhaft öffnete er den Mund und ruckte mit den Schultern.

„Hast du Arbeit?" fragte die Mutter, das beklemmende Schweigen brechend.

„Ja, hab ich", preßte Fjodor hervor.

„Und der Bauer? Ist er ein guter Mensch?"

„Komm ins Haus. Am Abend reden wir darüber."

„Wie? So, wie ich bin?" Die Mutter wich erschrocken zurück.

„Ja, wie du bist."

Die Bäuerin empfing sie an der Vortreppe. „Wo gehst du hin mit ihr? Wir haben nichts zu vergeben, liebe Frau. Geh weiter mit Gott!"

„Es ist meine Mutter", sagte Fjodor dumpf.

Frech grinsend musterte die Bäuerin die Frau, die sich vor Scham zusammenduckte, und wandte sich schweigend ins Haus.

„Marja Fjodorowna, bitte, setzt meinem Mütterchen was vor. Sie ruht hier ein wenig aus vom Weg", bat Fjodor demütig.

In der Tür erschien das wütende Gesicht der Bäuerin. „Was meinst du, ich werd zwanzigmal zu Mittag auftischen, he? Bis zum Abend wird sie nicht Hungers sterben. Soll sie dann mit den Tagelöhnern essen!"

Die Tür knallte zu, aus dem offenen Fenster drang ihre grollende Stimme: „Will sich mir auf den Hals setzen, die Teufelsbrut. Bettelvolk schleppt er mir auf den Hof. Verrekken soll er, der Elende! Einen Freischlucker, uns zur Last, haben wir ins Haus geholt!"

„Gehen wir zu mir in den Schuppen", flüsterte Fjodor, feuerrot im Gesicht.

Es dämmerte. Stille lag über der Tenne. Die Tagelöhner kamen zum Abendbrot ins Haus. In der Küche waren drei Tische gedeckt, der eine für den Bauern und seine Frau, den Maschinisten und noch ein paar von den Leuten, am unteren Ende nahmen Fjodor und seine Mutter Platz.

Sachar Denissowitsch löffelte, mißmutig und finster dreinblickend, die dünne Grütze: Ohne Maß fraßen die Leute wenigstens ein Pud Brot am Tag, sie schlugen sich den Bauch voll wie bei einem Leichenschmaus.

Der Maschinist schwieg mürrisch, er fühlte sich nicht wohl. Beim Kauen die Ohren bewegend, aß Frol, der Einschütter, höchst genießerisch und schmatzte ohne Unterlaß. „Na, teurer Hausherr, zufrieden mit der Arbeit?"

„Zufrieden, zufrieden ... Keinen Grund gibt's, zufrieden zu sein", näselte Sachar Denissowitsch. „Zu dreschen liegt noch haufenweis da, und die Hilfe, die man dajetzt hat, ist nicht mehr wie vor dem Krieg. Der Eifer fehlt! Da ist der Fedka – frißt wie ein Berg und werkt wie ein Zwerg. Die Arbeit läßt er dem Bauern, aber Lohn zahlen muß unsereins ihm; wofür, das weiß Gott."

Fjodor schielte zur Mutter hinüber. Sie lächelte ein demütiges, entsagungsvolles Lächeln. Die Bäuerin hatte die Schüssel Grütze mit Bedacht so hingestellt, daß die Mutter jedesmal aufstehen mußte, wenn sie mit dem Löffel in die Schüssel langen wollte, und Brot aß sie gar nicht, weil es so weit ab stand.

„Bei der Arbeit Zwerge", wiederholte der Bauer kichernd (das Wort gefiel ihm sichtlich), „doch beim Essen Berge!"

Frol warf einen Blick in Fjodors blasses Gesicht, und seine Lippen zuckten. „Wen meinst du damit?" fragte er schroff.

„Allgemein sag ich's."

„Allgemein?" Frol legte den Löffel weg und beugte sich über den Tisch. Mit zusammengekniffenen Augen blickte er dem Bauern auf die Nasenwurzel. Seine Hände ballten sich zur Faust und entspannten sich wieder.

„Vom Landarbeiter sprech ich", sagte Sachar Denissowitsch selbstzufrieden, der die Herausforderung nicht bemerkt hatte.

Die Arbeiter an den Nebentischen verstummten und horchten auf, sie fühlten Unheil heraufziehen.

„Und wenn ich dir, du Natternbrut, für deine Worte eins aufs Maul geb?" fragte Frol laut.

Angst befiel den Bauern. Mit hervorquellenden Augen blickte er dem Einschütter wortlos ins zornige Gesicht.

„Warum?" krächzte er schließlich.

„Willst du's? So tu ich's!"

„Paß auf, Bruder, daß dich für solche Drohungen nicht die Miliz abholt!"

„Wa-a-as?" Frol sprang auf, doch der Maschinist packte ihn am Arm und zog ihn mit Gewalt auf die Bank zurück.

„Gedroht wird hier nicht!" brummte Sachar Denissowitsch. Er hatte seine Fassung wiedergewonnen.

„Nicht lange drohen tu ich, deine dreckige Lehmschnauze will ich dir einhauen wie eine Bienenwabe!" donnerte der Einschütter außer sich. „Vergiß nicht, du Lump, daß du nicht mehr schalten und walten kannst wie früher! Ich spuck auf dich! Wag nicht, die Arbeiter zu verhöhnen. Ich bin nicht dein Fjodor, an seiner Stelle hätt ich dir längst die Seele aus dem Leib geprügelt! Froh bist du, an ein solches Bürschchen geraten zu sein, und fällst noch über ihn her! Ich kenne dich und deinesgleichen! Was, die Zunge juckt dich? Ganz kusch bist du! Heut läufst du nicht mehr zur Miliz. In der Roten Armee hab ich mein Blut vergossen, und du wagst es, die Landarbeiter zu verhöhnen?"

„Schweig still, Frol, ich bitte dich, schweig!" Der Maschinist zerrte ihn am Ärmel der Soldatenbluse.

„Ich kann nicht! Auf der Seele brennt mir's!"

Der Bauer hatte seine Ruhe wiedergewonnen und lenkte das Gespräch auf die Ernte und das Pflügen. Bereitwillig ging der bisher schweigsame Maschinist darauf ein, um die aufgekommene Mißstimmung zu zerstreuen. Sachar Denissowitsch war auf einmal unnatürlich freundlich und zuvorkommend. Großzügig bewirtete er die Leute, und sogar zu Fjodor sagte er: „Warum ißt du die Grütze ohne Brot, Fedja? Frau, schneide ihm einen Kanten ab! Durch Gottes Gnade haben wir da jetzt Brot genug im Haus!"

Fjodor schob den harten Kanten zurück und sagte als Antwort auf den verständnislosen Blick des Bauern mit verzerrten Lippen: „Dein Brot schmeckt bitter!"

„Recht so!" Der Einschütter hieb mit der Faust auf den Tisch, stand auf und ging Fjodor hinterdrein auf den Hof.

Einträchtig erhoben sich die Leute von den Tischen und folgten ihnen.

Sachar Denissowitsch, purpurrot und ein Zucken um die Augen, sprang hoch. „Warum geht ihr, Freunde?" quietschte er. „Milchgrütze gibt's noch! Frau, bring sie auf den Tisch!"

„Hab Dank für Speis und Trank!" antwortete eine spöttische Stimme.

Ohne das Frühstück abzuwarten, rüstete Fjodors Mutter am nächsten Morgen zum Aufbruch.

„Willst du nicht bleiben über Tag noch?" fragte Fjodor zögernd.

Er schämte sich für den Bauern, die Mutter, für sein ganzes freudloses, widerwärtiges Leben. Deshalb auch war es ihm eigentlich gleich, ob die Mutter einen Tag länger dablieb oder nicht, wennschon es noch keine vierundzwanzig Stunden her war, da ihn das Wiedersehen mit ihr mit so übermächtiger, strahlender Freude erfüllt hatte.

Nach all dem Vorgefallenen war es leichter, allein zu sein mit seinen Gedanken, seiner Wut und seinem Zorn auf diese Welt, wo einem niemand Schutz, niemand Rat und ein warmes, teilnahmsvolles Wort zur Aufmunterung bot.

Auch die Mutter wollte nicht länger verweilen. Ihr ward schwer ums Herz, wenn sie den Sohn anschaute, und noch schwerer fiel es ihr, bei Tisch den haßerfüllten, gierigen Hundeblicken von Bauer und Bäuerin zu begegnen, die ihr jeden Bissen im Munde nachzählten.

„Nein, Söhnchen, ich will schon weiterziehen. Dereinst sehen wir uns wieder."

„Nun, dann geh", murmelte Fjodor gleichgültig.

Sie nahmen voneinander Abschied, als Fjodor einfiel, daß die Mutter ohne Wegzehrung ging. „Warte, Mama, ich geh zur Bäuerin und bitt sie um ein Maß Korn. Da mir der Bauer noch kein Geld gezahlt hat, will ich das Korn als Abschlag auf meinen Lohn nehmen. Du kannst's dann verkaufen."

Die Bäuerin ergriff, nachdem sie Fjodor angehört, das Schlüsselbund und ging wortlos zur Vorratskammer. „Habt ihr einen Sack?" fragte sie beim Aufschließen.

„Ja."

Fjodor hielt den Sack auf und blickte hinüber zu dem braunen Kornkasten, der mit spitzenfeinen Spinnweben überzogen war. Ein halbes Maß mit Spreu vermischten Weizen schüttete ihm die geizige Hausfrau ein.

Die Tür knarrte. Mit dem Bauch voran schob sich der Bauer herein. „Geh ins Haus!" rief er der Frau zu.

Dann trat er mit zwei kleinen Schritten zu Fjodor hin.

Der setzte den Sack vorsichtig auf die Erde und lehnte sich

abwartend an den Kornkasten.

„Was machst du da?" krächzte Sachar Denissowitsch mit wutentstelltem Gesicht. „Korn nimmst du in Empfang?"
„Ja."

„Die Leute aufhetzen! Unruhe stiften! So daß der Bauer in seinem eigenen Hause fast Prügel bezieht, und obendrein Korn nehmen . . . mein Korn, he?"

Fjodor schwieg. Der Bauer trat noch dichter an ihn ran.

„Hinweg von meinem Hof! Raus! Hundebrut!" brüllte er plötzlich in schrillem Diskant.

Fjodor hob den Sack auf und schritt zur Tür. Wie ein Hahn ging der Bauer da auf ihn los, riß ihm den Sack aus der Hand und versetzte ihm mit aller Kraft einen Schlag ins Gesicht.

Gelbe Funken flimmerten Fjodor vor den Augen. Den Verstand trübte ihm flammender Zorn und strömte ihm wie flüssiges Blei in die Hände. Schwankend packte er den Bauern mit der einen Hand an der fetten Kehle, ballte die andere zur Faust und stieß sie ihm auf den zurückgebeugten Kopf.

Wenig später lag Sachar Denissowitsch niedergeworfen unter Fjodor, sich windend wie eine dicke Schlange und bemüht, Fjodor ins Gesicht zu beißen. Fjodor, die Lippen fest aufeinandergepreßt, schlug ihn mit schwerer Hand auf den dicken, kurzen Hals und zwischen die gefletschten Zähne dicht vor seinem Gesicht. Sachar Denissowitsch wehrte sich nach Weiberart: er kratzte, biß um sich und riß Fjodor an den Haaren. Doch nachdem er tüchtig Hiebe bezogen, brach er ermattet in Tränen aus, schluckend und stöhnend lag er hilflos da, Rotz unter der Nase und mit wabbelndem Bauch.

Fjodor stand auf und wischte sich das Blut aus dem zerkratzten Gesicht, auf einen zweiten Angriff gefaßt. Der Bauer drehte sich jedoch flink mit dem Bauch nach unten, und laut brüllend kroch er rückwärts wie ein Krebs zur Tür.

Für alle Qualen! Für alle! durchfuhr es Fjodor. Er zog seinen Rock glatt, hob den Sack auf und wollte gerade nach der Türklinke fassen, als er den Bauern draußen wie toll brüllen hörte: „Zu Hilfe! Mord! Zu Hilfe, gute Leute!"

Lachen kam Fjodor an und schüttelte ihn. Er lehnte sich an

den Türpfosten und lachte so schallend, wie er nach seines Vaters Tod nicht mehr gelacht hatte. Er trat hinaus. Breitbeinig stand Sachar Denissowitsch mitten auf dem Hof. Ohne die besorgten Fragen der ihn umringenden Tagelöhner zu beachten, den Mund zu einem runden schwarzen Loch aufgerissen, brüllte er in einem fort um Hilfe.

Nachdem Fjodor die Mutter auf den Weg gebracht hatte, ging er zum Bauern und fragte: „Ihr wollt mir also den Lohn nicht zahlen?"

„Lohn? Einen Tritt kannst du kriegen, und raus mit dir! An den Kragen soll's dir gehen. Beim Volksgericht zeig ich's an, da werdet auch ihr Maulhelden nicht geschont!"

„Wohl bekomm dir der Reichtum, Sachar Denissowitsch. Ich werd auch ohne deinen Lohn nicht sterben!"

„Laß das Schwätzen! Pack dich, sagt man dir!"

Fjodor blieb noch einen Augenblick nachdenklich stehen und trat dann ohne Abschiedswort über die Schwelle. Die Pforte knarrte. Vor dem Speicher rasselte der Rüde mit der Kette.

Hinterm Hof hielt Fjodor wiederum inne. In der Siedlung erloschen die Abendlichter. Irgendwo wimmerte eine Harmonika; undeutlich klangen die Worte eines Liedes herüber. Zuweilen gingen sie in Lachen unter, und das Lachen war so ungezwungen und herzlich, daß Fjodor weder an seinen noch an Kummer überhaupt glauben mochte. Ohne Ziel ging er die Straße hinunter, ging ein Stück und wollte eben den Weg durch eine Seitengasse zu den Schobern hin nehmen, um dort im Stroh zu übernachten, als er angerufen wurde: „Bist du's, Fjodor?"

„Ja."

„Los, troll dich her!"

Er trat zu dem Rufer ran und schaute genauer hin. Am Flechtzaun, den Strohhut in den Nacken geschoben, was kundtat, daß sein Besitzer noch nicht sinnlos betrunken war, saß Frol, der Einschütter.

Vor ihm, auf dem sonnenversengten Gras, lag sorgfältig ausgebreitet ein schmutziges Taschentuch, und darauf waren eine langhalsige Flasche, von der es nach Selbstgebranntem roch, eine angebissene Gurke und ein frisches Weißbrot zu sehen.

„Setz dich!"

281

Froh über diese Begegnung, ließ Fjodor sich nieder.

„Willst du weg?"

„Ja."

„Hast du dem Bauern das Maul verbogen?"

„Kaum angerührt hab ich ihn."

„Schade. Ein schiefes hätt ihm ganz gut gestanden. Wie lange warst du dort?"

„Zwei Monate."

„Zwei Monate, das sind wenigstens fünfzehn Rubel. Erntezeit ist's! Für fünfzehn Rubel hätte auch ich mir das Jackstück vollhauen lassen. Glaub mir – er ist gut gefahren dabei."

Fjodor schwieg. Frol zog die Beine an und setzte, den Kopf zurückbeugend, den Flaschenhals zwischen die Lippen. Eine Weile war nichts außer einem Gluckern und Kollern zu hören, dann beschrieb die Flasche einen Halbkreis nach unten und wurde Fjodor in die Hand gedrückt. „Trink!"

„Ich trink nicht."

„Nein? Braucht man auch nicht. Brav so."

Wieder verschwand der Flaschenhals bis zur Hälfte in Frols Mund. Schweigend schaute Fjodor auf den blaugoldenen Himmelsrand.

Ein fröhliches Leuchten in den Augen, wischte Frol den Flaschenhals ab, lachte kurz auf und ließ den Hut durch einen Ruck des Kopfes vom Nacken in die Stirn hüpfen und wieder zurück.

„Zeigst du ihn an?"

„Warum?"

„Ach, du Geliebter einer dummen Gans, weil du für zwei Monate Arbeit einen Hasenschwanz bekommen hast! Zeig's an, sag ich."

„Hm", machte Fjodor unentschlossen.

„Hör, was ich dir sage", begann der Einschütter und biß in die Gurke, daß es krachte, „mach dich auf zum Chutor Dubowskoj, da ist eine Komsomolistenzelle. Geh hin, die helfen dir. Ich hab in der Roten Armee gedient, Bruderherz, und heiße das neue Leben willkommen; aber ich selbst kann nicht teilhaben daran wegen meiner Anfälligkeit. Vom Vater her hab ich's im Blut, daß ich trinke. Doch im Sowjetsozialismus ist so was nicht erlaubt. Ja. Sonst würd ich", der Einschütter riß die Augen auf, als tue er etwas ganz Geheimes kund, „ausgebildet werden und entschlossen in die Partei eintreten. Dann würd ich solchen Freunden wie deinem Bauern ganz gehörig eins auswischen."

Der Einschütter wurde immer stiller. Müde betrachtete er die Flasche vom Hals bis zum Boden, strich liebevoll über sie hin und wiederholte gleichgültig: „Geh zu den Komsomolisten. Die lassen kein Unrecht zu. Von deinem eigen Fleisch und Blut sind sie. Habenichtse wie du und ich."

Kurz darauf war er am Flechtzaun eingeschlafen. Fjodor saß gedankenversunken da, den Kopf in die Hände gestützt. Er sah nicht, daß ein Hündchen daherkam, den betrunkenen Einschütter beschnupperte, ein Bein hob, ihn benäßte und weiterhoppelte.

Die ersten Hähne krähten. Im Schilf hinter der Siedlung schnatterte ein alter Enterich. Mal laut, mal leise ratterte eine Kornschwinge. Jemand hatte das gute Wetter genützt und die Nacht hindurch geworfelt. Fjodor stand auf, warf einen Blick auf den schnarchenden Einschütter, wollte ihn wecken, besann sich aber eines anderen, winkte ab und ging ohne Hast zu den Schobern.

Am nächsten Tage gegen Mittag näherte sich Fjodor dem Chutor Dubowskoj. Er war seit dem Morgen gut zwanzig Werst gegangen, die letzten müde und matt, mit schmerzenden Beinen. Besonders weh taten ihm die zerstochenen Sohlen und die Waden.

Vom Berg her sah er den Chutor wie auf der Hand vor sich liegen: den Marktplatz mit der kleinen weißen Kirche, von der der Putz abbröckelte, die rechteckigen weißen Häuser und Scheunen, die tiefgrünen Gärten und die Straßen, die sich wie rauchgraue Bächlein dahinzogen.

Er stieg bergab. Bei den ersten Höfen empfingen ihn Hunde mit trägem Gebell. Er ging zum Marktplatz, wo neben der saubergehaltenen Schule die blendendweiß gekalkten Mauern des Volkshauses glänzten.

„Ist hier der Komsomol?" fragte er einen daherkommenden Jungen.

„Ja, im Volkshaus."

Zaghaft stieg Fjodor die Treppe hinauf und trat durch die weit offene Tür. Aus einem Hinterzimmer drangen gedämpfte Stimmen. Dumpf hallten seine Schritte unter der hohen gestrichenen Decke. Die Stimmen kamen aus der Tür am Ende des Korridors. Er trat ein. Die sechs Burschen, die auf den Fensterbänken saßen, wandten beim Knarren der Tür den Kopf und blickten wortlos zu dem Fremden hinüber.

„Ist das der Komsomol?"

„Er ist's."

„Wer ist euer Leiter?"

„Ich bin der Sekretär", sagte ein sommersprossiger Bursche.

„Ein Anliegen hab ich an euch", sagte Fjodor, nach wie vor befangen.

„Setz dich, Genosse, und erzähl."

Zuvorkommend schob man ihm einen Schemel hin und umringte ihn. Zuerst hatten ihn ihre musternden Blicke verlegen gemacht; als er ihnen aber nun in die einfachen, freundlichen Gesichter sah, fielen ihm die Worte Frols, des Einschütters, ein: „Von deinem eigen Fleisch und Blut sind sie!" Und er faßte sich ein Herz. Erregt und verworren erzählte er, wie es ihm bei Sachar Denissowitsch ergangen war. Und bei der Erinnerung an all das Schwere, das er hatte ertragen müssen, stiegen ihm unwillkürlich Tränen in die Kehle. Kaum, daß er zu den Burschen hinblickte, aus Angst, in ihren Augen kränkendem Spott zu begegnen. Doch aller Gesichter waren finster und voller Mitgefühl. Vor Unwillen hatte der sommersprossige Sekretär die Lippen nach innen gezogen. Fjodors Geschichte hörte unvermittelt auf – wie abgehackt. Schweigend sahen die Burschen drein.

Schließlich brach einer das Schweigen. „Eine Sache fürs Gericht, wie?" fragte er.

„Fürs Gericht, ja! Für wen sonst?" rief der Sekretär hitzig. Dann wandte er sich Fjodor zu. „Wo arbeitest du jetzt?"

„Nirgendwo!"

„Und wo ist dein Zuhause?"

„Früher war's in Danilowka. Aber mein Vater ist gestorben, die Mutter zieht herum und bettelt, ein Zuhause hab ich nicht mehr."

„Was willst du tun?"

„Ich weiß nicht", erwiderte Fjodor unentschlossen. „Arbeit such ich."

284

„Die wird sich finden, sei ohne Sorge. Die finden wir."
„Komm fürs erste mit zu mir", sagte einer.
Der Sekretär – er hieß Rybnikow – fragte Fjodor nach Einzelheiten und sagte dann: „Hör, Genosse, setz eine Anzeige auf ans Volksgericht, die Zelle stützt sie. Einer von uns geht mit dir zu dem Bauern und holt deine Sachen. Dann gehst du fürs erste zu Jegor, zu diesem da." Er deutete mit dem Finger auf einen. „Die Sache mit dem Gericht ist klar. Die Landarbeiterkopeken sollen dir nicht verlorengehen. Und ihn wird man zur Verantwortung ziehen, weil er dich ausgebeutet und vor dem Landarbeiterkomitee keinen Vertrag geschlossen hat."
Sie verließen gemeinsam das Zimmer. Fjodor ging, ohne Müdigkeit zu verspüren. Unendlich vertraut und nahe kamen ihm diese rauhen, sonnengebräunten Burschen vor. Ihn verlangte es, ihnen seine Dankbarkeit auszudrücken. Doch er schämte sich und sagte nichts, zuweilen nur blickte er mit einem stillen Lächeln in Jegors hageres, höckernasiges Gesicht.
Im Flur von Jegors Hütte fielen ihm noch einmal die Worte ein von dem eigen Fleisch und Blut. Und als er an den betrunkenen Einschütter dachte, lächelte er. Wie treffend der das ausgedrückt hatte. Ja, von seinem eigenen Blut waren sie!

Jegor hatte eine Mutter und eine kleine Schwester. Wie ein Verwandter wurde Fjodor von der Mutter aufgenommen. Gastfreundlich bewirtete sie ihn bei Tisch, wusch seine Wäsche und machte auch sonst keinen Unterschied zwischen ihm und dem eigenen Sohn.
Die erste Zeit half Fjodor Jegor in der Wirtschaft. Gemeinsam pflügten sie den Herbstacker, fuhren ins Holz, fütterten das Vieh und flochten in ihren Mußestunden an einem neuen Zaun aus hohen Weidenruten.
Unbemerkt kam der Herbst mit trockenem, windstillem Wetter und leichten Morgenfrösten. Die Pappel auf dem Hof verlor täglich mehr von ihren gelben Blättern. Die Gärten wurden kahl, und der ferne Wald hinter dem Fluß nahm sich am Horizont aus wie die Bartstoppeln auf den Wangen eines Kranken.
Des Abends gingen Fjodor und Jegor in den Klub. Hinge-

geben lauschte Fjodor den neuen Worten und Gedanken, und mit prüfendem Verstand nahm er auf, was er sonnabends in den politischen Schulungen hörte oder in den Gesprächen mit dem Agronomen, deren Thema, die Landwirtschaft, ihm so erregend vertraut war. Trotzdem fiel es ihm schwer, mit den anderen Schritt zu halten. Die sagten das politische Einmaleins auswendig her, so gut kannten sie es, sie lasen Zeitung, hatten ein Jahr die Lektionen des Agronomen gehört und vermochten jede Frage mit Verstand zu beantworten (der Sekretär Rybnikow hatte, die sommersprossigen Wangen in die Fäuste gestützt, sogar Marx gelesen), wohingegen Fjodor mit dem Lesen und Schreiben nicht gerade auf dem besten Fuße stand.

Ja, den rauhen Griff des Pfluges zu packen und sein heißes, lebendiges Beben in den Händen zu spüren, das war eine andere Sache, als ein so zerbrechliches, zartes Ding wie einen Bleistift zu führen. Einmal zitterten einem dabei die Finger, und der Arm schlief einem ein, und zum anderen konnte einem solch ein heimtückischer Bleistift glattweg unter den Fingern zerbrechen. Auf das Pflügen verstanden sich Fjodors Hände weit besser. Als der Vater ihn zeugte, hatte er schließlich nicht wissen können, daß der Sohn ein Schriftkundiger werden würde, und ihm daher ein Paar akkertüchtige Hände als Erbe mitgegeben, Hände, behaart, grob und mit breiten Knochen, doch von der Beschaffenheit spröden Metalls. Trotz alledem übte sich Fjodor in der Gelehrsamkeit nicht umsonst. Mochte seine Zunge auch holpern wie der Bauernschlitten auf dem Feldweg, dennoch verstand er darzulegen, was „Klasse" war und was „Partei", welche Ziele die Bolschewiken verfolgten und worin der Unterschied bestand zwischen Bolschewiken und Menschewiken.

Seine Worte waren schwerfällig und ungelenk wie sein Gang. Aber die Burschen behandelten ihn mit dem gebührenden Ernst. Und wenn sie lachten, lag darin nichts Kränkendes. Fjodor fühlte das und nahm ihnen das Lachen nicht übel.

Es war im Dezember, einen Tag vor der Versammlung, als Rybnikow zu Fjodor sagte: „Du, stell einen Aufnahmeantrag. Wir nehmen dich auf. Das Bezirkskomitee stimmt zu, und dann gehst du im Frühjahr unter die Landarbeiter. Wir führen jetzt eine Kampagne, wir wollen möglichst viele Landarbeiterjungen für den Verband gewinnen. Unsere Zelle hat früher geschlafen, der Sekretär war ein Kulakensohn, und auch von den Mitgliedern taugten viele nichts, nach Zersetzung stank's, wie Aas in der Sonne. Einen Monat vor deiner Ankunft haben wir eine Säuberung gemacht, und jetzt müssen wir uns ranhalten. Das Ansehen der Dubowskojer Zelle muß in den Augen des Volkes gehoben werden. Dazumal haben unsere Komsomolzen bloß verstanden, Hausgebrannten zu schlucken und den Mädchen beim Tanz in die Bluse zu fassen. Jetzt ist Schluß damit! Wir bringen Schwung in die Sache, daß das ganze Donland widerhallt. Wenn du hernach wo untergekommen bist, wirst auch du mittun und die Landarbeiter für unsere Zelle werben. Verstehst du? Wir gehen jeder in einen anderen Chutor."

„Glaubst du, ich kann's? Schwer fällt's mir, nach den Büchern zu reden."

„Laß den Unsinn! Was du nicht weißt, kannst du im Winter noch lernen. Auch wir sind nicht wer weiß wer. Das Bezirkskomitee kümmert sich einen Dreck um uns. Weder Lehrmittel noch einen vernünftigen Rat kriegt man von dort, nur Vorschriften. Aber wir schaffen's auch allein, Bruder, jawohl!"

Rybnikows Worte von der Gewinnung der jungen Landarbeiter gingen in Fjodors Verstand auf wie Weizenkörner in der Schwarzerde. Er dachte an das Hundeleben bei Sachar Denissowitsch und brannte vor Ungeduld, ans Werk zu gehen. Noch am gleichen Abend schrieb er mit krummen, ungeübten Buchstaben den Aufnahmeantrag. Seinen Eintritt in den Komsomol begründete er allerdings nicht, wie Jegor ihm geraten – ich möchte eine politische Erziehung erhalten. Vielmehr stand da, nachdem er kurz überlegt hatte, schwarz auf weiß, ohne Punkt und Komma: „Ich möchte eintreten, weil ich ein Arbeiter bin, um sehr viel Bildung zu erlernen und alle werktätigen Landarbeiter zum Komsomol heranzuziehen, weil der Komsomol für die Landarbeiter ist wie ihr eigen Fleisch und Blut."

Rybnikow las den Antrag und runzelte die Stirn. „Hm, allerlei zusammengeschrieben hast du da. Aber macht nichts, wir bringen den Antrag schon durch."

Die Versammlung begann spätabends. Im Klub herrschte Stimmengetöse. Das Präsidium wurde gewählt. Rybnikow hielt einen Vortrag über die internationale Lage, dann wurde der Punkt Verschiedenes behandelt.

Mit stockendem Herzen wartete Fjodor auf die Verlesung seines Aufnahmeantrages.

Schließlich räusperte sich Rybnikow und umfaßte die Versammelten mit einem Blick. „Wir kommen nun zum Aufnahmeantrag des euch allen wohlbekannten Fjodor Boizow", sagte er laut.

Langsam verlas er den Antrag. Den Zettel auf dem Tisch glattziehend, fragte er: „Wer will dafür oder dagegen sprechen?"

Auf der letzten Bank erhob sich Jegor, rieb sich die Höckernase und sagte: „Was sollen wir lange reden! Der Junge ist Landarbeiter, Sohn eines armen Bauern aus Danilowka. Im Politischen kennt er sich nun aus und kann Rede und Antwort stehen. Was soll ich noch sagen? Nehmt ihn auf!"

„Wer ist dagegen?"

Dagegen war niemand. Sie stimmten ab. Die Arme ragten hoch wie ein dichter Staketenzaun. Sechsundzwanzig: die ganze Zelle. Rybnikow blickte Fjodor lächelnd in das blasse, glückliche Gesicht. „Einstimmig durchgekommen!"

Kaum vermochte Fjodor bis zum Schluß der Versammlung auszuharren. Er hörte nur noch mit halbem Ohr hin, was um ihn herum gesprochen wurde. Jerofej Tschernow wurde von Rybnikow heftig angegriffen und beschuldigt, das Tanzbein geschwungen zu haben, worauf er sich zur Rechtfertigung auf die anderen Jungen berief. Wie durch eine dicke Mauer drangen die Stimmen an Fjodors Ohr. In seinem Kopf gingen die Gedanken ihre verschlungenen Pfade: Jetzt gehörte er ihrer Familie an, war kein Stiefkind mehr. Da waren sie, die von seinem eigen Fleisch und Blut. Mit ihnen war es gut, Schulter an Schulter zu stehen wie eine Mauer.

„Ruhe!" trompetete eine laute Stimme. „Die Versammlung ist geschlossen. Wanjucha, schreibst du das Protokoll ab?"

Mit klirrendem Vorhängeschloß gingen sie zur Haustür; schneidende Kälte zog vom Hof herein, und fröstelnd zündeten sie sich Zigaretten an. Fjodor ging mit Jegor und Rybnikow. Vor den vereisten Treppenstufen tappten sie in eine dicke Schneewehe, die der Wind während der Versammlung hergesetzt hatte. Keuchend stapfte Jegor als erster durch, Fjodor folgte ihm. Als sich Rybnikow an der Straßenecke von Fjodor verabschiedete, drückte er ihm kräftig die kalte Hand und blickte ihm fest in die Augen. „Sieh zu, Fedja, daß du uns keine Schande machst", sagte er. „Wir bauen auf dich. Du bist jetzt Komsomolze und kein parteiloser Bursche mehr. Da ist die Verantwortung größer. Na, das weißt du selbst. Leb wohl, Freund."

Wortlos schüttelte Fjodor ihm die Hand. Er wollte etwas erwidern, aber der Hals war ihm wie zugeschnürt. Schweigend ging er Jegor nach. Würgende Freudentränen stiegen ihm in die Kehle, und er flüsterte vor sich hin: „Ein Waschweib bin ich. Ein Schlappschwanz. Härter werden muß ich. Ich bin doch kein Wickelkind mehr. Aber das Glück ist so plötzlich gekommen. Vor kurzem noch hab ich geglaubt, nur Leid gehe um auf der Welt und alle Menschen seien sich fremd."

Am nächsten Morgen wurde Fjodor ins Exekutivkomitee gerufen.

„Eine gerichtliche Vorladung. Quittier hier", sagte der Sekretär.

Fjodor unterschrieb, trat ans Fenster und las, daß er am 21. vorgeladen wurde. Er blickte auf den Wandkalender und erschrak: Unter dem Leninbild leuchtete rot die Zahl 20.

Rasch lief er heim und machte sich fertig.

„Wo willst du hin?" fragte Jegor.

„Zur Staniza, aufs Gericht! Eine Vorladung hab ich gekriegt, für morgen. So 'ne Geschichte! Ob ich's noch schaffe?"

Jegor spähte durchs Fenster, an dem der Reif wie eine Teigmasse klebte, und entdeckte am blauen Himmel den gelben Sonnenfleck.

„Rund fünfunddreißig Werst sind's", meinte er nachdenklich, „fünf in der Stunde, so sind's sieben Stunden, wenn du tüchtig ausschreitest. Bis zur Nacht bist du sicherlich da."

„Na, ich geh los."

„Hast du Wegzehrung mit?"

„Ja."

Jegor begleitete ihn zum Tor. „Halt dich ran, daß du's bis zur Dunkelheit schaffst!" rief er ihm nach. „Denk an die Wölfe!"

Fjodor schob die Tasche zurecht, zog sich den Riemen enger um den gegerbten Halbpelz und eilte mit langen Schritten die Straße hinauf, die von Schlittenkufen glattgefahren war. Nachdem er den Berg hinangestiegen war, schaute er zurück auf den verschneiten Chutor. Die Schultern rekkend, fühlte er, daß sein Rücken naß von Schweiß war. Rasch ging er weiter.

Bergauf und bergab. Bergab und wieder bergauf. Am Horizont glitten die dunklen Bänder der schneebetupften Wälder und Haine dahin. In den bläulich glitzernden Schnee hinein stach die Sonne mit ihren Strahlen und umgürtete den Weg mit Regenbogen.

Ein gutes Stück gegangen war Fjodor, den Knotenstock schwingend und den Machorkarauch von sich blasend, der in der Frostluft süßlich roch, wohl zwanzig Werst, da blickte er zur Sonne hoch, die über dem welligen, spinnwebfeinen Himmelsrand hing, und zog das Brot und den in dünne Scheiben geschnittenen Speck aus der Tasche. Er hockte sich am Wege hin, aß und ging, um wieder warm zu werden, raschen Schrittes weiter.

Der Abend warf seinen violetten Widerschein auf den Schnee. In stahlblauem Glanz schimmerte die Straße. Im Westen löschte die Dunkelheit den Strich, der Erde und Himmel trennte. Schon blinkten mutwillige Sternenlichte am klaren Himmel, als Fjodor in der Staniza eintraf. Im ersten Häuschen – recht unschön und ärmlich sah es aus – bat er um ein Nachtlager. Der Hausherr, ein bärtiger, gutmütiger Kosak, hieß ihn freundlich eintreten. „Bleib nur über Nacht hier, den Boden wirst du nicht durchliegen."

Fjodor aß den gefrorenen Speck, breitete seinen Halbpelz am Ofen aus, schob sich die Mütze unter den Kopf und war im Nu eingeschlafen.

Nach seiner Gewohnheit erwachte er bei Tagesanbruch. Er wusch sich, aß den Speck, den ihm die Bäuerin gebraten hatte, und begab sich zum Marktplatz mitten in der Staniza. Am Haus neben dem Stanizasowjet hing die Tafel: „Volksgericht des 5. Bezirks im Kreis Oberer Don."

Er trat durch die Pforte. Der erste, den er im Hof erblickte, war Sachar Denissowitsch. Er trug einen blauen Halbpelz mit Kapuze und war dabei, das schaumbedeckte Pferd auszuspannen. Als er dem Pferd die Decke überwarf, fiel sein Blick auf Fjodor. Sein Mund verzerrte sich, und ohne Gruß wandte er sich ab.

Endlos zog sich die Zeit hin. Um neun Uhr kam der Gerichtssekretär. Ohne den Mantel abzulegen, knallte er ein Aktenbündel auf den Tisch, schnüffelte und richtete seine verschlafenen, geschwollenen Augen auf die Leute, die im Flur warteten. Eine Stunde später erschien der Richter, drängte sich seitwärts durch die Menge und knallte die Tür zu.

„Fjodor Boizow und Sachar Blagurodow!" rief der Sekretär, die Tür einen Spalt weit öffnend. Sachar Denissowitsch ging mit knarrenden Filzstiefeln an ihm vorbei.

„Der Bürger riecht nach Hausgebranntem, daß es einen umschmeißt! Sicherlich stinkt's ihm aus der Seele", spottete ein alter Kosak in zerschlissenem Rock.

Fjodor zog die Mütze und trat beherzt über die Schwelle. Etwa zehn Minuten hatte das Verhör gewährt, als Sachar Denissowitsch unsicher wurde und zu stottern anfing.

„Haben Sie ihm Lohn gezahlt?" fragte ihn der Richter und klopfte mit dem Bleistift.

„Jawohl, hab ich."

„Und wie – in Naturalien oder in Geld?"

„In Geld."

„Und wieviel haben Sie gezahlt?"

„Acht Rubel hab ich ihm gezahlt und obendrein Korn."

„Wieso denn? Sie haben doch erklärt, Sie hätten einen halben Rubel im Monat ausgemacht?"

„Aus Güte hab ich's getan . . . Weil er eine Waise ist . . . und ich ihm wohlwollte . . . Wie ein Vater war ich zu ihm", schnaufte Sachar Denissowitsch purpurrot.

„So . . ." Der Richter lächelte mit heimlichem Spott.

Nach einigen weiteren Fragen wurden sie vom Gericht aufgefordert, den Raum zu verlassen. Während drinnen über die nächsten fünf, sechs Fälle verhandelt wurde, stand Fjodor im Flur und sah zu Sachar Denissowitsch hinüber, der, von mehreren Kosaken umringt, erbitterte Reden hielt und mit den Händen fuchtelte.

„Warum kein Vertrag gemacht wurde, will er wissen. Da nimmt unsereins einen Knecht. Er kommt und fleht im Namen Christi, und hinterdrein ist er ein Komsomolist und schmeißt die Arbeit hin."

„Das Gericht kommt!"

Die Menge drängte ins Zimmer. Den Anfang des Urteils haspelte der Richter schnell herunter. Fjodor fühlte sein Herz unter dem Halbpelz heftig pochen. Das Blut strömte ihm bald ins Gesicht, bald zum Herzen. Nur hin und wieder erfaßte er ein Wort. Der Richter hob die Stimme: „Gemäß Artikel ... wird Sachar Blagurodow dazu verurteilt, an Fjodor Boizow für zwei Monate Dienstleistung zwölf Rubel zu zahlen ... Kein Arbeitsvertrag abgeschlossen ... Wegen Ausbeutung eines Minderjährigen – zu einer Strafe von dreißig Rubel oder Zwangsarbeit auf die Dauer von ... Die Gerichtskosten ... Urteil ist nicht anfechtbar", hörte Fjodor den Richter sagen.

Er stürzte die Treppe hinab und lief, glücklich vor sich hin lächelnd, mit offenem Halbpelz zur Staniza hinaus. Ohne es zu merken, lief er mehrere Werst weit, unentwegt über das Vorgefallene sinnend und voller Pläne, wie er bis zum nächsten Herbst das Geld für das Pferd zusammenkriegen, die Mutter von ihrem Betteldasein befreien und mit ihr auf seinem kleinen Hof leben würde.

Als er an den Sommer und seine Arbeit unter den Landarbeitern dachte, wurde ihm vor Freude warm in der Brust. Der Wind stäubte ihm Schnee ins Gesicht, und seine Augen waren von feinem, beißendem Schneestaub verklebt. Da hörte Fjodor hinter sich Schlittenkufen knirschen und Hufgetrappel. Schnell wandte er sich um. Ein furchtbarer Stoß des Deichselarms warf ihn rücklings zu Boden. Im Fallen erblickte er über sich das schaumbedeckte Maul eines Rappen und dahinter, in einer Wolke dichten Schneestaubes, Sachar Denissowitschs blaurotes Gesicht. Hell knallte die Karbatsche. Die Lederriemen rissen Fjodor die Mütze vom Kopf und legten sich ihm quer übers Gesicht.

Ohne den Schmerz zu spüren, sprang Fjodor auf die Füße und rannte, von maßloser Wut getrieben, dem Schlitten nach. Sachar Denissowitsch zügelte mit der Linken das ungestüm dahingaloppierende Pferd. Mit der Rechten schwang er die Peitsche. „Das sollst du heimgezahlt bekommen!" brüllte er Fjodor zu. „Ich will dir zeigen . . . du Hurenknecht . . . was 'ne Harke ist!"

Der Wind riß seine Worte in Fetzen und benahm dem hinterdreinlaufenden Fjodor den Atem. Erschöpft blieb er mitten auf der Straße stehen. Erst jetzt fühlte er den schneidenden Schmerz in der Brust und das Brennen im Gesicht, von dem salziges Blut tropfte.

Auf dem hügeligen Feld schimmerten dunkle Flecke durch den tauenden Schnee. Warm und feucht blies des Nachts der Wind, und über dem Chutor hingen schwarze Wolken. Im Morgengrauen prasselte Regen nieder, der wäßrige Schnee wurde zu strömendem Wasser. In der Steppe entblößte sich die Erde, doch der verharschte Schnee auf den Wegen und in den Erdvertiefungen hielt die Grasbüschel und Grate so fest umklammert, als suche er bei ihnen Schutz vor dem Frühling.

Vor Beginn der Feldarbeiten nahm Fjodor Abschied von den anderen. Er stopfte seine Habe in einen Sack, legte die Bücher, die er von Rybnikow ausgeliehen hatte, obenauf und zog los.

„Halt die Ohren steif, Fedja, und leg dich ins Zeug", sagte Rybnikow zum Abschied.

„Wird gemacht. Kurz und klein agitier ich sie!" Fjodor lächelte.

Fünf Mann begleiteten ihn zum Chutor hinaus bis zur großen Landstraße. Auf dem ersten Hügel blickte Fjodor sich um und sah die fünf noch am Viehweg beisammenstehen. Rybnikow und Jegor winkten mit den Mützen.

Ganz verlassen kam Fjodor sich vor, als der Chutor seinen Blicken entschwunden war. Wieder war er allein, so allein wie die verdorrte Kollerdistel, die einsam am Wege schwankte.

Mit Gewalt überwand er die Verzagtheit und überlegte, wohin er gehen solle. Die umliegenden Chutors waren arm, dort brauchten die Bauern keine Hände zur Hilfe. Die reichste Siedlung im Umkreis war Chrenowka. Dorthin wandte Fjodor nach kurzem Zögern seinen Schritt. Seine Dienste bot er Pantelej Miroschkin an, einem Nachbarn Sachar Denissowitschs. Pantelej war ein hagerer, mürrischer Alter. Seine drei Söhne waren im Krieg gefallen. Die Wirt-

schaft führte er mit seiner Frau und den beiden Schwieger-
töchtern.

„Hol's der Kuckuck, warum bist du vom Sachar fort?" fragte
er Fjodor, die grauen Augenbrauen hochziehend.

„Der Bauer hat mich entlassen."

„Und wie hoch denkst du dir den Lohn?"

„Den werden wir vereinbaren."

„Vereinbaren? Mein Preis für die Sommerzeit ist drei Rubel, und im Winter kann ich dich ohnehin nicht brauchen.
Wenn du Lohn und Brot fürs ganze Jahr suchst, dann wird
nichts mit uns."

„Also bis zum Herbst."

„Kurz, bis zur Beendigung der Feldarbeit. Hast du den
Herbstacker gepflügt, kannst du dich auf die Socken machen, hol's der Kuckuck. Drei Rubel im Monat, denk
ich."

„Ja, aber mit Vertrag. Ohne den geht's nicht."

„Einerlei ist mir's, ob mit oder ohne. Aber ein Schriftkundiger bin ich nicht. Hol's der Kuckuck, da werd ich wohl unterschreiben müssen? Nun gut, das kann ja die Stepanida,
meine Schwiegertochter, für mich tun."

Im Landarbeiterkomitee wurde der Vertrag unterzeichnet,
und Fjodor ging mit Freude ans Werk. Zwei Wochen lang
beobachtete Pantelej den neuen Arbeiter verstohlen, oft
fühlte Fjodor seinen Blick prüfend auf sich gerichtet. Es
war am Ende der zweiten Woche – Fjodor hatte das Melonenfeld an einem Tage gepflügt und eben die müden,
schweißnassen Ochsen heimgetrieben –, da trat der Alte zu
ihm und fragte: „Du hast das Melonenfeld gepflügt?"

„Ja."

„Ohne Bodenglatzen?"

„Ja."

„Und wie tief?"

„Wie Ihr's mir aufgetragen habt, Väterchen."

„Hast du die Ochsen zur Tränke getrieben?"

„Ja."

„Wie alt bist du, Junge?"

„Siebzehn."

Der Alte trat dicht an Fjodor ran, fuhr ihm in die Haare und
zog den Kopf an seine knochige Brust. Ihn an sich drük-
kend, strich er mit rauher Hand über Fjodors muskulösen,

straffen Rücken. „Ein guter Arbeiter bist du, hol's der Kukkuck. Und hast goldene Hände! Du kannst den Winter über dableiben, wenn du magst, bei Gott!"

Er schob Fjodor von sich und schaute ihn lange an, breit und freundlich übers ganze Gesicht lächelnd. Fjodor rührten die Liebkosungen und die Herzlichkeit des Alten. Sein neuer Herr war dem alten gar nicht ähnlich. Als Fjodor bei ihm in Dienst trat, hatte er gefragt: „Bist du von diesem... diesem... Komsomol?" Und als Fjodor bejahte, hatte er abgewinkt. „Das geht mich nichts an. Doch essen mußt du allein, mit dir an einem Tisch sitzen kann ich nicht. Du bekreuzigst dir doch nicht die Stirn?"

„Nein."

„Ja, sieh, ein alter Mann bin ich. Nimm's nicht krumm, daß du allein tafeln mußt. Ich und – wir sind Gemüse von verschiedenen Beeten."

Sonst hatte es Fjodor gut bei ihm. Er erhielt reichlich zu essen, hausgewebte Kleidung, und die Arbeit entsprach seinen Kräften. Anfangs hatte Fjodor geglaubt, er müsse wie bei Sachar Denissowitsch alles allein machen. Als sie aber vor Ostern zum Pflügen fuhren, sah er, daß es der alte Pantelej trotz seiner Magerkeit jedem Jungen gleichtat. Unermüdlich lenkte er den Pflug, sauber und mit Liebe pflügte er, und nachts hütete er abwechselnd mit Fjodor die Ochsen. Der Alte war gottesfürchtig, führte keine unflätigen Flüche im Munde und waltete in der Familie mit fester Hand. Fjodor gefiel die Redensart „Hol's der Kuckuck!", die der Alte ständig gebrauchte; ihm gefiel auch der Alte selbst, der hinter einer rauhen Schale ein gütiges Herz verbarg.

Eines Abends, zu Pfingsten, sah Fjodor einen Burschen von Sachar Denissowitschs Hof kommen; pockennarbig und untersetzt war er und wohl zwanzig Jahre alt. Nach den Reden des alten Pantelej mußte es der neue Knecht sein von Sachar Denissowitsch. Fjodor redete ihn an. „Tag, Genosse."

„Guten Tag", gab der Bursche widerstrebend zurück.

„Du bist wohl in Lohn bei Sachar Denissowitsch?"

„Hm."

Fjodor trat näher und fuhr fort zu fragen. „Bist du schon lange bei ihm?"

„Den vierten Monat, seit dem Winter."

„Was gibt er dir?"

„Einen Rubel und zu essen", antwortete der Bursche schon aufgeschlossener. Seine Augen blitzten. „Es heißt, der Alte zahlt dir einen Dreier, und Kleider gibt er dir zum Tragen. Ist's so?"

„Freilich."

„Der Sachar hat mich übers Ohr gehauen", meinte der Bursche bedrückt. „Er wollte späterhin was zulegen, aber jetzt schweigt er sich aus. Antreiben tut er mich wie einen Sträfling." Er redete sich allmählich in Wut. „Alltags wie sonntags. Und mein Zeug muß ich tragen, weder Geld noch Kledasche krieg ich von ihm. Guck, wie ich feiertags rumlaufe." Er kehrte Fjodor den Rücken zu. Im Hemd war ein langer Triangel, der die bloße dunkle Haut sehen ließ.

„Wie heißt du?"

„Mitri. Und du?"

„Fjodor."

Von Sachars Hof schallte die näselnde Stimme des Bauern: „Mitka! Du hast den Pferch offengelassen, du Dreckskerl! Los, treib die Ochsen in den Stall!"

Wie ein aufgescheuchter Ziegenbock setzte Mitka über den Zaun, streckte den Kopf aus dem dichten Brennesselkraut und winkte Fjodor heran. Der kletterte über den Zaun, hatte alsbald einen verborgenen Platz ausgemacht, hockte sich neben Mitka nieder und begann mit der Agitation.

Jeden Sonntagabend ging Fjodor zum Tanz, um mit den anderen Landarbeitern von Chrenowka bekannt zu werden. Insgesamt gab es achtzehn, darunter fünfzehn jüngere, die es zusammenzufassen galt zur ersten Zelle eines Verbandes der Landarbeiter.

Mitten unter ihnen zog Fjodor vom Dorfplatz, wo die Sprosse der wohlhabenden Bauern mit den aufkreischenden Mädchen ihre Späße trieben. Lange sprach er mit ihnen, agitierte sie für den Komsomol, redete ihnen zu, ihre Dienstherren zum Abschluß eines Arbeitsvertrages zu zwingen.

Zuerst hatten die Burschen auf Fjodors Worte mit ungläubigem Spott geantwortet. „Du kannst klug schnacken", ereiferte sich der bucklige Kolka. „Dein Bauer ist ein halber Apostel. Aber guck meinen an – der haut dir eins unter die

Kinnlade, kommst du ihm mit Komsomol und einem Vertrag."

„Vielleicht auch nicht!" wandte ein anderer ein.

„Bist du allein, so haut er! Da kannst du sicher sein. Einen einzelnen Finger kannst du mir brechen, daß es knackt. Aber wenn ich eine Faust mache – kannst du sie auch brechen? Nein, Bruder, mit der Faust schlag nämlich ich dir eins zwischen die Beißer", sagte Fjodor unter allgemeinem Gelächter. „Und zur Faust müssen wir uns schließen. Die längste Zeit haben wir uns für die Herren abgerackert! Einen oder einen halben Rubel kriegt ihr, ich aber dreie – und leichter hab ich's als ihr!"

„Recht gesagt!" brummten Stimmen.

Sie kamen nun gewöhnlich nachts hinter den Scheunen zusammen und hockten dort bis zum ersten Hahnenschrei.

Am fünften Sonntag sprach Fjodor folgendermaßen: „Hört, Brüder, gestern sind die Wiesen aufgeteilt worden. Morgen fängt die Heumahd an. Morgen sagen wir den Bauern, daß wir höheren Lohn und einen Vertrag haben wollen, andernfalls wir ihnen die Arbeit hinschmeißen."

„So nicht! Der Tobak ist zu stark."

„Die jagen uns vom Hof!"

„Und wir sitzen ohne Brot da!"

„Keinen jagen sie vom Hof!" rief Fjodor mit hochrotem Gesicht. „Weil die Mahd vor der Tür steht! Die werden schon weich werden, wenn sie ohne Leute bleiben sollen . . . Aber so geht's doch nicht weiter. Wenn das Landarbeiterkomitee fragt: ‚Wie hoch ist der Lohn?', antwortet der eine ‚Bin verwandt mit dem Bauern!' und der andere: ‚Bin aus Freundschaft bei ihm!'. Keiner macht für euch den Finger krumm, wenn ihr's nicht selbst tut."

Nach langem Hin und Her kamen sie überein zu streiken.

Am nächsten Morgen summte und brummte es in der Siedlung wie eine aufgescheuchte Bremsenbrut. Man wollte zur Heumahd ausfahren, doch in den reichsten Höfen streikten die Knechte.

Am Morgen hörte Fjodor lautes Geschrei. Er lief aus dem Hoftor. Laut brüllend warf Sachar Denissowitsch Mitkas Habe mitten auf die Straße, während der sie entschlossenen Gesichts zu einem Häufchen zusammenkehrte und grol-

297

lend vor sich hin murmelte: „Warte nur! Wimmern auf den Knien wirst du, aber zurückkommen tu ich nicht!"

„Eher holt dich des Teufels Großmutter, als daß ich dich bitt!"

Als Sachar Denissowitsch Fjodor erblickte, kehrte er sich den reichen Bauern zu, die an der Straßenecke hitzig aufeinander einredeten. „Christenmenschen!" brüllte er mit anschwellenden Stirnadern. „Da steht der Aufrührer! Ihr Anführer! Einen Knüppel her für diese Hundsbrut!"

Fjodor lief, die Fäuste ballend, auf ihn zu, aber Sachar Denissowitsch huschte wie eine Maus zum Tor hinein. „Nicht näher, so dir dein Leben lieb ist!" krächzte er furchtsam. „Tot schlag ich dich!"

„Wie ihr denkt, so macht's. Aber meinen Knecht jag ich nicht weg! Meinetwegen mag er auch von der Partei sein, so er nur seine Pflicht tut! Der Vertrag ist keine Unbill. Einen Dreier geb ich danach im Monat, soll's sein; zieht der Knecht aber weg, hab ich viele hundert Rubel Verlust davon!"

„Richtig, Gevatter! Meine Alte ist krank danieder, und mit wem sollt ich dajetzt die Arbeit schaffen?"

„So denk auch ich!"

„Ja, Bauern! Machen wir mit ihnen einen Vertrag, zahlen wir den Lohn nach dem Gesetz; und sollen sie einen Tag in der Woche zu ihrem Vergnügen haben. Schweig still, Sachar. Dir hat das Gericht dreißig Rubel aufgebrummt! Ist's nicht so, he? Leichten Kaufes kommen wir diesmal noch davon!"

„Was gibt's da rumzuzetern? Uns bleibt nichts, als in den sauren Apfel zu beißen. Drei Rubel sparen, um Hunderte einzubüßen, könnt nur ein Dummkopf wollen!"

„Woher jetzt einen anderen kriegen!"

„In den eignen Finger schneiden tät man sich!"

„Gut, soll's sein!"

„Aber dem Lumpen, dem Anstifter, müßt ein Denkzettel verpaßt werden! Als Schriftgelehrter spielt er sich auf, hol ihn die Pest!"

„Oh, der Fedka, Komsomolist ist er! Als er mein Knecht war, wollte er mir wahrhaftig ans Leben! Mit dem Messer ist er hinter mir her über den Hof, zum Glück sind ihm die Ta-

gelöhner in den Arm gefallen, großer Gott! Dajetzt soll er
mir nur in die Quere kommen . . ."
„Mein Sohn sagt, nach dem Tanz kommen sie hinter Fedots
Scheune zusammen. Da unterweist er sie."
„Vielleicht könnt man ihn abfangen, zu zweit oder zu dritt,
und ihn den Knüppel kosten lassen?"
„Ja, einen Denkzettel! Damit dieser Unrat nicht noch länger
stinkt!"
„Sachar Denissowitsch, tust du mit?"
„Bei Gott, eine Freude ist mir's! Einen ganz dicken Knüp-
pel nehm ich . . ."
„Aber nicht totschlagen!"
„Wie's kommt, so kommt's! Beim Dreinhauen, wenn mir
das Herz bebt, kenn ich kein Halten!"
„Sind wir drei? Ja? Dann los!"

Als der alte Pantelej Fjodor am Abend zum Weggehen fertig sah, sagte er lächelnd: „Bleib lieber daheim heut, hol's
der Kuckuck. Etwas Schönes ausgeheckt hast du da, nun
halt dich ein bißchen still."
„Warum?"
„Weil dir sonst das Fell gegerbt wird."
„Keine Angst!" Fjodor lachte und ging durch den Hinterhof
zu den Scheunen. Diesmal dauerte es eine Weile, bis alle
beisammen waren. Zwei Stunden flogen hin in fröhlichem
Gespräch. Bei bester Stimmung besprach man die Lage,
tauschte Neuigkeiten und ging dann wieder auseinander.
„Geht einzeln, damit die Leute nicht reden!" rief Fjodor.
Pechschwarze Nacht hing über der Steppe. Wie Eisschollen
im Frühjahrswasser schichteten sich Gewitterwolken über-
einander. Donner grollte. Hinter dem Wald rissen Blitze
den Himmel auf. Fjodor trennte sich von den anderen.
Nach kurzem Überlegen wählte er den Weg durch die
Quergasse, den er auch sonst gegangen war. Am Zaun seines Bauern hockte er sich hin, um eine Zigarette anzuzün-
den, aber der trockene, heiße Wind blies ihm das Zündholz
aus. Er schob die Zigarette in die Tasche und trat zum Tor.
Ahnungslos, wie er war, sah er nicht, daß zwei Gestalten
hinter ihm herschlichen und eine dritte lauernd an der
Ecke stand.
Als er nach der Pfortenklinke faßte, schwang die Gestalt

hinter ihm ächzend einen Pfahl empor. Der Schlag traf Fjodor in den Nacken. Dumpf aufstöhnend warf er die Hände hoch und sank am Tor bewußtlos zu Boden.

Unbarmherzig bissen den alten Pantelej die Flöhe. Eine Zeitlang wälzte er sich ächzend hin und her. Schließlich warf er den Schafspelz zu Boden. Er war gerade am Einschlafen, als vom Hof her dumpfes Stöhnen, Fußtritte und ein gedämpfter Pfiff an sein Ohr drangen. Pantelej setzte sich auf und lauschte. Noch ein Pfiff. Sie haben den Fedka vor! durchfuhr es ihn. Er sprang aus dem Bett, riß den alten Vorderlader, der grade noch zum Krähenschießen taugte, von der Wand und stürzte auf die Vortreppe. Am Tor stöhnte keuchend ein Mensch, trampelten Füße, klatschten Schläge. Den Hahn spannend, lief der Alte hin und schrie: „Wer ist da?"
Drei dunkle Gestalten sprangen zur Seite.
Der alte Pantelej richtete den Flintenlauf auf die erste und drückte ab. Der Schuß dröhnte, ein Feuerstrahl spritzte aus der Mündung; hell blitzten die Erbsen, mit denen das Gewehr geladen war. Auf der Straße brüllte einer auf und stürzte zu Boden. Keuchend warf der Alte die Flinte weg, beugte sich über die Gestalt, die am Tor lag, und tastete ihr mit den Händen über den Kopf. Seine Finger wurden naß und klebrig. Der Alte hob den Kopf des Liegenden und blickte angestrengt hin, aber die Dunkelheit machte ihn blind. Erst als der Blitz wie eine Eidechse über den Himmel lief, erkannte der Alte Fjodors blutüberströmtes Gesicht. Er packte den leblosen Körper, zerrte ihn zitternd und stolpernd die Treppe hoch und lief zum Tor zurück nach seiner Flinte. Wiederum flammte ein Blitz am Himmel, und der Alte sah etwa zwanzig Sashen weit einen Menschen auf der Straße hocken. Er ergriff die Flinte am Lauf, jagte in langen Sätzen auf den Hockenden zu, stieß ihn in der Dunkelheit zu Boden, warf sich auf ihn und brüllte: „Wer bist du?"

„Laß ab von mir, um Christi willen. Mein Hintern und der Rücken sind durchlöchert. Hast du keine Angst vor der Sünde, Nachbar, daß du mit Kartätschen auf die Menschen schießt? Au, tut das weh!"
An der Stimme erkannte Pantelej seinen Nachbarn Sachar.

Außer sich vor Zorn, schlug er ihm mit dem Flintenkolben über den Kopf, packte ihn am Haar und zerrte ihn zur Treppe.

„Lieber Genosse Fedja! Du weißt sicherlich noch nicht, wie das Gericht entschieden hat. Sachar Denissowitsch hat wegen Verstoßes gegen die Gesetze drei Jahre, die anderen beiden, Michail Dergatschow und Kusska, der Schieber von Chrenowka, fünf erhalten. Weiterhin teile ich Dir mit, daß Chrenowka nun eine Komsomolzelle hat. Alle Deine Genossen Landarbeiter – fünfzehn an der Zahl – und dazu noch sechs Burschen aus Kleinbauernfamilien sind ihr beigetreten. Ich bin vom Bezirkskomitee hingeschickt worden, und wir hoffen alle von Herzen, daß Du bald gesund wirst und zurückkehrst. Jegor hat in Danilowka elf Mann für eine Zelle zusammengekriegt. Alle von uns sind unterwegs und arbeiten mit Feuereifer. Dann teile ich Dir noch mit, daß ich dieser Tage den alten Pantelej getroffen habe. Er will Dich im Krankenhaus besuchen kommen und Dir zu essen bringen. Werd schnell wieder gesund und komm her, noch ist viel zu tun, und die Zeit galoppiert dahin wie ein Pferd, das die Fußkoppel durchgerissen hat.
Im Namen aller von der Zelle einen Komsomolzengruß –

Rybnikow.“

1926

Über die Donerfassungs-
kommission und das Mißgeschick
ihres Vizekommissars,
des Genossen Ptizyn

Ich, Ignat Ptizyn, Kosak aus der Staniza Prowatorowskaja, war nicht übel anzuschauen: am Koppel die Pistole im Holzfutteral und zwei Handgranaten, über der
Schulter das Gewehr, und die Hosensäcke, nicht gerechnet
die Patronentasche, so vollgestopft mit Munition, daß ich
mir die Hosen mit Stricken hab festbinden müssen, weil sie
dauernd beim Rutschen waren. Augen hatte ich, flink und
lustig. Müssen aber doch unheimlich gewesen sein. Die
Weiber kriegten's zuweilen mit der Angst. Machte ich mich
auf Tour an eine ran, sagte sie hernach, wenn sie übern ersten Schreck weg war: „Hu, Ignascha, was habt Ihr doch für
schreckliche Augen, guckt man da mal rein, kommt man
nicht wieder los."
Auch ansonst war alles an mir, wie's zu sein hat: ein Stimmchen, rauh wie des Satans Klau.
Dazumal war ich in der Staniza Tepikinskaja bei der Korn-
erfassung.
Neunzehn war's, im Frühling. Im gleichen Rang wie ich
werkte in Prowatorowskaja mein Freund und Kumpel Goldin. War aus der Klasse der Juden. Ein Bursche, gerissen bis
dorthinaus. Ich bin von Natur geradezu, Fisimatenten gibt's
bei mir nicht, rücksichtslos hab ich 's Korn geschafft.
Komme ich mit meinen Schutzengeln zu einem Kosaken,
wo was zu holen ist, stell ich ihm gleich das Ultimativ:
„Rück's raus, das Korn!" – „Keins da." – „Was heißt, keins
da?" – „Das heißt nichts da, kein Körnchen, du Huren-
sohn!" sagt er. Ohne falsches Mitleid stups ich ihm da
meine Mauser in den Nabel und sage mit blutarmer
Stimme: „Zehn Kugeln hab ich in dem Maschinchen drin,
zehnmal schieß ich dich übern Haufen, zehnmal verscharr
ich dich und grab dich wieder aus! Also, bringst du's auf?"

„Gewiß doch", sagt er, „mit dem größten Vergnügen!"
Der Goldin indessen, der Satanskerl, kriecht so 'nem wie
nichts zu einem Nasenloch rein, zum andern wieder raus
und scheffelt dir dabei mehr Korn als ich. Doch achten tat
man uns beide gleich. Den Goldin für seine Mädchenhaftig-
keit, denn er war still wie 'n Jüngferlein, na, und mich, den
Ptizyn, mich hätt einer mal versuchen sollen, nicht zu achten! Ich bin von Natur geradezu. Drechselte ich so ein
Kraftwörtchen, kam ich in Fahrt mit meiner Bildmalerei,
dann bog sich alles vor Lachen von wegen meiner Kunst,
und die jungen Kosaken hielten gar mit Absicht das Korn
zurück, weil's ihnen Spaß machte, mich losschmettern zu
hören. „Hoho", sagten sie, „akkurat wie 'ne Lerche hat unser Ptizyn wieder gezwitschert." Und so wurde ich Lerche
genannt. Nichts dawider. Dergestalt versorgten wir also die
Neunte Armee der Südfront mit Magenproviant, bis uns eines schönen Tages zu Ohren kam, in der Staniza Wjoschenskaja hätten sich Aufrührer mit dem General Sekretjow zusammengetan und gingen ran. Da gab's kein Halten
mehr, wir zogen los. Kreuzten dazumal im Kreis Fatesh,
Gouvernement Kursk auf. Hübsch preßten wir dort Korn
heraus, preßten einen Monat und zwei. Die vor uns hatten
nur zehntausend Pud Hirse rausgeholt, wir aber, kaum waren wir da, brachten es auf zweimal hunderttausend. Der
Goldin kletterte derweil immer höher, und eines wunder-
schönen Morgens, als wir uns den Schlaf aus den Augen rie-
ben, da war er über Nacht wie ein Küken aus dem Ei ge-
schlüpft: Bevollmächtigter der Sondererfassungskommis-
sion zur Versorgung der Südfrontarmee. Nichts dawider.
Ich harkte also mit einer Abteilung Matrosen im Kreise Fatesh Hirse und sonstiges Korn zusammen. Goldin ließ mich
kommen und sagte in seiner stillen Manier: „Hör, Ptizyn,
du rüder Kerl, du spannst den Bogen tüchtig straff. Bist ein
Original ohne Weichteile." Das mit dem Bogen war mir
nicht klar, aber Weichteile hab ich schlechterdings tatsächlich kaum, nur Haut und Knochen. Was sollen sie mir auch?
Bin ich ein Weib? An meinen Weichteilen braucht niemand
sich zu delektieren. „Du", meint er, „sei mir ein bißchen
freundlicher!" Und ich ihm drauf: „Weißt du, daß ich den
Junkern beim Oktoberumsturz den Kreml abgenommen
hab?" – „Weiß ich." – „Weißt du auch", sag ich, „daß mir

beim Sturm 'ne Junkerkugel in die Harnblase geraten ist und bis dato drin rumkollert wie 'n Gänseei?" – „Weiß ich", sagt er. „Hab allen Respekt vor deiner Kugel in der Blase." – „Das will ich meinen, aber meine Kugel braucht dich nicht zu dauern, die setzt Fett an und wird mir vom Blut zur Ferse oder anderswo rausgetrieben; dauern sollen dich unsere Kämpfer an den Fronten, daß sie Hunger leiden." – „Ist gut", sagt er, „geh." Wiegt den Kopf und tut einen schweren Seufzer. Also dauerten ihn unsere Kämpfer doch, stimmt's? Nichts dawider. Ich gehe zurück und erfasse weiter. Erfasse so, daß dem Bauern nur noch die Wolle bleibt. Und auch die hätte ich ihm noch abgeknöpft für Filzstiefel, doch da versetzten sie den Goldin nach Saratow. Eine Woche drauf, plauz, kommt ein Telegramm von ihm: „DonErfKom zu meiner Verfügung Saratow." Unterschrift: „GouvErf-Kommissar von Saratow Goldin."
Wir in einen Waggon und los. Nichts dawider.
Die Läuse waren schuld, daß der Zug ohne mich weiterfuhr. Auf einer Station ging ich, sie im Bad dämpfen. Brachte sie also zur Strecke, saß da und schmunzelte vor mich hin: Schau, schau, wen ich mir da zugelegt hatte, um damit rumzuspazieren und zu leben! Aber der Zug gab sich derweil 'n Ruck und brauste los. Nichts dawider.
Ich nach Saratow. Von Goldin keine Spur, von unserer Donerfassungskommission auch nicht. Ich frage: „Wo sind sie hin?" Goldin, wird mir gesagt, ist nach Tambow versetzt, den Kommissar dort machen, und die Kommission ist ihm nach. Nichts dawider. „Im übrigen", sagt man mir, „gehen Sie ins Donexekutivkomitee, da erfahren Sie's genau." – „Wo ist das Donexekutivkomitee?" – „Im Gasthof ‚Rußland'." Nichts dawider. Ich hin. „Ist hier das Exekutivkomitee Dongebiet?" – „Jawohl, ist hier. Erster Stock, Zimmer 3." Ich rauf, kratze mit dem Fingernagel an der Tür: „Ist's erlaubt?" – „Bitte sehr, herein!" Ich rein und gucke: ein Zimmerchen, drin zwei Figuren. So 'n Schwarzhaariger mit Bärtchen, ein Zivilist, wie's scheint, und eine Edelmamsell am Klapperkasten. „Mit Verlaub", sag ich, „bin wohl verkehrt hier", und schwenke die Pfote. „Oder sind Sie am Ende das Exekutivkomitee?" – „Sind wir", sagt er. „Ich bin der Vorsitzende Medwedjew, und das ist meine technische Kraft." – „Und ich für meine Person", sag ich stolz, „bin

Ignat Ptizyn von der Donerfassungskommission, schon gehört? Nein? Bedauerlich! Sind gar nicht auf der Höhe, Genosse Medwedjew!" Er zuckt mit der Schulter, als wollte er sagen: Was tun, aus seiner Haut kann keiner raus. „Wissen Sie nicht", frage ich, „wo unsere Donerfassungskommission ist?" – „Leider nein", quäkt er und bietet mir einen Stuhl an. Versteht sich, ich setz mich hin.

Ich erkläre also, daß die Donerfassungskommission laut Vernehmen nach Tambow gefahren sei. Medwedjew ist närrisch vor Freude: „Nein, so was! Wie reizend! Meine Erfassung ist also in Tambow, die Landabteilung in Pensa, die Verwaltung in Tula, und wo steckt die Militärverwaltung?" Er zählt an den Fingern ab und erkundigt sich bei der Edelmamsell: „Sagen Sie, Genossin, wo mag unsere Militärverwaltung stecken?" Die Mamsell lächelt süß und sagt: „Keine Ahnung."

Ganz selig waren sie über meine Gegenwart, hatten sich scheinbar elend gelangweilt so ohne Menschen und bewirteten mich mit Tee. Gaben mir Tee und vergaßen den Zukker. Nichts dawider. Pumpte mich voll mit dem Wasser und sagte: „Mit Verlaub, mehr als zwei Glas trink ich nicht." Da erschraken sie und taten mir Zucker ins Glas, ich aber sagte nur streng: „Stellen Sie mir einen Fahrschein nach Tambow aus."

Damit zog ich ab. Stieß in Tambow tatsächlich auf die Jungs, aber kurz darauf wichen die Weißen ans Meer zurück, und wir, die DonErfKom, wurden nach Rostow geschickt.

Der Goldin hatte sich zuvor verdrückt. Ihm behage solcherart Tätigkeit nicht, meinte er, er fahre nach Sibirien. Auch sein Vize ging verschütt. Während der Fahrt wechselten Stücker neun von diesen Vizes. Schließlich kam die Reihe an mich. Nichts dawider. Immer hübsch nach Rang und Dienstalter. Ich konnte es kaum erwarten, bis der letzte Vize abging. Von Filonowskaja machte er zurück nach Tambow. Ich gab ihm dieserhalb von meiner Ration eine Schweinskeule und ein Pfund Tabak. Nun war ich der Vize des Donerfassungskommissars. Nichts dawider, denk ich, komme ich nach Rostow, werd ich schön auf die Tube drükken. Waggons haben wir zwei: für die Leute und für die Broschüren. Aus Moskau hatten sie uns vor der Abfahrt noch Stempel und Broschüren geschickt.

Wir fuhren also nach Zarizyn. Hinter Kriwaja Musga hatten Weiße die Brücke gesprengt. Zu Fuß machten wir auf einem Steg ans andere Ufer rüber. Kamen zum Bahnhof und schnappten uns zwei Waggons. Aber wie die fortbewegen, wo kein Dampfroß da war? Wir überlegten nicht lange, spannten vor jeden Waggon ein Ochsenpaar, obendrein als Beitier ein Kamel, auf den Puffern befestigten wir Kähne, und ab ging's. Versteht sich, ich für mein Teil saß warm und weich zwischen den Höckern des Kamels.

Dergestalt machten wir an jeder Brücke auf die andere Seite rüber, spannten vor die Waggons die Kamele oder die Apostel mit den zwei beinernen und den zwei haarigen Hörnern, und weiter ging's.

Bloß wurde ich dann am zweiten Tag krank. Im Rücken stach's. Der Tod stand mir vor Augen – aus! Die Jungs raten mir: Bleib hier beim ortsansässigen Volk und komm später nach, sonst gehst du uns noch im Waggon vor die Hunde. Nichts dawider. Die Stiche waren nicht zum Aushalten!

In ein Gehöft brachten sie mich nahe einer Zwischenstation und sagten zur Bauersfrau: „Pfleg ihn gesund, Tantchen, wir vergelten's dir hernach."

Das Tantchen, eine gebürtige Sibirierin, war Witwe. Ein Berg von Weib um die Fünfzig mit einem Gesicht – die reine Pferdevisage. Riesige Nasenlöcher, am besten du stopfst ein Büschel Stroh rein, und Augen, eins hierhin, eins dahin!

Die Jungs waren kaum weg, da flötete sie schon: „Allein ist's so einsam auf Erden. Werd hübsch gesund, kleiner Soldat, dann heiraten wir, wirst die Wirtschaft führen. Meinen Mann hat's letztes Jahr erwischt, und ich bin noch eine Frau in voller Blüte."

Von wegen Blüte – du liebes bißchen! Na, ich wälz mich auf der Ofenbank, bin krank. Meine Hexe setzt mir immer wieder zu: „Freist mich, wirst mein Herzallerliebster sein?" – „Ich heirate dich", sage ich, „du Schecke, schlacht nur ein Schaf und päppel mich schön, sonst wird nichts Vernünftiges draus."

Sie schlachtet einen Hammel und mästet mich; ich liege da wie bewußtlos und schling mir den Bauch voll Schaffleisch.

Die Bäuerin aber nennt mich alleweil Herzallerliebster. Ach, du Hexe, denke ich, bin mir selber der Herzallerliebste, Gott hab deine Mutter selig. Wie 'ne Laus zerquetscht einen so 'n Fleischberg, wenn er bei einem zu liegen kommt. Gut und gerne ihre neun Pud hat das Weib. Nichts dawider.

Ein Schaf hab ich aufgefressen, ein zweites will sie nicht schlachten. „Was, du aufgequollener Teufel", sage ich, „du willst nicht schlachten? Meinst, ich werd vom Hunger gesund?" – „Du", sagt sie drauf, „verschlingst heut eine Hammelkeule und morgen eine, und ich hab im ganzen nur fünf Schäfchen im Hof." – „So verreck samt deinen Schäfchen", sag ich. „Mich hast du am längsten gesehn!"

Und sie hatte mich am längsten gesehn. Tags darauf suchte ich das Weite. Meinen Trupp holte ich kurz vor Rostow ein.

Wie ich nach Rostow komme, klettre ich aus dem Waggon und gehe stracks zum Vorsitzenden.

„Tag", sage ich. „Wir", sage ich, „sind der Vize von der Donerfassungskommission."

Der Vorsitzende nimmt die Brille ab, reibt sie einmal, reibt sie zweimal. Schließlich fragt er: „Sind Sie krank, Genosse?" – „Nein", sage ich, „bin wieder auf dem Damm." – „Woher kommen Sie?" – „Vom Bahnhof!" – „Was für eine Donerfassungskommission?" fragt er und wird vor Wut blau wie 'ne Pflaume. „Sie machen wohl Spaß", meint er. – „Wieso Spaß", sage ich, „wir kommen aus Kursk – hier sind die Stempel von der Donerfassungskommission", hol sie aus der Tasche und knalle sie auf den Tisch. „Und die Broschüren sind bei den Jungs auf dem Bahnhof."

„Gehen Sie", sagt er, „in die Moskowskaja und sehen Sie sich die richtige Donerfassungskommission an. Seit anderthalb Monaten besteht sie schon. Sie aber existieren für mich nicht!"

Mir lief der Schweiß durchs Hemd. Vom Bahnhof gehe ich mit den Jungs in die Moskowskaja. „Ist hier das Gebäude der Donerfassungskommission?" – „Jawohl!"

Heilige Mutter Gottes! Steht da ein Haus, vier Stock hoch, und von Menschen wimmelt's drin wie von Ameisen! Edelmamsells klappern auf Maschinen, Rechenschieber rasseln. Die Haare standen uns zu Berge. Wir hinein zum Erfassungskommissar. „Hören Sie, Ehrenwerter", sage ich, „Sie nehmen hier einen Platz ein, der Ihnen rechtens nicht gebührt."

Er aber piepst mit feixendem Gesicht: „Was meint ihr? Könnt ein halbes Jahr lang rumkutschieren, und hier wird man auf euch warten? Fahren Sie", sagt er, „als Beauftragter nach Salsk."

Nichts dawider. Aber wurmen tut's mich freilich doch, ich stemme die Arme in die Seiten und sage: „Papierchen mit Tinte unterschreiben, dazu bedarf's keiner Studiertheit. Aber nein, Kanzlisten haben sie sich zugelegt, dolchnägelige Edelmamsells. Probiert ihr's doch, in den Kornkästen rumzukrauchen, daß euch der Staub sämtliche Löcher verstopft!"

Damit zogen wir ab. Was soll man mit einem unverständigen Menschen lange reden? Er versteht's ja doch nicht. Da gehe ich und denke: Aus, verloren ist unsere Sache im Gebiet! Der wird nie ein DonErfKommissar. Mit dem Piepsstimmchen und dem studierten Aussehen! Kein Pud kratzt der mit diesem Stimmchen zusammen. Ja, wenn ich so loskrakeelte – ach, was soll's jetzt noch! Bei uns gab's keine Kanzlisten und keine dolchnägeligen Edelmamsells, aber geflutscht hat's bei uns!

1923 – 1925

308

Über Koltschak, die Brennesseln und so weiter

„Dahier haben Sie, Bürger Friedensrichter ... heutzutage Volksrichter benamst, uns erklärt, nach welchen Rechtsparagraphen einer verdonnert wird, wer da etwa vermittels der Faust einen zum Krüppel geschlagen hat oder ansonsten etwelche Schandtat begangen. Drum hätt ich gerne Klarheit gehabt, wie's mit selbigem vermittels Brennesseln und so weiter bestellt ist. Unter der Sowjetmacht, möcht man denken, dürfte mit einem Mann nicht in der Art umgesprungen werden, wie's die Bürgers mit mir getrieben. Und hätten's wirklich noch Bürgers getan – nicht halb so schlimm wär's mit der Kränkung, aber Weibspersonen ... Seit damals – wollt mir glauben – ist mir der Spaß am Leben versalzen.

Zur Frühjahrszeit war Nastja aus unserm Dorf wieder bei uns aufgetaucht. Hatte im Grubengebiet gewohnt, sich aber kurzerhand aufgemacht und war angeschwirrt gekommen, vom Teufel am Rockzipfel hergezerrt.

Hat mich also eines Tages Stjoschka aufgesucht, unser Vorsitzender.

Tauschten zum Gruß Handschlag mitnander, und er sprach: ‚Weißt du schon, Fedot? Nastja ist von den Gruben zurück. Hat sich ihre Zöpfe abschneiden lassen und trägt das rote Kopftuch. Geschniegelt und gestriegelt.'

Kopftuch hin, Kopftuch her – was schert's mich. Gewurmt hat's mich freilich doch: Was tut 'n Frauenzimmer mit kurzem Haar? Hab's aber für mich behalten und nur gefragt: ‚Wird vom Heimweh hergetrieben sein, oder von was sonst?'

‚Heimweh? I wo', hat er gesagt. ‚Die Weiber will sie uns einherden. Will ihnen beibiegen, sich zu organisieren. Anjetzten heißt's die Augen aufknöpfen. Kaum hast du dein

eignes Weib mit dem Finger berührt, gleich packt man dich,
Hundsfott, am Schwanz, und rein in den Zwinger!'
Wir reden hin, wir reden her, bis er schließlich mit seinem
Anliegen rausrückt: ,Fedot', sagt er, ,schaff sie zum Bezirk!
Ausweise hat sie ja. Ihr Platz ist in solchem Weiberamt –
Frauenexekutivkomitee oder so ähnlich, der Teufel kenn
sich aus. Kutschier sie hin, tu mir die Ehre!'
Ich habe meine Bedenken vorgebracht: ,Euren Wunsch in
allen Ehren, Stjoscha! Wer aber trägt den reinsten Schaden
davon? Ich! 'n Gaul vom Pflug wegholen heißt draufzah-
len.'
,Deine Sache!' sagt er. ,Nur fahr sie hin!'
Und schon hat mich Nastja aufgesucht. Damit ich vom Anblick der Kurzhaarigen nicht kopfverdreht werd, hab ich sie
stehnlassen und bin in die Steppe gemacht, die Stute holen.
Die Stute aber, zu vermelden, hatt ich von einem wahren
Zigeuner erhandelt: Solang sie springt, die Erde singt,
stürzt sie im Hag – liegt sie drei Tag. Mit einem Wort,
mach ihr Beine, und du kommst ins reine. Nicht zu zählen,
wie oft ich drauf und dran gewesen, ihr mit der Axt den Garaus zu machen. Jedesmal hat mir's leid getan, denn sie war
kurz vorm Fohlen.
Derweil ich sie eingefangen hab und ihr zuredete: ,Benehm
dich anständig, Haferjule! Geh nicht durch! Bringst nicht ir-
gendwen zur Stadt, sondern eine von der Frauenobrigkeit'
– da hatten Nastja und mein Ehegespons die Köpfe zusam-
mengesteckt.
,Schlägt dich dein Ehemann?' hat sie wissen wollen.
Die meinige aber, so dämlich wie grämlich, hat ihr antworten müssen: ,Freilich schlägt er.'
Kaum bin ich mit der Stute zurück und wieder in der Kate,
da hat Nastja angefangen: ,Warum schlägst du deine
Frau?'
,Es gehört sich so! Darum! Bamst du sie nicht, sticht sie der
Hafer. 's Weibsbild ist wie 'n Gaul. Ohne Hieb kein
Ruck!'
,Weder Frau noch Pferd darf man schlagen', hat sie mich
belehren wollen.
So haben wir noch eine Weile hin- und widergeredet, dann
zogen wir los.
Die Peitsche hatte ich mit Bedacht zu Haus gelassen. Wir

sind so sachte im Schritt gezuckelt, als hätten wir irdene Töpfe auf dem Wagen.

‚Mach ein bißchen flinker zu!‘ hat Nastja gesagt.

‚Wie soll ich flinker zumachen, alldieweil die Stute nicht mal 'n Riemchen spüren darf?‘

Da hat sie die Lippen verkniffen und kein Wort mehr gesagt, sich nicht mehr vom Fleck gerührt. Das ist mir grade zupaß gekommen. Hab mich hinten im Wagen ausgestreckt und bin eingenickt. Meine Stute aber, nicht dumm, ist stehengeblieben. Nastja – wollen Sie glauben, Herr Bürger ... oder wie soll ich dich anreden? – grapscht sich 'n Büschel Heu und schwuppdiwupp damit der Stute vor die Nase und ihr den Hals getätschelt und getätschelt. Bis zur Bezirksstadt waren's noch achtzehn Werst. Im Morgengrauen sind wir angekommen. Nastja hat geheult und mich einen Schuft geschimpft. Ich hab mich nicht lumpen lassen: ‚Meinetwegen heiß mich Kruke mit Leck, doch guck mal, die Röck sind bei dir voller Dreck!‘

Auf dem Rückweg hab ich's mit der Wut gekriegt und mir ein Bäumchen abgebrochen, nicht viel schwächer denn ein Telegrafenmast. Damit hab ich meine Stute derart auf Trab gebracht, daß der Staub nur so hochgewirbelt ist unterm Schweif: ‚Gleichberechtigung hast du haben wollen? Da hast du sie! Da hast du sie noch mal!‘

Als ich auf den Hof einfuhr, hab ich meine Alte angedonnert: ‚Wirst du endlich ausspannen, du ...‘

‚Bist kein gnädiger Herr! Bei mir nicht!‘ hat sie mir von der Schwelle aus hinterwärts gesagt und abgewinkt.

Ich rauf zu ihr und sie am Schopf gepackt. Was sollte denn das aber heißen? Der Ungehorsam in Person. Als sie früher in Furcht lebte, hat sie bisweilen nicht mit der Wimper zu zucken gewagt, hingegen heute: Wie der Blitz aus heiterm Himmel reißt sie mich am Bart und überschüttet mich mit fremdländischen Redensarten. Und das in Gegenwart der Kinder; aufs Mädel wartet schon die Aussteuer.

Das Weib hatte Mark in den Knochen und hat mir allerhand Kratzer beigebracht. Wie ein Molch aus der Larve bin ich aus der Haut gekrochen, förmlich abgezogen hat sie mir das Fell; alles Nastjas halber, der kurzhaarigen Spitzbübin.

Von Stund an war Bürgerkrieg zwischen uns. Tag für Tag

hab ich mich mit dem hinterstichigen Weibsbild rumge-
schlagen, bis die Sonne unterging. Die Arbeit ist liegengeblieben. Erbarmungslos haben wir aufeinander gedroschen,
bis einer um Gnade schrie. Am Sonntag hat sie ihre Sie-
bensachen zusammengeschnürt, die Kinder gepackt, etwas
Zeug aus der Wirtschaft mitgenommen und ihr Quartier im
herrschaftlichen Pferdestall aufgeschlagen.

In der verflossenen Zeit hatte der Gutsherr bei uns im Dorf
gewohnt. Die Roten hatten ihm einen gehörigen Schrecken
eingejagt. So war er in wärmere Gegenden abgeschwirrt.
Über dem großen Wasser erginge es Staren und Grundher-
ren gut, hatten uns Leute verraten, die lesen und schreiben
konnten. Damals hatten wir aufs Herrenhaus den roten
Hahn gesetzt, die Pferdeställe aber waren verschont geblieben. Es waren Ziegelgebäude, mit Dielen ausgelegt. Meine
Sippschaft hat es sich in diesen Ställen gemütlich gemacht.
Und ich hab verlassen dagesessen wie 'ne Pustel auf der
Stirn, die jedem ins Auge sticht.

Hab ich mich in der Früh drangemacht, die Kuh zu melken,
wollte mich das elende Stück Vieh nicht einmal anblinzeln.
Da bin ich ihr auf den Leib gerückt und hab dies und das
versucht. Sie aber hat meine Dazugehörigkeit nicht aner-
kannt. Nur mit List und Tücke ist es mir gelungen, sie an
drei Beinen zu fesseln und am Knüppelzaun anzubinden.

‚Stille hältst du endlich, du glotzäugiger Deibel mit Ohren!'
hab ich sie angebrüllt. ‚Sonst gehn die Nerven mit mir
durch, und du bist deines Lebens los und ledig.' Ich hab ihr
den Melkkübel unter den Wanst geschoben und ganz nobel
mit einem einzigen Finger die Zitze berührt, da hat sie mit
dem Schlepp ausgeholt und mir mit der mistigen Quaste
eins über die Augen gewischt. Eben hatte ich noch meine
Zuflucht zum Beten nehmen wollen: ‚Herr im Himmel,
steh mir bei!' Sowie sie mich aber mit ihrem Schlepp bedachte, hab ich sündiger Mensch ihr mit den deftigsten
Mutterflüchen die Leviten gelesen wie zum Leichenschmaus.

Die Augen zugekniffen, die Mütze tief in die Stirn gezogen
und stripp, strapp an den Zitzen. Die Milchstrahlen sind
am Melkkübel vorbeigeschossen, und sie, will heißen die
Kuh, ist mir mit ihrem Schlepp über beide Backen gefahren,
ich hab grün und gelb gesehn. Den Kübel stehnlassen und

mit geschlossenen Augen aus dem Stall laufen wie beim Blindekuhspielen, ist mein ganzer Wunsch gewesen; da hat das Miststück mit dem Bein ausgeschlagen und auch den letzten Tropfen Milch verschüttet. Unter einem Hagel von Flüchen hab ich ihr den leeren Kübel auf die Hörner gestülpt und mich getrollt, das Frühstück machen.

Von Stund an, wollt mir glauben, ist das Leben in unserm Dorf drunter und drüber gegangen. Tager fünfe drauf hat's Anissim, wo mein Nachbar ist, gejuckt, seiner Alten einzubleuen, sie habe die jungen Burschen nicht anzugaffen beim Rundtanz.

,Rühr dich nicht vom Fleck' hat er befohlen. ,Ich hol mir nur rasch den schmalen Riemen vom Wagen. Dann werden wir unser Tänzchen mitsammen haben.'

Wie sie das zu Ohren kriegte, hat sie den Schwanz eingezogen und ist zu meiner Rappelköpfischen geflitzt in die Pferdeställe. Einige Tage sind vergangen, da hab ich vernommen, daß dem Vorsitzenden Stjoschka seine Frau und seine Schwägerin sich ebenfalls verdrückt hätten in die Pferdeställe, desgleichen noch zwei andere Weibsbilder. Insgesamt hatten sich ihrer Stücker achte zusammengefunden, hausten wie im Zigeunerlager; wir aber gingen an unserer Hauswirtschaft elendiglich zugrunde. Wolltest du dich ans Ackern machen, mußtest du aufs Essen verzichten; wolltest du was essen, mußtest du das Pflügen lassen. Blieb nur ein Ausweg: 'ne Schlinge um den Hals.

Als wir eines Abends auf der Böschung vorm Haus zusammensaßen und uns unsre Not klagten, da hab ich gesagt: ,Brüder! Wie lange wollen wir uns den Hohn noch bieten lassen? Heizen wir dem verdammten Lausevolk in den Pferdeställen gehörig ein und schaffen's nach Hause mit Sack und Pack.'

Angetreten und los. Den Stjoschka haben wir zum Kommandeur machen wollen. Er hat aber abgewinkt, seines Leistenbruches wegen, den er sich in einem fort reindrücken müsse. ,Bin zwar 'n Jungbetagter', hat er gesagt, ,hab mir aber 'n schweren Bruch gehoben. Darum bin ich nicht der richtige Mann dazu. Du aber, Fedot, hast im Troß der dritten Reserve dein Blut für die Sowjetmacht vergossen und bist hier eher am Platz, zumal du ausschaust wie der leibhaftige Koltschak.'

Wir waren in die Nähe der Pferdeställe gelangt. Ich hab gesagt: ‚Aufgepaßt! Kein Gebolze vom Zaune brechen! Ich geh zu denen rüber, so als wär ich ein Abgesandter, und werd sagen: Könnt abschieben nach Hause, für euch ist Amnestie erlassen!'

Bin also übern Zaun geklettert und spornstreichs hinmarschiert. Mein Trupp hat Reservestellung hinterm Graben bezogen und Rauchpause eingelegt.

Kaum hatte ich die Türe aufgemacht, da hat Stjoschkan seine Alte nach der Topfgabel gelangt: ‚Was führt dich daher, Blutsauger du?'

Hab noch nicht mal den Mund auftun können, da hatten mich schon die Weiber zu fassen gekriegt und rein in den Stall und drin rumgeschubst. Sie hatten mich in die Mitte genommen und mich angeblökt; mein Hausdrachen hat's am ärgsten getrieben: ‚Was suchst denn du dahier, du Hundsbrut?'

Hab's im guten mit ihnen versucht: ‚Laßt doch das alberne Zeug, Frauensleut! Die Amnestie . . .'

Wie ich das Wort ausgesprochen hatte, ist Anissims Frau mit den Fäusten auf mich los und hat mich traktiert: ‚Mein Lebtag lang habt ihr euch lustig gemacht über unsereinen, uns wie Vieh behandelt und geprügelt. Beschimpft sind wir von euch worden, und nun besudelst du uns noch an der Ehre . . . Jetzt sollst du's mal schmecken: bist selber so 'n Amnestierter! Wir sind sittsame Weiber.' Sie hat mich mit dem Fuß in die Weichen getreten und sich an ihre Kumpanei gewandt: ‚Frauenvolk! Was für 'ne Strafe soll er verpaßt kriegen dafür, weil er uns mit Dreck bewirft?'

Mir hat's nen Stich gegeben, als zerrinne mir die Milz. Ohne Schimpf und Schande, schwante mir, geht's bei dem Weibergezücht nicht ab.

Noch heut fühl ich's in den Eingeweiden kochen, wenn ich nur daran denk. Kann man darüber nicht gar die Kränke kriegen? Der Länge nach haben mich die Schamlosen auf den Fußboden hingeschmissen. Anissim seine Dunka hat mir auf dem Nacken gehockt und gekeift: ‚Nur keine Bange nicht, Fedot, wir wenden nur ein Hausmittel an. Sollst lange dran denken, daß wir keine Amnestierten nicht sind von der Gosse, sondern verheiratete Frauen.'

Kann man noch von Hausmitteln reden, wenn das Brennes-

seln waren? Dabei auch noch von teuflischem Urwald-
wuchs, nahezu 'n Arschin lang. Eine geschlagene Woche
hernach hab ich nicht sitzen können, wie's sich beim Menschen schickt; bäuchlings hätte ich sitzen müssen. Lauter
Blasen hatte ich von den ihrem Hausmittel.
Tags darauf ist für alle Gemeindeversammlung gewesen. Es
ist zu Protokoll gekommen, daß niemand mehr von nun an
sein Weib verbamsen dürfe. Dazu hat noch für Sonnenblumen eine Deßjatine Feld hergerichtet werden müssen, worüber allein das Frauenexekutivkomitee verfügen sollte. Das
Weibervolk ist zurück in die Katen, auch meine Alte; ich
aber hab kein Auskommen nicht mehr. Hatte ich zum Bei-
spiel gesehn, daß die Kälber am Kohl im Garten knabber-
ten, und rief meinem Grischka zu: ,He, lauf und jag sie
weg!', da hat mir der Schlingel zur Antwort gegeben: ,Vater,
wozu tut man dich Koltschak nennen?' Machte ich einen
Schritt auf die Straße, hat mich die Rasselbande schon beim
Wickel gehabt: ,Koltschak! Koltschak! Erzähl doch mal, wie
du mit dem Weibervolk Krieg geführt hast!'
Darüber soll einem nicht die Galle überlaufen? All meine
Tage bin ich ein rechtschaffener Ackersmann gewesen, nun
mit einmal werd ich zum Koltschak erklärt? Stjoschkan sein
Rüde heißt so; demnach gehör ich ebenfalls dem Hunde-
stand an. N-ein! Damit bin ich nie und nimmer einverstanden. Deshalben frag ich: Haben Sie, Bürger Richter, dawider den Hundsnamen ,Koltschak' und der brennesseligen
Verschandelung einen gehörigen Paragraphen zur Hand,
den Weibern aufs Leder zu brennen, wenn sie vorm Rich-
tertisch stehn?"

1925

Fremdes Blut

Am Philippstag, zu Beginn der Weihnachtsfasten, fiel der erste Schnee. Der Wind, der nachts vom Don heraufkam, raschelte in der Steppe mit dem bereiften Beifuß, flocht Zöpfe an die zerzausten Schneewehen und leckte die buckligen Rücken der Wege kahl.

Die Nacht hüllte die Staniza in stille grünliche Dämmerung. Hinter den Höfen schlummerte die Steppe, ungepflügt, unkrautüberwuchert.

Hohl heulte um Mitternacht in den Schluchten der Wolf, und in der Staniza antworteten die Hunde. Der alte Gawrila wurde wach und ließ die Beine vom Ofen herabhängen. Sich mit der Hand am Kamin stützend, hustete er lange, spuckte aus und tastete nach dem Tabaksbeutel.

Jede Nacht wurde der Alte beim ersten Hahnenschrei wach, setzte sich auf, rauchte und krächzte sich Schleim aus den Lungen. Zwischen den würgenden Hustenanfällen aber gingen seine Gedanken den alten ausgetretenen Pfad. An eines nur dachte der Alte – an den Sohn, der vermißt war.

Er war der einzige gewesen – der erste und der letzte. Für ihn hatte er die Hände geregt, gearbeitet. Dann hatte er ihn für die Front gegen die Roten ausgerüstet, hatte zwei Paar Ochsen zum Markt gebracht und für den Erlös ein kriegstüchtiges Roß bei einem Kalmücken gekauft – kein Pferd war das gewesen, sondern ein fliegender Steppensturm –, hatte aus der Truhe den Sattel herbeigeschleppt und das Zaumzeug mit dem Silberbeschlag, noch vom Großvater her, und beim Abschied gesagt: „Na, Petro, ausgerüstet hab ich dich! Kein Offizier müßt sich schämen, so ausgerüstet zu gehen. Diene, wie dein Vater gedient hat, mach dem Kosakenheer und dem stillen Don keine Schande! Deine Väter und Vätersväter haben dem Zaren gedient, tu auch du es!"

Der Alte blickte aus dem Fenster, auf dem das Mondlicht grünlich flimmerte, lauschte dem Wind, der den Hof nach etwas durchstöberte, was nicht da war, und erinnerte sich jener Tage, die nicht zurückkamen, nicht wiederkehrten . . .

Bevor der Sohn einrückte, hatten die Kosaken unter dem Schilfdach von Gawrilas Haus ein altes Kosakenlied gegrölt:

„Aufgesessen! Die Nasen der Pferde in Linie!
Gleich kommt zur Attacke Befehl.
Da flammt er schon auf, unsres Obersten Säbel.
Blankgezogen und los! Drauf mit Hieb und Stoß!"

Petro hatte am Tisch gesessen, betrunken, das Gesicht schmutzigfahl, die Augen vor Müdigkeit halb geschlossen, und den letzten Becher getrunken, den „Steigbügel"-Becher. Doch war er sicher aufs Pferd gestiegen, hatte den Säbel zurechtgeschoben, sich aus dem Sattel gebeugt und eine Handvoll Heimaterde aufgehoben. Wo war er nun wohl, welch fremde Erde mochte seine Brust wärmen?

Der Alte hustete schwer und trocken, die Bälge in seiner Brust schnarrten und fauchten in vielerlei Tönen, und wenn der Hustenreiz nachließ, lehnte er sich mit krummem Rükken gegen den Kamin, und seine Gedanken gingen den alten, ausgetretenen Pfad.

Er hatte den Sohn fortgeschickt, und einen Monat später waren die Roten dagewesen, die Feinde, waren in das langgewohnte Leben des Kosakendorfes eingedrungen und hatten die Bräuche der Väter umgestülpt wie eine leere Tasche. Petro stand an der Donez-Front und verdiente sich dort tapfer kämpfend die Unteroffizierslitzen; in der Staniza aber saß der alte Gawrila und hätschelte und tätschelte – wie einst den Petro, das flachsblonde Söhnchen – seinen dumpfen Greisenhaß gegen die Moskowiter, die Roten.

Ihnen zum Ärger trug er die roten Lampassen, das Zeichen der freien Kosakenschaft, aufgesteppt mit schwarzem Garn an den Seitennähten der Pluderhosen, und den Kosakenrock mit den orangeroten Gardeaufschlägen und den etwas dunkleren Druckstellen dort, wo einst die Wachtmeisterepauletten gesessen hatten. An die Brust heftete er die Orden und Kreuze, die ihm verliehen worden waren für seine treuen Dienste im Heer des Zaren. So schritt er des Sonntags zur Kirche, den Halbpelz weit geöffnet, damit auch jedermann die Orden sehe.

Als der Vorsitzende des Stanizensowjets ihm einmal begegnete, sagte dieser zu ihm: „Nimm die Anhängsel ab, Alter! Sie sind heut 'nen Dreck wert."

Wie Schießpulver flammte da der Alte auf. „Hast du sie mir angehängt, daß du befiehlst, sie abzunehmen?"

„Der sie dir angehängt hat, ist wohl längst von den Würmern gefressen."

„Und wenn schon! Ich nehm sie nicht ab! Oder willst du sie 'nem Toten abreißen?"

„Wer wird denn gleich so reden! Weil du mich barmst, hab ich's dir geraten, kannst dich meinethalben schlafen legen mit ihnen; aber die Hunde ... die Hunde werden dir in die Hosen fahren! Sie, die Braven, kennen so was nicht mehr, sie werden dich für 'nen Fremden halten."

Die Kränkung war bitter wie blühender Wermut. Die Orden legte er ab, die Kränkung aber fraß sich in seine Seele ein, nahm Besitz von ihr und gebar den Zorn.

Der Sohn war vermißt – keiner war da, für den man hätte scheffeln müssen. Die Scheunen waren verfallen, das Vieh hatte die Zäune auf den Weiden umgestoßen, die Dachsparren des vom Sturm abgedeckten Stalles faulten. Im Pferdestall, in den leeren Boxen, rumorten die Mäuse, und die Mähmaschine unter dem Schuppendach rostete.

Fast alle Pferde hatten die Kosaken mitgenommen, die letzten die Roten requiriert, und das allerletzte, das zottelbeinige, langohrige, von den Rotarmisten verschmäht, hatten, ohne zu überlegen, im Herbst die Machno-Leute gekauft. Sie hatten dem Alten dafür ein Paar englische Wickelgamaschen hingeworfen.

„Sollst von unsrem Reichtum abhaben", hatte augenzwinkernd der MG-Schütze der Machno-Leute gesagt. „Mach nur dein Geschäft mit uns, Alter!"

In Jahrzehnten Erworbenes war vor die Hunde gegangen. Die Hände wollten nicht mehr; aber als das Frühjahr kam und die Steppe jungfräulich grünte und sich weich und wohlig matt unter die Füße legte, empfand der Alte Sehnsucht nach der Erde, die ihn nachts mit gebieterischem stillem Ruf rief. Da raffte er sich auf, spannte die Ochsen vor den Pflug, fuhr hinaus, furchte die Steppe mit dem Eisen und senkte den guten Girkaweizen in den unersättlichen Schoß der Schwarzerde.

Kosaken kamen vom Meer und von jenseits des Meeres, aber nicht einer von ihnen hatte Petro gesehen. Manche wollten in mancherlei Regimentern und in mancherlei Gegenden – ist Rußland etwa klein? – mit ihm zusammen gewesen sein, doch das Regiment der Staniza, in dem Petro gedient, war im Kampf gegen Shlobinski irgendwo am Kuban aufgerieben worden.

Mit seiner Alten sprach Gawrila fast nie über den Sohn. Des Nachts hörte er, wie ihre Tränen aufs Kopfkissen tropften und ihre Nase schnuffelte.

„Was hast du, Alte?" krächzte er.

„'s kommt wohl vom Kohlendunst, daß mir der Kopf weh tut", antwortete sie nach kurzem Schweigen.

Er ließ sich nicht anmerken, was er dachte, und riet ihr: „Die Gurkenlake tät dir wohl gut. Willst, daß ich in den Keller steige und sie hole?"

„Schlaf nur. 's geht auch so vorbei."

Und wiederum spann die Stille ihr spitzenfeines Spinnweb in der Kate. Durchs Fenster blickte dreist der Mond und weidete sich am fremden Leid, am Schmerz einer Mutter.

Aber auch weiterhin harrten und hofften sie, daß der Sohn käme. Gawrila gab die Schaffelle zum Gerben und sagte zu seiner Alten: „Wir beide, wir behelfen uns schon, aber wenn Petro kommt, was soll er anziehen? Der Winter ist bald da, wir müssen ihm einen Halbpelz nähen."

Der Halbpelz für Petro wurde genäht und in die Truhe gelegt. Auch ein paar derbe Stiefel für den Stall ließ man ihm machen. Der eigene Uniformrock aus blauem Tuch war dem Alten zu wert und teuer, als daß er ihn anrührte, er hatte Tabak daraufgestreut zum Schutz gegen die Motten, und ein Lamm schlachtete er, nähte aus dem Fell für den Sohn eine Papacha und hängte sie an einen Nagel. Wenn er vom Hof her eintrat, blickte er dorthin, und ihm war, als müsse Petro in eben diesem Augenblick aus der Stube treten und lächelnd fragen: „Nun, Väterchen, ist's kalt draußen?"

Zwei Tage darauf sah Gawrila, bevor es dunkel wurde, nach dem Vieh. Er hatte Heu in die Krippe geschüttet und wollte Wasser aus dem Brunnen schöpfen, als ihm einfiel, daß er die Fäustlinge in der Kate hatte liegenlassen. Er ging zurück, machte die Tür auf und sah die Alte vor der Bank knien; sie hielt Petros neue Papacha an die Brust gedrückt und wiegte sie wie ein kleines Kind.

Ihm wurde dunkel vor Augen, wie ein wildes Tier warf er sich auf sie und drückte sie zu Boden. Sich den Schaum von den Lippen leckend, kreischte er: „Laß das, närrische Alte! Laß das! Was tust du da?"

Er riß ihr die Papacha aus den Händen, warf sie in die Truhe und hängte ein Schloß davor. Damals war es, daß das linke Auge der Alten zu zucken anfing und der Mund sich an den Winkeln hinabzog.

Tage und Wochen flossen dahin, Wasser floß den Don hinunter, unermüdlich, grünlich schillerndes Herbstwasser.

Eines Tages war der Don am Rande gefroren. Ein später Zug Wildgänse überflog die Staniza. Am Abend kam der Junge des Nachbarn zu Gawrila gelaufen und bekreuzigte sich hastig vor dem Heiligenbild.

„Befinden Sie sich wohl?"

„Gott sei's gedankt!"

„Habt Ihr's gehört, Großväterchen? Prochor Lichowidow ist aus der Türkei heimgekehrt. Er hat doch mit Euerm Petro in einem Regiment gedient!"

Gawrila hastete durch die Gasse, atemlos vom Husten und vom schnellen Laufen.

Prochor war nicht zu Hause; er war zum Bruder in den nächsten Chutor gefahren, wollte aber anderntags zurückkommen.

In dieser Nacht konnte Gawrila nicht schlafen. Unruhig wälzte er sich auf dem Ofen.

Vor Morgengrauen zündete er die Öllampe an und besohlte die Filzstiefel.

Vom Osten her verstreute der Morgen matt und siech sein bleiches Frühlicht. Der Mond glomm noch mitten am Himmel, zu erschöpft, die Wolke zu erreichen, die ihm Schutz vor dem Tag bot.

Vor dem Frühstück blickte Gawrila aus dem Fenster und flüsterte plötzlich: „Prochor kommt!"

Der trat ein, fremd und gar nicht wie ein Kosak anzuschauen. An seinen Füßen knarrten eisenbeschlagene englische Schnürstiefel, und der Mantel, den er trug, von seltsamem Schnitt und wie ein Sack sitzend, schien von fremder Schulter zu stammen.

„Wie ist das Befinden, Gawrila?"

„Gott sei bedankt, Soldat! Tritt ein und setz dich."

Prochor zog die Mütze, begrüßte die Alte und ließ sich auf der Bank nieder, auf dem Ehrenplatz.

„Na, ein Wetter ist das geworden, Schnee hat's hergeweht, nicht zum Durchkommen!"

„Ja, Schnee hat's heuer früh gegeben. Dazumal um diese Zeit, da ist das Vieh noch auf die Weiden gegangen."

Beklemmendes Schweigen trat ein. Gawrila schien gleichgültig und gefaßt, er sagte: „Bist älter geworden, Bursche, in fremden Ländern!"

„Von was sollte man auch jünger werden, Gawrila Wassilitsch", erwiderte Prochor lächelnd.

Stotterte da die Alte dazwischen: „Unsren Petro . . ."

„Schweig still, Frau", unterbrach sie Gawrila barsch. „Laß den Mann sich erst vom Frost erholen. Kannst warten, bis es soweit ist . . ." Sich wieder dem Gast zuwendend, fragte er: „Nun, Prochor Ignatitsch, wie ist's Euch ergangen?"

„Zu prahlen gibt's da nichts. Heim hat's mich getrieben wie einen Köter, dem man das Fell gegerbt hat, aber nun – Gott sei gedankt."

„So, so. Hast also schlecht gelebt bei den Türken?"

„Kaum über Wasser halten konnt sich unsereins." Prochor trommelte mit den Fingern auf den Tisch. „Aber auch du, Gawrila Wassilitsch, bist älter geworden. Das Grau hat deinen Kopf gesträhnt. Wie lebt ihr denn hier unter der Sowjetmacht?"

„Den Sohn erwart ich, damit er uns Alten zu essen schafft." Gawrila lächelte schief.

Prochor wandte hastig den Blick zur Seite. Gawrila bemerkte es und fragte schroff und geradezu: „Sag, wo ist Petro?"

„Habt Ihr denn nichts gehört?"

„Mancherlei haben wir gehört", entgegnete Gawrila scharf.

Prochor drehte eine schmutzige Franse des Tischtuchs zwischen den Fingern und antwortete nicht gleich. „Im Januar war's, glaub ich. Ja, im Januar, da hat unsere Hundertschaft bei Noworossisk gelegen. Eine Stadt ist's, am Meer. Nun, wie das so ist, wir haben da gelegen . . ."

„Ist er gefallen?" flüsterte, sich vorbeugend, Gawrila.

Prochor hielt den Blick gesenkt und schwieg, als habe er die Frage nicht gehört. „Haben da gelegen, und die Roten wollten durch zu den Bergen, um sich mit den Grünen zu vereinigen. Ihn, Euern Petro, hat der Hundertschaftsführer in die Patrouille gesteckt. Es war der Unterrittmeister Senin. Und da ist's passiert . . . versteht Ihr . . ."

Am Ofen fiel laut klirrend ein gußeiserner Topf zu Boden, die Alte lief mit vorgestreckten Händen zum Bett, ein Schrei zerriß ihr die Kehle.

„Heul nicht!" brüllte Gawrila drohend. Er stützte die Ellbogen auf den Tisch, Prochor unverwandt ansehend. „Nun, sprich zu Ende!" sagte er langsam und müde.

„Sie haben ihn niedergesäbelt", rief Prochor totenbleich. Er stand auf und tastete auf der Bank nach seiner Mütze. „Haben ihm das Leben aus dem Leib gesäbelt . . . Die Patrouille hat am Wald haltgemacht, die Pferde sollten verschnaufen, er lockert den Sattelgurt, da kommen die Roten aus dem Wald . . ." Prochor schluckte an den Worten, seine zitternden Hände knüllten die Mütze. „Petro faßt an den Sattelbug, aber der Sattel rutscht dem Pferd unter den Bauch . . . Ein hitziges Pferd . . . Es ließ sich nicht halten, und er hat dagestanden . . . Das ist alles!"

„Wenn ich's aber nicht glaube?" sagte Gawrila langsam.

Prochor ging rasch, ohne sich umzusehen, zur Tür. „Wie Ihr wollt, Gawrila Wassilitsch, aber ich bin ehrlich. Ich sage die Wahrheit. Die nackte Wahrheit. Mit eigenen Augen hab ich's gesehen."

„Wenn ich's aber nicht glauben will?" krächzte Gawrila dunkelrot. Seine Augen waren blutunterlaufen und voll Tränen. Er riß sich den Hemdkragen auf und trat mit nackter, behaarter Brust auf Prochor zu. Aufstöhnend warf er den schweißnassen Kopf zurück. „Den einzigen Sohn niedergesäbelt! Den Ernährer! Meinen Petro! Du lügst, Hundesohn! Hörst du? Du lügst! Ich glaub's nicht!"

In der Nacht ging er, den Halbpelz übergeworfen, auf den

Hof, stapfte mit knarrenden Filzstiefeln durch den Schnee zur Tenne und blieb beim Heuschober stehen.

Von der Steppe wehte Wind, Schnee stäubte; abweisende Finsternis ragte von den kahlen Kirschbäumen auf.

„Söhnchen!" rief Gawrila halblaut, wartete lauschend und rief, ohne sich zu bewegen, ohne den Kopf zu wenden, noch einmal: „Petro! Herzenssöhnchen!"

Dann legte er sich neben den Heuschober in den festgetretenen Schnee und schloß gequält die Augen.

Schon des längeren gingen in der Staniza Gerüchte um von Getreidezwangseintreibungen und von Banden, die vom unteren Don heraufzögen. Solche Neuigkeiten flüsterte man auf den Gemeindeversammlungen und im Exekutivkomitee einander zu. Doch der alte Gawrila hatte seinen Fuß niemals auf die wacklige Treppe des Exekutivkomitees gesetzt, er hatte da nichts zu schaffen gehabt und daher vieles nicht gehört und vieles nicht erfahren. Und so verwunderte es ihn sehr, als eines Sonntags nach dem Hochamt der Vorsitzende bei ihm erschien, begleitet von drei Männern in hellgegerbten Halbpelzen und mit Gewehren.

Der Vorsitzende gab Gawrila die Hand, und dann mit einemmal, wie mit dem Beilrücken ins Genick: „Los, sag, Alter, hast du Korn?"

„Hast wohl gedacht, der Heilige Geist füttert uns?"

„Laß den Spott, red vernünftig, wo ist das Korn?"

„Im Speicher, versteht sich."

„Führ uns hin."

„Erlaubt mir zu fragen, welche Verbindung da besteht zwischen euch und meinem Getreide?"

Der große Blonde, anscheinend der Vorgesetzte, stampfte frierend mit den Absätzen auf und sagte: „Wir sammeln den Überschuß zum Nutzen des Staates. Getreideablieferungspflicht. Hast davon gehört, Alter?"

„Und wenn ich nichts gebe?" krächzte Gawrila, dem vor Zorn die Stirnadern anschwollen.

„Du gibst nichts? Dann nehmen wir's!"

Sie hielten flüsternd Rat mit dem Vorsitzenden und kletterten dann auf den Kornboden, von ihren Stiefeln fielen schmutzige Schneeklumpen in den reinen braungoldenen Weizen. Der Blonde zündete sich eine Zigarette an und bestimmte: „Für Saat und Brot ist genug zu belassen; was mehr ist, geht mit." Er maß mit abschätzendem Blick die Menge des Getreides und drehte sich nach Gawrila um: „Wieviel Deßjatinen willst du besäen?"

„Des Teufels Glatze werd ich besäen!" krächzte Gawrila hustend und mit verzerrtem Gesicht. „Nehmt alles hin, verfluchte Bande! Räuber! Alles ist euer!"

„He, Gawrila, bist du des Teufels, komm zur Besinnung", sagte beschwörend der Vorsitzende, ihm mit dem Fäustling zuwinkend.

„Ersticken sollt ihr an dem fremden Weizen! Freßt ihn nur!"

Der Blonde zupfte sich ein tauendes Eiszäpfchen aus dem Schnurrbart, streifte Gawrila mit einem klugen, spöttischen Blick und sagte mit stillem Lächeln: „Laß das Rumzappeln, Vater! Schreien hilft nichts. Was plärrst du da, hat man dir auf den Schwanz getreten?" Dann, die Brauen runzelnd, wurde er schärfer im Ton: „Streng deine Zunge nicht an! Ist sie zu lang, dann halt sie im Zaum! Für die Agitation . . ." Er brach ab, klatschte mit der flachen Hand auf die gelblederne Revolvertasche, die den Gürtel herabzog, und fuhr dann sanfter fort: „Also schaff's noch heute zur Erfassungsstelle!"

Nicht daß der Alte Angst bekommen hätte, aber die sichere klare Stimme hatte ihn beeindruckt, er begriff, daß Schreien hier in der Tat nicht weiterhalf. Er winkte zornig ab und ging auf die Treppe zu. Mitten auf dem Hof schreckte er zusammen.

„Wo sind die Eintreiber?" schrie eine derbe, heisere Stimme. Gawrila wandte den Kopf – hinter dem Flechtzaun drehte sich hochaufgebäumt ein Pferd mit einem Reiter. Die Vorahnung von etwas Außergewöhnlichem fuhr Gawrila in die Knie. Er hatte noch nicht den Mund aufgemacht, da hatte der Reiter die Männer vor dem Speicher bemerkt, sein Pferd jäh heruntergestoßen und blitzschnell das Gewehr von der Schulter gerissen.

Saftig platzte der Schuß, und in der Stille, die den Hof für einen Augenblick umfing, repetierte deutlich der Verschluß, die Patronenhülse klickte.

Die Erstarrung wich; der Blonde, an die Tür gedrückt, fingerte mit zitternder Hand unheimlich lange an der Revolvertasche, der Vorsitzende hoppelte wie ein Hase über den Hof zur Tenne, einer ging aufs Knie nieder und jagte den ganzen Ladestreifen aus dem Karabiner in die schwarze Papacha, die hinter dem Zaun auf und nieder wippte. Das Gedröhn der Schüsse erfüllte den Hof. Gawrila zog seine gleichsam festgefrorenen Beine mit Mühe aus dem Schnee und trabte schwerfällig zur Vortreppe. Als er sich umwandte, sah er, wie die drei in den gegerbten Halbpelzen über die Schneehaufen hinwegstolperten und zur Tenne liefen; das Hoftor hatte sich aufgetan, und herein strömten Reiter.

Der vorderste mit der flachen Kubanmütze, auf einem Fuchshengst, krumm über dem Sattelbug hängend, schwang den Säbel über dem Kopf. Wie Schwanenflügel flirrten die Enden seines weißen Baschliks an Gawrila vorbei. Ins Gesicht spritzte ihm Schnee, der unter den Hufen aufstob.

Gawrila lehnte sich erschöpft an das Schnitzwerk der Treppe und sah, wie der Fuchshengst zum Sprung ansetzte, den Zaun nahm und sich vor dem angebrauchten Gerstenschober auf der Hinterhand drehte. Der Kubankosak beugte sich weit aus dem Sattel und hieb mit aller Kraft auf den zuckenden Requirierungssoldaten ein . . .

Von der Tenne drang abgerissen dumpfes Stimmengewirr, Getöse, dann ein langgezogener schluchzender Schrei. Wenig später dröhnte hart ein Schuß. Die Tauben, die schon einmal durch das Schießen aufgescheucht worden waren und sich wieder auf dem Speicherdach niedergelassen hatten, spritzten wie violetter Schrot zum Himmel. Die Reiter saßen bei der Tenne ab.

Über die Staniza wogte Glockengeläut. Pascha, der Dorfnarr, hatte den Glockenturm erstiegen und in seinem dummen Verstand in alle Glocken gegriffen: nicht die Sturmglocke ertönte, sondern jubelnder Osterglockenklang.

Der Kubankosak, den weißen Baschlik über die Schulter geworfen, trat auf Gawrila zu. Sein Gesicht, glühend und verschwitzt, zuckte, von seinen herabgezogenen Mundwinkeln troff Speichel. „Hast du Hafer?"

Gawrila löste sich schwerfällig von der Treppe. Das, was er gesehen, hatte seine Zunge gelähmt.

„Bist du taub geworden, Teufelskerl? Hast du Hafer, frage ich. Hol einen Sack!"

Sie wollten die Pferde gerade zu den gefüllten Raufen führen, als noch einer zum Tor hereinsprengte. „Aufgesessen! Vom Berg rückt Infanterie an."

Fluchend zäumte der Kubankosak den von Schweiß dampfenden Hengst auf. Dann bückte er sich nach einer Handvoll Schnee und rieb das verkrustete Blut vom Aufschlag seines rechten Ärmels.

Zu fünft ritten sie vom Hof, am Sattelriemen des letzten vermeinte Gawrila den blutigen gelben Halbpelz des Blonden zu erkennen.

Bis zum Abend hörte man aus der schlehdornbewachsenen Schlucht hinterm Hügel Schüsse. Auf der Staniza lag Stille, demütig wie ein geprügelter Hund. Blaue Dämmerung sank nieder, als Gawrila sich zur Tenne aufmachte. Er trat durch die offenstehende Pforte und sah den Vorsitzenden im Trockengerüst hängen, wo ihn die Kugel erreicht hatte, den Kopf vornüber, die Arme schräg nach unten, als wollte er nach der Mütze auf der anderen Seite des Gerüsts greifen.

Dicht beim Schober im Schnee, zwischen Futterresten und Spreu, lagen, bis auf die Unterhosen ausgezogen, die drei Requirierungssoldaten. Als Gawrila sie betrachtete, fühlte er aus seiner schaudernden Seele den Zorn weichen, der seit dem frühen Morgen darin genistet hatte. Unwirklich wie ein Traum schien es, daß auf seiner Tenne, wo sonst des Nachbars Ziegen herumräuberten und die Strohbündel zerrupften, jetzt drei Tote lagen; von den blasig gefrorenen Blutlachen strömte schon Leichengeruch.

Der Blonde lag, den Kopf unnatürlich zurückgebogen, und wäre der Kopf nicht gewesen, der tief in den Schnee gedrückt war, hätte man meinen können, er ruhe sich aus, so unbekümmert waren seine Beine übereinandergeschlagen.

Der zweite, pockennarbig, mit schwarzem Schnurrbart, lag zusammengekrümmt, den Kopf zwischen die Schultern gezogen, und fletschte wütend-grimmig die Zähne. Der dritte, den Kopf im Stroh vergraben, schwamm reglos durch den Schnee: soviel Kraft und Anstrengung war im toten Schwung seiner Arme.

Gawrila beugte sich über den Blonden und erbebte vor Mitgefühl, als er in dessen fahles Gesicht blickte; ein Kerlchen von neunzehn Jahren lag vor ihm, der dem ärgerlichen Erfassungskommissar mit den stechenden Augen gar nicht mehr glich. Unter dem flaumigen gelben Schnurrbart waren Rauhreif und ein starr gewordenes Kummerfältchen an den Lippen, quer über der Stirn dunkelte eine tiefe strenge Furche.

Gawrila streifte mit der Hand die bloße Brust und schrak erschreckt zurück: Unter der eiskalten Haut hatte seine Hand erlöschende Wärme gefühlt . . .

Die Alte schrie entsetzt auf und wich, sich bekreuzigend, zum Ofen zurück, als Gawrila ächzend und schnaufend den starren blutgeschwärzten Körper auf dem Rücken in die Stube schleppte.

Er legte ihn auf die Bank, wusch ihn mit kaltem Wasser und rieb ihm mit einem rauhwollenen Strumpf die Beine, die Arme, die Brust. Ermattet und schweißgebadet hielt er inne und beugte sein Ohr auf die eklig kalte Brust. Ganz schwach hörte er dumpf und unregelmäßig das Herz schlagen.

Drei Tage lang lag jener safrangelb wie eine Leiche in der Stube, Stirn und Wangen von verkrusteten Hiebwunden zerschnitten und die Brust in straffem Verband. Sie röchelte und brodelte beim Atmen und wiegte die Bettdecke. Jeden Tag bog ihm Gawrila mit seinem rissigen, rauhen Finger die Lippen auseinander, öffnete mit der Messerspitze behutsam die zusammengebissenen Zähne und ließ ihm von der Alten durch ein Schilfröhrchen lauwarme Milch und Brühe aus Hammelknochen einflößen.

Am Morgen des vierten Tages waren die Wangen des Blonden zartrot, und gegen Mittag flammte sein Gesicht wie ein vom Frost versengter Hagedornbusch, ein Schauer durchlief seinen Körper, und durchs Hemd drang ihm kalter, klebriger Schweiß.

Von da an begann er, leise zu phantasieren, zuweilen versuchte er, aus dem Bett zu springen. Gawrila und die Alte teilten sich Tag und Nacht in die Pflege.

In den langen Winternächten, wenn der Ostwind, vom Don her wehend, den schwarzen Himmel aufwühlte und kalte Wolken tief auf die Staniza schichtete, hockte Gawrila bei dem Verwundeten und lauschte, den Kopf in die Hände gestützt, den verworrenen Fieberreden in der fremden Mundart; immer wieder betrachtete er das sonnengebräunte Dreieck am Hals und die blauen Lider über den geschlossenen, von graublauen Hufeisen umrandeten Augen. Und wenn die blassen Lippen schwere Seufzer, heisere Kommandorufe oder deftige Flüche hervorpreßten und das Gesicht sich vor Zorn und Schmerz verzerrte, siedeten Tränen in Gawrilas Brust, und in seiner Seele regte sich unwillkürlich Erbarmen.

Gawrila sah, daß seine Alte mit jedem Tag, mit jeder schlaflos neben dem Bett verbrachten Nacht blasser und magerer wurde, er bemerkte Tränen auf ihren zerfurchten Wangen und begriff, nein, fühlte mit dem Herzen, daß ihre nichtausgeweinte Liebe zu Petro, dem toten Sohn, wie eine Flamme übersprang auf diesen reglos daliegenden, vom Tode geküßten Sohn einer anderen.

Eines Tages suchte der Kommandeur eines vorbeiziehenden Regiments sie auf. Er ließ Pferd und Ordonnanz am Tor zurück und kam säbel- und sporenklirrend die Vortreppe herauf. In der Stube zog er die Mütze und stand lange schweigend vor dem Bett. Über das Gesicht des Verwundeten huschten bleiche Schatten, aus seinen fieberversengten Lippen sickerten Blutstropfen. Der Kommandeur schüttelte den vorzeitig ergrauten Kopf. Wie abwesend blickte er an Gawrilas Augen vorbei und sagte: „Pfleg den Genossen gut, Alter!"

„Jawohl!" antwortete Gawrila fest.

Tage und Wochen vergingen. Die Christwoche war vorüber. Sechzehn Tage später schlug der Blonde die Augen auf, und Gawrila hörte seine Stimme spinnwebfein knarren: „Du bist's, Alter?"

„Ja, ich."

„Haben mich tüchtig zugerichtet?"

„Daß sich Christus erbarm!"

In dem wesenlosen Blick des anderen vermeinte Gawrila ein leises, doch kindlich argloses Lächeln zu sehen.

„Und die Jungen?"

„Die, hier ... auf dem Dorfplatz sind sie verscharrt worden."

Schweigend ließ der Blonde seine Finger über das Federbett kriechen und richtete den Blick auf die ungestrichenen

Bretter der Stubendecke.

„Wie heißt du?" fragte Gawrila.

Die blauen Augenlider mit den vielen Äderchen hatten sich müde gesenkt. „Nikolai."

„Hm, wir werden dich Petro rufen. Wir hatten einen Sohn . . . Petro", erklärte Gawrila.

Er besann sich, wollte noch etwas fragen, doch als er das gleichmäßige Atmen hörte, ging er, mit den Armen balancierend, auf Zehenspitzen vom Bett weg.

Langsam, gleichsam widerwillig, kehrte das Leben in ihn zurück. Nach einem weiteren Monat vermochte er den Kopf vom Kissen zu heben. Sein Rücken hatte vom langen Liegen wunde Stellen.

Mit Entsetzen merkte Gawrila jeden Tag aufs neue, daß er den fremden Petro für sein eigen Fleisch und Blut nahm und das Bild des ersten, leiblichen, dunkler wurde und matt wie der Schein der untergehenden Sonne auf dem Glimmerfenster der Kate. Er versuchte, den Schmerz und die Trauer von ehemals neu zu wecken, aber das Vergangene entrückte immer mehr, und Gawrila fühlte Scham und Pein darüber.

Er ging auf sein Anwesen hinaus und plackte sich dort stundenlang ab, doch wenn er daran dachte, daß die Alte unablässig an Petros Bett saß, quälte ihn Eifersucht. Er kehrte in die Kate zurück, stapfte schweigend ums Kopfende des Bettes und zupfte mit steifen Fingern unbeholfen am Kissenbezug. Nachdem er einen ärgerlichen Blick der Alten aufgefangen hatte, setzte er sich still auf die Bank.

Die Alte gab Petro Murmeltierfett zu trinken und einen Aufguß aus Heilkräutern, die während der Maienblüte gepflückt waren. Sei es davon oder sei es, daß die Jugend über die Krankheit siegte – die Wunden vernarbten, das Blut färbte die voller werdenden Backen rot, nur der rechte Unterarm mit den Hiebwunden heilte schlecht: offensichtlich war er hin.

Doch gleichwohl, in der zweiten Woche der Osterfasten setzte sich Petro zum erstenmal allein, ohne fremde Hilfe, im Bett auf und lächelte ungläubig, er schien über seine eigenen Kräfte verwundert.

Nachts in der Küche krächzte es leise auf dem Ofen: „Schläfst du, Alte?"

„Was willst du?"

„Er kommt wieder auf die Beine. Morgen holst du Petros Pluderhosen aus der Truhe. Besorgst das Kleiderzeug . . . Er hat doch nichts anzuziehen."

„Als ob ich's nicht selbst wüßte. Hab's neulich schon vorgesucht."

„Sieh mal an, was für eine Flinke! Auch den Halbpelz?"

„Soll er nackt gehn, der Junge?"

Gawrila rumorte auf dem Ofen. Er war schon am Einschlafen, da kam ihm noch etwas in den Sinn, und triumphierend hob er den Kopf: „Und die Papacha? Die Papacha hast du bestimmt vergessen, alte Gans!"

„Gib endlich Ruh! Bist wohl vierzigmal vorbeigegangen und nicht drüber gestolpert; da am Nagel hängt sie schon zwei Tage lang!"

Gawrila hustete verdrießlich und schwieg.

Ein eiliger Frühling rüttelte den Don wach. Das Eis, schwarz und wie von Würmern zerfressen, war schwammig aufgequollen. Kahl wurde der Berg. Der Schnee war aus der Steppe zu den Hängen und Schluchten gekrochen. Erschauernd lag das Donland da, von Sonne und Hochwasser überflutet. Und der Wind aus der Steppe wehte den bitteren Duft des Wermuts herüber.

Es war Ende März.

„Heute steh ich auf, Vater!"

Wenn auch alle Rotarmisten, die über Gawrilas Türschwelle traten, ihn seines schlohweißen Haares wegen Vater nannten, diesmal hörte sich das Wort anders an, wärmer. Täuschte ihn nicht alles, so hatte echte Sohnesliebe daraus geklungen. Gawrila wurde rot, hustete und brummte, um seine ängstliche Freude zu verbergen: „Den dritten Monat liegst du. 's wird Zeit, Petja!"

Stelzbeinig ging Petro auf die Treppe hinaus. Der Strom frischer Luft, den der Wind ihm in die Lungen trieb, benahm ihm fast den Atem. Gawrila stützte ihn von hinten, und die Alte, die sich unterm Vordach zu schaffen machte, trocknete mit der Schürze die Altweibertränen.

Der Pflegesohn ging langsam am überhängenden Speicherdach entlang. „Hast du damals das Getreide abgeliefert?" fragte er.

„Ja, hab ich", brummte Gawrila unwillig.

„Gut gemacht, Vater!"

Und wieder wurde es Gawrila warm in der Brust bei dem Wort Vater. Jeden Tag machte Petro, an der Krücke hinkend, seinen Gang über den Hof. Ob von der Tenne oder unter dem Schuppendach hervor, von überallher folgte Gawrilas unruhig spähender Blick dem neuen Sohn. Wenn er nun stolperte und hinschlug!

Es gab nicht viel zu reden zwischen ihnen, doch ihre Beziehungen zueinander waren einfach und liebevoll.

Zwei Tage war es her, seit Petro seinen ersten Gang auf den Hof gemacht hatte, da fragte Gawrila, auf dem Ofen das Nachtlager richtend: „Woher stammst du, Söhnchen?"

„Vom Ural."

„Bist du aus dem Bauernstand?"

„Nein, aus der Arbeiterschaft."

„Wie denn? Hast ein Handwerk erlernt, bist du Schuster oder Böttcher?"

„Nein, Vater, in der Fabrik bin ich gewesen. In einer Eisengießerei. Von klein auf war ich dort."

„Und zu den Getreideeintreibern, wie bist du dahin gekommen?"

„Die Armee hat mich geschickt."

„Du warst Kommandeur bei denen?"

„Ja."

Die nächste Frage fiel dem Alten schwer, aber er fragte dennoch: „Da bist du also einer von der Partei?"

„Ja, Kommunist", erwiderte Petro mit hellem Lächeln.

Und dieses offene Lächeln machte das fremde Wort gleich weniger schrecklich.

Die Alte, die ihre Zeit abgewartet hatte, fragte lebhaft: „Hast du Familie, eine Frau, Petjuschka?"

„Keine Spur! Bin allein wie der Mond am Himmel!"

„Und die Eltern sind wohl auch tot?"

„Noch ganz klein war ich, sieben Jahre alt, da ist Vater bei einer Sauferei totgeschlagen worden. Mutter treibt sich wer weiß wo rum."

„So 'n Luder! Dich Wurm hat sie allein gelassen?"

„Mit 'nem Unternehmer zog sie los; ich wurde in der Fabrik groß."

Gawrila ließ die Beine vom Ofen herabhängen und

schwieg. Schließlich begann er langsam und stockend zu sprechen: „Wohlan, Söhnchen, wenn du keine Verwandten hast, bleib bei uns. Wir hatten einen Sohn, nach ihm nennen wir dich auch Petro. Gras ist über ihn gewachsen, und nun sitzen wir beide, die Alte und ich, allein da. Wieviel Kummer hast du uns gemacht all die Zeit; bestimmt haben wir dich deshalb liebgewonnen. Wenn du auch nicht unser Kind bist, wollen wir für dich sorgen wie für unser eigen Fleisch und Blut. Bleib bei uns! Die Erde wird auch dir Brot geben, das Land am Don ist fruchtbar und reich. Wir richten dir die Mitgabe und verheiraten dich. Meine Zeit ist bald vorbei, führ du die Wirtschaft. Sieh, Söhnchen, wenn du das Alter ehrst und uns den letzten Bissen vorm Tod nicht verwehrst, wollen wir's zufrieden sein. Laß uns Alte nicht im Stich, Petro!"

Hinter dem Ofen zirpte hell und unentwegt ein Heimchen. Die Fensterläden ächzten im Winde.

„Die Alte und ich, wir sind schon dabei, uns nach einer Braut für dich umzutun!"

Gawrila blinzelte ihm mit gespielter Fröhlichkeit zu, doch die zitternden Lippen krümmte ein klägliches Lächeln.

Petro starrte auf den rissigen Fußboden und trommelte mit der linken Hand ungleichmäßig auf die Bank. Das Geräusch hatte etwas Unfreundliches, Erregendes: Tuck-tick-tack! Tuck-tick-tack! Tuck-tick-tack!

Offenbar überlegte er die Antwort. Nach einer Weile brach das Trommeln ab, und er hob den Kopf. „Ich bleib gern bei euch, Vater, nur werd ich, wie du siehst, nicht mehr sonderlich schaffen können. Mein Arm will nicht heilen, das Aas! Doch arbeiten werd ich, soweit meine Kraft reicht. Den Sommer über bleib ich, dann werden wir weitersehen."

„Vielleicht bleibst du dann für immer!" schloß Gawrila das Gespräch.

Der Spinnrocken unter dem Fuß der Alten, die fasrige Wolle aufspulte, sauste und schnurrte vor Freude.

Ob er ein Wiegenlied sang oder sein monotones, einschläferndes Surren von einem behaglichen Leben erzählte – ich weiß es nicht.

Nach dem Frühjahr kamen Tage, die sengend heiß waren und grau vom fetten Steppenstaub. Das schöne Wetter hielt an. Ungestüm wie die Jugend trieb der Don seine gischtigen Wellen dahin. Er tränkte die Gehöfte an seinen Ufern mit Hochwasser, und der Wind sättigte das blaßgrüne Donland mit dem Honigduft blühender Pappeln. Wie Himmelsröte bedeckte ein See von niedergewehten Holzapfelblüten die Wiesen. Und des Nachts das Augenzwinkern des Wetterleuchtens, und kurz wie das Wetterleuchten waren die Nächte. Der Tag aber war so lang, daß die Ochsen nicht zur Ruhe kamen. Das Vieh auf der Trift war mager und kahlfleckig im Fell.

Gawrila und Petro gingen für eine Woche in die Steppe. Gemeinsam pflügten, eggten, säten sie und schliefen nebeneinander unter dem Wagen, mit einem Schafspelz zugedeckt, doch niemals sprach Gawrila davon, wie stark ihn der neue Sohn an sich gezogen hatte. Der Blonde, fröhlich und arbeitsam, überschattete das Bild des toten Petro. Gawrila dachte immer seltener an ihn. Die Feldarbeit ließ ihm keine Zeit dazu.

Die Tage gingen mit stillem, verstohlenem Schritt dahin. Die Heumahd rückte heran.

Eines Morgens reparierte Petro die Mähmaschine. Zu Gawrilas Erstaunen schliff er die Mähmesser in der Schmiede und ersetzte die zerbrochenen Schwadenbretter durch neue. Bis zum Dunkelwerden machte er sich an der Mähmaschine zu schaffen, dann ging er zum Exekutivkomitee: man hatte ihn zu einer Besprechung geladen. Da brachte die Alte, die nach Wasser gegangen war, von der Post einen Brief mit. Unter der Adresse Gawrilas stand auf dem schmutzigen, abgegriffenen Umschlag: An den Genossen Nikolai Kossych.

Von dunkler Unruhe befallen, drehte Gawrila den Umschlag lange in den Händen. Die Buchstaben, schwungvoll mit Tintenstift hingeworfen, waren zerlaufen. Gawrila hob den Brief hoch und betrachtete ihn gegen das Licht, aber der Umschlag hielt sein Geheimnis hartnäckig fest, und Gawrila fühlte Zorn in sich hochsteigen gegen diesen Brief, der seine Ruhe störte.

Für einen Augenblick kam ihm der Gedanke, ihn zu zerreißen, doch er besann sich und lieferte ihn ab. Schon auf der Schwelle erfuhr Petro die Neuigkeit: „Ein Brief ist für dich angekommen, Söhnchen."

„Für mich?" fragte jener verwundert.

„Für dich. Komm und lies!"

Gawrila zündete die Lampe an und beobachtete mit aufmerksamem, tastendem Blick das Gesicht Petros, das sich beim Lesen zusehends aufhellte. Er konnte nicht an sich halten und fragte: „Von wo ist er?"

„Vom Ural."

„Wer hat denn geschrieben?" erkundigte sich neugierig die Alte.

„Genossen aus der Fabrik."

Gawrila horchte auf. „Und warum schreiben sie?"

Petros Augen wurden dunkel und verfinsterten sich, widerstrebend antwortete er: „Man ruft mich in die Fabrik. Sie wird wieder in Betrieb genommen. Seit siebzehn steht sie still."

„Wie denn? Fährst du etwa?" fragte Gawrila dumpf.

„Ich weiß nicht...."

Petro wurde knochig-mager und im Gesicht gelb. Nachts hörte Gawrila ihn seufzen und sich im Bett hin und her werfen. Gawrila grübelte lange und begriff, daß die Staniza für Petro keine Bleibe war und das schwarzerdige Steppenland von seiner Hand nicht gepflügt werden würde. Die Fabrik, die Petro großgezogen hatte, würde ihn früher oder später zurückholen, und für ihn, Gawrila, würden die Tage wiederum ohne Freude im traurigen Gleichmaß dahinhinken. Jeden Ziegelstein einzeln hätte Gawrila aus der verhaßten Fabrik herausreißen und sie dem Erdboden gleichmachen mögen! Sollten nur Brennesseln und Unkraut dort wuchern!

Am dritten Tag der Mahd, als sie am Feldrain Rast hielten, sagte Petro: „Ich kann nicht bei euch bleiben, Vater! Ich muß zurück in die Fabrik. Ich muß! Mit ganzer Seele treibt's mich hin."

„Lebst also schlecht bei uns?"

„Das nicht. Aber die Fabrik, die haben wir, als Koltschak kam, vierzehn Tage lang verteidigt, neun Koltschakleute haben wir aufgehängt in jener Zeit. Und jetzt bringen die Arbeiter, die aus der Armee zurück sind, die Fabrik wieder auf die Beine. Sie und ihre Frauen hungern entsetzlich, aber sie arbeiten. Wie kann da einer hierbleiben, wenn er ein Gewissen hat?"

„Womit willst du ihnen helfen? Dein Arm taugt nicht viel."

„Seltsam redest du daher, Vater! Dort wird jeder Arm gebraucht!"

„Ich halt dich nicht. Fahr nur!" antwortete Gawrila, sich ermannend. „Nur sag's der Alten nicht, sag, daß du wiederkommst. Sonst geht sie vor Gram zugrunde. Du warst doch unser Einziger ..." Sich an eine letzte Hoffnung klammernd, flüsterte er krächzend und abgerissen: „Und vielleicht kommst du wirklich zurück? Wie? Hast vielleicht Mitleid mit uns Alten, wie?"

Die Ochsen trotteten dahin, der Wagen knarrte, die Räder mahlten knirschend die sandige Kreide. Der Weg schlängelte sich am Don entlang, neben einer kleinen Kapelle bog er nach links ab.

Hinter der Wegbiegung waren die Kirchen der Kreisstaniza und das grüne Geflecht der Gärten zu sehen.

Gawrila redete den ganzen Weg lang ohne Unterlaß. Er versuchte zu lächeln. „An dieser Stelle sind vor drei Jahren Mädchen im Don ertrunken. Deshalb die Kapelle." Er wies mit dem Peitschenstiel auf die kläglich dreinblickende Turmspitze. „Hier werden wir voneinander Abschied nehmen. Weiter geht's nicht, der Weg ist durch einen Erdrutsch verschüttet. Von hier bis zur Staniza ist's ungefähr eine Werst, wirst schon hinkommen."

Petro rückte die Tasche mit der Wegzehrung zurecht und kletterte vom Wagen. Gawrila, der mit Mühe ein Schluchzen unterdrückte, warf die Peitsche auf den Boden und streckte die zitternden Hände vor. „Leb wohl, Lieber. Ohne dich wird die helle Sonne für uns dunkel sein ..." Und das tränennasse Gesicht vor Schmerz verzerrend, schrie er mit schriller Stimme: „Hast du den Kuchen nicht vergessen, Söhnchen? Die Alte hat ihn dir für die Reise gebacken. Hast du ihn nicht vergessen? Leb wohl! Leb wohl, Herzenssöhnchen!" Petro ging hinkend den schmalen Wegrain entlang, fast lief er.

„Komm wieder!" schrie Gawrila, sich an den Wagen klammernd.

335

„Er kommt nicht wieder", schluchzten in seiner Brust die nicht ausgeweinten Worte.

Ein letztes Mal tauchte hinter der Wegbiegung der vertraute flachsblonde Kopf auf, ein letztes Mal schwenkte Petro die Mütze, und da, wo er vom Wagen gesprungen und die Spur seines Fußes zurückgeblieben war, wirbelte der Wind übermütig rauchfarbenen Staub empor.

1926

Ein Menschenschicksal

Jewgenia Grigorjewna Lewizkaja,
Mitglied der KPdSU seit 1903,
zugeeignet

Der erste Nachkriegsfrühling war am oberen Don mit
Macht und Ungestüm eingebrochen. Ende März blies vom
Asowschen Meer her ein warmer Wind, und schon nach
zwei Tagen lag der Sandboden am linken Ufer des Don
nackt und bloß da, die schneegefüllten Steppenschluchten
quollen von Schmelzwasser über, die Steppenbäche schwollen, vom Eis befreit, zu reißenden Flüssen an, und die
Wege wurden fast unpassierbar.
Just um diese unfreundliche Zeit der Wegelosigkeit mußte
ich nach der Staniza Bukanowskaja fahren. Keine weite
Strecke – knapp sechzig Kilometer –, aber sie zu überwinden war gar nicht so einfach. Ich brach mit einem Freund
im Morgengrauen auf. Die beiden kräftigen Gäule konnten
den schweren Wagen kaum ziehen, obwohl sie sich ins Geschirr legten, daß die Stränge schier rissen; die Räder ver-
sanken bis zu den Naben in der breiigen Masse aus Schnee,
Eis und Sand. Nach einer Stunde waren die Flanken und
Kruppen der Tiere unter den schmalen Riemen des Hinter-
geschirrs bereits mit weißem, flockigem Schaum bedeckt,
und in der frischen Morgenluft roch es scharf und durchdringend nach Pferdeschweiß und nach erwärmtem Birken-
teer, mit dem das Lederzeug reichlich eingefettet war.
Wenn es die Pferde besonders schwer hatten, stiegen wir ab
und gingen zu Fuß. Unter den Sohlen gluckste der mat-
schige Schnee, und das Gehen fiel schwer; am Wegrand
aber, auf dem eine dünne Eisschicht lag, die glasklar in der
Sonne glitzerte, machte es noch mehr Mühe, voranzukom-
men. Etwa sechs Stunden brauchten wir, um die dreißig Kilometer bis zum Flüßchen Jelanka zurückzulegen, das wir
überqueren mußten.
Der kleine Fluß, der im Sommer stellenweise austrocknete,

337

hatte gegenüber dem Dorf Mochowski die sumpfige, mit Erlen bestandene Niederung kilometerweit überflutet. Am Ufer fanden wir nur ein leckes Flachboot vor, das nicht mehr als drei Personen faßte. Wir schickten das Gespann zurück. Drüben stand für uns im Kolchosschuppen ein alter, klappriger Jeep bereit, den wir im Winter dort untergestellt hatten. Der Fahrer und ich stiegen nicht ohne Bangen in den morschen Kahn. Mein Freund blieb mit dem Gepäck am Ufer. Kaum hatten wir abgestoßen, da schossen durch die undichten Planken an verschiedenen Stellen kleine Wasserstrahlen empor. Notdürftig dichteten wir das unzuverlässige Schiffchen ab und schöpften ununterbrochen das eindringende Wasser aus. Nach einer Stunde hatten wir das andere Ufer der Jelanka schließlich erreicht. Der Fahrer holte den Jeep aus dem Dorf, stieg wieder ins Boot, griff nach dem Ruder und sagte: „Wenn dieser verdammte Trog nicht mitten im Fluß auseinanderbricht, dann sind wir in zwei Stunden hier, eher brauchen Sie uns nicht zu erwarten."

Das Dorf lag ziemlich weit abseits, und an der Anlegestelle herrschte eine solche Stille, wie man sie selbst in menschenleeren Gegenden nur im Spätherbst und im Vorfühling kennt. Vom Wasser her drang feuchte Luft, gesättigt mit dem bitterherben Geruch modernder Erlen, von den fernen Chopjorsteppen aber, die in fliederfarbenem Dunst verschwammen, trug ein leichter Windhauch den ewig jungen, kaum wahrnehmbaren Duft der Erde herüber, die sich eben erst von der Schneedecke frei gemacht hat.

Auf dem Ufersand lag in der Nähe ein umgestürzter Flechtzaun. Ich setzte mich darauf, um zu rauchen. Als ich jedoch meine Hand in die rechte Tasche der Steppjacke steckte, mußte ich peinlich überrascht feststellen, daß das Päckchen Zigaretten „Belomor" völlig durchnäßt war. Während der Überfahrt hatte eine Welle den Rand des tief im Wasser liegenden Bootes überspült und mich bis zum Gürtel mit ihrer trüben Flut begossen. In jenem Augenblick hatte ich keine Zeit, an die Zigaretten zu denken, ich mußte schleunigst das Ruder fahrenlassen und das Wasser ausschöpfen, damit das Boot nicht absäckte. Jetzt aber, als ich das aufgeweichte Päckchen behutsam aus der Tasche zog, machte ich mir bittere Vorwürfe über meine Fahrlässigkeit. Ich legte die feuchten, dunkel gewordenen Zigaretten einzeln auf den Zaun zum Trocknen hin.

Es war Mittag. Die Sonne schien heiß wie im Mai. Ich hoffte, die Zigaretten würden bald trocknen. Die Sonne schien so heiß, daß ich schon bedauerte, die wattierte Militärhose und die Steppjacke angezogen zu haben. Es war der erste wirklich warme Tag nach dem Winter. Und es tat wohl, so auf dem Zaun zu sitzen, ganz allein, der Stille und der Einsamkeit hingegeben, die alte Soldatenpelzmütze abzunehmen, das vom angestrengten Rudern feuchte Haar im Wind trocknen zu lassen und gedankenlos die weißen, bauschigen Wattewolken zu verfolgen, die am blassen Himmelsblau dahinzogen.

Nach einiger Zeit erblickte ich einen Mann, der hinter einem Gehöft am Dorfrand hervorkam. Er führte einen kleinen Jungen an der Hand, der nicht mehr als fünf, sechs Jahre alt sein mochte. Müde schleppten sie sich auf der Straße in der Richtung zum Fluß. Bei dem Jeep angekommen, bogen sie zu mir ab.

Der Mann, dessen hohe Gestalt leicht vorgebeugt war, trat dicht vor mich hin und grüßte mit gedämpftem Baß: „'n Tag, Kumpel!"

„Guten Tag." Ich drückte die mir dargebotene große, schwielige Hand.

Der Mann neigte sich zu dem Jungen hinab und sagte: „Wünsch dem Onkel einen guten Tag, mein Söhnchen. Man sieht gleich, er ist auch ein Kraftfahrer wie dein Vater. Nur haben wir beide einen Lastwagen gefahren, während er dieses kleine Auto hier steuert."

Aus Augen, blau wie der Himmel, sah der Junge mich offen an, lächelte kaum merklich und streckte mir tapfer das rosige kalte Händchen hin.

Ich schüttelte es leicht und fragte: „Nanu, junger Mann, warum ist denn deine Hand so kalt? Es ist doch schön warm, und du frierst?"

Mit rührender kindlicher Zutraulichkeit lehnte sich der Kleine an mein Knie und zog verwundert die weißblonden Brauen hoch. „Aber Onkel, ich bin doch noch gar kein Mann. Ich bin doch ein ganz kleiner Junge, und überhaupt friere ich nicht, nur die Hände sind kalt, weil ich mit Schneebällen gespielt habe."

Der Vater nahm den halbleeren Rucksack ab, setzte sich erschöpft neben mich und sagte: „Ein Kreuz ist es mit diesem Begleiter! Seinetwegen hab ich auch schlappgemacht. Schreitet man einmal tüchtig aus, so setzte er sich gleich in Trab, und einem solchen Infanteristen soll man sich nun anpassen. Wo ich einen Schritt machen müßte, da mach ich drei, und so gehen wir, jeder für sich, als wäre ein Pferd mit einer Schildkröte eingespannt. Und dabei darf man ihn nicht eine Sekunde lang aus den Augen lassen. Kaum schaut man weg, da watet er schon durch eine Pfütze oder bricht einen Eiszapfen ab und lutscht daran, als wäre es ein Bonbon. Nein, das ist keine Männersache, mit einem solchen Begleiter zu wandern." Er schwieg eine Weile und fragte dann: „Und du, Kumpel, du wartest hier wohl auf deinen Chef?"

Ich scheute mich, ihn darüber aufzuklären, daß ich kein Kraftfahrer bin, und so antwortete ich: „Ich muß hier auf jemand warten."

„Kommt er vom dortigen Ufer?"

„Ja."

„Weißt du nicht, ob das Boot bald hier sein wird?"

„Ungefähr in zwei Stunden."

„Ziemlich lange. Na, macht nichts, ruhen wir uns aus, ich habe keine Eile. Wie das so ist, ich komme vorbei und sehe, da aalt sich ein Kumpel von mir. Geh mal hin, sag ich mir, rauchen wir eine zusammen. Allein rauchen ist fast ebenso schlimm wie allein sterben. Oho, du hast es ja dick, du rauchst Zigaretten! Sind aber naß geworden, was? Na, mein Lieber, ausgelaugter Tabak ist wie ein kurierter Gaul, beide taugen nichts mehr. Wir wollen lieber meinen Knaster rauchen."

Er holte aus der Tasche der feldgrünen Sommerhose einen himbeerroten Tabaksbeutel heraus, der recht abgegriffen war, und rollte ihn bedächtig auf, so daß ich die gestickte Aufschrift lesen konnte: „Dem Frontkämpfer in Liebe von einer Schülerin der sechsten Klasse der Lebedjansker Oberschule."

Wir rauchten den kräftigen Eigenbau und schwiegen lange. Ich wollte schon fragen, was ihn bei dieser Wegelosigkeit über Land treibe und wohin er mit dem Kind gehe, als er mir mit der Frage zuvorkam: „Sag mal, hast du den ganzen

Krieg am Lenkrad verbracht?"

„Fast den ganzen."

„An der Front?"

„Ja."

„Ich, lieber Freund, habe den bittren Kelch auch bis zur Neige leeren müssen."

Er legte seine großen dunklen Hände auf die Knie und beugte sich vor. Ich blickte ihn von der Seite an, und mir wurde unheimlich zumute. Hat jemand schon einmal Augen gesehen, die wie mit Asche bestreut sind, aus denen ein so unsägliches Leid spricht, daß man sich scheut, ihrem Blick zu begegnen? Genau solche Augen hatte mein zufälliger Gesprächspartner. Er brach eine verkrummte, dürre Gerte aus dem Zaun, zeichnete damit wohl eine Minute lang schweigend verschnörkelte Figuren in den Sand und begann dann von neuem: „Manchmal kann ich nachts nicht schlafen, starre mit leerem Blick ins Dunkel und überlege: Warum hat mir das Leben so übel mitgespielt? Wofür hat es mich so geschunden? Darauf finde ich keine Antwort, weder in der dunklen Nacht noch am hellen Tag. Ich kann und kann keine finden!" Doch plötzlich besann er sich, schob den Jungen liebevoll von sich weg und sagte zu ihm: „Geh, mein Kleiner, spiel ein bißchen am Fluß, bei Hochwasser wird immer etwas angeschwemmt, was Kindern Freude macht. Bloß paß auf, daß du keine nassen Füße bekommst!"

Schon vorher, als wir schweigend rauchten, hatte ich Vater und Sohn verstohlen betrachtet und erstaunt einen Umstand vermerkt, der mir seltsam erschien. Der Junge war einfach, aber adrett gekleidet. Die lange, mit abgeschabtem, leichtem Ziegenpelz gefütterte Joppe, die ihm wie angegossen saß, die winzigen Langschäfter, die so bequem gearbeitet waren, daß man darunter Wollstrümpfe anziehen konnte, und der kunstvoll gestopfte Riß am Ärmel – alles verriet die Sorge einer Frau, die geschickte Hand einer Mutter. Der Vater sah ganz anders aus. Die an mehreren Stellen versengte Wattejacke war nachlässig und unbeholfen ausgebessert, der Flicken an der abgetragenen feldgrünen Hose war nicht richtig eingesetzt, sondern mit großen Stichen von Männerhand eher angeheftet. Er trug fast neue Soldatenschnürschuhe, aber die dicken Wollsocken waren von

Motten zerfressen, und keine Frauenhand hatte den Schaden behoben. Schon da hatte ich gedacht: Entweder ein Witwer, oder er verträgt sich nicht mit seiner Frau! Der Mann wandte seinen Blick von dem Jungen ab, räusperte sich und fuhr zu sprechen fort. Ich hörte ihm gespannt zu.

„Zuerst habe ich gelebt wie jeder andere auch. Ich stamme aus dem Gouvernement Woronesh, bin 1900 geboren. Im Bürgerkrieg war ich in der Roten Armee, in der Division von Kikwidse. 1922, im Hungerjahr, ging ich nach dem Kuban und schuftete dort für Kulaken, drum habe ich die Zeit überstanden. Aber Vater und Mutter und meine kleine Schwester sind zu Hause verhungert. So bin ich allein geblieben. Weit und breit keine Verwandten, nirgends auf der Welt eine Menschenseele. Ein Jahr später kam ich zurück vom Kuban, verkaufte das Häuschen und fuhr nach Woronesh. Zuerst arbeitete ich in einem Zimmermannsartel, dann ging ich in die Fabrik und lernte Schlosser. Bald darauf heiratete ich. Meine Frau war im Kinderheim aufgewachsen. Eine Waise, ein prachtvolles Mädel! Still, heiter, gefällig und ein kluger Kopf, nicht so wie ich. Sie hatte von Kindheit an viel Schweres durchmachen müssen, vielleicht hatte sie deshalb einen so guten Charakter. Äußerlich gesehen, war nichts Besonderes an ihr. Aber ich schaute ja nicht auf ihr Äußeres, ich sah ihr ins Herz. Und es gab für mich keine Schönere und Begehrenswertere auf der Welt, es gab keine und wird keine geben!

Manchmal kommst du von der Arbeit fuchsteufelswild nach Hause und schimpfst wie ein Rohrspatz, aber sie sagt kein grobes Wort. Sie ist still und sanft, tut alles für dich, plackt sich ab, um dir einen guten Bissen vorzusetzen, auch wenn kaum Geld im Hause ist. Du schaust sie an, und dein Zorn verfliegt, und eine Weile später nimmst du sie in die Arme und sagst zu ihr: ‚Verzeih, liebe Irina, ich habe mich wie ein Flegel benommen. Weißt du, mit der Arbeit hat es heute nicht recht geklappt.‘ Und wieder ist Frieden, und mir ist wohl und frei ums Herz. Hast du eine Ahnung, Kumpel, wie das bei der Arbeit hilft! Am nächsten Morgen stehe ich auf, frisch und munter, und in der Fabrik geht mir alles leicht von der Hand. Da siehst du, was es heißt, eine kluge Frau und Kameradin zu haben.

Zuweilen kam es auch vor, daß ich am Lohntag mit den Kollegen einen heben ging. Na, da trinkt man leicht einen Tropfen zuviel, dann gehst du nach Hause und führst dabei den reinsten Veitstanz auf, so daß jemand, der dir zuschaut, die helle Angst kriegen kann. Die Straße ist dir zu eng, nichts zu machen, von den Gassen gar nicht zu reden. Ich war damals ein gesunder und kräftiger Bursche, konnte verdammt viel vertragen. Und ich kam immer auf den eigenen Beinen nach Hause. Hie und da schaltete ich auf der letzten Strecke den ersten Gang ein, will sagen, ich kroch auf allen vieren, aber ich schaffte es. Und trotzdem nicht der leiseste Vorwurf, kein Zank und kein Krach. Sie lacht nur, meine Irina, und auch das heimlich und leise, damit ich es in meinem Suff nicht übelnehme. Sie zieht mich aus und redet mir gut zu: ‚Leg dich an die Wand, Andrjuscha, sonst fällst du noch im Schlaf aus dem Bett.‘ Na, und ich falle um wie ein Sack Kleie, und alles dreht sich mir vor den Augen. Ich fuhle bloß im Halbschlaf, wie sie mir sanft den Kopf streichelt, und höre sie zärtlich flüstern. Also liebt sie mich.

Am Morgen weckt sie mich dann so an die zwei Stunden vor Arbeitsbeginn, damit ich Zeit habe, zu mir zu kommen. Sie weiß, daß ich einen schweren Kopf habe und nichts essen werde, also stellt sie mir eine Salzgurke hin oder sonst was Leichtes und schenkt mir ein großes Glas Wodka ein. ‚Trink auf den Kater, Andrjuscha, aber nicht mehr als das eine, mein Lieber!‘ Muß man nicht ein solches Vertrauen rechtfertigen? Ich leere das Glas, danke ihr ohne Worte, bloß mit den Augen, gebe ihr einen Kuß und gehe friedlich zur Arbeit. Aber hätte sie mir, als ich besoffen war, ein krummes Wort gesagt, hätte sie geschrien und geschimpft, ich hätte mich, so wahr ich lebe, auch am nächsten Tag vollaufen lassen. So was gibt es in manchen Familien, wo die Frau eine dumme Gans ist. Ich habe solche Weibsbilder gesehen, mehr als genug, ich weiß Bescheid.

Bald kriegten wir Zuwachs in der Familie. Zuerst wurde ein Junge geboren und in den Jahren darauf noch zwei Mädchen. Da kehrte ich meinen Saufkumpanen den Rücken. Den ganzen Lohn brachte ich nach Hause, wir hatten ja in der Familie eine Menge Mäuler zu stopfen, an Saufen war nicht mehr zu denken. Am Sonntag, da trank ich mein Glas Bier, und das war alles.

Im Jahre neunundzwanzig bekam ich den Autofimmel. Ich lernte Kraftfahrer und Autoschlosser und setzte mich ans Lenkrad eines Lastwagens. Das machte mir Spaß, und ich wollte gar nicht mehr in die Fabrik zurück. Am Steuer fühlte ich mich entschieden wohler. So gingen zehn Jahre ins Land, ohne daß ich es merkte. Sie verflossen wie im Traum. Was sind schon zehn Jahre? Frag den nächstbesten Mann, ob er gemerkt hat, wie sein Leben verflossen ist. Nicht die Bohne hat er gemerkt! Die Vergangenheit ist wie die ferne Steppe dort drüben im Dunst. Heute morgen bin ich noch durch die Steppe gegangen, ringsum war alles klar, aber nun hab ich zwanzig Kilometer hinter mich gebracht, und schon ist sie in Dunst gehüllt, und man kann von hier aus nicht mehr den Wald vom Steppengras, den Acker vom Weideland unterscheiden.

In den zehn Jahren hab ich Tag und Nacht meine Hände gerührt. Ich verdiente gut, und wir lebten im Wohlstand. Auch die Kinder machten uns Freude. Alle drei brachten fast lauter Einsen nach Hause, und der Älteste, Anatoli, war so begabt für Mathematik, daß sie sogar in der Zeitung über ihn schrieben. Ich weiß selber nicht, lieber Freund, wie das kam, daß er eine so große Begabung für diese Wissenschaft hatte, jedenfalls war das für mich sehr schmeichelhaft, und ich war stolz auf ihn, mächtig stolz!

In diesen zehn Jahren hatten wir etwas Geld auf die hohe Kante gelegt, und vor dem Krieg bauten wir uns ein Häuschen mit zwei Stuben, einer Vorratskammer und einem kleinen Flur. Irina kaufte zwei Ziegen. Was braucht der Mensch mehr? Die Kinder essen sich an Milchbrei satt, wir haben ein Dach über dem Kopf, Kleider und Schuhe – alles in bester Ordnung. Bloß mit dem Häuschen hatte ich Pech. Ich bekam ein Grundstück von 600 Quadratmetern in der Nähe einer Flugzeugfabrik zugewiesen. Hätte meine Hütte nicht gerade dort gestanden, vielleicht wäre alles anders gekommen.

Und dann – über Nacht der Krieg! Am zweiten Tag Gestellungsbefehl, am dritten Abtransport mit der Bahn. Alle vier haben mich zum Bahnhof begleitet: Irina, Anatoli und die Mädchen – Nastja und Olga. Die Kinder haben sich prachtvoll gehalten. Na ja, bei den Mädchen ging es natürlich nicht ohne Tränen ab. Anatoli zog nur den Kopf in die

Schultern ein, als wäre ihm kalt. Er war damals schon sechzehn. Aber meine Irina, meine arme Irina! So hatte ich sie in all den siebzehn Jahren unseres gemeinsamen Lebens noch nie gesehen. In der Nacht hatte sie so geweint, daß mein Hemd an der Schulter und auf der Brust zum Auswringen naß war, und am Morgen dieselbe Geschichte. Wir kommen zum Bahnhof, und ich kann sie nicht anschauen, so leid tut sie mir. Ihre Lippen sind geschwollen, unterm Kopftuch quellen Haarsträhnen hervor, und ihr Blick ist trüb und leer wie bei einem Menschen, der den Verstand verloren hat. Einsteigen wird befohlen, sie aber stürzt an meine Brust, schlingt die Arme um meinen Nakken und zittert am ganzen Körper wie Espenlaub. Die Kinder mühen sich um sie, ich tröste sie auch, aber alles umsonst! Die anderen Frauen unterhalten sich mit ihren Männern, mit ihren Söhnen, meine aber hängt an mir wie das Blatt am Zweig, zitternd und bebend, und bringt kein Wort heraus. Ich sage zu ihr: ‚Nimm dich zusammen, meine liebe Irina! Sag mir wenigstens noch ein Wort zum Abschied.‘ Da preßt sie aus sich heraus, und bei jedem Wort schluchzt sie: ‚Mein Liebster . . . Andrjuscha . . . du und ich . . . wir werden uns . . . auf dieser Welt . . . nie wiedersehen.‘

Mir selber bricht schier das Herz vor Mitleid mit ihr, und da redet sie solches Zeug daher! Sie muß doch begreifen, daß es mir auch nicht leichtfällt, mich von ihnen zu trennen, schließlich fahre ich nicht zu einem Tanzvergnügen. Und da übermannt mich der Zorn. Ich reiße mit Gewalt ihre Hände los und stoße sie leicht vor die Brust. Mir kam es wenigstens so vor, als ob ich sie leicht stoße, aber ich war ja stark wie ein Bär: sie taumelt, weicht drei, vier Schritte zurück, kommt dann wieder auf mich zu, mit ganz kleinen Schritten, und streckt die Arme nach mir aus, ich aber schreie sie an: ‚Ist denn das eine Art, sich so zu verabschieden? Was beweinst du mich schon wie einen Toten, ich bin doch noch quicklebendig!‘ Na, dann hab ich sie wieder an mich gedrückt, denn ich sah ja, sie war ganz von Sinnen . . .“ Er brach mitten im Satz ab, und in der eingetretenen Stille hörte ich, wie er krampfhaft schluckte. Die Erregung des Fremden übertrug sich auf mich. Ich blickte den Erzähler verstohlen an, aber in seinen erstorbenen, erloschenen Augen sah ich keine Träne. Bedrückt saß er mit gesenktem Kopf da, nur die großen, kraftlos herabhängenden Hände zitterten, und sein Kinn zitterte, und es bebten die harten Lippen.

„Laß gut sein, Freund, sprich nicht mehr davon!" sagte ich leise, aber er schien mich gar nicht zu hören und stieß plötzlich, unter Aufbietung aller Willenskraft seine Erregung niederkämpfend, mit heiserer, seltsam veränderter Stimme hervor: „Bis ins Grab, bis zu meiner letzten Stunde werde ich mir nie und nimmer verzeihen, daß ich sie damals weggestoßen habe!"

Er verstummte wieder, diesmal für lange. Er wollte sich eine Zigarette drehen, aber das Zeitungspapier riß, und der Tabak fiel ihm auf die Knie. Schließlich schaffte er es doch irgendwie, machte ein paar gierige Züge, räusperte sich und fuhr fort: „Ich mache mich sachte los von Irina, nehme ihr Gesicht in die Hände und küsse sie, ihre Lippen aber sind kalt wie Eis. Ich verabschiede mich von den Kindern, renne zu meinem Wagen und springe aufs Trittbrett. Der Zug fährt schon, ganz langsam fährt er, und ich muß an den Meinen vorbei. Ich sehe, meine verwaisten Kinder haben sich auf ein Häufchen zusammengedrängt, sie winken mir zu und versuchen zu lächeln, aber es gelingt ihnen nicht. Irina hat die Hände an die Brust gepreßt, ihre Lippen sind kreideweiß, sie bewegt sie – sicher sagt sie etwas – und blickt mich starr an, den Körper weit vorgeneigt, als ob sie gegen einen starken Wind ankämpfen müsse ... So ist sie mir auch für immer im Gedächtnis geblieben: die Hände an die Brust gepreßt, die Lippen weiß, und die tränenerfüllten Augen weit offen ... So sehe ich sie auch meistens im Traum ... Warum habe ich sie damals bloß weggestoßen! Wenn ich daran denke, dreht sich mir das Herz im Leibe herum ...

Unser Truppenteil wurde bei Belaja Zerkow in der Ukraine aufgestellt. Man gab mir einen Dreitonner, einen SIS-5, mit dem fuhr ich an die Front. Na, vom Krieg brauche ich dir nichts zu erzählen, du warst selber dabei und weißt, was sich am Anfang tat. Von meiner Familie bekam ich oft Briefe, aber selber schrieb ich selten und wenig: Alles in Ordnung, wir schlagen uns, so gut wir können, und wenn wir jetzt auch zurückgehen, bald werden wir Kräfte gesammelt haben, und dann werden wir den Fritzen die Hölle heiß machen. Was sollte man sonst auch schreiben? Es war eine schlimme Zeit, da, stand einem der Kopf nicht nach Schreiben. Und ehrlich gesagt, war ich nie ein Freund davon, auf die Tränendrüsen zu drücken, und konnte die Memmen nicht ausstehen, die ihren Frauen und Bräuten Tag für Tag, mit Grund und ohne Grund Briefe schrieben und sich auf dem Papier ausschleimten: ,Ach, wie schwer hab ich es, wie sauer kommt's mich an, jeden Augenblick kann's einen erwischen.' So ein Klageweib in Hosen, das jammert, fleht um Mitleid, greint und flennt, ohne daran zu denken, daß die unglücklichen Frauen und Kinder im Hinterland auch ihr Päckchen zu tragen haben. Der ganze Staat hat sich doch auf sie gestützt! Wie mußten unsere Frauen und Kinder den Nacken steifhalten, damit sie unter dieser Last nicht zusammenbrachen! Und sie sind nicht zusammengebrochen, sie haben durchgehalten. So ein Waschlappen, so ein Schlappschwanz aber schreibt einen Klagebrief, der die Frau, die hart arbeiten muß, glatt umwirft. Nach so einem Brief verliert das arme, geplagte Wesen ja allen Mut und läßt die Arbeit Arbeit sein. Nein! Dafür bist du ein Mann, dafür bist du ein Soldat, daß du alles erduldest, alles erträgst, wenn es drauf ankommt. Hast du aber mehr von einem Weib an dir als von einem Mann, dann zieh dir einen Faltenrock an, damit dein magerer Hintern schön rund aussieht und du wenigstens von hinten einem Weib ähnlich bist, und geh Rüben jäten oder Kühe melken. An der Front brauchen wir solche Leute wie dich nicht, da gibt es auch ohne dich genug Gestank!

Allerdings war ich nicht lange an der Front, knapp ein Jahr. Zweimal wurde ich in dieser Zeit verwundet, beide Male nur leicht: das eine Mal am Arm, das andere Mal am Bein; das erstemal durch eine Kugel vom Flugzeug, das zweitemal durch einen Granatsplitter. Der Deutsche durchlöcherte meinen Wagen von oben und von den Seiten, aber ich muß sagen, zuerst hatte ich mächtiges Schwein. Bis ich mit meinem Schwein in die ärgste Schweinerei hineinrasselte. Im Mai 1942 geriet ich bei Losowenki durch einen blöden Zufall in Gefangenschaft. Der Deutsche griff damals wie verrückt an, und eine 122-mm-Haubitzenbatterie von uns hatte fast keine Granaten mehr. Da wurde mein Wagen bis zum Verdeck vollgeladen, ich selber half dabei mit, daß mir die Feldbluse an den Schultern klebte. Wir mußten uns verdammt sputen, denn der Kampf rückte immer näher: links dröhnen Panzer, rechts wird geschossen und auch vorne, ein richtiger Hexenkessel.

Der Kommandeur unsrer Kraftfahrkolonne fragt mich: ‚Wirst du durchkommen, Sokolow?‘

Dümmer konnte er nicht fragen! Dort sterben meine Kameraden, wer weiß, und ich soll mich hier rumdrücken? ‚Was gibt's da viel zu reden!‘ antworte ich. ‚Ich muß durchkommen, und basta!‘

‚Na schön‘, sagt er, ‚gib Gas, hol das Letzte aus dem Motor raus!‘

Und ich gab Gas. In meinem Leben war ich noch nie so gefahren. Ich wußte, daß ich keine Kartoffeln geladen hatte, daß man mit dieser Fracht vorsichtig fahren mußte, aber was hieß hier Vorsicht, wenn die Jungs dort mit bloßen Händen kämpften und die ganze Straße unter Ari-Beschuß lag. Ich war so an die sechs Kilometer gefahren, bis kurz vor den Feldweg, auf den ich abbiegen mußte, um zu der Schlucht zu kommen, wo die Batterie stand. Da sehe ich plötzlich, heilige Mutter Gottes, unsere Infanterie rennt von der Schotterstraße nach rechts und nach links aufs offene Feld, und schon schlagen überall Granaten ein. Was tun? Umkehren? Nein! Ich gebe Vollgas. Bis zur Batterie ist es nur noch knapp ein Kilometer, ich biege schon auf den Feldweg ab, aber die Unsrigen, lieber Freund, hab ich nicht mehr erreicht. Offenbar hatte mir der Deutsche einen ganz schweren Brocken neben den Wagen gepflanzt. Ich hörte weder die Detonation noch sonst was. Mir war nur, als ob mir der Kopf zerspringt, sonst kann ich mich an nichts mehr erinnern. Wie ich damals am Leben blieb, ist mir bis heute ein Rätsel, und wie lang ich dalag, ungefähr acht Meter vom Straßengraben, weiß ich nicht. Schließlich kam ich zu mir, aber aufstehen konnte ich nicht: Mein Kopf wackelt, ich zittre am ganzen Körper, als hätte ich Schüttelfrost, feurige Kreise drehn sich vor mir, in der linken Schulter knackt es und knirscht, und alle Glieder tun mir weh, als hätte man mich zwei Tage lang nach Strich und Faden verdroschen. Lange hab ich auf dem Bauch gelegen, dann bin ich doch irgendwie aufgestanden. Aber immer noch wußte ich nicht, wo ich mich befand und was mit mir geschehen war. Ich hatte glatt das Gedächtnis verloren. Aber mich wieder hinzulegen, hatte ich Angst. Ich hatte Angst davor, daß ich mich hinlege und nicht wieder aufstehen werde. So blieb ich stehen und schwankte hin und her, wie eine Pappel im Sturm.

Als ich wieder einen Gedanken fassen konnte und mich richtig umsah, war mir, als preßte mir jemand das Herz mit einer Flachzange zusammen. Ringsum waren die Granaten verstreut, die ich hergebracht hatte, in der Nähe lag mein Wagen, völlig zertrümmert und mit den Rädern nach oben. Den Kampf aber, den Kampf hörte ich schon weit hinter mir. Wie war das möglich?

Ich will offen bekennen, in diesem Augenblick wurde mir weich in den Knien; ich stürzte zu Boden wie ein gefällter Baum, denn ich begriff, daß ich bereits abgeschnitten, richtiger gesagt, in der Gefangenschaft der Faschisten war. Ja, so was kommt vor im Krieg.

Ach, lieber Freund, wie soll man das jemandem erklären, daß man gegen seinen Willen, durch einen Zufall in Gefangenschaft geraten ist! Wer das nicht am eigenen Leibe verspürt hat, der kann sich nicht in diese Lage hineinversetzen, der kann nicht mit dem Herzen spüren und begreifen, was das bedeutet.

Na, ich liege also da und höre Panzer rasseln. Vier mittelschwere deutsche Panzer fahren mit Vollgas an mir vorbei in der Richtung, aus der ich mit den Granaten gekommen bin. Kannst du dir vorstellen, wie mir dabei zumute war? Dahinter kommen an Schlepper angehängte Kanonen, eine Feldküche und dann Infanterie, nicht viel, ungefähr eine schwache Kompanie. Ich beobachte sie, nur so aus den Augenwinkeln, presse das Gesicht wieder an die Erde und mache die Augen zu. Es kotzt einen an, sie zu sehen, und mir ist sowieso schon zum Kotzen.

Ich denke, jetzt sind alle vorbei, und hebe den Kopf – da sehe ich, sechs MPi-Schützen biegen ungefähr hundert Meter vor mir vom Weg ab und kommen direkt auf mich zu. Keiner sagt ein Wort. Jetzt hat dein letztes Stündlein geschlagen, denke ich, hocke mich hin und stehe dann auf, denn wenn ich schon sterben muß, will ich im Stehen sterben. Einer von ihnen nimmt ein paar Schritte vor mir mit einem Ruck die MPi von der Schulter. Und merkwürdig:

keinerlei Todesschrecken, keinerlei Herzensangst habe ich in diesem Augenblick empfunden. So ist der Mensch nun mal. Ich schaue ihn nur an und denke: Gleich wird er einen kurzen Feuerstoß auf dich abgeben, aber wohin wird er zielen? Auf den Kopf oder auf die Brust? Als wäre das nicht Jacke wie Hose, an welcher Stelle er meinen Körper durchlöchert!

Er war ein junger Bursche, brünett und gut gebaut, die Lippen ein dünner Strich, die Augen zusammengekniffen. Der legt dich um, ohne mit der Wimper zu zucken, geht es mir durch den Sinn. Das hätte er auch getan – er brachte die MPi schon in Anschlag, und ich blickte ihm fest in die Augen –, aber ein andrer, Gefreiter war er wohl, schon ein älterer Mann, schrie ihn an und schob ihn zur Seite, trat dann auf mich zu, sagte etwas in seiner Sprache und beugte meinen rechten Arm, um den Bizeps zu befühlen. ‚Oho‘, sagte er dann und zeigte auf die Straße in der Richtung nach Westen. Das sollte heißen: ‚Marsch, du taugst ins Joch, arbeite für unser Reich!‘ Er fühlte sich eben als Herr in unserem Lande, der Schweinehund.

Aber dem Brünetten hatten es meine Langschäfter angetan, sie sahen wirklich gut aus, und er zeigte auf sie: ‚Los, ausziehen!‘ Ich setzte mich auf den Boden, zog die Stiefel aus und reichte sie ihm. Er riß sie mir beinahe aus den Händen. Ich wickelte auch die Fußlappen ab und streckte sie ihm hin, wobei ich ihn mit einem schrägen Blick von unten beobachtete. Aber er brüllte und fluchte und griff wieder nach der MPi. Die anderen wieherten alle. Und dann gingen sie ihres Weges. Nur der Brünette schaute sich, während er zur Straße ging, so an die dreimal nach mir um und funkelte mit den Augen wie ein Wolf. Offenbar war er wütend – als hätte ich ihm die Stiefel weggenommen und nicht er mir.

Was sollte ich tun, lieber Freund! Mir blieb keine Wahl. Ich ging auf die Straße, erleichterte mein Herz durch einen ellenlangen Woronesher Fluch, der nicht von schlechten Eltern war, und trottete nach Westen, in die Gefangenschaft. Das Gehen fiel mir verdammt schwer, einen Kilometer machte ich in der Stunde, nicht mehr. Bei jedem Schritt schwankte ich nach links und nach rechts und taumelte wie ein Besoffener. Als ich so eine Weile gegangen war, holte mich eine Kolonne unserer Leute ein, alles Gefangene aus meiner Division. Ungefähr zehn deutsche MPi-Schützen bewachten sie und trieben sie an. Der Deutsche, der vorneweg ging, blieb vor mir stehen, holte mit der MPi aus und schlug mir, ohne die Miene zu verziehen, mit dem Kolben über den Kopf. Wäre ich umgefallen, so hätte er mich bestimmt mit einem Feuerstoß an den Boden genagelt, aber ein paar von den Unsrigen fingen mich auf, versteckten mich in der Kolonne und stützten mich gut eine halbe Stunde im Gehen. Als ich wieder zu mir kam, flüsterte mir einer zu: ‚Gott bewahre dich davor, daß du hinfällst! Halte dich mit aller Kraft, sonst legen sie dich um.‘ Und ich hielt mich mit aller Kraft aufrecht.

Als die Sonne untergegangen war, verstärkten die Deutschen die Bewachung. Aus einem Lkw sprangen zwanzig weitere MPi-Schützen und trieben uns mit frischen Kräften noch schneller an. Unsere Schwerverwundeten konnten den übrigen nicht folgen, und sie wurden an Ort und Stelle, auf der Straße, niedergemacht. Zwei versuchten zu fliehen, aber sie hatten nicht bedacht, daß man in einer Mondnacht auf freiem Feld eine ganze Ecke weit gesehen wird, und natürlich mußten sie auch dran glauben. Um Mitternacht kamen wir in ein halb niedergebranntes Dorf. Zum Übernachten trieb man uns in eine Kirche mit zerschossener Kuppel. Auf dem Steinboden kein Hälmchen Stroh, und wir waren alle ohne Mäntel, bloß in Feldblusen und Hosen, so daß wir uns auch nichts unterlegen konnten. Manche hatten nicht einmal eine Feldbluse an, nur ein Nesselunterhemd. Das waren zumeist unsere Kommandeure. Die hatten ihre Waffenröcke und Feldblusen ausgezogen, damit man sie von den Soldaten nicht unterscheiden konnte. Und auch die Artilleristen waren ohne Feldblusen. Hemdsärmlig, wie sie ihre Geschütze bedient hatten, waren sie in Gefangenschaft geraten.

Nachts regnete es in Strömen, so daß wir bis auf die Haut naß wurden. Eine schwere Granate oder eine Fliegerbombe hatte die Kuppel abgetragen, und das Dach war von den Splittern wie ein Sieb durchlöchert. Nicht einmal in der Altarnische fand sich ein trocknes Fleckchen. So standen und hockten wir die ganze Nacht herum wie Schafe in einem dunklen Stall.

Im Halbschlaf spüre ich auf einmal, wie mich jemand am

Arm berührt: ‚Genosse, bist du verwundet?‘ Ich entgegne: ‚Warum willst du das wissen, Kamerad?‘ Er darauf: ‚Ich bin Arzt, vielleicht kann ich dir helfen.‘ Ich klage über meine linke Schulter, daß sie anschwillt und entsetzlich weh tut. Er befiehlt mir: ‚Zieh die Feldbluse und das Hemd aus.‘ Ich tue es, und er beginnt, mir mit seinen dünnen Fingern die Schulter abzutasten, aber so, daß mir grün und blau vor den Augen wird. Ich knirsche mit den Zähnen und zische ihn an: ‚Du bist sicher ein Tierarzt, aber kein Menschendoktor! Was drückst du so an der wehen Stelle, hast du denn gar kein Herz?‘ Er aber betastet mich ruhig weiter und antwortet kurz angebunden: ‚Halt den Mund! Jetzt ist keine Zeit zum Quasseln. Nimm dich zusammen, gleich tut's noch mehr weh.‘ Und dabei zerrt er an meinem Arm, daß mir Hören und Sehen vergeht. Ich hole tief Atem und knurre: ‚Was machst du denn, du verfluchter Faschist, ich hab einen gebrochenen Arm, und du reißt ihn mir beinahe aus!‘ Ich höre, wie er leise vor sich hin lacht und sagt: ‚Ich dachte, du würdest mir mit der rechten Hand eine kleben, aber du bist, scheint's, ein friedlicher Bursche. Und dein Arm ist nicht gebrochen, er war nur ausgerenkt, und ich habe ihn wieder eingerenkt. Na, wie fühlst du dich jetzt, ist dir leichter?‘ Und wirklich, ich spüre, daß der Schmerz langsam vergeht. Ich danke ihm aus vollem Herzen, und er geht in der Dunkelheit weiter und fragt halblaut: ‚Wer ist verwundet?‘ Das nenn ich mir einen wahren Arzt. Der hat sein großes Werk sogar in der Gefangenschaft getan, sogar in der Dunkelheit.

Eine unruhige Nacht war das. Austreten durften wir nicht, das hatte uns der Postenführer gleich, als wir paarweise in die Kirche getrieben wurden, strengstens verboten. Und ausgerechnet da mußte einer, der ein eifriger Kirchgänger war, sein Bedürfnis verrichten. Er verkniff es sich, solange er konnte, dann fing er zu weinen an: ‚Ich kann den heiligen Tempel nicht schänden!‘ sagte er. ‚Ich bin doch ein gottgläubiger Christ. Brüder, was soll ich bloß tun?‘ Na, und du weißt ja, wie unsereins ist. Die einen lachten, die anderen schimpften, die dritten machten sich einen Spaß daraus, ihm Ratschläge zu geben. Wir trieben alle unseren Spott mit ihm. Aber die Geschichte nahm ein schlimmes Ende. Er klopfte an die Tür und bat, ihn hinauszulassen. Ja, das kam ihm teuer zu stehen! Der Faschist gab durch die Tür, so breit sie war, einen langen Feuerstoß ab. Der arme Kerl war sofort tot, und noch drei andere mußten dran glauben, und einer wurde so schwer verwundet, daß er gegen Morgen starb.

Die Toten legten wir in eine Ecke. Wir selber aber hockten uns alle hin und hingen stumm unseren Gedanken nach: ein schlechter Anfang. Nach einer Weile begannen wir, uns leise auszufragen: Wer bist du, wo kommst du her, aus welcher Gegend, wie bist du gefangengenommen worden? In der Dunkelheit hatten sich die Kameraden aus dem gleichen Zug oder der gleichen Kompanie aus den Augen verloren und riefen nun einander halblaut beim Namen.

Und da höre ich neben mir ein leises Gespräch. Der eine sagt: ‚Wenn sie uns morgen, bevor sie uns weitertreiben, antreten lassen und die Kommissare, Kommunisten und Juden vor die Front rufen, dann laß dir ja nicht einfallen, zu verheimlichen, daß du Zugführer bist. Der Dreh wird dir nicht gelingen. Du glaubst, weil du die Feldbluse angezogen hast, wird man dich für einen Soldaten halten? Da hast du dich geschnitten! Ich denke gar nicht daran, für dich gradezustehen. Ich werde dich als erster verpfeifen. Ich weiß, daß du Kommunist bist, du hast mir ja zugeredet, in die Partei einzutreten; jetzt löffle die Suppe selber aus, die du dir eingebrockt hast.‘ Das sagt der, der ganz nahe, links neben mir, sitzt; auf der anderen Seite von ihm aber antwortet eine junge Stimme: ‚Ich habe immer vermutet, Kryshnjow, daß du ein schlechter Mensch bist, besonders damals, als du dich geweigert hast, in die Partei einzutreten, mit der Begründung, daß du ungebildet bist. Aber ich hätte nie gedacht, daß du zu einem Verräter werden könntest. Wo du sieben Jahre unsere Grundschule besucht hast!‘ Der antwortet seinem Zugführer träge: ‚Na, wennschon, was hat das zu sagen?‘

Lange schwiegen sie, dann sagte der Zugführer leise: ‚Verrat mich nicht, Genosse Kryshnjow.‘ Der aber lachte unterdrückt. ‚Die Genossen‘, sagte er, ‚sind jenseits der Front geblieben. Ich bin nicht dein Genosse, und du kannst mich bitten, soviel du willst, ich werde dich doch angeben. Das Hemd ist mir näher als der Rock.‘

Weiter sprachen sie nichts, mich aber packte die Wut über

soviel Niedertracht. Na warte, denke ich, ich werde dich Schweinehund lehren, deinen Kommandeur zu verraten! Du kommst mir aus dieser Kirche nicht lebend heraus, an den Beinen wird man dich hinausschleifen wie einen Kadaver! Im ersten Morgengrauen sehe ich: neben mir liegt auf dem Rücken, die Arme unter dem Kopf verschränkt, ein feistwangiger Kerl, und neben ihm sitzt, die Hände um die Knie gelegt, in Hemdsärmeln ein schmächtiges stupsnäsiges Bürschchen mit kreidebleichem Gesicht. Na, denke ich mir, dieser Hering wird mit dem vollgefressenen Schwein allein nicht fertig, das werde wohl ich erledigen müssen.

Ich zupfe das Bürschchen am Ärmel und frage leise: ‚Bist du wirklich Zugführer?‘ Er antwortet nicht, nickt nur mit dem Kopf. ‚Und der will dich verraten?‘ Ich zeige auf den zwischen uns liegenden Bullen. Wieder nickt er nur mit dem Kopf. ‚Halt ihm die Beine fest‘, sage ich, ‚damit er nicht ausschlägt. Aber fix!‘ Selber wälze ich mich auf den Kerl und grabe meine Finger in seine Kehle. Das ging so schnell, daß er nicht einmal schreien konnte. So hielt ich seinen Hals ein paar Minuten umklammert, dann richtete ich mich auf. Der Verräter war hin, die Zunge hing ihm heraus.

Danach fühlte ich mich hundeelend, ich hatte nur den Wunsch, mir die Hände zu waschen, als hätte ich eine giftige Natter erwürgt. Zum erstenmal im Leben habe ich jemanden umgebracht, und noch dazu einen Landsmann. Aber was war das schon für ein Landsmann? Ein Verräter, schlimmer als jeder Feind. Ich stand auf und sagte zu dem Zugführer: ‚Gehen wir weg von hier, Genosse, die Kirche ist groß.‘

Wie dieser Kryshnjow vorausgesagt hatte, mußten wir am Morgen alle vor der Kirche antreten. MPi-Schützen sperrten den Platz ab, und drei SS-Offiziere suchten die Leute aus, die ihnen verdächtig erschienen. Sie fragten, wer Kommunist, Kommandeur oder Kommissar sei, aber die gab es bei uns selbstverständlich nicht. Es gab auch keine Schufte, die jemanden angegeben hätten, denn fast die Hälfte von uns waren Kommunisten, und natürlich gab es unter uns auch Kommandeure und Kommissare. Von den über zweihundert Männern griffen sie sich nur vier heraus. Einen Juden und drei russische Soldaten. Den Russen wurde zum

Verhängnis, daß sie alle drei brünett und kraushaarig waren. Vor so einem blieben sie stehen und fragten: ‚Jude?' Er antwortete: ‚Russe.' Aber das nützte ihm nichts. ‚Vortreten!' Die armen Teufel wurden erschossen, uns aber trieben sie weiter.

Der Zugführer, mit dem zusammen ich den Verräter erwürgt hatte, hielt sich bis Poznań an meiner Seite, und am ersten Tag drückte er mir im Gehen immer wieder dankbar die Hand. In Poznań wurden wir getrennt, und das kam so: Du mußt wissen, lieber Freund, schon vom ersten Tag an überlegte ich mir, wie ich ausreißen könnte, denn ausreißen wollte ich auf jeden Fall. Bis Poznań, wo man uns in einem richtigen Lager unterbrachte, bot sich mir kein einziges Mal eine günstige Gelegenheit. Im Poznaner Lager aber schien es zu klappen. Ende Mai schickten sie uns in das Wäldchen neben dem Lager, um Gräber für unsere toten Kameraden auszuheben. Viele Kriegsgefangene sind damals an Ruhr gestorben. Und wie ich so im Poznaner Lehm grabe, schaue ich aufmerksam um mich und bemerke, daß sich zwei Posten hingesetzt haben, um zu frühstücken, während der dritte in der Sonne eingedöst ist. Ich schmeiße den Spaten weg und verschwinde heimlich hinter den Büschen. Und dann – die Beine unter die Arme und schnurstracks nach Osten.

Die Posten hatten offenbar nicht gleich was gemerkt. Woher ich, ausgemergelt wie ich war, die Kräfte nahm, um an einem Tag fast vierzig Kilometer zu laufen, das weiß ich bis heute nicht. Allerdings ging es trotzdem schief. Am vierten Tag, als ich schon weit von dem verfluchten Lager war, faßten sie mich. Spürhunde, mit denen sie mich verfolgten, stellten mich in einem Haferfeld, das nicht abgeerntet worden war. Nach Sonnenaufgang fürchtete ich mich, über freies Feld zu gehen, und obwohl es nicht mehr als drei Kilometer bis zum Waldrand waren, versteckte ich mich im Hafer, um den Abend abzuwarten. Ich zerrieb Ähren, kaute an den Körnern und schüttete den Rest in die Taschen für später. Da hörte ich plötzlich Hunde bellen und ein Motorrad knattern. Mein Herzschlag setzte aus, denn das Bellen kam immer näher. Ich legte mich auf den Bauch und drückte das Gesicht in die Hände – wenigstens das Gesicht wollte ich vor den Zähnen der Hunde schützen. Na, und dann kamen sie gerannt und rissen mir im Nu alle meine Lumpen vom Leibe, so daß ich splitternackt dalag. Eine Zeitlang zerrten sie mich im Hafer hin und her, bis mir schließlich ein Köter die Vorderpfoten auf die Brust setzte und nach meiner Kehle schnappte.

Auf zwei Krafträdern kamen die Deutschen gefahren. Zuerst prügelten sie mich nach Herzenslust, dann hetzten sie die Hunde auf mich, daß die Haut mitsamt dem Fleisch in Fetzen von mir flog. Nackt und blutüberströmt, wie ich war, brachten sie mich ins Lager zurück. Einen Monat lang saß ich im Bunker, als Strafe für den Fluchtversuch, aber am Leben . . . am Leben bin ich geblieben!

Schwer ist es, lieber Freund, daran zu denken, und noch schwerer, davon zu erzählen, was wir in der Gefangenschaft durchmachen mußten. Erinnert man sich an die unmenschlichen Qualen, die wir dort, in Deutschland, erduldet haben, erinnert man sich an all die Kameraden, all die Genossen, die dort in den Lagern elendiglich umgekommen sind, so schnürt es einem die Kehle zu, und man erstickt schier daran.

Wo haben sie mich in den zwei Jahren der Gefangenschaft nicht überall herumgestoßen! Halb Deutschland habe ich in dieser Zeit durchquert: In Sachsen arbeitete ich in einem Silikatwerk, im Ruhrgebiet schleppte ich in einer Grube Kohlen, in Bayern schuftete ich mich als Erdarbeiter krumm und lahm, auch in Thüringen war ich, und der Teufel weiß, wo ich mich sonst noch auf deutschem Boden herumtreiben mußte. Die Natur, lieber Freund, ist dort überall verschieden, aber geprügelt und niedergeknallt haben sie unsereins überall gleich. Und geprügelt haben diese gottverdammten Hundsfotte so, wie man bei uns nicht einmal das Vieh prügelt. Mit Fäusten schlugen sie zu, mit Füßen traten sie einen, mit Gummiknüppeln hieben sie drein und mit jedem Stück Eisen, das ihnen grade unter die Finger kam, ganz zu schweigen von Gewehrkolben und anderen Gegenständen aus Holz. Sie schlugen dich, weil du ein Russe bist, weil du noch auf Gottes Erde lebst, weil du für diese Schweinebande arbeitest. Sie schlugen dich, weil ihnen dein Blick nicht gefällt, weil du nicht so gehst, dich nicht so drehst, wie sie wollen. Sie schlugen dich ganz einfach, um dich eines Tages totzuschlagen, damit du an deinem eigenen Blut erstickst und von den Schlägen krepierst. Die Öfen haben wahrscheinlich nicht für uns alle ausgereicht.

Und der Fraß war auch überall gleich: hundertfünfzig Gramm Ersatzbrot am Tag, das zur Hälfte aus Sägespänen bestand, und eine dünne Kohlrübensuppe. Nicht einmal heißes Wasser zum Trinken gab es überall. Aber was soll ich lange erzählen, urteile selbst: Vor dem Krieg wog ich hundertzweiundsiebzig Pfund, und im Herbst 1942 waren es kaum noch hundert. Nichts als Haut und Knochen, und sogar die eigenen Knochen zu schleppen, war man zu schwach. Aber arbeiten mußten wir, ohne zu mucksen, so schwer, daß ein Lastpferd zusammengebrochen wäre.

Anfang September wurden wir – hundertzweiundvierzig sowjetische Kriegsgefangene – aus dem Lager bei Küstrin ins Lager B-14 unweit Dresdens übergeführt. In diesem Lager waren damals ungefähr zweitausend unserer Leute. Alle arbeiteten im Steinbruch, und alle brachen, schnitten und klopften den deutschen Stein mit der Hand. Die Norm war vier Kubikmeter pro Tag und Mann, wohlgemerkt für einen Mann, der so geschwächt war, daß sein Leben sowieso nur noch an einem Faden hing. Da ging die Hölle erst richtig los. Nach zwei Monaten waren von den hundertzweiundvierzig Mann unseres Transportes noch ganze siebenundfünfzig am Leben. Wie findest du das, Kumpel? Allerhand, was? Du kannst deine Kameraden gar nicht so schnell begraben, wie sie sterben, und dazu laufen noch im Lager Gerüchte um, daß die Deutschen schon Stalingrad genommen haben und weiter vorrücken, bis nach Sibirien. So kommt ein Unglück zum anderen, und das drückt dich so nieder, daß du immer nur auf den Boden stierst, als möchtest du dich am liebsten selbst in die fremde deutsche Erde legen. Die Lagerwache aber ist Tag für Tag besoffen, grölt Lieder und feiert Freudenfeste.

Eines Abends kehrten wir von der Arbeit in die Baracke zurück. Den ganzen Tag über hatte es geregnet; die Lumpen, die wir anhatten, waren pitschnaß. In dem kalten Wind froren wir wie die Schneider, die Zähne klapperten uns. Und kein Plätzchen, wo wir die Kleider trocknen, wo wir uns wärmen konnten, dazu waren wir zum Sterben hungrig, ach, schlimmer als zum Sterben. Am Abend aber stand uns kein Essen zu. Ich zog meine nassen Lumpen aus, warf sie auf die Pritsche und sagte: ‚Die verlangen von uns, daß wir vier Kubikmeter schaffen, und dabei wäre ein Kubikmeter mehr als genug für das Grab eines jeden von uns.' Nur das hatte ich gesagt, nicht mehr, doch unter den eigenen Leuten fand sich ein Schuft, der dem Lagerkommandanten meine bitteren Worte hinterbrachte.

Der Lagerkommandant oder Lagerführer, wie ihn die Deutschen nannten, war ein gewisser Müller. Untersetzt, vierschrötig, weißblond, und überhaupt war alles an ihm irgendwie weiß: das Haar auf dem Kopf, die Brauen und Wimpern, sogar seine Glotzaugen waren weißlich. Russisch sprach er wie unsereins und betonte sogar noch das O wie ein gebürtiger Wolgaländer. Und fluchen konnte er, da kam keiner mit. Ich wunderte mich, wo der Hund das so gut gelernt hatte. Er ließ uns immer vor dem Block antreten, so nannten sie die Baracke, und schritt mit seiner SS-Meute die Front ab, die rechte Hand vorgestreckt. Die Hand steckte in einem Lederhandschuh, und in dem Handschuh war eine Bleieinlage, damit er sich die Knöchel nicht verletzte. Im Gehen schlug er jedem zweiten ins Gesicht, daß ihm die Nase blutete; das nannte er ‚prophylaktische Grippebehandlung'. Und das machte er jeden Tag. Insgesamt waren vier Blocks im Lager, und er nahm sie immer der Reihe nach vor. Heute behandelte er den ersten Block ‚prophylaktisch', morgen den zweiten und so fort. Peinlich genau war das Aas, sogar den Sonntag ließ er nicht aus. Nur eins konnte er in seiner Dummheit nicht begreifen. Bevor er seine Schläge austeilte, schimpfte er immer zehn Minuten lang vor der Front, um sich in Wut zu bringen. Es war eine Schande, wie er fluchte und lästerte, aber uns wurde dabei leichter ums Herz: immerhin vertraute Laute, sozusagen ein Gruß von der Heimat. Hätte er gewußt, daß uns seine Schimpfkanonaden das reinste Vergnügen bereiteten, er hätte bestimmt nicht auf russisch geflucht, sondern in seiner Muttersprache. Nur einer meiner Freunde, ein Moskauer, regte sich mächtig über ihn auf. ‚Wenn der schimpft', sagte er, ‚brauche ich nur die Augen zu schließen und mir ist, als säße ich in der Altstadt von Moskau in einer Kneipe, und dann kriege ich solchen Heidendurst auf Bier, daß mir schwindlig wird.'

Also dieser Kommandant ließ mich am nächsten Tag, nachdem ich das über die Kubikmeter gesagt hatte, zu sich rufen. Abends kommt ein Dolmetscher, von zwei Posten begleitet, in die Baracke. ‚Sokolow, Andrej!' Ich melde mich. ‚Mitkommen, der Herr Lagerführer hat nach dir verlangt.' Klar, wozu. Zu einer Abreibung. Ich verabschiede mich von den Kameraden, sie wissen alle, ich gehe in den Tod. Ich seufze und folge den Posten. Auf dem Lagerhof schaue ich zu den Sternen hinauf, verabschiede mich auch von ihnen und denke: Jetzt hast du ausgelitten, Andrej Sokolow, Nummer 331. Nur um Irina und die Kinder tat es mir leid, aber das ging vorbei, und ich raffte allen Mut zusammen, um furchtlos in die Pistolenmündung zu schauen, wie sich das für einen Soldaten gehört. Die Feinde sollten nicht merken, wie schwer es mir fiel, aus dem Leben zu scheiden.

In der Kommandantur – Blumen auf den Fensterbrettern, alles blitzblank sauber wie bei uns in einem Klub, der was auf sich hält. Um den Tisch die ganze Lagerobrigkeit. Fünf Männer sitzen da, trinken Schnaps und essen Speck dazu. Auf dem Tisch eine angebrochene Literflasche, Brot, Speck, Wurst und Konserven. Beim Anblick aller dieser leckeren Dinge wurde mir so schlecht, ob du es glaubst oder nicht, daß ich mich fast übergeben hätte. Ich war ja hungrig wie ein Wolf und nicht mehr an richtiges Essen gewöhnt – und plötzlich dieses üppige Mahl vor Augen. Den Brechreiz überwand ich, aber den Blick vom Tisch loszureißen, das gelang mir nur mit großer Mühe.

Direkt vor mir sitzt der angetrunkene Müller, spielt mit der Pistole, wirft sie aus einer Hand in die andere und blickt mich dabei starr an wie eine Schlange. Ich lege die Hände an die Hosennaht, knalle die abgetretenen Absätze zusammen und melde laut: ‚Kriegsgefangener Andrej Sokolow wie befohlen zur Stelle, Herr Kommandant!' Er fragt mich: ‚Na, Iwan, du meinst also, vier Kubikmeter Norm sind zuviel?' – ‚Jawohl, Herr Kommandant', sage ich, ‚das ist zuviel.' – ‚Aber zu einem Grab für dich reicht es?' – ‚Jawohl, Herr Kommandant, es reicht vollauf, es bleibt sogar noch was übrig.'

Er steht auf und sagt: ‚Ich werde dir die große Ehre erweisen und dich wegen dieser Worte höchst eigenhändig erschießen. Hier ist nicht der Ort dafür, komm mit auf den Hof, dort werden wir abrechnen.' – ‚Wie Sie meinen', ant-

worte ich. Er bleibt eine Weile stehen, denkt nach, legt dann die Pistole auf den Tisch, schenkt ein volles Glas Schnaps ein, nimmt ein Stück Brot, legt eine Scheibe Speck darauf und reicht mir das alles mit den Worten: ‚Trink vor dem Tod auf den Sieg der deutschen Waffen, Iwan.‘
Ich hatte das Glas und das Brot mit dem Speck schon genommen, aber als ich das hörte, stieg mir das Blut zu Kopf. Ich, ein russischer Soldat, soll auf den Sieg der deutschen Waffen trinken? dachte ich. Weiter willst du nichts, Herr Kommandant? Sterben muß ich sowieso, also scher dich mit deinem Wodka zum Teufel!
Ich stelle das Glas wieder hin, lege das Brot mit dem Speck daneben und sage: ‚Vielen Dank für die Bewirtung, aber ich trinke nicht.‘ Er grinst. ‚Ah, du willst nicht trinken auf unsern Sieg, na schön, dann trink auf dein Ende.‘ Was hatte ich schon zu verlieren? Also sage ich: ‚Auf mein Ende und die Erlösung von allen Leiden will ich gern trinken.‘ Damit nehme ich das Glas und leere es in zwei Schlucken, das Brot und den Speck aber rühre ich nicht an, wische mir manierlich den Mund mit dem Handrücken ab und sage: ‚Vielen Dank für die Bewirtung. Ich bin bereit, Herr Kommandant, gehen wir, machen Sie Schluß mit mir.‘
Er aber schaut mich aufmerksam an und sagt: ‚Iß wenigstens was vor dem Tod.‘ Ich darauf: ‚Nach dem ersten Glas esse ich nie etwas nach.‘ Er schenkt mir ein zweites ein und reicht es mir. Ich trinke auch das zweite aus, das Brot aber rühre ich wieder nicht an. Ich gehe aufs Ganze, denn ich sage mir: Besser, du betrinkst dich, bevor du auf den Hof gehst und dein Leben läßt. Der Kommandant zieht seine weißen Brauen hoch und fragt: ‚Was ist los, Iwan, warum ißt du nichts nach, genier dich nicht!‘ Ich bleibe dabei: ‚Entschuldigen Sie, Herr Kommandant, aber ich esse auch nach dem zweiten Glas nie etwas nach.‘ Er bläst die Backen auf und prustet, dann bricht er in schallendes Lachen aus und sagt schnell zu seinen Freunden etwas auf deutsch, offenbar übersetzt er ihnen meine Antwort. Die lachen auch, rucken die Stühle, drehen mir ihre Fressen zu und blicken mich, das sehe ich genau, auf einmal ganz anders an, irgendwie freundlicher.
Der Kommandant schenkt mir ein drittes Glas ein. Dabei zittern ihm die Hände, so schüttelt er sich vor Lachen. Die-

ses Glas leere ich auf einen Zug und beiße danach ein kleines Stück Brot ab, den Rest lege ich auf den Tisch zurück. Ich will den verfluchten Hunden zeigen, daß ich, wenn ich auch vor Hunger verrecke, nicht die Absicht habe, ihre Almosen hinunterzuwürgen; daß ich mir die Würde und den Stolz eines Menschen, eines Russen, bewahrt habe; daß es ihnen trotz aller Bemühungen nicht gelungen ist, mich in ein Tier zu verwandeln.

Danach setzte der Kommandant eine ernste Miene auf, rückte seine zwei Eisernen Kreuze auf der Brust zurecht, kam ohne Waffen hinterm Tisch hervor und sagte: ‚Hör zu, Sokolow, du bist ein echter russischer Soldat. Du bist ein tapferer Soldat. Ich bin auch Soldat und achte einen aufrechten Gegner. Ich werde dich nicht erschießen. Außerdem haben heute unsere ruhmreichen Truppen die Wolga erreicht und Stalingrad vollständig eingenommen. Das ist für uns eine große Freude, und deshalb schenke ich dir großmütig das Leben. Geh zurück in deinen Block, und das hier ist für deinen Mut!‘ Damit gab er mir einen kleinen Laib Brot und ein Stück Speck.

Ich drückte das Brot fest an mich und hielt den Speck in der linken Hand, so fassungslos über diese unerwartete Wendung, daß ich nicht einmal danke sagte, machte eine Kehrtwendung und ging zur Tür. Dabei dachte ich: Gleich wird er mir den Genickschuß geben, und ich werde den Jungs diese kleine Stärkung nicht bringen können. Aber nein, alles lief gut ab. Auch diesmal war der Tod an mir vorübergegangen, er hatte mich nur mit seinem kalten Hauch gestreift.

Die Kommandantur verließ ich fest auf den Beinen, aber an der frischen Luft drehte sich alles um mich. Ich torkelte in die Baracke und fiel dort bewußtlos auf den Zementboden. Meine Kameraden weckten mich, als es noch dunkel war. ‚Erzähl!‘ Da entsann ich mich, was in der Kommandantur gewesen war, und erzählte es ihnen. ‚Wie wollen wir das Mitgebrachte teilen?‘ fragte mein Pritschennachbar, und seine Stimme zitterte dabei. ‚Allen gleich viel‘, sagte ich. Wir warteten, bis es hell wurde, und zerschnitten dann das Brot und den Speck mit einem Zwirnsfaden. Auf jeden kam ein Stückchen Brot, nicht größer als eine Streichholzschachtel, kein Krümchen ging verloren, na, und der Speck, das kannst du dir denken, reichte grade für einen hohlen Zahn. Jedenfalls teilten wir alles redlich.

Bald darauf wurden dreihundert von uns, die Allerkräftigsten, ins Moor geschickt und etwas später ins Ruhrgebiet, in die Kohlengruben. Dort blieb ich bis zum Jahre vierundvierzig. Zu dieser Zeit hatten die Unsrigen den Deutschen schon ganz schön die Gurgel zugedrückt, und die Faschisten rümpften über die Kriegsgefangenen nicht mehr die Nase. Eines Tages mußten wir, die ganze Tagesschicht, antreten, und ein Oberleutnant, der von irgendwo gekommen war, befahl uns durch einen Dolmetscher: ,Wer in der Armee oder vor dem Krieg Kraftfahrer war – einen Schritt vortreten!' Sieben Mann meldeten sich. Man gab uns zerschlissene Arbeitskleidung und brachte uns unter Bewachung nach Potsdam. Dort wurden wir getrennt, jeder kam woanders hin. Mich schickten sie zur Organisation Todt, das war so ein komischer Verein für den Bau von Straßen und Befestigungen.

Ich bekam einen Opel-Kapitän und fuhr einen deutschen Ingenieur im Majorsrang. Na, ich kann dir sagen, das war ein fettes Schwein! Klein und rund, ebenso breit wie hoch, und Hüften hatte er wie ein strammes Weib, an dem aber auch alles dran ist. Vorn quoll ihm ein dreifaches Kinn über den Uniformkragen, und hinten hatte er drei Speckfalten im Nacken. Nach meiner Schätzung mußte der Kerl mindestens einen Zentner reines Fett mit sich herumschleppen. Beim Gehen schnaufte er wie eine Lokomotive, und wenn er sich zum Essen hinsetzte, na, da konnte man was erleben! Den ganzen Tag kaute er und süffelte dazu Kognak aus seiner Feldflasche. Manchmal fiel auch für mich was ab: Wir machen unterwegs halt, er schneidet Wurst und Käse in Scheiben, ißt und trinkt, und wenn er guter Laune ist, wirft er mir ein Stück hin wie einem Hund. In die Hand hat er mir nie etwas gegeben, o nein, das hielt er für unter seiner Würde. Aber immerhin, mit dem Lager war es gar kein Vergleich. Und so nach und nach sah ich wieder einem Menschen ähnlich und setzte, wenn auch sehr langsam, etwas Fleisch an.

Zwei Wochen lang fuhr ich meinen Major von Potsdam nach Berlin und zurück. Dann wurde er an die Front versetzt, um Verteidigungsstellungen gegen unsre Armee zu bauen. Und da habe ich das Schlafen endgültig verlernt, ganze Nächte hindurch grübelte ich darüber nach, wie ich zu den Unsrigen in die Heimat flüchten könnte.

Wir fuhren nach Polozk. Bei Sonnenuntergang hörte ich zum erstenmal nach zwei Jahren unsere Artillerie böllern. Kannst du dir vorstellen, Kumpel, wie mir das Herz schlug? So hatte es mir nicht einmal geschlagen, als ich noch Junggeselle war und zum Stelldichein mit Irina ging! Gekämpft wurde schon ungefähr achtzehn Kilometer östlich von Polozk. Die Deutschen in der Stadt waren gereizt und nervös, und mein Dickwanst hörte überhaupt nicht mehr zu saufen auf. Am Tag fuhr ich ihn vor der Stadt herum, und er gab Befehle, wie die Stellungen gebaut werden sollten, in der Nacht aber hockte er für sich allein da und trank. Er wurde ganz aufgedunsen und bekam Säcke unter den Augen.

Länger zu warten hat keinen Zweck, sagte ich mir. Jetzt oder nie! Und wenn ich schon fliehe, dann nicht allein, dann nehme ich gleich meinen Dickwanst mit als Geschenk für die Unsrigen.

In Hausruinen fand ich ein Zweikilogewicht, umwickelte es mit einem Putzlappen, damit kein Blut floß, falls ich zuschlagen müßte, hob von der Straße ein Stück Telefondraht auf, bereitete alles, was ich sonst brauchte, sorgfältig vor und versteckte es unter dem Fahrersitz. Zwei Tage, bevor ich mich von den Deutschen absetzte, fuhr ich abends vom Tanken zurück, und was sah ich: geht da ein stockbesoffener deutscher Unteroffizier und tastet sich mühselig mit den Händen an der Hauswand entlang. Ich bremste den Wagen, führte den Burschen in die Ruinen, nahm ihm die Feldmütze weg und zog ihm die Uniform aus. Den Krempel steckte ich ebenfalls unter den Fahrersitz und machte mich aus dem Staub.

Am 29. Juni morgens befahl mir mein Major, ihn vor die Stadt in Richtung Trosniza zu fahren. Er leitete dort den Stellungsbau. Wir fuhren los. Der Major döste auf dem Rücksitz vor sich hin, mir aber schlug das Herz bis zum Halse hinauf. Zuerst gab ich Gas, vor der Stadt aber fuhr ich langsamer, bremste schließlich den Wagen, stieg aus und sah mich um: alles menschenleer, nur weit hinter uns kriechen zwei Laster. Ich holte das Gewicht unter dem Sitz hervor und riß den Schlag auf. Der Dickwanst lehnte im Polster und schnarchte, als wäre er daheim bei seiner Frau im Bett. Na, da schlug ich ihm mit dem Gewicht auf die linke Schläfe. Er ließ den Kopf sinken. Zur Sicherheit schlug ich noch einmal zu, gab aber acht, daß ich ihn nicht tödlich traf. Ich wollte ihn lebendig abliefern, denn bestimmt konnte er den Unsrigen so manches erzählen. Ich nahm ihm die Parabellum aus der Pistolentasche, steckte sie ein, klemmte das Montiereisen hinter die Lehne des Rücksitzes, legte dem Major den Telefondraht um den Hals und band ihn mit einem doppelten Knoten am Eisen fest. Das tat ich, damit er beim schnellen Fahren nicht auf die Seite rutschte und vom Sitz fiel. Blitzschnell zog ich mir die deutsche Uniform an und setzte die Feldmütze auf, na, und dann ging es geradewegs dorthin, wo die Erde dröhnte, wo der Kampf tobte.

Die deutsche Hauptkampflinie überquerte ich zwischen zwei Bunkern. Als aus einem Unterstand MPi-Schützen heraussprangen, fuhr ich absichtlich langsamer, sie sollten sehen, daß ein Major im Wagen saß. Sie schrien und winkten, zum Zeichen, daß man in dieser Richtung nicht fahren durfte, ich aber tat so, als verstehe ich nicht, gab Gas und brauste mit achtzig Sachen davon. Bis sie gemerkt hatten, was los war, und den Wagen unter MG-Feuer nahmen, war ich schon im Niemandsland und flitzte zwischen den Granattrichtern hindurch wie ein Hase, der Haken schlägt.

Die Deutschen schießen also von hinten, und gleich darauf feuern unsere Leute wie die Irren von vorn. Mit ihren MPis durchlöchern sie die Windschutzscheibe an vier Stellen und zerhacken den Kühler. Aber da sehe ich schon ein Wäldchen an einem See, unsere Soldaten rennen auf den Wagen zu, ich nichts wie in das Wäldchen hinein, reiße den Schlag auf, stürze zu Boden und küsse die Erde, ganz außer mir vor Glück.

Ein blutjunges Bürschchen mit feldgrünen Schulterklappen, wie ich sie noch nie gesehen habe, lief als erster auf mich zu und grinste: ‚Ah, du hast dich verirrt, verdammter Fritz!' Ich zog mir flugs die deutsche Uniform aus, schmiß die Feldmütze auf den Boden und sagte zu ihm: ‚Mein lieber Junge, was bist du doch für ein blindes Huhn! Wie kannst du mich für einen Fritz halten, wo ich ein gebürtiger Woronesher bin? In der Gefangenschaft war ich, kapiert? Jetzt bindet erst mal dieses Faschistenschwein los, das im Wagen

sitzt, nehmt seine Aktentasche und führt mich zu eurem Kommandeur.' Ich lieferte die Pistole ab, und dann ging es von einer Stelle zur anderen, bis ich am Abend bei einem Oberst landete, dem Divisionskommandeur. Inzwischen hatte man mir zu essen gegeben und mich ins Bad geführt, mich verhört und neu eingekleidet, so daß ich zum Oberst in den Unterstand ging, wie sich's gehört, an Leib und Seele gereinigt und in vorschriftsmäßiger Uniform. Der Oberst stand vom Tisch auf, an dem er saß, und kam mir entgegen. Vor allen Offizieren umarmte er mich und sagte: ,Vielen Dank, Soldat, für das kostbare Geschenk, das du uns von den Deutschen mitgebracht hast: Dein Major und seine Aktentasche sind für uns wertvoller als zwei Dutzend Gefangene. Ich werde dich beim Oberkommando für eine Auszeichnung einreichen.' Ich war so gerührt von diesen Worten, von seiner Herzlichkeit, daß mir die Lippen bebten und ich nur mit Mühe stammeln konnte: ,Genosse Oberst, ich bitte darum, mich einer Infanterieeinheit zuzuteilen.'
Aber der Oberst schlug mir nur lachend auf die Schulter. ,Du kannst dich ja kaum auf den Beinen halten, wie willst du da kämpfen? Heute noch schicke ich dich ins Lazarett. Laß dich dort erst auskurieren und herausfüttern, dann wirst du auf einen Monat zu deiner Familie fahren, und wenn du zurückkommst, wollen wir sehen, wie wir dich am besten verwenden.'
Dann gaben mir der Oberst und alle Offiziere, die im Unterstand waren, zum Abschied freundlich die Hand, und ich ging hinaus, vor lauter Rührung ganz durchgedreht. Ich war doch in den zwei Jahren keine menschliche Behandlung mehr gewohnt gewesen. Du mußt wissen, lieber Freund, daß ich noch lange nachher, wenn ich vor einem Vorgesetzten stand, unwillkürlich den Kopf in die Schultern zog, aus alter Gewohnheit, als hätte ich Angst, er würde mich schlagen. Ja, so hat man uns in den faschistischen Lagern erzogen.
Aus dem Lazarett schrieb ich Irina sofort einen Brief. Ich schilderte ihr kurz alles: wie ich in Gefangenschaft gekommen war, wie ich floh und wie ich den deutschen Major mitnahm. Weiß der Kuckuck, wie ich dazu kam, auf einmal so kindisch zu prahlen, aber ich hielt es einfach nicht aus und schrieb sogar, daß der Oberst versprochen hatte, mich

für eine Auszeichnung einzureichen.

Zwei Wochen lang tat ich nichts weiter als schlafen und essen. Man gab mir kleine Portionen, dafür aber oft, sonst hätte ich, wenn ich zuviel auf einmal gegessen hätte, leicht abkratzen können, wie der Doktor sagte. Nach und nach erholte ich mich so leidlich. Aber nach zwei Wochen brachte ich keinen Bissen mehr hinunter. Von zu Hause kam keine Antwort, und ich wurde, ehrlich gesagt, vor Sehnsucht ganz krank. Vom Essen will ich nichts wissen, nachts kann ich nicht schlafen, alle möglichen dummen Gedanken gehen mir durch den Kopf. In der dritten Woche kommt endlich ein Brief aus Woronesh, aber nicht Irina schreibt, sondern unser Nachbar, der Tischler Iwan Timofejewitsch. Meinem schlimmsten Feind wünsche ich nicht, daß er einen solchen Brief bekommt! Unser Nachbar teilt mit, daß die Deutschen schon im Juni 1942 die Flugzeugfabrik zerstört haben und daß eine schwere Bombe auf unser Häuschen gefallen ist. Irina und die Mädelchen waren gerade daheim ... Na, und weiter schreibt er, daß sie keine Spur von ihnen gefunden haben, und wo das Häuschen gestanden hat, da ist ein tiefes Loch ... Ich konnte den Brief nicht bis zu Ende lesen, mir wurde schwarz vor den Augen, mein Herz krampfte sich zusammen, die Luft blieb mir weg. Ich legte mich auf das Bett, blieb eine Weile liegen und las dann zu Ende. Der Nachbar schrieb, daß Anatoli während des Bombenangriffs in der Stadt war. Abends kam er in die Siedlung zurück, besah sich das Loch und ging in der gleichen Nacht wieder in die Stadt. Vorher sagte er dem Nachbarn noch, daß er sich freiwillig an die Front melden werde. Das war alles.

Als sich der Herzkrampf gelöst hatte und das Blut in den Schläfen klopfte, erinnerte ich mich, wie schwer meiner Irina der Abschied am Bahnhof gefallen war. Schon damals also hatte ihr liebendes Herz geahnt, daß wir uns auf dieser Welt nie wiedersehen werden. Und ich hatte sie von mir weggestoßen ... Ich hatte eine Familie, ein eigenes Haus, all das war in Jahren geschaffen worden – und all das ist in einem einzigen Augenblick eingestürzt, und ich bin allein geblieben. Ich dachte: Vielleicht war mein ganzes verpfuschtes Leben nur ein Traum? Fast jede Nacht hatte ich mich in der Gefangenschaft mit Irina und mit den Kindern

unterhalten, in Gedanken natürlich, hatte ihnen Mut zuge-
sprochen, ihnen gesagt: Ich werde heimkehren, meine Lieben, trauert nicht um mich, ich bin zäh, ich werde durchhalten, und wir werden alle wieder beisammen sein. Zwei
Jahre lang hatte ich mich also mit Toten unterhalten!"
Der Erzähler verstummte für einen Augenblick und sagte
dann mit veränderter, leiser und brüchiger Stimme: „Rauchen wir eine, Kumpel, ich muß eine Pause machen, ich
kriege keine Luft mehr."
Wir steckten uns eine Zigarette an. Im überschwemmten
Wald pochte laut ein Specht. Immer noch spielte der warme
Wind träge mit den trockenen Erlenzapfen. Immer noch zogen am Himmel wie pralle Segel die Wolken vorüber. Doch
in diesen Minuten gramvollen Schweigens sah ich die un-
endliche Welt, die zum großen Werk des Frühlings, zur
ewigen Erneuerung alles Lebenden rüstete, schon mit anderen Augen.
Das Schweigen war drückend, und ich fragte: „Und weiter?"
„Weiter?" entgegnete der Erzähler widerwillig. „Weiter erhielt ich vom Oberst einen Monat Urlaub, und nach einer
Woche war ich in Woronesh. Zu Fuß ging ich bis zu der
Stelle, wo ich einstmals mit meiner Familie gelebt hatte. Ein
tiefer Trichter, mit rostigem Wasser gefüllt, ringsum Unkraut bis an den Gürtel, Ödnis und Friedhofsstille. Ach,
war mir schwer zumute, lieber Freund! Ich stand eine Zeitlang da, hing meiner Trauer nach und ging dann wieder
zum Bahnhof. Keine Stunde länger konnte ich bleiben.
Noch am gleichen Tag fuhr ich zur Division zurück.
Drei Monate später wurde auch mein Leben durch einen
Freudenstrahl erhellt, wie wenn die Sonne durch die Wolken bricht. Anatoli meldete sich. Er schickte mir einen Brief
an die Front, offenbar von einem anderen Abschnitt. Meine
Adresse hatte er von Iwan Timofejewitsch, unserm Nachbarn, erfahren. Wie er schrieb, hatte er zuerst eine Artille-
rieschule besucht, wo ihm seine Begabung für Mathematik
sehr zustatten gekommen war. Nach einem Jahr verließ er
die Schule mit Auszeichnung und ging an die Front. Zu der
Zeit, als er mir schrieb, war er schon Hauptmann und Kommandeur einer 45-mm-Pak-Batterie und hatte sechs Orden
und Ehrenzeichen. Kurzum, er hatte seinen Vater meilen-

weit überholt. Und wieder war ich mächtig stolz auf ihn! Sag einer, was er will, mein leiblicher Sohn Hauptmann und Batteriechef, das will schon was heißen! Und noch dazu die Brust voller Orden! Macht nichts, daß sein Vater mit einem Studebaker Munition und sonstiges Heeresgut fährt. Der Vater hat sein Leben hinter sich, aber der Sohn, der Hauptmann, hat alles noch vor sich.

In den Nächten malte ich mir nun oft meine alten Tage aus: Der Krieg ist zu Ende, mein Sohn heiratet, und ich lebe bei dem jungen Paar, arbeite als Zimmermann und gebe mich mit den Enkelkindern ab – wozu ein alter Mann eben noch brauchbar ist. Aber auch diese Träume fielen ins Wasser. Im Winter griffen wir pausenlos an und hatten keine Zeit, uns regelmäßig zu schreiben, aber gegen Ende des Krieges, schon vor Berlin, schrieb ich eines Morgens Anatoli ein paar Zeilen und bekam schon am nächsten Tag Antwort. Da ging mir ein Licht auf, daß ich und mein Sohn auf verschiedenen Wegen die deutsche Hauptstadt erreicht hatten und uns jetzt ganz nahe waren. Ihn sehen, mit ihm sprechen, das war nun mein einziger Wunsch. Ich konnte es gar nicht erwarten. Na, und dann haben wir uns gesehen... Frühmorgens am 9. Mai, am Tage des Sieges, ist mein Anatoli von der Kugel eines deutschen Scharfschützen getötet worden...

Am Nachmittag läßt mich der Kompaniechef holen. Ich komme und sehe, ein Artillerie-Oberstleutnant, den ich nicht kenne, sitzt bei ihm. Ich mache Meldung, und er steht vor mir auf wie vor einem Rangälteren. Mein Kompanieführer sagt: ,Er will dich sprechen, Sokolow' und stellt sich mit dem Rücken zu uns ans Fenster. Mich durchfährt es, als hätte mich ein elektrischer Schlag getroffen, ich spüre gleich, da stimmt etwas nicht. Der Oberstleutnant tritt auf mich zu und sagt leise: ,Du mußt standhaft sein, Vater, dein Sohn, Hauptmann Sokolow, ist heute in der Batteriestellung gefallen. Komm mit!'

Ich schwankte, hielt mich aber doch auf den Beinen. Ich war wie betäubt, daß ich mich auch heute nur undeutlich erinnern kann, wie ich mit dem Oberstleutnant in einem großen Pkw fuhr, wie sich der Wagen seinen Weg durch die mit Trümmern besäten Straßen suchte, und immer noch sehe ich wie durch einen Schleier die Soldaten und den mit rotem Samt ausgeschlagenen Sarg. Anatoli aber steht mir so klar vor Augen, wie ich dich sehe, Kumpel. Ich trete vor den Sarg. Der darin liegt, ist mein Sohn und doch nicht mein Sohn. Mein Sohn war ein schmalbrüstiger Junge mit einem spitzen Adamsapfel am dünnen Hals, und stets hatte er ein Lächeln auf den Lippen. Hier aber lag ein breitschultriger schöner junger Mann mit halboffenen Augen, als blicke er an mir vorbei, irgendwohin in eine mir unbekannte Ferne. Nur in den Mundwinkeln saß, nun für ewig, der frühere Schalk, der mir an meinem Jungen, dem kleinen Anatoli, so vertraut gewesen war. Ich küßte ihn und trat beiseite. Der Oberstleutnant hielt eine Rede. Die Kameraden und Freunde wischten sich die Tränen ab, meine Augen aber waren trocken geblieben, die Tränen hatten sich gewiß im Herzen gestaut. Vielleicht tut mir das Herz deshalb immer so weh.

So begrub ich in der fremden deutschen Erde meine letzte Freude und Hoffnung. Die Batterie meines Sohnes feuerte eine Salve ab, mit der sie ihrem Kommandeur das letzte Geleit gab, und ich fühlte, wie etwas in mir zerbrach ... Völlig verstört kam ich zu meiner Truppe zurück. Bald darauf wurde ich aus dem Heeresdienst entlassen. Wohin gehen? Nach Woronesh? Um nichts in der Welt! Mir fiel ein, daß in Urjupinsk ein Freund von mir wohnte, der schon im Winter nach einer Verwundung entlassen worden war. Er hatte mich zu sich eingeladen, und so fuhr ich nach Urjupinsk.

Mein Freund und seine Frau waren kinderlos, sie wohnten in einem eigenen Häuschen am Rande der Stadt. Obwohl er kriegsversehrt war, arbeitete er als Fahrer in einer Kraftwagenkolonne, und auch ich kam dort unter. Ich richtete mich bei meinem Freund ein, sie hatten mir gleich eine Bleibe angeboten. Wir beförderten allerlei Frachten in die Bezirke, und im Herbst fuhren wir Getreide zum Silo. Um diese Zeit schloß ich auch Bekanntschaft mit meinem neuen Sohn, mit dem Kleinen, der dort im Sand spielt.

Wie das so ist, man kommt von der Fahrt in die Stadt zurück, und als erstes geht man natürlich in die Imbißstube, um einen Happen zu essen und, na klar, auf die Müdigkeit hundert Gramm hinunterzugießen. Schlimm, dieses Wodkatrinken, aber ich muß zugeben, es war mir schon richtig zur Gewohnheit geworden ... Und da sehe ich eines Tages vor der Imbißstube diesen Jungen sitzen. Am nächsten Tag sehe ich ihn wieder. So ein winziges, zerlumptes Kerlchen, das Gesicht mit Melonensaft vollgeschmiert, und darauf klebt der Staub. Er starrt vor Schmutz und ist struppig, der Kleine, aber Augen hat er, klar wie die Sterne am Himmel nach einem Regen! Er war mir gleich so ans Herz gewachsen, daß ich mich schon nach ihm zu sehnen begann, ob du's glaubst oder nicht, und mich auf der Rückfahrt immer beeilte, um ihn recht schnell zu sehen. Immer saß er vor der Imbißstube und lebte davon, was ihm die Leute gaben.

Am vierten Tag halte ich, mit Getreide aus einem Staatsgut voll beladen, vor der Tür der Imbißstube. Mein Kerlchen sitzt auf der Vortreppe, schlenkert mit den Beinen und hat, man sieht es ihm an, einen Mordshunger. Ich lehne mich aus dem Fenster und rufe: ‚He, Wanja, Wanjuscha! Komm her, steig schnell ein, ich will nur zum Silo fahren, von dort kommen wir hierher zurück, dann gibt's Mittagessen.' Er zuckt bei meinem Anruf zusammen, springt von der Vortreppe herunter, klettert aufs Trittbrett und fragt ganz leise: ‚Onkel, woher weißt du denn, daß ich Wanja heiße?' Dabei reißt er seine Augen weit auf, neugierig, was ich ihm antworten werde. Na ja, ich sage ihm, daß ich ein erfahrener Mann bin und alles weiß.

Er geht vorn um den Wagen herum, ich mache den Schlag auf, hebe ihn neben mich auf den Sitz, und wir fahren los. Ein quecksilbriges Bürschchen, aber plötzlich wird er merkwürdig still und nachdenklich, guckt mich unter seinen langen, gebogenen Wimpern hervor immer wieder an und seufzt. So ein Kücken und hat schon zu seufzen gelernt! Das dürfte doch nicht sein! Ich frage: ‚Wo ist denn dein Vater, Wanja?' Er flüstert: ‚An der Front gefallen.' – ‚Und deine Mutter?' – ‚Mutti ist von einer Bombe getötet worden, als wir im Zug gefahren sind.' – ‚Von wo seid ihr denn gefahren?' – ‚Ich weiß nicht mehr.' – ‚Und hast du hier gar keine Verwandten?' – ‚Nein!' – ‚Wo schläfst du denn?' – ‚Wo es sich grade trifft.'

Da überkommt mich ein heißes Mitleid, und mein Entschluß steht fest: Das lasse ich nicht zu, daß jeder von uns weiter so elendiglich allein für sich lebt! Ich nehme ihn an Kindes Statt an. Und sogleich wird mir leicht und fröhlich ums Herz. Ich beuge mich zu ihm hinunter und frage leise:

‚Wanjuscha, weißt du eigentlich, wer ich bin?‘ Und er, es war wie ein Hauch: ‚Wer?‘ Da sage ich ihm ebenso leise: ‚Ich bin dein Vater.‘

Mein Gott, was hat sich da getan! Er springt auf, schlingt seine Ärmchen um meinen Hals, küßt mich auf die Backen, auf den Mund, auf die Stirn und schreit, so dünn und hell wie eine Drossel, daß die enge Kabine davon ganz erfüllt ist: ‚Du mein lieber, guter Vater! Ich hab es gewußt! Ich habe es gewußt, daß du mich finden wirst! Trotz allem finden wirst! Ich hab so lange gewartet, bis du mich finden wirst!‘ Er schmiegt sich an mich und zittert am ganzen Leib wie ein Halm im Wind. Mir aber verschwimmt alles vor den Augen, auch mir geht ein Zittern durch den Körper, und meine Hände fliegen ... das reine Wunder, daß ich das Lenkrad nicht losgelassen habe! Beinahe wären wir im Straßengraben gelandet, wenn ich nicht schnell gebremst hätte. Solange mir alles vor den Augen schwimmt, traue ich mich nicht weiterzufahren – es hätte ein Unglück geben können. So halte ich wohl fünf Minuten am Straßenrand, und mein Junge klammert sich mit aller Kraft an mich, zittert und sagt kein Wort. Ich lege den rechten Arm um ihn und drücke ihn leicht an mich, mit der Linken aber wende ich den Wagen und fahre schnurstracks nach Hause. Den Silo lasse ich Silo sein, ich habe jetzt an andere Dinge zu denken.

Ich ließ den Wagen vor dem Tor stehen, nahm meinen neuen Sohn auf den Arm und trug ihn ins Haus. Er hielt mich immer noch mit seinen Ärmchen umschlungen und ließ mich nicht los. Sein Gesichtchen preßte er an meine unrasierte Backe, als wäre es festgeklebt. Und so trug ich ihn hinein. Mein Freund und seine Frau waren gerade zu Hause. Ich kam in die Stube, zwinkerte ihnen mit beiden Augen zu und sagte munter: ‚Endlich habe ich meinen Wanjuscha gefunden. Nehmt uns auf, liebe Leute!‘ Die beiden Kinderlosen begriffen sofort, was los war, und machten sich eifrig zu schaffen. Ich konnte den Jungen einfach nicht dazu bringen, mich loszulassen. Irgendwie gelang es mir schließlich doch. Ich wusch ihm die Hände mit Seife und setzte ihn an den Tisch. Die Hausfrau stellte ihm einen Teller Kohlsuppe hin, und als sie sah, mit welchem Heißhunger er aß, brach sie in Tränen aus. Sie stand am Ofen, die Schürze vorm Gesicht, und weinte. Mein Wanjuscha sah es, lief zu ihr hin, zupfte sie am Rock und sagte: ‚Tante, warum weinst du? Vater hat mich vor der Imbißstube gefunden, da sollen sich doch alle freuen, und du weinst.' Die gute Seele aber konnte sich gar nicht fassen, sie zerfloß geradezu in Tränen.

Nach dem Essen führte ich ihn zum Friseur und ließ ihm die Haare schneiden, dann badete ich ihn zu Hause im Waschtrog und hüllte ihn in ein sauberes Laken. Er umarmte mich wieder, und so schlief er in meinen Armen ein. Ich legte ihn vorsichtig ins Bett, fuhr zum Silo, lieferte das Korn ab, brachte den Wagen in die Garage und – im Dauerlauf durch die Läden. Ich kaufte ihm eine Tuchhose, ein Oberhemd, Sandalen und eine Schirmmütze aus Bast. Natürlich paßte ihm das alles nicht, und auch mit der Qualität war es nicht weit her. Wegen der Hose schimpfte mich die Hausfrau sogar aus: ‚Du bist wohl verrückt geworden', sagte sie, ‚daß du dem Kind bei dieser Hitze eine Tuchhose anziehen willst!' Und schon kramte sie in der Truhe, im nächsten Augenblick stand die Handnähmaschine auf dem Tisch, und nach einer Stunde waren für meinen Wanjuscha bereits eine Turnhose aus Satin und ein weißes Sommerhemdchen mit kurzen Ärmeln fertig. Abends nahm ich ihn zu mir ins Bett und schlief seit langer Zeit zum erstenmal ruhig ein. Allerdings stand ich nachts an die viermal auf. Ich wache auf, und er liegt unter meiner Achsel, hineingekuschelt wie ein Spatz unterm Wetterdach, und schnauft ganz friedlich, und mir wird so wunderlich froh ums Herz, das kann man mit Worten gar nicht sagen. Du liegst mucksmäuschenstill da, um ihn nicht zu wecken, aber schließlich steigst du ganz leise aus dem Bett, zündest ein Streichholz an, betrachtest ihn und freust dich an ihm.

Vor Morgengrauen wache ich auf, sonderbar, ich kriege auf einmal keine Luft. Und was glaubst du? Mein Söhnchen hat sich aus dem Laken herausgestrampelt und quer über mich gelegt, und mit dem einen Bein drückt er mir die Gurgel zu. Ein unruhiger Schlaf ist es mit ihm zusammen, aber ich habe mich dran gewöhnt, es ist mir langweilig ohne ihn. Des Nachts, wenn er schläft, streichelst du ihn oder schnupperst an seinem Wirbelhaar, und du spürst, wie dein Herz schmilzt; es war ja schon ganz versteinert vor Gram und Leid.

In der ersten Zeit begleitete er mich auf meinen Fahrten, dann sah ich ein, daß es so nicht weiterging. Was brauche ich schon viel, wenn ich allein bin – ein Kanten Brot und eine Zwiebel mit Salz, das reicht einem Soldaten für den ganzen Tag. Mit ihm aber ist es was anderes: mal muß man für ihn Milch besorgen, mal ein Ei kochen, und überhaupt muß er warmes Essen haben. Die Arbeit aber drängt. Ich gab also meinem Herzen einen Stoß und ließ ihn unter der Obhut der Hausfrau. Da heulte er den ganzen Tag und schlich sich abends zum Silo, um mich von dort abzuholen. Manchmal wartete er bis spät in die Nacht.

Ich hatte es am Anfang schwer mit ihm. Einmal legten wir uns früh schlafen, es war noch hell, der Tag war sehr anstrengend für mich gewesen. Sonst zwitscherte er immer, der kleine Spatz, aber diesmal war er ganz schweigsam. Ich fragte ihn: ‚Worüber denkst du nach, mein Junge?‘ Er aber fragt mich und schaut dabei zur Decke hinauf: ‚Vater, wo hast du deinen Ledermantel gelassen?‘ Im Leben hatte ich noch nie einen Ledermantel besessen! Ich mußte zu einer Ausrede greifen. ‚Der ist in Woronesh geblieben‘, sagte ich. ‚Und warum hast du mich so lange gesucht?‘ Ich antwortete: ‚Ich habe dich in Deutschland gesucht, mein Junge, und in Polen, und ganz Belorußland habe ich zu Fuß und zu Wagen durchstreift, du aber hast in Urjupinsk gesteckt.‘ – ‚Urjupinsk – ist das näher als Deutschland? Und ist es von unserm Haus weit bis Polen?‘ So redeten wir uns langsam in Schlaf.

Und glaubst du, Kumpel, er hat von ungefähr nach dem Ledermantel gefragt? O nein, das tat er nicht ohne Grund. Bestimmt hatte sein richtiger Vater einen solchen Mantel getragen, und das war ihm plötzlich eingefallen. Das Gedächtnis eines Kindes ist ja wie Wetterleuchten im Sommer: es blitzt auf, erhellt für einen Augenblick alles im Umkreis und erlischt. So war es auch bei dem Jungen. Ganz plötzlich blitzten Erinnerungen in ihm auf.

Vielleicht wären wir noch ein Jährchen in Urjupinsk geblieben, aber im November hatte ich auf einer Fahrt Pech: Die Straße war ein einziger Schlammbrei, in einem Dorf kam mein Wagen ins Rutschen; da mußte mir ausgerechnet eine Kuh vor die Räder laufen, und ich fuhr sie um. Na, klare Sache, die Weiber keiften und schrien; die Leute liefen zu-

sammen, und plötzlich stand, wie aus dem Boden ge-
stampft, ein Verkehrsinspektor vor mir. Der nahm mir die
Fahrberechtigung weg, sosehr ich ihn auch bat, ein Auge
zuzudrücken. Die Kuh stand auf, winkte mit dem Schwanz
und verschwand in der nächsten Gasse, ich aber war meine
Fahrberechtigung los. Im Winter arbeitete ich als Zimmermann, dann schrieb ich an einen Freund, der mit mir im
gleichen Truppenteil gedient hatte – er arbeitet in deinem
Gebiet, im Bezirk Kaschary, als Kraftfahrer –, und er lud
mich zu sich ein. Er schrieb, zuerst mußte ich wohl so ein
halbes Jahr als Zimmermann arbeiten, aber dann würde
man mir dort, in eurem Gebiet, eine neue Fahrberechtigung
ausstellen. Und nun marschieren ich und mein Söhnchen
befehlsgemäß nach Kaschary.
Übrigens wäre ich, auch wenn ich den Unfall mit der Kuh
nicht gehabt hätte, sowieso über kurz oder lang aus Urjupinsk weggezogen. Ich kann nicht lange an einem Ort bleiben, die innere Unruhe treibt mich fort. Später, wenn mein
Wanjuscha älter ist und die Schule besuchen muß, dann
werde auch ich vielleicht Ruhe finden und seßhaft werden.
Vorläufig aber durchwandern wir beide unser russisches
Heimatland."
„Das Gehen fällt ihm sicher schwer", sagte ich.
„Er läuft ja gar nicht viel, die meiste Zeit lasse ich ihn auf
mir reiten. Ich setze ihn mir auf den Rücken und trage ihn
huckepack, und wenn er sich Bewegung machen will, klettert er runter, läuft am Wegrand und hüpft wie ein Böck-
lein. Das wäre alles nicht weiter schlimm, lieber Freund, irgendwie würden wir uns schon durchbringen, wenn bloß
das Herz nicht so ausgeleiert wäre, man müßte den Kolben
auswechseln. Manchmal preßt es und krampft sich so zusammen, daß ich fast ohnmächtig werde. Ich fürchte, ich
werde einmal im Schlaf sterben und meinen Jungen zu
Tode erschrecken. Und schlimm ist noch was anderes: Fast
jede Nacht sehe ich meine Lieben, die doch tot sind, im
Traum. Und meistens so, daß ich hinter Stacheldraht stehe,
sie aber sind in Freiheit, auf der anderen Seite. Ich unter-
halte mich über alles mit Irina und auch mit meinen Kindern, aber sobald ich die Hände ausstrecke, um den Draht
auseinanderzuschieben, entfernen sie sich von mir und lö-
sen sich vor meinen Augen in Luft auf. Und das Erstaun-

lichste dabei ist: Tagsüber habe ich mich immer fest in der Hand, da gibt es kein Ach und Weh, aber nachts wache ich auf, und das ganze Kissen ist naß von Tränen."

Aus dem Uferwald drangen die Stimme meines Reisegefährten und das Plätschern der Ruder im Wasser. Der fremde Mann, der mir nun wie ein Bruder geworden war, streckte mir seine große, knorrige Hand hin. „Leb wohl, Kumpel, Glück auf den Weg!"

„Auch dir wünsche ich Glück auf den Weg nach Kaschary."

„Vielen Dank. He, Junge, gehn wir zum Boot!"

Der Kleine lief zum Vater hin, stellte sich an seine rechte Seite und trippelte, sich an des Vaters Wattejacke festhaltend, neben dem weitausschreitenden Manne her.

Zwei verwaiste Menschen, zwei Staubkörnchen, verloren in einem fremden Landstrich, wohin sie ein Kriegsorkan von unerhörter Wucht geschleudert hat. Was erwartet sie in der Zukunft? Ich hoffte und wünschte, daß dieser Russe, ein Mann mit unbeugsamem Willen, durchhalten wird und daß der andere, auf des Vaters Schultern gestützt, heranwachsen wird, um dereinst, zum Manne geworden, auf seinem Wege alles zu überwinden, alles zu überstehen, wenn ihn die Heimat ruft.

Wehmütig blickte ich den beiden nach. Vielleicht wäre mir die Trennung von ihnen weniger nahegegangen, hätte sich der kleine Wanja nicht nach ein paar Schritten, über seine kurzen Beine stolpernd, im Gehen nach mir umgedreht und mir mit dem rosigen Händchen gewinkt. Da war mir plötzlich, als presse etwas mein Herz zusammen, und ich wandte mich eiligst ab. Nein, nicht nur im Schlaf weinen bejahrte, im Krieg ergraute Männer. Sie weinen auch, wenn sie wach sind. Wichtig ist dabei nur, sich rechtzeitig abzuwenden. Wichtig ist vor allem, das Herz eines Kindes nicht zu verwunden, das Kind nicht sehen zu lassen, daß deine Wange benetzt wird von der heißen und kärglichen Träne des Mannes.

1956

Nachwort

Wohl für die meisten Leser, die diesen Band zur Hand nehmen, wird es nicht das erste Werk von Michail Scholochow sein, das sie kennenlernen. Der eine wird den „Stillen Don", ein anderer „Neuland unterm Pflug" gelesen, wieder andere werden einen der Filme gesehen haben, die nach Scholochows Romanen und Erzählungen gedreht worden sind.

Sie kennen also den Autor schon. Nun halten sie diese Sammlung erster Erzählungen in den Händen: Scholochows Jugendarbeiten, sogar in des Wortes buchstäblicher Bedeutung, denn der Autor schrieb sie nieder, als er achtzehn, neunzehn, zwanzig Jahre alt war.

Aber was waren das für Jahre, in denen der am 25. Mai 1905, im Jahre der ersten russischen Revolution, geborene angehende Schriftsteller heranwuchs! Wer diese Jahre in diesem Alter miterlebt, wer als tätiger und denkender und dazu noch als künstlerisch wahrnehmender Mensch in dem Strudel von Ideen- und Machtkämpfen gestanden hatte, den das Sowjetrußland des Bürgerkriegs von 1918-1922 darstellte, der war nicht mehr einfach „jung".

Dreizehn Jahre zählte Michail Scholochow, als er nach zwei vorzeitig abgebrochenen Versuchen, das Gymnasium zuerst in Moskau, dann in der Provinzstadt Bogutschar zu besuchen – immer reichte das Geld nicht! –, im Jahre 1918 an den oberen Don zurückkehrte, wo sein Vater als Verwalter einer Dampfmühle tätig war. Fast zur selben Zeit brach der Bürgerkrieg über das Dongebiet herein – von Süden her kommend rückten die Truppen der Gegenrevolution gegen Moskau vor. Zwei Jahre lang hielten die Weißen den oberen Don besetzt. Der von Natur lebhafte und leicht zu beeindruckende Knabe, der bei seinem Moskauer Aufenthalt schon etwas von der „großen Welt" kennengelernt hatte, nahm gierig in sich auf, was um ihn herum geschah. Durch sein ganzes späteres Werk hindurch ziehen sich die Erinnerungen an die Erlebnisse und Erfahrungen dieser Jahre. Aber sie enthielten noch etwas anderes.

Während der Herrschaft der Weißen konnte von Schule keine Rede sein. Der junge Michail hatte Muße, sich rückhaltlos seinem Steckenpferd, dem Lesen, zu widmen. Er verschlang alles, was er damals auftreiben konnte. Bald hatte er nicht nur mehrmals die Jugendbücher gelesen, die sein Vater ihm besorgt hatte, sondern auch viele Werke der klassischen russischen und der Weltliteratur.

Diese Liebe zur Literatur stammte aus der Kindheit. Olga Michailowna, die Tante, spielte bei dem kleinen Michail die Rolle der Kinderfrau, der „Njanja", die wir aus den Biographien so vieler russischer Schriftsteller kennen: sie führte ihn in die Welt der russischen Märchen und Sagen ein. Und auch die Mutter, die aus einer seit Generationen am Don ansässigen Familie leibeigener Bauern stammte und erst lesen lernte, als sie die Briefe des jungen Gymnasiasten selber entziffern wollte, vermittelte ihm die Schätze der mündlichen Überlieferung, an denen das südrussische Dorf so reich ist.

Der obere Don gehörte zu den ersten Gebieten, in denen die Sowjetmacht wieder aufgerichtet wurde, seitdem die Wende im Bürgerkrieg erzwungen war und die roten Armeen die weißen Generäle an allen Fronten zurücktrieben.

Aber damit kam noch kein Frieden ins Land. Erst ein Jahr später war die Gegenrevolution militärisch besiegt. Bis dahin mußten die Rote Armee und die Städte um jeden Preis mit Getreide versorgt werden. Die „Getreideaufbringung" blieb die zweite Front im schon befriedeten Lande. Und an diese Front geriet der junge Michail Scholochow.

Man kann vieles in diesen Erzählungen nicht verstehen, wenn man nicht weiß, was das bedeutete.

Erst im Jahre 1921 wurde durch die Einführung der sogenannten „Naturalsteuer" (der Abgabe von Landwirtschaftsprodukten nach festgesetzten Normen und zu festen Preisen) und durch die Freigabe des verbleibenden Überschusses zum Verkauf auf dem Bauernmarkt zu freien Preisen eine erste Ordnung in die materiellen Beziehungen zwischen Dorf und Stadt gebracht. Bis dahin wurde (der Not des Bürgerkrieges gehorchend!) das für Armee und städtische Einwohnerschaft benötigte Getreide „aufgebracht", d. h. zwangsweise requiriert. Dafür gab es bestimmte Erfassungsorgane. An ihrer Spitze standen in Bezirk und Kreis Kommissare, später Direktoren, die in den Ortschaften und Dorfgruppen über Inspektoren verfügten. Als ein solcher Inspektor war Michail Scholochow einundeinviertel Jahr in der Staniza Bukanowskaja tätig.

Die Getreideaufbringung wurde infolge der eigenartigen Sozial- und Klassenstruktur des russischen Dorfes im 20. Jahrhundert zur Arena heftiger Klassenkämpfe, zu einer Art von zivilem Bürgerkrieg, der am Don, wiederum infolge besonderer Umstände lokaler Natur, besondere Schärfe annahm.

Die meisten Leser werden das Wort „Kulak" gehört und es sich, wie es gewöhnlich geschieht, mit „Großbauer" übersetzt haben. Aber der Kulak des russischen Dorfes ist mehr, ist etwas anderes als einfach ein Großbauer. Großbauern hat es auch bei uns gegeben – Kulaken nicht.

Der Kulak ist das Produkt der Agrarentwicklung, die im alten Zarenreich nach 1861 mit der Aufhebung der Leibeigenschaft und der darauf folgenden „Agrarreform" einsetzte. Ihr Ergebnis war die Herausbildung einer Schicht kapitalistischer bäuerlicher Unternehmer. Was ursprünglich vielleicht ein durch persönliche Tüchtigkeit wohlhabend gewordener freier oder befreiter Bauer war, wurde zum Dorfwucherer, zum dörflichen Despoten, der sich die landarmen Bauern und die zu Tagelöhnern gewordenen ehemaligen Leibeigenen mit allen Mitteln der Erpressung und Übervorteilung, mit Wucherzinsen oder Fronarbeit für geborgtes Inventar, mit Ankauf der schmalen Ernte zu niedrigsten Preisen und schließlich mit Brachialgewalt hörig machte. Selbst aus der Aufteilung des Gutsbesitzerlandes an die Landarbeiter und die Dorfarmut nach 1917 wußten die Kulaken, die ja zunächst nicht angetastet wurden, mit den gleichen Mitteln und unter Ausnutzung der Not der Bürgerkriegsjahre, Vorteil zu ziehen. Wie zu alten Zeiten sammelte sich auch in den ersten Jahren der Revolution der Ernteertrag, vor allem das Getreide, beim Kulaken. „Der

Kulak reguliert die Getreideaufbringung", lautete ein geflügeltes Wort jener Zeit. Der Kulak wurde zum Gegner Nr. 1 des Bolschewismus auf dem Lande, während des Bürgerkrieges und in den ersten Jahren danach. Und so war er auch der Feind Nr. 1 an der Front der Getreideaufbringung.

Besonders spitzte sich dieser Kampf – ein echter Klassenkampf – im Dongebiet zu. Denn hier verband sich die soziale Gestalt des Kulaken mit der historischen Gestalt des Kosaken.

Wer waren diese Kosaken? Wir im Westen kannten und kennen sie – von den Erzählungen L. Tolstois und Lermontows, von den Romanen Serafimowitschs und Scholochows einmal abgesehen – unter mancherlei Gestalt. Bald erschienen sie als Elitekavallerie der gegen Napoleon kämpfenden russischen Heere, bald als „asiatisches" Schreckgespenst, das „die westliche Zivilisation bedrohte". Später hörten wir von ihnen als der Gendarmerietruppe des Zaren, die gegen streikende Arbeiter eingesetzt wurde, dann als der Kerntruppe der Konterrevolution zwischen Februar und Oktober 1917. Schließlich lernten wir sie noch sozusagen als ihre eigne Karikatur kennen, als Zirkusreiter, Volkstänzer und Sänger von Heimatliedern. Denn in dieser Gestalt produzierten sich die Reste der einst so stolzen Kosakenregimenter, nachdem die Konterrevolution 1921 besiegt und ihre Überbleibsel ins Ausland geflohen waren, in Deutschland und in der ganzen westlichen Welt.

Die Kosaken waren das alles tatsächlich. Aber wie paßt das zueinander und wie reimt es sich auf die Kosaken der Erzählungen und Romane Scholochows?

Ursprünglich waren die Kosaken ganz etwas anderes. Im 16. Jahrhundert begann eine massenhafte Flucht leibeigener Bauern, die von zu Hause fort und in die Freiheit hinaus wollten. Sie flohen in die östlichen Grenzgebiete, und es bildeten sich vier kompakte Siedlungsgebiete dieser Flüchtlinge: am Dneprbogen, am Kuban und Terek (im Nordkaukasus), an der mittleren Wolga (im Gebiet von Jaik) und am Don. Es waren ursprünglich echte Militärdemokratien, was hier entstand: große geordnete Gemeinschaften freier, wehrhafter Bauern mit gewählter Führung. Die staatsähnliche, anfänglich demokratische Ordnung, die sie sich gaben, trug, wie gesagt, militärischen Charakter. Denn diese Bauern mußten zugleich Krieger sein, um sich gegen zwei Feinde zu verteidigen: gegen den Staat ihrer ehemaligen Herren, den Zarismus, und gegen die Einwohnerschaft der von ihnen besetzten Gebiete oder ihre Nachbarn. Die Militärmacht der Dnepr-Kosaken (der „Saporosher") war so stark, daß sie einige legendär gewordene Heereszüge über das Schwarze Meer hin unternahmen und Konstantinopel brandschatzten.

Unter Peter I. und Katharina II. änderte die Zarenregierung ihre Taktik gegenüber ihren unbotmäßigen Söhnen. Sie anerkannte die Kosaken-„Heere" (das war der offizielle Titel dieser Gemeinschaften: „Don-Heer", „Jaizker-Heer" usw.), bestätigte ihre Privilegien und innere Ordnung und – übertrug ihnen den Grenzschutz gegen die mittelasiatischen und kaukasischen Völkerschaften am Rande des Russischen Reiches.

Damit begann die „Zähmung" der Kosaken. Im Laufe von weniger als zwei Jahrhunderten verwandelten sie sich aus flüchtigen Leibeigenen und freiheitsliebenden Bauern-Kriegern in eine Stütze des zaristischen Regimes, eine Elitetruppe der Reaktion, die sich schließlich zur Niederhaltung der Arbeiterbewegung hergab.

Dieser äußeren Entwicklung entsprach eine Auflösung der demokratischen Ordnung im Innern der „Heere" und eine Differenzierung der Agrarverhältnisse. Auch hier bildete sich eine Schicht von Kulaken aus, die meist mit den Spitzen der militärischen Ordnung zusammenfiel. Das wurde gefördert durch einen anderen Vorgang, den man ebenfalls kennen muß, um die gesellschaftlichen, persönlichen und psychologischen Konflikte zu verstehen, die Scholochow in seinem Werk dargestellt hat.

Im Zuge der „Agrarreform", nach Aufhebung der Leibeigenschaft, wurde 1867 das ursprünglich in den Kosakenprivilegien verbriefte Verbot, Land käuflich zu erwerben, für das Dongebiet aufgehoben. Die Folge war, daß im Laufe von fünf Jahrzehnten fast zwei Millionen armer oder landloser Bauern aus Südrußland und der Ukraine in das Dongebiet abwanderten. Die „ortsansässigen", sozusagen erblichen Kosaken fühlten sich, obschon ihre Privilegien im Lakaiendienst für die Zaren recht fragwürdig geworden waren und nur noch auf dem Papier standen, den „Zugewanderten" gegenüber als die Herren. Und im Zuge der allgemeinen Entwicklung kapitalistischer Verhältnisse im russischen Dorf und der Herausbildung der wucherischen, despotischen Funktion des Kulaken gelang es der kosakischen Oberschicht, sich die Masse der Zugewanderten wirtschaftlich zu unterwerfen. Es ging aber noch weiter: ein Teil der reichen und mächtigen Kosakenoberschicht, deren Söhne als Offiziere in den Kosakenregimentern der Zarenarmee dienten, verpachtete immer größere Anteile ihres Grund und Bodens gegen Wucherzinsen an die Zugewanderten. So wurden diese armen Bauern und Pächter, diese „Mushiks" (wie man die einfachen Bauern in Rußland nannte), zu den Parias der Kosakengebiete, zu den Klassengegnern der Kosaken, und ihre Bezeichnung verwandelte sich im Munde der Kosaken in ein Hohn- und Schimpfwort.

Verachtung und Haß herrschte vor 1917 zwischen diesen beiden Teilen der Landbevölkerung des Dons: Verachtung auf seiten der Kosaken für die „Hungerleider" von Mushiks und Haß der armen Bauern auf die Kosaken und Kulaken – Verachtung auf seiten der zur Stütze der Sowjetmacht erklärten „Mushiks" für die „Zarenknechte", für die Schmarotzer im Kosakenrock, und Haß der Kosaken auf die Roten, die Bolschewiken, als die ihnen alle „Zugewanderten" erscheinen mußten.

Haß und Verachtung zerteilte so den „Don" in zwei Lager. Und in der Spannung dieser Atmosphäre, die sich immer wieder in furchtbaren Gewalttaten entlud, schmolzen patriarchalische Sitten, Treu und Glauben, Freundschaft und Liebe – unaufhaltsam ...

Unaufhaltsam?

Es ist das große Verdienst Scholochows, gezeigt zu haben – nicht erst in den Gestalten des „Stillen Don", sondern schon in diesen Erzählungen –, daß bereits ein Ende dieser aus jahrhundertealter Unterdrückung geborenen Selbstzerfleischung eines Volkes abzusehen war. In der Welt der Armut, die ihr Recht auf Leben, ihren Anspruch auf die Führung zu einer neuen Gesellschaft ohne Ausbeutung mit allen Mitteln erkämpft, glimmt eine neue Liebe, eine neue Achtung der Kreatur, ein Licht des Menschlichen auf, in rauher Schale noch, aber unübersehbar.

Ist es ein Zufall, daß Scholochow die Hauptfigur einer seiner ersten Erzählungen die gleiche Funktion bekleiden läßt, die er selber in den Jahren 1921/22 am Don innehatte? Der „Erfassungskommissar" der Erzählung führt das letzte Gespräch mit seinem Vater, bevor er ihn erschießen läßt – ein Gespräch, bei dem es von beiden Seiten auf Leben und Tod geht. Es gibt keine Versöhnung, hier stehen sich zwei Welten gegenüber, zwischen denen es nur ein Entweder-Oder gibt. Und derselbe Bodjagin opfert sein Leben, um einen halberfrorenen Waisenjungen, ein Armerleutekind, zu retten. Sein Herz, das kalt und starr blieb angesichts eines Vertreters jener wenigen, die mit dem Mißbrauch des Restes ihrer schon besiegten Macht das Volk peinigen und auch dem leiblichen Sohn „mit eigenen Händen die Seele aus dem Leibe reißen würden" – dieses selbe Herz schlägt heiß für den kleinen, schwachen Vertreter jener vielen, die jetzt zu einem menschenwürdigen Leben aufwachten, und ist bereit, sich zu opfern, um dieses Fünkchen einer besseren Zukunft zu retten . . .

Das Werk Michail Scholochows läßt uns so unsere Zeit, den Menschen und uns selbst besser begreifen. Der Dichter macht uns eine Geschichtsperiode verständlich, in der wir selber noch stehen und die wir selber mitgestalten: die Periode des Übergangs vom Kapitalismus zum Kommunismus. Indem er tief in die Geschehnisse und Gesetze ihrer ersten Phase, des Beginns der sozialistischen Umwälzung im einstigen Zarenreich, hineinleuchtet, erhellt er uns auch den weiteren Weg. Aus dem, was Scholochow so meisterhaft erfaßt und gestaltet hat, aus diesen Paradoxien des Bürgerkrieges am Don, führen viele Fäden in die späteren Etappen des sozialistischen Aufbaus in der Sowjetunion. Die furchtbaren Klassenkämpfe auf Tod und Leben, die sich in Rußland und den anderen Ländern der Sowjetunion noch Jahre nach Eroberung der politischen Macht auf dem Lande abspielten, haben auf Jahrzehnte Spuren hinterlassen.

Wer einmal einem wirklichen Todfeind Auge in Auge gegenübergestanden hat – beide mit erhobener Axt in der Hand und beide bereit, sofort zuzuschlagen, so daß von dem Bruchteil einer Sekunde abhing, wer von beiden der Tote sein wird! –, der wird diesen Blick nie vergessen können, nie!

Ich kenne die Sowjetunion und ihre Menschen. Ich habe ihre Geschicke über mehr als 45 Jahre begleitet oder geteilt. Wir haben in einem abgelegenen Bauerndorf gelebt, dreieinhalb Jahre lang. Ein halbes Dutzend der dortigen Bauern waren Kosaken, die zu verschiedenen Zeiten vom Kuban in unser Dorf übersiedelt, besser gesagt, geflüchtet waren. Es gab keinen unter den Älteren, in dessen Familie nicht Blut geflossen wäre, keinen, der nicht Blut an den Händen gehabt hätte – und es war nicht immer das Blut von Feinden! Sie waren meine Freunde geworden, und sie standen zu mir, als ich selbst in Lebensgefahr geriet. Es war in den ersten Jahren nach dem zweiten Weltkrieg . . .

Ich lebte im Dorf als Schriftsteller, meine verstorbene Frau war die Dorfärztin. Wir waren, obwohl Deutsche, so etwas wie die Seelsorger des Orts. Für uns und vor uns gab es keine Geheimnisse. Und damals, fast 30 Jahre nach Beendigung des Bürgerkrieges, lagen diesen Männern und Frauen noch ihre Erlebnisse, vor allem aber auch ihre Taten von damals auf der Seele. Und bei vielen bestimmten diese Erlebnisse, ohne daß sie es merkten, ihr heutiges Tun und Lassen, das letztere besonders.

Ja, diese zweite große Revolution, die Niederringung der Konterrevolution und der Intervenen und der anschließende „kalte" Bürgerkrieg auf dem Lande (in dem nicht minder heiß geschossen wurde), hat tiefe Spuren im Volk hinterlassen. Scholochow macht uns das verständlich.

Aber damit war das Drama des russischen Dorfs in der Revolution noch nicht abgeschlossen – Scholochows zweiter großer Roman „Neuland unterm Pflug" macht uns auch das verständlich:

Der Klassenkampf zwischen Kulaken und Dorfarmut, dessen Anfänge zum Stoff der Don-Erzählungen gehören, fand erst zu Beginn der dreißiger Jahre sein Ende. „Liquidierung des Kulakentums als Klasse" stand über dieser Etappe der inneren Entwicklung der Sowjetunion, die man auch als „dritte Revolution" bezeichnen könnte.

Noch einmal floß viel Blut. Und es geschah viel Unrecht! Unter der Losung „Liquidierung der Kulaken" wurden viele persönliche Rechnungen beglichen, viele alte Familien- und Eigentumsfehden ausgetragen, die mit Kulakentum nichts zu tun hatten. Auch Neid und Habgier spielten ihre Rolle dabei.

Die „Liquidierten", die am Leben blieben – und es war, um der Wahrheit die Ehre zu geben, die große Mehrheit der Betroffenen –, kamen in Arbeitslager. Das waren die ersten Lager dieser Art in der Sowjetunion. Ihre Insassen haben mit ihrer Arbeit ein großes Aufbauwerk geleistet. Maxim Gorki hat über sie geschrieben. Es gab dabei auch Straflager mit einem sehr harten Regime. In ihnen waren erwiesene Mörder, Brandstifter, Saboteure, Rückfällige. Die Wachmannschaften dieser wie aller Lager wurden von Tschekisten gestellt, den Mitarbeitern und Spezialtruppen der „Tscheka", der „Außerordentlichen Kommission zur Bekämpfung von Sabotage und Konterrevolution", die noch Lenin gegründet hatte.

Wir hatten in unserem Dorf auch einen Tschekisten. Er war Jude und stammte gleichfalls aus dem Kubangebiet. Seine ganze Familie – kleine Handwerker – war von den Weißen erschlagen worden; seine Mutter wurde vor seinen Augen viehisch zu Tode gefoltert. Ihn selber hängte man als letzten an den Händen auf. Er hing lange. Als die Bande abzog, ließ sie ihn für tot zurück. Aber er kam mit dem Leben davon. Er schloß sich der Roten Reiterarmee Budjonnys an. Er meldete sich zur „Sonderabteilung" und wurde Tschekist. Er war ein einziger glühender Haß! Nach Ende des Bürgerkriegs blieb er bei seiner Truppe. Wachdienst im Lager hat er nicht gemacht. Als ich ihn kennenlernte, war er pensioniert – die seelisch aufreibende Arbeit hatte seine Gesundheit untergraben. Auch er wurde mein Freund. Der Haß von damals war verraucht. Was ihm jetzt das Leben schwer machte, waren die vielen kleinen Ungerechtigkeiten, Durchsteckereien, die Bestechlichkeit und Heuchelei in seiner Umgebung, für die er einen fast krankhaften Spürsinn hatte.

Menschen wie er mögen die ersten Wachen der ersten Lager gewesen sein: ehemalige Arbeiter und Bauern, die das Unrecht und den Terror der Konterrevolution und die Grausamkeit der kämpfenden Kulaken am eigenen Leibe zu spüren bekommen hatten und jetzt alles für die Ausrottung dieser Übel einzusetzen bereit waren. Die Häftlinge der Straflager (und nicht nur der Straflager) waren jene

Männer, die ihnen „mit erhobener Axt" gegenübergestanden hatten und deren Blick sie nie wieder vergessen konnten. Es waren Todfeinde – und sie blieben es für sie. Und mit Todfeinden geht man nicht zart um, auch wenn man sie leben lassen muß. So, aus dieser Vergangenheit, entstand der „Stil" der Straflager. Man muß das wissen, und Scholochow läßt es uns verstehen!

Aber in diese Lager kamen sieben Jahre später andere Häftlinge. Die Wachen kannten sie nicht, aber sie wurden ihnen als „Feinde des Volkes" zugeführt. Denn zu „Feinden des Volkes" wurden damals die politischen Gegner der Generallinie der Partei erklärt, und nicht nur sie ...

So machen sich bis in dieses tragische Kapitel der Russischen Revolution hinein die Ausläufer der zweiten und dritten revolutionären Welle bemerkbar, deren Auswirkungen den Stoff für die Erzählungen und Romane Scholochows abgaben. Auch das muß man wissen, und Scholochow läßt es uns verstehen.

Aber kehren wir nun zu ihm selber und zu seinen Don-Erzählungen zurück. Wir verließen ihn, als er sich anschickte, die Jungenschuhe auszuziehen und seinen ersten „Beruf" zu ergreifen. Zunächst nahm der Vater den Fünfzehnjährigen – einen der wenigen Schreibkundigen in seiner Umgebung – zu sich in das Lebensmittelaufbringungskontor der Staniza Karginskaja, dessen Leitung ihm übertragen worden war. „Geschäftsführer" lautete der neue Titel Michails, was aber praktisch wohl einfach soviel bedeutete wie Schreiber. Ein Jahr später, mit sechzehn Jahren, mußte Michail bereits die selbständige Funktion eines Inspektors für Lebensmittelaufbringung in der Staniza Bukanowskaja übernehmen. Damit war der Junge an jene Front gestellt, die wir eben kennengelernt haben.

Hier beginnt, nach den zwei Jahren unter der Herrschaft der Weißen, das zweite große Erlebnis. Es sollte nicht nur den Stoff für fast alle seiner ersten Erzählungen abgeben, sondern hat auch sein ganzes weiteres Leben, Denken und Schaffen entscheidend beeinflußt.

Über den „Alltag" dieser zwei Jahre braucht man nicht viel zu berichten – was um Michail und mit ihm geschah, was er und seine Gefährten in der Arbeit, der Agitation und im Kampf taten und litten, steht in den Don-Erzählungen zu lesen.

„Vom Jahre 1920 an stand ich im Dienst und schlug mich auch im Dongebiet herum, einige Zeit war ich Schreiber. Ich jagte Banden nach, und die Banden jagten mich. Alles lief ab, wie es sich gehörte. Immer wieder gerieten wir in verschiedene heikle Situationen" – so charakterisierte Scholochow später einmal lakonisch jene Jahre.

Aber noch zweierlei gab seinem Leben damals einen neuen Glanz:

Die Begegnung mit der Kunst und die erste große Liebe, die eine Liebe fürs Leben werden sollte.

Die Kunst trug die Gestalt einer Theaterspieltruppe, die die Jugend der Staniza nach der Wiederaufrichtung der Sowjetmacht ins Leben rief. Der junge Mischa war in ihr nicht nur der Initiator, sondern auch der beliebteste Schauspieler. Aber mehr noch: er war es, der die Truppe mit Stücken versorgte. Die Texte waren von seiner Hand geschrieben, und als einmal von einem Stück, dessen Anfang man schon probte, das Ende auf sich warten ließ, lieferte er es prompt in ein paar Tagen nach. Er hat sich nie ausdrücklich zu diesen Theaterstücken bekannt, von denen übrigens keines erhalten ist, über deren durchschlagende Wirkung aber Augenzeugenberichte vorliegen. Direkt daraufhin befragt, hat er jedoch die Autorenschaft an ihnen auch nicht abgestritten. Sie werden also wohl seine ersten „Werke" gewesen sein.

Und in diesen Wochen und Monaten, in denen das Leben bunt hin und her wogte zwischen dem Kampf um das Getreide, der politischen Agitation für die Sowjetmacht, den Theateraufführungen, schlaflosen Nächten, der Flucht in die Illegalität, wenn eine der oft übermächtigen wilden Banden ins Land kam, wie sie in den letzten Kapiteln des „Stillen Don" beschrieben sind, zwischen dem Stückeschreiben und den Verfolgungsjagden auf den Spuren der Banditen – in dieser Zeit blühte in Michails Leben die große Liebe auf.

Der Außenstelle des Aufbringungskontors in der Staniza Bukanowskaja, die er leitete, war eine aus dem Ort gebürtige Junglehrerin zugeteilt worden, Maria Petrowna Gromoslawskaja. Sie stammte aus einer alteingesessenen Kosakenfamilie. Ihr Vater, neben seinem Bauernberuf hintereinander Kantor, Hetman und Posthalter, wechselte in den Jahren der Wirren, die der „Stille Don" beschreibt, mehrmals die Front, ähnlich wie Grigori Melechow. Aber er fand schließlich den richtigen Weg und wurde sogar in das Revolutionskomitee der Staniza gewählt. Seine Tochter Maria wurde Michail Scholochows Frau.

Das Jahr 1922 wurde für den jungen „Inspektor" aber noch in anderer Hinsicht bedeutungsvoll. Im Laufe des Jahres 1921 begann sich das neue Gesetz über die Naturalsteuer auf das gesamte wirtschaftliche und soziale Leben der Sowjetunion auszuwirken. Auch in den Dörfern am Don zog eine friedliche Ordnung ein. Die Jagd auf die Banden hatte ein Ende, und seitdem das Getreide als Naturalabgabe dem Staat zufloß oder auf dem freien Markt gekauft werden konnte, wurde auch die Getreideaufbringung überflüssig. Und auf einmal war der junge Michail – arbeitslos! Was sollte er mit der so unverhofften „Freiheit" anfangen?

Jetzt reifte ein Plan, der ihn schon seit einiger Zeit beschäftigt haben muß. Bereits zu Beginn des Jahres 1922 hatte er einzelne Skizzen und Erzählungen, in denen sich seine Beobachtungen und Erlebnisse niederschlugen, an die Moskauer Jugendzeitschriften eingeschickt. Noch war wenig gedruckt worden, noch enthielten die Antwortbriefe der Redaktionen vor allem Kritik, Empfehlungen und Ermahnungen. Der angehende Schriftsteller spürte, daß die Zeit gekommen war, dorthin zu gehen, wo die junge Literatur der Revolution entstand, wo junge Menschen wie er in einer streitbaren Gemeinschaft darum bemüht waren, das neue Leben literarisch zu gestalten. Er mußte nach Moskau. Und er machte sich auf den Weg. Eine neue Etappe in seinem Leben begann.

Wir kennen das Leben, das hinter dem jungen Manne lag, als er mit 17 Jahren diesen Schritt tat, ein Leben, ungewöhnlich reich an starken, sowohl äußeren wie inneren Eindrücken. Es ist hier gerade das richtige Zusammenfallen dieser zwei Arten von Erlebnissen, der äußeren wie der inneren, es ist die Intensität dieser Auseinandersetzung, was die schöpferische Phantasie gerade des realistischen Schriftstellers beflügelt. Daß diese zwei Arten des Erlebens bei vielen modernen Schriftstellern des Westens auseinanderfallen, daß der eine die Wirklichkeit nur vom Inneren eines passiv lebenden, registrierenden, analysierenden Subjekts her, der andere alles Geschehen nur von außen her, konstatierend, zerstückelnd und wieder zusammenbastelnd erfaßt, hat dort die Auflösung der großen realistischen Erzählungskunst zur Folge gehabt.

Im Gegensatz hierzu hatte Scholochow schon als junger Bursche eine ungewöhnlich große Zahl von Berührungsstellen mit der vielschichtigen Wirklichkeit seiner Zeit an den heißesten Brennpunkten des Geschehens, hatte einen großen Erlebnisspiegel und zugleich eine für sein Alter ebenso ungewöhnliche Fähigkeit, Erlebtes innerlich zu verarbeiten und es in die künstlerische Äußerung umzusetzen.

Das war das Gepäck, mit dem er in Moskau ankam. Was er hier vorfand, war zweierlei. Eine neue Welt des öffentlichen, des politischen Denkens und Handelns: der Aufbau der neuen Gesellschaft verlangte ganz andere Überlegungen, auch andere Fähigkeiten und Charaktereigenschaften als der Bürgerkrieg. Dieser Übergang zu einer neuen Form des gesellschaftlichen Bewußtseins vollzog sich nicht reibungslos, vor allem nicht bei der Jugend. Der Komsomol machte eine richtige Krise durch: Viele junge Revolutionäre glaubten das Ende der Revolution gekommen, als Partei und Jugendverband von ihnen verlangten, die Waffen beiseite zu legen, zu lernen, zu lernen und nochmals zu lernen.

Gleichzeitig vollzog sich in der Hauptstadt der Revolution, die Michail Scholochow nun zum Wohnsitz nahm, ein Prozeß des Umdenkens in der Kunst. Eine ganze Gruppe schriftstellerisch begabter junger Menschen, die die gleiche Schule durchgemacht hatten wie ihr junger Kollege vom Don, meldete sich mit neuen Werken und mit neuen ästhetischen Forderungen zu Wort. Zwischen ihnen und den Vertretern älterer literarischer Strömungen, die sich der Revolution angeschlossen hatten, aber noch den Tendenzen formalen Experimentierens mit Stoff und Sprache verhaftet waren, entspann sich ein lebhafter kämpferischer Austausch. Bei allen jungen Schriftstellern, die sich damals in Moskau ihre ersten Sporen verdienten und später zu bedeutenden Repräsentanten der ersten Welle des sozialistischen Realismus wurden, zeigte sich ein Suchen nach neuen Ausdrucksmitteln, wurden Anleihen bei den älteren „Meistern" gemacht, ausprobiert und wieder fallengelassen, bis sich nach und nach ihr eigener, der Stil eines neuen Realismus herausbildete.

All das hat seine Spuren in den Reportagen und Erzählungen hinterlassen, die der junge Scholochow nun in Moskau schrieb und die nach und nach in Zeitungen und Zeitschriften erschienen. Der Leser wird selbst in einzelnen Erzählungen solche Konzessionen an naturalistische oder formalistische Tendenzen entdecken, die den Einfluß des Schaffens seiner älteren Kollegen widerspiegeln.

Es soll hier nur auf zwei Eigenarten dieser frühen Erzählungen hingewiesen werden.

Was den Leser sofort bei der ersten Erzählung von der ersten Seite ab gefangennimmt, sind die Schilderungen der Landschaft. Das ist besonders auffällig im Vergleich mit manchen Werken unserer eigenen jungen Literatur. Auch ihre Handlung spielt auf dem Lande, aber der Acker, der Wald, der Winterwind, die Dorfstraße, die Häckselkammer, der Pferdestall, das junge Fohlen, der Nebel über den Wiesen – sie sind nicht so zu sehen, zu hören, zu riechen wie in jeder beliebigen Schilderung der natürlichen und menschlichen Umgebung, in denen Scholochow seine Gestalten sich bewegen, handeln, leiden, fühlen und denken läßt.

Es geht aber hier nicht nur um eine große künstlerische Fähigkeit, die zweifellos vorhanden ist. Diese Fähigkeit bedurfte eines Stoffes, um sich an ihm zu bewähren, und dieser Stoff ist das Erleben des jungen Menschen im russischen Dorf, der, eingebettet in einer Atmosphäre traditionell bedingter Erlebnisweisen, den Weg vom Spiel zur Arbeit, von kindlicher Unbekümmertheit zur ersten großen Liebe findet. Es ist vor allem ein liebender Mensch, der hier die Landschaft empfindet, und es ist wiederum die Liebe des jungen Menschen des südrussischen Dorfes mit seiner verhaltenen Leidenschaft, die ebenso gewaltig, ja gewaltsam in der Erfüllung ausbrechen kann wie in der Enttäuschung oder beim Verrat der Liebe. Diese Seite der Erlebniswelt des jungen Scholochow war voll und reif ausgebildet, als er seine Erzählungen zu schreiben begann. Hier ist er schon ganz der große Künstler, in dem ein Stück unverwechselbaren russischen Lebens ästhetischen Ausdruck gefunden hat.

Anders steht es um die Gestaltung der Menschen. So wie das Leben damals war, reichte die Liebe nicht aus, um zu erfassen, was mit den Menschen geschah, warum sie sich so und nicht anders verhielten, so handelten und so litten, wie er es erlebte. Und auch der Haß, der in der Einstellung zu vielen Menschen der Umgebung ebenso mitsprach wie die Liebe, gab nicht den Zugang zum Allerinnersten des Geschehens, wo sich das Geheimnis des Verhaltens der Menschen in der Revolution enthüllt.

Man merkt auf Schritt und Tritt die tiefe Erschütterung, die der junge Mensch durch den Zusammenprall mit den Härten und den Grausamkeiten der Wirklichkeit erfuhr, in die er parteinehmend und hart entscheidend selber eingriff. Hier reicht das Erleben nicht aus, um die Form der Darstellung in der Wirklichkeit selber zu finden. Vor allem in den ersten Erzählungen spürt man die Anleihen, die der junge Schriftsteller für die künstlerische Gestaltung der Konfliktsituationen und der Charaktere bei der mündlichen Überlieferung des südrussischen Dorfes macht. Es wird wohl seine Tante Olga gewesen sein, durch die er die balladenartigen Lieder kennengelernt hat, in denen das südrussische Dorf seine Leiden und Leidenschaften besungen und gestaltet hat. Der große ukrainische Naturdichter Taras Schewtschenko hat uns in einigen seiner kleinen Poeme diese Art von Volksdichtung in seiner Bearbeitung erhalten. Sie sind vor allem gekennzeichnet durch die äußerst melodramatische Zuspitzung der Konflikte, in denen der Vater und die entehrte Tochter, der Verführer und der rächende Bruder, das aus Kummer wahnsinnig gewordene Mädchen und der verschmähte Liebhaber einander gegenübertreten, zu einer Auseinandersetzung auf Leben und Tod.

Aber im Laufe der drei Jahre, in denen diese Erzählungen entstehen, streift der junge Scholochow diese vorgegebenen Formen der Menschen- und Konfliktdarstellung immer mehr ab. Er findet seinen eigenen Stil, der ihn seine Gestaltungsmittel im Leben selber, in der Realität, finden läßt.

Schon bevor Scholochow den heimatlichen Don verließ, um sich für eine Weile nach Moskau zu begeben, hatte er verraten, daß er sich mit dem Plan trage, einen großen Roman zu schreiben.

Jetzt, nach diesen Erzählungen, nach den Erfahrungen, die er dabei gesammelt hat, ist er darauf vorbereitet, dieses Werk in Angriff zu nehmen. Aus den letzten Erzählungen tritt uns bereits der kommende große Romanschriftsteller entgegen. Und das ist das Bemerkenswerte, was jetzt geschieht: Alle Erzählungen hatten Erlebnisse und Erfahrungen der unmittelbaren Gegenwart, der Jahre 1919 bis 1922 zum Inhalt. Die Ereignisse werden in ihrer ganzen Härte und einmaligen Gegebenheit geschildert, ohne daß noch die Frage auftritt: warum, warum kam das alles so? Jetzt, wo der große Roman geschrieben werden soll, drängt sich diese Frage in den Vordergrund. Sie kommt nicht als historisches Problem, sondern als Problem der Menschengestaltung: Wie konnten Menschen meiner Art, Menschen, die aufgewachsen waren wie ich und du, dazu kommen, sich so zu verhalten, so zu handeln, wie ich es erlebt habe? Wie konnten sie so sehr ihre Menschlichkeit abstreifen, aber auch so andere unbekannte Züge von Menschlichkeit hervorkehren?

Um das zu ergründen, braucht man einen größeren Zeitabschnitt und ein tieferes Eindringen in das Innere der menschlichen Seele, zu dem die vorgegebenen Vorstellungen und Formen der Volksphantasie alten Schlages dem jungen Autor bisher den Zugang verwehrt hatten.

So wird der „Stille Don" eigentlich zu einer Art grandioser Vorgeschichte der Ereignisse, die die hier vorliegenden Erzählungen schildern. Aber eben das verbindet das Erzählungswerk mit dem nun kommenden Roman und läßt uns die Einheit des Gesamtwerkes und die Rolle dieser Erzählungen in ihm richtig verstehen.

Alfred Kurella

1965

Inhalt

Christo Smirnenski

Feuriger Weg

Gedichte und kleine Prosa

Herausgegeben und aus dem Bulgarischen übersetzt
von Norbert Randow
Nachdichtungen von Martin Remané
Mit einem Nachwort von Dietmar Endler
Mit 16 Holzschnitten von Barbara Lechner
und einem Frontispiz
225 Seiten · Leinen
Best.-Nr: 611 793 3
Bestellwort: Smirnenski, Weg

Die Lyrik und Prosa Smirnenskis (1898–1923) ist ge-
prägt von einem starken sozialen und humanistischen
Gefühl. Wie Majakowski, Attila József oder Erich
Weinert sah auch er in der Oktoberrevolution das Si-
gnal für die proletarische Erhebung der ganzen Welt.
Mit der vorliegenden Auswahl wird der Dichter zum
erstenmal in deutscher Sprache vorgestellt.

Aufbau-Verlag Berlin und Weimar

Lesebücher für unsere Zeit

Begründet von Walther Victor

In neuer Auflage erscheinen 1986

Goethe
Herder
Kleist
Lessing
Schiller
Tschechow

Aufbau-Verlag Berlin und Weimar

BdW

Bibliothek der Weltliteratur

Aus allen Nationalliteraturen
Werke von welthistorischem Rang
in Einzelausgaben

1986 erscheinen:

Theodor Fontane: Drei Romane
Lion Feuchtwanger: Goya oder Der arge Weg der
    Erkenntnis

Nachauflagen

Johann Wolfgang Goethe: Gedichte
Gottfried Keller: Der grüne Heinrich
Herman Melville: Moby Dick oder Der Wal
Theodore Dreiser: Eine amerikanische Tragödie

Aufbau-Verlag Berlin und Weimar

August Strindberg: Das Rote Zimmer

Rütten & Loening · Berlin

Aus unserem
bb-Taschenbuchprogramm 1986

Aufbau-Verlag Berlin und Weimar

ENT
Edition Neue Texte

Neuerscheinungen 1986

Helga Königsdorf: Respektloser Umgang
Richard Christ: Die Zimtinsel
Uwe Berger: Woher und wohin. Aufsätze und Reden
    1972–1984
Wilhelm Bartsch: Übungen im Joch
Reinhard Bernhof: Leipzig, Hauptbahnhof
Oleg Shdan: Das Wochenende
Mati Unt: Herbstball
Leon de Winter: Die (Ver)Bildung des jüngeren Dürer
Michel Tournier: Gilles & Jeanne

Nachauflagen

Helmut Baierl: Die Köpfe oder Das noch kleinere
    Organon
Thomas Böhme: Mit der Sanduhr am Gürtel
Christoph Hein: Einladung zum Lever Bourgeois
Heinz Kahlau: Du. Liebesgedichte 1954–1979
Dieter Mucke: Kammwanderung
Helga Schubert: Lauter Leben
Erwin Strittmatter: Grüner Juni
Christa und Gerhard Wolf: Till Eulenspiegel

Aufbau-Verlag Berlin und Weimar

TWL

Taschenbibliothek der Weltliteratur

1986 erscheinen

Hermann Hesse: Der Steppenwolf (Nachauflage)
Gottfried Keller: Die Leute von Seldwyla
Michail Scholochow: Don-Erzählungen
Doris Lessing: Afrikanische Tragödie
John Dos Passos: Manhattan Transfer
Honoré de Balzac: Das Chagrinleder (Nachauflage)
Marcel Proust: Combray
Alberto Moravia: Die Römerin
Gabriel García Marquez: Hundert Jahre Einsamkeit
    (Nachauflage)
Plutarch: Leben und Taten berühmter Griechen und
    Römer
Ovid: Die Kunst der zärtlichen Liebe
    (Nachauflage)

Aufbau-Verlag Berlin und Weimar